W0300960

AUFBAU BIBLIOTHEK

Lukian (120–180), der große Spötter und Satiriker, war Redner und Anwalt, bevor er sich als freier Schriftsteller etablierte. Vortragsreisen führten ihn durch weite Teile des Mittelmeergebietes. Später lebte er in Athen, zuletzt bekleidete er ein Amt in der ägyptischen Verwaltung.

Lukians anmutigste Schöpfung sind die »Göttergespräche«, spritzig-lässige Szenen aus dem Götterhimmel. Sie belauschen die Götter »in ihrem Hauswesen und im Negligé« (Wieland), und immer sind es die hohen Herrschaften selbst, die am erfolgreichsten an der Zerstörung ihres Ansehens arbeiten. Die witzigen Dialoge im Himmel, auf der Erde und im Totenreich werden ergänzt durch eine Parodie auf das Genre des Reiseromans und eine satirische Posse auf das Gebaren zweier Philosophen bei der Besetzung eines Lehrstuhls.

Lukian

DER LÜGENFREUND

Satirische Gespräche und Geschichten

Aus dem Griechischen
von
Christoph Martin Wieland

Aufbau Taschenbuch Verlag

Auswahl Wolfgang Ritschel
Textrevision Herbert Greiner-Mai
Kommentar Jürgen Werner
(für diese Ausgabe eingerichtet von Wolfgang Ritschel)

ISBN 3-7466-6036-X

1. Auflage 1998
Aufbau Taschenbuch Verlag GmbH, Berlin
© Aufbau-Verlag Berlin und Weimar 1988
Umschlaggestaltung Torsten Lemme
nach einem Gestaltungskonzept von Andreas Heilmann
unter Verwendung eines Ausschnitts aus dem Kupferstich
»Herkules im Olymp« von B. Genelli, AKG Berlin
Druck Ebner Ulm
Printed in Germany

TIMON

Timon, Jupiter, Merkur, Plutus, Penia, Gnathonides, Philiades, Demea, Thrasykles.

TIMON: »O Jupiter, Schutzgott der Freundschaft, der Geselligkeit und des häuslichen Glückes, Schirmer der Fremdlinge, Rächer des Meineids, Wolkenversammler, Blitzeschleuderer« oder mit welchem andern Namen die angedonnerten hirnwütigen Dichter – zumal wenn sie um Ausfüllung eines Verses verlegen sind – dich begrüßen: wo bleibt dein »mächtigkrachender Blitz«, dein »weitbrummender Donner« und dein »flammenzückender, allblendender, schrecklich-schmetternder Wetterstrahl«? – Augenscheinlich sind alle diese Dinge, das Geprassel der Worte abgerechnet, lauter Possenwerk und poetischer Dampf. Dein so viel besungenes »weittreffendes, immerfertiges Geschoß« ist, ich weiß nicht wie, gänzlich erloschen und erkaltet und hat auch nicht den kleinsten Funken von Zorn gegen die Lasterhaften mehr in sich. Ein Bösewicht, der im Begriff ist, einen falschen Eid zu schwören, würde sich eher vor einer gestrigen Lichtschnuppe als vor deines »allbezwingenden Blitzes Flamme« fürchten: Kurz, du scheinst ihnen anstatt des Donnerkeils einen Löschbrand zu schleudern, von dem sie weder Feuer noch Rauch befürchten; das ärgste; was ihnen begegnen kann, wenn er sie trifft, ist, mit Kohlstaub bedeckt zu werden. Ist es bei solcher Bewandtnis wohl zu verwundern, daß ein Salmoneus sich unterstand, dir entgegenzudonnern? ein Unternehmen, womit ein so stolzer und hitziger Mann gegen einen so kaltlebrichten Jupiter noch wohl zu Rande zu kommen hoffen durfte. Denn warum sollte er das nicht, da du so hart schläfst, als ob du einen Schlaftrunk bekommen hättest, und weder Ohren für falsche Schwüre noch Augen für die andern Übeltäter der

Menschen hast? Wie kann man anders denken, als daß deine Augen vor Alter endlich blöde und deine Ohren dickhäutig geworden sein müssen? Denn in deinen jungen Jahren ließ sich freilich nicht mit dir scherzen; da warst du leicht aufzubringen, und dein Zorn war schrecklich in seinen Ausbrüchen. Da vergönntest du den Lasterhaften und Gewalttätigen keinen Waffenstillstand. Dein Keil war noch in seiner vollen Kraft, deine Ägide immer in Bewegung; immer hörte man das Brüllen deines Donners, und deine Blitze fuhren immer hin und her, wie die Wurfpfeile in einem Scharmützel. Die Erde bebte noch, als ob sie in einem Siebe geschüttelt würde, der Schnee fiel klumpenweise, es hagelte Felsenstücke, und, um mich recht tragisch auszudrücken, reißend und gewaltig platzten damals die Regengüsse herunter, jeder Tropfe ein Strom! – dergestalt, daß unter Deukalions Regierung, ehe man die Hand umkehren konnte, eine so entsetzliche Überschwemmung entstand, daß alle Fahrzeuge, auf die sich die Menschen geflüchtet hatten, untergingen und mit Not ein einziger Nachen auf dem Lykorischen Berge sitzen blieb, worin ein lebendiger Funke sich erhielt, um einer neuen, noch schlimmern Menschenrasse das Dasein zu geben. Dafür aber geben sie dir auch den verdienten Lohn für deine schläfrige Untätigkeit. Denn wer opfert dir wohl heutzutage noch oder bringt dir Kränze, wenn es nicht etwa irgendein Anwohner des Olympus ist, der es gleichwohl nicht als etwas, wozu er sich verbunden glaubte, sondern, ohne was dabei zu denken, aus bloßer alter Sitte und Gewohnheit so mitmacht? Kurz, sie machen so wenig Zeremonie mehr mit dir, daß du, o Edelster aller Götter, unvermerkt die Rolle eines zweiten Saturnus spielen wirst. Ich sage nichts davon, wie oft sie dir deine Tempel ausgeraubt: haben sie sich doch unterstanden, zu Olympia sogar an dich selbst Hand anzulegen! Und du, der sich den »Hochbrausenden« schelten läßt, wecktest nicht einmal die Hunde oder riefst die Nachbarn auf, damit sie zusammenlaufen und der Räuber, ehe sie noch mit ihrer Beute davongegangen, sich bemächtigen könnten: sondern der großmächtige »Gigantenwürger« und »Titanenbändiger« saß, mit einem zehnellenlangen Blitz in der Hand, da und ließ sich in aller Gelassenheit von den Dieben die goldnen Locken abscheren. – Wenn wird denn einmal die Zeit kommen, mein vortrefflicher Herr, wo du aufhören wirst, alle diese Dinge so sorglos zu übersehen? Wenn wirst du endlich einmal allem diesem Unfug Einhalt tun? Wie oft müßtest du wohl die Welt verbrennen oder ersäufen, um die Menschen für ihren überschwenglichen Übermut nach Verdienst zu züchtigen?

Ich will, um jetzt nichts von andern zu sagen, nur dabei stehenbleiben, wie MIR mitgespielt worden ist, mir, der ich so vielen Atheniensern aufhalf, so manchen armen Tropf zum reichen Manne machte, allen, die meiner Hülfe bedurften, unter die Arme griff, ja, wie ich wohl sagen kann, unermeßliche Reichtümer bloß durch die Leidenschaft, meinen Freunden Gutes zu tun, verschwendete. Seitdem ich durch dies alles arm geworden bin, will mich niemand mehr kennen, und ebendieselben Leute, die ehmals die Augen aus Ehrfurcht vor mir niederschlugen, sich beinahe auf den Bauch vor mir legten und an meinem Winke hingen, würdigen mich jetzt keines Anblicks mehr. Begegne ich ihnen von ungefähr auf der Straße, so gehen sie bei mir vorbei, wie man vor einem durch die Länge der Zeit zusammengefallnen Denkmal eines längst vergeßnen Toten vorübergeht, ohne daß einem einfällt, die Überschrift lesen zu wollen; ja manche nehmen, wenn sie mich von fern erblicken, einen andern Weg, als ob sie einem scheußlichen und unglückbedeutenden Gegenstande zu begegnen fürchteten, wenn sie mir begegneten, mir, den sie noch vor so kurzer Zeit ihren Wohltäter und Beschützer nannten. Und so hat mich denn die Not an diese äußerste Spitze des attischen Ufers getrieben, wo ich in dieser armseligen Kleidung um ein Taglohn von acht Kreuzern die Erde grabe und so nebenher mit meinem Grabscheit und diesen öden Felsen hier philosophiere. Ich gewinne doch wenigstens das dabei, daß ich die Menge Schurken nicht vor Augen sehen muß, denen es wider ihr Verdienen wohlgeht. Denn ich gestehe, das ist mir unerträglich. Wie wäre es denn nun, o Sohn des Kronus und der Rhea, wenn du endlich einmal aus diesem langen tiefen Schlummer, womit du den Epimenides selbst überschlafen hast, erwachtest, deinen erloschnen Donnerkeil wieder anbliesest oder im Ätna anzündetest und durch ein gewaltiges Zornfeuer uns wieder den ehemaligen kraftvollen und jugendlich-raschen Jupiter zeigtest – wenn man anders nicht glauben soll, was die Kretenser von dir fabeln, sie, die den Fremden sogar dein Grab auf ihrer Insel zeigen?

JUPITER *aus dem Himmel herabschauend, zu Merkur*: Merkur, wer ist denn da unten in Attika am Fuße des Hymettus der lumpichte schmutzige Kerl mit Ziegenfellen um die Lenden, der so zu uns heraufschreit? – Jetzt krümmt er sich nieder und gräbt, deucht mich, in die Erde. Ein geschwätziger dreister Bursche! vermutlich ein Philosoph! denn sonst hätte er wohl nicht so gottlose Reden gegen uns ausgestoßen.

MERKUR: Wie, mein Vater? Kennst du den Timon, des Echekratides Sohn von Kolyttos, nicht mehr, der uns so oft mit festlichen Opfern traktierte? den kürzlich noch so reichen Mann, der uns ganze Hekatomben auf einmal darbrachte und bei dem wir die Diasia so herrlich zu begehen pflegten?

JUPITER: Ei! mit dem hat sich's garstig verändert! Was? der ansehnliche reiche Mann, der immer einen solchen Hof von Freunden um sich hatte? Was ist ihm denn begegnet, daß er in diesen armseligen Zustand geraten ist? Denn nach dem schweren Grabscheit, das er führt, zu urteilen, kann er nichts Bessers sein als ein Gräber, der um Taglohn arbeitet.

MERKUR: Ich könnte sagen, seine Güte und Menschenliebe und sein Mitleiden mit allen Dürftigen habe den armen Mann zugrunde gerichtet: aber die reine Wahrheit ist, daß es seine Torheit, übermäßige Gefälligkeit und Unvorsichtigkeit in der Wahl seiner Freunde getan hat. Der einfältige

Mensch merkte nicht, daß er seine Gefälligkeiten an Raben und Wölfe verschwende und hielt alle die Wespen, die ihm seine Leber auffraßen, für Freunde, die sich aus Wohlwollen und gutem Herzen zu ihm gesellten, da sie doch nur des Fraßes wegen kamen. Es erging ihm also, wie man sich's vorstellen kann. Nachdem sie ihm gar säuberlich alles Fleisch rings um die Knochen abgenagt und, wo etwa noch ein wenig Mark darin war, auch dieses ganz und gar ausgesogen hatten, flogen sie davon und ließen ihn als ein dürres Gerippe liegen, ohne ihn mehr zu kennen noch anzusehen (denn was hätten sie davon gehabt?), geschweige ihm beizustehen oder nur einen kleinen Teil des Empfangenen zurückzugeben. Dies hat ihn nun dahin gebracht, daß er, mit dem einzigen, was ihm von seinem Vermögen übrigblieb, mit einem Paar Ziegenfellen um die Schultern und einem Grabscheit in der Hand, der Stadt aus Scham den Rücken kehrte und sich um Taglohn zu Feldarbeiten hieher verdingte, wo er seinem Elende nachhängt und schwarzes Blut dabei macht, wenn die Leute, die durch ihn reich wurden, mit der Nase in der Luft vorbeigehen und sich nicht einmal mehr erinnern können, daß er Timon heißt.

JUPITER: Der Mann darf keinesweges länger übersehen und vernachlässigt werden, oder er könnt es uns billig übelnehmen, wenn wir es ebenso machten wie jene schurkischen Schmeichler und eines Menschen vergäßen, der uns die vielen fetten Hinterviertel von Rindern und Ziegen auf unsern Altären verbrannte, wovon ich den angenehmen Geruch noch immer in der Nase habe. Übrigens muß ich gestehen, daß ich – aus Mangel an Muße wegen der ungeheuern Menge von Meineidigen und Straßenräubern und besonders aus Furcht vor den häufigen Tempeldieben, die ich, um mich ihrer zu erwehren, keinen Augenblick aus den Augen lassen darf – seit langer Zeit nicht auf Attika herabgesehen habe; zumal seitdem die Philosophie und das Argumentieren gegeneinander dort im Schwange geht. Denn die Leute verführen ein solches

Krähengeschrei dabei, daß unsereiner nicht einmal die Gebete der Andächtigen davor hören kann: so daß man entweder mit den Fingern in den Ohren dasitzen oder sich die abscheulichste Langeweile machen lassen muß, wenn die Kerls von ich weiß nicht was für einem Dinge, das sie Tugend nennen, und von unkörperlichen Wesen und andern solchen Schnurrpfeifereien aus vollem Halse daherdeklamieren. Über dem allen ist uns dann begegnet, daß wir diesen wackern Mann wirklich ganz aus den Augen gelassen haben. Um also keine Zeit zu verlieren, Merkur, so nimm den Plutus zu dir und begebt euch unverzüglich zu ihm. Plutus soll den Thesaurus mit sich nehmen, und beide sollen ihre Wohnung bei Timon aufschlagen und nicht so leicht wieder davongehen, wenn er sie gleich vermöge seiner bekannten Gutherzigkeit selbst wieder zum Hause hinauswerfen wollte. Was seine Schmeichler und ihre an ihm bewiesene Undankbarkeit betrifft, darüber behalte ich mir vor, das Weitere zu verfügen. Ungenossen soll es ihnen nicht hingehen, sobald mein Blitz ausgebessert sein wird. Denn die zwei größten Strahlen daran sind zerbrochen und haben sich ganz abgestumpft, als ich ihn neulich ein wenig zu hitzig auf den Sophisten Anaxagoras schleuderte, der seine Schüler bereden wollte, wir andern Götter wären gar nicht in der Welt. Ich verfehlte ihn zwar – denn Perikles hielt seine Hand über ihn –, aber der Blitz schlug zum Unglück in den Tempel der Dioskuren und brannte ihn nieder, wäre aber selbst an einem Quaderstein beinahe in Stücken gegangen. Inzwischen wird es eine hinlängliche Strafe für die Schurken sein, wenn sie den Timon wieder reicher als jemals sehen werden.

MERKUR *vor sich, indem er den Plutus holt*: Was es einem doch hilft, recht laut zu schreien und grob und trotzig zu sein! Wie ich sehe, befinden sich nicht nur die Parteien in einem Rechtshandel, sondern auch die Leute, die etwas von den Göttern wollen, wohl dabei. Timon wird nun in einem Augenblick aus einem Bettler ein steinreicher Mann, bloß weil er das Maul weit aufriß und Jupitern die derbsten Grobheiten ins Gesichte warf. Hätte er mit duldsam gebogenem Rücken stillschweigend fortgegraben, er grübe noch und könnte noch lange graben, bis man sich um ihn bekümmerte.

PLUTUS: Was mich betrifft, Jupiter, ich bin fest entschlossen, NICHT zu ihm zu gehen.

JUPITER: Warum denn aber, mein bester Plutus? und zwar da ICH dir's befohlen habe?

PLUTUS: Ih, zum Jupiter! weil er mich insultiert hat! Weil er mich – nicht etwa mit einer Heugabel zum Hause hinausgejagt oder wie etwas, das ihn auf der Hand brennte, auf einmal von sich geworfen, sondern recht mit kaltem Blute in unzählige Stückchen zerschnitten und dann so brokkenweise weggeschmissen und verzettelt hat, und das, ungeachtet ich schon vom Vater her ein Freund seines Hauses war. Und ich sollte nun wieder zu ihm gehen, um mich Schmarotzern, Schmeichlern und Buhlschwestern preisgeben zu lassen? Schicke mich lieber zu Leuten, die deine Gaben zu schätzen wissen und nach mir verlangen, die mich mit offnen Armen aufnehmen und in Ehren halten. Solche dumme Kiebitze wie dieser Timon mögen bei ihrer geliebten Penia aushalten, weil sie ihr doch einmal den Vorzug vor mir gegeben haben! mögen mit dem Schafpelz und dem Grabscheit, dem einzigen, was sie ihnen zu geben hat, und mit vier Obolen des Tages vorliebnehmen; die Tröpfe, die das Geld so sorglos zentnerweise weggeschleudert haben!

JUPITER: Du hast künftig nichts dergleichen mehr von Timon zu besorgen. Das Grabscheit hat ihm unfehlbar deine Vorzüge vor der Armut begreiflich gemacht, oder seine Hüften müßten nur gar nicht wissen, was Schmerz ist. Übrigens scheinst du auf einmal sehr übellaunig geworden zu sein, da du dich über den Timon beschwerest, daß er dir seine Türen geöffnet und dir Erlaubnis gegeben, herumzuschweifen, anstatt dich, wie ein eifersüchtiger Liebhaber, zu Hause eingeschlossen zu halten. Ehmals war es just das Gegenteil. Da zürntest du über die Reichen, die dich hinter Riegel und Schlösser einsperreten, ja dich sogar einsiegelten, so daß du nicht einmal durch irgendeine Ritze ins Tageslicht hinausblicken konntest. Über das alles beklagtest du dich sonst bitterlich bei mir und jammertest, daß man dich in dumpfer Finsternis ersticken ließe; sahest bleich und bekümmert aus, hattest von dem unaufhörlichen Zählen und Rechnen steife Finger und drohtest sogar, bei der ersten besten Gelegenheit, die du finden würdest, davonzulaufen. Kurz, es kam dir entsetzlich vor, ewig in einem eisernen oder ehernen Kämmerchen unberührt, wie eine andere Danae, eingeschlossen zu sein und von so harten Pädagogen als der Wucher und das Einmaleins in der Zucht gehalten zu werden. Es könnte doch nichts Ungereimteres sein, sagtest du, als Leute, die dich rasend liebhätten und sich doch nicht getrauten, deiner zu genießen, wiewohl es ihnen niemand wehrte noch wehren dürfte, da sie deine Herren wären, sondern, im Gegenteil, die Augen keinen Augenblick von dem Siegel und den Riegeln, worunter sie dich verschlossen hielten, abgewandt, die ganze Nacht durch bei dir aufsäßen und das schon für hinlänglichen Genuß hielten, wenn sie deinen Genuß jedem andern verwehren könnten: wie der Hund in der Krippe, der zwar den aufgeschütteten Haber unangerührt läßt, aber auch dem hungrigen Pferde nicht gestatten will, davon zu fressen. Zuweilen lachtest du auch über alle diese Albernheiten deiner Liebhaber, und nichts kam dir lustiger vor, als daß sie, nicht zufrieden, eifersüchtig über andere zu sein, es sogar über sich selbst wären, ohne sich davon träumen zu lassen, daß – während der arme Teufel von Hausherrn, bei dem sichtbaren Dunkel einer enghalsigen und öldurstigen Lampe, sich den Schlaf versagt, um seine Zinsen auszurechnen – irgendein schurkischer Sklave, Hausverwalter oder Kinderwärter indessen Mittel finden werde, ihm über seinen Schatz zu kommen und des verhaßten Knausers hinter seinem Rücken zu spotten. Alles dies, o Plutus, pflegtest du sonst den Reichen aufzumutzen: mit welcher Billigkeit kannst du jetzt dem Timon das Gegenteil zum Verbrechen machen?

PLUTUS: Wenn du es beim rechten Lichte besiehest, Jupiter, wirst du finden, daß ich in beiden Fällen recht habe. Daß Timons gleichgültiges und sorgloses Betragen gegen mich einen gänzlichen Mangel an Zuneigung voraussetze, kann gar keine Frage sein. Was aber die andern betrifft, die mich einschließen und deren einzige Sorge es ist, mich immer fetter und dickleibiger zu machen, ohne mich weder selbst anzurühren noch an das Tageslicht hervorzuführen, damit ich ja von niemand gesehen werde: so habe ich wohl gute Ursache, sie für Toren und mich von ihnen beleidiget zu halten, da sie mich unschuldigerweise unter so vielen Fesseln verfaulen lassen, ohne zu bedenken, wie bald sie aus der Welt gehen und mich irgendeinem andern, der meiner nicht bedarf, überlassen werden. Ich kann also weder diese, die mich gar nicht zu gebrauchen wissen, noch jene, die mich immer zwischen den Fingern haben, loben: sondern nur den, der mit Maße zu Werke geht, was denn auch in allen Dingen das beste ist. Um die Sache durch ein Gleichnis vollends ins klare zu setzen, o Jupiter, so überlege einmal, beim Jupiter! selber – wenn einer sich ein hübsches junges Mädchen zur Frau nähme und ließe sie dann, ohne sie zu Hause zu behalten und im mindesten eifersüchtig über sie zu sein, nach freiem Belieben Tag und Nacht herumschwärmen und sich die Zeit vertreiben, mit wem sie wollte; ja, wenn er sie sogar selber ihren Galanen zuführte, sein Haus immer offenhielte, selbst den Kuppler spielte und jedermann auf sie zu Gaste bäte: könnte man sagen, daß er seine Frau liebe? Wahrlich, Jupiter, du, der du in Liebesangelegenheiten so erfahren bist, wirst das nicht sagen wollen! Auf der andern Seite, wenn einer eine schöne vollblühende Jungfrau, in der löblichen Absicht, Kinder mit ihr zu erzielen, geheuratet hätte und er sperrte sie vor aller Menschen Augen in das Innerste seines Hauses ein, fütterte sie da ihr ganzes Leben lang wie eine Priesterin der Ceres und ließe, statt sich der ehlichen Rechte zu bedienen, das schöne liebliche Geschöpf in ewiger kinderloser Jungferschaft dahinwelken, versicherte aber gleichwohl, daß er vor Liebe zu ihr brenne, und bewiese es auch wirklich durch die gelbliche Blässe seiner Gesichtsfarbe, seine stündlich zunehmende Magerkeit und seine hohlen eingefallnen Augen: würde man einen solchen Menschen nicht für wahnwitzig halten? – Nun ist aber immer das eine oder das andere mein Fall; entweder ich muß mich auf die unwürdigste Art zum Hause hinauswerfen, verprassen und erschöpfen lassen, oder sie stigmatisieren und binden mich wie einen Sklaven; und das ist es eben, was mich so toll auf die Leute macht!

JUPITER: Du ereiferst dich ganz unnötigerweise. Sind nicht beide gestraft genug dafür? Die einen schnappen, wie ebenso viele Tantalusse, mit ewig offnen, aber ewig dürren und lechzenden Lippen nach ihrem Golde, ohne es jemals habhaft zu werden; den andern wird ihre Nahrung, wie dem Phineus, von Harpyen bis aus dem Gaumen herausgeholt. Aber wozu alle das Geschwätze? Geh einmal, sag ich dir! du wirst einen ganz andern Mann an Timon finden als den Toren, der er ehmals war.

PLUTUS: Wie? du meinst, er werde jemals aufhören können, mich vorsätzlicherweise mit einem durchlöcherten Korbe zu schöpfen, aus Furcht, er möchte in lauter Reichtum ersaufen, wenn er mich ganz und auf einmal einlaufen ließe? Ich bin versichert, es wird mir gerade so mit ihm ergehen, als ob ich Wasser in das Faß der Danaiden schütten wollte. Das Loch ist zu groß; ich werde gießen und gießen, das Faß wird doch immer leer bleiben, weil es geschwinder wieder ausgelaufen sein wird, als ich nachgießen kann.

JUPITER: Er mag selbst zusehen, wie er das Loch stopfen will! Läßt er dich wieder ausfließen, so wird er wenigstens seinen Schafpelz und sein Grabscheit im Bodensatze wiederfinden. – Aber geht endlich einmal, sag ich, tut was ich euch heiße! Und du, Merkur, hörst du? Bringe mir, wenn du zurückkommst, die Zyklopen vom Ätna mit; sie sollen mir meinen Blitz wieder zurechte schmieden und spitzen, denn ich werde ihn nächstens so scharf als möglich vonnöten haben.

MERKUR: Nun, Plutus, mache dich auf die Füße! – Aber wie? was soll das? du hinkst, mein edler Herr? Ich wußte wohl, daß du blind bist: aber daß du auch lahm seist, war mir unbekannt.

PLUTUS: Auch bin ich es nicht immer, Merkur, sondern nur, wenn ich von Jupitern zu jemand geschickt werde. Da weiß ich nicht, wie es zugeht, aber es ist, als ob ich auf einmal keine Knochen mehr in den Beinen habe; ich hinke an beiden Füßen, und es geht so langsam, daß der Mann, der mich erwartet, gemeiniglich schon ein Greis ist, eh ich an Ort und Stelle angelangt bin. Kommt es aber darauf an, mich wegzubegeben, so dächtest du, ich hätte Flügel bekommen, und es geht so schnell, daß mich kein Vogel einholen könnte. Die Laufbahn ist kaum eröffnet, so ruft mich der Herold schon zum Sieger aus; so schnell hab ich, ehe die Zuschauer mir mit den Augen folgen können, das ganze Stadium übersprungen.

MERKUR: Was du da sagst, Plutus, ist wohl nicht so ganz wahr. Denn ich könnte dir viele nennen, die gestern nicht soviel hatten, um sich einen Strick zu kaufen, und heute auf einmal reich sind, großen Aufwand machen und mit einem schneeweißen Zug Pferde dahergefahren kommen, wiewohl sie in ihrem ganzen Leben nicht einen Esel im Stalle hatten. Ich denke, solche Leute haben Mühe, sich selbst zu überreden, daß ihr Reichtum kein Traum sei; und das mag wohl die Ursache sein, warum sie immer in Purpurkleidern und mit so viel goldenen Ringen an den Fingern einherstolzieren.

PLUTUS: Das ist ganz was anders, Merkur! Bei solchen Gelegenheiten gehe ich nicht auf meinen eigenen Füßen; auch schickt mich dann nicht Jupiter, sondern der Höllengott Pluto, insofern auch er ein Geber des Reichtums ist, wie es denn, anderer Beiwörter zu geschweigen, sein bloßer Name schon mit sich bringt. Wenn ich also von Plutons wegen von einem Herrn zum andern wandern soll, geht es damit so zu: Erst werfen sie mich in eine Wachstafel, dann siegeln sie mich mit großer Sorgfalt zu und tragen mich in Zeremonie zum Hause hinaus. Der Tote liegt inzwischen in irgendeinem finstern Winkel des Hauses, mit einem alten Hader um die Knie, den Katzen, die sich um ihn balgen, preisgegeben: mich hingegen erwarten die hoffenden Erben auf dem Gerichtshofe mit aufgesperrten Mäulern, wie die zwitschernden Jungen die herbeifliegende Schwalbe. Wenn denn nun das Siegel abgerissen, der Bindfaden zerschnitten, das Testament eröffnet und der neue Eigentümer öffentlich ausgerufen ist, es sei nun ein Anverwandter oder ein ehemaliger Schmeichler des Erblassers oder einer von seinen Kammerleuten, ein gewesener Liebling, der sich durch die Gefälligkeiten und Liebesdienste aller Art, die er seinem Herrn zu leisten sich's sauer genug werden lassen mußte, einen solchen Vorzug vor seinen Mitknechten und eine so reichliche Belohnung seiner edeln Willfährigkeit allerdings wohl verdient hat – dann hat dieser Glückliche, wer er auch sei, nichts weiter zu tun, als das Testament und mich eilends in den Schubsack zu stecken, nach seinem nunmehr eigentümlichen Hause zu laufen und, da er zuvor etwa Pyrrhius oder Dromo oder Tibius geheißen, sich nun auf einmal Megakles oder Megabyzus oder Protarchus schelten zu lassen; während die andern, die ihre Schnäbel vergebens aufgesperrt hatten, einander mit ungeheuchelter Traurigkeit anstarren und sich's, wie billig, von Herzen leid sein lassen, daß ihnen ein so großer Meerfisch aus dem Innersten des Netzes entwischt ist, ohne ihnen für die viele Lockspeise, die er auf ihre Kosten verschlungen, einen Ersatz zu lassen. Was Wunder, wenn ein Mensch, der so auf einmal in mich hineinplumpt, so ein dickhäutiger pöbelhafter Kerl, ohne Erziehung und feineres Gefühl, der, wenn ein Vorbeigehender von ungefähr mit der Peitsche schnalzt, gleich die Ohren reckt und zusammenfährt und vor dem Mahlgewölbe wie vor einem Tempel mit heiligem Schauder vorbeigeht, kurz, dem noch immer von Fußeisen und Handmühlen träumt – was Wunder, sage ich, wenn ein solcher Mensch allen, die mit ihm zu schaffen haben, unerträglich, grob und übermütig gegen diejenigen, die er nun für seinesgleichen ansieht, und grausam gegen seine ehmaligen Mitsklaven ist, die er geißeln läßt, bloß um zu probieren, ob ihm auch das nunmehr erlaubt sei: bis er endlich irgendeiner listigen kleinen Hure in die Klauen fällt oder sich einfallen läßt, schöne Pferde zu halten, oder sich einem Pack Schmarotzern preisgibt, die ihm zuschwören, daß er schöner sei als Nireus, edler als Kekrops oder Kodrus, verschlagener als Ulysses und reicher als sechzehn Krösusse; da dann der schlechte Kerl auf diese Art in einem Augenblicke wieder verschwendet, was von seinem Erblasser mit so vielen falschen Eiden, Ungerechtigkeiten und losen Künsten nach und nach zusammengekratzt worden war.

MERKUR: Es ist ungefähr so, wie du sagst. Aber wenn du auf deinen eignen Füßen gehst, wie kannst du den Weg finden, da du so blind bist? Oder wie machst du es, um diejenigen zu erkennen, zu denen dich Jupiter abschickt, weil er sie für würdig hält, reich zu werden?

PLUTUS: Du glaubst also, ich könne sie ausfindig machen?

MERKUR: Nein, beim Jupiter! sonst würdest du wohl nicht bei einem Aristides vorbeigehen, um dich einem Hipponikus oder Kallias und so manchen andern Atheniensern, die nicht einen Heller wert sind, aufzuhängen!

PLUTUS: Ich will dir sagen, wie das zugeht. Ich irre so lange auf und nieder, hin und her, bis ich ungefähr auf jemand stoße, der mich, ohne weiter nachzufragen, mit sich nach Hause nimmt und dir, Merkur, für den unverhofften Gewinn seinen Dank opfert.

MERKUR: So wird also Jupiter hintergangen, indem er sich versichert hält, daß du nur diejenigen reich machest, die er dessen würdig achtet?

PLUTUS: Und das mit Recht, da er einen Blinden dazu braucht, um eine Sache zu suchen, die der scharfäugige Lynkeus selbst zu finden Mühe haben würde. Denn da die Guten so selten, die Bösen hingegen überall in Menge sind und den Meister spielen, was Wunder, daß ich bei meinem Herumtaumeln so leicht an die letzten gerate und von ihnen weggefischt werde.

MERKUR: Wie kommst du aber zurechte, wenn du sie wieder verlässest, da du deinen Weg nicht sehen kannst?

PLUTUS: Solang ich fliehe, bekomm ich den Gebrauch meiner Augen und meiner Füße wieder.

MERKUR: Weil ich nun einmal am Fragen bin, so erkläre mir auch noch das. Da du doch, wie nicht zu leugnen ist, blind, schwarzgelb und ziemlich übel zu Fuße bist, wie kommt es, daß du demungeachtet so viele Liebhaber hast, daß alle nur für dich Augen haben und, wenn sie dich besitzen, sich für überglücklich halten, hingegen wenn sie dich verlören, das Leben selbst nicht mehr ertragen möchten? Ich selbst habe ihrer nicht wenige kennengelernt, die so jämmerlich in dich verliebt waren, daß sie (mit dem Dichter zu reden) von „luftigen Felsen herab in das grundlose Meer" gesprungen sind, bloß weil sie glaubten, du hättest verächtlich über sie weggesehen, da du sie doch nicht einmal angesehen hattest. Du wirst doch, wenn du dir anders Gerechtigkeit widerfahren lässest, selbst gestehen müssen, daß man mit der Korybantenwut behaftet sein muß, um in einen solchen Geliebten so unmäßig vernarrt zu sein.

PLUTUS: Ich merke, du meinst, sie sehen mich, wie ich bin, so blind und so lahm, kurz, mit allen meinen Gebrechen?

MERKUR: Wie sollten sie nicht, sie müßten denn nur alle insgesamt selbst blind sein?

PLUTUS: Nicht eben blind, mein Bester; aber die Unwissenheit und die Täuschung, die sich der ganzen Welt bemächtigt haben, umnebeln sie, und, die Wahrheit zu gestehen, ich selbst helfe dem Betrug nach, indem ich mich ihnen nicht anders als unter einer sehr liebenswürdigen, schimmernden, mit Gold und Edelsteinen ausgeschmückten Maske darstelle. Die armen Narren, die sich einbilden, mein wahres Gesicht zu sehen, geraten über die vermeinte Schönheit außer sich und verzweifeln, wenn sie meiner nicht habhaft werden können. Unfehlbar, wenn mich jemand vor ihren Augen auszöge und in meiner wahren Gestalt zeigte, würden sie über ihre Blödsinnigkeit und törichte Liebe zu einem so ungestalten und unliebenswürdigen Gegenstand selbst ein strenges Urteil fällen.

MERKUR: Aber daß sie auch dann, wenn sie nun wirklich reich geworden sind und die besagte Maske sich selbst umgetan haben, noch immer betrogen werden; daß sie, wenn man sie ihnen abziehen will, lieber den Kopf als die Larve dahinten ließen – das ist doch unbegreiflich! Denn wer kann sich vorstellen, daß sie, die doch die inwendige Seite sehen, nicht wissen sollten, daß die ganze Schönheit mit dem Pinsel aufgestrichen ist?

PLUTUS: Es kommen mir verschiedene Umstände dabei zustatten.

MERKUR: Die möcht ich wohl hören!

PLUTUS: Sobald mir einer, dem ich zum ersten Male begegne, die Tür aufmacht, so schleichen sich ungesehen Hoffart, Unverstand, Aufgeblasenheit, Weichlichkeit, Übermut, Selbstbetrug und tausend andere ihresgleichen mit mir hinein. Kaum haben sich diese einer Seele bemeistert, so bewundert sie, was keine Bewunderung verdient, und gelüstet nach dem, was sie fliehen sollte; mich aber, den Vater aller dieser Unholde, schätzt sie, solange ich von ihnen umgeben bin, über alles und würde eher das Ärgste leiden als sich gutwillig von mir trennen.

MERKUR: Und gleichwohl, mein guter Plutus, bist du so glatt und schlüpfrig, daß es beinahe unmöglich ist, dich nicht zu verlieren: man kann dich nirgends festhalten, sondern ehe man sich's versieht, bist du einem, wie ein Aal, zwischen den Fingern weggeschlüpft. Penia hingegen ist so zäh, als ob sie aus lauter Vogelleim gemacht wäre, und streckt aus allen Teilen ihres Körpers eine unendliche Menge Stacheln und Scheren hervor, womit sie diejenigen, die ihr zu nahe kommen, festhält und so leicht nicht wieder entwischen läßt. – Aber während wir hier die Zeit mit Plaudern verderben, haben wir das Wichtigste vergessen.

PLUTUS: Was denn?

MERKUR: Wir haben den Thesaurus nicht mitgenommen, dessen wir doch am nötigsten haben.

PLUTUS: Darüber mache dir keine Sorge. Den lasse ich immer unter der Erde, wenn ich zu euch auf die Oberwelt gehe, mit dem Befehl, die Haustüre wohl verschlossen zu halten und sie niemand aufzumachen, wofern er mich nicht rufen gehört hat.

MERKUR: Wir haben nun die Grenze von Attika erreicht. Fasse mich am Rockzipfel und folge mir, bis ich die Einöde ausfindig gemacht habe, wo Timon sich aufhält.

PLUTUS: Deine Vorsicht ist wohl angebracht; ich könnte sonst leicht an einen Hyperbolus oder Kleon geraten, wenn ich ohne Führer herumtappen müßte. Aber was hör ich da für einen Schall, wie wenn Eisen an einen Stein geschlagen würde?

MERKUR: Wir sind dem Orte nahe, wo Timon in dem harten und steinichten Boden arbeitet. – Ha, da seh ich ja schon die Penia und ihre gewöhnlichen Gefährten Arbeit, Unverdrossenheit, Weisheit und Tapferkeit mit der ganzen übrigen Schar, die unter der Fahne des Hungers zu dienen pflegt. Das sind andere Figuren, Plutus, als deine schwachherzigen Trabanten, deren du vorhin erwähntest!

PLUTUS: So wäre wohl das sicherste, uns auf die Seite zu machen, Merkur? An einem Manne, der von einer solchen Leibwache bedeckt wird, werden wir nicht viel Ehre einlegen.

MERKUR: Jupiter ist anderer Meinung. Wir wollen den Mut noch nicht sinken lassen.

PENIA: Wo führst du diesen Blinden hin, Merkur?

MERKUR: Jupiter hat uns zum Timon dort abgeschickt.

PENIA: Wie? Plutus wird dem Timon zugeschickt, und das, nachdem ich ihn in den elenden Umständen, worein ihn die Üppigkeit gebracht hatte, übernommen und mit Hülfe meiner beiden Kinder, Sophia und Ponos, einen wackern und tüchtigen Mann aus ihm gemacht habe? Ihr denkt also, die arme Penia sei gut genug, sich so verächtlich und unbillig mitspielen zu lassen, als euch beliebt? Ich besitze auf der

Welt nichts als diesen Timon, und nachdem ich mir alle Mühe gegeben habe, ihn zu einem tugendhaften Mann umzubilden, kommt ihr und reißt ihn wieder von mir weg, um ihn mir, wenn Plutus und seine Gesellen wieder den Weichling und Toren und Taugenichts, der er war, aus ihm gemacht haben werden, am Ende als einen Lumpen zurückzugeben?

MERKUR: So beliebt es dem Jupiter, gute Penia.

PENIA: Ich habe also hier weiter nichts zu tun. Du, Sophia, und du, Ponos, folget mir! Er wird bald genug innewerden, was für eine nützliche Mitarbeiterin und Lehrmeisterin alles Guten er an mir verloren hat. Solange er sich zu MIR hielt, verschaffte ich ihm Gesundheit an Leib und Gemüte; er lebte das Leben eines Mannes, lernte sich selbst achten und das übrige alles als überflüssig und ihn nichts angehend ansehen, wie es auch nicht anders ist. – Es wird sich zeigen, was er beim Tausche gewinnen wird!

MERKUR: Sie gehen davon, Plutus: nun wollen wir auf ihn zugehen.

TIMON: Was für verwünschte Figuren sind das? Was wollt ihr? Was führt euch hierher, einen ehrlichen Taglöhner in seiner Arbeit zu stören? Aber ihr sollt mir's nicht umsonst getan haben, ihr Schurken, die ihr alle seid! Ich will euch mit Erdschollen und Steinen so zusammenwerfen, daß kein Gebein von euch ganz bleiben soll.

MERKUR: Das laß bleiben, Timon! Wir sind keine Menschen, wie du meinst: ich bin Merkur, und dieser hier ist der Gott des Reichtums. Jupiter hat dein Gebet gehört und schickt uns zu dir. Empfang also zur guten Stunde Glück und Wohlstand aus unsrer Hand, und höre auf, dich mit dieser sauren Arbeit zu placken!

TIMON: Es soll euch darum nicht besser ergehen, wenn ihr die Götter seid, wofür ihr euch ausgebt; ich hasse Götter und Menschen, die einen wie die andern, und diesem Blinden hier, wer er auch sei, werd ich mit meinem Grabscheit den Schädel einschlagen.

PLUTUS: Um Jupiters willen, Merkur, laß uns gehen! Ich sehe, der Mensch ist wahnsinnig, und sein Wahnsinn ist von der tollsten Art. Ich gehe, es möchte mir sonst übel bekommen.

MERKUR: Übereile dich nicht, Timon! Laß dieses wilde und rasche Verfahren; lange mit beiden Händen nach deinem guten Glücke, sei wieder reich und der Erste unter den Atheniensern; aber sei nun glücklich für dich selbst, und sieh jene Undankbaren mit Verachtung an!

TIMON: Ich brauche nichts von euch! Laßt mich ungeplagt! Mein Grabscheit ist mir Reichtums genug. Was das übrige betrifft, wenn mir nur jedermann vom Leibe bliebe, so wäre ich so glücklich, als ich zu sein wünsche.

MERKUR: So unleutselig, Freund? Soll ich diese barsche rauhtönende Antwort Jupitern überbringen? Ich begreife, daß du ein Menschenfeind bist, nachdem du so vieles und ungeheures Unrecht von ihnen erlitten hast: aber das begreif ich nicht, wie du ein Götterfeind sein kannst, da sie doch so gütig für dich sorgen.

TIMON: Dir, Merkur, und Jupitern bin ich für die Fürsorge herzlich dankbar: aber mit diesem Plutus hier will ich nichts zu schaffen haben.

MERKUR: Und warum das?

TIMON: Weil er mir ehedem unzählig viel Böses zugezogen hat. Denn ist ER es nicht, der mich Schmeichlern und Schmarotzern preisgab? der mir hinterlistige Freunde zuführte, mir Hasser und Neider erweckte, mich durch Üppigkeit und Wollust verderbte und am Ende mich in der Not wie ein treuloser Verräter, der er ist, sitzen ließ? Wie edel hat hingegen die gutherzige Penia an mir gehandelt! Sie hat mich durch männliche Arbeit und tüchtige Leibesübung wiederhergestellt. Ihr Umgang war immer mit Wahrheit und Freimütigkeit vergesellschaftet. Sie verschaffte mir durch Arbeit das Unentbehrliche und lehrte mich alles übrige, was Wollust und Torheit den Reichen zum Bedürfnis machen, verachten; ließ alle Hoffnungen meines Lebens von mir selbst abhangen und zeigte mir, was der Reichtum sei, den ich in Wahrheit als den MEINIGEN zu betrachten habe, weil er mir von keinem Fuchsschwänzer abgeschmeichelt, von keinem Sykophanten abgetrotzt, kurz, weder von einem aufgehetzten Pöbel noch von einem redseligen Demagogen, noch von einem auf mein Verderben erpichten Tyrannen entrissen werden kann. Und nun, da ich mit einer durch Arbeit gestärkten Gesundheit unverdrossen dieses Feld baue, wo keines von den Übeln, wovon die Stadt so voll ist, meine Augen beleidiget, nun bin ich zufrieden; denn mein Grabscheit verschafft mir zureichenden und sichern Unterhalt. Also, Merkur, mache dich je bälder, je lieber auf den Rückweg und bringe den Plutus zu Jupitern zurück. Will er mir ja einen Gefallen erweisen, so soll er alles, was Mensch heißt, junge und alte, samt und sonders – an den Galgen schicken!

MERKUR: Darauf möchten sich nun wohl nicht alle eingerichtet haben. Aber, höre einmal mit solchen feindseligen und unbesonnenen Reden auf, guter Timon, und nimm den Plutus zu dir! denn die Gaben, die uns Jupiter sendet, so von sich zu stoßen ziemt sich nicht.

PLUTUS: Wenn du es zufrieden bist, will ich mich gegen deine Beschuldigungen verantworten. Oder ist es dir auch zuwider, mich reden zu hören?

TIMON: Rede meinetwegen; nur mach es kurz, und keinen weitläuftigen Eingang wie eure verwünschten Volksredner! Dem Merkur hier zu Gefallen will ich mich überwinden, ein paar Worte von dir anzuhören.

PLUTUS: Billig hätte mir erlaubt sein sollen, mich weitläuftig zu verantworten, da du mir so vieles zur Last gelegt hast. Indessen urteile selbst, ob ich dir, wie du sagst, übel mitgespielt habe; ich, der ich dir alles, was den Menschen das Angenehmste ist, Würde, Rang, öffentliche Belohnungen und Ehrenzeichen, kurz, alles, was nur immer zum höchsten Wohlstand und Wohlleben gerechnet wird, zugeteilt habe? Um meinetwillen warst du angesehen und berühmt, jedermann beeiferte sich, dir seine Achtung zu zeigen und dir Dienste zu leisten. Wenn dir von Fuchsschwänzern Leids geschehen ist, so bin ich außer Schuld; im Gegenteil, ich habe mich über DICH zu beschweren, daß du mich mit so wenig Achtung den schlechtesten Menschen preisgegeben hast, deren verstellte hinterlistige Freundschaft eine bloße Falle war, worein sie dich und mich zu ziehen suchten. Ich hätte dich verraten, sagtest du: mit besserm Rechte könnte ich dir die Beschuldigung zurückgeben, da du alles mögliche, um meiner loszuwerden, getan und mich, im eigentlichsten Verstande, den Kopf zuunterst zum Hause hinausgeworfen hast. Wofür dich denn auch, statt des feinen prächtigen Staatsrockes, deine hochgeehrte Penia mit diesem Ziegenpelz ausstaffiert hat! – Übrigens kann Merkur hier bezeugen, wie inständig ich Jupitern gebeten habe, mich nicht wieder zu einem Manne zu schicken, der so übel mit mir umgegangen war.

MERKUR: Du siehst aber nun, Plutus, wie er sich geändert hat, und hast alle Ursache, einen bessern Mut zu ihm zu fassen. Also, zur Sache! – Du, Timon, grabe zu! – Und du, befiehl dem Thesaurus, sich unter sein Grabscheit zu legen; denn er wird dir unfehlbar gehorchen, wenn du laut genug schreist.

TIMON: Nun, weil denn kein ander Mittel ist, als zu gehorchen und wieder reich zu werden, so sei es dann! Was ist zu machen, wenn die Götter Gewalt wider einen brauchen? Bedenke indessen, Merkur, in was für Umstände du mich armen Mann stürzest, mich, der kurz zuvor noch so glücklich war und nun, ohne mein Verschulden, einen solchen Haufen Goldes und mit ihm so viel Sorgen übernehmen soll!

MERKUR: Ertrag es mir zulieb, Timon, wie verdrießlich und unwillkommen es dir auch sein mag; wenigstens wirst du das Vergnügen haben, deine Fuchsschwänzer vor Neid bersten zu sehen. Ich fliege jetzt über den Ätna in den Himmel zurück.

PLUTUS: Der ist also fort; denn mich deucht, ich höre seine Flügel rauschen. Du, Timon, bleibe hier! Ich will gehen und dir den Thesaurus an meiner Stelle schicken. Schlage nur ein wenig tiefer in den Boden! – Und du, goldner Thesaurus, erkenne diesen Timon für deinen Herrn und liefere dich in seine Hände! – Grabe zu, Timon! schlage tiefer ein! Ich will euch nun Platz machen.

TIMON: Wohlan denn, mein liebes Grabscheit, verdopple deine Kraft und werde mir nicht müde, bis du den Schatz aus der Tiefe an das Tageslicht gebracht hast! – O wundertätiger Jupiter mit allen deinen Korybanten! Und du, o gewinngebender Merkur, woher alle diese Menge Goldes? – Oder ist es nur ein Traum und werd ich beim Erwachen den Schatz in Kohlen verwandelt finden? – Doch nein! Es ist wirkliches, ausgeprägtes, glänzendes, wichtiges Gold! Welch ein lieblicher Anblick!

O Gold, du schönste Augenlust der Sterblichen!
Gleich dem lodernden Feuer
glänzest du bei Nacht und bei Tage!

Willkommen, du liebstes und lieblichstes aller Dinge! Nun kann ich glauben, daß Jupiter einst zum goldnen Regen worden sei. Welches Mädchen wollte einem so schönen, durch die Ziegel herabrinnenden Liebhaber nicht mit Freuden ihren Schoß öffnen? O Midas, o Krösus, o Schatz des delphischen Tempels, wie nichts seid ihr gegen Timon und Timons Reichtum! Der persische König selbst kann nicht mit ihm zu vergleichen sein. – Mein gutes Grabscheit und du, einst so geliebter Ziegenpelz, ihr sollt vor allen Dingen an diesem Pan als Opfer aufgehängt werden. Dann will ich diese ganze Landspitze kaufen und einen Turm über meinen Schatz bauen, der gerade nicht mehr Gelaß haben soll, als ich für mich allein brauche, dies soll meine Wohnung, ich denke, auch meine Grabstätte sein. Für all mein übriges Leben aber setze und verordne ich hiemit zum Grundgesetze: mit keinem Menschen Umgang zu haben, keinen zu kennen, über alle wegzusehen. – Die Wörter Freund, Gast, Kamerad und Altar der Barmherzigkeit sollen ohne Bedeutung in meiner Sprache und Mitleiden mit einem Weinenden zu tragen oder einem Dürftigen zu helfen soll Verbrechen und Umsturz der guten Sitten sein. Ich will einzeln und für mich allein leben wie die

Wölfe und keinen andern Freund in der Welt haben als den Timon. Alle andere will ich für Feinde, Diebe und Meuchelmörder halten, und mit einem von ihnen zu sprechen soll mir Verunreinigung sein. Der Tag, an dem ich einen Menschen nur erblickt habe, soll als ein unglücklicher Tag angezeichnet werden. Es soll mir nicht erlaubt sein, weder einen Gesandten von ihnen anzunehmen noch mich in irgendein Bündnis mit ihnen einzulassen: kurz, es soll so wenig Gemeinschaft zwischen mir und ihnen sein, als ob sie steinerne oder eherne Bildsäulen wären. Diese Wüste soll die Grenze gegen sie sein. Zunft- und Gemeindegenossen, Mitzünfter, Mitbürger und Vaterland selbst, lauter schale Namen, die nur bei sinnlosen Menschen in Achtung stehen! Timon sei für sich allein reich, lasse sich allein mit sich selbst wohl sein, weit von allen Schmeichlern und pausbackichten Lobrednern entfernt; allein, auch wenn er den Göttern opfert und das festliche Opfermahl begeht, weil er keinen andern Haus- und Feldnachbar hat als sich selbst und alle übrigen von sich abgeschüttelt hat. Ja, sogar im Tode soll er von keinem andern Menschen als von sich selbst Abschied nehmen und sich mit eigener Hand den Kranz aufsetzen, der einem Verstorbenen von seinen Freunden aufgesetzt zu werden pflegt. Ich will stolz darauf sein, den schönen Namen Menschenfeind zu führen, und mürrisches Wesen, Grobheit, Brutalität und Unmenschlichkeit sollen die Kennzeichen meines Charakters sein. Wenn ich einen Menschen in Gefahr sähe, im Feuer umzukommen, und er flehte mich an, die Flammen zu löschen, so will ich aus allen Kräften mit – Pech und Öl löschen, und wenn ein reißender Winterstrom einen vor meinen Augen daherwälzt und er mich mit emporgestreckten Armen um Hülfe anruft, so soll es mir Pflicht sein, ihn mit dem Kopf hinabzustoßen und mit Gewalt zu verhindern, daß er nicht wieder auftauchen könne. Denn nur auf diese Weise werde ich ihnen wiedergeben, was ich von ihnen empfangen habe. Dieses Gesetz hat Timon, des Echekratides Sohn, aus dem kolyttischen Distrikte in Vortrag gebracht, und besagter

Timon, da er den Präsidenten und die Gemeine in seiner Person vereinigt, hat es auch bestätiget. Und dabei soll es nun bleiben, und es soll hiemit die volle Kraft eines unwiderruflichen Gesetzes empfangen, und wir werden männlich darüber zu halten wissen! Übrigens sollte mir's jetzt sehr angenehm sein, wenn ich allen Atheniensern bekanntmachen könnte, daß ich wieder unmäßig reich geworden bin; denn ich bin gewiß, es würde ihnen die Hälse zuschnüren. – Aber wie? Was bedeutet das? Da seh ich sie ja schon von allen Seiten, ganz mit Staube bedeckt und außer Atem, herbeigelaufen kommen! Sie müssen Wind von meinem Golde bekommen haben, wie es auch damit zugegangen sein mag. – Was ist nun zu tun? Soll ich auf die Anhöhe dort hinaufklettern und sie aus diesem festen Posten mit einem Steinhagel bewillkommen? Oder wollen wir diesen einzigen Bruch in unser Gesetz machen und noch einmal mit ihnen reden, um sie durch die schmähliche Art, wie wir sie behandeln wollen, desto empfindlicher zu kränken? Das letztere wird doch wohl das beste sein. Ich will also stehenbleiben und sie anrücken lassen. – Laß doch sehen, wer der wackere Mann ist, der allen andern zuvorläuft? Wahrlich, der nämliche Gnathonides, der mir neulich, da ich ihn um eine kleine Beihülfe ansprach, einen Strick reichte, wiewohl der Schurke ehedem ganze Fässer Wein bei mir – gespien hat. Er tut wohl, daß er kömmt, dafür soll er auch die schwere Not zuerst kriegen!

GNATHONIDES: Sagt ich's nicht immer, die Götter würden einen so guten Mann wie Timon nicht verlassen? Guten Tag, schönster, liebster Timon! Wie steht's, altes Zechbrüderchen?

TIMON: Guten Tag auch, Gnathonides, du – aller Geier gefräßigster und aller Menschen nichtswürdigster!

GNATHONIDES: Du bist noch immer der alte Spaßvogel, höre ich. Aber warum seh ich hier den Tisch nicht gedeckt? Wo ist das Gastmahl? Ich bringe dir ein ganz neu gelerntes Trinklied mit, so frisch wie es aus des Dichters Hirnpfanne gekommen ist.

TIMON: Mein Grabscheit da soll dich eine Elegie singen lehren, und das eine sehr klägliche! *Er prügelt ihn.*

GNATHONIDES: Was soll das sein, Timon? du schlägst mich? Ich werde Zeugen herbeirufen – o Herkules! Au weh! Weh! Ich werde dich beim Areopagus verklagen, daß du mir ein Loch in den Kopf geschlagen hast.

TIMON: Wenn du noch eine kleine Weile verziehest, sollst du mich verklagen, daß ich dich totgeschlagen habe.

GNATHONIDES: So weit wollen wir's nicht kommen lassen. Meine Wunde soll bald geheilt sein, wenn du ein wenig Gold darauf legen willst; Gold ist ein gar herrliches Mittel, das Blut zu stillen.

TIMON: Bist du noch da? *Er schlägt auf ihn zu.*

GNATHONIDES: Nun ja doch, ich will ja gehen; aber es soll dir wenig Freude bringen, daß du aus dem guten Manne, der du warst, ein so ungeschlachter Grobian geworden bist. *Er geht ab.*

TIMON: Wer ist der Glatzkopf, der sich da heranmacht? – Ach, nun erkenn ich ihn; es ist Philiades, der schamloseste unter allen meinen ehemaligen Tellerleckern. Das ist der Schurke, der ein ganzes Landgut und zweitausend Taler zu Ausstattung seiner Tochter noch obendrein von mir empfing, bloß um ihn dafür zu belohnen, daß er mein Singen, während alle andern stillschwiegen, bis an den Himmel erhob und seine arme Seele verschwor, kein sterbender Schwan singe so lieblich: und wie ich neulich krank und elend zu ihm kam und ihn um Hülfe ansprach, wies mich der edle Mann sogar mit Schlägen ab.

PHILIADES: O des unverschämten Volks! So? Nun kennt ihr den Timon wieder? Nun ist Gnathonides wieder sein Freund und bereit, ihm seinen Wein wieder auszutrinken! Es ist ihm recht geschehen, dem Undankbaren! Wir, Timons alte Bekannte und Jugendfreunde und Zunftgenossen, wiewohl wir ein näheres Recht hätten, halten gleichwohl an uns und möchten ihm, um alles in der Welt, nicht so unbescheiden auf den Leib rücken. – Viel Glücks, geehrtester Herr! Aber laß dich zugleich vor diesen verdammten Schmarotzern warnen, diesem Rabengesindel, die bloß deine Freunde sind, solang es was zu schmausen gibt. Man darf doch heutigestages keinem Menschen mehr trauen! Es ist lauter undankbares heilloses Schelmenpack! – Ich kam eben hieher, dir tausend Taler zur Bestreitung der notwendigsten Bedürfnisse zu bringen, als mir nicht weit von hier gesagt wurde, du wärest wieder zu unermeßlichem Reichtum gelangt; und so wußte ich dir meinen guten Willen durch nichts anders als diese freundschaftliche Warnung zu beweisen, wiewohl ein so kluger Mann wie du, ein Mann, von dem Nestor selbst im Notfalle noch lernen könnte, keine Erinnerungen von meinesgleichen bedarf.

TIMON: Das wollen wir gut sein lassen, Philiades. Tritt ein wenig näher herbei, damit ich dir meine Ergebenheit – ebenfalls mit meinem Grabscheit bezeugen kann. *Er schlägt ihn vor den Kopf.*

PHILIADES: Zu Hülfe, lieben Leute! Der undankbare Mensch hat mir für meinen wohlgemeinten Rat die Hirnschale entzweigeschlagen!

TIMON: Ih, da kommt ja noch ein dritter; der Redner Demeas, mit einem Dekret in der Hand. Der wird nun wieder mein Vetter sein wollen! Er war einmal der Republik sechzehntausend Taler schuldig und sollte, weil er nicht bezahlen konnte, geschlossen ins Gefängnis geführt werden. Aus Mitleiden bezahlte ich diese Summe auf EINEM Brette für ihn. Neulich, da die Reihe an ihn kam, der Zunft der Erechthiden das Schauspielgeld auszuzahlen, und ich hinging, meinen gebührenden Anteil zu empfangen, hat der Kerl nicht die Unverschämtheit, mir ins Gesicht zu sagen, er wisse nichts davon, daß ich ein Bürger sei!

DEMEAS: Sei mir gegrüßt, o Timon, du große Zierde deines Stammes, du Stütze von Athen und Vormauer des ganzen Griechenlandes! Schon lange warten beide Ratskollegien und die ganze versammelte Stadtgemeine auf deine Zurückkunft. Zuvor aber erlaube mir, dir das Dekret vorzulesen, das ich deinetwegen abgefaßt habe:

»Demnach Timon, des Echekratides Sohn, aus der

Gemeine Kolyttos, ein Mann, der sowohl an Rechtschaffenheit und guten Sitten als an Weisheit im ganzen Griechenlande schwerlich seinesgleichen findet, sich diese ganze Zeit her auf mancherlei Art und Weise um das gemeine Wesen besonders wohl verdient gemacht; gestalten denn derselbe in EINEM Tage zu Olympia im Faustkampfe, im Ringen, im Wettlauf und im Rennen mit zwei- und vierspännigen Wagen den Preis davongetragen; –«

TIMON: Ich? der ich Olympia in meinem ganzen Leben nie gesehen habe?

DEMEAS: Was schadet das? So wirst du es künftig sehen! Je mehr dergleichen in einem Dekret steht, je besser!

»– desgleichen in abgewichnem Jahre sich gegen die Akarnenser für die Republik sehr tapfer gehalten und zwei Bataillons peloponnesische Truppen in die Pfanne gehauen; –«

TIMON: Wie hätt ich das gemacht, da ich, aus Mangel an Gewehr, nicht einmal auf die Musterrolle kam?

DEMEAS: Es ist bloße Bescheidenheit, daß du so von dir selber sprichst: wir hingegen würden mit Recht für undankbar gehalten, wenn wir's vergessen hätten; –

»– nicht weniger auch auf viele andere Weise durch Rat und Tat in Kriegs- und Friedenszeiten der Republik ungemeine Dienste geleistet hat: als ist, in Erwägung alles dessen, von dem Rat und der Gemeine, sowohl dem größern Ausschuß als allen Zünften, samt und sonders gemeinschaftlich für gut befunden und beschlossen worden, eingangs ersagtem Timon eine goldene Bildsäule neben der Minerva auf der Akropolis setzen zu lassen, mit Strahlen ums Haupt und einen Donnerkeil in der Rechten haltend; ferner ihn mit sieben goldnen Kronen zu krönen und diese ihm zuerkannte Belohnung an den Dionysien, welche an heutigem Tage ihm zu Ehren mit neuen Tragödien gefeiert werden sollen, öffentlich ausrufen zu lassen. Dieses Dekret hat in Vorschlag gebracht Demeas, der Rhetor, Timons nächster Verwandter und Lehrjünger; denn Timon ist auch der Erste unter den Rednern sowie alles andere, was er will.« – So lautet also das Dekret. Übrigens gedachte ich dir auch meinen Sohn vorzustellen, den ich nach deinem Namen Timon genannt habe.

TIMON: Wie das, Demeas, da du meines Wissens nie verheuratet gewesen bist?

DEMEAS: Ich hoffe aber, mit Gottes Hülfe, aufs neue Jahr eine Frau zu nehmen und Kinder zu zeugen; und da dies schon so gut als geschehen ist und das erste unfehlbar ein Knabe sein wird, so nenn ich ihn jetzt schon Timon.

TIMON *indem er nach ihm schlägt*: Ob dieser Schlag nicht etwa ein Loch in deine Heurat machen wird, mein feiner Herr, dafür steh ich dir nicht gut.

DEMEAS: Au weh! Was soll das heißen? Glaubst du, hier Herr zu sein, daß du dich unterstehst, freie Leute zu schlagen, du, dessen freie Geburt und Bürgerrecht noch zweifelhaft ist? Aber es soll dir nicht ungenossen hingehen! Du sollst mir nicht ungestraft Feuer in der Burg angelegt haben!

TIMON: Wenn hat denn die Burg gebrannt, du Sykophante?

DEMEAS: Wenigstens kömmt dein Reichtum bloß daher, daß du einen Einbruch in die Schatzkammer getan hast.

TIMON: Damit wirst du nicht weit kommen; jedermann weiß, daß die Schatzkammer nicht erbrochen worden ist.

DEMEAS: Dazu soll schon Rat werden! Genug, daß man den ganzen Schatz bei dir finden wird.

TIMON *schlägt ihn wieder*: Dafür mußt du noch eins haben!

DEMEAS: O weh, mein Rücken!

TIMON: Krähe nicht so, oder du kriegst noch einen dritten. Das müßte doch närrisch zugehen, wenn ein Mann, der zwei Bataillons Lazedämonier in die Pfanne hauen konnte, mit einem einzigen Schurken nicht fertig werden könnte! Was hälfe mir's auch, zu Olympia im Faustkampf und im Ringen obgesiegt zu haben? *Demeas entfernt sich.* Immer besser! Seh ich nicht dort den Philosophen Thrasykles kommen? Es kann kein andrer sein. Wie der Mensch mit vorgestrecktem Bart und aufgezogenen Augenbraunen in stolzer Selbstgefälligkeit einherschreitet, mit dem trotzigen Blick eines Titanen und mit krausem aufgebüftem Stirnhaar, ein leibhafter Boreas oder Triton, wie sie Zeuxis zu malen pflegte! Das ist der Mann, der an EINEM Tage immer zwei so verschiedene Personen spielt. Frühmorgens kündigt sein ganzer Anstand, sein Gang und seine Kleidung den sittsamsten und nüchternsten Weisen. Wie es ihm da vom Munde geht, wenn er von der Tugend spricht! Wie scharf er auf die Freunde der Wollust loszieht! Was für schöne Dinge er von der Begnügsamkeit auskramt und von der Glückseligkeit, wenig zu bedürfen! Aber sobald er aus dem Bade zu einem Gastmahl kommt und (was immer seine erste Sorge ist) sich einen größern Becher von dem Bedienten geben lassen, dächte man, er trinke, wiewohl er nichts als puren Wein trinkt, lauter Wasser aus dem Lethe, so gänzlich tut er nun von allem, was er in seinen Morgenlektionen gepredigt hatte, das Gegenteil. Da fällt er wie ein Stoßvogel über die Gerichte her, reißt alles zu sich, entfernt seinen Nachbar mit dem Ellenbogen, bückt sich über die Schüssel her, als ob er das höchste Gut herausfinden möchte, und stopft sich mit so hündischer Gefräßigkeit voll, daß ihm die Brühe über das Kinn herabtrieft, streicht, was am Teller klebt, noch mit dem Zeigefinger zusammen und klagt noch immer, daß er zu kurz komme, damit ihm eine Pastete oder ein Wildbraten oder sonst irgendeine leckere und ergiebige Schüssel allein abgetreten werde. Dazu trinkt er nun, nicht etwa bloß, bis er vor ausgelassener Fröhlichkeit singt und springt: er säuft so lange, bis er grob wird und Händel anfängt; oder er fängt gar mit dem Becher in der Hand zu deklamieren an und ist unverschämt genug, mit schwerem Kopf und lallender Zunge das Lob der Mäßigkeit und der sittlichen Grazie anzustimmen, bis er etwa durch eine nicht sehr anmutige Operation seines überfüllten Magens unterbrochen wird. Das Ende davon ist, daß ihn ein paar Sklaven zu packen kriegen und ihn, wiewohl er sich mit beiden Händen an die Flötenspielerin anklammert, mit Gewalt zum Saale hinaustragen. Übrigens läßt er sich, auch nüchtern, von keinem leicht den Vorzug im Lügen, im Prahlen und in der Geldgierigkeit nehmen; im Fuchsschwänzen sucht er seinesgleichen, und wer einen falschen Eid geschworen haben will, findet ihn immer bereit; Heuchelei und Betrug gehen vor ihm her, und die Unverschämtheit hängt ihm zur Seite: kurz, der Mann ist ein ausgemachter und mit allen Arten der Vollkommenheit ausgerüsteter Meister in seiner Kunst. Nur herbei, vortrefflicher Mann! Auch du sollst deinen Lohn bekommen! *Zu Thrasykles, der inzwischen herangekommen ist.* Was seh ich? Ei! da kommt mir ja Thrasykles wie gerufen!

Thrasykles *in einem deklamierenden Ton*: Aber nicht aus dem eigennützigen Beweggrunde, o Timon, nicht mit dem lüsternen Seitenblick auf dein Gold und Silber und deine köstliche Tafel, womit dir alle diese Leute auf den Hals gekommen sind, die sich in deinen Reichtum verliebt haben und durch ihre Schmeichlerkünste von einem so arglosen und freigebigen Manne alles zu erhalten hoffen. Für mich ist, wie du weißt, ein Stück Brot eine hinlängliche Mahlzeit, Aschlauch und Kresse die liebsten Gerichte, ein bißchen Salz der leckerhafteste Nachtisch. Mein Getränke reicht mir der öffentliche Brunnen, und dieser alte Mantel ist mir lieber als das schönste Purpurkleid. Was sollte ich also mit dem Golde machen, das in meinen Augen nicht mehr Wert hat als die Kieselsteine, die dort am Ufer liegen? Ich komme bloß um deinetwillen und um, womöglich, zu verhüten, daß dieses schlimmste und gefährlichste aller Dinge, der Reichtum, der schon so vielen die Ursache des größten Unglücks und Elends geworden ist, nicht auch dich ins Verderben stürze. Wenn du also gutem Rate folgen willst, so wirf unverzüglich all dein Gold ins Meer, als etwas, das einem rechtschaffnen Manne, dem alle Schätze der Weisheit offenstehen, zu gar nichts helfen kann. Es ist eben nicht nötig, daß du es so gar weit ins Meer hinausschleuderst; du brauchst nur bis über die Knie ins Wasser zu steigen und es ein wenig über die Brandung hinauszuwerfen, wenn niemand zugegen ist als ich allein.

Solltest du aber dazu keine Lust haben, so gibt es noch einen andern und beinahe noch bessern Weg, deines Goldes bis auf den letzten Heller loszuwerden. Verschenk es an die Armen; gib diesem einen Gulden, jenem zwanzig Taler, einem andern fünfhundert. Ein Philosoph kann billig zwei- oder dreimal soviel erwarten. Ich meines Orts, da ich nichts für mich selbst, sondern bloß für meine armen Freunde verlange, will zufrieden sein, wenn du mir diesen Schnappsack füllest, der nicht mehr als zwei äginetische Scheffel hält. Denn es geziemt einem Philosophen, wenig zu bedürfen und mäßig in seinen Begierden zu sein und nicht über seinen Schnappsack hinaus zu sorgen.

TIMON: Ich lobe diese Denkart an dir, Thrasykles; aber eh es an den Schnappsack kommt, will ich dir zuvor mit meinem Grabscheit eine gute Anzahl Kopfnüsse zumessen. *Er gibt ihm Schläge.*

THRASYKLES: O Demokratie! O Gesetze! Was ist aus euch geworden? Wie? In einem freien Staate müssen wir uns von einem solchen Bösewicht mit Schlägen mißhandeln lassen?

TIMON: Was ereiferst du dich so, guter Thrasykles? Hab ich dir etwa nicht voll genug gemessen? Nun, so will ich noch vier Metzen obendrein geben. *Er schlägt wieder zu. Thrasykles läuft davon.* Aber was soll das? Ich sehe eine Menge Volks herbeigelaufen kommen. – Der edle Blepsias, Laches und Gniphon, kurz, ein ganzes Regiment Schurken, denen der Buckel juckt. – Das beste wird hier sein, mein Grabscheit, das schon viel gearbeitet hat, ein wenig ausruhen zu lassen, auf diese Felsenspitze zu steigen, einen Haufen Steine zusammenzutragen und auf die wackern Leute, so wie sie sich nähern, herunterzuhageln!

BLEPSIAS: Halt ein, Timon! Wir wollen ja gerne wieder gehen.

TIMON *indem er mit Steinen nach ihnen wirft*: Ihr sollt mir doch wenigstens blutige Köpfe nach Hause bringen!

DER LÜGENFREUND
ODER
DER UNGLAUBIGE

Tychiades und Philokles.

TYCHIADES: Kannst du mir sagen, Philokles, was doch wohl in aller Welt die Ursache sein mag, warum die meisten Menschen so große Liebhaber vom Lügen sind, daß sie sich nicht nur selbst ein Vergnügen daraus machen, unglaubliche Geschichten zu erzählen, sondern auch lauter Ohr werden, wenn andere dergleichen Zeug zu Markte bringen.

PHILOKLES: Es gibt viele Fälle, wo sich die Menschen in Rücksicht ihres Vorteils zum Lügen genötigt finden.

TYCHIADES: Von diesen soll auch jetzt die Rede nicht sein. In solchen Fällen ist die Unwahrheit verzeihlich, ja zuweilen sogar lobenswürdig; zum Exempel, wenn man im Kriege den Feind durch eine falsche Nachricht hintergeht oder sich durch dieses Hausmittel aus irgendeiner großen Gefahr zu ziehen weiß, wie Ulysses oft getan hat,

seine eigene Seele und seine Gefährten zu retten.

Aber ich rede von denen, mein Bester, die ohne den mindesten sichtlichen Nutzen die Lüge der Wahrheit vorziehen und sich ein besonderes Vergnügen, ja eine Art von Geschäfte aus dem Lügen machen, wiewohl sich schlechterdings keine Ursache angeben läßt, die sie dazu nötigte. Sie müssen doch irgend etwas dabei zu gewinnen glauben, und das ist es eben, was ich gerne wissen möchte.

PHILOKLES: Du kennest also, wie es scheint, solche Leute, denen diese Liebe zur Unwahrheit gleichsam eingepflanzt ist?

TYCHIADES: Und ihrer sehr viele!

PHILOKLES: So weiß ich keine andere Ursache davon anzugeben als ihren Unverstand; denn an Verstande muß es doch wohl demjenigen mächtig fehlen, der das Schlimmste dem Besten vorzieht.

TYCHIADES: Auch das ist es nicht. Denn ich wollte dir viele gescheite, ja sogar ihres Verstandes wegen bewunderte Personen zeigen können, die, weiß der Himmel wie! mit dieser Krankheit behaftet und solche LÜGENFREUNDE sind, daß es mich oft in der Seele schmerzt, Männer, die in allen andern Stücken unter die Besten gehören, eine solche Freude daran haben zu sehen, sich selbst und andere zu betrügen. Und zwar, was jene alte Geschichtsschreiber betrifft, den Herodot und den Ktesias von Knidos und, noch vor ihnen, die Dichter und den großen Sänger Homer selbst, so mußt du besser wissen als ich, daß diese berühmten Männer ihre Lügen sogar aufgeschrieben und also nicht nur ihre gleichzeitigen Zuhörer damit betrogen, sondern sie durch den Reiz ihres schönen Stils und die Musik ihrer Verse bis auf uns fortgepflanzt haben. Ich gestehe, daß ich mich oft in ihre Seele schäme, wenn sie uns die »Verstümmelung des Uranus«, »die Bande des Prometheus«, »die Empörung der Giganten« und die »ganze Tragödie der unterirdischen Welt« mit allen Umständen vorerzählen, und wie Jupiter aus Liebe den Stier oder Schwan gespielt oder wie diese und jene aus einem Mädchen in einen Vogel oder in eine Bärin verwandelt worden; nichts von ihren Flügelpferden, Chimären, Gorgonen, Zyklopen und andere dergleichen unglaublichen Wundermärchen zu sagen, die zu nichts taugen, als kleine Kinder, die sich noch vor dem Popanz und der Nachtdrude fürchten, zu belustigen. Doch den Dichtern möchten ihre Lügen immer hingehen; aber daß ganze Republiken und Völker, VON STAATS WEGEN und gleichsam aus PATRIOTISCHER SCHULDIGKEIT lügen, ist das nicht lächerlich? Wenn die Kretenser sich nicht schämen, den Reisenden Jupiters Grab zu zeigen; oder wenn uns die Athenienser mit großem Ernste versichern, ihr Erichthonius sei aus der Erde hervorgekrochen und die ersten Menschen wären, wie die Pilzen, aus dem attischen Boden aufgeschossen: kann man dabei wohl ernsthafter bleiben, als wenn uns die Thebaner von ich weiß nicht welchen Sparten sprechen, die aus gesäten Drachenzähnen aufgegangen sein sollen? Und gleichwohl, wenn jemand solches lächerliches Zeug sich nicht für Wahrheit aufbinden lassen will, sondern zu verstehen gibt, man müsse ein Strohkopf sein, um zu glauben, daß Triptolemus mit geflügelten Drachen durch die Luft gefahren oder daß Pan aus Arkadien gekommen sei, den Griechen bei Marathon siegen zu helfen, oder daß die schöne Orithyia vom Nordwind entführt und durch ihn Mutter der geflügelten Zwillinge, Zetes und Kalais, worden sei: so muß man sich gefallen lassen, bei solchen Leuten für einen unvernünftigen und gottlosen Menschen zu passieren, der so WELTKUNDIGE und UNLEUGBARE TATSACHEN nicht glauben wolle. So groß ist die Macht der Lüge über den gemeinen Menschenverstand!

PHILOKLES: Bei allem dem, Tychiades, kann sowohl den Dichtern als den Republiken hierin billig etwas zugut gehalten werden: jenen, weil ihnen daran gelegen ist, ihren Zuhörern, für welche das Wunderbare einen so großen Reiz hat, ihre Werke so angenehm als möglich zu machen; den Atheniensern und Thebanern und allen übrigen, die sich in ähnlichem Falle befinden, weil sie durch dergleichen Wundergeschichten ihrem Vaterlande desto mehr Glanz und Ansehen zu verschaffen glauben. Überdies, wenn man alle diese alte Fabeln aus Griechenland verbannen wollte, würden die wackern Leute, die davon leben, daß sie den Reisenden die Merkwürdigkeiten ihres Ortes zeigen, Hungers sterben müssen, da die Fremden bloße Wahrheit nicht einmal umsonst anhören mögen. Aber wenn es Leute gäbe, die ohne irgendeinen solchen Beweggrund ihre Freude daran hätten, Lügen als geschehene Dinge zu erzählen, die wären unstreitig im höchsten Grade belachenswert.

TYCHIADES: Und von so einem würdigen Manne komme ich dir geraden Weges her. Du kennest doch den berühmten Eukrates? Solltest du wohl denken, daß ich die unglaublichsten Dinge, Dinge, die über alle Ammenmärchen in der Welt gehen, aus seinem Munde gehört habe? Es wurde zuletzt so arg, daß ich es nicht länger aushalten konnte und mitten unter seinen abenteuerlichen Wundergeschichten davonlief, als ob mich die Furien aus dem Hause jagten.

PHILOKLES: Das ist unmöglich! wer wäre glaubwürdig, wenn es Eukrates nicht wäre. Wie? Ein Mann mit einem so venerablen Bart, ein Mann von sechzig Jahren, der sich immer soviel mit Philosophen abgegeben, sollte auch nur leiden können, daß ein andrer in seiner Gegenwart löge, geschweige, daß er selbst so was zu tun fähig wäre? Das wird dir niemand glauben!

TYCHIADES: Wenn du nur gehört hättest, was für Dinge er sagte! Wie er sich Mühe gab, ihnen Glauben zu verschaffen! durch was für Schwüre er sie bekräftigte! Wie er sogar das Leben seiner eigenen Kinder dafür zum Pfande setzte! – Er trieb es so weit und brachte so gar tolles Zeug zu Markte, daß ich ihn nur immer anstaunen mußte und nicht mit mir selbst einig werden konnte, ob es nicht richtig in seinem Kopfe oder ob er ein Betrüger sei und wie es möglich gewesen, daß ich in so langer Zeit den lächerlichen Affen unter seiner Löwenhaut nicht gewahr worden? –

PHILOKLES: Nun, bei Gott! Tychiades, das mußt du mir erzählen! Es ist doch wohl der Mühe wert, zu wissen, wieviel Albernheit ein so großer Bart bedecken kann.

TYCHIADES: Ich muß dir also sagen, daß ich ihn auch wohl sonst zuweilen zu besuchen pflegte, wenn ich gerade nichts anders vorzunehmen wußte. Heute aber – da ich mit meinem Freunde Leontichus notwendig zu sprechen hatte und von seinem Bedienten hörte, er sei schon früh ausgegangen, den Eukrates, der sich nicht wohl befinde, zu besuchen – hatte ich eine doppelte Ursache hinzugehen: nämlich, meinen Freund zu sprechen und dem Eukrates, von dessen Unpäßlichkeit ich nichts gewußt hatte, meinen Besuch zu machen. Nun traf ich zwar den Leontichus nicht mehr an, aber dafür eine Menge anderer Leute und darunter den Peripatetiker Kleodemus, den Stoiker Dinomachus und den Ion, der sich, wie du weißt, soviel darauf zugute tut, daß niemand Platons Schriften besser verstehe und erklären könne als er. Ich nenne dir, wie du siehest, lauter große Männer, von entschiedender Weisheit und Tugend, und, was die Hauptsache ist, einen von jeder Sekte; alle von einer sehr ehrwürdigen und beinahe furchtbaren Außenseite! Außerdem war auch der Arzt Antigonus zugegen, der vermutlich den Kranken zu besorgen hatte. Eukrates selbst schien sich wieder ganz leidlich zu befinden und mit seiner Krankheit auf dem Fuß eines Hausgenossen zu leben; denn die Gichtmaterie hatte sich wieder in die Füße zurückgezogen. Er hieß mich also neben sich auf sein Ruhebette sitzen, und dies mit einer Stimme, die er, sobald er mich erblickte, auf einen kränkelnden Ton herabstimmte, wiewohl ich ihn im Hereintreten gewaltig hatte schreien und fechten hören. Nach dem gewöhnlichen Komplimente – daß ich nichts von seiner Unpäßlichkeit gewußt, aber, sobald ich davon gehört, spornstreichs herbeigeeilt wäre – ließ ich mich also, mit großer Behutsamkeit, um seinen Füßen nicht zu nahe zu kommen, neben ihm nieder.

Die Rede war von seiner Krankheit gewesen; und die Herren waren noch im Begriffe, ihre Meinung darüber zu sagen und, jeder an seinem Teil, ein oder anderes Mittel dagegen in Vorschlag zu bringen. »Wenn der Patient also«, fuhr Kleodemus in seiner durch meine Ankunft unterbrochenen Rede fort, »einen Zahn von einer vorbeschriebenermaßen getöteten Spitzmaus von der Erde aufhebt, in ein Stück von einer frisch abgezogenen Löwenhaut bindet und auf die Füße legt: so hört der Schmerz augenblicklich auf.« – »Um Vergebung, nicht in eine Löwenhaut«, fiel Dinomachus ein; »wie ich gehört habe, muß es die Haut einer Hirschkuh sein, die noch nicht getragen hat; und das ist auch wahrscheinlicher: denn die Hirschkuh ist ein sehr behendes Tier und hat also ihre größte Stärke in den Füßen. Indessen besitzt der Löwe allerdings große Kräfte, und sein Fett, seine rechte Tatze und die geraden Haare in seinem Barte haben gar sonderbare Tugenden, wenn man jedes mit dem dazugehörigen Gebet zu gebrauchen weiß: nur bei Krankheiten an den Füßen kann man sich wenig von ihm versprechen.« – »Ich war ehemals auch der Meinung«, versetzte Kleodemus, »daß es eine Hirschhaut sein müsse, weil der Hirsch ein so schnellfüßiges Tier ist: aber vor kurzem hat mich ein Afrikaner, der sich auf diese Dinge versteht, eines andern belehrt, indem er mich versicherte, daß die Löwen noch behender als die Hirsche wären; ›denn‹, sagte er, ›der Löwe jagt und fängt den Hirsch, nicht der Hirsch den Löwen‹.« – Die sämtlichen Anwesenden stimmten überein, daß der Afrikaner wohl gesprochen habe.

»Die Herren glauben also«, sagte ich, »daß man dergleichen Krankheiten mit Zauberliedern und äußerlichen Anhängseln kurieren könne, da das Übel doch innerlich ist?«

Diese Frage erweckte ein allgemeines Gelächter, und meine Philosophen ließen sich deutlich ansehen, daß sie es ganz unverzeihlich fänden, so offenbare Dinge, gegen die kein vernünftiger Mensch das geringste einzuwenden haben könne, nicht zu wissen. Nur der Arzt Antigonus schien sich über meine Frage zu freuen, vermutlich weil anfangs wenig auf seinen Rat geachtet worden war, da er dem Eukrates, um dem Übel in Zeiten vorzubeugen, nach den Regeln seiner Kunst vorgeschrieben hatte, sich des Weines zu enthalten, von bloßen Gartengewächsen zu leben und überhaupt alle Spannung und Erhitzung zu vermeiden.

Kleodemus wandte sich demnach mit einem spöttischen Lächeln gegen mich und sagte: »Es scheint dir also unglaublich, daß dergleichen Mittel in Krankheiten von einigem Nutzen sein könnten?«

»Allerdings«, antwortete ich, »oder meine Nase müßte gewaltig verstopft sein, wenn ich glauben sollte, daß äußerliche Dinge, die mit den innerlichen Ursachen der Krankheit nicht das mindeste gemein haben, eine geheime

Kraft besitzen könnten, einem Kranken die Genesung gleichsam ANZUHÄNGEN. Ich bin überzeugt, daß das nicht erfolgen würde, wenn man gleich eine ganze Mandel Spitzmäuse in die Haut des Nemeischen Löwens selbst einnähte. Ich wenigstens habe schon mehr als EINEN Löwen in heiler Haut vor Schmerzen hinken sehen.«

»Das beweiset nichts«, erwiderte Dinomachus, »als daß du von diesen Sachen ganz und gar nichts verstehst und es nie der Mühe wert gehalten hast, dich davon zu unterrichten. Vermutlich gibst du also auch die allgemein bekanntesten Dinge nicht zu, als die Mittel, die periodischen Fieber zu bannen, den Biß giftiger Tiere unschädlich zu machen, böse Geschwulsten zu vertreiben und dergleichen, was heutigen Tages sogar die alten Weiber sehr gut zu bewerkstelligen wissen?«

»Du verbindest hier Dinge, die nicht zusammengehören« (versetzte ich), »und treibest, wie man zu sagen pflegt, einen Nagel mit einem andern fort. Daß alle diese Krankheiten geheilt werden können, ist ausgemacht: aber ob es durch die Kräfte solcher Mittel, wovon die Rede ist, geschehen könne, ist nichts weniger als ausgemacht, und solange du mich nicht überreden wirst, daß ein Fieber oder eine venerische Beule aus Angst vor einem gewissen göttlichen Namen oder gewissen barbarischen Wörtern auf einmal Flügel oder Füße bekomme, um sich aus dem Staube zu machen, so werde ich so frei sein und alles, was du sagtest, für Alteweibermärchen halten.«

»Man sieht wohl«, sagte Dinomachus, »daß ein Mann, der SO spricht und nicht glauben kann, daß göttliche Namen die Kraft haben, Krankheiten zu heilen, überhaupt keine Götter glaubt.«

»Sage das nicht, mein Bester!« erwiderte ich, »das Dasein der Götter kann seine gute Richtigkeit haben, wenngleich alle diese Dinge Lügen sind. Ich meines Ortes trage alle Ehrfurcht vor den Göttern und sehe sie täglich schöne Kuren tun und den Kranken durch die Arzneikunst und durch Mittel aus der Apotheke wieder zur Gesundheit helfen. Äskulap selbst und seine Söhne heilten ihre Patienten durch dienliche Mixturen, nicht mit umgeschlagenen Löwenhäuten und Spitzmäusen.«

»Laßt ihn glauben, was er will«, sagte Ion, »ich will euch dafür etwas Erstaunliches erzählen. Ich war ein Knabe von ungefähr vierzehn Jahren; da kam jemand und meldete meinem Vater, sein Winzer Midas, einer von unsern stärksten und arbeitsamsten Knechten, liege in erbärmlichen Umständen mitten auf dem großen Platze; er sei von einer Schlange gebissen worden und das Bein fange schon an zu faulen. Während er nämlich in voller Arbeit gewesen, die Reben an ihre Pfähle zu binden, sei die Bestie hinzugekrochen, habe ihn in die große Zehe gebissen und sich augenblicklich wieder in ihre Höhle hineingemacht: nun liege der arme Mensch und schreie und vergehe vor Schmerzen. Während der Mann diesen Bericht erstattete, sahen wir den armen Midas, den seine Mitknechte auf einer Pritsche herbeitrugen; er war ganz aufgeschwollen, braun und blau, ging schon zusehends in Fäulnis und holte nur noch schwach Atem. Wie nun einer der umstehenden Freunde meinen Vater sehr betrübt über diesen Zufall sah, sagte er zu ihm: ›Gib dich zufrieden! ich will gehen und dir in einem Augenblick einen Babylonier, einen von den sogenannten Chaldäern herbringen; der soll dir den Menschen gleich wieder auf die Beine gestellt haben!‹ Daß ich's kurz mache, der Babylonier kam und stellte den Midas wieder her; und das lediglich mittelst einer Beschwörung, wodurch er ihm das Gift aus dem Leibe herauszog; und mit einem Stückchen, das er vom Leichenstein einer verstorbenen Jungfrau abgeschlagen hatte und um den kranken Fuß band. Es mag vielleicht nichts Außerordentliches sein, indessen ist gewiß, daß Midas die nämliche Pritsche, worauf er hergetragen worden war, auf die Schultern nahm und frisch und gesund nach unserm Gute davonging. Und das vermochte gleichwohl die Beschwörung und der Leichenstein! Übrigens weiß ich von diesem Babylonier noch andere Dinge, die man wohl mit

Wahrheit übernatürlich nennen kann. Eines Morgens früh kam er auf unser Gut, und nachdem er mit einer Fackel in der Hand die Feldmark dreimal umgegangen und sie mit Schwefel ausgereinigt hatte, las er aus einem alten Buche sieben uns unbekannte heilige Namen mit lauter Stimme her und trieb damit alle Schlangen und kriechende Ungeziefer, soviel ihrer waren, aus unsrer ganzen Feldmark aus. Es kamen also, durch die Kraft seiner Beschwörung wie mit Seilen herbeigezogen, eine Menge Schlangen, Vipern, Nattern, Zerasten, Schießschlangen, Unken und Kröten und stellten sich um ihn her. Ein einziger abgelebter Drache war zurückgeblieben, vermutlich weil er vor hohem Alter nicht mehr aus seinem Loche hervorkriechen konnte und also dem Befehl ungehorsam geblieben war. ›Ihr seid nicht alle da‹, sagte der Zauberer. Indem winkte er einer von den jüngsten Schlangen hervor und schickte sie an den alten Drachen ab, der denn auch nicht lange ausblieb. Wie sie nun alle beisammen waren, blies sie der Babylonier an, und auf dem Platze wurden sie von diesem Anhauch alle zu Asche verbrannt. Ihr könnt euch vorstellen, was wir für Augen machten!«

»Wenn ich fragen darf, Ion«, sagte ich, »führte der junge Lindwurm, der abgesandte, den alten, der (wie du sagtest) nicht mehr gehen konnte, bei der Hand, oder kam er an einem Stabe angestochen?«

»Das soll gespottet sein, merke ich«, sagte Kleodemus; »es war eine Zeit, wo ich noch unglaubiger über dergleichen Dinge war als du und es schlechterdings für unmöglich hielt, daß ich jemals sollte bewogen werden können, so was zu glauben: aber wie ich einen gewissen Ausländer (er gab sich für einen Hyperboreer aus) fliegen sah, da glaubte ich und gab mich nach langem Widerstand endlich überwunden. Was konnt ich machen, da ich ihn bei hellem Tage durch die Luft daherfahren, auf dem Wasser gehen und mit gelassenen Schritten durchs Feuer spazieren sah?«

»Wie?« rief ich, »du hast einen Hyperboreer fliegen und auf dem Wasser gehen sehen?«

»Allerdings«, antwortete jener, »und zwar in Schuhen von Juchten, wie es bei seinen Landesleuten gebräuchlich ist. Von den Kleinigkeiten, die er uns sehen ließ, will ich gar nicht reden: z. B. wie er die Leute durch Zaubermittel verliebt machte, Geister zitierte, Tote, die schon in Verwesung gingen, auferweckte, die Hekate selbst uns leibhaftig vor Augen stellte, Lunen vom Himmel herabzog und was dergleichen mehr ist. Statt alles dessen will ich euch nur eines erzählen, was ich ihn beim Glaucias, des Alexikles Sohn, habe machen sehen. Dieser Glaucias war durch seines Vaters Tod eben zum Besitze seines Vermögens gekommen, als er in die schöne Chrysis, Demanets Tochter, verliebt wurde. Ich war damals sein Lehrer in der spekulativen Philosophie, und wenn ihm sein Liebeshandel den Kopf nicht so sehr eingenommen hätte, er würde gewiß von unsrer ganzen Enzyklopädie Meister worden sein; denn er analysierte schon in seinem achtzehnten Jahre und hatte die Physik von Anfang bis zu Ende durchgehört. Wie er sich nun mit seiner Liebe gar nicht mehr zu helfen wußte, entdeckte er mir den Zustand seines Herzens. Ich führte ihm also (wie billig, da ich sein Lehrer war) den besagten hyperboreischen Zauberer zu, nachdem ich diesem letztern vier Minen bar auf die Hand gegeben hatte; denn es mußte etwas zu den erfoderlichen Opfern vorausbezahlt werden. Sechzehn Minen sollte er bekommen, wenn Glaucias das Ziel seiner Wünsche bei Chrysis erlangt hätte. Sobald nun der Mond voll war (denn dergleichen magische Handlungen werden meistens um diese Zeit vorgenommen), so machte er in einem Vorhofe des Hauses unter freiem Himmel eine Grube und rief uns um Mitternacht zuerst den Vater des Glaucias, der vor sieben Monaten verstorben war, hervor. Der Alte war anfangs sehr ungehalten und zornig über die Leidenschaft seines Sohnes; doch ließ er sich endlich besänftigen und gab seinen Willen drein. Hiernächst rief er die Hekate hervor, die von ihrem dreiköpfigen Hunde begleitet wurde, und darauf zog er Lunen vom Himmel herab. Dies war ein wundervolles Schauspiel, wo immer eine Erscheinung von der andern verdrängt wurde. Denn zuerst präsentierte sie sich in weiblicher Gestalt, hernach wurde sie eine wunderschöne Kuh und zuletzt ein kleines Hündchen. Endlich nahm der Hyperboreer ein wenig Leimen, bildete einen kleinen Cupido daraus und sagte zu ihm: ›Geh und bringe die Chrysis her.‹ Der Leimen fliegt davon, und bald darauf klopft Chrysis an die Tür; man macht ihr auf, sie rennt wie rasend vor Liebe dem Glaucias mit offnen Armen an den Hals und bleibt bei ihm, bis wir die Hähne singen hörten. Denn da flog Luna wieder nach dem Himmel zurück, Hekate tauchte wieder in die Erde unter, alle übrigen Phantomen verschwanden, und mit Anbruch der Morgenröte schickten wir auch die Chrysis wieder fort. Wärest du von allem diesem ein Augenzeuge gewesen, Tychiades, du würdest gewiß nicht länger zweifeln, daß in den Beschwörungsformeln große Kräfte liegen.«

»Da sprichst du wie ein weiser Mann«, erwiderte ich; »ganz gewiß würde ich glauben, wenn ich das alles wirklich gesehen hätte: so aber ist mir's zu verzeihen, denke ich, daß ich kein so scharfes Gesicht für solche Dinge habe wie ihr. Übrigens kenne ich die Chrysis, von der die Rede war, als eine der zahmsten und gefälligsten ihrer Gattung, und ich sehe nicht, wozu ihr einen leimernen Unterhändler, einen Zauberer aus den hyperboreischen Gegenden und Lunen selbst bei ihr nötig hattet, da sie euch um zwanzig Drachmen bis zu den Hyperboreern nachgeloffen wäre. Denn mit DIESEM Zauber ist die gute Nymphe gleich überwältigt, und es geht ihr damit just umgekehrt wie den Gespenstern. Diese verschwinden, wie ihr andern sagt, sobald sie etwas Metallnes hören: bei jener aber kann man sich darauf verlassen, daß sie dem Tone nachgeht, wenn sie Silber klingen hört. Außerdem wundert es mich, warum der Zauberer selbst, da es nur auf ihn ankommt, die reichsten Weiber in sich verliebt zu machen und bei Tausenden damit zu verdienen, sich mit dem kleinfügigen Gewinn abgeben mag, einem Glaucias um lumpichte vier Minen in seinen Liebesnöten behülflich zu sein.«

»Es ist sehr lächerlich von dir«, sagte Ion, »daß du bei allem den Unglaubigen machen willst. Ich hätte aber wohl Lust, dich zu fragen, was du zu denen sagst, die die Gabe haben, die Besessenen zu befreien, indem sie ihnen durch ihre Zauberformeln die Teufel sichtbarlich aus dem Leibe treiben? Doch es ist überflüssig, viele Worte darüber zu verlieren: denn wem ist der Syrer aus Palästina unbekannt, der ein so großer Meister in dieser Kunst ist? und wer weiß nicht, wie viele, die beim bloßen Anblick des Mondes umfallen, die Augen verdrehen, den Schaum vor dem Munde stehen haben, kurz, wie viele Mondsüchtige dieser Mann wieder auf die Füße stellt und gesund wieder nach Hause schickt, nachdem er die bösen Geister gegen bare Bezahlung aus ihnen ausgetrieben hat? Denn wenn sie so vor ihm auf der Erde liegen und er den Teufel fragt, woher er in diesen Leib gefahren sei, so spricht zwar der Kranke kein Wort: aber der Teufel antwortet auf griechisch oder in einer barbarischen Sprache und meldet sowohl, wer er selbst ist, als wie und von wannen er in den Menschen gefahren; und dann wird er von ihm durch Beschwörung und, wenn das noch nicht helfen will, durch Drohungen hinausgejagt. Ich selbst sah einmal einen solchen Teufel ausfahren, der ganz schwarz und wie geräuchert aussah.«

»Mich nimmt nicht wunder, Ion«, sagte ich, »daß ein Mann wie du dergleichen Dinge sehen kann, da dir ja sogar die IDEEN sichtbar werden, die euch euer Vater Plato zeigt, wiewohl wir andere stumpfsichtige Leute noch weniger als an einem verblichnen Gemälde daran zu sehen finden.«

»Ion ist wohl der einzige, der SOLCHE Dinge gesehen hat!« sagte Eukrates. »Gibt es nicht viele andere, die bei Tag oder bei Nacht Gelegenheit gehabt haben, Geister zu sehen? Ich selbst habe nicht einmal, sondern zehntausendmal Geister gesehen. Anfangs, ich gestehe es, war mir nicht wohl dabei zumute; jetzt aber bin ich es so gewohnt, daß ich gar nichts Außerordentliches mehr zu sehen glaube; zumal seitdem mir ein gewisser Araber einen Ring, der aus Eisen von einem Galgen gemacht ist, gegeben und mich ›die Beschwörung mit den vielen Namen‹ dazu gelehrt hat – es wäre denn, daß du auch MIR nicht glauben wolltest, Tychiades?«

»Ich bitte sehr um Verzeihung«, antwortete ich; »wie sollt ich mir einfallen lassen können, dem Eukrates, Dinons Sohn, nicht zu glauben, einem so weisen und gelehrten Manne, der sich seines Hausrechts bedient und aus freier Brust zwischen seinen eigenen vier Wänden sagt, was ihm gut dünkt?«

»Die Geschichte mit der Bildsäule«, fuhr Eukrates fort, »kannst du nicht nur von mir, sondern von allen den Meinigen hören: denn es ist keines von meinen Hausgenossen, jung und alt, das nicht in unzähligen Nächten ein Augenzeuge davon gewesen wäre.«

»Welcher Bildsäule?« fragte ich.

»Hast du«, versetzte er, »im Hereingehen das wunderschöne Bild nicht gesehen, ein Werk des berühmten Demetrius? –«

»Meinst du den Diskobolus«, fiel ich ein, »der sich in der Stellung einer Person, die im Begriff zu werfen ist, vorwärtsbeugt, den Kopf nach dem Mädchen kehrt, die ihm den Diskus hinreichte, das eine Knie ein wenig einbeugt und ganz so aussieht, als ob er sich mit dem Wurfe zugleich in die Höhe richten werde?«

»Nein«, sagte er, »denn der Diskobolus, von dem du sprichst, ist eines von Myrons Werken. Ich meine auch nicht die andere, die neben ihm steht, die mit der Binde um den Kopf – auch ein schönes Stück –, denn die ist vom Polykletus. Aber lassen wir die Bilder, die den Hereingehenden rechter Hand stehen, worunter auch ein Paar von Kritias, dem Nesioten, sind, die Tyrannenmörder nämlich. Aber wenn du eine Bildsäule neben dem Brunnen gesehen hast, mit etwas vorhängendem Bauche, kahl, nur halb bekleidet, mit einem Barte, von dessen Haaren der Wind einige zu bewegen scheint, und mit sehr stark angedeuteten Adern, kurz, das so ganz der Mann selbst ist, den es vorstellt, von diesem rede ich. Man glaubt, daß es der alte korinthische Feldherr Pelichus sei.«

»Beim Jupiter«, rief ich, »ich sah so eine Bildsäule dem Saturn zur rechten Hand stehen, mit Binden und verwelkten Blumenkränzen geziert und über die Brust ganz mit Goldbleche bedeckt.«

»Ich habe sie so vergolden lassen«, sagte Eukrates, »da sie mich von einem dritten Rezidiv eines alltägigen Fiebers kurierte, woran ich beinahe zugrunde gegangen wäre.«

»Also«, fragte ICH ein wenig vorlaut, »war dieser brave General Pelichus auch ein Arzt?«

»Das ist er, und ich rate dir, nicht zu spotten«, versetzte Eukrates; »es möchte dir bald genug übel bekommen! Ich weiß, was diese Bildsäule, über die du lachest, zu tun imstande ist. Oder meinst du nicht, wer alltägige Fieber vertreiben kann, könne sie einem auch auf den Hals schicken?«

»Ich bitte die Bildsäule herzlich um Verzeihung«, versetzte ich; »sie wird hoffentlich, da sie so tapfer ist, auch barmherzig sein. Aber was seht ihr alle, so viel euer im Hause sind, sie denn noch anders tun?« – »Sobald die Nacht eingebrochen ist«, fuhr er fort, »steigt sie von ihrem Fußgestell herab und geht im ganzen Hause herum, zuweilen still, zuweilen auch singend; und es ist niemand im Hause, der ihr nicht öfters begegnet wäre, ohne daß sie nur einem einzigen das geringste Leid zugefügt hätte; man muß ihr nur aus dem Wege treten, so geht sie vorbei und tut niemand nichts, der sie ansieht. Nicht selten badet sie sich auch und spielt die ganze Nacht mit sich selbst, so daß man das Geräusch im Wasser deutlich hören kann.«

»Am Ende wird noch gar herauskommen«, sagte ich, »daß diese Statue nicht Pelichus, sondern Talus, des Minos von Kreta Diener, ist; denn auch der war, in gewissem Sinne, ehern und spukte von Zeit zu Zeit in ganz Kreta herum. Und wenn sie, anstatt von Bronze, hölzern wäre, so wüßte ich nicht, warum sie ein Werk des Demetrius und nicht vielmehr eines von den berühmten Kunststücken des Dädalus sein sollte, da sie, wie du sagst, ebenso wie jene von ihrem Gestelle davonläuft.«

»Nimm dich in acht, Tychiades«, versetzte er; »dein Spotten könnte dir noch teuer zu stehen kommen! Denn ich weiß, wie übel es demjenigen bekam, der die Obolen, die wir ihm alle Neumonde zu opfern pflegen, gestohlen hatte.«

»Einem solchen Gottesräuber konnte es nicht schlimm genug ergehen«, sagte Ion. »Erzähl es uns doch, Eukrates! denn ich wünsche es zu hören, wenngleich der Tychiades hier wieder den Unglaubigen dabei machen wird.«

»Es lagen«, sagte er, »eine Menge Obolen zu Füßen des Bildes; auch waren etliche Silbermünzen mit Wachs an seine Schenkel geklebt, nebst verschiedenen andern Silberblechen, die vermutlich von Leuten, denen die Statue vom Fieber geholfen hatte, zur Dankbarkeit gestiftet worden waren. Nun hatten wir einen Reitknecht im Hause, einen ruchlosen Kerl aus Afrika; der erfrechte sich, das alles einsmals bei Nacht und Nebel wegzustehlen, indem er die Zeit abwartete, da das Bild seinen gewöhnlichen Umgang hielt. Sobald aber Pelichus zurückkam und merkte, daß er beraubt worden war – gebt wohl acht, wie er den Afrikaner zu erwischen wußte! Der arme Teufel mußte die ganze Nacht an einem fort im Kreise herumlaufen und konnte so wenig aus dem Hofe heraus, als ob er in den Labyrinth geraten wäre, bis er des Morgens mit den gestohlnen Sachen erwischt und tüchtig dafür abgegerbt wurde. Aber dabei blieb es nicht: denn seinem eigenen Geständnisse nach wurde er alle Nächte von einer unsichtbaren Hand dermaßen gepeitscht, daß er des folgenden Tages die Striemen davon zeigen konnte; so daß er es nicht lange mehr trieb und, zu seinem verdienten Lohne, jämmerlich um sein Leben kam. Nun, Tychiades, spotte noch über den Pelichus, wenn du darfst, und glaube noch, daß ich radotiere, als ob ich schon so alt wie König Minos sei!«

»Mit allem dem, edler Eukrates«, erwiderte ich, »solange Erzt Erzt bleibt und dieses Bild ein Werk des Demetrius von Alopözien ist, der kein Göttermacher, sondern ein Statüenmacher war, werde ich mir wahrlich nicht vor der Bildsäule des Pelichus grauen lassen, den ich nicht einmal fürchten würde, wenn er noch lebte und mir drohen wollte.«

Hier wandte sich der Arzt Antigonus an Eukrates und sagte: »Auch ich, Eukrates, habe einen zwei Spangen hohen Hippokrates von Bronze zu Hause, der, sooft der Docht der vor ihm brennenden Lampe ausgeht, mit großem Gepolter im ganzen Hause herumfährt, die Türen aufstößt, die Büchsen umwirft und die Arzneien untereinandermengt. Besonders macht er uns diesen Spuk, wenn etwa das Opfer übergangen worden ist, das wir ihm alle Jahre auf einen gewissen Tag zu schlachten pflegen.«

»Wie?« rief ich, »verlangt nun auch sogar der Arzt Hippokrates, daß man ihm Opfertiere schlachte, und wird böse, wenn er nicht zur gesetzten Zeit wie ein Gott vom ersten Rang schmausen kann? Ich dächte, er sollte noch froh sein, wenn man ihn höchstens mit einem schwarzen Hahn oder einer Libation von Honigwein, oder auch mit einem bloßen Blumenkranz um den Kopf, abfände.«

»Höre nun«, sagte Eukrates, »und das mit Zeugen, die ich aufstellen kann, was ich vor fünf Jahren gesehen habe. Es war um die Zeit der Weinlese. Gegen Mittag verließ ich die Winzer bei ihrer Arbeit und begab mich ganz allein in den Wald, indem ich so was mit mir selbst überdachte. Sobald ich tiefer hinein gekommen war, höre ich ein Gebell von Hunden. Ich denke, mein Sohn Mnason treibt sein gewöhnliches Spiel und jagt mit andern Jünglingen seines Alters im dichtesten Revier des Waldes. Aber das war es nicht: denn bald darauf fing die Erde an zu beben, ich hörte ein Getöse, als ob es donnerte, und indem sehe ich eine fürchterliche Frau, beinahe ein halbes Stadium hoch, auf mich zugehen. In der linken Hand trug sie eine Fackel und in der rechten einen Dolch, ungefähr zwanzig Ellen lang. Von unten hatte sie Drachen statt der Füße, und von oben sah sie einer wahren Meduse gleich, so was Gräßliches und Schauderliches hatte sie in ihren Augen und in ihrem ganzen Aussehen; und statt der Haare hatte sie Schlangen teils in Zöpfen um den Hals herumhangen, teils rollten sie ihr in wallenden Kreisen über die Schultern herab. Noch jetzt läuft mir's bei der bloßen Erzählung kalt durch alle Glieder. Sehet selbst, meine Freunde«, sagte er und zeigte uns, wie alle Haare an seinem Arme vor Schrecken emporstrebten.

Ion, Dinomachus und Kleodemus nebst verschiedenen andern, die um sie herumstanden, lauter bejahrte Männer, starrten ihn mit halboffnem Munde hoch aufhorchend an und verrichteten innerlich ihre Andacht zu dem unglaublichen Koloß einer Frau, die ein halbes Stadium hoch war und mit der man einem Riesen hätte Angst machen können. Ich meines Ortes dachte bei mir selbst, was das für Leute wären, denen man die Jugend zum Unterricht in der Weisheit anvertraut und die der gemeine Mann mit Ehrfurcht anstaunt, da sie doch, ihren grauen Kopf und Bart abgerechnet, wahre Kinder am Verstande sind und würklich sich durch solche Lügen noch leichter anködern lassen als die kleinsten Kinder.

»Ich bitte dich, Eukrates«, sagte Dinomachus, »wie groß waren die Hunde der Göttin?«

»Größer als die Elefanten aus Ostindien, schwarz und voll langer, struppichter und schmutziger Zotteln. Ich blieb beim Anblick dieser Erscheinung stehen und drehte in aller Stille den Ring, den ich von dem Araber habe, gegen das Innere der Hand. Sogleich stampfte Hekate mit ihrem Drachenfuße auf den Boden, und es entstand eine Kluft von so ungeheurer Größe, daß sich der ganze Tartarus aufgedeckt zu haben schien. Sie sprang hinein und schwand nach und nach aus meinen Augen. Ich aber faßte ein Herz und schaute mit vorgebogenem Kopfe in den Abgrund hinunter, indem ich den einen Arm um einen zunächststehenden Baum herumschlang, um nicht hinabzustürzen, wenn mich etwa ein Schwindel ankäme: und da erblickte ich alles, was im Tartarus zu sehen ist, den feuerstrudelnden Phlegeton, den stygischen See, den Zerberus, die Seelen der Abgeschiedenen, und so deutlich, daß ich einige darunter erkannte. Meinen Vater z. B. erkannte ich ganz genau, weil er noch in ebendieselbe Tücher eingehüllt war, worin wir ihn begraben hatten.«

»Aber was machten die Seelen, lieber Eukrates?« fragte Ion.

»Was sollten sie machen?« erwiderte jener; »sie liegen nach ihren Stämmen und Zünften auf Asphodilblumen und vertreiben sich die Zeit mit ihren Freunden und Anverwandten.«

»Nun«, sagte Ion, »sollen die Epikureer kommen und dem göttlichen Plato und seiner Lehre noch länger widersprechen! Aber hast du nicht auch den Sokrates selbst und den Plato unter den Toten gesehen?«

»Den Sokrates ja, aber doch nicht deutlich; ich vermute es nur an seiner Glatze und an seinem vorhängenden Bauche. Aber den Plato konnte ich nicht erkennen, denn ich möchte meinen Freunden nicht gerne mehr sagen, als die lautre Wahrheit ist. Wie ich nun so stand und alles sorgfältig betrachtete, schloß sich die Kluft wieder, und indem fanden sich einige meiner Bedienten, die mich suchten, unter andern auch dieser gegenwärtige Pyrrhias, bei mir ein, da die Kluft noch nicht völlig geschlossen war. Rede, Pyrrhias, ob ich nicht die Wahrheit sage!«

»Beim Jupiter«, sagte der Bediente, »ich hörte noch ein Gebell aus der Kluft herauf, und es war mir, als ob ich eine Feuerflamme, wie von einer geschwungenen Fackel, auflodern sehe.«

Ich mußte lachen, daß der Zeuge so dienstfertig war, noch das Gebell und die Flammen, als eine Zugabe, ungebeten zuzumessen. Hierüber fing Kleodemus an: »Das Gesichte, das du da gesehen hast, ist nichts so Ungewöhnliches, daß es nicht auch andern schon zuteil worden wäre; wie ich denn selbst in meiner letzten Krankheit was Ähnliches gesehen habe. Der hier gegenwärtige Antigonus war mein Arzt. Es war der siebente Tag, und das Fieber war so heftig, daß ich wie in lauter Feuer lag. Ich war ganz allein: denn Antigonus hatte alle meine Leute aus dem Zimmer geschafft und die Tür abgeschlossen, um zu versuchen, ob ich ein wenig schlummern könnte. Auf einmal, da ich noch völlig wachte, stand ein wunderschöner Jüngling in weißem Gewande vor mir, hieß mich aufstehen und führte mich durch ebensoeine Kluft in die Unterwelt, wo ich gleich auf den ersten Blick den Tantalus, Tityus und Sisyphus erkannte. Unvermerkt kam ich bis an den Gerichtsstuhl, wo ich einen, der wie ein König aussah (den Pluto ohne Zweifel), von Äakus und Charon und von den Parzen und Furien umgeben, sitzen sah, um die Namen derjenigen zu nennen, welche ohne längern Aufschub sterben sollten, weil sie ihre bestimmte Lebenszeit bereits überschritten hatten und, sozusagen, überständig waren. Der Jüngling stellte mich vor: aber Pluto wurde unwillig darüber und sagte zu meinem Führer: ›Sein Faden ist noch nicht abgesponnen, er kann wieder gehen; aber du, hole den Kupferschmied Damylus, der schon über seine Spindel hinaus lebt.‹ Ich lief also voller Freude wieder zurück und befand mich ohne Fieber, sagte aber meinen Leuten, der Nachbar Damylus werde nächstens sterben. Man meldete mir, er sei unpäßlich, und bald darauf hörten wir ein Klaggeschrei, das uns seinen wirklichen Tod ankündigte.«

»Das ist noch nichts so Außerordentliches«, sagte Antigonus. »Ich selbst kenne jemand, der nach dem zwanzigsten Tage seines Begräbnisses wieder auferstand, und kenne ihn sehr gut, da er vor und nach seinem Tode mein Patient gewesen ist.«

»Aber«, fragte ich, »wie ist es möglich, daß der Mann, wenn er wirklich tot war, in zwanzig Tagen nicht in Verwesung gegangen oder, wenn er im Grabe noch lebte, nicht Hungers gestorben wäre? Dein Patient müßte nur ein zweiter Epimenides gewesen sein.«

Indem wir noch sprachen, kamen die Söhne des Eukrates vom Fechtboden zurück. Der eine von ihnen war schon über die ersten Jünglingsjahre hinaus, der andere mochte ungefähr funfzehn Jahre haben. Nachdem sie uns ihre Reverenz gemacht hatten, nahmen sie auf dem Ruhebette ihres Vaters Platz, und mir wurde ein Lehnstuhl gebracht. Auf einmal fing Eukrates, als ob ihm der Anblick seiner Söhne eine neue Wundergeschichte ins Gedächtnis bringe, wieder an: »So möge mich der Himmel Freude an diesen beiden erleben lassen, als das wahr ist, was ich dir erzählen will, Tychiades! Wie sehr ich meine selige Frau, ihre Mutter, geliebt habe, ist jedermann bekannt; ich habe es durch alles, was ich sowohl in ihrem Leben als nach ihrem Tode für sie getan, deutlich genug zutage gelegt, indem ich ihren ganzen Schmuck und das Kleid, das sie am liebsten trug, mit ihr verbrennen ließ. Am siebenten Tage nach ihrem Hintritt lag ich auf diesem nämlichen Ruhebette und las, um Trost in meinem Leide zu suchen, Platons Buch von der Seele. Alles war still und einsam um mich her. Auf einmal sehe ich meine Demäneta, die sich auf dem nämlichen Platze, wo hier Eukratides sitzt, zu mir setzt.« – Er deutete bei diesem Worte auf seinen jüngern Sohn, der, wie man sich von einem Knaben seines Alters vorstellen kann, dabei zusammenfuhr, da er vorhin schon beim Anfang der Erzählung leichenblaß geworden war. – »Sobald ich sie sah«, fuhr Eukrates fort, »umarmte ich sie und weinte wie ein Kind. Sie verwehrte mir zu schreien, beklagte sich aber, daß ich, da ich ihr sonst alles zu Gefallen getan, den einen von ihren goldenen Schuhen nicht mit verbrannt hätte. Er sei, sagte sie, unter den Kleiderschrank gefallen – und dies war die Ursache, warum wir ihn nicht finden konnten und also nur den einen verbrannt hatten. Indem wir noch zusammen sprachen, fing mein vertracktes milesisches Schoßhündchen, das unter dem Bette lag, an zu bellen, und sogleich verschwand sie wieder: der Schuh aber wurde hernach unter dem Kleiderschranke gefunden und am folgenden Tage verbrannt. Nun, Tychiades, ist dir's möglich, solchen offenbaren Tatsachen und die, sozusagen, alle Tage begegnen, deinen Glauben länger zu verweigern?«

»Behüte Gott!« rief ich; »die verdienten wahrlich, daß man sie mit einem goldnen Schuh – wie kleine Jungen züchtigte, die nun nicht glauben und der Wahrheit so unverschämt ins Gesicht lachen wollten!«

Wie wir so sprachen, trat Arignotus, der Pythagoreer, herein, der Mann mit dem schönen vollockichten Haare und der feierlichen ehrfurchtgebietenden Miene, der seiner Weisheit wegen so berühmt ist und von vielen der HEILIGE Arignotus genennt wird. Sobald ich ihn erblickte, wurde mir leichter um die Brust: Der hätte mir, dacht ich, nicht gelegner zum Beistand kommen können! denn unfehlbar wird ein so weiser Mann diesen windichten Wunderkrämern den Mund stopfen! Kurz, ich glaubte nicht anders, als daß er mir vom Glücke wie ein Gott aus den Wolken zugeschickt worden sei, um mir aus der Not zu helfen, da ich bereits alle Hoffnung aufgegeben hatte. Kleodemus stand sogleich auf, um ihm Platz zu machen, und sobald er sich gesetzt und auf seine Erkundigung nach der Krankheit vernommen hatte, daß Eukrates sich um viel leichter befinde, fing er an: »Haben die Herren nicht zusammen philosophiert? Ich hörte so was im Hereintreten, und die Konversation schien mir etwas sehr Unterhaltendes zum Gegenstand zu haben.«

»Nichts Geringers«, sagte Eukrates, »als diesen felsenharten Mann hier (auf mich weisend) zu überzeugen, daß es Geister und Erscheinungen gebe und Gespenster und daß die Seelen der Toten auf der Erde herumwandern und sichtbar werden, wem sie wollen.« Ich errötete bei diesen Worten und schlug aus Ehrfurcht vor Arignotus die Augen nieder.

»Vielleicht«, erwiderte er, »ist die Meinung des Tychiades, daß nur die Seelen derjenigen herumirren, die eines gewaltsamen Todes gestorben sind, z. B. derer, die sich selbst erhängt haben oder enthauptet, gekreuziget oder auf eine andere ähnliche Art aus der Welt geschafft worden sind; diejenigen hingegen nicht, die des natürlichen Todes starben. Wenn er DIES behauptete, so möchte er wohl so unrecht nicht haben.«

»Nein, beim Jupiter«, rief Dinomachus, »er leugnet alle diese Dinge durch die Bank und meint, daß gar nichts dergleichen möglich sei.«

»Wie?« sagte Arignotus, indem er zugleich einen scharfen Blick auf mich warf, »du leugnest die Wirklichkeit von etwas, wovon, sozusagen, das ganze menschliche Geschlecht Augenzeuge ist?«

»Die Anklage meines Unglaubens ist zugleich meine Rechtfertigung«, versetzte ich. »Ich glaube nicht, weil ich der einzige bin, der nichts sieht: Hätte ich was gesehen, so glaubte ich ohne Zweifel so gut wie ihr.«

»Wenn du also jemals nach Korinth kommst«, sagte Arignotus, »so erkundige dich nach dem Hause des Eubatides; und wenn es dir unweit des Kraneions gewiesen wird, so geh hinein und sage dem Türhüter Tibius, du möchtest den Ort gerne sehen, wo der Pythagoreer Arignotus habe aufgraben lassen und woraus er den Dämon vertrieben und von selbiger Zeit an das Haus wieder bewohnbar gemacht habe.«

»Was war denn das, Arignotus?« fragte Eukrates.

»Es wollte«, versetzte jener, »schon seit geraumer Zeit niemand mehr in diesem Hause wohnen: denn wer es versucht hatte, war von einem fürchterlichen und höchst unruhigen Gespenste hinausgetrieben worden. Es fing also bereits an, zusammenzufallen, und das Dach war beinahe abgedeckt; denn es wollte kein Mensch mehr einen Fuß dareinsetzen. Sobald ich Nachricht davon bekam, nahm ich meine Bücher (ich besitze sehr viele ägyptische, die von solchen Dingen handeln) und begab mich eine Stunde vor Mitternacht in das Haus, wiewohl der Herr desselben mich sehr davon abmahnte und beinahe Gewalt brauchte, mich zurückzuhalten, wie er hörte, daß ich etwas unternehmen wollte, das seiner Meinung nach mein unvermeidliches Verderben sein würde. Ich beharrete aber bei meinem Vorhaben, begab mich mit einer Lampe ganz allein in das Haus, stellte mein Licht in dem größten Saale nieder, setzte mich auf den Boden und fing an, ganz stille vor mich hin zu lesen. Der Dämon, in der Meinung, daß er einen Mann vor sich habe, der sich wie alle andern schrecken lassen werde, erscheint in einem scheußlichen Aufzug, ganz behaart und schwärzer als die Finsternis. Er kommt mir immer näher und versucht es auf allerlei Weise, mir beizukommen und mich aus meinem Vorteil zu setzen: bald wird er ein Hund, bald ein Stier, bald ein Löwe. Ich aber nehme eine der schrecklichsten Formeln vor die Hand, rede ihn damit in ägyptischer Sprache an und treibe ihn endlich durch die Gewalt meiner Beschwörungen in den dunkelsten Winkel des Hauses. Ich merke mir die Stelle, wo er verschwand, und schlafe die übrige Nacht ganz ruhig. Des Morgens, da mich jedermann verloren gab und gewiß glaubte, daß mir der Dämon, wie meinen Vorgängern, den Hals umgedreht haben werde, komme ich, gegen aller Menschen Erwartung, hervor, gehe zum Eubatides und bringe ihm die gute Zeitung, das er nun fürs künftige sein Haus frei und ohne alle Furcht bewohnen könne. Ich führte ihn selbst, in Begleitung vieler anderer, die das Unglaubliche der Sache herbeizog, an den Ort, wo ich den Dämon hatte versinken sehen und befahl, den Boden aufzugraben. Wie man ungefähr eine Klafter tief gegraben hatte, fand man ein altes Totengerippe, dessen ganzer Knochenbau, in seiner natürlichen Verbindung, noch erhalten war. Dieses gruben wir aus und bestatteten es auf die gehörige Weise wieder; und von dieser Zeit an ist das Haus von Gespenstern freigeblieben.«

Als Arignotus, ein Mann, der an Weisheit beinahe ein Gott schien und von aller Welt mit Ehrfurcht angesehen wurde, mit dieser Erzählung fertig war, fand sich keiner unter den Anwesenden, der mich nicht für einen ausgemachten Toren hielt, wenn ich noch fähig wäre, einer solchen, von einem Manne wie Arignotus erzählten TATSACHE meinen Glauben zu versagen. Aber, ohne mich weder von seinem pythagorischen Haarkopfe noch von seinem Ruf aus der Fassung bringen zu lassen – »ist's möglich«, rief ich, »Arignotus, auch du, auf den die Wahrheit ihre ganze Hoffnung gesetzt hatte, auch du bist mit Dunst und Hirngespinsten angefüllt? So beweisest auch du die Wahrheit des alten Sprüchworts, daß nicht alles, was gleißt, Gold ist!«

»Aber du«, erwiderte mir Arignotus, »weil denn weder ich noch Dinomachus noch Kleodemus noch Eukrates selbst Glauben bei dir verdienen, nenne uns denn, wenn du kannst, den Mann, der glaubwürdiger ist als wir und das Gegenteil behauptet!«

»Den will ich euch nennen, beim Jupiter! und gewiß einen großen und allgemein bewunderten Mann, mit EINEM Worte, den berühmten Demokritus von Abdera, der so fest überzeugt war, daß nichts dergleichen möglich sei, daß – als er sich, um ungestörter denken zu können, in ein altes Grabmal vor der Stadt einschloß, wo er Tag und Nacht mit Schreiben und Meditieren zubrachte und einige mutwillige Jünglinge, um ihm Furcht einzujagen, in schwarze Leichentücher eingewickelt und mit Larven, die wie Totenköpfe aussahen, vor ihm erschienen und mit gewaltigen Sprüngen um ihn herum tanzten – er sich so wenig durch diese Maskerade beunruhigen ließ, daß er nicht einmal aufsah, sondern im Fortschreiten endlich bloß sagte: ›Nun macht einmal dem Spaß ein Ende!‹ – So gewiß glaubte er, daß Seelen, die ihre Leiber einmal verlassen haben, nichts mehr sind.«

»Damit«, sagte Eukrates, »hast du nichts bewiesen, als daß auch Demokritus ein Tor war, wofern er das glaubte. Ich will euch aber was anders erzählen, das ich nicht von Hörensagen habe, sondern das mir selbst begegnet ist. Vielleicht, Tychiades, wirst sogar du dich gezwungen sehen, der Wahrheit die Ehre zu geben, wenn du diese Geschichte hörest. – Als ich mich in Ägypten aufhielt, wohin ich noch sehr jung Studierens wegen von meinem Vater geschickt worden war, kam mich die Lust an, den Nil hinauf nach Koptos zu gehen, um den Memnon zu hören, der bei Sonnenaufgang einen so wunderbaren Ton von sich gibt. Ich hörte ihn auch, aber nicht, wie der große Haufe, einen bloßen Schall ohne Sinn, sondern ein wirkliches Orakel aus Memnons eigenem Munde, in sieben Versen, die ich euch hersagen könnte, wenn es uns nicht zu weit von der Hauptsache abführte. Auf der Rückreise trug es sich zu, daß ein Mann aus Memphis mit uns fuhr, ein Mann von erstaunlicher Weisheit und ein wahrer Adept in allen ägyptischen Wissenschaften. Man sagte von ihm, er habe ganzer dreiundzwanzig Jahre unter der Erde gelebt und sei während dieser Zeit von der Isis selbst in der Magie unterrichtet worden.«

»Du sprichst«, unterbrach ihn Arignotus, »von meinem ehemaligen Lehrer Pankrates? War es nicht ein Mann vom Priesterorden, mit abgeschornen Haaren, der keine andere als leinene Kleider trug – immer in tiefen Gedanken – sprach sehr rein Griechisch – ein langgestreckter Mann, mit herabhängender Unterlippe und etwas dünnen Beinen?«

»Von diesem nämlichen Pankrates«, versetzte jener. »Anfangs wußte ich nicht, wer er war. Wie ich ihn aber, sooft wir ans Land stiegen, unter andern wunderbaren Dingen, auf Krokodilen reiten und mitten unter diesen und andern Seetieren herumschwimmen sah und sah, wie sie Respekt vor ihm hatten und ihm mit dem Schwanze zuwedelten: da merkte ich, daß der Mann was Außerordentliches sein mußte, und nun suchte ich mich durch ein aufmerksames und gefälliges Betragen bei ihm in Gunst zu setzen. Es gelang mir auch so gut, daß er mich bald wie einen alten Freund behandelte und an allen seinen Geheimnissen teilnehmen ließ. Endlich überredete er mich, meine Leute zu Memphis zu lassen und ihn ganz allein zu begleiten; es würde uns an Bedienung niemals fehlen, sagte er. Ich gehorchte, und seitdem lebten wir folgendermaßen: Sobald wir in ein Wirtshaus kamen, nahm er einen hölzernen Türriegel oder einen Besen oder den Stößel aus einem hölzernen Mörser, legte ihm Kleider an und sprach ein paar magische Worte dazu. Sogleich wurde der Besen, oder was es sonst war, von allen Leuten für einen Menschen wie sie selbst gehalten; er ging hinaus, schöpfte Wasser, besorgte unsre Mahlzeit und wartete uns in allen Stücken so gut auf als der beste Bediente. Sobald wir seiner Dienste nicht mehr nötig hatten, sprach mein Mann ein paar andere Worte, und der Besen wurde wieder Besen, der Stößel wieder Stößel wie zuvor. Ich wandte alles mögliche an, daß er mich das Kunststück lehren möchte: aber mit diesem einzigen hielt er hinterm Berge, wiewohl er in allem andern der gefälligste Mann von der Welt war. Endlich fand ich doch einmal Gelegenheit, mich in einem dunkeln Winkel verborgen zu halten und die Zauberformel, die er dazu gebrauchte, aufzuschnappen, indem sie nur aus drei Silben bestand. Er ging darauf, ohne mich gewahr zu werden, auf den Marktplatz, nachdem er dem Stößel befohlen hatte, was zu tun sei. Den folgenden Tag, da er Geschäfte halber ausgegangen war, nehm ich den Stößel, kleide ihn an, spreche die besagten drei Silben und befehle ihm, Wasser zu holen. Sogleich bringt er mir einen großen Krug voll. ›Gut‹, sprach ich, ›ich brauche kein Wasser mehr, werde wieder zum Stößel!‹ Aber er kehrte sich nicht an meine Reden, sondern fuhr fort, Wasser zu tragen, und trug so lange, daß endlich das ganze Haus damit angefüllt war. Mir fing an, bange zu werden, Pankrates, wenn er zurückkäme, möcht es übelnehmen (wie es denn auch geschah), und weil ich mir nicht anders zu helfen wußte, nahm ich eine Axt und hieb den Stößel mitten entzwei. Aber da hatte ich es übel getroffen; denn nun packte jede Hälfte einen Krug an und holte Wasser, so daß ich für EINEN Wasserträger nun ihrer zwei hatte. Inmittelst kommt mein Pankrates zurück, und wie er sieht, was passiert war, gibt er ihnen die vorige Gestalt wieder; er selbst aber machte sich heimlich aus dem Staube, und ich habe ihn nie wieder gesehen.«

»Du kannst also«, sagte Dinomachus, »vermutlich das Kunststück noch jetzt, aus einer Mörserkeule einen Menschen zu machen?«

»Beim Jupiter! aus der Hälfte sogar«, antwortete Eukrates; »aber da ich ihm, wenn er einmal Wasserträger worden ist, seine vorige Gestalt nicht wiedergeben kann, so würde er uns mit seiner ungebetenen Emsigkeit das ganze Haus unter Wasser setzen.«

Hier fing mir die Geduld an auszugehen. »Werdet ihr nicht endlich aufhören«, rief ich, »so unvernünftiges Zeug zu reden, das Männern von euern Jahren so übel ansteht? Und wenn ihr ja so wenig Achtung vor euch selber traget, so solltet ihr wenigstens dieser jungen Leute schonen und euch ein Gewissen daraus machen, ihnen dergleichen ungereimte und schauderliche Märchen in den Kopf zu setzen, die, wenn sie sich ihrer Einbildungskraft einmal bemächtiget haben, sie auf ihr ganzes Leben beunruhigen, vor jedem rauschenden Laube zittern machen und allen Arten von Aberglauben und Geisterfurcht preisgeben.«

»Oh! da bringst du mich eben auf den rechten Punkt«, sagte Eukrates, »da du von Geisterfurcht sprichst. Was sagst du denn zu den Augurien und Orakeln und Weissagungen künftiger Dinge, die entweder aus heiligen Grüften hervorschallen oder aus göttlichem Antrieb von begeisterten Personen mit übermenschlicher Stimme verkündigt werden oder aus der keuchenden Brust einer prophetischen Jungfrau in Versen ertönen? Ohne Zweifel wird auch dies alles keinen Glauben bei dir finden? Und gleichwohl – daß ich selbst einen talismanischen Ring mit dem Bildnis des delphischen Apollo besitze, welches mich von Zeit zu Zeit gewisse prophetische Laute hören läßt, davon will ich nichts gesagt haben, damit du nicht denkest, ich gebe so etwas Außerordentliches aus Ruhmredigkeit vor: was ich aber zu Mallus in dem Tempel des Amphilochus, wo dieser Halbgott in Person mit mir sprach und mir seinen Rat über meine Angelegenheiten erteilte, gehört und gesehen, ingleichem, was ich hernach zu Pergamus gesehen und zu Patarä gehört habe, will ich euch ohne Bedenken erzählen. Als ich nämlich aus Ägypten wieder nach Hause reisete und unterweges hörte, daß das Orakel zu Mallus eines der berühmtesten und wahrhaftesten sei und alle Fragen, die man dem Propheten schriftlich vorlege, von Wort zu Wort beantworte: so wußte ich nichts Bessers zu tun, als im Vorbeifahren dieses Orakel selbst zu probieren und mich bei dem Gotte über gewisse künftige Dinge Rates zu erholen.«

Eukrates war, wie du aus diesem Anfang siehest, auf einem schönen Wege, eine lange Tragödie von Orakeln anzufangen, von der ich das Ende abzuwarten keine Lust hatte. Da ich also sahe, was für einen neuen Schwung die Unterhaltung nahm, und es nicht für allzu anständig hielt, der einzige zu sein, der allen übrigen immer ins Gesichte widerspräche, auch deutlich genug merken konnte, daß ihnen meine Gegenwart lästig war, fand ich für gut, ihn seine Reise aus Ägypten nach Mallus ohne mich fortsetzen zu lassen und sagte: »Ich, meines Ortes, gehe, den Leontichus aufzusuchen, mit dem ich etwas Nötiges zu sprechen habe: ihr Herren aber, weil ihr doch an den menschlichen Dingen nicht genug zu haben glaubt, nehmt nun die Götter selbst zu Hülfe, um euch mit neuem Stoffe zu Wundermärchen zu versehen.« – Hiemit ging ich meines Weges und ließ ihnen, zu ihrer großen Freude, volle Freiheit, einander wechselweise mit Lügen zu traktieren und bis an die Kehle vollzupfropfen.

Und so hättest du also, lieber Philokles, eine kleine Probe der schönen Geschichten, die mir mein Besuch bei Eukrates eingetragen hat. Ich gestehe, daß mir nicht anders dabei zumute ist als einem, der zuviel neuen Most getrunken, und daß ich ein gutes Brechmittel ebenso nötig hätte. Ich wollte viel Geld darum geben, wenn ich eine Arznei bekommen könnte, die alles, was ich diesen Morgen gehört, rein aus meinem Gedächtnisse wegspülte, um nicht auf eine oder andere Art dadurch zu Schaden zu kommen. Denn mir ist immer noch, als ob ich lauter Zeichen und Wunder, Nachtgespenster und sechzig Ellen lange Höllengöttinnen vor den Augen habe.

PHILOKLES: Deine bloße Wiedererzählung hat auf mich eine

ähnliche Wirkung getan. Bekanntermaßen sagt man von Leuten, die von wütigen Hunden gebissen worden, daß sie nicht nur selbst wütend und wasserscheu werden, sondern daß auch der Biß eines Gebissenen ebendieselben Folgen habe wie der Biß des wütenden Hundes selbst. Wir beide, deucht mich, befinden uns gerade in diesem Falle, da du in Eukrates' Hause von einer solchen Menge von Lügen gebissen worden bist; und deine Erzählung muß mir etwas von dem Gifte mitgeteilt haben, so sehr hast du mir die ganze Seele mit Dämonen angefüllt.

TYCHIADES: Darüber wollen wir uns keinen Kummer machen. Wir haben an der Wahrheit und gesunden Vernunft ein kräftiges Gegengift, bei dessen Gebrauch uns keines von diesen hohlen und windichten Hirngespenstern beunruhigen wird.

IKAROMENIPPUS
ODER
DIE LUFTREISE

Menippus und sein Freund.

MENIPPUS *mit sich selbst redend*: Dreitausend Stadien von der Erde bis zum Mond. Die erste Station. – Von da bis zur Sonne ungefähr fünfhundert Parasangen. Von der Sonne bis in den Himmel zur Jupitersburg geht zwar kein gebahnter Weg, aber ein rüstiger Adler kann doch wohl in einem Tage damit fertig werden.

DER FREUND: Was, bei allen Grazien! astronomisierst und überrechnest du da so zwischen den Zähnen, Menippus? Ich höre dir schon eine gute Weile zu, wie du weiß der Himmel was für ein seltsames Reisegespräch von Sonnen und Monden und Stationen und Parasangen mit dir selber hältst.

MENIPPUS: Laß dich's nicht wundern, Kamerad, wenn ich dir überirdische und luftige Dinge zu reden scheine: denn, kurz und gut, ich überrechne die Reise, die ich neulich gemacht habe.

DER FREUND: Wie? hast du denn, wie die phönizischen Seefahrer, die Gestirne zu Wegweisern genommen?

MENIPPUS: Das nicht; aber ich bin in den Gestirnen selbst gereist.

DER FREUND: Zum Herkules! da hast du einen langen Traum geträumt, wenn du ganze Parasangen weggeschlafen hast!

MENIPPUS: Du meinst, ich spreche von einem Traume, mein guter Herr; aber da irrest du dich weit: ich komme gerades Weges vom Jupiter her.

DER FREUND: Das wäre!

MENIPPUS: Nicht anders; wie gesagt, unmittelbar von jenem weltberühmten Jupiter, und zwar nachdem ich sehr wunderbare Dinge gesehen und gehört habe. Wenn du mir's nicht glaubst, desto besser! daß mir so unglaubliche Dinge begegnet sind! Das ist's eben, was mich am meisten an der Sache freut.

DER FREUND: Wie sollte ich, o hochwürdigster und olympischer Menippus, ich armer Erdenkloß, mich unterfangen, meinen Glauben einem Manne zu versagen, der unmittelbar aus den Wolken kommt? Aber sage mir doch, wenn du so gut sein willst, wie du es angefangen hast, um so hoch hinaufzukommen, und wo du eine so ungeheure Leiter dazu hergenommen hast? denn daß ich mir einbilden sollte, du wärest von einem Adler entführt worden, um den Ganymed im Mundschenkenamt abzulösen, dazu bist du mir, mit deiner Erlaubnis, nicht schön genug.

MENIPPUS: Du spottest noch immer, wie ich sehe, und es ist auch kein Wunder, wenn dir eine so unbegreifliche Erzählung ein Märchen zu sein scheint. Aber ich war zu meinem Aufsteigen weder einer Leiter noch eines in mich verliebten Adlers benötigt: ich hatte meine eigene Flügel.

DER FREUND: Nun, das geht noch über den Dädalus! Du bist also, ohne daß wir andern was davon gewahr wurden, wohl gar in einen Habicht oder in eine Dohle verwandelt worden?

MENIPPUS: Du kommst der Sache immer näher, Nachbar! In der Tat hab ich das berühmte Kunststück des Dädalus wieder versucht und mir selbst Flügel gemacht.

DER FREUND: Wie, du verwegenster aller Sterblichen? Und du fürchtest dich nicht, daß du das Schicksal seines Sohnes haben und irgendein Menippisches Meer, wie dieser das Ikarische, mit deinem Namen bezeichnen würdest?

MENIPPUS: Keinesweges. Ikarus, der sich sein Gefieder mit Wachs zusammenklebte, hätte freilich voraussehen können, daß es in der Sonne schmelzen würde: ich nahm kein Wachs zu meinem Flügelwerke.

DER FREUND: Nun, wie machtest du es denn? denn bald fange ich an zu glauben, daß es würklich Ernst mit deiner Luftreise sein könnte.

MENIPPUS: Ich fing einen sehr großen Adler und einen tüchtigen Lämmergeier; ich schnitt ihnen die Flügel ab, und – doch, wenn du Zeit hast, will ich dir lieber meinen ganzen Plan von seinem ersten Anfang an erzählen.

DER FREUND: Sehr gerne; denn würklich, mir ist bei deiner Erzählung, als ob ich selbst in den Wolken schwebe oder vielmehr als ob ich, seitdem du zu reden angefangen, am Ausgang aller dieser Vorbereitungen bei den Ohren aufgehangen sei.

MENIPPUS: Höre also! Seitdem ich das menschliche Leben genauer zu beobachten anfing und in allem, worauf die Menschen den meisten Wert legen und worin ihre Habsucht, ihr Ehrgeiz und ihre Neigung zum Herrschen sich zu befriedigen sucht, so viel Lächerliches, Kleines und Unsichres wahrnahm, seitdem wurden mir diese Dinge verächtlich. Ich betrachtete die Bemühungen um sie als ebensoviel verlorne Zeit für das, was wahrhaftig der Mühe wert ist, und versuchte also, meinem Geist eine höhere Richtung zu geben und alle meine Aufmerksamkeit auf die Betrachtung DES GANZEN zu wenden. Aber hier befand ich mich gleich anfangs in keiner kleinen Verlegenheit, was ich mir von dem, was in der Sprache der Weisen die WELT oder das ALL heißt, für einen Begriff zu machen hätte. Denn ich konnte unmöglich herausbringen, weder wie dies besagte All entstanden, noch wer dessen Baumeister, noch was der Anfang, noch was das Ende davon sein könnte. Aber wie ich es erst im Detail zu untersuchen anfing, wurde meine Verlegenheit immer größer; denn je mehr ich z.B. die Sterne, die so ohne Ordnung, wie es scheint, durch den Himmel hingestreut sind, und die Sonne selbst ansah, je weniger Möglichkeit sah ich, zu ergründen, was diese Dinge eigentlich wären. Am meisten aber machte mir der Mond zu schaffen, dessen Eigenheiten mir ganz seltsam und unerklärbar vorkamen und dessen abwechselnde Gestalten, deuchte mir, irgendeine geheimnisvolle und unergründliche Ursache haben müßten. Aber auch der alles durchdringende Blitz und der plötzlich ausbrechende Donner, der Regen, der Schnee und der Hagel, alle diese Dinge schienen mir so sonderbar beschaffen zu sein, daß ich nicht wußte, was ich daraus machen sollte. Da ich mir nun selbst nicht helfen konnte, hielt ich für das beste, mich von unsern Philosophen über alle diese Dinge Stück für Stück unterrichten zu lassen. Denn ich zweifelte nicht, daß es nur auf ihren Willen ankomme, mir über das alles die lautere Wahrheit zu sagen. Ich sah mich also nach den vornehmsten unter ihnen um, d.i. nach denen, die sich durch das finsterste Gesicht, die blässeste Farbe und den zottigsten Bart auszeichneten: es könnte nicht anders sein, dachte ich, als daß die Männer, deren Aussehen und Sprache so sehr von den gemeinen Erdebewohnern absteche, mehr als andere Leute von den Angelegenheiten des Himmels wissen müßten. Und so gab ich mich diesen Leuten in die Lehre, zahlte schweres Geld zum voraus, machte mich verbindlich, noch ebensoviel nachzuzahlen, wenn ich den Gipfel der Weisheit erstiegen hätte, und erwartete die Theorie der überirdischen Dinge und die ganze Einrichtung des Weltgebäudes aus dem Grunde kennenzulernen. Allein es fehlte so viel, daß mir die Herren von meiner vorigen Unwissenheit geholfen hätten, daß sie mich vielmehr durch alle die Kausalitäten und Finalitäten, Atomen und leere Räume und Materien und Formen und Ideen und wie alle die Wörter heißen, womit sie mich täglich überströmten, in weit größere Zweifel und Verwirrung warfen als zuvor. Aber was mir bei dem allem das beschwerlichste schien, war dies, daß, ungeachtet sie in keinem einzigen Punkte übereinkamen, sondern über alles in ewigem Streit und Widerspruch untereinander waren, ein jeder doch bei mir recht haben wollte und mich unter den Gehorsam seines Systems zu bringen suchte.

DER FREUND: Ungereimt genug, daß Leute, die sich für Sachverständige ausgeben, einander widersprechen und von einerlei Dingen nicht einerlei Begriffe haben sollen.

MENIPPUS: Wie lächerlich würden sie dir erst vorkommen, Freund, wenn du ihren Übermut und ihre Großsprechereien selbst mit anhörtest; wenn du hörtest, wie diese

Leute, die am Ende doch auf der Erde gehen wie wir andern und, anstatt schärfer zu sehen als wir, zum Teil vor Alter und Faulheit stumpf und übersichtig sind, demungeachtet die Grenzen des Himmels zu durchschauen vorgeben, die Sonne ausmessen, unter den Dingen überm Mond einherwandeln und nicht anders, als ob sie aus den Sternen herabgefallen wären, von ihrer Größe und Beschaffenheit dissertieren, die Höhe der Luft, die Tiefe des Meeres und den Umfang der Erde ganz genau angeben, kurz vermittelst Gott weiß welcher Zirkel, Dreiecke, Vierecke und Sphären den Himmel selbst wie ein Stück Feld in den Grund legen und sich unterstehen zu sagen, wieviel Ellen der Mond von der Sonne entfernt sei, da sie doch öfters nicht wissen, wie viel Stadien sie von Megarä nach Athen zu gehen hätten. Und wie unverständig und unerträglich hoffärtig ist es vollends, wenn sie von so ungewissen und unzugangbaren Dingen handeln, nichts als Vermutung oder Wahrscheinlichkeit vorzutragen, sondern alles so weit zu treiben, daß sie andern Leuten keine Möglichkeit, sie zu überbieten, übriglassen und uns nur nicht gar eidlich zuschwören, die Sonne sei eine glühende Masse, der Mond habe Einwohner, die Sterne tränken Wasser, indem die Sonne die Dünste wie an einem Brunnenseil emporziehe und sodann jedem der Ordnung nach seine Portion zumesse. Wie sehr aber diese Herren in ihren Behauptungen einander entgegen sind, davon will ich dich selbst nur aus etlichen Beispielen urteilen lassen. Gleich anfangs können sie sich in ihrer Meinung von der WELT nicht vergleichen; denn die einen behaupten, sie habe nie angefangen und werde nie aufhören: die andern hingegen erkühnen sich sogar, ihren Baumeister zu nennen und ganz genau anzugeben, wie er dabei zu Werke gegangen. Diese letztern finde ich besonders DARIN bewundernswürdig, daß es ihnen, da sie doch einen Gott zum Kunstmeister des Ganzen bestellen wollten, nicht einfiel, sich auf eine Antwort gefaßt zu machen, wenn man fragte, wo er hergekommen oder wo er gestanden, da er zu arbeiten angefangen; indem vor dem Dasein des Ganzen schlechterdings weder Zeit noch Ort sich denken läßt.

DER FREUND: Die Leute, von denen du sprichst, müssen entsetzliche Windbeutel und Luftspringer sein!

MENIPPUS: Wenn du sie nun vollends erst von den Ideen und unkörperlichen Dingen und vom Endlichen und Unendlichen disputieren hörtest! Denn auch darüber balgen sie sich untereinander wie die Gassenjungen, indem einige das Ganze ringsum mit Grenzen umzäunen, andere hingegen meinen, daß es ohne Ende sei. Ja, es fehlt nicht an einer dritten Partei, welche behauptet, daß es der Welten eine große Menge gebe, und es denjenigen sehr übelnimmt, die von der Welt in der einzelnen Zahl sprechen. Noch ein andrer, der wohl kein friedfertiger Mann sein mochte, setzte sich in den Kopf, den KRIEG zum Urheber aller Dinge zu machen. Was ihre Meinungen von den GÖTTERN betrifft, davon ist vollends gar nichts zu reden: da dem einen eine gewisse Zahl Gott ist, andere bei Hunden, Gänsen und Platanen schwören, wieder andere die übrigen Götter samt und sonders ihrer Ämter entsetzen, um die Regierung einem einzigen zuzuwenden: so daß es mir oft recht erbärmlich vorkam, daß die arme Welt sich in einem solchen Göttermangel befinden sollte: da hingegen andere desto verschwenderischer sind und ihrer eine unendliche Menge aufstellen und sie dann sortieren, so daß einer der Erste ist, die übrigen aber an dem zweiten und dritten Rang sich begnügen müssen. Überdies behaupten einige, die Gottheit sei ohne Körper und ohne Gestalt; andere hingegen dachten sich dieselbe als etwas Körperliches. Ferner wollte es auch nicht allen einleuchten, daß die Götter sich mit der Vorsorge für unsre Angelegenheiten abgeben sollten, sondern es gab einige, die ihnen alle solche Sorgen abnahmen und (wie wir's mit alten Bedienten zu machen pflegen) sie gleichsam zur Ruhe setzten; so daß die Götter dieser Herren in der Weltkomödie sozusagen die Statisten machten. Endlich fanden sich auch einige, die über das alles hinausgingen und geradezu gar keine Götter glaubten, sondern die Welt ohne Herren und ohne Regierung gehen ließen, so gut sie konnte. – Wie ich nun das alles hörte, unterstand ich mich zwar nicht, gegen diese hochbrausenden und wohlbebarteten Männer den Unglaubigen zu machen, konnte aber doch auch, wie ich mich wenden und drehen mochte, unter allen ihren Behauptungen keine finden, wogegen sich nicht vieles einwenden ließe und die nicht von irgendeinem aus ihrem eigenen Mittel wäre umgeworfen worden. Es erging mir also mit ihnen wie dem Homerischen Ulysses: der Gedanke stieg mir wohl zuweilen auf, mich mit geschloßnen Augen in den Glauben an einen von ihnen hineinzustürzen,

aber mich zog sogleich ein andrer Gedanke zurücke.

Da ich mir nun bei so bewandten Umständen nicht zu helfen wußte und alle Hoffnung verlor, auf Erden etwas Wahres von allen diesen Dingen zu erfahren: so schien mir nur ein einziges Mittel, aus meiner Verlegenheit zu kommen, übrig zu sein, und das wäre: wenn ich mir auf die eine oder andere Art Flügel verschaffen und mit ihrer Hülfe in eigener Person zum Himmel aufsteigen könnte. Die Hoffnung, etwas dergleichen bewerkstelligen zu können, machte mir – teils mein heftiges Verlangen – teils der Fabeldichter Äsop, der uns von Adlern und Käfern, ja sogar von Kamelen, die den Himmel erstiegen haben sollen, spricht. Daß mir jemals Federn und Flügel wachsen könnten, das deuchte mir auf alle Weise eine pure Unmöglichkeit zu sein: wenn ich mir aber Adlers- oder Geiersflügel anzusetzen wüßte, die mit der Größe des menschlichen Körpers in gehörigem Verhältnis zu sein schienen, so zweifelte ich nicht, daß mir der Versuch gelingen möchte. Ich fing also ein paar solche Vögel, lösete gar zierlich dem Adler den rechten und dem Geier den linken Flügel ab, band sie mir sodann mit tüchtigen Riemen um die Schultern und befestigte an die Spitzen der Schwingfedern eine Art von Henkeln, womit ich die Flügel zu regieren gedachte. Ich machte hierauf die Probe, indem ich einen Satz in die Höhe tat, mit meinen geflügelten Armen zu rudern anfing und mich nach Art der Gänse allmählich über den Boden erhob, indem ich durch Emporstreben aller Muskeln dem Flug nachzuhelfen suchte. Wie ich merkte, daß mir das Ding vonstatten ging, wagte ich schon ein mehreres und stürzte mich von der äußersten Spitze der Burg gerade ins Theater herab. Da es auch diesmal ohne Gefahr abgegangen war, fing ich nun an, höhere und überirdische Gedanken zu fassen; ich erhob mich vom Hymettus und flog bis nach Gerania, von da auf die Spitze des Schlosses zu Korinth, sodann über die Berge Pholoe und Erymanthus bis an den Taygetus: und da mein Mut mit meiner Fertigkeit zunahm und ich nunmehr für einen ausgemachten Meister in der Kunst zu fliegen gelten konnte, wollte ich mich nicht länger mit Versuchen abgeben, die sich nur für gelbschnäblichte Anfänger schickten, sondern bestieg den Olympus, und nachdem ich mich so leicht als möglich verproviantiert hatte, richtete ich meinen Lauf gerade dem Himmel zu. Anfangs schwindelte mir ein wenig, wenn ich in die Tiefe hinabsah; doch ward ich auch dessen bald gewohnt. Als ich nun bereits eine unendliche Menge Wolken unter mir gelassen hatte und dem Monde ganz nahe gekommen war, fühlte ich mich von der langen Anstrengung, besonders am linken Geiersflügel, ziemlich abgemattet. Ich landete also dort an, setzte mich, um ein wenig auszuruhen, nieder und belustigte mich, von dieser Höhe auf die Erde herabzusehen und, gleich dem Homerischen Jupiter, meine Augen bald

– – – auf das Land der rossenährenden Thräker
und der streitbaren Myser und wackern Pferdemelker,

bald auf Griechenland, Persien, Indien und worauf es mir beliebte, zu heften; ein Anblick, der mir großes und mannigfaltiges Vergnügen gewährte.

DER FREUND: Du würdest mich sehr verbinden, lieber Menipp, wenn du nichts auslassen wolltest, was du auf deiner Reise, auch nur im Vorbeigehen, angemerkt hast;

denn ich erwarte viel Sonderbares von der Figur der Erde und wie dir alles auf derselben aus einem so hohen Standpunkt erscheinen mußte, von dir zu hören.

MENIPPUS: Du wirst dich nicht ganz betrogen finden. Schwinge dich also, so gut du kannst, in Gedanken mit mir zum Mond empor und reise mir nach und beobachte, wie sich die Dinge auf der Erde von dort aus den Augen zeigen werden. Fürs erste bilde dir ein, du sehest die Erde ganz außerordentlich klein, ich will sagen, noch kleiner als den Mond; so daß ich mir, wie ich zum ersten Mal hinunterguckte, gar nicht vorstellen konnte, wo alle die hohen Berge und das so große Weltmeer geblieben wären; und ich versichre dich, hätte ich den Koloß zu Rhodus und den Leuchtturm bei Pharos nicht erblickt, ich würde die Erde gar nicht einmal gefunden haben; so aber ließen mich jene so hoch emporragende Kunstwerke und der Sonnenglanz, der mir aus dem Ozean entgegenspiegelte, schließen, daß das, was ich sah, die Erde sei. Wie ich aber einmal die Augen scharf darauf geheftet hatte, wurde mir alles so deutlich, daß ich nicht nur Völker und Städte ganz genau erkennen, sondern sogar sehen konnte, wie die einen auf dem Meere dahersegelten, andere Krieg führten, noch andere ihr Feld bauten und wieder andere zu Gerichte saßen; ich unterschied sogar Männer und Weiber und Tiere und überhaupt

alles, was lebt und webt auf der alles ernährenden Erde.

DER FREUND: Was du mir da sagst, Menipp, hängt, mit deiner Erlaubnis, nicht allzuwohl zusammen. Denn wie sollte das möglich sein, da du die Erde so klein fandest, daß du sie suchen mußtest und, wenn der Koloß zu Rhodus dir nicht zum Anzeiger gedient hätte, sie für was ganz anders angesehen haben würdest: wie, sage ich, solltest du nun auf einmal in ein solches »Luchsauge« verwandelt worden sein, daß du alle Dinge auf der Erde, Menschen, Tiere und beinahe die kleinen Mücken in der Luft, hättest unterscheiden können?

MENIPPUS: Gut, daß du mich erinnerst! denn beinahe hätte

ich das Beste, und was ich zuerst hätte sagen sollen, ganz außer acht gelassen. Wie ich die Erde selbst zwar zu erkennen anfing, von allem übrigen aber, wegen der großen Tiefe, und weil mein Gesicht nicht so weit reichte, nichts unterscheiden konnte, befand ich mich in keiner geringen Verlegenheit und kränkte mich so sehr darüber, daß ich beinahe zu weinen angefangen hätte. Auf einmal sah ich eine Gestalt hinter mir stehen, die so schwarz wie ein Kohlenbrenner, mit Asche bedeckt und am ganzen Leibe wie gebraten aussah. Ich kann nicht leugnen, ich fuhr über diesen Anblick zusammen und glaubte irgendeinen mondlichen Dämon zu sehen: aber die Gestalt hieß mich ein Herz fassen. »Beruhige dich, Menippus«, sagte sie,

»wahrlich, ich bin kein Gott und keinem Unsterblichen
ähnlich,

ich bin der bekannte Naturforscher Empedokles, den, als er sich in den Krater des Ätna stürzte, der aufsteigende Rauch mit sich emporzog und hieher führte. Seit dieser Zeit wohne ich in dem Monde, wo ich mich von bloßem Tau nähre und mir die Zeit mit Luftreisen vertreibe. Ich wurde gewahr, wie du dich darüber grämtest, daß du die Dinge der Erde nicht deutlich erkennen kannst; und ich komme, dir aus der Verlegenheit zu helfen.« – »Das ist sehr gütig von dir, bester Empedokles«, erwiderte ich; »und sobald ich auf die Erde zurückgeflogen sein werde, will ich nicht vergessen, dir unter meinem Rauchfange eine Libation zu bringen und alle Neumonde, dir zu Ehren, dreimal andächtig zum Monde hinaufzujappen.« – »Nein! beim Endymion!« versetzte er, »ich bin nicht um Lohnes wegen gekommen, sondern lediglich, weil es mich in der Seele schmerzte, dich so niedergeschlagen zu sehen. Weißt du, was du tun mußt, um ein schärferes Gesicht zu bekommen?« – »Nein, beim Jupiter!« antwortete ich,

»wenn du den Nebel nicht von meinen Augen
hinwegnimmst:

denn gegenwärtig bin ich, deucht mir, nicht viel besser als blind.« – »Du wirst meiner wenig bedürfen«, erwiderte jener, »denn du hast das augenschärfende Mittel selbst von der Erde mitgebracht.« – Da ich nicht begreifen konnte, was er damit meine, fuhr er fort: »Hast du nicht einen Adlersflügel um deine rechte Schulter gebunden?« – »Und was hat denn der mit meinen Augen gemein?« sagte ich. – »Dies, daß unter allen lebendigen Wesen der Adler bei weitem das scharfaugigste ist; so daß er allein gerade in die Sonne sehen kann und ein Adler, eben dadurch, wenn er, ohne zu nicken, in die Sonne schaut, sich als einen echtgebornen Adler und König der Vögel legitimiert.« – »So sagt man«, versetzte ich; »und nun verdrießt es mich, daß ich mir, ehe ich meine Reise antrat, nicht beide Augen ausgerissen und ein Paar Adlersaugen dafür eingesetzt habe, anstatt daß ich nun so übel ausgerüstet und jenen ausgemerzten Bastarden ähnlich hierher gekommen bin.« – »Es steht bloß bei dir, dir dieses andre königliche Auge auf der Stelle zu verschaffen. Wenn du nur ein wenig aufstehen und, ohne den Geiersflügel zu bewegen, mit dem andern Flügel allein klatschen willst: so wirst du mit dem rechten Auge so scharf sehen wie ein Adler; das linke hingegen wird immer, was du auch daran künsteln wolltest, stumpfer bleiben, weil es auf der schlechten Seite ist.« – »Ich will mit einem einzigen Adlersauge gerne zufrieden sein«, sagte ich; »ich werde nichts dabei verlieren. Hab ich doch oft gesehen, daß die Zimmerleute mittelst EINES Auges die Balken nach dem Richtscheit so gerade richten, als ob sie beide Augen dazu gebrauchten.« – Mit diesen Worten schickte ich mich an, den Rat des Empedokles ins Werk zu setzen, indessen er selbst, nach und nach aus meinen Augen schwindend, in einen leichten Rauch dahinfloß. Ich hatte kaum mit dem rechten Flügel zu klatschen angefangen, als mich plötzlich ein großes Licht umleuchtete und alles, was mir bisher verborgen geblieben war, auf einmal sichtbar wurde. Ich sahe nun, indem ich auf die Erde herabschaute, ganz deutlich Städte und Menschen und alles, was die letztern nicht nur unter freiem Himmel, sondern sogar was sie in ihren Häusern taten, wenn sie von niemand gesehen zu werden glaubten. Ich sahe den König Ptolemäus bei seiner Schwester liegen, den Lysimachus seinem Sohne nach dem Leben stellen und den Antiochus, Seleukus' Sohn, verstohlnerweise nach seiner Stiefmutter Stratonike schielen. Ich sah, wie Alexander von Thessalien von seiner eignen Gemahlin ermordet wurde, Antigonus seine Schwiegertochter verführte und Attalus einen Becher mit Gift austrank, den ihm sein leiblicher Sohn gereichet hatte. Auf einer andern Seite sah ich, wie Arsazes (vor Eifersucht wütend) mit dem Dolch über seine Beischläferin herfiel und wie Arbazes, ihr Kämmerling (um ihr zu Hülfe zu kommen), mit gezucktem Säbel auf den Arsazes losging, während der schöne Medier Spartinus, der mit einem goldenen Becher über dem Auge getroffen war, von etlichen Trabanten bei den Füßen hinausgezogen wurde. Ähnliche Dinge waren auch in Afrika und bei den Skythen und Thraziern in den Palästen der Könige zu sehen: überall nichts als Fürsten, die mitten unter Raub und Meineid in steter Todesangst lebten und von ihren vertrautesten Günstlingen verraten wurden. Auf diese Weise unterhielt ich mich eine Weile mit den Angelegenheiten der Könige. Bei den Privatleuten ging es schon komischer zu; denn da sah ich den Epikureer Hermodorus für tausend Drachmen falsch schwören, den Stoiker Agathokles mit seinen Schülern um den Lehrlohn prozessieren, den Rhetor Klinias eine Opferschale aus Äskulaps Tempel stehlen und Herophilus, den Kyniker, die Nacht in einem schmutzigen H...winkel zubringen usw. Kurz, alle die Schelmstücke und Bübereien, die ich von Leuten, die keinen so aufmerksamen Zuschauer zu haben glaubten, ausüben sah, gaben mir ein sehr abwechselndes und unterhaltendes Schauspiel.

DER FREUND: Der Detail davon mag sich nicht übel hören lassen; wenigstens scheint er dir großes Vergnügen gemacht zu haben.

MENIPPUS: Alles der Ordnung nach durchzugehen, Freund, wäre mir um so weniger möglich, da mir's schon sauer genug wurde, es zu sehen. Aber, um dir alles auf einmal zu sagen, bilde dir ein, du sehest die Geschichten auf Homers Schilde: auf der einen Seite Gastmähler und Hochzeiten, auf einer andern Gerichtsstuben und Volksversammlungen; hier opferte ein Glücklicher sein Dankopfer, indem nicht weit davon ein anderer die Luft mit seinen Wehklagen erfüllte. Sah ich nach dem Lande der Geten, so fand ich sie mit den Waffen in der Hand; rückte ich zu den Skythen fort, so sah ich sie mit Sack und Pack auf Wagen herumfahren; drehte ich das Auge ein wenig auf die andere Seite, so fand ich die Ägyptier in ihrem Feldbau begriffen, der Phönizier schacherte, der Zilizier raubte, der Spartaner wurde gegeißelt und der Athenienser prozessierte. Und da alles das zu gleicher Zeit geschah, so kannst du denken, was für ein Mischmasch herauskommen mußte. Bilde dir ein, wenn jemand einen großen Chor von Sängern auf die Bühne stellte und verlangte nun, daß sie, anstatt im Einklang zu singen, jeder seine besondere Melodie, ohne sich an die übrige zu kehren, anstimmen sollte; und nun fingen sie auf einmal an, jeder sich mit seinem eigenen Liede hören zu lassen, und griffen sich noch recht dabei an und eiferten in die Wette, wer den andern am lautesten überschreien könnte: was meinest du, was da für ein Gesinge herauskäme? Und gleichwohl sind alle Erdebewohner solche Choristen, und aus einem solchen unharmonischen Mißgetöne ist das menschliche Leben zusammengesetzt; ein Schauspiel, wo die Personen weder im Äußern noch im Innern zusammenstimmen, an Sprache, Gestalt, Farbe, Lebensart und Sitte unendlich verschieden sind, sich immer nach verkehrten Richtungen gegeneinander bewegen und mit Gedanken und Neigungen nie in EINEM Punkt zusammentreffen; bis der Chormeister es endlich müde wird und einen nach dem andern von der Bühne jagt: Nun schweigen sie alle auf einmal, und das verworrene taktlose Geplärr hat ein Ende. – Überhaupt kam mir in diesem ganzen buntscheckigen und planlosen Schauspiel des menschlichen Lebens alles sehr lächerlich vor: aber über niemand mußte ich mehr lachen als über die wackern Leute, die sich soviel damit wissen, daß sie Landgüter bis in der Gegend von Sicyon oder alles Feld, was zwischen Marathon und Oinoe liegt, oder tausend Morgen zu Acharnä besitzen. Denn da mir von der Höhe, wo ich herabschaute, ganz Griechenland kaum vier Finger breit vorkam, wie klein mußte erst ein so geringer Teil desselben wie Attika sein, und was für ein Minimum war also das Fleckchen, worauf sich die Reichen so große Dinge einbildeten? Wahrlich, der reichste unter diesen stolzen Landeigentümern schien mir kaum einen einzelnen Epikurischen Atom zu bauen. Welch ein Jammer, dacht ich bei mir selbst, da ich auf den Peloponnesus und das kleine Gebiet von Cynuria herabsah, daß so viele brave Argiver und Spartaner um ein Ländchen, das nicht größer als eine ägyptische Linse schien, auf EINEN Tag gefallen sein sollen! – Aber auch die Ehrenmänner, die sich auf ihr bißchen Gold, auf acht Ringe und vier Trinkschalen so viel zugute tun, machten mich herzlich lachen: denn der ganze Pangäus mit allen seinen Bergwerken und Gruben war kaum so groß als ein Hirsekorn.

DER FREUND: O du glücklicher Menippus, dem ein so seltsames Schauspiel gegönnt wurde! Aber, ich bitte dich, die Städte selbst und die Menschen darin, wie kamen dir diese aus solcher Höhe vor?

MENIPPUS: Du hast doch schon manchmal eine Ameisenwirtschaft gesehen – wie das alles untereinander wimmelt, die einen im Kreise herumlaufen, andere hinausgehen, andere zurückkommen, diese einen Unrat hinausschafft, jene mit einer irgendwo aufgelesenen Bohnenhülse oder einem halben Gerstenkorn im Munde dahergerennt kommt: und wer weiß, ob es nicht auch Baumeister, Volksredner, Ratsherrn, Musenkünstler und Philosophen, nach ihrer Weise, unter ihnen gibt? Wie dem auch sein mag, ich fand zwischen diesen Ameisennestern und den

Städten mit ihren Einwohnern die größte Ähnlichkeit; und wenn es dir zu klein vorkommt, Menschen mit Ameisen vergleichen zu hören, so erinnere dich der thessalischen Mythologie, die dir sagen wird, daß die Myrmidonen, eine ihrer streitbarsten Völkerschaften, aus Ameisen zu Menschen geworden. Nachdem ich nun alles zur Genüge betrachtet und belacht hatte, schüttelte ich mich und flog

in die Paläste, wo Zeus mit den andern Unsterblichen
thronet.

Ich war noch kaum eines Bogenschusses weit geflogen, als mir Luna mit einer zarten weiblichen Stimme zurief: »Ich bitte dich, Menippus, so lieb dir ein glücklicher Ausgang deiner Himmelfahrt ist, sei so gut und richte mir einen kleinen Auftrag an Jupiter aus.« – »Von Herzen gern«, antwortete ich, »insofern es nur nichts zu tragen ist.« – »Es ist nichts weiter«, erwiderte sie, »als eine Bitte, die du dem Jupiter von mir überbringen sollst. Ich verliere alle Geduld, lieber Menippus, mich länger von den Philosophen so mißhandeln zu lassen; man dächte, sie hätten nichts anders zu tun, als sich um meine Sachen zu bekümmern und zu fragen, wer ich sei und wie groß, lang und breit ich sei und warum ich zu gewissen Zeiten wie ein halber Teller aussehe oder Hörner bekomme? Die einen sagen, ich werde bewohnt, andere, ich hänge wie ein Spiegel über das Meer herab; kurz, jeder sagt von mir, was ihm einfällt; ja was das schlimmste ist, sie bringen sogar unter die Leute, mein Licht sei nicht echt und ich stehle es der Sonne, so daß es nicht an ihnen liegt, wenn sie mich meinem Bruder nicht verdächtig machen und Unfrieden zwischen uns stiften: als ob es an den Beschimpfungen nicht schon genug wäre, die sie der Sonne selbst angetan, da sie vorgaben, daß sie ein Stein und eine durchgeglühte Masse sei. Sie hätten es wahrlich nicht Ursache, mir so übel mitzuspielen! Denn was für schändliche Dinge könnte ich nicht von ihnen erzählen, die sie bei nächtlicher Weile treiben, wiewohl sie bei Tage so ernsthaft und männlich aussehen, so gravitätisch einhertreten und sich bei den Unwissenden in so große Ehrfurcht zu setzen wissen. Und gleichwohl sehe ich allen diesen Dingen schweigend zu, weil es mir nicht anständig deucht, den Kontrast ihrer nächtlichen Werke mit ihrem öffentlichen Leben aufzudecken und ins Licht zu setzen; im Gegenteil, wenn ich einen von ihnen ehebrechen oder stehlen oder sonst ein nachtbedürftiges Stückchen verüben sehe, hülle ich mich sogleich in eine dichte Wolke ein, um der Welt nicht offenbar werden zu lassen, wie sehr diese alten Männer ihrem langen Barte und der Tugend, die sie immer im Munde führen, Schande machen. Sie hingegen hören nicht auf, nachteilig von mir zu reden und mich auf alle Weise zu mißhandeln: so daß ich, bei der alten Macht! schon oft auf den Gedanken gekommen bin, so weit als möglich von hier wegzuziehen, um nur ihren naseweisen Zudringlichkeiten zu entgehen. Vergiß also nicht, dies alles Jupitern zu hinterbringen und ihm zu sagen, es sei mir unmöglich, länger auf meinem Posten zu bleiben, wofern er diesen PHYSIKERN nicht die Köpfe zerschmettre, den DIALEKTIKERN nicht den Mund stopfe, die STOA zerstöre, die AKADEMIE in Brand stecke und den Verhandlungen im PERIPATUS ein Ende mache, mit EINEM Worte, mir vor den täglichen Beeinträchtigungen dieser geometrischen Herren nicht Ruhe verschaffe.« – Ich versprach ihr alles, was sie wollte, und steuerte nun gerades Weges dem Himmel zu,

> wo man nirgends die Spur von Stieren noch Pflügern
> erblicket.

In kurzem kam mir auch der Mond sehr klein vor, und die Erde verbarg sich gänzlich hinter ihm. Ich ließ die Sonne rechter Hand liegen, flog mitten durch die Sterne und langte am dritten Tage vor der Reede des Himmels an. Weil ich, meines EINEN Geiersflügel wegen, nicht hoffen durfte, für den Adler Jupiters angesehen zu werden, wollte ich es nicht wagen, geradezu in die Götterburg hineinzufliegen, und klopfte also an der Pforte an. Sogleich kam Merkur heraus, fragte mich nach meinem Namen und eilte, Jupitern die Anzeige zu tun. Es währte nicht lange, so ward ich hineingerufen. Mit Zittern und Beben trat ich in den Audienzsaal, wo ich die Götter alle versammelt und über meine seltsame Reise selbst ein wenig betroffen fand; vermutlich aus Besorgnis, daß in kurzem das ganze menschliche Geschlecht auf diese Weise bei ihnen angeflogen kommen möchte. Jupiter aber warf einen fürchterlich grimmen und titanischen Blick auf mich und sprach:

»Sage, wer bist du? dein Vaterland wo? wer deine
Erzeuger?«

Es fehlte wenig, daß ich nicht vor Schrecken über diese Anrede auf der Stelle gestorben wäre. Ich stand verblüfft und verstummend da, als ob mich der Donner gerührt hätte; doch nahm ich mich endlich zusammen und erzählte die ganze Geschichte, von Anfang an: wie groß mein Verlangen gewesen, die überirdischen Dinge kennenzulernen; wie ich mich an die Philosophen gemacht und was für widersprechende Dinge ich von ihnen gehört hätte; wie ich darüber in Verzweiflung geraten, den seltsamen Einfall, auf den ich endlich verfallen, und wie ich mir Flügel angesetzt, und meine ganze Reisegeschichte bis hieher. Schließlich fügte ich noch den Auftrag hinzu, womit mich Luna beladen hatte. Jetzt ließ Jupiter die Augenbraunen ein wenig sinken und sagte lächelnd: »Was soll man nunmehr gegen Otus und Ephialtes sagen, da sogar Menippus die Verwegenheit gehabt hat, den Himmel zu ersteigen? Doch für heute«, fuhr Se. Majestät fort, »bist du unser Gast: Die Geschäfte, wegen deren du gekommen bist, wollen wir morgen vornehmen und dich sofort wieder in Gnaden entlassen.« Mit diesem Worte stand er auf und begab sich nach dem Teile der Himmelsburg, wo er die Gebete der Sterblichen anzuhören pflegt. Im Hingehen fragte er mich, wie es gegenwärtig auf der Erde stehe? Was der Weizen gelte? Ob der letzte Winter hart gewesen sei und ob das Gemüse etwa mehr Regen vonnöten habe? Sodann, ob noch jemand von der Nachkommenschaft des Phidias vorhanden sei und warum die Athenienser die ehemals alle Jahre gefeierten Diasia unterbrochen hätten? Ferner: ob sie denn ihren olympischen Tempel nicht auszubauen gedächten? und ob die Räuber des Tempels zu Dodona ergriffen worden seien? – Als ich auf alles dies geantwortet, fuhr er fort: »Nun wohlan, Menippus, sage mir einmal offenherzig, was denken die Menschen von mir?« – »Was anders, gnädigster Herr«, antwortete ich, »als das Religiöseste, was sie nur immer denken können, daß du der König aller Götter bist.« – »Das sollst du mir nicht weismachen«, versetzte Jupiter. »Ich weiß sehr gut, wenn du mir's gleich verhehlen willst, wie geneigt sie in allen Dingen zu Neuerungen sind. Es war freilich eine Zeit, wo ich ihr Wahrsager, ihr Arzt, ihr alles in allem war. Da,

da waren alle Straßen, alle Märkte noch
voll Jupiters – – –

Da glänzte noch Dodona und Pisa über alle Tempel der Welt hervor; aller Menschen Augen waren dahin gerichtet, und es wurden mir der Brandopfer so viele gebracht, daß ich vor Rauch kaum die Augen auftun konnte. Aber seitdem Apollo seine Wahrsagerbude zu Delphi und Äskulap seine Apotheke zu Pergamus errichtet hat, seitdem es einen Tempel der Bendis in Thrazien, des Anubis in Ägypten und der Diana zu Ephesus gibt: seitdem läuft alles dahin; die Feste, die man ihnen zu Ehren feiert, und die Hekatomben, die man ihnen schlachtet, nehmen kein Ende; mich betrachtet man als einen alten abgelebten Mann, dem man noch übrig genug Ehre erweist, wenn man ihm in fünf ganzen Jahren ein paar Stiere zu Olympia opfert. Daher wirst du auch finden, daß sogar Platons Gesetze und Chrysipps Syllogismen nicht kälter sind als meine Altäre.«

Während dieses Gesprächs langten wir an dem Orte an, wo er sich setzen und den Menschen Audienz geben mußte. Es waren da der Ordnung nach eine Anzahl von Öffnungen, der Mündung eines Brunnens ähnlich, angebracht, die mit Deckeln versehen waren, und neben jeder stand ein goldner Lehnstuhl. Jupiter setzte sich nun auf den ersten Stuhl, hob den Deckel auf und gab den Betenden Gehör. Nun stiegen aus allen Gegenden der Erde der Gebete viel und mancherlei empor, die zum Teil unmöglich zugleich gewährt werden konnten. Ich bückte mich ebenfalls von der Seite nach der Öffnung hin, und da hörte ich: »O Jupiter, laß mich König werden!« – »O Jupiter, laß meine Zwiebeln und Knoblauch gedeihen!« – »O Jupiter, laß meinen Vater bald von hinnen fahren!« Ein andrer rief: »Wenn ich doch meine Frau bald erben könnte!« Noch ein andrer: »Möchte mein Anschlag gegen meinen Bruder wohl vonstatten gehen!« Ein dritter bat um einen glücklichen Ausgang seines Rechtshandels, ein vierter wollte zu Olympia gekrönt sein. Ein Schiffer bat um Nordwind, ein anderer um Südwind; ein Bauer um Regen, ein Walker um Sonnenschein. – Vater Jupiter hörte alles an, und nachdem er jede Bitte genau untersucht hatte,

sprach er zu einigen ja und winkte nein zu den andern.

Die gerechten Bitten wurden durch die Öffnung eingelassen und zur rechten Hand gelegt: die ungerechten und vergeblichen aber blies er, ehe sie den Himmel noch erreicht hatten, wieder zurück. Bei einer einzigen sah ich ihn zweifelhaft. Zwei Parteien verlangten zu gleicher Zeit widersprechende Dinge und versprachen beide gleiches Opfer. Da es ihm also an einem Bestimmungsgrunde fehlte, warum er den einen oder den andern hätte erhören sollen, so ging es ihm wie den Akademikern: er wußte nicht, wozu er ja sagen sollte, und war genötigt, auf gut Pyrrhonisch seine Meinung zurückzuhalten und sich mit einem »Wir wollen sehen« aus der Sache zu ziehen.

Wie er sich mit den Gebeten lange genug beschäftigt

hatte, stand er auf und setzte sich auf den zweiten Stuhl, zu der zweiten Öffnung, um den Eidschwörenden seine Aufmerksamkeit zu geben. Als er damit fertig war, und bei dieser Gelegenheit den Epikureer Hermodorus mit einem Donnerkeile zerschmettert hatte, begab er sich auf den dritten Stuhl, wo alle Ahnungen, Vorzeichen und Augurien zur Audienz kamen. Von diesen rückte er zur vierten fort, durch welche der Rauch der Opfer aufstieg und ihm den Namen eines jeden Opfernden zuflüsterte. Als auch diese expediert waren, wurden die Winde und Gewitter vorgelassen und einem jeden Befehl gegeben, was sie zu tun hätten; als: »Heute soll es bei den Skythen regnen, bei den Afrikanern blitzen, bei den Griechen schneien! du, Boreas, blase durch Lydien! du, Südwind, sollst Rasttag haben! der Westwind wird auf dem Adriatischen Meere stürmen! Auf Kappadozien sollen ungefähr tausend Malter Hagel fallen!« – und dergleichen.

Wie er alle diese Geschäfte abgetan hatte, war es eben Zeit, zur Tafel zu gehen. Merkur (der den Hofmarschall im Himmel macht) wies mir meinen Platz beim Pan und den Korybanten, zwischen Atys und Sabazius, als neuangeseßnen Göttern von etwas zweideutiger Herkunft, an. Ich wurde von der Ceres mit Brot, vom Bacchus mit Wein, vom Herkules mit Fleisch, von der Venus mit Myrten und vom Neptun mit Sardellen regaliert. Ich kostete aber auch heimlich vom Ambrosia und Nektar: denn der schöne Ganymed war so menschenfreundlich, mir ein paarmal, wenn Jupiter auf eine andere Seite sah, ein Schälchen mit Nektar zuzuschieben. Die Götter aber (wie schon Homer sagt, der vermutlich, ebensogut wie ich, mit eignen Augen gesehen hat, wie es hier zugeht)

essen kein Brot und trinken den purpurnen Wein nicht,

sondern nähren sich mit Ambrosia und berauschen sich in Nektar; am liebsten aber schlürfen sie den Rauch von Brandopfern und den warmen Dunst vom Blute der Opfertiere ein, womit die Altäre begossen werden.

Während der Tafel ließ sich Apollo auf der Zither hören, Silen tanzte den Kordax, und die Musen standen auf und sangen uns die Theogonien des Hesiodus und Pindars ersten Hymnus. Endlich, da wir des Guten satt waren, legten wir uns allesamt wohlbeträufelt auf die Ohren.

Ruhig schliefen nunmehr die Götter und irdischen
Menschen
alle die Nacht hindurch: nur ich entbehrte des
Schlummers
süßen Genuß – –

so voller Gedanken war ich über alle die Wunderdinge, die sich mit mir zugetragen hatten. Besonders lief mir immer im Kopfe herum, warum dem Apollo in so langer Zeit noch kein Bart gewachsen sei und wie es im Himmel Nacht werden könne, da die Sonne doch in Person gegenwärtig war und mit geschmauset hatte. Indessen schlief ich doch zuletzt ein wenig ein. Aber mit dem frühesten Morgen stand Jupiter wieder auf und befahl dem Herolde, den Götterrat zusammenzurufen: und sobald sie alle beisammen waren, fing er folgendermaßen an:

»Ich war schon lange willens, mich mit euch der Philosophen wegen zu beraten: nun aber, da ich noch besonders durch die von Lunen bei uns geführte Beschwerden aufgefodert bin, habe ich beschlossen, die Erörterung dieser Sache nicht länger aufzuschieben. Wisset also, daß seit nicht gar langer Zeit eine Art von Leuten wie Schaum auf der menschlichen Gesellschaft schwimmen, die sich dieses Namens anmaßen, wiewohl sie nichts Bessers als ein faules, zänkisches, ruhmgieriges, gallsüchtiges, gefräßiges, hoffärtiges und ungezogenes Gesindel und, um mich eines Homerischen Wortes zu bedienen, eine unnütze Last der Erde sind. Diese Leute, die sonst nichts zu tun haben, als Labyrinthe von Schlußreden, worin sie einander zu fangen suchen, auszudenken, haben sich in verschiedene Rotten geteilt, die unter dem Namen der Stoiker, Akademiker, Epikureer, Peripatetiker und unter andern noch viel lächerlichern Benennungen bekannt sind. In den ehrwürdigen Namen der Tugend eingehüllt, wandern sie mit emporgezogenen Augenbraunen und herabhangenden Bärten in der Welt herum und verstecken die verächtlichsten Sitten hinter einer übertünchten Außenseite; den tragischen Schauspielern ähnlich, an welchen, sobald man ihnen die Larve und den goldbesetzten Talar abzieht, nichts als ein armseliges Kerlchen übrigbleibt, das um sieben Drachmen gedungen ist, den Helden zu spielen. Und das sind nun die Menschen, die auf alle andern mit Verachtung herabsehen, von den Göttern abgeschmacktes Zeug schwatzen und ihre weltberüchtigte Tugend einem zusammengetriebenen Haufen blöder Knaben mit tragischem Prunke vordeklamieren und sie die heillose Kunst lehren, den Menschenverstand durch spitzfündische Trugschlüsse in Verlegenheit zu setzen. Zwar halten sie vor ihren Schülern der Geduld und der Mäßigung die schönsten Lobreden und sprechen von Reichtum und Wollust als von den verächtlichsten Dingen: aber wer müßte sich nicht schämen, öffentlich zu sagen, was sie im Verborgenen tun? – Das unerträglichste dabei ist, daß diese Leute, die weder im öffentlichen noch im Privatleben brauchbar, sondern in jeder Rücksicht die entbehrlichsten aller Menschen sind und, mit Homer zu reden,

– für nichts in der Schlacht, für nichts im Felde gerechnet

werden, daß solche Leute, sage ich, immer die bittersten Tadler ihrer Nebenmenschen sind und unter dem angemaßten Charakter öffentlicher Sittenrichter sich die Erlaubnis nehmen, der ganzen Welt Sottisen zu sagen, so daß sich derjenige auf seinen Vorzug nicht wenig einbildet, der am lautesten schreien und am unverschämtesten schimpfen kann. Fragte man aber einen von diesen Schreiern: ›Und was tust denn du? Was in aller Welt trägst du zum gemeinen Besten bei?‹ – so müßte er, wenn er die Wahrheit sagen wollte, antworten: ›Ich finde zwar nicht nötig, weder das Feld zu bauen, noch Handelschaft zu treiben, noch Kriegsdienste zu tun, noch von irgendeiner Kunst Profession zu machen: aber dafür schreie ich alle Menschen an, lebe im Schmutz, bade mich kalt, steige im Winter mit bloßen Füßen herum und schikaniere, wie Momus, alles, was die übrigen Menschen tun. Hat etwa einer von den Reichen ein prächtiges Gastmahl gegeben oder hält sich eine Mätresse, so ereifere ich mich und mache ein schreckliches Aufheben davon; liegt hingegen einer meiner Freunde krank und bedarf meiner Hülfe, davon nehm ich keine Kundschaft.‹ – Nun möcht ich wohl wissen, ihr Götter, wofür wir ein solches Geschmeiß länger füttern sollten? Übrigens sind diejenigen unter ihnen, die sich Epikureer nennen, unleugbar die leichtfertigsten unter allen; denn sie vergreifen sich besonders an uns Göttern, indem sie vorgeben, wir bekümmerten uns nichts um die menschlichen Angelegenheiten und hätten überhaupt mit allem, was in der Welt geschieht, nichts zu tun. Es ist also hohe Zeit, daß wir ihnen das Gegenteil zeigen: denn wenn es ihnen gelingen sollte, das Publikum auf ihre Seite zu bringen, so würdet ihr euch bald zu einer sehr magern Diät bequemen müssen. Wer wird euch mehr opfern wollen, wenn er nichts mehr von euch hoffet? Was die Luna klagbar bei uns angebracht, habt ihr gestern von unserm Gaste vernommen. Ratet also nun, was ihr glaubet, daß im Betreff alles dessen für die Menschen das nützlichste und für uns selbst das sicherste sein dürfte!«

Kaum hatte Jupiter seine Rede geendigt, als die ganze Versammlung sehr laut zu werden anfing und alle aus EINEM Munde schrien: »Blitze! verbrenne! vertilge! zerschmettre sie! donnere sie in den Tartarus, wie die Riesen, hinab!« – »Stille wieder!« rief Jupiter; »euer Wille soll geschehen, ihr Götter! sie sollen alle an den Spitzen – ihrer eigenen Dialektik zerschmettert werden! Nur muß ich der Vollstreckung des Urteils noch Anstand geben; denn wir haben, wie ihr wißt, die nächsten vier Monate über Ferien, und ich habe den Stillstand der Gerichte schon angekündigt. Sie haben also diesen Winter Frist! Aber auf nächstkommendes Frühjahr soll das heilige Donnerwetter die Buben alle in die Erde schlagen!«

Also sprach Kronion und nickte dazu mit den schwarzen Augenbraunen – –

»Was den Menippus betrifft«, setzte er hinzu, »so dünkt mich das beste, wir lassen ihm, damit er nicht einmal wiederkommet, die Flügel stutzen, und Merkur trage ihn heute noch auf die Erde zurück.« Mit diesen Worten entließ er den Götterrat. Mich aber packte Cyllenius beim rechten Ohre und setzte mich gestern abend im Ceramikus ab. Und so hätte ich dir dann alles erzählt, lieber Nachbar, was ich Neues aus dem Himmel mitgebracht habe. Ich gehe nun, um den Philosophen, die dort in der Pözila spazieren, diese gute Botschaft anzukündigen.

PROMETHEUS

Merkur, Vulkan, Prometheus.

MERKUR: Das ist also der Kaukasus, Vulkan, an welchen dieser unglückliche Titan angenagelt werden soll. Wir wollen uns umsehen, ob wir irgendeinen abschüssigen Felsen finden können, der von Schnee leer ist, damit die Bande desto fester halten und damit auch der Angefesselte gehörig in die Augen falle.

VULKAN: Das wollen wir! Denn an einer niedrigen und der Erde zu nahe liegenden Stelle darf er nicht gekreuziget werden, damit ihm die Menschen, die sein Machwerk sind, nicht zu Hülfe kommen; aber auch nicht zu hoch, weil er sonst von unten auf nicht gesehen werden könnte. Wenn dir's recht ist, soll er hier, ungefähr in der Mitte, über diesem Abgrunde, die Arme zu beiden Seiten ausgestreckt, angenagelt werden.

MERKUR: Gut! die Felsen sind hier abgebrochen, unzugangbar und von allen Seiten so abschüssig, daß man Mühe haben würde, eine Stelle zu finden, wo sich einer nur auf den Fußspitzen festhalten könnte. Hier wird der beste Platz zur Kreuzigung sein. Also nicht lange gezaudert, Prometheus! Steige hinauf und laß dich an den Felsen annageln!

PROMETHEUS: So habt doch Erbarmen mit mir, Vulkan und Merkur, da ihr selbst wißt, daß ich ohne mein Verschulden unglücklich bin!

MERKUR: Mein guter Prometheus, es ist bald gesagt, erbarmt euch! daß wir uns etwa, wenn wir unsern Auftrag nicht ausrichteten, auf der Stelle mitkreuzigen ließen! Oder meinst du, der Kaukasus habe nicht Raum genug, daß noch ein paar andere angeschmiedet werden? Frisch, die rechte Hand her! Du, Vulkan, schließe sie und nagle das Band mit tüchtigen Hammerschlägen fest! – Nun auch die andere Hand! – Nur recht fest! – Gut! Bald wird auch der Adler vorbeifliegen, der dir die Leber abweiden soll, damit du deinen vollständigen Lohn für deine schöne wohlausgesonnene Bildnerei bekommest!

PROMETHEUS: O Saturn und Japetus und du, o Mutter Erde, was muß ich Unglücklicher leiden, wiewohl ich nichts Böses getan habe!

MERKUR: Du nichts Böses getan? Du, der du fürs erste, als du die Fleischausteilung zu besorgen hattest, so unbillig und betrüglich dabei zu Werke gingst, daß du die besten Stücke für dich behieltest, den Jupiter hingegen mit den Knochen anführtest. Ich erinnere mich, zum Jupiter, recht gut, daß Hesiodus die Sache so erzählt! Zweitens hast du die Menschen – eine Art von Tieren, die auf alle mögliche Ränke abgerichtet und alles zu unternehmen fähig sind – und, was noch schlimmer ist, die Weiber gemacht. Endlich hast du den Göttern sogar das kostbarste ihrer Güter, das Feuer, gestohlen und den Menschen geschenkt. Und einer, der so ungeheure Dinge begangen hat, darf noch sagen, er leide unschuldig?

PROMETHEUS: Ich sehe wohl, Merkur, daß auch DU dir wenig daraus machst, einen Unschuldigen zu beschuldigen (wie sich der Dichter ausdrückt), da du mir Dinge zum Vorwurf machst, um derentwillen ich mich, wenn mir Gerechtigkeit widerfahren sollte, sogar einer öffentlichen ehrenvollen Belohnung würdig halte. Wenn du Zeit hättest, wünschte ich wohl, mich über diese Beschuldigungen gegen dich zu verantworten und dir zu beweisen, daß Jupiter ein ungerechtes Urteil über mich ergehen ließ; du hingegen, der für einen Schönsprecher und schlauen Advokaten bekannt bist, könntest seine Rechtfertigung übernehmen und beweisen, er habe recht daran getan, mich hier, nicht weit vom Kaspischen Passe, zum jämmerlichen Schauspiel für alle Skythen, an den Kaukasus kreuzigen zu lassen.

MERKUR: Der Streit, wozu du mich herausfoderst, Prometheus, kann dir zwar nichts helfen; indessen rede immer, wenn du Lust hast; ich muß ohnehin noch ein wenig hier verweilen, bis der Adler kommt, der deine Leber zu besorgen hat. Wir können doch aus der Zwischenzeit nichts Bessers machen, als sie zu Anhörung einer sophistischen Deklamation zu verwenden, wie man sie von einem so feinen Meister in der Kunst wie du erwarten kann.

PROMETHEUS: Rede du also zuerst, und daß du ja meiner in der Anklage nicht schonst und deinem Vater nichts von seinem Rechte vergibst! Dich, Vulkan, erbitte ich, für meinen Teil, zum Richter.

VULKAN: Zum Jupiter! Anstatt dein Richter zu sein, werd ich vielleicht als zweiter Kläger gegen dich auftreten, weil du schuld warst, daß meine Esse kalt wurde, als du uns das Feuer entwandtest.

PROMETHEUS: Auch gut, so teilt euch in die Anklage: DU sprichst vom Diebstahl und Merkur von der Menschenmacherei und der Fleischausteilung. Denn ihr seid beide Virtuosen und habt mir die Miene, starke Redner zu sein.

VULKAN: Merkur mag zugleich für MICH sprechen; Rechtshändel sind meine Sache nicht. Meine Geschäfte werden vor dem Schmiedofen abgetan. Aber DER da ist ein Redner und gibt sich stark mit solchen Dingen ab.

PROMETHEUS: Ich bildete mir nur ein, Merkur würde nicht gerne von Diebstahl reden und mir ein Verbrechen aus etwas machen wollen, worin ich bloß sein Kunstverwandter bin. Doch wenn du auch das auf dich nehmen willst, o Sohn der Maja, so wär es endlich Zeit, die Klage anzubringen.

MERKUR *deklamierend*: Es würde zwar allerdings, o Prometheus, eine große und vorbereitete Rede erfodern, wenn ich von deinen Übeltaten nach Verdiensten sprechen sollte; indessen mag es für diesmal genug sein, sie nur summarisch anzuzeigen: daß du nämlich ERSTENS, da dir die Fleischausteilung oblag, die schönsten Stücke für dich behalten und den König hintergangen, ZWEITENS unnötigerweise und gegen alle Gebühr die Menschen gebildet und DRITTENS uns das Feuer gestohlen hast, um es ihnen zuzutragen; lauter Verbrechen von solcher Größe, daß du, anstatt dich zu beklagen, vielmehr Ursache hättest, die ausnehmende Menschenliebe Jupiters in der Gelindigkeit deiner Bestrafung zu erkennen. Solltest du nun leugnen wollen, daß du alles das begangen habest, so würde ich genötiget sein, dich durch eine umständliche Rede zu überweisen und die Wahrheit in ihr möglichstes Licht zu setzen; gestehest du aber die besagten drei Punkte ein, so bin ich mit meiner Anklage fertig und würde die Zeit mit Possen verderben, wenn ich weitläuftiger sein wollte.

PROMETHEUS: Ob nicht auch DAS Possenwerk ist, was du soeben vorgebracht hast, Merkur, wird sich in kurzem ausweisen; ich, meines Orts, will also, wenn dies (wie du sagst) zu meiner Anklage hinlänglich ist, mein möglichstes tun, zu versuchen, ob ich diese Beschuldigungen werde vernichten können. Zuerst also höre, was ich wegen der Fleischausteilung zu sagen habe. Und hier, so wahr mir Uranus helfe! schäme ich mich in Jupiters Seele, daß er einer so kleinlichen Denkart und eines so kindischen Neides fähig ist, wegen eines kleinen Knochens, den er in seinem Anteile gefunden, einen so alten Gott wie mich ans Kreuz schlagen zu lassen, ohne sich der wichtigen Dienste zu erinnern, die ich ihm geleistet, und ohne zu bedenken, daß es nur einem kleinen Knaben zukomme, sich zu erzürnen und ungebärdig zu tun, wenn er nicht das größte Stück bekommt. Mich deucht, Merkur, für dergleichen unbedeutende Neckereien, die bei einem Gastmahle vorfallen, müsse man gar kein Gedächtnis haben, sondern, gesetzt auch, daß einer von den Gästen sich in fröhlichem Mute vergangen hätte, es für Scherz aufnehmen und, ehe man noch von Tische aufgestanden ist, alles schon wieder vergessen haben; aber den Groll noch bis auf den folgenden Tag aufbewahren und sich eines arglosen Mutwillens als einer Beleidigung zu erinnern, die man einem nachträgt und auf eine künftige Gelegenheit zur Rache aufspart – pfui! das schickt sich nicht für Götter und ist überhaupt nicht königlich. Was würde aus einem Gastmahle werden, wenn man dergleichen Fröhlichkeiten und Scherze daraus verbannen wollte und es nicht mehr erlaubt wäre, einander aufzuziehen, auszulachen und kleine Possen zu spielen? Was würde übrigbleiben, als stillschweigend dazusitzen, Gesichter zu machen und vor lauter Langerweile sich zu überessen und vollzutrinken, wobei die Unterhaltung schwerlich viel gewinnen würde. Ich hätte mir daher nichts weniger versehen, als daß Jupiter nur den andern Morgen noch an diese Posse denken, geschweige daß er sich so mächtig darüber entrüsten und es für eine schreckliche Beleidigung aufnehmen sollte, wenn einer beim Austeilen des Bratens ein Spiel daraus machen wollte, ob der andere, dem er die Wahl ließe, nach dem besten Stücke greifen würde. Setze nun aber auch den Fall, Merkur, ich hätte dem Jupiter nicht bloß das schlechtere Teil vorgelegt, sondern das Ganze weggeschnappt: wär es wohl der Mühe wert gewesen, Himmel und Erde deswegen untereinander zu werfen, Ketten, Kreuze und den ganzen Kaukasus ins Spiel zu ziehen und Adler herabzuschicken, die mir die Leber ausfressen sollen? Frage dich selbst, ob eine solche Rache nicht einen kleinen, unedel denkenden Geist verrät, der keine Gewalt über seine Leidenschaften hat. Denn wer um etliche Stückchen Fleisch in einen so ungeheuren Zorn geraten kann, was will er machen, wenn er um einen ganzen Ochsen gekommen ist? Wie viel verständiger führen sich in solchen Fällen die Menschen auf, denen es doch weniger übel anstände, sich vom Zorn übereilen zu lassen als den Göttern? Gleichwohl ist kein einziger unter ihnen, der seinen Koch kreuzigen ließe, wenn er den Finger in den Fleischtopf gesteckt und die Brühe gekostet oder ein Stückchen von einem Braten abgeschnitten und verschluckt hätte: man verzeiht es ihm, oder wenn's hoch kommt, so ist's mit einer Ohrfeige oder einem Backenstreich abgetan. Daß jemand um eines solchen Verbrechens willen bei ihnen wäre gekreuziget worden, ist etwas Unerhörtes. Und soviel von dem ersten Punkt! Ich schäme mich, auf eine solche Anklage antworten zu müssen: aber gewiß, der hat sich noch mehr zu schämen, der sie vorbrachte!

Ich komme nun auf den zweiten, nämlich, daß ich die Menschen gebildet habe. Da der Vorwurf, den ihr mir deswegen macht, zweifach sein kann, so weiß ich nicht, welches von beiden ihr mir eigentlich zur Last leget: ob euerer Meinung nach die Menschen gar nicht hätten gemacht werden, sondern unverarbeiteter lebloser Leimen bleiben sollen, wie sie zuvor waren, oder ob ich sie nur anders und nicht nach DIESEM Modell hätte bilden sollen? Ich will mich aber über beides erklären und fürs erste zu beweisen suchen, den Göttern sei dadurch, daß die Menschen ins Leben hervorgerufen worden, nicht nur nicht der geringste Nachteil zugewachsen, sondern, im Gegenteil, es sei ihnen um sehr vieles zuträglicher, als wenn die Erde von Menschen leer geblieben wäre. Um nun ins klare zu setzen, ob ich unrecht getan habe, die Erde mit dieser neuen Art von Wesen auszuschmücken, bedarf es nur, einen Blick in die Zeiten zu werfen, wo außer den Göttern und himmlischen Wesen sonst nichts Lebendes vorhanden war. Damals war die Erde noch eine wilde und ungestalte Lehde, die über und über von Wäldern starrte. Die Götter hatten weder Altäre noch Tempel; und wo hätten auch damals Prachtsäulen, Marmorbilder und dergleichen herkommen sollen, die man jetzt überall, und mit der größten Kunst ausgearbeitet, antrifft? Ich also, der immer für das gemeine Beste besorgt bin und darauf denke, wie das Interesse der Götter befördert und überhaupt alles zu größerer Vollkommenheit gebracht werden könne, überlegte bei mir selbst, daß ich nichts Bessers tun könnte, als ein wenig Leimen zu nehmen und Tiere daraus zu bilden, die an Gestalt uns Göttern ähnlich wären. Denn ich dachte, es mangle der göttlichen Natur etwas, solange es nicht auch sterbliche Wesen gebe, mit welchen sie sich vergleichen und dadurch ihre eigene Vorzüge desto besser fühlen könnten. Dieses neue Geschlecht sollte nur sterblich, übrigens aber mit soviel Kunstfertigkeit, Verstand und Gefühl des Schönen begabt sein, als mir möglich wäre. Ich machte also, mit dem Dichter zu reden, aus Erde und Wasser einen Teig, knetete ihn tüchtig durch und bildete mit Hülfe Minervens, die ich gebeten hatte, an meiner Arbeit teilzunehmen, die Menschen daraus. Und das ist nun das große Verbrechen, das ich an den Göttern begangen haben soll! Denn man sieht ja freilich, wie groß der Schade ist, daß ich aus Leim lebendige Dinge gemacht und, was bisher als tote Masse dalag, in Bewegung gesetzt habe! Die Götter sind nun vermutlich weniger Götter als zuvor, seit die Erde mit einigen sterblichen Tieren besetzt worden ist? Wenigstens sollte man aus Jupiters Unwillen auf mich schließen, der Zustand der Unsterblichen müßte sich durch Entstehung der Menschen sehr verschlimmert haben: er fürchtet vermutlich, daß auch SIE etwa einen Aufstand gegen ihn erregen und, gleich den Giganten, die Götter mit Krieg überziehen möchten. Daß euch aber von mir und meinen Werken nicht das geringste Übel zugewachsen sei, ist augenscheinlich; oder zeige du mir, Merkur, auch nur ein einziges, wie klein es immer sein mag, so will ich schweigen und gestehen, daß mir nicht zuviel von euch geschieht. Willst du dich hingegen überzeugen, wie nützlich sie den Göttern geworden sind, so wirf einen Blick auf diese Erde, die vorher so roh und unförmlich aussah, und siehe sie mit Städten und angebauten Feldern und zahmen Gewächsen geziert, das Meer mit Schiffen bedeckt, die Inseln bewohnt und überall Altäre und Opfer und Tempel und festliche Versammlungen und alle Straßen und Märkte voll von Jupiter. Hätte ich die Menschen für MICH gebildet und zu meinem alleinigen Gebrauch vorbehalten, so könnte man mir allenfalls Habsüchtigkeit und Vergrößerungssucht vorwerfen: so aber habe ich sie euch Göttern als ein gemeinschaftliches Gut überlassen; ja noch mehr, die Altäre Jupiters, Apollos und die deinen, Merkur, sieht man überall, einen Altar des Prometheus nirgends, zum augenscheinlichen Beweis, wie ich nur mein Eigenes suche, das gemeine Wesen hingegen verrate und in Abnahme bringe! Übrigens, Merkur, überlege nur noch dieses: ob dir wohl irgendein Werk oder Besitztum, das von niemand bewundert würde, ebenso angenehm wäre, als wenn du es auch andern zeigen könntest? Die Anwendung ist leicht gemacht. Hätt ich die Menschen NICHT gebildet, so würde die Schönheit des Weltalls ohne Zeugen sein; wir besäßen einen unendlichen Reichtum, der von niemand bewundert und zuletzt von uns selbst wenig mehr geachtet würde. Denn womit wollten wir ihn vergleichen, um zu fühlen, wie viel glücklicher wir sind, wenn wir keine Wesen fänden, denen das Schicksal unsre Vorzüge versagt hat? Das Große erscheint nur dadurch groß, wenn es mit etwas Kleinerem gemessen wird. Und ihr, anstatt mir, wie billig, für eine so gemeinnützliche Erfindung Ehre anzutun, habt mich zum Dank dafür gekreuziget! Aber wie viele unter den Menschen, höre ich dich sagen, sind Übeltäter, brechen die Ehe, ziehen gegeneinander zu Felde, heuraten ihre leiblichen Schwestern und stellen ihren Vätern nach dem Leben? – Als ob das alles bei uns Göttern nicht alle Tage geschähe! Und gleichwohl macht es niemand dem HIMMEL und der ERDE zum Verbrechen, daß sie uns aufgestellt haben. Du könntest auch noch sagen, die Sorge für sie mache uns notwendig viel zu tun. Aber mit ebensoviel Rechte könnte sich ein Schäfer beklagen, daß er eine Herde habe, weil er sie besorgen muß. Es ist freilich Arbeit dabei, aber auch Vergnügen, und diese Fürsorge verschafft uns eine gewiß nicht unangenehme Unterhaltung. Oder was wollten wir tun, wenn wir niemand hätten, für den wir sorgten? Faulenzen und unsern Nektar austrinken und uns vor lauter Langerweile mit Ambrosia vollpfropfen wäre alles, was uns übrigbliebe. Was mich aber am meisten ärgert, ist dies, daß ihr mir meine Menschenmacherei, besonders die Weiber, zum Vorwurf macht und gleichwohl so große Liebhaber von den letztern seid, daß ihr unaufhörlich heruntersteigt und ihnen bald als Stiere, bald als Satyrn oder Schwäne die Ehre antut, Götter mit ihnen zu fabrizieren. Doch vielleicht wirst du noch einwenden, die Menschen hätten immerhin gemacht werden mögen, nur nach einem andern Modell als nach dem unsrigen. Aber wo hätte ich ein besseres hernehmen können, als die vollkommenste aller Gestalten ist? Oder hätte ich sie zu vernunftlosen viehischen Feldtieren machen sollen? Wie würden sie euch Göttern da geopfert oder euch sonst so viele Ehre angetan haben? Gleichwohl ist euch dies sehr angenehm, und ihr bedenkt euch nicht lange, ob die Reise bis über den Ozean zu den unbescholtenen Äthiopiern geht, wenn es nur Hekatomben zu schmausen gibt. Und mich, der euch alle diese Ehrenbezeugungen und Opfer verschafft hat, mich habt ihr kreuzigen lassen!

Soviel mag dann über diesen Punkt, die Menschen betreffend, hinlänglich sein. Ich komme also nun, mit deiner Erlaubnis, auf den mir so hoch aufgemutzten Feuerdiebstahl. Und hier sage mir, um aller Götter willen, was fehlt uns von diesem Feuer, seitdem die Menschen etwas davon bekommen haben? Du wirst nichts angeben können: denn das, deucht mich, ist in der Natur dieses Dinges, daß es durch Mitteilung nicht weniger wird; es löscht nicht aus, wenn man ein anderes dabei anzündet. Es ist also bloßer handgreiflicher Neid, wenn ihr nicht leiden wollt, daß, ohne euern geringsten Nachteil, andern, die dessen bedürftig sind, etwas davon gegeben werde: und gleichwohl, da ihr Götter seid, solltet ihr gut und Geber alles Guten und über alle Mißgunst weit erhaben sein! Und wenn ich euch am Ende all euer Feuer weggetragen und gar nichts davon übriggelassen hätte, was würde es euch geschadet haben? Denn wozu braucht ihr Feuer, da ihr nicht friert, eure Ambrosia ungekocht eßt und keiner Lichter nötig habt? Den Menschen hingegen ist das Feuer zu unzähligen Dingen, und besonders auch zu den Opfern, unentbehrlich: denn wie wollten sie ohne Feuer die Straßen mit Opferfett einräuchern, Weihrauch anzünden und Nierenstücke auf dem Altar verbrennen, von welchem allem ihr doch so große Liebhaber seid, daß ihr es für den angenehmsten Schmaus haltet, wenn sich der Opfergeruch in dicken Rauchwolken zu euch hinaufwindet? Ihr streitet also gegen euer eigenes Vergnügen, wenn ihr mir diesen Vorwurf macht. Mich wundert übrigens nur, daß ihr nicht auch der Sonne verboten habt, den Menschen zu scheinen, da ihr Feuer doch unstreitig göttlicher und mehr Feuer als das gemeine ist; oder warum ihr nicht auch sie vor Gericht deswegen fodert, daß sie euer Eigentum verschleudert? Meine Verteidigung ist nun zu Ende; ihr aber, Merkur und Vulkan, wenn ihr glaubt, daß ich in einem oder anderem Stücke übel gesprochen habe, weiset mich zurecht und widerleget mich: so werde ich mich alsdann ferner zu verantworten wissen.

MERKUR: Es ist nichts Leichtes, Prometheus, mit einem so mächtigen Sophisten zu ringen, wie du bist. Übrigens kannst du froh sein, daß du Jupitern nicht dabei zum Zuhörer gehabt hast: ich bin gewiß, er würde dir sechzehn Geier für einen über deine Eingeweide schicken, so heftig hast du ihn angeklagt, wiewohl du nur dich selbst zu verteidigen schienest. – Indessen wundert mich nur eins, und das ist: wie dir, da du doch ein Wahrsager bist, verborgen sein konnte, daß dir diese Strafe bevorstehe?

PROMETHEUS: Ich wußte es sehr wohl und weiß auch, daß meine Qual ein Ende nehmen und daß dereinst ein guter Freund von dir aus Theben kommen und den Adler mit seinen Pfeilen erschießen wird, der mich, wie du sagst, anfallen soll.

MERKUR: Möge dies wahr werden und ich bald das Vergnügen haben, dich wieder frei und an unsrer Göttertafel sitzen zu sehen! Nur, daß du nicht die Portionen auszuteilen bekommest!

PROMETHEUS: Sei darüber ruhig, Merkur! Ich werde wieder mit euch schmausen, und Jupiter wird mich für einen nicht geringen Dienst wieder freigeben.

MERKUR: Darf man fragen, was für einen?

PROMETHEUS: Du kennest ja die Thetis, Merkur? – Doch es

ist nicht Zeit, MEHR zu sagen. Ich muß mein Geheimnis zu meinem Lösegeld aufsparen.

MERKUR: Behalt es immerhin bei dir, Titan, wenn es besser für dich ist! Wir, Vulkan, wollen nun gehen; denn dort seh ich schon den Adler angeflogen kommen. – Halte tapfer aus, und möchte sich doch der Thebaner, von dem du sagtest, jetzt schon sehen lassen, um dich von den Bissen dieses grausamen Vogels zu befreien!

GÖTTERGESPRÄCHE

I.
Befreiung des Prometheus

Prometheus, Jupiter.

PROMETHEUS: Laß mich los, Jupiter, du hast mich lange und schrecklich genug leiden lassen.
JUPITER: Dich sollt ich loslassen, dich, der immer noch zu gelinde bestraft wäre, wenn ich dich mit dreimal schwereren Fesseln belegt und dir den ganzen Kaukasus auf den Kopf gewälzt hätte? Dich, dem sechzehn Geier für einen nicht nur die Leber, sondern die Augen ausfressen sollten, um dich nach Verdienen dafür zu bestrafen, daß du uns eine so widersinnische Art von Tieren wie die Menschen auf die Welt gesetzt, das Feuer vom Himmel gestohlen und, was noch das ärgste ist, die Weiber erschaffen hast! Denn wie du mich selbst bei der Austeilung des Opferfleisches betrogen, da du mir nichts als Knochen mit Fett bedeckt vorsetztest und das Fleisch für dich behieltest, davon mag ich gar nicht reden.
PROMETHEUS: Bin ich nicht genug dafür gestraft, daß ich schon so viele tausend Jahre, an den Kaukasus angeschmiedet, diesen verdammten Adler mit meiner Leber füttern muß?
JUPITER: Und doch ist es nur der kleinste Teil dessen, was du zu leiden verdient hast.
PROMETHEUS: Ich verlange meine Freiheit nicht umsonst, Jupiter; ich will dir etwas dafür entdecken, das von der größten Wichtigkeit für dich ist.
JUPITER: Du willst mir was weismachen, Prometheus?
PROMETHEUS: Was könnte mir's helfen? Du würdest gewiß nicht vergessen, wo der Kaukasus liegt, und es würde dir nicht an Fesseln fehlen, wenn herauskäme, daß ich dir nur eine Nase gedreht hätte.

JUPITER: Erst will ich wissen, was du mir denn entdecken kannst, das eine solche Gnade wert sei.

PROMETHEUS: Wenn ich dir sage, wohin du jetzt gehest und was du vorhast, wirst du mir dann glauben, was ich dir weissagen will?

JUPITER: Warum nicht?

PROMETHEUS: Du eilest zur Thetis, in der Absicht, sie – wie deine Gemahlin zu behandeln.

JUPITER: Das hat er getroffen! – Aber was nun weiter? Bald sollt ich glauben, daß du mir die Wahrheit sagen werdest.

PROMETHEUS: Nimm dich vor dieser Nereide in acht! Denn wird sie von dir schwanger, so hast du von dem Sohne, den sie gebären wird, das nämliche zu erwarten, was du deinem Vater Kronus getan hast.

JUPITER: Das soll soviel sagen, als er werde mich der Regierung berauben?

PROMETHEUS: Das sei ferne, o Jupiter! Aber daß die Verbindung, die du mit ihr vorhast, dich damit bedrohet, ist gewiß.

JUPITER: Um diesen Preis danke ich für die schöne Thetis! – Dich soll Vulkan für die Warnung wieder in Freiheit setzen.

II.
Jupiters Beschwerden gegen Amorn

Jupiter, Amor.

AMOR: Und wenn ich auch was gefehlt habe, so verzeih es mir; ich bin eben noch ein Kind und unverständig.

JUPITER: Du ein Kind? und bist noch älter als der Japetus! Wie? weil du noch keinen Bart und keine grauen Haare hast, möchtest du gerne für ein Kind passieren, da du doch so alt und so voller Schelmerei bist!

AMOR: Aber was hab ich dir denn, wenn ich so ein Greis bin, zuleide tun können, daß du mich binden willst?

JUPITER: Sind das etwa Kleinigkeiten, du gottloser Bube, daß du, bloß um deinen Mutwillen mit mir zu treiben, alles mögliche schon aus mir gemacht hast? Oder liegt es etwa nicht bloß an dir, daß mich auch nicht eine einzige Sterbliche lieben will, so daß ich mir nicht anders zu helfen weiß, als Zauberei gegen sie zu gebrauchen, und zum Satyr, zum Stier, zum Adler und zum goldenen Regen werden muß, wenn ich ihnen beikommen will. Und was gewinne ich damit? Sie lieben den Stier oder Schwan und sterben vor Angst, sobald sie mich in meiner eigenen Gestalt sehen.

AMOR: Das geht sehr natürlich zu; wie sollten sie, da sie nur Sterbliche sind, Jupiters Anblick ertragen können?

JUPITER: Wie kommt es denn, daß Apollo sich vom Branchus und Hyazinthus lieben machte?

AMOR: Daphne hingegen lief vor ihm davon, wiewohl er ein glattes Kinn und die schönsten Haare von der Welt hat. Wenn du geliebt sein willst, so lege deinen Blitz und diese fürchterliche Ägide beiseite, mache dich so angenehm als möglich, laß deine struppichten Locken fein auskämmen, zu beiden Seiten zierlich aufwinden und mit einer goldenen Haarbinde zusammenschlingen, zieh einen schönen Purpurrock und Halbstiefel von vergoldetem Leder an, laß Pfeifen und Pauken vor dir hergehen, und siehe dann, ob du nicht ein schöneres Gefolge von Nymphen bekommen wirst als Bacchus selbst.

JUPITER: Geh mit deinem albernen Rate! Ich verlange um diesen Preis nicht, liebenswürdig zu sein.

AMOR: So solltest du auch den Liebhaber nicht spielen wollen. Das wäre doch so schwer nicht?

JUPITER: Schwer oder nicht, dem Vergnügen der Liebe will ich nicht entsagen, ich will nur, daß es mir wenig Mühe koste. Dies zu bewerkstelligen ist deine Sache, und unter diesen Bedingungen soll dir diesmal noch verziehen sein!

III.
Io

Jupiter und Merkur.

JUPITER: Merkur!

MERKUR: Was befiehlt der Herr Vater?

JUPITER: Du kennst doch die schöne Tochter des Inachus?

MERKUR: Die Io meinst du? O ja.

JUPITER: Kannst du dir vorstellen, daß das arme Ding zur Kuh gemacht worden ist?

MERKUR: Das wäre! wie kam es, daß sie so transfiguriert wurde?

JUPITER: Einer so eifersüchtigen Frau wie Juno ist alles möglich, aber sie hat der Unglücklichen einen noch schlimmern Streich gespielt: sie hat ihr einen gewissen vielaugichten Kuhhirten, namens Argus, einen Kerl, der gar nicht weiß, was schlafen ist, zum Wächter gegeben.

MERKUR: Was ist da zu tun?

JUPITER: Nichts als daß du nach Nemea, wo er weidet, hinabfliegen, den Argus töten, die Io aber nach Ägypten führen und zur Isis machen sollst. Dort soll sie künftig als eine Göttin verehrt werden, den Ergießungen des Nils vorstehen und den Seefahrern günstige Winde geben und ihre Schutzpatronin sein.

IV.
Ganymed

Jupiter und Ganymed.

JUPITER: Nun, mein lieber Ganymed, sind wir an Ort und Stelle angekommen. Küsse mich, mein Püppchen, damit du siehest, daß ich keinen krummen Schnabel, keine scharfen Klauen und keine Flügel mehr habe, wie es dir vorkam, da ich ein Vogel zu sein schien.

GANYMED: Wie, Mann? du warst doch nicht der Adler, der vor einer kleinen Weile herabgeflogen kam und mich mitten aus meiner Herde davonführte? wo wären denn deine Flügel hingekommen? und warum siehst du denn jetzt ganz anders aus?

JUPITER: Das kommt daher, mein Kind, weil ich weder ein Mensch noch ein Adler, sondern der König der Götter bin, der die Adlersgestalt nur annahm, weil sie ihm zu seiner Absicht bequem war.

GANYMED: Was du sagst! Du bist also der Pan, von dem ich schon soviel gehört habe? Aber wo ist denn deine Pfeife? und warum hast du keine Hörner und keine Bocksfüße?

JUPITER: Meinst du denn, es gebe sonst keinen Gott als ihn?

GANYMED: In unserm Dorfe weiß man von keinem andern; darum opfern wir ihm auch einen ganzen Bock vor der Höhle, wo sein Bild steht. Du magst mir wohl einer von den garstigen Leuten sein, die die Menschen stehlen und dann für Sklaven verkaufen!

JUPITER: Sage mir einmal, hast du den Jupiter nie nennen hören und auf der Spitze des Ida nie den Altar des Gottes gesehen, der Regen, Blitz und Donner schickt?

GANYMED: Du wärst also der feine Herr, der uns neulich das entsetzliche Hagelwetter auf den Hals schickte? der, wie sie sagen, da oben wohnt und das Krachen in den Wolken macht und dem mein Vater neulich den Schafbock opferte? – Aber was hab ich denn begangen, daß du mich so davongeführt hast, o König der Götter? Nun werden meine Schafe indessen in die Wildnis geraten sein und sind vielleicht schon von den Wölfen aufgefressen worden.

JUPITER: Was kümmern dich die Schafe? Du bist nun unsterblich und bleibst bei uns.

GANYMED: Wie? du willst mich nicht heute noch nach dem Ida zurückbringen?

JUPITER: Gewiß nicht! Wofür wär ich aus einem Gott ein Adler geworden?

GANYMED: Aber da wird mein Vater böse auf mich werden, wenn er mich nirgends finden kann, und ich werde Schläge dafür kriegen, daß ich meine Herde im Stiche gelassen habe!

JUPITER: Er soll dich nicht wieder zu sehen bekommen.

GANYMED: Nein, nein! ich will wieder zu meinem Vater! – *Schmeichelnd.* Wenn du mich wieder zurückbringst, so versprech ich dir, er soll dir noch einen Widder dafür opfern; den großen dreijährigen, der immer vor der Herde hergeht, wenn ich sie auf die Weide treibe.

JUPITER *vor sich*: Wie offen und unschuldig der Junge noch ist! noch ein völliges Kind! – Mein lieber Ganymed, du mußt dir alle diese Dinge aus dem Sinne schlagen und gar nicht mehr an den Ida und deine Herde denken. Du bist nun ein Himmelsbewohner und wirst von hier aus deinem Vater und Vaterlande viel Gutes tun können. Statt Milch und Käse wirst du Ambrosia essen und Nektar trinken. Du sollst mein Mundschenk werden und, was das vornehmste ist, kein Mensch mehr sein, sondern ein Unsterblicher; und es soll ein Gestirn deines Namens am Himmel funkeln; kurz, es soll dir recht wohl gehen!

GANYMED: Aber wenn ich nun spielen will, wer wird mit mir spielen? Auf dem Ida hatte ich gar viele Knaben meines Alters.

JUPITER: Daran soll es dir hier auch nicht fehlen; ich will dir eine Menge schöner Keulchen geben, und Amor soll dein Spielgesell sein. Fasse nur ein Herz, mein Kind! mach ein fröhliches Gesicht und laß dich nichts mehr anfechten, was da unten ist!

GANYMED: Aber was kann ich euch denn hier nütze sein? muß ich hier etwan auch die Schafe hüten?

JUPITER: Beileibe nicht. Du wirst uns den Nektar einschenken und bei der Tafel aufwarten.

GANYMED: Das ist eben keine Kunst; ich verstehe mich recht gut darauf, Milch einzuschenken und den Efeubecher hinzureichen.

JUPITER: Daß du doch den Hirtenjungen nicht vergessen kannst! Du bist hier im Himmel, sag ich dir, und wir Götter trinken nichts als Nektar.

GANYMED: Schmeckt das besser als Milch?

JUPITER: Wenn du nur einen Tropfen davon gekostet hast, wirst du keine Milch mehr verlangen.

GANYMED: Aber wo werd ich denn bei Nacht schlafen? Etwa bei meinem Kameraden Amor?

JUPITER: Närrchen, deswegen hab ich dich ja entführt, daß du bei mir schlafen sollst.

GANYMED: Du kannst's also nicht allein und bildest dir ein, du werdest besser schlafen können, wenn du bei mir liegst?

JUPITER: Bei einem so hübschen Knaben wie du, allerdings!

GANYMED: Was kann die Schönheit zum Schlafen helfen?

JUPITER: O sie führt etwas gar angenehm Einschläferndes bei sich und macht einen viel sanftern Schlaf!

GANYMED: Mein Vater sprach ganz anders. Er wurde immer ungehalten auf mich, wenn ich bei ihm lag, und klagte des Morgens, daß ich mich immer hin und her gewälzt und ihn gestoßen oder im Schlaf aufgeschrien, so daß er gar keine Ruhe vor mir haben können; und deswegen schickte er mich meistens zur Mutter schlafen. Wenn du mich also nur DAZU geraubt hast, so kannst du mich immer wieder auf die Erde tragen; denn ich werde dir sehr überlästig sein, weil ich mich so oft umkehre.

JUPITER: Das wird mir eben das angenehmste sein, wenn ich recht viel bei dir wachen und dich nach Herzenslust küssen und drücken kann.

GANYMED: Das magst du! ich werde schlafen und dich küssen lassen.

JUPITER: Das wird sich schon geben. *Zu Merkur.* Jetzt führe du ihn weg und laß ihn den Trank der Unsterblichkeit trinken. Dann zeige ihm, wie er den Becher mit Anstand reichen muß, und bring ihn zurück, damit er sein Amt bei Tafel antreten kann.

V.
Ein ehlicher Wortwechsel zwischen Jupiter und seiner Gemahlin

Juno, Jupiter, Ganymed als stumme Person.

JUNO: Seitdem du den phrygischen Knaben da vom Ida geraubt und hieher gebracht hast, finde ich dich sehr kalt gegen mich, Jupiter.

JUPITER: Du bist also auch über den unschuldigen harmlosen Jungen eifersüchtig? Ich dachte, nur die Weiber und Mädchen, die gut mit mir stehen, machten dich so übellaunig.

JUNO: Es ist in Wahrheit gar nicht schön an dir und schickt sich sehr übel für die Würde des Monarchen der Götter, deine rechtmäßige Ehegattin sitzenzulassen und da unten auf der Erde in Gestalt eines Schwans oder Stiers oder Satyrs überall herumzubuhlen. Indessen bleiben die Kreaturen doch noch, wo sie hingehören: aber diesen Hirtenjungen da hast du, deiner göttlichen Majestät zur Schmach, sogar in den Himmel heraufgeholt und mir vor die Nase hingesetzt unter dem Vorwande, daß er dir den Nektar einschenken solle; als ob du so verlegen um einen Mundschenken wärest und Hebe oder Vulkan einem so schweren Amt nicht länger vorzustehen vermöchten. Aber freilich nimmst du den Becher nie aus seiner Hand, ohne ihm vor unser aller Augen einen Kuß zu geben, der besser als der Nektar schmeckt, so daß du alle Augenblicke zu trinken verlangst, wenn du gleich keinen Durst hast; ja, du treibst es so weit, daß du den Becher, wenn du ihn nur ein wenig angetrunken hast, dem Jungen hinreichst und ihn daraus trinken lässest, um das, was er übriggelassen hat, als etwas gar Köstliches aufzuschlürfen; und zwar auf der Seite, die er mit seinen Lippen berührt hat, damit du gleich das Vergnügen zu trinken und zu küssen habest. Und legtest du nicht neulich deine Ägide und deinen Donnerkeil auf die Seite und schämtest dich nicht, trotz deiner Würde und dem großen Bart, den du herunterhängen hast, auf dem Boden zu sitzen und mit ihm zu spielen? Bilde dir ja nicht ein, als ob du deine Sachen so heimlich triebest; ich sehe alles recht gut.

JUPITER: Und was ist denn das so Entsetzliches, Frau Gemahlin, wenn ich etwa, um mir ein doppeltes Vergnügen zu machen, einem so schönen Knaben unterm Trinken einmal einen Kuß gebe? Wenn ich ihm erlaubte, dich ein einziges Mal zu küssen, du würdest mir gewiß kein Verbrechen mehr daraus machen, daß ich seine Küsse dem Nektar vorziehe.

JUNO: Das sind sehr unanständige Reden, Jupiter! So weit soll es hoffentlich mit meinem Verstande nie kommen, daß ich meine Lippen an einem phrygischen Hirtenjungen, und dazu an einem solchen weibischen Weichling, verunreinigen möchte!

JUPITER *hitzig*: Mäßigen Sie sich in Ihren Ausdrücken, Madame – dieser weibische Knabe, dieser phrygische Hirtenjunge, dieser Weichling –, doch ich will lieber nichts sagen, um mir die Galle nicht noch mehr zu erhitzen!

JUNO: O meinetwegen kannst du ihn gar heuraten! Ich sagte das nur, um dich zu erinnern, was für Unanständigkeiten du mich um deines Mundschenken willen zu leiden nötigest.

JUPITER: So? dein sauberer Sohn Vulkan also, so schmutzig und mit Kohlenstaub bedeckt, wie er von seiner Schmiedesse zu Lemnos kömmt, der sollte also um die Tafel herumhinken und uns den Wein einschenken? Aus solchen Fingern sollten wir den Becher nehmen und uns wohl gar noch, meinst du nicht? an seinen rußichten Küssen laben, vor denen dir doch selbst ekelt, wiewohl du seine Mutter bist? Das würde was Angenehmes sein! das wäre ein Mundschenk; der die Göttertafel zieren würde! Den Ganymed muß man nach dem Ida zurückschicken; denn der ist reinlich und hat Rosenfinger und reicht den Pokal mit Grazie hin und, was dich am meisten ärgert, küßt süßer als Nektar.

JUNO: Also seit uns der Berg Ida dieses schöne kraushaarige Bürschchen auferzogen hat, ist Vulkan nun auf einmal hinkend und mit Kohlenstaub überpudert und ein ekelhafter Anblick für dich geworden! Vorher sahest du von dem allen nichts und ließest dich weder Funken noch Schmiedesse abhalten, dir den Nektar recht wohl belieben zu lassen, den er dir einschenkte.

JUPITER: Liebe Juno, du machst dir nur selbst Verdruß; das ist alles, was du mit deiner Eifersucht gewinnst: denn meine Liebe wird dadurch nur höher gespannt. Im übrigen, wenn es dir zuwider ist, deinen Becher aus der Hand eines schönen Knaben zu nehmen, so laß du dir immerhin von deinem Sohn einschenken; und du, Ganymed, bedienst mich künftig allein! Und mit jedem Becher küsse mich zweimal: wenn du mir ihn reichst und wenn du ihn wieder von mir zurückempfängst. *Ganymed fängt an zu weinen.* Wie? was weinst du, mein Kind? Fürchte nichts! dem soll es übel bekommen, der dir was zuleide tun wollte!

VI.
Ixion

Juno und Jupiter.

JUNO: Dieser Ixion, dem du einen so freien Zutritt bei uns verstattest, Jupiter, was meinst du wohl, was er für ein Mann ist?

JUPITER: Ein sehr hübscher Mann, liebe Juno, und ein angenehmer Tischgesellschafter. Würde ich ihn wohl zu meiner Tafel ziehen, wenn er dessen unwürdig wäre?

JUNO: Er ist aber dessen unwürdig und kann nicht länger bei uns geduldet werden.

JUPITER: Was hat er denn Ungebührliches getan?

JUNO: Was er getan hat? Es ist so arg, daß ich es vor Scham nicht sagen kann.

JUPITER: Um so weniger darfst du mir's verschweigen, wenn er was Schändliches begangen hat. Hat er einer unsrer Göttinnen etwas zugemutet? Denn ich merke aus deinem Zögern, daß es so was dergleichen sein wird.

JUNO: Mir selbst und keiner andern, Jupiter, und dies schon eine geraume Zeit her. Anfangs konnte ich lange nicht begreifen, warum er mich immer so starr und unverwandt ansah; mitunter seufzte er auch und hatte die Augen voll Wasser. Wenn ich dem Ganymed den Becher einzuschenken gab, bat er ihn heimlich, ihm aus demselben Becher zu trinken zu geben, und wenn er ihn bekam, küßte er ihn und drückte ihn an die Augen und blinzelte dabei immer nach mir. Nun fing ich an zu merken, daß er mir seine Liebe dadurch zu verstehen geben wolle: aber die Scham hielt mich zurück, dir etwas davon zu sagen, und ich hoffte auch, der Mensch würde von seinem Unsinn endlich ablassen. Aber da er sich nun gar unterstanden hat, mir mündliche Liebeserklärungen zu tun, hab ich ihn auf dem Boden, wo er weinend vor mir hinfiel, liegen lassen, mir die Ohren zugehalten, um die beleidigenden Bitten nicht zu hören, die er zu meinen Füßen vorbrachte, und bin hieher gekommen, es dir anzuzeigen. Siehe nun selbst, was für eine Rache du an dem Menschen nehmen willst.

JUPITER: Ei, der verruchte Kerl! Was? Mich selbst anzutasten, und auf der empfindlichsten Seite! Ist's möglich, daß ihn der Nektar bis auf diesen Grad trunken machen konnte? – Aber freilich sind wir selbst schuld daran und treiben die Menschenliebe offenbar zu weit, da wir sie mit uns essen und trinken lassen. Wahrlich, es ist ihnen zu verzeihen, wenn sie bei einem Wein wie der unsrige und über dem Anschauen himmlischer Schönheiten, dergleichen ihnen auf der Erde nie vorgekommen sind, vor Liebe den Verstand verlieren und ihrer zu genießen begehren. Denn Amor ist ein gewalttätiger Tyrann, der nicht nur über die Menschen, sondern zuweilen über uns Götter selbst den Meister spielt.

JUNO: Von dir ist er in der Tat unumschränkter Herr, zieht dich bei der Nase, wie man zu sagen pflegt, ohne den geringsten Widerstand, wohin er will, und verwandelt dich in jede beliebige Gestalt; kurz, du bist, im eigentlichsten Verstande, Amors Eigentum und Spielzeug. Auch weiß ich sehr gut, warum du dem Ixion jetzt so leicht verzeihen kannst. Du erinnerst dich ohne Zweifel, daß du noch in seiner Schuld bist und daß sein vermeinter Sohn Pirithous eine Frucht deiner ehemaligen Vertraulichkeit mit seiner Gemahlin ist.

JUPITER *lachend*: Erinnerst du dich der kleinen Kurzweile noch, die ich mir ehemals auf der Erde da unten machte? – Aber soll ich dir sagen, was wir mit dem Ixion machen wollen? Ihn zu strafen und von unsrer Tafel wegzujagen wäre in der Tat zu hart, da der arme Kerl die Liebe im

Leibe hat und, wie du selbst sagst, so erbärmlich daran leidet, daß er die hellen Tränen weint.

JUNO: Und was also? – Du wirst doch nicht fähig sein, deiner eigenen Gemahlin einen beleidigenden Antrag zu tun?

JUPITER: Warum nicht gar! Ich will eine Wolke nehmen und eine Art von lebendigem Bilde daraus machen, das dir so gleichsehen soll, als ob du es selbst wärest; und wenn wir von Tische aufstehen, will ich, während er sich schlaflos (wie einem unglücklichen Liebhaber geziemet) auf seinem Lager herumwälzt, das Wolkengebilde neben ihn legen. Das wird ihm, ohne Nachteil deiner Tugend, von seinen Liebesschmerzen helfen, und was kannst du mehr verlangen?

JUNO: Ein schöner Einfall! So sollte er also anstatt der Strafe, die seine übermütige Leidenschaft verdient, noch dafür belohnt werden?

JUPITER: Laß doch! Was kann es dir denn schaden, wenn sich Ixion mit einer Wolke ergötzt?

JUNO: Aber er wird doch die Wolke für mich halten, und so wird es ebensoviel sein, als ob er mich selbst entehrt hätte!

JUPITER: Das sind Spitzfündigkeiten! Die Wolke wird nie zur Juno und du nie zur Wolke werden: bloß Ixion wird getäuscht, das ist die ganze Sache.

JUNO: Gleichwohl, wie die Menschen undelikate Geschöpfe sind, ist er imstande, wenn er wieder auf die Erde kommt, sich groß damit zu machen und allen Leuten zu erzählen, er habe bei der Juno geschlafen und Jupiters Bette geteilt: ja, er wird sogar kein Bedenken tragen zu sagen, daß ich ihn liebe, und die Leute werden's ihm glauben, weil sie nicht wissen können, daß es nur eine Wolke gewesen ist.

JUPITER: Das wäre ein anderes! Wenn er sich unterstünde, so was zu sagen, so soll es ihm nicht ungenossen hingehen! Dann will ich ihn in den Tartarus hinunter werfen und ihn auf ein Rad binden lassen, und der arme Teufel soll ewig auf dem Rade herumgetrieben werden und mit dieser unaufhörlichen Qual für seine verwegene Liebe büßen!

JUNO: Wenigstens würde es für eine solche Prahlerei nicht zu viel sein!

VII.
Merkurs Kindheit und frühzeitige Talente

Apollo und Vulkan.

VULKAN: Hast du den kürzlich erst gebornen Sohn der Maja schon gesehen, wie er so schön ist und alle Leute anlacht? Es ist nur noch ein Wiegenkind, aber es hat schon alle mögliche Anscheinung, daß etwas sehr Gutes aus ihm werden müsse.

APOLLO: Wie soll ich den ein Kind nennen, Vulkan, oder mir viel Gutes von ihm versprechen, der an Schelmerei jetzt schon älter als Japetus ist?

VULKAN: Wem sollte ein Kind, das kaum auf die Welt gekommen ist, was Böses tun können?

APOLLO: Frage den Neptun, dem er seinen Dreizack gestohlen, oder den Mars, dem er das Schwert heimlich aus der Scheide gezogen; nichts davon zu sagen, daß er mir selbst Bogen und Pfeile gemaust hat.

VULKAN: Ein neugebornes Kind, das sich in seinen Windeln kaum rühren kann!

APOLLO: Du wirst gleich selbst die Erfahrung davon machen, was er kann, wenn er nur erst zu dir gekommen ist.

VULKAN: Das ist er schon.

APOLLO: Und ist dir nichts von deinem Werkzeuge weggekommen? Ist noch alles da?

VULKAN: Alles, Apollo.

APOLLO: Siehe nur recht nach!

VULKAN: Zum Jupiter! ich sehe die Zange nicht.

APOLLO: Du wirst sie unfehlbar in der Wiege des Kleinen finden.

VULKAN: Der hat ja so behende Finger, als ob er die Kunst zu stehlen in Mutterleibe schon studiert hätte.

APOLLO: Und hast du nicht gehört, wie artig er schon plaudert und wie hurtig es ihm von der Zunge rollt? Er macht sogar schon den Pagen bei uns. Und stelle dir vor, daß er gestern den Amor herausfoderte und daß er ihn in einem Augenblick, ich weiß nicht wie, bei den Fersen kriegte und zu Boden warf. Und da wir ihn alle lobten und Venus ihn seines Sieges wegen auf die Arme nahm und küßte, stahl er ihr ihren Gürtel und dem Jupiter seinen Szepter; und wäre ihm der Donnerkeil nicht zu schwer und zu heiß gewesen, er wäre auch mit dem davongegangen!

VULKAN: Das laß mir einen gewandten Jungen sein!

APOLLO: Noch mehr, er ist auch schon ein Musikus.

VULKAN: Woraus schließest du das?

APOLLO: Ich weiß nicht, wo er eine Schildkröte fand. Sogleich machte er sich ein Instrument aus ihrer Schale, befestigte einen Hals mit einer Handhabe daran, setzte einen Steg und einen Sattel drauf, schlug Nägel ein, bespannte es mit sieben Saiten und spielt dir nun so anmutig und meisterlich darauf, daß ich mich selbst nicht mehr hören mag, wiewohl ich mich schon so lange mit der Zither abgebe. Überdies sagte uns seine Mutter, er bleibe nicht einmal bei Nacht im Himmel, sondern schleiche sich aus Vorwitz bis in den Tartarus hinab, vermutlich um zu sehen, ob es was zu stehlen gebe. Denn er hat Flügel, und ich weiß nicht, wie er zu einer gewissen Rute gekommen ist, die eine so wunderbare Kraft in sich hat, daß er die Seelen damit an sich zieht und die Toten in den Tartarus hinunterführt.

VULKAN: Die hat er von mir bekommen; ich gab sie ihm als ein Spielzeug.

APOLLO: Und zum Danke hat er dir deine Feuerzange gemaust.

VULKAN: Gut, daß du mich erinnerst; ich will gleich gehen und sie wieder holen, falls sie sich etwa, wie du sagst, in seinen Windeln findet.

VIII.
Minervens Geburt aus Jupiters Haupt

Vulkan und Jupiter.

VULKAN: Wozu begehrst du meiner Dienste, Jupiter? Ich bringe dir, wie du befohlen hast, eine so scharfe Axt mit, daß ich Steine auf EINEM Hieb damit durchhauen wollte.

JUPITER: Sehr wohl, Vulkan: so haue mir nur gleich den Kopf entzwei.

VULKAN: Du willst mich probieren, ob es in dem meinigen noch richtig sei? Sprich im Ernst und sage mir, was ich tun soll.

JUPITER: Mir den Hirnschädel aufspalten, sag ich dir; gehorche, oder du wirst mich böse machen. Es wäre nicht zum ersten Male. Laß es also nicht darauf ankommen, haue aus allen Kräften zu und zaudere nicht länger. Denn ich kann die Wehen nicht länger ausstehen, die mir das Gehirn zerreißen.

VULKAN: Siehe zu, Jupiter, daß wir kein Unheil anrichten! Die Axt ist scharf; sie wird dir, wenn hier was zu gebären ist, keine so sanfte Hebammendienste tun wie Lucina.

JUPITER: Haue nur herzhaft zu; ich weiß, daß es mir wohl bekommen wird.

VULKAN: Ich gehorche, so schwer es mich auch ankommt; denn was will einer machen, wenn du befiehlst? *Er haut Jupitern den Kopf auf.* Ha! was ist das? Ein Mädchen in vollständiger Rüstung! Nun wundert es mich nicht länger, daß du so greuliches Kopfweh hattest und eine Zeit her so böser Laune warst! Es ist kein Spaß, eine so große Prinzessin, und von Fuß auf gewaffnet, unter der Hirnhaut auszubrüten! – Wie? Sie tanzt schon den Waffentanz, ohne ihn gelernt zu haben? Wie sie sich dreht und aufhüpft und den Schild schüttelt und den Speer schwingt und von ihrer eigenen Gottheit zusehends immer stärker begeistert wird! Aber das vornehmste ist, daß sie so schön und in so wenigen Augenblicken schon mannbar geworden ist. Sie hat zwar blaugrünlichte Katzenaugen, aber zum Helme steht es ihr nicht übel. Ich bitte dich, Jupiter, laß sie meinen Hebammenlohn sein, gib sie mir zur Gemahlin!

JUPITER: Du verlangst was Unmögliches, Vulkan! Sie will ewig Jungfer bleiben. Ich für meinen Teil wollte dir nicht entgegen sein.

VULKAN: Das ist alles, was ich will; fürs übrige laß MICH sorgen; ich will schon mit ihr fertig werden.

JUPITER *weggehend*: Wenn dir's so leicht scheint, so mache, was du kannst; ich weiß aber, daß du nicht viele Freude davon haben wirst.

IX.
Wundervolle Geburt des Bacchus

Neptun und Merkur.

NEPTUN: Kann man vor den Jupiter kommen, Merkur?

MERKUR: Diesmal nicht, Neptun.

NEPTUN: Melde mich nur wenigstens an.

MERKUR: Sei nicht beschwerlich, Neptun; ich sage dir ja, daß er jetzt keine Zeit hat und daß du ihn nicht zu sehen bekommen kannst.

NEPTUN: Hat er sich etwa mit der Juno eingeschlossen?

MERKUR: Nein, es ist ganz was anders.

NEPTUN: Aha, ich verstehe! Ganymed ist drin.

MERKUR: Auch das nicht – kurz, er ist nicht wohl.

NEPTUN: Wie sollte das zugehen, Merkur? Das ist ja unbegreiflich!

MERKUR: Es ist so, daß ich mich schäme, davon zu reden.

NEPTUN: Bin ich nicht dein Oheim? Mir wirst du es doch nicht verschweigen wollen?

MERKUR: Er ist eben von einem jungen Sohn entbunden worden.

NEPTUN: Bist du toll? ER entbunden worden? Wer ist denn der Vater? Er wäre also ein Zwitter gewesen, ohne daß wir was davon gemerkt hätten? An seiner Dicke konnte man ihm wenigstens nicht ansehen, daß er schwanger sei.

MERKUR: Da hast du recht; das Kind lag aber auch nicht, wo sie gewöhnlich zu liegen pflegen.

NEPTUN: Es ist also wieder aus dem Kopfe gekommen wie die Minerva?

MERKUR: Diesmal nicht; er ging (weil es doch heraus muß) im Dickbein mit einem Kinde der Semele schwanger.

NEPTUN: Die Natur ist freigebig gegen ihn gewesen, das muß man gestehen! Aber wer ist denn die Semele?

MERKUR: Eine Thebanerin, der Töchter des Kadmus eine, die von ihm schwanger wurde.

NEPTUN: Und nun hat er für sie geboren?

MERKUR: Ich sehe, daß dir die Sache lächerlich vorkommt, aber es ist doch nicht anders. Ich will dir sagen, wie es damit zuging. Juno, deren Eifersucht dir nicht unbekannt ist, kam hinterlistigerweise an die gute Semele und überredete sie, vom Jupiter zu verlangen, daß er in seiner ganzen Herrlichkeit, mit Blitz und Donner, zu ihr kommen sollte. Jupiter gewährte ihr ihre Bitte: aber darüber geriet das Haus in Brand, und Semele selbst wurde vom Blitz erschlagen. Da er die Mutter nicht retten konnte, befahl er mir, ihr wenigstens das Kind aus dem Leibe zu schneiden und ihm zu überbringen. Weil es aber erst sieben Monat alt und also noch nicht zeitig war, so machte er sich eine Öffnung in den Schenkel und steckte es hinein, um es vollends auszutragen. Nun hat er das Kind endlich nach neun Monaten zur Welt gebracht und befindet sich von den Geburtsschmerzen etwas schwach.

NEPTUN: Wo ist denn das Kind?

MERKUR: Ich mußt es nach Nyssa tragen und unter dem Namen Dionysos den Nymphen aufzuziehen geben.

NEPTUN: Mein Herr Bruder ist also zugleich Vater und Mutter zu dem kleinen Dionysos?

MERKUR: So scheint es. Aber ich kann mich nicht länger aufhalten. Ich muß Wasser für ihn holen und alles übrige besorgen, was bei einer Wöchnerin gebräuchlich ist.

X.
Jupiter und Alkmene

Merkur und Helios.

MERKUR: Helios, du sollst heute nicht ausfahren, sagt Jupiter, auch morgen und übermorgen nicht. Dieser ganze Zeitraum soll nur eine einzige lange Nacht sein. Die Horen können also deine Pferde nur wieder ausspannen, und du lösche deine Fackel wieder und ruhe diese Zeit über aus.

HELIOS: Das ist ein ganz neuer und seltsamer Befehl, den du mir da bringst. Glaubt er etwa, daß ich meinen Lauf nicht richtig vollbracht habe oder meine Pferde aus dem Wege austreten lassen, und ist er deswegen so ungehalten auf mich, daß er die Nacht künftig dreimal so lang als den Tag machen will?

MERKUR: Das ist die Ursache nicht; es soll auch nicht immer dabei bleiben; er hat nur für diesmal zu einem gewissen Geschäfte eine etwas lange Nacht vonnöten.

HELIOS: Wo ist er denn jetzt? Woher schickt er dich mit diesem Auftrag an mich ab?

MERKUR: Aus Böotien, von der Gemahlin Amphitryons, bei der er zum Besuch ist.

HELIOS: Das heißt, in die er verliebt ist. Aber hat er dazu an EINER Nacht nicht genug?

MERKUR: Auf keine Weise. Es soll bei dieser Gelegenheit an einem sehr großen und kampflustigen Gotte gearbeitet werden, und den in einer einzigen Nacht zustande zu bringen, ist unmöglich.

HELIOS: Viel Glück also zur Ausführung eines so großen Werkes! Aber – weil wir doch hier unter vier Augen sind, Merkur – zu Saturns Zeiten geschahen doch solche Dinge nicht. Er schied sich nicht von Rheas Bette und stahl sich nie vom Himmel weg, um die Nacht zu Theben zu passieren: sondern Tag war Tag, und eine Nacht dauerte keine Minute länger, als es die Jahrszeiten mit sich brachten. Jetzt hingegen muß sich um eines einzigen heillosen Weibes willen die ganze Natur auf den Kopf stellen lassen; meine Pferde müssen durch die zu lange Ruhe steif und der Weg, weil er drei Tage lang unbefahren bleibt, schlechter werden; die armen Menschen müssen indessen elendiglich im Dunkeln leben und, Dank sei dem verliebten Temperament des Götterkönigs! dasitzen und warten, bis der große Athlet, den du uns ankündigst, in dieser langen Finsternis fertig wird.

MERKUR: Stille, Helios! Deine freie Zunge möchte dir leicht

übel bekommen. Lebe wohl! Ich eile zu Lunen und zum Schlafe, um ihnen ebenfalls Jupiters Befehle zu überbringen: jener, daß sie langsamer als gewöhnlich gehe, und diesem, daß er die Sterblichen lange genug gebunden halte, um nichts davon zu merken, daß diese Nacht so lang geworden ist.

XI.
Endymion

Venus und Luna.

VENUS: Ei, ei, schöne Luna, was die Leute nicht von dir sprechen? Sooft du in deinem Laufe die Grenze von Karien erreichest, hältst du, sagt man, mit deinem Wagen still, um auf den Endymion, der als Jäger auf dem Latmos unter freiem Himmel schläft, herabzuschauen; ja man will wissen, daß du sogar schon mitten aus dem Wege zu ihm herabgestiegen seiest.

LUNA: Frage deinen Sohn, Venus, der ganz allein schuld daran ist.

VENUS: Es ist freilich ein leichtfertiger Junge! Wie hat er nicht mir selbst schon mitgespielt? Bald verleitet er mich dem Anchises zulieb auf den Ida, bald auf den Libanus zu dem bekannten assyrischen Jüngling. Und um diesen hat er mich noch gar zur Hälfte gebracht, weil ich ihn mit Proserpinen teilen muß, die er ebenfalls in ihn verliebt machte. An Zucht lasse ich es gewiß nicht bei ihm fehlen. Wie oft hab ich ihm nicht schon gedroht, ihm, wenn er seine Bübereien nicht lassen werde, Bogen und Pfeile zu zerbrechen und sogar die Flügel zu beschneiden. Ja, ich hab ihm wohl eher mit meinem Pantoffel den Hintern tüchtig ausgeklopft. Für den Augenblick gebärdet er sich dann freilich ganz demütig und verspricht Besserung; allein, ich weiß nicht, wie in kurzem alles bei ihm wieder vergessen ist. – Aber sage mir doch, liebe Luna, ist Endymion schön? Denn wenn man ja in dies Unglück geraten müßte, so gereicht wenigstens die Schönheit des Gegenstandes zu einigem Troste.

LUNA: Mir, liebe Venus, scheint er sehr schön zu sein: zumal wenn er auf seinem über den Felsen hingespreiteten Jagdpelze schlummert und in der Linken etliche Wurfpfeile hält, die ihm schon aus der Hand entschlüpfen, den rechten Arm aber mit einer unbeschreiblichen Grazie um seinen Kopf herumgebogen hat, so daß die Hand einen Teil seines schönen Gesichtes verdeckt. So liegt er in den reizendsten Schlummer aufgelöst, und sein sanfter Atem ist so rein und lieblich, als wär er mit Ambrosia genährt. Ich gestehe dir, daß ich mich dann nicht enthalten kann, so sachte als möglich herabzusteigen, auf den äußersten Fußspitzen, aus Furcht, ihn aufzuwecken, zu ihm hinzuschleichen, und dann – doch wozu brauche ich dir zu sagen, was weiter erfolgt? Genug, ich leugne nicht, daß ich vor Liebe schier von Sinnen komme.

XII.
Attis und Cybele

Venus und Amor.

VENUS: Mein Sohn Amor, sieh einmal, was du für Händel anstellst! Ich spreche nicht von dem, was du die Menschen auf der Erde gegen sich selbst und gegen andere zu begehen verleitest, sondern bloß von dem, was im Himmel vorgeht, wo du Jupitern zu allem machst, was dir einfällt, Lunen auf die Erde herabziehest und schuld bist, daß der Sonnengott sich so oft bei Klymenen verspätet und seinen Lauf anzutreten vergißt. An mir, deiner leiblichen Mutter, glaubst du dich vollends gar nicht versündigen zu können. Aber daß du, kleiner Tollkopf, sogar die gute Rhea, die schon eine alte Frau und so vieler Götter Mutter ist, dahin gebracht hast, sich mit solcher Wut in diesen phrygischen Knaben zu verlieben, das ist zu arg. Denn sie ist ja ordentlich rasend, spannt Löwen vor ihren Wagen, schwärmt mit ihren Korybanten, die sie ebenso rasend gemacht hat, als sie selbst ist, auf dem ganzen Ida herum und heult um ihren Attis; und von ihren Korybanten schneidet sich der eine Löcher in die Arme, ein anderer läuft mit fliegenden Haaren im Gebürge herum, ein dritter bläst in ein Horn, noch ein andrer schlägt auf eine Trommel oder macht ein Getöse mit zusammengeschlagenen Blechen; kurz, der ganze Ida ist in Aufruhr und fanatischer Wut. Bei solchen Umständen befürchte ich – denn was muß die Unglückliche, die dich zum Unheil der Welt geboren hat, nicht immer befürchten? –, daß Rhea, in einem Anfall von Raserei, oder sollte ich nicht vielmehr sagen, wenn sie noch soviel Besonnenheit hat, ihren Korybanten befehlen könnte, dich zu greifen und in Stücken zu zerreißen oder ihren Löwen vorzuwerfen. Wahrlich, davor bist du keinen Augenblick sicher!

AMOR: Beruhige dich, liebe Mutter, die Löwen werden mir nichts tun; wir sind schon ganz gute Freunde; sie lassen mich willig auf ihren Rücken steigen und sich am Zügel von mir führen, wohin ich will: sie liebkosen mir sogar und lecken mir die Hand, wenn ich sie ihnen in den Rachen stecke, ohne Schaden. Was aber die alte Rhea betrifft, wo sollte sie die Zeit hernehmen, sich um mich zu bekümmern, da sie so ganz in ihrem Attis lebt? – Im übrigen, wenn ich euch auf das Schöne aufmerksam mache, was tu ich daran so Unrechtes? Laßt ihr euch davon hinreißen, so ist das eure Sache; was gebt ihr MIR die Schuld? Oder möchtest du etwa, Mutter, von deiner Liebe zum Kriegsgott geheilt sein oder ihn von seiner Leidenschaft für dich geheilt sehen?

VENUS: Du bist ein abscheulicher Junge, es ist gar kein Auskommen mit dir. Es kommt aber gewiß noch eine Zeit, wo du an meine Warnungen denken wirst.

XIII.
Rangstreit zwischen zwei neugeadelten Göttern

Jupiter, Äskulap und Herkules.

JUPITER: So hört doch einmal auf, Äskulap und Herkules, euch zu zanken, als ob ihr noch Menschen wäret. Das schickt sich ja gar nicht für Götter und am allerwenigsten bei Tafel.

HERKULES: Du willst also, Jupiter, daß der Giftmischer da über mir sitze?

ÄSKULAP: Das sollt ich wohl denken, da ich ein besserer Mann bin als er!

HERKULES: Warum, du donnerschlächtiger Kerl? Etwa weil dich Jupiter mit einem Wetterstrahl erschlug, da du tatest, was nicht erlaubt war, und weil du nun, aus Barmherzigkeit, unter die Unsterblichen aufgenommen worden bist?

ÄSKULAP: Du hast also vergessen, Herkules, daß du auf dem Berge Öta verbranntest, weil du mir das Feuer vorrückst?

HERKULES: Es war ein großer Unterschied zwischen meinem Leben und deinem Leben. Ich bin ein geborner Sohn Jupiters, und mein ganzer Lebenslauf war ein beständiger Kampf mit den Feinden der Menschen, von denen ich den Erdboden reinigte – mit Ungeheuern, die ich bezwang, und gewalttätigen Menschen, die ich zur Strafe zog. Du hingegen bist ein Wurzelmann und ein Marktschreier! Kranken Leuten Arzneien einzugeben, dazu magst du allenfalls gut sein; aber keine mannhafte Tat kannst du in deinem ganzen Leben nicht aufweisen.

ÄSKULAP: Freilich war es keine, da ich die Brandblattern heilte, womit du bedeckt warst, als du neulich halbgebraten und von beidem, vom vergifteten Hemde der Dejanira und vom Feuer, so übel am ganzen Leibe zugerichtet in den Himmel heraufkamst! Übrigens, wenn ich auch sonst nichts zu meinem Behuf sagen könnte, bin ich doch nie ein

Knecht gewesen und habe keine Wolle in Lydien gekämmt und keinen purpurnen Weiberrock getragen und bin nie von einer Omphale mit einem goldnen Pantoffel um die Ohren geschlagen worden; auch hab ich nie aus Milzsucht mein Weib und meine Kinder umgebracht.

HERKULES: Wenn du nicht gleich zu schmähen aufhörst, sollst du auf der Stelle erfahren, daß dir deine Unsterblichkeit wenig helfen wird; ich kriege dich zu packen und schmeiße dich zum Himmel hinaus, daß Päeon selbst deinen zertrümmerten Schädel nicht wieder soll zusammenflicken können!

JUPITER: Macht dem Gezänk ein Ende, sag ich, und stört das Vergnügen der Gesellschaft nicht länger, oder ich schick euch beide von der Tafel fort! – Übrigens, Herkules, ist es nicht mehr als billig, daß Äskulap über dir sitze, wär es auch aus keinem andern Grunde, als weil er zuerst gestorben ist.

XIV.
Unglücklicher Tod des schönen Hyazinthus

Merkur und Apollo.

MERKUR: Warum so finster, Apollo?

APOLLO: Weil mir's in meinen Liebesangelegenheiten so hinderlich geht.

MERKUR: Das ist freilich betrübt. Aber darf man fragen, was dich dermalen veranlaßt, dein Schicksal in der Liebe anzuklagen? Geht dir etwa die Geschichte mit der Daphne noch im Kopfe herum?

APOLLO: Das nicht; ich traure nur um meinen Liebling, den Sohn des Öbalus aus Lakonien.

MERKUR: Wie? der schöne Hyazinth wäre tot?

APOLLO: Leider!

MERKUR: Aber woran denn? Wer konnte ein so großer Feind von allem, was liebenswürdig ist, sein, um einen so schönen Knaben zu töten?

APOLLO: Ich selbst hab es getan.

MERKUR: Bist du rasend, Apollo?

APOLLO: Das nicht; mein Unglück machte mich wider Willen zu seinem Mörder.

MERKUR: Ich wünschte wohl zu hören, wie das zuging.

APOLLO: Er lernte den Diskus werfen, und ich war sein Gespiele dabei. Nun war der verdammteste aller Winde, der Zephyr, auch und schon lange in den Knaben verliebt; weil er aber kein Gehör bei ihm fand, lauerte er auf eine Gelegenheit, sich zu rächen. Indem ich nun den Diskus, wie wir schon so oft getan, in die Höhe werfe, bläst der verfluchte Zephyr vom Taygetus herab und treibt ihn im Herunterfallen dem Knaben mit solcher Gewalt auf den Kopf, daß das Blut gleich stromweise aus der Wunde floß und der Knabe auf der Stelle starb. Wütend verfolgte ich Zephyrn bis an den Berg und verschoß alle meine Pfeile vergebens nach ihm: dem Knaben aber richtete ich zu Amyklä, an dem Orte, wo ihn der unglückliche Diskus niederschlug, einen hohen Grabhügel auf; und aus seinem Blute, Merkur, mußte mir die Erde die schönste und lieblichste aller Blumen hervortreiben, und ich bezeichnete sie mit den Buchstaben der Totenklage. Findest du nun nicht, daß ich Ursache habe, traurig zu sein?

MERKUR: Nein! denn da du wußtest, daß du dir einen Sterblichen zum Liebling erkoren hattest, wie kannst du es übelnehmen, daß er gestorben ist?

XV.
Eifersucht der zwei schönsten Götter über Vulkans Glück im Heuraten

Merkur und Apollo.

MERKUR: Aber daß dieser Vulkan, der doch nur ein Krüppel und ein Grobschmied seines Handwerks ist, die schönsten unserer Göttinnen, die Venus und die Charis, zu Weibern haben soll – ist es nicht unausstehlich?

APOLLO: Er ist nun einmal im Heuraten glücklich, Merkur. Indessen wundert es auch mich, wie sie es ertragen können, mit einem Manne zu leben, der immer von Schweiße trieft und von dem beständigen Herabbücken auf seine Esse mit Ruß im Gesicht überzogen ist; und so einen Mann umarmen sie, küssen sie und liegen bei ihm!

MERKUR: Das ist es eben, was mich verdrießt und warum ich den Vulkan beneide. Er läßt uns auf unsere Vorzüge so stolz sein, als wir wollen, dich auf dein lockichtes Haar, auf deine Schönheit und auf deine Zither, mich auf meine fechtermäßige Figur und auf meine Leier: wenn's Schlafengehenszeit ist, müssen wir eben doch allein liegen!

APOLLO: Ich spiele überhaupt in Liebessachen immer unglücklich. Mit den beiden einzigen, die ich vor allen und recht inbrünstig liebte, hätte mir's nicht schlimmer gehen können. Der Daphne war ich so zuwider, daß sie lieber zum Baume als mein werden wollte; der arme Hyazinth verlor sein Leben durch einen Diskuswurf; und an ihrer statt habe ich nun Lorbeer- und Blumenkränze.

MERKUR: Ich hatte doch einmal – ohne mich zu rühmen – die Venus –

APOLLO: Wir wissen was davon; es hieß ja sogar, sie habe den schönen Hermaphroditus von dir. Aber, wenn du es weißt, so sage mir doch, wie es kommt, daß Venus und Charis nicht eifersüchtig übereinander sind?

MERKUR: Ich weiß keine andre Ursache, als weil die letztere zu Lemnos mit ihm lebt, Venus hingegen nur im Himmel: überdem ist diese auch zu stark mit ihrem geliebten Mars beschäftigt, um sich um den Schmied viel zu bekümmern.

APOLLO: Glaubst du, daß Vulkan etwas von dieser Intrige wisse?

MERKUR: Ja wohl; aber was will er machen? Mit einem so rüstigen Jüngling, und der noch obendrein Soldat ist, anzubinden, wäre nicht ratsam. Er stellt sich also ganz ruhig; aber er arbeitet in aller Stille an einem gar künstlichen Netze, worin er sie nächstens einmal, wenn sie beisammen sind und – am wenigsten an ihn denken, zu fangen hofft.

XVI.
Die Götterkönigin macht ihrer Eifersucht über Latonen Luft

Juno und Latona.

JUNO *spöttisch*: Das muß man gestehen, Latona, daß du Jupitern ein paar schöne Kinder geboren hast!

LATONA *in gleichem Tone*: Wir können nicht alle so schöne Kinder in die Welt setzen, wie dein Vulkan ist.

JUNO: Der ist doch am Ende, so lahm er auch ist, noch zu etwas nütze; denn er ist ein großer Künstler, und die schönsten Möbeln im Himmel sind von seiner Arbeit; auch hat er, mit aller seiner Häßlichkeit, eine schöne Frau bekommen und wird von ihr wert gehalten. Aber was kann man von DEINEN Kindern sagen? Die eine will es mit aller Gewalt den Männern gleichtun und schwärmt wie eine Wilde in Bergen und Wäldern herum; und seitdem sie neulich zu den Skythen nach Taurien gezogen ist und sich die Reisenden, die dort ankommen, opfern läßt, wissen alle Leute, was ihr Leibessen ist; da sie unter Menschenfressern lebt, kann man sich leicht vorstellen, daß sie auch ihre Sitten angenommen hat. Dein Apollo aber gibt sich die Miene, als ob er alles wisse und könne, macht den Bogenschützen, den Zitherspieler, den Poeten und den Arzt und hat zu Delphi und zu Klaros und zu Didymi Wahrsagerbuden aufgeschlagen, wo er die Leute, die ihn fragen, mit schiefen und zweideutigen Antworten, die man immer auf beide Seiten drehen kann, um ihr Geld bringt. Weil der Narren, die sich von Marktschreiern betrügen lassen, viele sind, so wird er zwar reich dabei: aber verständige Leute wissen, was sie von seinen Wunderkünsten zu halten haben und daß der große Prophet nicht einmal vorhersah, daß er seinen Liebling mit einem Diskus töten und daß Daphne, trotz seiner Schönheit und seiner langen goldenen Locken, vor ihm davonlaufen würde. Ich sehe also nicht, warum du dir einbilden kannst, schönere Kinder zu haben als Niobe.

LATONA: Oh, ich weiß recht gut, wie diese Menschenfresserin und dieser Lügenprophet dir in den Augen wehe tun, wenn du sie unter den Göttern sehen mußt, und wie es dich ärgert, jene wegen ihrer Schönheit und diesen, wenn er bei Tafel auf der Zither spielt, von allen bewundert zu sehen.

JUNO *mit affektiertem Lachen*: Ich muß über deinen Geschmack lachen. Apollo bewundernswürdig? Er, dem Marsyas, wenn die Musen hätten recht richten wollen, die Haut würde abgezogen haben, da er ohne Vergleichung ein besserer Musikus ist: so aber mußte der arme übervorteilte Tropf das Opfer eines parteiischen Urteils werden. Und wie es um die Schönheit deiner schönen Jungfer Tochter steht, kann man daraus sehen, daß sie den armen Aktäon, wie sie gewahr wurde, daß er sie im Bade gesehen hatte, von seinen eigenen Hunden zerreißen ließ, aus Furcht, er möchte ihre Häßlichkeit unter die Leute bringen. Nichts davon zu sagen, daß sie den Gebärenden schwerlich Hebammendienste tun würde, wenn sie selbst noch Jungfer wäre.

LATONA: Du bildest dir gar zu viel darauf ein, daß du Jupiters Gemahlin und Mitregentin bist, und nimmst dir deswegen etwas mehr Freiheiten gegen andere heraus, als sich gebührt. Ich hoffe aber, es soll nicht lange anstehen, bis ich dich wieder weinen sehe, wenn er dich sitzenlassen und auf die Erde hinabsteigen wird, um Stier oder Schwan zu werden.

XVII.
Das Netz des Vulkanus

Apollo und Merkur.

APOLLO: Was lachst du so, Merkur?

MERKUR: Über etwas sehr Lächerliches, das ich gesehen habe, Apollo.

APOLLO: So laß hören, damit ich dir lachen helfen kann.

MERKUR: Venus ist mit ihrem Mars über der Tat ertappt

worden, und Vulkan hat sie so künstlich gefangen, daß sie gar nicht loskommen können.

APOLLO: Wie machte er das? Das muß eine lustige Geschichte sein!

MERKUR: Er merkte schon lange was, denke ich, und lauerte nur auf eine gute Gelegenheit, das künstliche Netz (wovon ich dir neulich sagte) anzubringen; und da er sie gefunden zu haben glaubte, legte er's um sein Bette und tat, als ob er sich, einer Arbeit wegen, nach seiner Werkstätte zu Lemnos begeben müsse. Kaum war er fort, so kommt mein Mars, der sich keiner Hinterlist vermuten war, in aller Stille angeschlichen: er wird aber vom Helios erblickt, der dem Vulkan sogleich davon Nachricht gibt. Inzwischen besteigen unsere Verliebten das Bette, und – verwickelen sich (du kannst dir einbilden wie) in dem unsichtbaren Jagdnetze, daß es eine Freude war. Auf einmal kommt Vulkan in eigener Person dazu. Die arme Frau, die sich im Stand der puren Natur befand, hätte vor Scham vergehen mögen, daß sie nichts hatte, womit sie sich bedekken konnte; der Galan aber hoffte anfangs, seine Fesseln zerreißen zu können und sich mit der Flucht zu retten; wie er aber merkte, daß es unmöglich war, legte er sich aufs Bitten.

APOLLO: Und was tat Vulkan? wickelte er sie los?

MERKUR: Nein, so leicht läßt er sie nicht davonkommen. Er hat alle Götter zusammengerufen, um sie zu Augenzeugen seines Glücks im Ehestande zu machen. Du kannst dir die Verlegenheit und Beschämung der beiden Hauptpersonen, in den Umständen und der Attitüde, worin sie zusammengestrickt sind, besser vorstellen, als ich sie beschreiben könnte; es ist ein sehenswertes Schauspiel, das versichere ich dich!

APOLLO: Aber schämt sich denn der Grobschmied nicht, seine eigene Schande so weltkundig zu machen?

MERKUR: O zum Jupiter, er steht dabei und lacht noch lauter als alle andern! Ich für meine Person, wenn ich die Wahrheit gestehen soll, konnte mich nicht enthalten, den Mars, wie ich ihn mit der schönsten aller Göttinnen so zusammengeschlungen sah, noch sehr beneidenswürdig zu finden.

APOLLO *lächelnd*: Du wolltest dich also um diesen Preis auch binden lassen?

MERKUR: Und du etwa nicht, Apollo? Komm nur und sieh selbst, und wenn du nicht auf den ersten Blick meiner Meinung bist, dann will ich deiner Weisheit eine große Lobrede halten.

XVIII.

Juno macht ihrem Gemahl wegen seines Bastards Bacchus eifersüchtige Vorwürfe

Juno und Jupiter.

JUNO: Ich würde mich schämen, Jupiter, wenn ich einen solchen Sohn hätte, wie dein Bacchus ist, der so wollüstig und der Trunkenheit so ergeben ist, daß er gar nicht nüchtern wird und sich kein Bedenken macht, in einem weibermäßigen Kopfschmuck unter den rasenden Dirnen, mit denen er lebt, zu Trommeln, Pfeifen und Klapperbecken zu tanzen und herumzuschwärmen! Wenn er dein Sohn ist, so muß ich gestehen, daß er einem jeden andern ähnlicher ist als seinem Vater.

JUPITER: Gleichwohl hat dieser Weichling, den du nicht weibisch genug beschreiben kannst, Lydien erobert, die Anwohner des Tmolus bezwungen und die Thrazier in seine Gewalt gebracht; ja, er ist mit diesem nämlichen Weiberheer bis in Indien eingedrungen, hat sich ihrer Elefanten bemächtigt, ihr Land eingenommen und ihren König, der ihm zu widerstehen sich erkühnte, gefangen davongeführt; und das alles singend und tanzend, mit keinen andern Waffen als mit efeubekränzten Thyrsusstäben in der Hand, trunken, wie du sagst, und schwärmend. Und wer sich unterstand, ihn zu schmähen oder seiner Mysterien zu spotten, den ließ er entweder mit Weinranken fesseln oder machte, daß der Frevler von seiner eigenen Mutter für ein Hirschkalb angesehen und in Stücken zerrissen wurde. Das waren doch männliche Taten, dächte ich, deren sein Vater sich nicht zu schämen hätte! Daß auch ein wenig Mutwillen und Leichtfertigkeit dabei mit unterläuft, muß ihm nicht so übel ausgelegt werden; zumal wenn man bedenkt, was er nüchtern sein müßte, da er betrunken schon so große Dinge tut.

JUNO: Du scheinst mir in der Laune zu sein, sogar die schöne Erfindung, auf die er sich so viel einbildet, den Weinstock und den Wein, gut zu heißen, ungeachtet du siehest, was die Folgen davon sind und zu was für wilden Ausschweifungen die Betrunknen in ihrem Taumel, der oft zu einer völligen Wut wird, hingerissen werden, wie Ikarius, der erste, den er mit der Weinrebe beschenkte, zum Beispiel dienen kann, der von seinen berauschten Zechbrüdern mit Hacken zu Tode geschlagen wurde.

JUPITER: Das will gar nichts sagen, daran hat weder der Wein noch Bacchus schuld, sondern bloß, daß die Leute mehr trinken, als ihnen wohltut und als sie ertragen können. Wer im Trinken Maß zu halten weiß, wird nur fröhlicher und ein desto angenehmerer Gesellschafter, und seine Mittrinker können sehr sicher sein, daß sie das Schicksal des Ikarius nicht von ihm zu befürchten haben. Ich sehe wohl, liebe Juno daß die Eifersucht hier wieder im Spiel ist und daß dir die Semele im Kopfe stecken muß, da du dem Bacchus sogar, was das Beste an ihm ist, zum Verbrechen machst.

XIX.
Warum Amor einige Göttinen ungeneckt läßt

Venus und Amor.

VENUS: Wie kommt es, Amor, daß du, der du über alle übrigen Götter, über Jupitern, Neptun, Apollo, über die Rhea und mich, deine Mutter selbst, Meister geworden bist, Minerven allein unangefochten lässest und daß nur bei ihr deine Fackel ohne Feuer und dein Köcher ohne Pfeile ist?

AMOR: Ich fürchte mich vor ihr, liebe Mutter; sie hat etwas so Schreckendes und Trotziges in ihrem Blicke und sieht mir überhaupt gar zu mannhaft aus. Wenn ich mich ihr auch einmal mit gespanntem Bogen nähere und sie schüttelt nur ihren Helmbusch, so kommt mich gleich ein solches Grauen an, daß ich am ganzen Leibe zittre und Bogen und Pfeile mir aus den Händen schlüpfen.

VENUS: Ist denn Mars nicht noch fürchterlicher? Und gleichwohl hast du ihn entwaffnet und überwunden.

AMOR: Oh! der läßt mich gutwillig herankommen und ruft mir wohl selbst: Minerva hingegen beobachtet mich immer mit mißtrauischen Augen. Einsmals, da ich bei ihr vorbeiflog und ihr von ungefähr mit der Fackel zu nahe kam, stellte sie sich sogleich in Positur, und: »Wenn du mir näher kommst«, rief sie, »so jage ich dir, bei meinem Vater! die Lanze durch den Leib oder nehme dich beim Beine und schleudre dich in den Tartarus hinab oder zerreiße dich mit meinen eignen Händen in Stücken.« Dergleichen Drohungen stieß sie noch eine Menge aus; und dann macht sie immer eine so grimmige Miene und hat überdies noch einen gräßlichen Kopf mit Schlangenhaaren auf der Brust, vor dem ich mich ganz entsetzlich fürchte; denn er macht mir ein so abscheuliches Fratzengesicht, daß ich gleich davonlaufen muß, sobald ich es ansichtig werde.

VENUS: Du fürchtest dich also, wie du sagst, vor der Minerva und ihrem Medusenkopfe, du, dem Jupiter selbst mit seinem Donnerkeil nicht bange macht? Aber warum sind dir auch die Musen unverwundbar und schußfrei? Schütteln sie etwan auch ihre Helmbüsche gegen dich und halten dir Gorgonenköpfe vor die Nase?

AMOR: Vor denen habe ich Respekt, Mutter; denn sie sehen so ehrwürdig aus und haben immer was zu denken oder zu singen; ich bleibe oft bei ihnen stehen, als ob ich nicht wieder fort könnte, so sehr bezaubert mich ihr Gesang.

VENUS: Nun, so lassen wir auch diese Musen in Ruhe, weil

sie doch so ehrwürdig sind; aber was ist denn die Ursache, daß du Dianen nicht verwundest?

AMOR: O der kann ich nicht einmal nachkommen, da sie beständig in den Bergen herumjagt; und dann hat sie auch schon ihre eigene Liebhaberei.

VENUS: Was für eine wäre das, mein Kind?

Amor: Die Liebe zur Jagd, zu den Hirschen und Hirschkälbern, die sie den ganzen Tag mit solcher Hitze verfolgt, daß sie keiner andern Leidenschaft fähig ist. Denn was ihren Bruder betrifft, wiewohl er auch ein tüchtiger Bogenschütze ist –

VENUS: Ich weiß, was du sagen willst, mein Kind; den hast du ziemlich oft angeschossen!

XX.
Das Urteil des Paris

Jupiter, Merkur, Juno, Pallas, Venus,
Paris, auch Alexander genannt.

JUPITER: Merkur, nimm diesen Apfel da und begib dich damit nach Phrygien zu dem Sohne des Priamus, der die Kühe auf dem Ida weidet, und sage ihm von meinetwegen, weil er selbst schön sei und sich auf Liebessachen besonders gut verstehe, so befehle ich ihm, den Ausspruch zu tun, welche unter diesen Göttinnen die schönste sei; und die Siegerin in diesem Streite soll den Apfel aus seiner Hand empfangen! – *Zu den drei Göttinnen.* Es ist nun Zeit, daß ihr euch zu euerm Richter verfüget; ich für meine Person mag mit der Entscheidung nichts zu tun haben, da ihr mir gleich lieb seid und ich euch, wenn es nur anginge, recht gern alle drei siegen sähe. Aber auch außerdem ist es eine Unmöglichkeit, EINER den Preis der Schönheit zu geben, ohne sich bei den übrigen äußerst verhaßt zu machen. Aus allen diesen Ursachen tauge ich ganz und gar nicht dazu, euer Richter zu sein. Dieser phrygische

Jüngling hingegen, zu welchem ihr gehen werdet, ist von königlichem Blute und ein Verwandter des Ganymedes hier, übrigens ein ungekünstelter Sohn der Natur und den niemand eines solchen Schauspiels unwürdig halten kann.

VENUS: Ich, für meinen Teil, würde mich dem Augenschein getrost unterwerfen, wenn du uns auch den tadelsüchtigen Momus selbst zum Richter setztest. Denn was wollte er an mir zu tadeln finden? Aber diese beiden müssen sich den Menschen auch gefallen lassen.

JUNO: Auch wir fürchten uns nicht, Aphrodite, wenn gleich dein Mars selbst den Ausspruch tun müßte; wer also dieser Paris auch sein mag, wir haben nichts gegen ihn einzuwenden.

JUPITER *zu Minerven*: Ist dies deine Meinung auch, meine Tochter? was sagst du? du wendest dich und wirst rot? Das ist so was Eigenes bei euch Jungfrauen, über dergleichen Dinge rot zu werden; aber du gibst doch dein Ja durch einen Wink zu verstehen. Geht also; aber daß ihr mir ja nicht über euern Richter ungehalten werdet oder dem armen Jungen was zuleide tut! Denn am Ende ist es doch nicht wohl möglich, daß alle gleich schön sein könnten.

MERKUR: Wir gehen also nun geraden Weges nach Phrygien; ich zeige euch den Weg, und ihr folget mir ganz gemächlich. Habt nur guten Mut! Ich kenne den Paris, es ist ein schöner junger Bursche und eine verliebte Seele obendrein; er schickt sich unvergleichlich zum Richter in solchen Sachen. Er wird ganz gewiß keinen falschen Ausspruch tun.

VENUS: Desto besser für mich, wenn unser Richter so gerecht ist, als du sagst. – Ist er noch unverheuratet, oder hat er schon eine Frau?

MERKUR: So ganz unverheuratet ist er wohl nicht, Aphrodite.

VENUS: Was willst du damit sagen?

MERKUR: Soviel ich weiß, hat er eine idäische Dirne bei sich, ein tüchtiges Mädel, wiewohl etwas plump, und – wie sie auf solchen Bergen zu wachsen pflegen. Er scheint eben nicht sehr stark an ihr zu hangen. Aber weswegen tust du diese Frage an mich?

VENUS: Ich fragte nur so, um was zu reden.

PALLAS *zu Merkur*: Das ist wohl nicht in deiner Instruktion, du da, daß du dich mit ihr in ein besonderes Gespräch einlassen sollst?

MERKUR: Es hat gar nichts zu bedeuten, Minerva, und ist nichts gegen euch; sie fragte mich bloß, ob Paris noch ledig sei.

PALLAS: Was geht denn das SIE an?

MERKUR: Das weiß ich nicht. Sie sagt, sie habe ohne alle Absicht gefragt, bloß weil es ihr so in den Sinn gekommen sei.

PALLAS: Und ist er denn ledig?

MERKUR: Ich glaube nicht.

PALLAS: Aber hat er kriegerische Neigungen? Ist er ruhmbegierig oder nichts als ein gewöhnlicher Kühhirt?

MERKUR: So genau kann ich das nicht sagen: aber da er noch jung ist, so läßt sich vermuten, daß er nicht ohne solche Leidenschaften sein wird und daß es ihn wohl nicht verdrießen sollte, ein großer Kriegsheld zu sein.

VENUS *zu Merkur*: Du siehst, ich beschreie dich nicht darüber, daß du mit ihr besonders sprichst: so was überläßt Aphrodite gewissen Personen, die immer einen Vorwand finden, ihre üble Laune auszulassen.

MERKUR: Sie fragte mich beinahe das nämliche. Du hast also keine Ursache, es übelzunehmen oder zu denken, daß etwas zu deinem Nachteil vorgefallen sei; ich habe ihr ebenso unschuldig geantwortet als dir. Aber während wir so schwatzen, haben wir schon ein tüchtiges Stück Weges vorwärts gemacht und die Sterne weit hinter uns zurückgelassen. Was hier vor uns liegt, ist Phrygien; denn ich erkenne bereits den Ida und den ganzen Gargarus, und wo mir recht ist, sehe ich auch unsern Richter Paris in eigener Person.

JUNO: Wo dann? Ich seh ihn noch nicht.

MERKUR: Schaue dorthin, Juno, linker Hand; nicht auf die Spitze des Berges, auf die Seite, wo du die Höhle und die Herde siehest.

JUNO: Ich sehe aber keine Herde.

MERKUR: Wie? Du siehst die kleinen Kühe nicht, nur so groß – *er mißt ihre scheinbare Kleinheit an seinem Finger* –, die dort mitten aus den Felsen hervorkommen; und einen, mit einem krummen Stecken in der Hand, der von der Anhöhe herabläuft und sie zurücktreibt, damit sich die Herde nicht zu sehr zerstreue?

JUNO: Nun seh ich ihn, wenn es DER ist.

MERKUR: Er ist's. Weil wir also der Erde so nahe sind, wollen wir uns, wenn es euch gefällig ist, vollends herunterlassen und zu Fuße gehen, damit wir ihn nicht erschrecken, wenn wir so auf einmal aus der Höhe vor ihm herabfielen.

JUNO: Du hast recht, machen wir's so! – Nun da wir auf festem Boden sind, wirst du, Aphrodite, uns wohl am besten den Weg zeigen können; denn du mußt in dieser Gegend überall Bescheid wissen, da du, wie es heißt, öfters hier beim Anchises zum Besuche gewesen bist.

VENUS: Du betrügst dich, Juno, wenn du dir einbildest, daß mich dergleichen Spottreden mächtig verdrießen werden.

MERKUR: Folget nur mir: ich bin in den Zeiten, da Jupiter seine Neigung auf Ganymeden warf, mit dem Ida sehr bekannt worden; ich mußte oft genug herabsteigen, um nach dem Knaben zu sehen; und als er sich in den Adler verwandelte, flog ich neben ihm her und half ihm seinen Liebling tragen. Wenn ich mich recht erinnere, entführte er ihn von diesem nämlichen Felsen, wo er eben unter seinen Schafen saß und auf der Rohrpfeife blies. Auf einmal flog Jupiter auf ihn zu, schlug so sanft als möglich die Klauen um ihn herum, biß mit dem Schnabel in seinen Turban und hob den Knaben in die Höhe, der mit schrekkenvollem Erstaunen, den Nacken zurückgebogen, zu seinem Räuber emporsah; indessen ich die Rohrpfeife aufhob, die er vor Schrecken hatte fallen lassen. – Aber nun sind wir unserm Schiedsmanne so nahe, daß wir ihn anreden wollen – Guten Tag, Kühhirt!

PARIS: Dir auch soviel, junger Mann! Was bringt dich zu uns hieher? Und was für Frauensleute hast du da bei dir? Sie sehen mir nicht so aus, als ob sie in diesem Gebürge zu Hause wären; dazu sind sie zu hübsch!

MERKUR: Es sind freilich keine gemeine Frauensleute, mein guter Paris. Du siehest hier die Juno, die Pallas und die Venus vor dir und in mir den Merkur, vom Jupiter abgeschickt. Was zitterst du so und erblassest? Fürchte dich nicht, es soll dir kein Leid widerfahren! Er befiehlt dir nur, über ihre Schönheit den Ausspruch zu tun. Denn da du selbst so schön seist, sagt er, und für einen Kenner in Liebessachen passierest, so überlasse er dir den Ausspruch. Was der Preis dieses Kampfes ist, wirst du auf diesem Apfel lesen.

PARIS: Nur her, laß doch sehen, was er sagt. *Er lieset*: DIE SCHÖNSTE SOLL IHN HABEN! – Aber, gnädiger Herr Merkurius, wie sollte ein bloßer Sterblicher und ein Bauer obendrein, wie ich, Richter in einer solchen Sache sein können? Das geht über den Verstand eines Kühhirten: solche Dinge gehören für die hübschen Herren aus der Stadt. Ja, wenn die Frage von drei Ziegen oder jungen Kühen wäre, da wollte ich nach der Kunst entscheiden, welche die schönste sei! Aber mit diesen Frauen hier ist es ganz ein anders; die sind alle gleich schön, und ich weiß nicht, wie's einer machen soll, um die Augen von der einen auf die andere zu kehren. Man muß sie recht mit Gewalt abreißen, sie wollen nicht fort, was sie zuerst ansehen, daran bleiben sie kleben, und das deucht ihnen das schönste: wenden sie sich auf eine andere, so geht es ebenso; das nächste ist da so gut, daß man daran genug hat und nichts Besseres verlangt. Ich weiß nicht, wie ich es sagen soll, aber mir ist, ich sei von ihrer Schönheit über und über umflossen und umfangen, und es schmerzt mich ordentlich, daß ich nicht wie Argus lauter Auge bin und sie nicht aus meinem ganzen Leibe anschauen kann. Ich glaube also, ich werde mein Richteramt am besten verwalten, wenn ich den Apfel allen dreien gebe. Zudem muß es sich just treffen, daß die eine Jupiters Schwester und Gemahlin und die beiden andern seine Töchter sind; wie sollte das die Wahl nicht noch schwerer machen?

MERKUR: Ich weiß nicht; aber das weiß ich, daß du dich dem Befehl Jupiters nicht entziehen kannst.

PARIS: So bitt ich nur um das einzige, Merkur, bringe sie dazu, daß die beiden, die dabei zu kurz kommen, nicht böse auf mich werden, sondern glauben, die Schuld liege bloß an meinen Augen.

MERKUR: Das versprechen sie dir; mache also nur, daß du zum Urteil schreitest.

PARIS: Ich will mein Bestes tun, weil es doch nun einmal sein muß. Aber vorher möcht ich doch wissen, ob es wohl genug ist, sie zu sehen, wie sie da sind, oder ob sie sich nicht ausziehen sollten, damit die Untersuchung desto gründlicher ausfallen könnte?

MERKUR: Das kommt bloß auf den Richter an; du hast zu befehlen, wie du es haben willst.

PARIS: Wie ich's haben will? Wenn das ist, so will ich sie nackend sehen.

MERKUR: Die Damen werden sich also gefallen lassen, die Kleider abzulegen: ich will indes anderswohin sehen.

VENUS: Recht schön, Paris! – Ich bin gleich die erste, die sich ohne Bedenken entkleidet, damit du sehest, daß ich nicht bloß „weiße Ellenbogen" habe oder mir auf ein „paar große Augen" viel einbilde, sondern daß ich überall gleich schön bin.

PALLAS: Vor allem andern, o Paris, laß sie ihren Gürtel ablegen, denn sie ist eine Zauberin und könnte dir leicht mit Hülfe desselben ein Blendwerk vor die Augen machen; auch hätte sie sich nicht so mächtig verschönern und so viel Weiß und Rot auflegen sollen, daß sie einer wirklichen Kurtisane gleichsieht, sondern ihre Schönheit ungekünstelt und natürlich lassen sollen, wie sie ist.

PARIS: Sie haben recht, was den Gürtel betrifft; also weg damit!

VENUS: Und warum legst denn du, Minerva, nicht auch deine Sturmhaube ab und zeigst dich mit bloßem Kopfe, sondern schüttelst den Federbusch so, als ob du den Richter schrecken wolltest? Fürchtest du etwa, deine wasserblauen Augen möchten ohne das Furchtbare, das sie von deinem Helm entlehnen, keine sonderliche Wirkung tun?

PALLAS *den Helm ablegend*: Da siehst du mich ohne diesen Helm!

VENUS *den Gürtel ablegend*: Da siehst du mich ohne den Gürtel.

JUNO: Nun, so zaudern wir nicht länger! *Sie entkleiden sich.*

PARIS: O wundertätiger Jupiter, welch ein Anblick! welche Schönheit! welche Wollust! Was das eine Jungfrau ist! – Was die für einen Glanz von sich wirft! Welche Majestät! Wie königlich, wie ganz Jupiters würdig! – Und diese da, wie holdselig sie einen ansieht! Wie reizend und anlockend sie lächelt! Nein! das ist mehr, als ich auf einmal ertragen kann! – Ich will nun, wenn es euch gefällig ist, jede besonders in Augenschein nehmen: denn SO schwanke ich immer hin und her und sehe so viel Schönes auf einmal, daß ich keinen Augenblick bei EINEM Gegenstand verweilen kann und selbst kaum weiß, was ich sehe oder wohin ich sehen soll.

VENUS: Wie dir's beliebt.

PARIS: So entfernt euch, ihr beide, und du, Juno, bleibe hier.

JUNO: Ich bleibe; und wenn du mich nun genau besehen hast, so überlege dann auch, ob dir das Geschenk ansteht, das ich dir für deine Stimme zugedacht habe. Wenn du den Ausspruch tust, daß ich die Schönste sei, sollst du gebietender Herr über ganz Asien werden.

PARIS: Mit Geschenken ist bei mir nichts auszurichten. Du kannst dich wieder entfernen; ich werde tun, was mir gut dünken wird – Komm nun du herbei, Pallas!

PALLAS: Hier bin ich; und wenn du mich für die Schönste erklärst, so sollst du in keinem Streit jemals überwunden werden, sondern immer das Feld behalten; denn ich will einen großen Kriegsmann und siegreichen Helden aus dir machen.

PARIS: Mir ist mit Krieg und Streit ganz und gar nicht gedient, Pallas; in Phrygien und Lydien ist's überall Friede, und meines Vaters Reich hat keinen Krieg zu befürchten. Aber sei dem ungeachtet ohne Sorge; es soll dir nicht zu kurz geschehen, wiewohl ich mich nicht durch Geschenke bestechen lasse. Du kannst dich nun wieder anziehen und deinen Helm aufsetzen; ich habe dich hinlänglich betrachtet. Es ist Zeit, daß Venus sich stelle.

VENUS: Hier siehest du mich so nahe, als du verlangen kannst; beschaue mich Stück vor Stück und übergehe nichts, sondern verweile auf jeder einzelnen Schönheit besonders – Wenn du aber willst, schöner Hirt, so höre, was ich dir sagen will. Du bist jung und schön, wie man schwerlich in ganz Phrygien noch einen finden wird; ich preise dich glücklich deswegen, aber ich kann es nicht gutheißen, daß du diesen Felsen nicht schon lange mit der Stadt vertauschet hast, sondern deine Schönheit lieber in einer Einöde verderben lässest, wo sie dir ganz unnütz ist: Denn was kann es deinen Rindern helfen, daß du schön bist? Billig solltest du schon lange vermählt sein; ich meine nicht mit einer Bauerndirne, wie die Weiber auf dem Ida sind, sondern mit irgendeiner schönen Griechin von Argos oder Korinth oder Sparta, wie Helena zum Exempel, die jung und schön ist und mir in keinem Stücke nachsteht und, was das Beste ist, sehr leicht Feuer fängt. Denn du kannst versichert sein, wenn sie dich nur sieht, so wird sie sich in deine Arme werfen und alles im Stiche lassen, um dir zu folgen und mit dir zu leben. – Doch, es ist nicht möglich, daß du nicht schon etwas von ihr gehört haben solltest.

PARIS: Kein Wort, Aphrodite; aber ich will dir mit Vergnügen zuhören, wenn du mir mehr von ihr sagen willst.

VENUS: Sie ist eine Tochter der schönen Leda, auf welche Jupiter in Gestalt eines Schwans herabflog.

PARIS: Wie sieht sie denn aus?

VENUS: So weiß, wie man erwarten kann, da sie einen Schwan zum Vater hat; zart wie eine Person, die aus einem Ei hervorgekrochen, so wohlgewachsen, stark und gewandt wie eine Person, die in allen gymnastischen Spielen geübt ist; kurz, der Ruf ihrer Schönheit ist so groß und die Mannspersonen sind so erpicht auf sie, daß schon ein Krieg um ihrentwillen entstanden ist, als sie vom Theseus entführt wurde, da sie beinahe noch ein Kind war. Seitdem sie aber in ihrer vollen Blüte steht, haben sich alle Fürsten der Griechen um sie beworben. Nun ist sie zwar dem Pelopiden Menelaus zuerkannt worden: wenn du aber Lust hättest, so wollte ich dir zu dieser Heurat verhelfen.

PARIS: Wie? zur Heurat mit einer Person, die schon vermählt ist?

VENUS: Was für ein Neuling du noch bist, und wie dorfmäßig du noch denkst! Ich muß am besten wissen, wie solche Dinge anzugreifen sind.

PARIS: Wie denn? das möcht ich wohl auch wissen.

VENUS: Du machst eine Reise unter dem Vorwande, Griechenland zu sehen; und wenn du nach Sparta kommst, wird Helena dich zu sehen bekommen; daß sie sich in dich verliebe und dir folge, wird dann MEIN Werk sein.

PARIS: Aber ebendas kommt mir unglaublich vor, daß sie ihren Gemahl sollte verlassen wollen, um mit einem Fremden und Barbaren zu Schiffe zu gehen.

VENUS: Darüber mache du dir gar keinen Kummer. Ich habe zwei Söhne von sonderbarer Schönheit, den Cupido und den Amor, die ich dir zu Führern auf dieser Reise zugeben will. Amor soll sich ihrer ganz bemeistern und sie zum Lieben zwingen; Himerus hingegen soll sich um dich ergießen und dich so reizend und liebenswürdig machen, als er selbst ist. Auch ich selbst will mit den Grazien bei der Hand sein, und so werden unsrer so viele ja wohl mit ihr fertig werden.

PARIS: Was die Sache für einen Ausgang nehmen wird, Göttin, weiß ich nicht; aber das fühle ich, daß ich Helenen schon liebe; ich weiß nicht, wie es zugeht, aber mir ist, ich sehe sie vor mir und schiffe geraden Weges nach Griechenland und sei zu Sparta angelangt und komme schon mit meiner schönen Beute wieder; und nun ärgert mich's, daß ich das alles nicht schon wirklich tue.

VENUS: Hüte dich, Paris, dich eher in diese Liebe einzulassen, bis du mir, der Stifterin und Brautführerin bei dieser Verbindung, deinen Dank durch einen Ausspruch zu meinem Vorteil gezeigt hast. Um eure Vermählung zustande zu bringen, muß ich erst den Preis in diesem Streit erhalten haben, um zugleich deine Hochzeit und meinen Sieg zu feiern; kurz, es steht bloß bei dir, dein Glück in der Liebe und die schönste Frau in Griechenland mit diesem Apfel zu erkaufen.

PARIS: Ich fürchte nur, wenn ich den Spruch erst getan habe, wirst du dich nicht mehr um mich bekümmern.

VENUS: Willst du, daß ich dir's zuschwören soll?

PARIS: Das nicht, ich will zufrieden sein, wenn du mir's nur noch einmal versprichst.

VENUS: Ich verspreche dir also, daß ich dir Helenen zur Frau geben will und daß sie dir nach Troja folgen soll; ich will selbst dabei sein und alles für dich zustande bringen.

PARIS: Und du versprichst mir auch, den Amor, den Himeros und die Grazien mitzunehmen?

VENUS: Sei ruhig, und den Pothos und Hymenäus noch dazu.

PARIS: Dafür ist nicht mehr als billig, daß ich dir den Apfel gebe: nimm ihn also auf diese Bedingungen!

XXI.
Mars spottet über eine Gaskonade Jupiters

Mars und Merkur.

MARS: Hast du gehört, Merkur, wie uns Jupiter gedroht hat? wie übermütig und ungereimt zugleich? »Wenn es mir beliebt«, sagte er, »so lasse ich eine Kette vom Himmel herunter, und ihr sollt euch alle daranhängen und mich mit aller Gewalt herunterzuziehen versuchen; es wird vergeblich sein, ihr werdet mich nicht von der Stelle bringen: ich hingegen, wenn ich die Kette wieder zurückziehen will, ziehe nicht nur euch, sondern die Erde und das Meer dazu bis über die Wolken herauf« – und was er sonst noch sagte, wie du gehört haben mußt. Ich, für meinen Teil, will ihm noch gelten lassen, daß er stärker ist als jeder von uns, allein genommen: aber daß er uns allen zusammen so überlegen sein sollte, daß wir ihn nicht einmal zu Boden wägen könnten, wenn wir noch Erde und Meer dazunähmen, das soll er mir nicht weismachen!

MERKUR: Nimm dich in acht, Mars! Es ist gefährlich, so frei zu reden, der Spaß könnte uns übel bekommen.

MARS: Meinst du denn, ich werde so was zu allen sagen und nicht zu dir allein, von dem ich weiß, daß er schweigen kann? Ich kann mir also nicht helfen, ich muß dir noch sagen, was mir am lächerlichsten vorkam, wie ich ihn so prahlen hörte. Es fiel mir ein, denn es ist eben noch nicht so lange her, als Neptun, Juno und Minerva gegen ihn aufstanden und einen Anschlag machten, ihn zu überfallen und zu binden, in wievielerlei Gestalten ihn da die Furcht verwandelte, ungeachtet ihrer nur drei gegen ihn waren: und wirklich, hätte Thetis ihm damals nicht aus Mitleiden den hundertarmigen Briareus zu Hülfe gerufen, er würde zusamt seinem Blitz und Donner gebunden worden sein. Indem ich das bei mir selbst bedachte, konnt ich mich des Lachens kaum erwehren, wie ich ihn so großsprechen hörte.

MERKUR: Stille! Respekt! Es ist nicht sicher für dich, solche Dinge zu sagen, noch für mich, sie anzuhören!

XXII.

Merkur wird wider seinen Willen vom Pan überwiesen, daß er sein Vater sei

Pan und Merkur.

PAN: Guten Tag, Vater Merkur.

MERKUR: O guten Tag auch! Aber seit wann sind wir so nahe Verwandte?

PAN: Bist du denn nicht etwa Merkur von Cyllene?

MERKUR: Das bin ich allerdings; aber wie folgt daraus, daß du mein Sohn bist?

PAN: So ganz mit rechten Dingen ging's wohl nicht zu – ein Kind der Liebe von deiner Fasson.

MERKUR: Zum Jupiter, du siehest eher dem Sohn einer Ziege von der Fasson eines Bockes ähnlich. Wie sollte ICH zu einem Sohne mit Hörnern und mit einer solchen Nase und einem solchen Zottelbart und gespaltnen Bocksfüßen und einem Schwanz über dem Hintern gekommen sein?

PAN: Daß du so verächtlich von deinem eigenen Sohne sprichst, Vater, davon hab ich zwar wenig Ehre; aber gewiß, du selbst hast noch weniger davon, daß du solche Kinder in die Welt setzest; ich kann nichts für meine Gestalt.

MERKUR: Wer wäre denn also deine Mutter? Ich bin doch hoffentlich nicht unwissenderweise irgendeiner Ziege zu nahe gekommen?

PAN: Das eben nicht; aber besinne dich nur, ob du nicht einmal in Arkadien einem edeln Mädchen Gewalt angetan hast? Was nagst du so am Finger und tust, als ob du dich nicht besinnen könntest? Ich spreche von der Tochter des Ikarius, Penelope.

MERKUR: Aber was für eine Grille war das von ihr, mich mit einem Sohne, der einem Bock ähnlich sieht, zu beschenken?

PAN: Ich will dir sagen, wie sie selbst die Sache erzählt hat. Wie sie mich nach Arkadien schickte, sprach sie zu mir: »Mein Sohn, ich, deine Mutter, bin die Spartanerin Penelope: wisse aber, daß du einen Gott, den Merkur, Jupiters und Majens Sohn, zum Vater hast. Übrigens laß dich deine Hörner und deine Bocksfüße nicht verdrießen: es kommt bloß daher, weil Merkur, um nicht entdeckt zu werden, die Gestalt eines Ziegenbocks annahm, da er dein Vater wurde.«

MERKUR: Ich erinnere mich nachgerade, daß mir einmal so etwas begegnet sein mag. Aber daß ich, der ich mir immer so viel auf meine Gestalt zugute tat und noch dato ein glattes Kinn führe, für deinen Vater passieren und mich von allen Leuten meiner schönen Zucht wegen auslachen lassen soll, das will mir nicht recht in den Kopf!

PAN: Ich werde dir keine Schande machen, Vater; ich bin ein Musikus und blase dir auf der Rohrpfeife, daß es eine Lust ist; und Bacchus, der gar nicht mehr ohne mich leben kann, hat mich zu seinem beständigen Kameraden und zum Anführer seines Chors gemacht; und wenn du die Herden, die ich bei Tegea und um den Berg Parthenius habe, besehen wolltest, du würdest deine Freude daran sehen! Ganz Arkadien ist mir untertan; und es ist noch nicht lange, daß ich den Atheniensern zu Hülfe zog und mich bei Marathon so gut hielt, daß sie mir die Höhle unter der Burg zur Belohnung meiner Tapferkeit zuerkannt haben. Wenn du einmal nach Athen kommst, wirst du hören, was sich Pan für einen Namen dort gemacht hat.

MERKUR: Weil du denn so eine vielbedeutende Person bist, Pan – denn so deucht mich, nennen sie dich –, hast du dir auch schon eine Gemahlin beigelegt?

PAN: Ich danke dafür, Herr Vater! – Ich bin etwas verliebter Natur, und mich mit einer einzigen zu behelfen wäre meine Sache nicht.

MERKUR *lachend*: Du behilfst dich vermutlich mit deinen Ziegen?

PAN: Das sagst du doch wohl nur im Spaß? – Oh, ich habe ganz andere Liebschaften! Die Echo, die Pitho und alle Mänaden des Bacchus, so viele ihrer sind, und ich gelte sehr viel bei ihnen, das kann ich dir versichern.

MERKUR: Wohl, mein Sohn, willst du mir was zu Gefallen tun, wenn ich dich darum bitte?

PAN: Du hast zu befehlen, Vater; wir wollen dann sehen, was möglich ist.

MERKUR: Komm her und umarme mich! Aber den Namen Vater laß künftig weg, zumal wenn es jemand hören könnte.

XXIII.
Seltsame Ungleichheit dreier Söhne der Liebesgöttin

Apollo und Bacchus.

APOLLO: Wer sollte wohl glauben, Dionysus, daß Amor, Hermaphrodit und Priap leibliche Brüder von ebenderselben Mutter sein könnten? Sie, die an Gestalt, Sinnesart und Lebensweise einander so sehr ungleich sind! Denn der erste ist alles, was man schön nennen kann, und weiß den Bogen zu führen und ist mit einer Macht bekleidet, wodurch er Herr der ganzen Welt ist; der andere ist weibisch, nur ein halber Mann und sieht so zweideutig aus, daß man auf den ersten Blick nicht entscheiden kann, ob er ein Jüngling oder ein Mädchen sei; Priap hingegen, der ist sogar mehr Mannes, als sich geziemet.

BACCHUS: Das ist so wunderbar nicht, wie du denkst, Apollo; daran ist Venus nicht schuld, sondern die Verschiedenheit der Väter. Begegnet es doch zuweilen, daß ebendieselbe Mutter von EINEM Vater mit Zwillingen von verschiedenem Geschlechte niederkommt, wie bei dir und Dianen der Fall war.

APOLLO: Das ist wohl wahr; aber wir sind einander doch ähnlich und treiben einerlei Handwerk; denn wir sind beide Bogenschützen.

BACCHUS: So weit geht auch bloß die Ähnlichkeit: denn Diana schlachtet bei den Skythen die Fremdlinge, du hingegen bist Wahrsager und Arzt.

APOLLO: Bilde dir nicht ein, daß meine Schwester eine so große Freude an den Skythen habe! Sie ist dem Metzeln so gram, daß sie schon darauf gefaßt ist, mit dem ersten Griechen, den der Zufall nach Taurien führen wird, davonzugehen.

BACCHUS: Da wird sie wohl dran tun! Aber wieder auf Priapen zu kommen, von dem muß ich dir was Lustiges erzählen. Neulich, da ich zu Lampsakus war, nahm ich mein Quartier bei ihm; er bewirtete mich nach seinem besten Vermögen, und wir begaben uns endlich zur Ruhe, nachdem wir der Flasche tapfer zugesprochen hatten. Mitten in der Nacht steht mein Herr Urian auf, und – ich schäme mich, weiter zu erzählen.

APOLLO: Ich verstehe – Und was tatest du?

BACCHUS: Was hätt ich tun sollen? Ich lachte ihn aus.

APOLLO: Das war schön an dir, daß du die Sache nicht ernsthaft nahmst und kein Spektakel deswegen anfingst. Es ist ihm zu verzeihen, daß er bei einem so schönen Jüngling wie du sein Glück versuchen wollte.

BACCHUS: Da hätte er noch mehr Ursache, Apollo, dir eine

solche Ehre anzutun; deine Schönheit und deine goldnen Locken wären vermögend, einen Priap dahin zu bringen, daß er sogar nüchtern Hand an dich legt.

APOLLO: Das wird er sich wohl nicht gelüsten lassen, Dionysus: ich führe, außer meinem schönen Haar, auch Pfeil und Bogen zu seinen Diensten.

XXIV.
Merkur bricht in ungeduldige Klagen über sein Schicksal aus

Merkur und Maja.

MERKUR: Gibt es wohl im ganzen Himmel einen elendern Gott als mich?

MAJA: Rede nicht so ungebührlich, mein Sohn!

MERKUR: Wie, Mutter? ich soll nicht reden dürfen, ich, der ich mit so unendlich viel Geschäften geplagt bin, immer allein arbeiten und mich zu so vielerlei knechtischen Diensten herumzerren lassen muß? Morgens früh, sobald ich aufgestanden bin, ist gleich mein erstes, den Speisesaal auszukehren und die Matratzen in der Ratsstube zurechte zu legen; wenn nun alles in die gehörige Ordnung gebracht ist, dann muß ich bei Jupitern aufwarten und den ganzen Tag hin und her und auf und nieder laufen, um seine Befehle und Botschaften in der Welt herumzutragen. Kaum bin ich wieder im Himmel angelangt, so muß, ohne daß ich nur so viel Zeit habe, den Staub abzukehren, die Ambrosia aufgetragen werden; ehe Ganymed als Mundschenk heraufkam, hatte ich auch den Nektar einzuschenken. Aber das unerträglichste ist, daß ich der einzige unter allen Göttern bin, der sogar bei Nacht keine Ruhe hat; denn da muß ich dem Pluto die Seelen der Verstorbenen zuführen und bei dem Gericht über sie zugegen sein. Nicht genug, daß ich den ganzen Tag über den Fechtmeister, den Herold und den Professor der Rhetorik mache, muß ich zu so vielen Geschäften, in die ich zerstückelt bin, wenn andere schlafen, noch die Angelegenheiten der Toten besorgen! Die Söhne der Leda lösen einander doch ab, und während der eine seinen Tag bei den Toten zubringt, lebt der andere im Himmel, ich hingegen muß tagtäglich an beiden Orten sein. Die Söhne der Alkmena und Semele, die doch nur armselige sterbliche Weiber waren, sitzen sorgenlos an der Göttertafel und lassen's sich belieben; und ich, Sohn der Maja und Enkel des Atlas, muß ihnen aufwarten! Nur eben komme ich von der Schwester des Kadmus zu Sidon zurück, nach deren Befinden ich mich in Jupiters Namen erkundigen mußte; und ohne mich nur verschnaufen zu lassen, schickt er mich schon wieder nach Argos, die Danae zu besuchen; »und wenn du auf dem Rückwege durch Böotien gehst«, sagt er, »so sieh im Vorbeigehen einen Augenblick nach der Antiope«. In der Tat, ich halt es nicht länger aus! Wenn ich's möglich zu machen wüßte, ich wollte mich mit Vergnügen an irgendeinen Menschen auf der Erde zu den geringsten Sklavendiensten verkaufen lassen.

MAJA: Laß diese Reden, mein Kind! Es ist deine Schuldigkeit, deinem Vater in allem zu Befehl zu stehen, zumal da du noch so jung bist; und da er dich nun einmal abgeschickt hat, so eile, was du kannst, nach Argos und von da nach Böotien, oder du könntest noch obendrein für deine Saumseligkeit Schläge bekommen; denn die Verliebten haben eine gar hitzige Leber.

XXV.
Phaethon

Jupiter und Helios.

JUPITER: Was hast du da gemacht, du Heillosester aller Titanen? Die ganze Erde ist beinahe darüber zugrunde gegangen, daß du deinen Wagen einem unbesonnenen Knaben anvertraut hast, die eine Hälfte hat er verbrannt, weil er ihr zu nahe kam, und die andere mußte vor Frost verderben, weil er sich zu weit von ihr entfernte: kurz, er hat alles in die äußerste Zerrüttung und Verwirrung gesetzt, und hätte ich nicht noch in Zeiten wahrgenommen, was vorging, und ihn mit meinem Donnerkeil vom Wagen heruntergeschmissen, es würde vom ganzen Menschengeschlecht nicht ein Gebein mehr übrig sein; so einem saubern Kutscher hast du deinen Wagen zu führen gegeben!

HELIOS: Ich habe gefehlt, Jupiter; aber zürne nicht so sehr, daß ich den inständigen Bitten eines Sohnes nachgegeben habe! Wie konnte ich mir vorstellen, daß ein solches Unglück daraus entstehen würde?

JUPITER: Wußtest du etwa nicht, wie viel Geschicklichkeit dieses Geschäfte erfodere und daß er nur ein wenig aus dem Wege zu fahren brauche, um alles zu ruinieren! Kanntest du den raschen Mut deiner Pferde nicht, und wie nötig es ist, sie scharf im Zügel zu halten, und daß sie gleich durchgehen, sobald man nur ein wenig nachläßt? Die Probe haben wir an diesem jungen Wagehalse gesehen, mit dem sie bald auf, bald ab, bald rechts, bald links, bald gar nach der entgegengesetzten Richtung davonrannten, ohne daß er sich ihrer erwehren konnte.

HELIOS: Das alles wußte ich nur gar zu wohl; und eben deswegen, weil ich ihm nicht zutraute, daß er meinen Wagen würde führen können, widersetzte ich mich ihm sehr lange, da er mich aber so flehentlich und mit Tränen bat und seine Mutter Klymene ebenfalls so heftig in mich stürmte, so ließ ich mich endlich zwar erbitten und setzte ihn auf den Wagen, sagte ihm aber zugleich alles, was er zu beobachten hätte, wie er sich stellen müßte, um recht fest zu stehen, wie weit er mit verhängten Zügeln in die Höhe fahren und wie er dann wieder niederwärts lenken müsse und wie er es zu machen habe, um immer Herr vom Zügel zu bleiben und so feurigen Rossen nichts zu übersehen; ich sagte ihm auch, wie groß die Gefahr wäre, wenn er nicht immer gerade vorwärts führe. Aber freilich ist es nur gar zu natürlich, daß ein noch so junger Mensch, wie er sich ringsum mit so viel Feuer umgeben sah und in die unermeßliche Tiefe hinabblickte, den Kopf verlor und daß die Rosse, sobald sie merkten, daß sie nicht ihren gewohnten Führer hätten, den Knaben verachteten, mit ihm durchgingen und alles dies Unheil anrichteten; denn vermutlich ließ der arme Junge, aus Furcht herabzufallen, die Zügel fahren und hielt sich an dem Wagen fest. Aber wir sind beide gestraft genug, Jupiter; er durch seinen Tod und ich durch das Leid, worein er mich gesetzt hat.

JUPITER: Gestraft genug, sagst du, für einen so großen Frevel? Doch für diesmal verzeih ich dir: wenn du dich aber künftig wieder auf eine ähnliche Art vergehen und einen solchen Stellvertreter an deinen Platz schicken wirst, sollst du auf der Stelle erfahren, um wieviel feuriger das Feuer meines Blitzes als das deine ist! – Inzwischen sollen ihn seine Schwestern am Ufer des Eridanus, wo er vom Wagen herabfiel, begraben, Bernstein auf ihn weinen und vor Jammer zu Pappeln werden. Du aber stelle unverzüglich deinen Wagen wieder her – denn die Deichsel ist zerbrochen und das eine Rad zerschmettert –, dann spanne deine Pferde wieder vor und fahre zu! Aber vergiß nicht, was ich gesagt habe!

XXVI.
Kastor und Pollux

Apollo und Merkur.

APOLLO: Kannst du mir sagen, Merkur, wer von diesen beiden der Kastor und wer der Pollux ist? Denn ich sehe nichts an ihnen, wodurch ich sie unterscheiden könnte.

MERKUR: Der, der den gestrigen Tag bei uns zubrachte, war Kastor, und dieser hier ist Pollux.

APOLLO: Aber woran erkennest du das, da sie einander so gleich sehen?

MERKUR: An den Narben, die dieser hier im Gesichte hat, von den Wunden, die er im Faustkampf von seinen Gegnern bekommen hat, besonders von Amykus, dem Fürsten der Bebryzier, als er mit Jason nach Kolchis schiffte. Der andere hingegen ist im ganzen Gesichte glatt und unbeschädigt.

APOLLO: Ich bin dir verbunden, daß du mich über diesen Punkt ins klare gesetzt hast: denn alles übrige, das halbe Ei auf ihrem Kopfe, der Stern darüber und der Wurfspieß in der Hand und die weißen Pferde, worauf sie reiten, gibt ihnen eine so große Gleichheit, daß es mir oft begegnet ist, den Kastor Pollux und den Pollux Kastor zu nennen, wenn ich sie anredete. Nun erkläre mir nur noch eins: Woher kommt es, daß sie nie beide zugleich bei uns sind, sondern immer miteinander abwechseln, so daß einer um den andern ein Gott und morgen wieder ein Toter ist?

MERKUR: Ihre außerordentliche brüderliche Liebe hat sie dazu gebracht. Denn da es nun einmal nicht anders sein konnte, als daß einer von Ledas Söhnen sterblich und der andere unsterblich sein mußte, so haben sie sich auf diese Weise in die Unsterblichkeit geteilt.

APOLLO: Das haben sie nicht gut gemacht, deucht mich: denn da vermöge dieser Teilung der eine allezeit bei den Göttern lebt, wenn der andre unter den Toten ist, so bekommen sie einander nicht einmal zu sehen, und doch war das vermutlich gerade, was sie am meisten wünschten. Übrigens da ich selbst wahrsage, Äskulapius kuriert, du im Ringen Unterricht gibst und der beste Fechtmeister bist, Diana die Hebamme macht und alle übrige unter uns irgendeine den Göttern oder den Menschen nützliche Kunst treiben: was werden denn diese beide für ein Amt bekommen? Oder sollen sie uns etwa müßig Nektar und Ambrosia verschmausen helfen, da sie doch schon so große Bengel sind?

MERKUR: Keineswegs; es ist ihnen aufgetragen worden, bei Neptun Dienste zu tun, auf dem Meere herumzureiten und, wo sie irgendwo einen Seefahrer in Gefahr sehen, sich auf das Schiff zu setzen und es wohlgeborgen in einen Hafen zu geleiten.

APOLLO: Das laß ich gelten, Merkur: da werden sie ein edles und heilsames Handwerk treiben!

MEERGÖTTERGESPRÄCHE

I.
Die Liebe des Zyklopen Polyphemus zu der Nereide Galatea

Doris, Galatea.

DORIS: Dein schöner Liebhaber, Galatea, der feine sizilianische Schäfer, soll ja zum Rasen in dich verliebt sein, sagt man.

GALATEA: Spotte nicht, Doris; er mag sein, wie er will, so ist er doch ein Sohn Neptuns.

DORIS: Ei was! Und wenn er Jupiters Sohn wäre, so wild und struppicht, wie er aussieht, und, was noch das häßlichste ist, mit dem einzigen Aug über der Nase, was würde ihm seine hohe Abkunft zur Schönheit helfen!

GALATEA: Das Struppichte und Wilde, das du so häßlich findest, läßt ihm gar nicht übel: es gibt ihm ein männliches, majestätisches Ansehen. Auch das einzige Auge macht einen schönen Effekt auf seiner Stirne, und er sieht nicht weniger damit als mit zweien.

DORIS: Ach, wie ich höre, bin ich falsch berichtet: anstatt daß Polyphem dein Liebhaber wäre, bist du selbst in ihn verliebt.

GALATEA: Das nun eben nicht; ich kann nur das spöttische, tadelsüchtige Wesen nicht an euch leiden. Aber der bloße Neid, wie ich merke, spricht aus euch. Daß er neulich, da er von seinem Felsen herab unsern Spielen am Fuße des Ätna zusah, euch keines Anblicks würdigte, ich hingegen unter allen ihm die schönste deuchte, kurz, daß er für mich allein ein Auge hatte, DAS ärgert euch! denn es ist ein Beweis, daß ich liebenswürdiger bin als ihr und daß er, sobald er mich sah, euch übrigen nicht einmal bemerkte.

DORIS: Du glaubst also, sehr beneidenswürdig zu sein, weil

dich ein halbblinder Schafhirt hübsch gefunden hat? und was hat er denn am Ende an dir loben können als deine Weiße? Vermutlich weil es die Farbe seiner Milch und seiner Käse ist und er alles, was diesen gleicht, für schön hält. Wenn du aber wissen willst, wie wenig du dir auf alles übrige einzubilden hast, so bücke dich nur von irgendeiner Uferspitze aufs Wasser herab, wenn das Meer vollkommen windstill ist: so wirst du sehen, daß diese fade Milchfarbe deine ganze Schönheit ausmacht; aber wer wird denn diese loben, wenn sie nicht durch eine angenehme Röte belebt wird?

GALATEA: Mit aller meiner Weiße hab ich doch wenigstens einen Liebhaber gefunden! Von euch ist keine einzige, die sich rühmen kann, jemals von einem Hirten, Schiffer oder Fährmann besungen worden zu sein. Mein Polyphemus hingegen ist, außer seinen übrigen Vorzügen, auch musikalisch.

DORIS: O sage mir nichts von seiner Musik! Wir haben ihn singen gehört, wie er neulich zu dir schmausen ging. So wahr mir Venus hold sei, wir glaubten, einen Esel schreien zu hören. Und seine Fiedel, die war nun vollends ein schönes Stück! Der nackte Schädel von einem Hirsche; das Geweih stellte die beiden Seitenhölzer vor; oben hatte er einen Steg angebracht, woran die Saiten ohne Stimmnägel aufgespannt waren; und nun zwickte er aufs Geratewohl eine häßliche Art von Mißtönen heraus, unbekümmert, daß sie gar nicht zu seinem Geplärr stimmten und daß seine sogenannte Leier ganz was anders nachschnarrte, als was er brüllte. Es war uns unmöglich, das Lachen zu lassen; es klang so schön, daß sogar die Echo, wie geschwätzig sie auch sonst ist, keinen Laut von sich gab, weil sie sich geschämt hätte, einen so rauhen und lächerlichen Singsang nachzusingen. Aber das war noch nicht alles. Der holde Schatz trug einen kleinen Bären in den Armen, der beinahe so zottig war als er selbst und womit er dir vermutlich statt eines Schoßhündchens eine Galanterie machen wollte. Wer sollte dich um einen solchen Liebhaber nicht beneiden, Galatea?

GALATEA: Gut! So zeige mir denn den deinigen, Doris, der ohne Zweifel schöner ist und schöner singt und besser auf der Zither spielt!

DORIS: Ich habe keinen Liebhaber und gebe mich auch nicht für so schön, daß sich alles in mich verlieben müßte. Behalte du immer deinen Zyklopen, der einen so angenehmen Bocksgeruch um sich her duftet und die Fremden, die sein Revier betreten, ungekocht aufißt! Ich wünsche dir Glück zu ihm, und möchtest du ihn ebenso zärtlich wiederlieben, als du von ihm geliebt wirst!

II.
Polyphems Abenteuer mit Ulysses

Polyphemus und Neptunus.

POLYPHEM: Vater Neptunus, sieh einmal her, wie mir der verfluchte Fremdling mitgespielt hat. Erst machte er mich trunken, und wie ich davon eingeschlafen war, überfiel er mich und stieß mir das Auge aus.

NEPTUN: Wer ist der Verwegene, Polyphem, der sich dessen unterstanden hat?

POLYPHEM: Anfangs nannte er sich Niemand; wie er sich aber wieder aus dem Staube machte und weit genug weg war, daß ihn die Felsenstücke, die ich ihm nachwarf, nicht treffen konnten, rief er mir zu, sein Name sei Ulysses.

NEPTUN: Ich kenne deinen Mann, es ist der berüchtigte Ithakenser; er war auf der Rückreise von Troja, da er zu dir kam. Aber wie konnte er eine solche Tat verüben, da er sonst nichts weniger als verwegen ist?

POLYPHEM: Wie ich von der Weide zurückkam, traf ich einen Rudel unbekannter Bursche in meiner Höhle an, die vermutlich einen Anschlag auf meine Schafe gemacht hatten; denn wie ich den großen Felsen, der mir zum Deckel vor den Eingang der Höhle dient, vorgeschoben und mit einem vom Berge mitgebrachten Holze Feuer angemacht hatte, sahe ich, daß sie sich zu verstecken suchten. Ich nahm also etliche von ihnen beim Kopfe (wie billig, da sie Räuber waren) und speiste sie auf. Inzwischen schenkte mir der abgefeimte Erzspitzbube, der Niemand oder Ulysses, wie er hieß, ich weiß nicht was für ein Getränke ein, das gar süß schmeckte und einen überaus lieblichen Geruch hatte, aber die Folgen zeigten, daß es ein gefährliches Gift war: denn es brachte mir alle meine Sinnen in Unordnung; alles schien sich, nachdem ich getrunken hatte, mit mir herumzudrehen, die ganze Höhle stand umgekehrt, kurz, ich war nicht mehr bei mir selbst und versank in einen tiefen Schlaf. Während ich schlief, spitzte er einen Pfahl, machte ihn glühend und trieb ihn mir ins Auge; und von dem an, Neptun, bin ich dir so blind, als du mich siehest.

NEPTUN: Du mußt entsetzlich tief geschlafen haben, mein Sohn, daß du nicht aufsprangst, wie die glühende Stange so nahe ans Auge kam. Aber wie entwischte denn Ulysses? Den Felsen konnte er doch unmöglich vom Ausgang der Höhle wegwälzen?

POLYPHEM: Ich selbst wälzte ihn weg, um den Spitzbuben desto gewisser zu fangen, wenn er herausschleichen wollte; ich setzte mich mit ausgestreckten Händen vor den Eingang und ließ niemand hinaus als meine Schafe, die auf die Weide gehen mußten, und befahl dem Schafbock, was er an meiner Stelle zu tun hätte.

NEPTUN: Aha, nun merke ich, daß er unter dem Schafbock hinausgewischt sein wird. Aber du hättest die übrigen Zyklopen gegen ihn zusammenrufen sollen.

POLYPHEM: Das tat ich, Vater, und sie kamen auch; wie sie mich aber fragten, wie der Räuber hieße, der mir so übel mitgespielt hätte, und ich ihnen sagte: Niemand, glaubten sie, ich sei wahnsinnig worden und gingen ihrer Wege. So hinterlistete mich der verfluchte Kerl mit seinem falschen Namen! und was mich noch am meisten ärgert, war, daß er meines Unglücks noch spottete und sagte, mein Vater Neptun würde mich schon heilen.

NEPTUN: Gib dich zufrieden, mein Sohn! Ich will dich an

ihm rächen. Er soll bald erfahren, wenn ich gleich blinde Augen nicht wieder sehend machen kann, daß dafür das Schicksal der Seefahrer in meinen Händen steht und es nun auf mich ankommt, ob ich sie erhalten oder verderben will. Er ist noch nicht auf dem Trocknen!

III.
Liebe des Alpheus zu der Quelle Arethusa

Neptunus und Alpheus.

NEPTUN: Wie geht das zu, Alpheus, daß du der einzige Fluß bist, der, nachdem er ins Meer gefallen ist, sich mit dem salzichten Wasser desselben nicht vermischt, wie es bei allen andern Flüssen Sitte ist, sondern darin gleichsam gerinnest und deinen Strom immer süß erhältst und rein und unvermengt forteilest. Man dächte, du tauchest dich bloß unter, wie die Meerschwalben und Reiger, um irgendwo wieder ans Tageslicht hervorzukommen.

ALPHEUS: Ich muß gestehen, Neptun, daß ein verliebtes Geheimnis dahinter steckt. Du wirst mir's zugute halten, da du selbst so oft geliebt hast.

NEPTUN: Ist deine Geliebte eine Sterbliche oder eine Nymphe, oder sollte es gar der Nereiden eine sein?

ALPHEUS: Keines von allen dreien, es ist eine Quelle, Neptun.

NEPTUN: Und in welcher Gegend der Erde fließt sie denn?

ALPHEUS: Sie ist eine Insulanerin, aus Sizilien, Arethusa genannt.

NEPTUN: Ich kenne diese Arethusa, mein lieber Alpheus, sie ist nicht häßlich; im Gegenteil, sie sprudelt, so rein und durchsichtig wie Kristall, aus einem feinen Sandgrunde hervor, und ihr Wasser rieselt gar anmutig wie lauteres Silber über die Kieseln weg.

ALPHEUS: Ich sehe, du kennest sie sehr gut, Neptun. Zu ihr also bin ich im Begriffe zu eilen.

NEPTUN: So zieh im Frieden und sei glücklich in deiner

Liebe! Nur das einzige sage mir noch, wie du Arethusen zu Gesichte bekommen konntest, da du ein Arkadier und sie eine Syrakuserin ist?

ALPHEUS: Ich bin eilig, Neptun, und du hältst mich mit unnützen Fragen auf!

NEPTUN: Das ist auch wahr! Eile dann, von mir ungehindert, deiner Geliebten zu und tauche deines Gefallens wieder aus dem Meer auf; und mögest du dich in wechselseitiger Ergießung mit deiner geliebten Quelle vermischen, um in EINEM Strom ewig in ebendemselben Bette mit ihr fortzufließen!

IV.
Zweifel eines hartgläubigen Augenzeugen unglaublicher Wunderdinge

Menelaus und Proteus.

MENELAUS: Daß du zu Wasser werden könnest, Proteus, ist eben nichts Unbegreifliches, da du vorhin schon wässeriger Natur bist; auch zu einem Baume will ich noch gelten lassen; sogar die Verwandlung in einen Löwen ist nicht schlechterdings unglaublich: aber wie es möglich sein sollte, daß einer, der mitten im Meere lebt, zu Feuer werden könne, das wundert mich sehr und, aufrichtig zu reden – ich glaub es nicht.

PROTEUS: Wundre dich lieber nicht, Menelaus, denn es ist nun einmal nicht anders.

MENELAUS: Ich hab es freilich selbst gesehen; aber, mit deiner Erlaubnis, ich denke, daß irgendeine Taschenspielerei hinter dem Dinge stecke und, kurz, daß du die Augen der Zuschauer zu täuschen wissest, ohne wirklich und im Ernst Feuer zu werden.

PROTEUS: Aber wie sollte bei einer so klar in die Sinne fallenden Sache eine Täuschung möglich sein? Hast du nicht mit offnen Augen gesehen, in was für Gestalten ich mich verwandelt habe? Wenn du aber nicht trauest und dir einbildest, es werde dir ein bloßes Blendwerk vor die Augen gespiegelt, so ist nichts leichter, mein edler Herr, als hinter die Wahrheit zu kommen: strecke, wenn ich zu Feuer werde, nur die Hand nach mir aus, so wirst du bald fühlen, ob ich nur Feuer zu sein scheine oder ob ich auch brennen kann.

MENELAUS: Das Experiment ist ein wenig unsicher, Proteus.

Proteus: Du mußt vermutlich in deinem Leben noch keinen Polypen gesehen haben und nicht wissen, was dieser Fisch für eine sonderbare Eigenschaft hat.

MENELAUS: Polypen habe ich wohl gesehen, aber die besondere Eigenschaft, von der du sprichst, möchte ich wohl von dir hören.

PROTEUS: Sie besteht darin, daß er allemal die Farbe des Felsen annimmt, an den er sich mit seinen Armen und Fühlhörnern angeschmiegt hat, so daß er die Fischer dadurch betrügt, weil sie ihn von dem Felsen nicht unterscheiden können, und also ihren Augen entgeht.

MENELAUS: Das hab ich auch schon sagen gehört: aber deine Verwandlungsgabe ist noch viel unbegreiflicher.

PROTEUS: Wenn du deinen eignen Augen nicht glaubst, so weiß ich nicht, wem du glauben wolltest.

MENELAUS: Es ist wahr, ich hab es mit meinen sehenden Augen gesehen; aber – es ist gleichwohl eine wunderseltsame Sache, daß ebendasselbe Ding Feuer und Wasser sein soll!

V.
Eine Nereide erzählt ihrer Schwester, was bei der Hochzeit der Thetis vorgefallen

Panope und Galene.

PANOPE: Sahest du gestern, Galene, was Eris bei dem hochzeitlichen Gastmahl in Thessalien für einen Spuk machte, weil sie nicht auch dazu gebeten worden war?

GALENE: Ich war nicht dabei, Panope; Neptun hatte mir aufgetragen, das Meer indessen ruhig zu halten. Aber was konnte denn Eris tun, da sie nicht zugegen war?

PANOPE: Thetis und Peleus waren eben von Amphitriten und Neptun in das Brautgemach geführt worden, und die Gäste überließen sich indessen der Fröhlichkeit; die einen tranken, die andern tanzten, noch andere hörten Apollos Zitherspiel oder dem Gesang der Musen zu. Es war also nichts leichter, als daß Eris ihre Rache bewerkstelligen konnte, ohne von jemand bemerkt zu werden. Sie warf einen wunderschönen ganz goldenen Apfel unter die Gäste, der die Aufschrift hatte: »Die Schönste soll ihn haben«; und der Apfel rollte so lange fort, bis er, wie absichtlich, an die Stelle kam, wo Juno, Venus und Minerva Platz genommen hatten. Da ihn nun Merkur aufgehoben und die Aufschrift laut abgelesen hatte, hielten wir Nereiden uns mäuschenstill; denn was hätten wir machen sollen, da jene zugegen waren? Sie hingegen maßten sich alle drei des Apfels an, und wenn Jupiter nicht dazwischengetreten wäre, würde es gewiß zu Tätlichkeiten gekommen sein. Die Göttinnen drangen in ihn, daß er Richter sein sollte: aber er wollte nichts damit zu tun haben. Geht auf den Ida, sagte er, zum Sohn des Priamus, der wird die Schönste am besten herauszufinden wissen; er ist ein Liebhaber und Kenner des Schönen, und ihr könnt euch auf sein Urteil verlassen.

GALENE: Was taten da die Göttinnen, Panope?

PANOPE: Heute, denke ich, gehen sie nach dem Ida ab, und wir werden bald Nachricht bekommen, wer gesiegt hat.

GALENE: Weil Venus dabei ist, gewiß keine andere als sie, oder der Richter müßte sehr schlechte Augen haben.

VI.
Die Entführung der Amymone

Triton, Neptunus und Amymone.

TRITON: Gnädiger Herr Neptun, es geht alle Tage ein wunderschönes Jüngferchen mit einem Wasserkrug auf dem

Kopfe nach Lerna; ich wüßte nicht, daß ich je ein schöneres Mädchen gesehen hätte.

NEPTUN: Ist sie frei geboren oder eine zum Wassertragen angestellte Sklavin?

TRITON: Nichts weniger als das; sie ist eine von den funfzig Töchtern des Danaus, den du kennst, und nennt sich Amymone; denn ich habe mich nach ihrem Namen und Geschlecht erkundiget. Dieser Danaus hält seine Töchter überaus hart; sie müssen alle Hausarbeiten mit eigenen Händen verrichten, und er schickt sie sogar mit dem Wasserkrug aus; kurz, er zieht sie so, daß sie zu jeder Arbeit unverdrossen sein müssen.

NEPTUN: Und macht das Mädchen den ganzen langen Weg von Argos bis Lerna allein?

TRITON: Ganz allein; zu Argos fehlt es sehr an Wasser, wie du weißt; sie müssen es weit herholen.

NEPTUN: Du hast mich durch das, was du mir von diesem Mädchen sagtest, ganz aus meiner Fassung gebracht; wir müssen ihr nachgehen.

TRITON: Ich bin dabei. Es ist just ihre Zeit; sie wird schon ungefähr auf halbem Wege nach Lerna sein.

NEPTUN: Spanne mir meinen Wagen an – doch es hielte uns zu lange auf, bis der Wagen zurechte gemacht und die Pferde angeschirrt wären – Hole mir lieber einen der behendesten Delphinen; auf dem denke ich am bäldesten an Ort und Stelle zu kommen.

TRITON *zurückkommend*: Hier ist der schnelleste aller Delphinen zu deinen Diensten.

NEPTUN: Gut! ich reite davon, und du, Triton, schwimmst nebenher. – Nun, da wir zu Lerna angelangt sind, will ich mich hier irgendwo verstecken, und du gib acht, und wenn du sie kommen siehst –

TRITON: Da ist sie schon ganz nahe!

Neptun: Ein hübsches Mädchen, Triton, ein reizendes Mädchen! Wir müssen uns ihrer bemächtigen! *Neptun greift zu.*

AMYMONE: Kerl, was zerrst du mich so? Wo willst du hin mit mir? Du bist ein Menschendieb, du siehst mir gerade so aus, als ob du mir von meinem Oheim Ägyptus übern Hals geschickt seist. Ich werde meinem Vater rufen. *Sie ruft.*

TRITON: Stille, Amymone! es ist Neptun!

AMYMONE: Das mag mir ein feiner Neptun sein! – Wie? Du brauchst Gewalt, Mann? Du ziehst mich ins Meer hinab? Ich Unglückliche! Ich werd im Wasser ersticken!

NEPTUN: Sei ruhig, es soll dir kein Leid geschehen! Ich will mit meinem Dreizack eine Quelle deines Namens aus dem Felsen hier hervorspringen machen, und du sollst glücklich und die einzige unter deinen Schwestern sein, die nicht nach ihrem Tode noch Wasser schöpfen muß.

VII.
Io

Notus und Zephyrus.

NOTUS: Diese junge Kuh, die Merkur dort übers Meer nach Ägypten führt, hätte Jupiter also aus Liebe um ihr Kränzchen gebracht, sagst du?

ZEPHYRUS: Nicht anders, mein lieber Notus; aber freilich war sie damals keine Kuh, sondern die Tochter des Flusses Inachus. Ihre dermalige Gestalt hat ihr Juno aus Eifersucht gegeben, wie sie sah, daß Jupiter so außerordentlich in sie verliebt war.

NORUS: Liebt er sie denn auch noch jetzt, da sie ein Rind ist?

ZEPHYR: Gar sehr! Deswegen hat er sie eben nach Ägypten geschickt und uns befohlen, das Meer ruhig zu halten, bis sie hinübergeschwommen ist, damit, wenn sie dort niedergekommen sein wird (denn sie ist guter Hoffnung), sie selbst eine Göttin und ihr Sohn ein Gott werde.

NOTUS: Diese junge Kuh eine Göttin?

ZEPHYR: Allerdings! und wie mir Merkur gesagt hat, soll sie eine Schutzpatronin der Seefahrer und unsre Gebieterin werden, so daß sie jedem von uns, nach ihrem Belieben, zu blasen befehlen oder verbieten kann.

NOTUS: So müssen wir ihr beizeiten die Cour machen, Zephyr, da es soviel ist, als ob sie es schon wäre.

ZEPHYR: Zum Jupiter, es ist ein Mittel, sie uns desto gewogener zu machen. – Aber sieh! die Überfahrt ist schon vollbracht; sie ist bereits ans Land geschwommen. Siehst du, daß sie schon nicht mehr auf vier Füßen geht und was Merkur für eine schöne stattliche Frau aus ihr gemacht hat?

NOTUS: Das sind wunderliche Begebenheiten, lieber Zephyr! Weg sind auf einmal Hörner, Schwanz und gespaltne Füße, und die Kuh ist ein reizendes Mädchen. Aber was fehlt dem Merkur, daß er seinen schönen Jünglingskopf mit einem Hundegesicht vertauscht?

ZEPHYR: Wir wollen uns nicht darum kümmern; er muß am besten wissen, was er zu tun hat.

VIII.
Arion

Neptunus, ein Chor von Delphinen.

NEPTUN: Das macht ihr recht schön, ihr Delphinen, ich lobe euch darum, daß ihr den Menschen immer so hold gewesen seid. Schon in alten Zeiten habt ihr den Sohn der Ino, da er mit seiner Mutter von den Skironischen Felsen ins Meer stürzte, auf den Rücken genommen und nach dem Isthmus getragen: so wie du nur eben den Zitharöden von Methymna aufgefaßt und in seinem ganzen Ornat samt seiner Zither an das Tänarische Vorgebürge getragen hast; da er ohne deine Hülfe dem Verderben, das ihm die boshaften Schiffer zugedacht hatten, nicht entronnen wäre.

DELPHIN: Laß dich's nicht wundern, Neptun, wenn wir den Menschen Gutes tun, da wir selbst aus Menschen Fische geworden sind.

NEPTUN: Auch nehm ich es dem Bacchus sehr übel, daß er sich des Sieges, den er in dem Seetreffen über euch erhielt, gegen seine Gewohnheit so übermütig bediente. Aber wie ging es denn mit diesem Arion, mein lieber Delphin?

DELPHIN: Periander hielt, denke ich, seines Talents wegen, sehr viel auf ihn und ließ sich öfters Musik von ihm machen; kurz, er bereicherte sich bei diesem Fürsten, und nun kam ihn ein Verlangen an, eine Reise nach Methymna zu tun, um bei seinen Mitbürgern mit seinem Reichtum Parade zu machen. Er bestieg zu diesem Ende ein kleines Fahrzeug, das unglücklicherweise von bösen Buben geführt wurde. Da er ihnen nicht verschwieg, daß er viel Gold und Silber bei sich habe, machten sie, sobald sie mitten auf dem Ägäischen Meere waren, einen Anschlag gegen sein Leben. »Nun dann«, sagte er (denn ich schwamm so nahe am Schiffe, daß ich alles hören konnte), »weil euer Entschluß, wie ich sehe, gefaßt ist, so erlaubt mir nur, meinen Ornat anzulegen, mir selbst einen Todesgesang zu singen und mich dann freiwillig ins Meer zu stürzen.« Da sie nun nichts dagegen hatten, legte er sogleich seinen Schmuck an, spielte und sang ein überaus anmutiges und rührendes Lied und stürzte sich dann ins Meer, mit der Gewißheit, den augenblicklichen Tod in den Wellen zu finden. Aber ich nahm ihn auf meinen Rücken und schwamm mit ihm bis an den Tänarus.

NEPTUN: Deine Liebe zur Musik ist sehr löblich, und du hast ihn für seinen schönen Gesang wohl belohnt.

IX.
Helle

Neptunus, Amphitrite und andre Nereiden.

NEPTUN: Die Meerenge, in welche das Mädchen gefallen ist, soll künftig nach ihrem Namen das Meer der Helle (Hellespontus) genannt werden. Ihren Leichnam aber tragt ihr Nereiden an die Küste von Troas, damit er von den Anwohnern begraben werde.

AMPHITRITE: Nicht so, Neptun! Wir selbst wollen sie in ebendiesem Meere, das ihren Namen führt, begraben. Das arme Mädchen hat von ihrer Stiefmutter so viel gelitten, daß wir sie recht herzlich bedauern.

NEPTUN: Dein Vorschlag geht nicht an, Amphitrite, und es würde auch nicht anständig sein, wenn sie hier irgendwo unterm Sande läge: sie soll, wie gesagt, auf dem dies- oder jenseitigen Ufer ordentlich zur Erde bestattet werden! Übrigens wird es ihr zu nicht geringem Troste gereichen, daß Ino in kurzem das nämliche Schicksal haben und, von dem rasenden Athamas verfolgt, genötiget sein wird, sich von der äußersten Spitze des Cithärons ins Meer zu stürzen.

AMPHITRITE: Aber diese Ino werden wir schon dem Bacchus zu Ehren retten müssen, da sie seine Amme gewesen ist?

NEPTUN: Sie hätte es freilich ihres bösen Gemütes wegen nicht verdient: aber, wie du sagst, es wäre unschicklich, dem Bacchus hierin nicht gefällig zu sein.

EINE NEREIDE: Aber wie kam es denn, daß die arme Helle von ihrem Widder herabfiel, ihr Bruder Phryxus hingegen sicher und wohlbehalten auf ihm davonreitet?

NEPTUN: Das geht sehr natürlich zu: Phryxus ist ein Jüngling, der Mut und Kräfte hat, eine solche Fahrt auszuhalten: das Mädchen hingegen, der eine so seltsame und grausenhafte Luftreise an sich schon bange machen und die pfeilschnelle Geschwindigkeit des Flugs den Schwindel verursachen mußte, brauchte nur einen Blick in die entsetzliche Tiefe unter ihr zu tun, um vollends so betäubt zu werden, daß sie die Hörner des Widders, woran sie sich bisher festgehalten hatte, einen Augenblick aus den Händen ließ und also ins Meer herabfallen mußte.

DIE NEREIDE: Aber hätte ihr denn ihre Mutter Nephele nicht zu Hülfe kommen sollen, wie sie das Mädchen fallen sah?

NEPTUN: Freilich hätte sie sollen; aber was vermag Nephele gegen die überlegene Macht des Schicksals?

X.
Wunderbarer Ursprung der Insel Delos

Iris und Neptunus.

IRIS: Neptun! Jupiter will, daß du die von Sizilien abgerissene herumirrende Insel, die bis jetzt noch unter dem Wasser schwimmt, anhalten und heraufziehen sollst, so daß sie mitten im Ägäischen Meere sichtbar werde und auf einer dauerhaften Grundfeste ruhig sitzen bleibe.

NEPTUN: Es soll geschehen, Iris. Aber was kann es ihm nützen, wenn sie nun über dem Wasser ist und still steht?

IRIS: Latona soll sich auf dieser Insel ihrer Bürde entledigen, und es ist hohe Zeit; denn sie hat schon starke Wehen.

NEPTUN: Wie? kann sie denn nicht ebensogut im Himmel gebären? oder, falls auch dort kein Platz wäre, hat denn die ganze Erde nicht Raum genug für die Kinder, die sie gebären wird?

IRIS: Nein! denn Juno hat die Erde mit einem großen Eide gebunden, der kreißenden Latona keinen Ort zum Gebären einzuräumen. Zum Glück ist diese Insel nicht unter dem Eide begriffen, weil sie damals noch unsichtbar war.

NEPTUN: Nun versteh ich's! – Halt, Insel! tauche aus der Tiefe auf, und fahre nicht länger herum, sondern befestige dich und empfang in deinem Schoße, o du Glücklichste, die Zwillingskinder meines Bruders, die schönsten aller Götter! – Ihr, Tritonen, fahret Latonen herüber! und die heiterste Stille ruhe auf der ganzen See! Den Drachen aber, der sie bisher geängstigt und von einem Orte zum andern getrieben hat, werden, sobald sie entbunden ist, ihre Neugebornen verfolgen und Rache für ihre Mutter an ihm nehmen. – Du, Iris, melde Jupitern, daß seine Befehle vollzogen sind. Delos steht; Latona kann kommen und gebären, wenn sie will.

XI.
Komische Darstellung einer Homerischen Dichtung

Xanthus und Thalassa.

XANTHUS: Nimm mich auf, Thalassa! man ist entsetzlich mit mir umgegangen! Lösche meine Brandwunden, ich bitte dich!

THALASSA: Was ist dir begegnet, Xanthus? wer hat dich so übel zugerichtet?

XANTHUS: Vulkan – O ich Unglückseliger! Ich bin beinahe zur Kohle ausgebrannt! Ich bin lauter Glut!

THALASSA: Aber WARUM hat er dich denn in Brand gesteckt?

XANTHUS: Dem Sohne der Thetis zu Gefallen. Wie ich diesen ein so gräßliches Blutbad unter den armen Phrygiern anrichten sah, bat ich ihn flehentlich, von seinem Grimm abzulassen: weil er mich aber nicht hören wollte und immer fortfuhr, meinen Strom mit Leichnamen zu verstopfen, so trat ich endlich aus Mitleiden mit den Unglücklichen aus und stellte mich, als ob ich ihn ersäufen wollte: aber bloß um ihn zu schrecken und den bedrängten Trojanern Luft zu machen. Plötzlich kam Vulkan, der eben in der Nähe war, mit allem Feuer, glaube ich, wovon er Herr ist und was er aus dem Ätna und aus der ganzen Welt zusammenraffen konnte, über mich her, zündete meine Ulmen und Tamarisken an, röstete alle meine unglücklichen Fische und meine schönen Aale und machte mich selbst so entsetzlich überstrudeln, daß er mich beinahe völlig aufgetrocknet hätte. Doch, du siehest ja aus den Brandblasen, womit ich überdeckt bin, wie es um mich stehen muß.

THALASSA: Du bist in der Tat sehr trüb und heiß; und wie könnt es anders sein, da du mit so vielen blutigen Leichen angefüllt bist und ein solches Feuer ausgestanden hast. Aber es geschah dir recht, Xanthus! Warum ließest du dir auch beigehen, meinen Enkel anzufallen, ohne zu bedenken, daß er der Sohn einer Nereide ist?

XANTHUS: War es denn nicht meine Schuldigkeit, mich meiner armen Nachbarn, der Phrygier, anzunehmen?

THALASSA: Und Vulkan hätte sich des Sohnes seiner alten Freundin Thetis nicht annehmen sollen?

XII.
Danae

Doris und Thetis.

DORIS: Was weinst du so, Thetis?

THETIS: Meine liebe Doris, soeben sah ich, wie das schönste Mädchen mit ihrem neugebornen Sohne ins Meer geworfen wurde. Ihr Vater Akrisius ließ beide, Mutter und Kind, in eine Kiste legen, fuhr mit ihnen in die hohe See hinauf und ließ sie dort ins Meer herab, in der festen Meinung, daß sie unfehlbar darin umkommen werden.

DORIS: Und warum tat er das, Schwester? Denn du scheinst mir von dieser Sache genau unterrichtet zu sein?

THETIS: Akrisius hatte seine Tochter, ihrer außerordentlichen Schönheit ungeachtet, zu einer ewigen Jungferschaft verurteilt und hielt sie deswegen in einem ehernen Gemach eingeschlossen. Wie es weiterging, kann ich nicht gewiß sagen: aber man spricht davon, Jupiter habe sich in einen goldnen Regen verwandelt und sei durchs Dach zu ihr herabgeflossen; Danae habe den herabrinnenden Gott unwissenderweise in ihren Schoß aufgenommen und sei davon schwanger worden. Der Vater, der ein grausamer und argwöhnischer alter Mann ist, geriet darüber in einen großen Zorn, und in der Einbildung, sie habe sich unfehlbar von jemand verführen lassen, steckte er sie, sobald sie ihres Kindes genesen war, in die besagte Kiste.

DORIS: Aber wie gebärdete sie sich dabei, da sie ins Meer herabgelassen wurde?

THETIS: Sie beklagte sich mit keinem Wort über ihr eigenes Schicksal, sondern unterwarf sich der Strafe in Geduld: aber für das Leben ihres Sohnes bat sie flehentlich und streckte ihn weinend dem Großvater entgegen, in Hoffnung, daß er durch die Schönheit des Kindes gerührt werden sollte, das in seiner schuldlosen Unwissenheit die Wellen anlächelte, deren Raub es zu werden verurteilt war. Ich selbst kann mich bei der bloßen Erinnerung der Tränen nicht enthalten.

DORIS *mitweinend*: Du machst mich auch ganz weichherzig. Sind sie denn schon tot?

THETIS: Nein! die Kiste schwimmt der Insel Seriphos zu, und sie sind noch am Leben.

DORIS: Warum eilen wir also nicht, sie zu retten und sie den Fischern, die dort am Ufer beschäftigt sind, ins Netz zu werfen? Denn die werden sie herausziehen und unfehlbar erhalten.

THETIS: Ein guter Gedanke! Das wollen wir tun! Es wäre jammerschade um sie und um das schöne Kind, wenn sie zu Grunde gehen sollten.

XIII.
Tyro

Enipeus und Neptun.

ENIPEUS: Das ist nicht schön von dir, Neptun, wenn ich die Wahrheit sagen darf, meine Gestalt anzunehmen, um meine Geliebte zu überschleichen und zu Falle zu bringen! Das arme Kind glaubte, ICH sei es, sonst würde sie's gewiß nicht zugegeben haben.

NEPTUN: Du hast es nicht besser verdient, da du so stolz und kaltsinnig bist, ein Mädchen, die tagtäglich zu dir herabkommt und vor Liebe zu dir fast verschmachtet, über die Achsel anzusehen und dir auf alles, was sie deinetwegen leidet, noch viel zugute zu tun. Das arme Ding irrte so traurig an deinem Ufer umher, stieg so manches Mal hinab und wusch sich in deinem Wasser und sehnte sich so herzlich nach deinem Genusse; und du machtest den Spröden gegen sie!

ENIPEUS: Und gab dir das ein Recht, dich hinter meine Gestalt zu verstecken, mir meine Liebhaberin wegzufischen und die unschuldige, nichts Böses ahnende Tyro zu hintergehen?

NEPTUN: Deine Eifersucht kommt nun zu spät, mein guter Enipeus; du hättest vorher nicht so stolz und ekel tun sollen. Übrigens ist der Tyro kein Leid geschehen, da sie den, der ihren Gürtel lösete, für ihren Geliebten hielt.

ENIPEUS: Als ob du ihr, wie du davongingst, nicht selbst gesagt hättest, wer du seiest! Das war es eben, was ihr am wehesten tat. Aber auch mir hast du Unrecht getan, da du die Freuden, die mir zugedacht waren, verstohlnerweise dir zueignetest und »hinter der purpurnen Woge, die euch beide verbarg«, dich statt meiner an meinem Mädchen ergötztest.

NEPTUN: Du konntest es ebensogut haben, Enipeus, aber du wolltest ja nicht.

XIV.
Andromeda und Perseus

Ein Triton, Iphianassa, Doris und andere Nereiden.

DER TRITON: Ihr Nereiden, der Cetus, das Ungeheuer, das ihr auf die Tochter des Cepheus, Andromeda, losgelassen habt, hat nicht nur dem Mädchen, gegen eure Erwartung, keinen Schaden getan, sondern ist selbst dabei umgekommen.

EINE NEREIDE: Durch wessen Hand, Triton? Hat ihm etwa Cepheus das Mädchen nur als eine Lockspeise vorgesetzt und ihn aus einem Hinterhalt mit überlegner Macht angefallen und umgebracht?

TRITON: Das nicht. Aber ihr erinnert euch doch, Iphianassa, des Perseus noch, des Sohnes der Danae, dem ihr aus Mitleiden das Leben erhieltet, als er mit seiner Mutter von seinem Großvater in einer Kiste auf dem Meer ausgesetzt wurde?

IPHIANASSA: Recht gut; er muß nun erwachsen und ein schöner tapfrer Jüngling sein.

TRITON: DER ist's, der euren Cetus umgebracht hat.

IPHIANASSA: Und was bewog ihn dazu, Triton? Er hat uns seine Dankbarkeit für das Leben, das wir ihm gerettet, schlecht dadurch bewiesen.

TRITON: Ich will euch erzählen, wie es zuging. Dieser Perseus machte eine Reise zu den Gorgonen, welche der König von Seriphos zu bezwingen ihm auferlegt hatte. Als er nun in Libyen, an dem Ort ihres Aufenthaltes, ankam –

IPHIANASSA: Wie, Triton, allein? oder hatte er noch andere Streitgenossen bei sich? Denn ohne dies hätte er eine gefährliche Reise unternommen!

TRITON: Er nahm seinen Weg durch die Luft, und Minerva hatte ihn dazu mit Flügeln versehen. Wie er also anlangte, fand er die Gorgonen, denke ich, schlafend: er hieb also Medusen den Kopf ab und flog mit ihm davon.

IPHIANASSA: Aber wie war das möglich, da die Gorgonen nicht angesehen werden können oder, wer sie ansieht, nichts anders mehr sehen wird?

TRITON: Minerva hielt ihm ihren Schild vor – so hab ich ihn wenigstens die Sache dem Cepheus und der Andromeda in der Folge erzählen gehört –, Minerva also zeigte ihm in ihrem hellpolierten Schilde das Bild der Medusa wie in einem Spiegel; und nun faßte er, die Augen auf das Bild geheftet, die Gorgone mit der linken Hand bei den Haaren, und mit dem Säbel in seiner rechten hieb er ihr den Kopf ab und flog davon, ehe ihre Schwestern erwachten. Wie er nun an der Küste von Äthiopien vorbeiflog, erblickt er Andromeden, an einen weit ins Meer hinausragenden Felsen angeschmiedet, mit aufgelösten Haaren und bis unter den Gürtel nackend. Götter, wie schön fand er sie! Sein erstes Gefühl war Mitleiden mit ihrem Schicksal; er erkundigte sich nach der Ursache ihrer Strafe; aber unvermerkt verwandelte sich sein Mitleiden in Liebe (denn das Mädchen sollte nun einmal erhalten werden!), und er beschloß ihre Rettung. Er machte sich also gefaßt, und wie das Ungeheuer mit offnem Rachen auf Andromeden zufuhr und sie zu verschlingen gedachte, hieb er, von oben herabschwebend, mit dem Säbel in der einen Hand darauf ein, indem er es mit dem Medusenkopf in der andern in Stein verwandelte. Der Cetus starb also auf der Stelle, da der größte Teil seines Körpers, soviel nämlich von ihm die Gorgone gesehen hatte, plötzlich versteinert wurde. Sogleich lösete Perseus die Bande der Jungfrau, stützte sie mit seiner Hand, indem sie auf den Spitzen der Füße von dem steilen und schlüpfrigen Felsen herabstieg, wo sie bei jedem Tritt in Gefahr war, auszuglitschen und in die Tiefe hinabzustürzen, und jetzt begeht er mit ihr sein Hochzeitfest und wird sie nächstens nach Argos heimführen: so daß Andromeda, statt des Todes, der ihr zugedacht war, einen Gemahl von nicht gemeinem Schlage gefunden hat.

IPHIANASSA: Mir ist's eben nicht sehr leid, daß die Sache diese Wendung genommen hat: denn was konnte am Ende das unschuldige Mädchen dafür, daß ihre Mutter einmal den Mund zu weit auftat und sich rühmte, schöner zu sein als wir?

DORIS: Da Kassiopea Mutter ist, konnten wir sie nicht empfindlicher strafen als in ihrer Tochter.

IPHIANASSA: Was kümmern uns die Reden, Doris, die ein unter Barbaren aufgewachsenes Weib in ihrem Unverstand ausstoßen konnte? Sie ist durch die Angst über ihr Kind genug dafür gestraft worden. Denken wir nicht mehr daran und nehmen lieber an der Hochzeitfreude teil!

XV.
Die Entführung der Europa

Zephyrus und Notus.

ZEPHYR: Nein, keinen prächtigern Aufzug hab ich auf dem Meere nie gesehen, seitdem ich wehe! Sahst du's nicht auch, Südwind?

NOTUS: Von was für einem Aufzuge sprichst du, Zephyr? wer waren denn die Aufziehenden?

ZEPHYR: Du hast also ein Schauspiel versäumt, wie du kein anderes jemals zu sehen bekommen wirst.

NOTUS: Ich hatte am Roten Meere zu tun und dann noch die ganze südliche Küste von Indien zu durchwehen; ich weiß also nicht, wovon du sprichst.

ZEPHYR: Du kennest doch den Agenor zu Sidon?

NOTUS: Den Vater der Europa? Allerdings; wozu diese Frage?

ZEPHYR: Was ich dir zu erzählen habe, betrifft diese nämliche Europa.

NOTUS: Etwa, daß Jupiter in das Mädchen verliebt ist? Das weiß ich schon lange.

ZEPHYR: Daß er ihr Liebhaber ist, weißt du: aber höre nun, was die Folgen davon waren. Europa war mit einer Anzahl junger Mädchen ihres Alters ans Ufer herabgekommen, um sich da mit jugendlichen Spielen zu erlustigen. Unversehens fand sich Jupiter in Gestalt eines wunderschönen Stiers dabei ein und spielte mit; er war ganz weiß, hatte zierlich gewundene Hörner und ein überaus sanftes lachendes Auge, sprang wie ausgelassen vor Fröhlichkeit auf dem Ufer herum und brüllte so lieblich, daß es eine Lust zu hören war. Das alles machte die junge Europa so dreist, daß sie sich dem schönen Stier auf den Rücken setzte. Aber kaum merkte Jupiter, daß sie fest saß, so lief er in vollem Sprung dem Meere zu und schwamm mit ihr davon. Das gute Mädchen, mächtig über diese Begebenheit erschrocken, klammerte sich mit der linken Hand an einem seiner Hörner an, um nicht herabzufallen, und mit der andern zog sie ihren Schleier an sich, der in die Luft hinausflatterte.

NOTUS: Jupitern in Gestalt eines Ochsen mit seinem Liebchen auf dem Rücken daherschwimmen zu sehen – da ist dir in der Tat ein sehr artiges und reizendes Schauspiel zuteil worden, Zephyr!

ZEPHYR: Oh, was nun folgte, war noch viel angenehmer! In einem Augenblick zog das Meer wie einen Teppich über seine Wellen her und wurde so glatt wie ein Spiegel; wir andern hielten alle den Atem an uns und folgten bloß als Zuschauer in einiger Entfernung nach. Vor ihnen her flogen eine Menge Liebesgötter, so nah über dem Meere, daß ihre Fußspitzen zuweilen am Wasser hinstreiften, mit brennenden Fackeln in der Hand und das Brautlied singend; die Nereiden tauchten aus dem Wasser auf und ritten, meist halbnackend, auf Delphinen zu beiden Seiten nebenher und klatschten vor Freude in die Hände. Auch die Tritonen und alle andere Meerbewohner, deren Anblick nichts Grausenhaftes hat, tanzten in Reigen um das Mädchen herum; ja Neptun selbst hatte seinen Wagen bestiegen und fuhr, mit Amphitriten an seiner Seite, fröhlich vor ihnen her, um seinem schwimmenden Bruder gleichsam den Weg zu bahnen. Und damit nichts fehle, trugen noch ein paar nervichte Tritonen die Liebesgöttin, auf einer großen Muschel liegend, die alle Arten von Blumen auf die Braut herabstreute. Dies dauerte in einem fort, vom phönizischen Gestade bis nach Kreta. Aber kaum hatte er einen Fuß auf diese Insel gesetzt, weg war der Stier, und Jupiter in eigener Gestalt führte Europen, die von süßer Schamröte glühte und sich nicht die Augen aufzuschlagen getraute, der diktäischen Höhle zu; denn sie merkte nun freilich, warum es zu tun war. Wir aber stürzten uns, der eine da, der andere dort hinaus über das Meer hin und setzten es wieder in sein gewöhnliches Wallen und Wogen.

NOTUS: Was du glücklich bist, Zephyr, das alles gesehen zu haben! Ich mußte meine Augen indessen an Greifen, Elefanten und schwarzen Menschen weiden.

TOTENGESPRÄCHE

I.

Diogenes und Pollux.

DIOGENES: Mein lieber Pollux, wenn du in die Oberwelt hinaufsteigst – und morgen, denke ich, trifft dich die Reihe, wieder lebendig zu werden –, so hätte ich dir einen Auftrag an Menippus, den Hund, mitzugeben, den du entweder im Kraneon zu Korinth oder zu Athen im Lyceon finden wirst, wo er sich über die Zänkereien der Philosophen lustig macht. Sag ihm, Diogenes befehle ihm, wenn er die Torheiten, die auf der Erde vorgehen, genug belacht habe, hierher zu kommen, wo er viel mehr zu lachen finden werde. Denn dort sei er doch öfters unentschlossen, ob er lachen oder weinen wolle, und es falle ihm doch oft ein: wer weiß, wie es nach diesem Leben geht? Hier aber werde er mit vollständiger Kenntnis der Sache lachen und gar nicht wieder aufhören können (wie jetzt bei mir der Fall ist), sonderlich wenn er sehen werde, was für eine armselige Figur die Reichen, die Satrapen und die Könige hier machen, wie man sie nur noch an ihrem Geheul unterscheiden könne, und wie wehmütig und niederträchtig sie sich gebärden, wenn sie sich ihres Zustandes da oben erinnern. Sag ihm das, Pollux; und er möchte nicht vergessen, seine Taschen mit Wolfsbohnen anzufüllen, und wenn er etwa im Herabkommen ein Hekatesmahl oder ein Reinigungsei auf einem Scheidewege finde, solle er es gleichfalls zu sich stecken.

POLLUX: Ich will nicht ermangeln, Diogenes. Aber, damit ich ihn nicht etwa verfehle, wie sieht er aus?

DIOGENES: Alt, kahlköpfig, trägt einen abgeschabten Mantel, der gegen alle Winde Öffnungen in Menge hat und mit Lappen von allen möglichen Farben geflickt ist; er lacht unaufhörlich, und meistens sind die Windbeutel, die Philosophen, der Gegenstand seines Spottes.

POLLUX: Mittelst dieser Beschreibung werd ich ihn leicht finden.

DIOGENES: Dürft ich dich auch noch mit einem kleinen Auftrag an die besagten Philosophen selbst beschweren?

POLLUX: Herzlich gerne, sage nur!

DIOGENES: Um es kurz zusammenzufassen: leg es ihnen recht nahe, daß sie doch endlich einmal aufhören sollen, die Zeit mit Possen zu verderben, sich über die Universalia zu zanken, einander Hörner aufzupflanzen, Krokodile zu machen und junge Leute auf dergleichen läppische Spitzfindigkeiten einen Wert legen zu lehren.

POLLUX: Aber sie werden sagen, ich sei ein ungelehrter Dummkopf, daß ich mir herausnehme, ihre Weisheit zu hofmeistern.

DIOGENES: So sage du ihnen in meinem Namen, sie sollen – an den Galgen gehen!

POLLUX: Ich will alles getreulich ausrichten, Diogenes.

DIOGENES: Auch an die Reichen, liebes Polluxchen, hätte ich dir noch ein paar Worte aufzugeben. Sag ihnen in meinem Namen: Ihr Narren, wofür hütet ihr euer Gold? Was plagt ihr euch mit Ausrechnung eurer Zinsen, und wozu häuft ihr Tausende auf Tausende an, da ihr doch in kurzem mit einem einzigen Obolus im Munde ins Reich der Toten wandern müßt?

POLLUX: Gut! es soll ihnen gesagt werden.

DIOGENES: Und den Schönen und Starken, dem Megillus von Korinth und dem Ringer Damoxenus sage, es gebe bei uns weder gelbes Haar noch schwarze blitzende Augen, noch blühende Gesichtsfarbe, noch straffe Sehnen und breite Schultern mehr, sondern nichts als kahle Schädel, die einander der Schönheit halben nichts vorzuwerfen haben.

POLLUX: Auch diesen Auftrag will ich mich nicht verdrießen lassen.

DIOGENES: Und den Armen, unter denen so viele sich gar nicht darein finden können und immer über ihre Dürftigkeit wehklagen, sage, sie sollen dem Winseln und Heulen ein Ende machen, und erzähle ihnen, wie hier alle gleiches Standes sind, und sie würden sehen, daß die dortigen Reichen bei uns hier keine Vorzüge haben. Und deine Lazedämonier schilt, wenn du willst, in meinem Namen aus, daß sie nicht mehr sind, was sie ehmals waren.

POLLUX: Nichts gegen die Lazedämonier, Diogenes, das leid ich nicht! Was du mir an die andern aufgetragen hast, das will ich ihnen hinterbringen.

II.

Menippus. Krösus, Midas und Sardanapalus, seine Ankläger. Pluto.

KRÖSUS: Pluto, wir dulden diesen hündischen Kerl, diesen Menippus, nicht länger neben uns; also entweder schaffe ihn fort, oder wir sind genötigt, uns um einen andern Aufenthalt umzusehen.

PLUTO: Was kann er euch denn Böses tun, da er ebenso tot ist als ihr?

KRÖSUS: Wenn wir Könige beisammensitzen und uns der Dinge da oben erinnern, Midas seines Goldes, Sardanapalus seiner Wollüste und ich meiner Schatzkammern, und es uns dann aufs Herz fällt und wir uns durch Jammern und Stöhnen leichter zu machen suchen: so kommt der Kerl und lacht uns zu allem unserm Elende noch aus und schimpft uns Sklaven und Taugenichtse; zuweilen stört er uns noch gar durch Singen in unsrer Wehklage – mit EINEM Worte, er ist uns beschwerlich.

PLUTO: Was muß ich da hören, Menippus?

MENIPPUS: Die lautere Wahrheit, Pluto: ich hasse sie als unedle, nichtswürdige Gesellen, die, nicht zufrieden, übel gelebt zu haben, es sogar nach ihrem Tode noch so forttreiben möchten und deswegen immer an das, was sie da oben gewesen sind, denken. Ich habe also meine Freude dran, wenn ich ihnen Verdruß machen kann.

PLUTO: Das solltest du aber nicht! Die armen Leute haben alle Ursache, traurig zu sein: was sie zurücklassen mußten, sind keine Kleinigkeiten!

MENIPPUS: Wie, Pluto? faselst du auch, daß du ihr albernes Gewinsel noch gar billigest?

PLUTO: Das tue ich nicht; aber ich will keinen Aufruhr unter euch haben! *Er geht ab.*

MENIPPUS: Höret also, ihr Nichtswürdigsten unter allen Lydiern, Phrygiern und Assyrern, und laßt es euch gesagt sein, daß ich nicht von euch ablassen werde; geht wohin ihr wollt, ich werd euch folgen, um euch zu quälen, euch um die Ohren zu singen und euch auszulachen.

KRÖSUS: Ist das nicht ein unleidlicher Übermut?

MENIPPUS: Nein! Aber das war unleidlicher Übermut, da ihr euch auf den Knien verehren ließet und freigebornen Menschen schnöde begegnetet und an den Tod so wenig dachtet, als ob es ewig so fortgehen müßte. Nun, da ihr alles dessen beraubt seid, heult ihr –

KRÖSUS: O Götter! Wie vieler und großer Besitzungen!

MIDAS: Welcher Berge von Gold!

SARDANAPALUS: Welcher ausgesuchten Wollüste!

MENIPPUS: Bravo! Nur zu geheult! An mir soll es nicht fehlen, euch das goldene „Gnothi Seauton“ fleißig und unermüdet entgegenzusingen; es tut eine treffliche Wirkung, wenn es von euren ewigen Achs und Ohs begleitet wird.

III.

Menippus, Amphilochus, Trophonius.

MENIPPUS: Ich möchte doch wohl wissen, Amphilochus und Trophonius, wie ihr beide, da ihr doch Tote seid wie wir andern, zu der Ehre kommt, Tempel auf der Oberwelt zu haben und für Propheten zu passieren, und wie die albernen Menschen sich einbilden können, ihr wäret Götter?

TROPHONIUS: Was können wir dafür, wenn die Narren aus

Unverstand von toten Menschen solche Meinungen hegen?

MENIPPUS: Aber sie würden keine solche Meinungen hegen, wenn ihr nicht bei euern Lebzeiten solche Betrügereien gespielt und euch für Leute ausgegeben hättet, die das Künftige vorhersähen und den Fragenden vorhersagen könnten.

TROPHONIUS: Amphilochus wird sich ohne Zweifel für seinen Anteil zu verantworten wissen. Ich, mein guter Menippus, bin ein Heros und weissage denen, die in meine Höhle hinabsteigen. Es scheint wohl, daß du nie zu Lebadia gewesen bist: denn du würdest sonst nicht so ungläubig sein.

MENIPPUS: Was du sagst! Wenn ich also nicht nach Lebadia gehe, mich mit einem leinenen Leibrock lächerlich ausstaffieren lasse und mit Honigkuchen in beiden Händen durch das enge Mundloch in die dortige Höhle hinabkrieche, so kann ich nicht wissen, daß du, wie du da vor mir stehst, so tot bist wie wir übrigen und nichts als deine Gaukeleien vor uns voraus hast? – Aber bei allem, was wahrsagt! was ist ein Heros für ein Ding? Denn bis jetzt hab ich es nicht ausfindig machen können.

TROPHONIUS: Aus einem Menschen und aus einem Gott zusammengesetzt.

MENIPPUS: Ha! ich verstehe! Es ist kein Mensch und ist auch kein Gott, aber es ist beides zugleich. Wo ist nun deine göttliche Hälfte hingekommen?

TROPHONIUS: Sie erteilt Orakel in Böotien.

MENIPPUS: Ich verstehe nicht allzuwohl, was du damit sagen willst: aber daß du über und über tot bist, das sehe ich sehr deutlich.

IV.

Merkur und Charon.

MERKUR: Rechnen wir einmal zusammen, Fährmann, wenn du so gut sein willst, wieviel du mir schuldig bist, damit wir nicht wieder Streit darüber bekommen!

CHARON: Gut, wir wollen rechnen; es ist immer besser, wenn wir auseinander sind; wir haben gleich eine Sorge weniger.

MERKUR: Für einen Anker, den du bei mir bestellt hast, zwanzig Groschen.

CHARON: Das ist viel Geld!

Merkur: Beim Pluto, ich habe zwanzig bare Groschen für ihn ausgelegt; und für einen neuen Ruderriemen sechzehn Pfenninge.

CHARON: Schreibe einundzwanzig Groschen vier Pfenninge.

MERKUR: Für eine Nadel, das Segel zu flicken, drei Groschen vier Pfenninge.

CHARON: Schreibe sie dazu.

MERKUR: Für Wachs, die Ritzen im Kahn zu stopfen, item für Nägel und für einen Strick, den du gebraucht hast, die Segelstange am Maste zu befestigen, Summa zwei Groschen vier Pfenninge.

CHARON: Schön! Da hast du einmal wohlfeil eingekauft.

MERKUR: Das wäre es also, wenn wir nichts vergessen haben; und wann versprichst du denn zu bezahlen?

CHARON: Jetzt, lieber Merkur, ist es unmöglich: sobald uns aber eine Pest oder ein Krieg die Toten haufenweise zuschicken wird, dann läßt sich schon eher durch einen kleinen Rechnungsfehler am Fahrgeld etwas auf die Seite bringen.

MERKUR: Also bleibt mir nun nichts übrig, als mich hinzusetzen und den armen Sterblichen das Ärgste an den Hals zu wünschen.

CHARON: Es ist einmal nicht anders, Merkur; in Friedenszeiten kommen, wie du siehest, so wenige miteinander an, daß nicht viel dabei zu gewinnen ist.

MERKUR: Es ist doch so besser, wenn ich dir gleich desto länger borgen muß. Indessen muß man gestehen, Charon, daß sich die Zeiten sehr verändert haben, wenn man die dermaligen Ankömmlinge aus der Oberwelt mit den ehmaligen vergleicht. Ehmals waren es lauter stattliche und größtenteils mit Blut und Wunden bedeckte Männer:

jetzt sind es beinahe lauter blasse, hagere oder aufgedunsene Siechlinge, die entweder von ihren eigenen Kindern oder Ehweibern vergiftet oder durch ihre Ausschweifungen und üppige Lebensart vor der Zeit hierher befördert wurden; und den meisten, die zu uns kommen, merkt man's an, daß sie einander ihres Geldes halber auf den Dienst gelauert haben.

CHARON: Es ist eben auch eine gar zu gute Sache darum!

MERKUR: Es wäre mir also wohl nicht zu verdenken, wenn ich meine Schuldfoderung an dich ein wenig schärfer eintriebe?

V.

Pluto und Merkur.

Pluto: Merkur, kennst du einen gewissen steinalten und steinreichen Eukrates, der keine Kinder, aber dafür ein Funfzigtausend gute Freunde hat, die auf seine Erbschaft Jagd machen?

Merkur: Ich kenne ihn sehr gut; du meinst doch den reichen Sicyonier? Und was ist's mit ihm?

Pluto: Ich wünschte, Merkur, daß du ihm zu den neunzig Jahren, die er schon gelebt hat, noch neunzig andere womöglich und drüber zumessen wolltest. Seine Schmarotzer hingegen, den jungen Charinus, den Damon und alle die übrigen, raffe einen nach dem andern weg.

Merkur: Das wird aber unschicklich herauskommen.

Pluto: Ganz und gar nicht! Jedermann wird es sehr billig und gerecht finden. Denn was für eine Ursache haben diese Bursche, ihm den Tod zu wünschen und seinem Vermögen nachzustellen, da sie ihn gar nichts angehen? Das verruchteste dabei ist noch, daß sie, mit solchen Gesinnungen, sich vor den Leuten stellen, als ob sie seine eifrigsten Verehrer wären und, wenn er krank wird, große Gelübde für sein Leben tun, wiewohl jedermann weiß, was sie wünschen. Kurz, es ist ein schändliches Pack heuchlerischer

Buben, denen ihre Kunstgriffe nicht gelingen sollen. Laß ihn also unsterblich sein! Sie hingegen sollen ihre Schnäbel vergebens aufgesperrt haben und alle vor ihm abmarschieren müssen!

Merkur: Was die Spitzbuben für Gesichter schneiden werden, wenn sie sehen, daß sie angeführt sind! Aber Eukrates versteht sich meisterlich darauf, sie anzukörnen und bei der Nase herumzuführen! Der alte Schlaukopf stellt sich immer, als ob ihm der Tod auf der Zunge sitze, wiewohl er im Grunde eine bessere Gesundheit hat als die jungen Leute, die sich so voreilig in seine Erbschaft teilen und das glückliche Leben ausrechnen, das sie schon in Händen zu haben glauben.

Pluto: Eukrates also soll seine alte Haut ablegen und, wie Joleos, wieder von vorn zu leben anfangen, jene aber ihren verdienten Lohn erhalten und mitten aus ihren süßen Träumen von Reichtümern und Wollüsten weggerafft werden!

Merkur: Sei deswegen ohne Sorge, Pluto, ich will sie dir alle der Ordnung nach herbeiführen. Es sind ihrer sieben, wenn ich nicht irre.

Pluto: Tue das! Der Alte soll sie alle vor sich herschicken und aus einem abgelebten Greise wieder zum Jüngling werden.

VI.

Terpsion und Pluto.

TERPSION: Ist das billig, Pluto, daß ich in meinem dreißigsten Jahr sterben mußte und der neunzigjährige Thukritus noch immer fortlebt?

PLUTO: Sehr billig, mein guter Terpsion, daß ein Mann lebe, der keinem seiner Freunde den Tod wünschet, du hingegen starbst, weil du jenem unaufhörlich nach dem Leben stelltest und aus Hunger nach seiner Erbschaft seinen Tod kaum erwarten konntest.

TERPSION: Wie? Gebührt es sich nicht, daß ein alter Mann, der seinen Reichtum nicht mehr genießen kann, abziehe und jüngern Leuten Platz mache?

PLUTO: Das ist ein ganz neues Gesetz, das du da gibst, Terpsion, und wodurch du einen jeden verurteilst, der seinen Reichtum nicht mehr zur Wollust brauchen kann: das Schicksal und die Natur haben es anders verordnet.

TERPSION: So behaupte ich, daß sie was Ungerechtes verordnet haben! Die Einrichtung hätte so getroffen werden sollen, daß man immer nach dem Alter aus der Welt gehen müßte; der älteste zuerst, dann der nächste nach ihm und so weiter: nicht umgekehrt, daß ein steinalter Greis, der kaum noch drei Zähne im Munde hat, beinahe aller Sinnen beraubt ist und sich mit Hülfe von vier Bedienten kaum noch von einem Stuhle zum andern fortschleppen kann, kurz, der ein Spott der Kinder und ein lebendiges Grabmal ist, daß so einer immer noch fortlebe, die schönsten und gesundesten jungen Männer hingegen sterben müssen; welches ebenso widersinnisch ist, als wenn die Ströme rückwärts zu ihrer Quelle liefen. Wenigstens sollte man die Zeit eigentlich wissen können, wann ein solcher Alter sterben wird, damit man sich darnach richten könnte und ihnen nicht vergebens die Cour machte. Hingegen so wie es jetzt ist, muß oft, wie das Sprüchwort sagt, der Wagen den Ochsen ziehen.

PLUTO: Das alles, mein guter Terpsion, hat das Schicksal verständiger eingerichtet, als du dir einbildest. Und am Ende, wer heißt euch so gierig nach anderer Vermögen schnappen und euch von kinderlosen Greisen alles gefallen lassen, in Hoffnung, ihre Erben zu werden? Billig werdet ihr dann ausgelacht, wenn sie EUCH begraben, und sooft so etwas begegnet, verursacht es immer eine allgemeine Freude; je ungeduldiger ihr auf jener ihren Tod geharret habt, je angenehmer ist es allen Leuten, wenn ihr vor ihnen sterbet. Ihr habt da wahrlich eine ganz neue Kunst erfunden, euch in alte Weiber und Greise zu verlieben – die keine Kinder haben, versteht sich; denn dieser Umstand gehört dazu, wenn ihr sie liebenswürdig finden sollt. Daher sind auch manche unter ihnen, weil sie das Hinterlistige in eurer Liebe merken, schlau genug, List mit List zu bezahlen, und stellen sich, um auch Liebhaber zu bekommen, als ob sie ihre Kinder nicht leiden könnten. Aber wenn es zum Testamentmachen kommt, werden die eigennützigen Augendiener doch ausgeschlossen, die Natur behält wie billig die Oberhand, und jene beißen die Zähne zusammen und werden zu ihrem Schaden noch ausgelacht.

TERPSION: Was du sagst, ist nur allzu wahr. Wieviel hat nicht der alte Thukritus von mir erbeutet, während er immer seinem Ende nahe schien und, sobald ich in sein Zimmer trat, zu ächzen und aus dem Innersten heraus, wie ein eben aus dem Ei gekrochenes Küchelchen, zu piepen anfing! In der festen Überzeugung also, daß er den einen Fuß schon im Grabe habe, glaubte ich ihm nie genug schicken zu können, damit ich ja nicht von meinen Nebenbuhlern an Größe der Präsente übertroffen würde. Die Sorge, das alles auszurechnen und anzuordnen, machte mir manche schlaflose Nacht, ja ich bin gewiß, daß beides die Ursache meines Todes gewesen ist: und der alte Sünder, der eine solche Menge Lockspeise auf meine Kosten verschlungen hat, stand dabei, da ich gestern begraben wurde, und lachte in seinen Bart hinein!

PLUTO: Bravo, alter Thukritus, lebe so lange als menschenmöglich, und sei reich, und lache über die wackern Leute, die dich so gerne beerben möchten! Stirb mir ja nicht, ehe du alle deine Anbeter vorangeschickt hast!

TERPSION: Auch mir kann jetzt nichts Angenehmers mehr begegnen, als wenn Chariades auch vor dem Alten sterben müßte.

PLUTO: Verlaß dich darauf, Terpsion! Auch Pheidon und Melantus und alle übrigen sollen ihm zuvorkommen und von ebendenselben Sorgen hieher gebracht werden wie du!

TERPSION: Das freut mich! Es lebe Thukritus!

VII.

Zenophantes und Kallidemidas.

ZENOPHANTES: Oho! Wie treffen wir hier zusammen, Kallidemidas? Was begegnete dir, daß du so frühzeitig fort mußtest? Denn daß ICH an einer Unverdaulichkeit gestorben, die ich mir an der Tafel des Deinias, dessen Mitesser ich war, zugezogen, ist dir bekannt, weil du bei meinem Tode gegenwärtig warst.

KALLIDEMIDAS: An dem meinigen ist ein Zufall schuld, dessen ich mich weniger versehen konnte. Du kennest doch den alten Ptöodorus?

ZENOPHANTES: Den kinderlosen Reichen, mit dem du so vielen Umgang hattest?

KALLIDEMIDAS: Ich wartete ihm lange fleißig auf, weil er mir Hoffnung machte, bald abzufahren und mich zum Erben zu hinterlassen. Weil sich die Sache aber in die Länge zog und der alte Kerl sich anschickte, den Tithon selbst zu überleben, so machte ich einen Schleifweg zu seiner Erbschaft ausfindig. Ich kaufte Gift und bestach seinen Mundschenken, bei der ersten Gelegenheit, wo Ptöodorus (der ein ziemlich herzhafter Trinker ist) einen volleingeschenkten Becher fodern würde, das Gift unter seinen Wein zu mischen.

ZENOPHANTES: Und wie ging's weiter? Du scheinst was Außerordentliches auf der Zunge zu haben.

KALLIDEMIDAS: Einsmals, da wir beide aus dem Bade ins Speisezimmer traten, hatte der Mundschenk schon zwei volle Becher bereit, einen mit dem Gifte für den Ptöodorus und einen unvergifteten für mich: ich weiß aber nicht, wie es kam, daß er sich vergriff und den vergifteten Becher MIR darreichte, so daß der Alte den seinigen ohne Schaden ausleerte, ich hingegen auf der Stelle zu Boden sank und an seiner Statt ins Reich der Toten wandern mußte. Aber was ist dir denn, Zenophantes, daß du ein solches Gelächter aufschlägst? Es ist nicht hübsch, einen Freund in solchen Umständen noch auszulachen.

ZENOPHANTES: Der Zufall ist gar zu lustig, lieber Kallidemidas! Aber was sagte denn dein Alter dazu?

KALLIDEMIDAS: Anfangs erschrak er freilich über einen so unerwarteten Fall; da er aber vermutlich bald klar in der Sache sah, fand er den Verstoß seines Mundschenken wenigstens ebenso lustig wie du.

ZENOPHANTES: Du hättest den Schleifweg müßig gehen sollen, guter Freund! Auf der Landstraße wäre dir die Erbschaft etwas langsamer, aber desto sichrer zugekommen.

VIII.

Knemon und Damnippus.

KNEMON *zu sich selbst*: Verzweifelt! Da ging mir's gerade, wie das Sprüchwort sagt: Das Hirschkalb erwischt den Löwen.

DAMNIPPUS: Warum so unmutig, Knemon?

KNEMON: Warum ich unmutig bin, fragst du? Darüber, daß ich Dummkopf mich überlisten ließ und mir, zum Nachteil derjenigen, denen ich das Meinige am liebsten gegönnet hätte, einen Erben wider Willen gab.

DAMNIPPUS: Wie machtest du das?

KNEMON: Ich machte dem Hermolaus, dem steinreichen Manne, der keine Kinder hat, die Cour, in Hoffnung, sein Erbe zu werden, und er schien meine Aufwartung mit Vergnügen anzunehmen. Nun glaubte ich einen gar klugen Streich zu machen, wenn ich ein Testament öffentlich bekannt werden ließe, worin ich ihn zum Erben meines ganzen Vermögens einsetzte: denn ich zweifelte nicht, daß er so viel Ehre im Leibe haben würde, zu meinem Vorteil ein Gleiches zu tun.

DAMNIPPUS: Und er?

KNEMON: Was in seinem Testamente steht, weiß ich nicht; denn ich mußte über Hals über Kopf aus der Welt, weil ein Dach auf mich einstürzte. Und nun hat Hermolaus das Meinige, wie ein gieriger Hecht den Köder samt dem Hamen, hinabgeschluckt.

DAMNIPPUS: Und dich selbst, den Fischer, noch obendrein. Du hast also die Falle dir selbst gestellt?

KNEMON: Das ist es eben, worüber ich heulen möchte!

IX.

Simylus und Polystratus.

SIMYLUS: Nun, Polystratus, so kommst du doch endlich auch zu uns herab! Wenn mir recht ist, mußt du nahe an hundert Jahre gelebt haben?

POLYSTRATUS: Achtundneunzig, lieber Simylus.

SIMYLUS: Wie hast du denn die dreißig, um die du mich überlebtest, zugebracht? Denn ich starb, da du gegen siebenzig warst.

POLYSTRATUS: Außerordentlich angenehm, wie seltsam dir das auch vorkommen mag.

SIMYLUS: Seltsam genug, daß ein so alter, gebrechlicher und noch obendrein kinderloser Greis soviel Genuß im Leben gefunden haben soll!

POLYSTRATUS: Fürs erste konnte ich alles, was ich wollte, und dann hatte ich alles, was die Sinne nur Angenehmes verlangen können, die schönsten Knaben und die reizendsten Weiber zu meiner Aufwartung, die kostbarsten Salben, die edelsten Weine, eine mehr als sizilianische Tafel usw.

SIMYLUS: Das sind mir lauter unbegreifliche Dinge – Wie ich dich kannte, warst du ein sehr sparsamer Mann.

POLYSTRATUS: Alle diese Glückseligkeiten, mußt du wissen, mein trauter Herr, strömten mir unentgeltlich von andern zu. Mit dem frühesten Morgen war mein Hof schon mit einer Menge von Besuchern erfüllt, und nun wurden mir alle Arten von Geschenken, das Schönste und Beste, was aus allen Enden der Welt aufzutreiben ist, zugetragen.

SIMYLUS: Du bist also nach meinen Zeiten Fürst worden, Polystratus?

POLYSTRATUS: Das nicht; aber ich hatte zehntausend Liebhaber.

SIMYLUS *lachend*: Du, in einem solchen Alter, mit vier Zähnen im Munde, Liebhaber?

POLYSTRATUS: Beim Jupiter! und die ersten Personen der Stadt. Mein Alter, mein Kahlkopf, meine Triefaugen und mein ewiger Schnuppen hielt sie nicht ab, mir mit unendlichem Vergnügen die Aufwartung zu machen, und glücklich war der, den ich eines freundlichen Blickes würdigte.

SIMYLUS: Nun wahrhaftig, so mußt du nur, wie Phaon, die Liebesgöttin aus Chios über die Meerenge geführt und zur Belohnung, wie er, die Gabe, wieder jung und schön und liebenswürdig zu werden, von ihr empfangen haben.

POLYSTRATUS: Auch das nicht, so wie ich bin, zog ich alle Herzen an.

SIMYLUS: Du sprichst Rätsel.

POLYSTRATUS: Und doch ist nichts gemeiner und alltäglicher als diese Art von Liebe zu reichen unbeerbten Greisen.

SIMYLUS: Ah, mein bewundernswürdiger Herr, nun begreife ich, wo dir die Schönheit saß. Man kann im eigentlichen Verstande sagen, daß sie dir von der »goldnen« Venus kam.

POLYSTRATUS: Ich versichre dich, Freund, ich hatte keinen kleinen Genuß von meinen Liebhabern, es fehlte wenig, daß sie mich nicht gar anbeteten. Auch tat ich zuweilen mächtig spröde und schloß manchem die Tür vor der Nase zu, während daß die wackern Leutchen einander um meinetwillen in die Haare gerieten und in der Beeiferung, mir Ehre anzutun, immer einer den andern auszustechen suchte.

SIMYLUS: Und wie hast du denn zuletzt über dein Vermögen disponiert?

POLYSTRATUS: Öffentlich ließ ich mich soviel verlauten, daß ein jeder von ihnen glauben mußte, ich würde IHN zum Erben einsetzen, und durch diesen Kunstgriff erhielt ich von ihnen, was ich wollte: aber in meinem Schreibtische war mein wahres Testament verschlossen, worin ich sie alle mit langen Nasen abziehen ließ.

SIMYLUS: Wer war denn also der Glückliche? Vermutlich ein Geschlechtsverwandter?

POLYSTRATUS: Nein, zum Jupiter! sondern einer von meinen Sklaven, ein vor kurzem gekaufter schöner phrygischer Jüngling.

SIMYLUS: Wie alt, wenn man fragen darf?

POLYSTRATUS: Ungefähr zwanzig.

SIMYLUS: Ich verstehe – um seiner Verdienste willen!

POLYSTRATUS: Und doch, mit allem dem, daß er ein Ausländer und ein Taugenichts war, verdiente er doch noch eher, mein Erbe zu sein, als jene; auch machen ihm, seitdem er im Besitz meiner ganzen Verlassenschaft ist, die Vornehmsten der Stadt die Cour, und er gilt, trotz seines glattgeschornen Kinnes und seines barbarischen Akzents, soviel, als ob er aus dem berühmtesten Geschlechte der ersten Stadt in Griechenland stammte, und wird edler als Kodrus, schöner als Nireus und weiser als Ulyß gescholten.

SIMYLUS: Ei, meinetwegen mag er Gouverneur von Griechenland werden, wenn nur die andern nichts von deiner Erbschaft bekommen!

X.

Charon, Merkur und verschiedene Tote, als Menippus, Charmoleos, Lampichus, Damasias, Krato, ein Soldat, ein Philosoph und ein Rhetor.

CHARON: Stille, und hört, wie unsre Sachen stehen! Der Nachen ist, wie ihr seht, klein und baufällig und läßt ziemlich Wasser ein; wenn er sich stark auf eine Seite neigte, so würde er gar umkippen. Nun sind euer so viele auf einmal angekommen, und ein jeder bringt so viel Gerätschaft mit, daß ich besorge, wenn ihr mit allem euerm Gepäcke einsteigen wolltet, möcht es euch sehr gereuen, sonderlich die, die nicht schwimmen können.

DIE TOTEN: Was sollen wir also tun, um eine glückliche Fahrt zu haben?

CHARON: Das will ich euch sagen. Ihr müßt alle diese unnötigen Sachen auf dem Ufer zurücklassen und nackend einsteigen; denn auch so wird euch meine Fähre kaum alle fassen können. Du, Merkur, trage Sorge, keinen passieren zu lassen, der sich nicht, wie gesagt, seines Gepäckes entladen hat. Stelle dich neben die Schiffsleiter, mustere einen nach dem andern und nötige sie alle, nackend einzusteigen.

MERKUR: Ich werde nicht ermangeln. Wer ist der erste da?

MENIPPUS: Ich bin Menippus. Da siehst du, Merkur, daß ich meinen Schnappsack und meinen Stecken in den See geworfen habe: den Mantel hab ich zum Glücke nicht mitgebracht.

MERKUR: Steig ein, Menippus, edelster der Sterblichen, und setze dich an den ersten und höchsten Platz neben den Steuermann, um die Aufsicht über die übrigen zu führen. – Und wem gehört dies Mädchengesicht da? Wer bist DU?

CHARMOLEOS: Charmoleos von Megarä, der so viele Liebhaber hatte und dem ein einziger Kuß mit zwei Talenten bezahlt wurde.

MERKUR: So? Leg also deine Schönheit beiseite und deine Lippen mit allen ihren Küssen und das lange Haar und die Rosen auf den Wangen und dein glattes Fell dazu! – So recht! SO bist du leicht genug zur Reise. Steig ein! – Und du mit dem Purpurrocke und dem Diadem und der stieren Miene, wer bist du deines Zeichens?

LAMPICHUS: Lampichus, Tyrann von Gela.

MERKUR: Warum kommst du denn so schwer beladen, Lampichus?

LAMPICHUS: Wieso, Merkur? Ein Fürst wird doch wohl nicht wie ein Bettler aufgezogen kommen sollen?

MERKUR: Der Fürst nicht, aber der Tote. Leg also ab!

LAMPICHUS: Hier sind meine Kostbarkeiten und meine Börse.

MERKUR: So wirf auch noch die Aufgeblasenheit und das

stolze Herabsehen auf andere weg, denn sie würden die Fähre sehr belästigen, wenn sie mit dir hineinplumpten.

LAMPICHUS: Wenigstens laß mir mein Diadem und mein Oberkleid.

MERKUR: Das geht nicht an, es muß auch fort.

LAMPICHUS: Sei es dann! – Nun, was noch mehr? Du siehst, daß ich alles abgelegt habe.

MERKUR: Auch die Grausamkeit, der Unverstand, die Gewalttätigkeit, der Jähzorn und die übrigen Unarten, womit ich dich noch beladen sehe, das muß alles fort!

LAMPICHUS: Nun bin ich so nackt, als du verlangen kannst.

MERKUR: Steig ein! – Und du, dicker Fleischklumpen, wer bist du?

DAMASIAS: Damasias, der Athlete.

MERKUR: Ah! Nun erinnere ich mich erst, dich auf den Kampfplätzen schon gesehen zu haben.

DAMASIAS: Ich hoffe, Merkur, du wirst keine Schwierigkeit machen, mich aufzunehmen, da ich nackend bin.

MERKUR: Das nennst du nackend sein und bist in eine solche Menge Fleisch eingepackt, daß der Nachen untersinken müßte, wenn du nur einen Fuß hineinsetztest? Weg damit und mit allen den Siegeskronen und Attestaten, die du bei dir führest.

DAMASIAS: Nun bin ich, wie du siehst, im ganzen Ernst ausgezogen und um kein Haar schwerer als andere Tote.

MERKUR: Je leichter, je besser! Du kannst einsteigen. – Du, mein guter Krato, lege deine Reichtümer, deine Weichlichkeit und deinen Luxus ab! Weg mit den kostbaren Leichentüchern und dem Stammbaum und den Ehrenzeichen deiner Voreltern! Kein Wort von deinem Adel und den prächtigen Titeln, die dir die Republik öffentlich beigelegt haben mag, und den Aufschriften deiner Bildsäulen und dem gewaltigen Grabmal, das über dich aufgetürmt wurde! Die Erinnerung aller dieser Dinge macht nur schwerer.

KRATO: Wohl, es soll alles fort, wie sauer mich's ankommt! Was will ich machen?

Merkur: Berr! Was will der eiserne Mann da in voller

Waffenrüstung? Wozu schleppst du dich mit diesem Siegeszeichen?

SOLDAT: Weil ich mich im Treffen wohl gehalten und gesiegt und vom Staat eine öffentliche Ehrenbezeugung erhalten habe.

MERKUR: Laß dein Siegeszeichen immer auf der Erde! Im Orkus ist Friede, und die Waffen sind dort ganz unbrauchbar. – Aber dieser Ehrenmann in dem gravitätischen Aufzuge, der so anmaßungsvoll auftritt und die Augbraunen so hoch hinaufzieht, der mit dem langen Barte dort, wer ist der?

MENIPPUS: Es ist ein Philosoph, Merkur, oder richtiger zu sagen, ein Marktschreier und Windbeutel. Du wirst wohl tun, ihn auch auszuziehen, es werden sich gar kuriose Sachen unter seinem großen Mantel finden.

MERKUR: Befiehl ihm, sich auszuziehen! – Himmel! Was für eine Last von Aufschneiderei, von Unwissenheit, von Streitsucht, von windichter Einbildung, von unnützen Streitfragen, häcklichten Untersuchungen und verwickelten Spekulationen! Wieviel vergebliche Arbeit! Wieviel Grillen, Schnurrpfeifereien und Mikrologie! – Ih! Da fällt ja auch Gold heraus und Wollust und Unzucht und Völlerei und ein ganzer Praß von garstigen Leidenschaften? – Ich sehe alles, wie gerne du es auch verstecken möchtest. Entlade dich auch des Lügens und der Aufgeblasenheit und der Meinung, als ob du besser als andere seiest. Wenn du mit allem diesem Plunder einsteigen wolltest, welche funfzigrudrige Galeere möchte dich tragen können?

PHILOSOPH: Es ist alles abgelegt, weil du so befiehlst.

MENIPPUS: Laß ihn doch auch seinen Bart von sich tun, Merkur! Er ist so dicht und struppicht, daß er wenigstens fünf Pfund wiegen muß.

MERKUR: Wohl erinnert! Er muß auch fort.

PHILOSOPH: Ist ein Barbier da?

MERKUR: Menippus soll Charons Zimmeraxt nehmen und ihn in Ermangelung eines Hackblocks hier auf der Schiffsleiter abhacken.

MENIPPUS: Es braucht nicht so viel Umstände; reiche mir die Säge dort – das wird noch lustiger sein.

MERKUR: Die Säge tut's auch. – *Menippus sägt ihm den Bart herunter.*

MENIPPUS: Schön! Nun siehst du doch wie ein Mensch aus, da du des böckischen Unrats los bist. – Soll ich auch ein wenig von den Augenbraunen abnehmen?

MERKUR: Allerdings! denn er sträubt sie ja, vor lauter Einbildung, ich weiß nicht worauf, bis über die Stirne empor. – Nun kannst du einsteigen! – Wie? Was soll das? Ich glaube gar, du weinst und fürchtest dich vor der Überfahrt? Steig ein, sag ich.

MENIPPUS: Halt! er hat noch das Schwerste unter der Achsel.

MERKUR: Was denn?

MENIPPUS: Die Schmarotzerei, die ihm in seinem Leben was Ehrliches eingetragen hat.

DER PHILOSOPH: Und du, Menippus, wie wär es, wenn auch du deine ungezäumte Freiheit und dein loses Maul und deine Sorglosigkeit und Zuversichtlichkeit und das ewige Lachen ablegtest? Denn du bist der einzige von uns allen, der noch lacht.

MERKUR: Das soll er nicht! Das sind lauter Dinge, an denen er nicht schwer trägt und die uns bei der Überfahrt sehr wohl zustatten kommen werden. – Ihr, Herr Redmeister, werft den ungeheuren Schwall unnützer Wörter und die Antithesen, die weitschweifigen Perioden, die Barbarismen und alles übrige weg, was eure Reden so schwerfällig machte!

RHETOR: Ich gehorche.

MERKUR: So wäre denn alles in der Ordnung! *Zum Charon.* Mache nun den Nachen los – die Schiffsleiter hereingezogen! Den Anker aufgehoben! Die Segel aufgespannt! Frisch ans Steuerruder, Fährmann, und Glück zur Überfahrt! – Nu? was heult ihr, ihr Strohköpfe? Und du besonders, Herr Philosophus, du weinst doch nicht, daß wir dir den Bart abgekappt haben?

DER PHILOSOPH: Ich weine darüber, daß ich die Seele unsterblich glaubte.

MENIPPUS: Er lügt! Glaube mir, es sind ganz andere Dinge, die ihn anfechten!

MERKUR: Und was dann?

MENIPPUS: Daß er nicht mehr an den Tafeln der Reichen schmausen und die Nacht durch, in seinen Kapuz versteckt und von niemand erkannt, in allen H...winkeln die Runde tun und dafür am folgenden Morgen seinen Zuhörern für ihr bares Geld Tugend predigen kann – das ärgert ihn!

PHILOSOPH: Du, Menippus, lässest dich's also nicht verdrießen, daß du tot bist.

MENIPPUS: Wie könnt ich das, da ich dem Tod ungerufen entgegengegangen bin? Aber während wir hier schwatzen, läßt sich nicht von der Erde her ein Getöse von vielerlei lauten Stimmen hören?

MERKUR: Ja, Menipp, und aus mehr als einer Gegend. Denn zu Gela läuft das Volk auf dem Markte zusammen und läßt seine Freude über den Tod des Tyrannen Lampichus aus; sein Weib wird von den Weibern geängstigt und sogar seine kleinen Kinder von andern Kindern, wo sie sich nur blicken lassen, mit einem Hagel von Gassensteinen begrüßt. Zu Sicyon wird dem Redner Diophantus, der diesem Krato hier die Leichenrede hält, heller Beifall zugeklatscht, und laut ächzend führt die Mutter des Damasias den Chor der Klageweiber bei seiner Bestattung an. Nur um dich, Menippus, klagt niemand, und du liegst einsam und ruhig unter freiem Himmel auf der Erde.

MENIPPUS: Nicht so einsam, als du glaubst, Merkur: Es wird nicht lange anstehen, so wirst du die Hunde ganz erbärmlich über mir zusammenheulen und die Raben mit den Flügeln schlagen hören, wenn sie sich versammeln werden, mich zu begraben.

MERKUR: Du bist ein braver Kerl, Menippus! – Unsre Überfahrt ist nun vorbei. Steigt also aus, ihr andern, und wandert da geraden Weges dem Gerichte zu! Ich und du, Fährmann, wir gehen zurück, um wieder andere zu holen.

MENIPPUS: Glückliche Reise, Merkur! *Zu den übrigen Toten.*

Wir marschieren vorwärts. – Nu? Worauf wartet ihr? Gerichtet müssen wir nun einmal werden, dafür hilft nichts; und die Strafen sollen hart sein: man spricht von Ixionsrädern, Tityusgeiern und Sisyphussteinen – da wird sich's zeigen, wie ein jeder gelebt hat!

XI.

Krates und Diogenes.

KRATES: Hast du den reichen Mörichus gekannt, Diogenes, den unermeßlich reichen Korinther, der immer so viele Schiffe auf dem Meer hatte und dessen Vetter Aristeas, ebenfalls ein sehr reicher Mann, das Homerische

> – entweder schaffe du mich fort,
> oder ich dich –

immer im Munde zu führen pflegte?

DIOGENES: Warum fragst du, Krates?

KRATES: Höre nur an. Da sie beide von gleichem Alter waren und jeder den andern gerne beerbt hätte, so machten sie einander gegenseitig die Cour, daß es eine Lust zu sehen war und publizierten Testamente, worin Mörichus den Aristeas und Aristeas hinwieder den Mörichus auf den Fall, daß einer den andern überleben würde, zum Herren seines ganzen Vermögens hinterließ. Auch die Astrologen, Traumdeuter und Chaldäer-Schüler, ja der pythische Apollo selbst mischten sich ins Spiel und erkannten den Sieg bald dem Aristeas, bald dem Mörichus zu, so daß die Waage immer von einem zum andern hinüberschwankte.

DIOGENES: Und wie kam es denn zuletzt?

KRATES: Beide starben an einem und ebendemselben Tage, und ihre Güter kamen an ein paar Anverwandte, die sich nichts weniger als einen solchen Ausgang träumen ließen: denn die beiden Erblasser hatten auf einer Fahrt von

Sicyon nach Cirrha einen Nordwestwind von der Seite bekommen, der ihr Schiff auf den Grund stieß und mit der ganzen Equipage untergehen machte.

DIOGENES: Das machte der Nordwestwind gut! Wir beide, wie wir noch im Leben waren, schmiedeten keine solche Anschläge gegeneinander; und sowenig ich dem Antisthenes den Tod wünschte, um seinen Stecken zu erben, wiewohl es ein tüchtiger Knittel von wildem Ölbaum war, so wenig, denke ich, wurde dir die Zeit lang, bis dich mein Tod in den Besitz meiner Güter setzte, meiner Tonne nämlich und meines Schnappsacks, worin doch wenigstens eine halbe Metze Wolfsbohnen sein mochten.

KRATES: Das kam wohl daher, weil du und ich diese Dinge nicht nötig hatten. Übrigens erbten wir, wie sich's gebührte, du vom Antisthenes, ich vom Diogenes, was unendlich mehr wert war als das ganze persische Reich.

DIOGENES: Und das war?

KRATES: Die Weisheit, die Selbstgenügsamkeit, die Aufrichtigkeit und die Freiheit des Geistes und der Zunge.

DIOGENES: Beim Jupiter, ich erinnere mich, daß ich diesen Schatz vom Antisthenes empfangen und dir noch reichlich vermehrt hinterlassen habe.

KRATES: Indessen legten andre Leute wenig Wert auf diese Güter, und niemand machte uns die Aufwartung, in der Absicht, sie von uns zu erben: sie sahen nur immer dahin, wo das meiste Gold war.

DIOGENES: Natürlich! Denn wo hätten sie das hintun sollen, was sie von uns bekommen hätten, da sie von Üppigkeit und Wollust wie alte durchlöcherte Säcke ausliefen? Wenn ihnen auch jemand Weisheit oder Freimütigkeit oder Wahrheit hätte eingießen wollen, es würde alles gleich wieder durchgefallen und ausgeronnen sein, weil sie keinen Boden hatten, der es zusammenhalten konnte: wie es den armen Töchtern des Danaus geht, die in ein durchlöchertes Faß Wasser schöpfen müssen. Das Gold hingegen hielten sie mit Zähnen und Klauen und auf alle nur mögliche Weise fest.

KRATES: Dafür aber bleiben WIR auch hier im Besitz unsers Reichtums: da SIE hingegen von allem ihrem Gelde nichts als einen Obolus mitbringen und auch diesen nur für den Fährmann.

XII.

Alexander, Hannibal, Scipio und Minos.

ALEXANDER: Mir gebührt der Rang vor dir, Afrikaner! Denn ich bin ein größerer Mann als du.

HANNIBAL: Das ist eben, was ich dir nicht eingestehe.

ALEXANDER: So mag Minos den Ausspruch tun!

MINOS: Wer seid ihr denn?

ALEXANDER: Der hier ist Hannibal von Karthago; ich bin Alexander, Philipps Sohn.

MINOS: Beim Jupiter, zwei berühmte Namen! Aber worüber entstand denn euer Streit?

ALEXANDER: Über den Vorsitz. Dieser da behauptet, ein besserer Feldherr gewesen zu sein als ich; ich hingegen sage, daß ich in der Kriegskunst nicht nur ihn, sondern alle, die vor mir gewesen sind, übertroffen habe, wie die ganze Welt weiß.

MINOS: Jeder mag also für seine Sache allein sprechen. Du, Afrikaner, rede zuerst!

HANNIBAL: Es kommt mir jetzt wohl zustatten, o Minos, daß ich hier Griechisch reden gelernt habe, so daß der Herr da auch in diesem Stücke nichts vor mir voraus hat. Ich setze zum Grunde, daß diejenigen das größte Lob verdienen, die, wiewohl sie mit nichts anfingen, es dennoch durch sich selbst sehr weit gebracht haben und würdig geachtet worden sind, mit der höchsten Gewalt bekleidet zu werden. Ich kam mit einem kleinen Gefolge nach Spanien und diente anfangs unter meinem Bruder, wurde aber bald mit den höchsten Kriegswürden bekleidet, weil man fand, daß ich der Tüchtigste sei. Ich eroberte hierauf Keltiberien, bezwang die westlichen Gallier, überstieg sodann die großen Gebürge, die der Po durchströmt, und warf alles zu Boden, was sich mir entgegensetzte, zerstörte eine Menge Städte, unterwarf mir das flache Land von Italien, drang bis in die Vorstädte der Hauptstadt ein und machte an einem einzigen Tage so viele Feinde nieder, daß ihre Fingerringe mit Scheffeln gemessen wurden und ihre Leichname zu Brücken über die Flüsse dienten. Das alles tat ich, ohne mich einen Sohn Ammons nennen zu lassen oder für einen Gott passieren zu wollen und Träume auf meiner Mutter Unkosten zu erzählen. Aber wiewohl ich mich für nichts als einen bloßen Menschen ausgab, nahm ich es doch mit den größten Meistern in der Kriegskunst und mit den streitbarsten Soldaten in der Welt auf und erhielt meine Siege über keine Medier und Armenier, die schon davonlaufen, ehe sie einen Feind sehen, der sie jagt, und jedem den Sieg lassen, der sich dessen anmaßen will. Alexander hingegen machte sich eine plötzliche Laune des Glückes zunutze, um ein angeerbtes Reich zu vergrößern und auszudehnen: aber kaum hatte er bei Issus und Arbela über den unglücklichen Darius die Oberhand erhalten, so legte er die Sitten seines Vaterlandes ab, um sich nach morgenländischer Weise wie ein Gott verehren zu lassen, vertauschte seine vorige Lebensart mit der weibischen Weichlichkeit der Medier und befleckte entweder mitten unter Gastmählern seine eigenen Hände mit dem Blute seiner Freunde oder ließ sie in Ketten werfen und hinrichten. Ich hingegen stand meinem Vaterlande vor, ohne mir mehr Gewalt herauszunehmen, als es mir anvertraute; und da es mich zurückberief, als sich die Feinde mit einer großen Flotte an unsern Küsten sehen ließen, gehorchte ich augenblicklich, kehrte in den Privatstand zurück und ertrug, selbst da ich unbillig verurteilt wurde, mein Schicksal mit Gelassenheit. Und dies alles tat ich, ohne die Vorteile der griechischen Erziehung genossen, ohne den Homer deklamieren gelernt oder einen Aristoteles zum Lehrer der Philosophie gehabt zu haben, sondern mit bloßer Hülfe einer glücklichen Naturanlage.

Dies ist es also, warum ich besser als Alexander zu sein behaupte. Wenn aber sein Vorzug nur darin bestehen soll, daß er ein Diadem um den Kopf trägt, so mögen immerhin seine Mazedonier Respekt davor tragen: aber wahrlich, um dessenwillen kann er einem tapfern Feldherrn nicht vorgezogen werden, der dem Glücke wenig und der Klugheit beinahe alles zu danken hat.

MINOS: Dieser Hannibal hat wie ein braver Mann und besser, wie man von einem Afrikaner erwarten konnte, gesprochen. Und du, Alexander, was hast du hierauf zu sagen?

ALEXANDER: Vielleicht schickte sich's besser für mich, einem so übermütigen Großsprecher gar nichts zu antworten; denn der bloße Ruf muß dich schon hinlänglich belehrt haben, was für ein König ICH und was für ein Straßenräuber ER gewesen sei. Gleichwohl will ich es auf dein Urteil ankommen lassen, wie viel oder wenig Vorzug mir vor ihm gebühre. Ich war noch sehr jung, als ich die Regierung eines von innen und außen erschütterten Reiches antrat. Ich fing damit an, es von allen Seiten zu befestigen, die Mörder meines Vaters zu bestrafen und alle griechischen Freistaaten durch die Zerstörung von Theben in Schrecken zu setzen; und da ich von ihnen zu ihrem obersten Feldherrn erwählt worden war, hielt ich es zu klein für mich, mir an meinem mazedonischen Erbgut genügen zu lassen; ich umfaßte mit meinen Gedanken den ganzen Erdkreis und fühlte, daß es mir unerträglich wäre, unter den Königen nicht der Erste zu sein. In dieser Gesinnung fiel ich mit einem kleinen Kriegsheer in Asien ein, erkämpfte am Granikus einen großen Sieg, und nachdem ich mir Lydien, Ionien und Phrygien und kurz alles, was ich in meinem Wege fand, unterworfen hatte, kam ich an den Issus, wo mich Darius mit mehr Tausenden erwartete, als ich ihm einzelne Männer entgegenzustellen hatte. Ihr könnt noch nicht vergessen haben, Minos, wie viel Tote ich euch an diesem einzigen Tage zuschickte; wenigstens versicherte der Fährmann, sein Nachen habe nicht zugereicht, sondern er habe Flöße zusammenbinden müssen, um den größten Teil überzusetzen. Bei allen diesen Gelegenheiten war ich immer der erste, der sich jeder Gefahr aussetzte und Wunden zu empfangen für rühmlich hielt. Und so drang ich (um dich nicht mit dem, was zu Tyrus und Arbela geschah, aufzuhalten) bis zu den Indiern vor, bemächtigte mich ihrer Elefanten, bezwang den Porus und machte den Ozean zur Grenze meines Reiches; ja, ich ging sogar über den Tanais und schlug die Skythen, ein tapfres Volk, das bloß zu Pferde zu streiten gewohnt ist, in einer großen Schlacht. Ich erwies meinen Freunden Gutes und vergalt meinen Feinden, wie sie es um mich verdient hatten, und wenn ich den Menschen ein Gott schien, so ist es ihnen zu verzeihen, daß sie um der Größe meiner Taten willen so etwas von mir glauben konnten. Endlich starb ich als König, dieser hingegen als ein aus seinem Vaterlande Verbannter, bei dem Bithynier Prusias, einen Tod, der des arglistigsten und grausamsten aller Menschen würdig war. Durch was für Mittel er in Italien die Oberhand erhielt, will ich übergehen; gewiß nicht durch Tapferkeit, sondern durch List, Treulosigkeit und Kniffe: denn in einem regelmäßigen Treffen und in freiem Felde hat er nie was ausgerichtet. Bei dem Vorwurf der Üppigkeit, den er mir gemacht hat, scheint er Capua vergessen zu haben, wo der große Mann unter liederlichen Weibsbildern die Früchte seines Sieges und die günstigsten Augenblicke in trägen Wollüsten verscherzte. Hätte ich nicht, mit Verachtung abendländischer Eroberungen, meine Waffen gegen den Morgen gerichtet, was wäre das wohl Großes gewesen, wenn ich Italien ohne Schwertstreich eingenommen und alle Völker bis Cadix, ja bis in das Herz von Afrika bezwungen hätte? Aber alle diese Völker, die schon zahm genug waren, ihren Hals unter das Joch eines einzigen Herren zu beugen, schienen mir nicht würdig, von mir bekämpft zu werden. Aus vielem andern, was ich sagen könnte, mag dies genug sein: Du, Minos, fälle nun das Urteil.

SCIPIO: Nicht eher, bis du auch mich gehört hast.

MINOS: Wer bist denn du, mein schöner Herr, und was für ein Landsmann, daß du dich in diese Händel mischest?

SCIPIO: Der italienische Feldherr Scipio, der große Siege über Afrika erfocht und Karthago demütigte.

MINOS: Und was hast du denn zu sagen?

SCIPIO: Daß ich mich für geringer als Alexander erkenne, aber besser als Hannibal sei, den ich überwunden und zu einer schimpflichen Flucht genötigt habe. Wie unverschämt also, daß so einer sich erkühne, Alexandern den Rang streitig zu machen, mit dem sogar Scipio, sein Überwinder, sich nicht würdig hält, verglichen zu werden.

MINOS: Beim Jupiter, du sprichst wie ein billig denkender Mann, Scipio. Ich erkenne also hiemit zu Recht: daß Alexander der erste, du der nächste nach ihm und Hannibal der dritte sein soll; denn auch ER ist auf keine Weise zu verachten.

XIII.

Alexander und Diogenes.

DIOGENES: Wie, Alexander? Du hast auch sterben müssen wie wir übrigen alle?

ALEXANDER: Wie du siehst, Diogenes. Was ist's denn so Besonders, wenn ein Sterblicher stirbt?

DIOGENES: Ammon hat also nur Spaß mit uns getrieben, da er dich für seinen Sohn erklärte, und du warst nur Philipps Sohn?

ALEXANDER: Unstreitig; ich wäre schwerlich gestorben, wenn Ammon mein Vater wäre.

DIOGENES: Gleichwohl trug man sich zu Unterstützung dieses Vorgebens mit dem Märchen, deine Mutter Olympias hätte geheimen Umgang mit einem Drachen gehabt, der Drache sei in ihrem Bette gesehen worden, DU seiest die Frucht davon und Philippus habe sich irrig für deinen Vater gehalten.

ALEXANDER: Diese Gerüchte sind auch mir zu Ohren

gekommen wie dir; aber ich sehe nun, daß an allem, was meine Mutter und die Priester Ammons sagten, kein wahres Wort war.

DIOGENES: Indessen sind dir ihre Lügen bei deinen Unternehmungen wohl zustatten gekommen: denn viele unterwarfen sich dir bloß, weil sie dich für einen Gott hielten. – Aber sage mir doch, wem hinterließest du das ungeheure Reich, das dir so viele Mühe kostete?

ALEXANDER: Das weiß ich selbst nicht, mein guter Diogenes, ich hatte nichts darüber verordnet, außer daß ich in den letzten Zügen dem Perdikkas meinen Siegelring übergab. – Worüber lachst du, Diogenes?

DIOGENES: Worüber sollt ich lachen, als weil mir, indem ich dich so ansehe, alle die Sottisen einfallen, die unsere Griechen dir zu Gefallen gemacht haben; wie sie dir vom Antritt deiner Regierung an schmeichelten, dich zu ihrem obersten Feldherrn gegen die Barbaren erwählten, einige dich gar den zwölf großen Göttern beigesellten und dem vermeintlichen Drachensohne Tempel aufbauten und Opfer brachten. Aber, mit Erlaubnis, wo begruben dich die Mazedonier?

ALEXANDER: Es ist heute der dritte Tag, daß ich noch immer zu Babylon auf der Parade liege. Indessen verspricht mein Trabantenhauptmann Ptolemäus, sobald ihm die dermaligen Verwirrungen einige Muße gönnen würden, mich nach Ägypten abzuführen und dort zu begraben, um mir einen Platz unter den ägyptischen Göttern zu verschaffen.

DIOGENES: Und ich soll nicht lachen, Alexander, da ich sehe, daß du sogar im Totenreiche noch so albern bist und ein Anubis oder Osiris werden möchtest? Aber schmeichle dir mit keinen solchen Hoffnungen, mein göttlicher Herr! Wer einmal unsern See passiert hat und in das Innere der Mündung des Tartarus gekommen ist, kommt nicht wieder heraus: Äakus gibt zu genau acht, und mit dem Zerberus ist auch nicht zu scherzen. Aber wird dir nicht wunderlich zumute, wenn du dich umsiehest, wo alle die Trabanten und Satrapen und alle die Schätze und die auf den Knien liegende Völker und die große Babylon und Baktra mit allen den Elefanten hingekommen sind? – und der hohe Triumphswagen, worauf du wie ein Meteor glänztest und angestaunt wurdest? und das königliche Diadem um den Kopf und der in weiten Falten herabwallende Purpur? kurz, wenn du alle das herrliche Leben und die Hoheit und den Ruhm bedenkst, die du zurücklassen mußtest? Das mag wohl schmerzen! – Was weinst du, alberner Mensch? Lehrte dich denn dein weiser Aristoteles nicht, wie unzuverlässig alle diese Glücksgeschenke sind?

ALEXANDER: O gerade dieser Weise, wie du ihn nennst, war der heilloseste unter allen meinen Schmeichlern! Mich allein laß sagen, was Aristoteles gewesen ist! Denn ich weiß am besten, wieviel er immer von mir haben wollte, was für Briefe er mir schrieb, wie er meine ruhmsüchtige Wißbegierde mißbrauchte, mir immer nach dem Munde red'te und mich bald wegen meiner Schönheit (als ob auch diese unter die wahren Güter gehörte), bald wegen meiner Taten und meiner Reichtümer erhob: denn sogar den Reichtum erklärte er für ein wahres Gut, um sich nicht schämen zu müssen, daß er selbst soviel von mir annahm. Mein guter Diogenes, der Kerl war ein Scharlatan, der seine Rolle meisterlich zu spielen wußte, kein Weiser! Der ganze Vorteil, den ich von seiner Weisheit habe, ist, daß ich mich jetzt über den Verlust aller der Dinge, die du herzähltest, gräme, weil er mich gelehrt hatte, sie für die größten Güter anzusehen.

DIOGENES: Weißt du was? Weil doch hier keine Niesewurz wächst, will ich dir ein ander Mittel gegen deinen Gram vorschlagen. Geh an den Lethe, und tu etliche Züge aus seinem Wasser; dies wird dich unfehlbar gegen den Verlust der Aristotelischen Güter unempfindlich machen. – Aber seh ich nicht den Klitus und Kallisthenes und eine Menge anderer mit solcher Wut auf dich daherstürmen, als ob sie das Vergeltungsrecht an dir ausüben und dich für alles, was sie einst von dir erlitten, in Stücken zerreißen wollten? Schlage also lieber diesen andern Weg zum Lethe ein, und, wie gesagt, trinke, bis dir die Grillen vergehen!

XIV.

Alexander und Philippus.

PHILIPPUS: Nun, Alexander, da du tot bist, wirst du doch wohl nicht leugnen, daß du mein Sohn bist: denn Ammons Sohn würde nicht gestorben sein.

ALEXANDER: Auch zweifelte ich nie daran, daß Philippus mein Vater und Amyntas mein Ahnherr gewesen seien: ich ließ mir das Orakel bloß gefallen, weil es mir zu meinen Unternehmungen nützlich war.

PHILIPPUS: Wie? Was für einen Nutzen konntest du davon haben, wenn du dich wissentlich von Pfaffen betrügen ließest?

ALEXANDER: Das ist nicht, was ich sagen will; aber die barbarischen Völker, mit denen ich's zu tun hatte, wurden dadurch betäubt und verloren den Mut, dem vermeinten Gotte zu widerstehen; so daß es mir ein leichtes war, Meister über sie zu werden.

PHILIPPUS: Dafür hast du aber auch von deinen so leichten Siegen über alle das feigherzige, schlechtbewaffnete und hinter großen aus Weiden geflochtenen Schilden versteckte Gesindel wenig Ehre. Wenn du Griechen zu bekämpfen gehabt hättest; wenn du, wie ich, mit den Phokäern, Böotiern und Atheniensern, mit schwerbewaffnetem arkadischen Fußvolk, mit thessalischer Reuterei, mit eleischen Akontisten und mantineischen Peltasten, mit Thraziern, Illyriern und Päoniern dich hättest messen müssen, da möchtest du immer glauben, was Großes geleistet zu haben. Aber diese Medier, Perser, Chaldäer, diese weichlichen, mit ihren goldenen Rüstungen mehr geschmückten als gewaffneten Menschen – weißt du nicht, daß sie schon lange vor dir von den zehntausend Griechen, die mit Klearchus ausgezogen waren, überwunden wurden und nicht einmal Mut genug hatten, mit einem so kleinen Haufen, sobald er Stand gegen sie hielt, handgemein zu werden, sondern schon davonliefen, ehe noch die Pfeile der Griechen sie erreichen konnten?

ALEXANDER: Ich sollte doch meinen, Herr Vater, die Skythen und die Elefanten der Indier wären keine so gar verächtliche Gegner. Auch wird mir erlaubt sein zu bemerken, daß ich fertig mit ihnen worden bin, ohne zu schlechten Künsten meine Zuflucht zu nehmen; daß ich sie weder gegeneinander aufgehetzt noch meine Siege von Verrätern erkauft, noch falsche Eide geschworen, noch mein gegebenes Wort gebrochen oder sonst meines Vorteils halben eine Treulosigkeit begangen habe. Übrigens gereicht es mir vielmehr zur Ehre als zur Schande, daß ich die Griechen größtenteils ohne Blutvergießen auf meine Seite gebracht; und wie ich die Thebaner züchtigte, kannst du vermutlich gehört haben.

PHILIPPUS: Ich weiß das alles: ich hörte es von ebendem Klitus, dem du über der Tafel eine Hellebarde in den Leib stießest, weil er, bei einer vorgefallenen Vergleichung deiner Taten mit den meinigen, das Herz gehabt hatte, mir den Vorzug zu geben. Man sagt sogar, du habest den mazedonischen Waffenrock abgeworfen und dafür den persischen Kaftan angezogen, den hohen Turban aufgesetzt und den edeln freigebornen Mazedoniern zugemutet, sich nach morgenländischer Weise vor dir auf die Erde zu werfen; und, was noch das lächerlichste von allem ist, du äffest sogar die Sitten der Überwundenen nach. Von deinen übrigen Taten, als zum Exempel, daß du gelehrte Männer zu Löwen eingesperrt und von deinen rühmlichen Vermählungen und von deiner unmäßigen Liebe zum Hephästion will ich lieber gar nichts sagen. Das einzige gefiel mir, daß du dich, wie ich hörte, der Gemahlin des Darius, ungeachtet ihrer großen Schönheit, enthalten und für seine Mutter und Töchter Sorge getragen hast.

ALEXANDER: Du findest also nichts Lobenswürdiges an meiner Liebe zu gefährlichen Abenteuern, und daß ich z. E. der erste war, der von den Mauern der Oxydrazier in die Stadt sprang, und daß ich mich in den Fall setzte, so oft verwundet zu werden?

PHILIPPUS: Nein, Alexander! Nicht als ob ich es nicht für

schön hielte, wenn auch ein König, um seinem Heer ein Beispiel zu geben, sich zuweilen der Gefahr zuerst aussetzt und rühmliche Wunden davonträgt: sondern weil es sich gerade für dich am wenigsten schickte. Denn da du für einen Gott passiertest, mußtest du nicht, wenn man dich verwundet, blutend und ächzend aus der Schlacht wegtragen sah, in den Augen der Zuschauer lächerlich, Ammon als ein überwiesener Betrüger und Lügenprophet und seine Priester als offenbare Schmeichler erfunden werden? Denn wer sollte nicht lachen, wenn er einen Sohn Jupiters in Ohnmacht fallen und der Ärzte Hülfe bedürfen sieht? Und nun, da du vollends gar gestorben bist, meinst du nicht, daß eine Menge Leute über diese Mummerei bitterlich spotten werden, wenn sie den Leichnam des Gottes wie einen Klotz daliegen und so gut wie alle andere Körper in Fäulnis und Verwesung gehen sehen? Nichts davon zu sagen, daß der vermeinte Nutzen dieses Betrugs, nämlich deine Unternehmungen dadurch zu erleichtern, vielmehr dem Ruhm deiner Taten nachteilig gewesen ist: denn alles, was du tun mochtest, war immer noch weniger, als was man von einem Gott erwarten konnte.

ALEXANDER: Gleichwohl denken die Menschen nicht so von mir, sondern vergleichen mich mit Bacchus und Herkules: auch bin ich in der Tat der einzige, der jenen den Vögeln selbst unerreichbaren Felsen, den keiner von diesen beiden ersteigen konnte, erobert hat.

PHILIPPUS: Wie? Du fällst ja auf einmal wieder in den Ton von Ammons Sohn? Schämst du dich nicht, Alexander, dich mit Herkules und Bacchus zu vergleichen? Und wirst du dir nicht endlich einmal diesen übermütigen Schwulst abgewöhnen, dich selbst kennenlernen und dir bewußt werden, daß du ein Toter bist?

XV.

Achilles und Antilochus.

ANTILOCHUS: Achilles, was du neulich zum Ulysses über den Tod sagtest, ist doch wahrlich des Zöglings eines Chiron und Phönix sehr unwürdig. Ich hörte dich sagen, du wolltest lieber auf der Oberwelt Taglöhner bei einem armen Manne, der sich selbst kümmerlich behelfen müßte, sein als König über alle Toten. Wenn irgendein unedler feigherziger Phrygier so gesprochen hätte, so wäre nichts darüber zu sagen: aber daß der Sohn des Peleus, daß ein Held, der einst mehr als irgendein anderer in die gefährlichsten Abenteuer verliebt war, so niedrig von sich selbst denken soll, ist große Schande und widerspricht geradezu allem, was du im Leben getan hast. Denn es stand ja nur bei dir, eine lange Reihe von Jahren in unbekannter Ruhe unter deinen Phthioten den König zu spielen, und freiwillig erwähltest du einen frühzeitigen, aber ruhmvollen Tod.

ACHILLES: O Sohn des weisen Nestors, damals, da ich diese armselige Schimäre, Ruhm, höher als das Leben schätzte, hatte ich noch nicht erfahren, wie es HIER steht, wußte noch nicht, welches von beiden das Bessere sei. Jetzt aber weiß ich, wie so gar nichts dieser Ruhm uns nützen kann, was auch die Leute da oben davon rhapsodieren. Unter den Toten gilt einer, was der andere, lieber Antilochus! Schönheit und Stärke ist dahin! Wir alle liegen unter ebendemselben Dunkel, ohne den geringsten Unterschied und Vorzug. Die trojanischen Toten fürchten mich so wenig als die griechischen mich ehren: hier herrscht die vollkommenste Gleichheit, der bravste und der schlechteste Mann ist einer so tot als der andere. Das ist's, was mich schmerzt und warum ich mich ärgere, daß ich nicht ein Taglöhner bin und lebe.

ANTILOCHUS: Aber was ist zu machen, lieber Achilles? Die Natur hat nun einmal für gut befunden, daß wir alle sterben müssen: es bleibt also nichts übrig, als uns dem Gesetz ohne Murren zu unterwerfen. Zudem siehst du ja, wie viele von uns, deine ehemaligen Kameraden, du bereits um dich hast; und auch Ulysses wird in kurzem anlangen. Es ist doch immer ein Trost, Gefährten im Leiden zu haben und zu sehen, daß es andern nicht besser geht als uns. Sind nicht auch Herkules und Meleager und andere große Männer von diesem Schlage hier, von denen gewiß keiner ins Leben zurückkehren möchte, wenn man sie hinaufschicken wollte, um bei armen Schluckern, die selbst nichts zu leben haben, um Taglohn zu arbeiten.

ACHILLES: Ich erkenne in diesem Zuspruch die gute Meinung eines alten Kameraden: aber, es mag nun damit sein, wie es will, die Erinnerung alles dessen, was ich mit dem Leben verloren habe, quält mich, und ich bin gewiß, es ist keiner unter euch, dem nicht ebenso zumute wäre. Wenn ihr es nicht gesteht, seid ihr nur um so viel schlimmer daran, daß ihr euch in der Stille abhärmt.

ANTILOCHUS: Keineswegs, Achilles, sondern um so viel besser! Wir sehen, daß alles Klagen uns nun einmal nichts helfen kann; wir wollen also lieber schweigen und dulden, als uns durch solche Wünsche wie der deinige lächerlich machen.

XVI.

Diogenes und Herkules.

DIOGENES: Sollte das nicht Herkules sein? Beim Herkules! er ist's und kein anderer! Es ist sein Bogen, seine Keule, seine Löwenhaut, seine Statur. Aber wie kann der Sohn Jupiters gestorben sein? – Mit Erlaubnis, o du Sieger der schönsten Siege, sei so gut und sage mir, ob du tot bist. Wie ich noch im Leben war, opferte ich dir als einem Gott –

HERKULES: Und daran tatest du sehr recht: denn der wahre Herkules

lebt bei den Göttern im Himmel und hat die schönfüßige Hebe.

Ich bin nur seine Gestalt.

DIOGENES: Wie verstehst du das, die Gestalt des GOTTES Herkules? Und wie ist es möglich, daß einer zur einen Hälfte ein Gott und zur andern gestorben sein könnte?

HERKULES: Sehr möglich! Denn nicht ER ist gestorben, sondern nur ich, sein Bild.

DIOGENES: Ich verstehe: er hat dem Pluto statt seiner einen andern Mann gestellt, und der bist du? Du bist, sozusagen, IN SEINEM NAMEN tot?

HERKULES: So ungefähr.

DIOGENES: Aber Äakus ist sonst ein Mann, der es sehr genau nimmt: wie kam es, daß er den Betrug nicht merkte und einen untergeschobenen Herkules für den wahren passieren ließ?

HERKULES: Das kam daher, weil ich ihm vollkommen ähnlich bin.

DIOGENES: Da hast du recht; so vollkommen ähnlich, daß du ER SELBST sein könntest. Nimm dich in acht, es könnte sich gerade umgekehrt verhalten, nämlich, daß du Herkules wärest, und deine Gestalt hätte die schöne Hebe bei den Göttern geheuratet.

HERKULES: Du bist ein naseweiser Bursche und ein Witzling! Wenn du nicht gleich aufhörst zu spotten, so sollst du auf der Stelle fühlen, wer der Gott ist, dessen Gestalt ich bin!

DIOGENES: Ich sehe, daß du schußfertig bist: aber was könnt ich von dir zu fürchten haben, da ich einmal tot bin? Aber sage mir, ich beschwöre dich bei deinem Herkules, wie er noch am Leben war, warest DU, seine Gestalt, auch bei ihm? oder machtet ihr im Leben nur EINE Person aus und trenntet euch erst im Tode? ER nämlich flog zu den Göttern auf, und du, seine Gestalt, wandertest, wie billig, in die Unterwelt.

HERKULES: Ich sollte mich mit so einem mutwilligen Schikanenmacher gar nicht eingelassen haben: Ich will dir aber gleichwohl soviel sagen: alles, was an Herkules vom Amphitryo war, das starb, und dies alles bin ICH; was aber vom Jupiter war, das ist im Himmel bei den Göttern.

DIOGENES: Nun geht mir ein Licht auf. Alkmena hat zu gleicher Zeit zwei Herkulesse geboren, einen vom Amphitryo und einen vom Jupiter: ihr waret also eigentlich Zwillinge, von verschiedenen Vätern und EINER Mutter; und das war es, was man bisher noch nicht gewußt hat.

HERKULES: Mitnichten, Dummkopf! Wir beide machten ihn selbst, den einzigen Herkules, aus.

DIOGENES: Das ist eben nicht so leicht zu begreifen, wie zwei Herkulesse so zusammengesetzt werden konnten, daß sie nur EINEN ausmachten; ihr müßtet denn nur eine Art von Zentaur gewesen sein, ein Mensch und ein Gott in EIN Wesen zusammengewachsen.

HERKULES: Siehst du denn nicht, daß alle Menschen auf die nämliche Art aus zwei Stücken, Seele und Leib, zusammengesetzt sind? Wo sollte denn also das Hindernis liegen, daß die Seele nicht im Himmel sei und ich, der sterbliche Teil, unter den Toten?

DIOGENES: Das wäre recht schön, edler Amphitryoniade, wenn DU ein KÖRPER wärest: so aber bist du ja nichts weiter als eine unkörperliche Gestalt. Wie ich merke, wirst du am Ende noch gar einen dreifaltigen Herkules herausbringen.

HERKULES: Und warum einen dreifaltigen?

DIOGENES: So etwan: Einer davon ist im Himmel; du, die Gestalt, bist bei uns; und der Körper verbrannte auf dem Öta zu Asche: das macht doch, sollt ich meinen, drei? Du magst also sehen, wo du einen dritten Vater für den KÖRPER hernehmen willst.

HERKULES: Das ist ein kecker sophistischer Bursche! – Und wer bist denn DU deines Zeichens?

DIOGENES: Die GESTALT des Diogenes von Sinope: ICH SELBST aber gehe, beim Jupiter! zwar nicht mit den unsterblichen Göttern, aber doch mit den Besten der Toten um und mokiere mich über Homer und über alle solche Schnurrpfeifereien!

XVII.

Menippus und Tantalus.

MENIPPUS: Was heulst du, Tantalus? Warum stehst du so am Teiche und bejammerst dich selbst?

TANTALUS: Weil ich vor Durst verschmachte, lieber Menippus.

MENIPPUS: Bist du denn so gar träge, daß du dich nicht einmal zum Trinken herabbücken oder nur wenigstens mit der hohlen Hand etwas Wasser herausschöpfen magst?

TANTALUS: Es hilft mir nichts, wie tief ich mich auch herabbücke; das Wasser flieht vor mir, sobald es merkt, daß ich ihm nahe bin, und wenn ich auch etwas davon schöpfe und zum Munde bringe, so läuft es mir, eh ich noch die äußersten Lippen benetzen kann, zwischen den Fingern durch, und die Hand ist augenblicklich so trocken wie zuvor.

MENIPPUS: Das ist ein seltsames Abenteuer, guter Tantalus. Aber warum bist du denn so aufs Trinken erpicht, da du doch keinen Körper mehr hast? Denn das, was dir ehmals Essen und Trinken zum Bedürfnis machte, ist in Lydien begraben; und du, die bloße nackte Seele, wie solltest du noch hungern und dursten können?

TANTALUS: Darin besteht eben meine Strafe, daß meine Seele ebenso dürstet, als ob sie ein Körper wäre.

MENIPPUS: Nun wohl, weil dir der Durst, wie du sagst, als Strafe auferlegt ist, so müssen wir's ja freilich glauben. Aber worin kann denn das Schreckliche der Sache liegen? Du fürchtest doch nicht, aus Mangel an Trinken zu sterben? Wenigstens sehe ich kein anderes Totenreich, wohin man, durch den Tod in diesem hier, befördert werden könnte.

TANTALUS: Darin hast du recht: allein das macht eben einen Teil meiner Verdammnis aus, daß ich von der Begierde zu trinken gequält werde, ohne dessen vonnöten zu haben.

DIOGENES: Du faselst, Tantalus! Du bedarfst in der Tat eines Trankes, aber keines andern als von der stärksten Niesewurz. Dein Übel ist gerade das Widerspiel dessen, was den von wütenden Hunden Gebissenen widerfährt: SIE scheuen sich vor dem Wasser, DU vor dem Durst.

TANTALUS: Hätte ich nur gleich einen tüchtigen Schluck Helleborus, ich wollte ihn gewiß nicht verschmähen!

DIOGENES: Laß dir die Lust dazu vergehen, guter Tantalus; es geht dir wie allen andern Toten, und man wird dir nichts Besonders machen. Aber freilich dürsten nicht alle, wie du, zur Strafe und können bloß darum nicht trinken, weil das Wasser nicht auf sie warten will!

XVIII.

Menippus und Merkur.

MENIPPUS: Und wo sind denn die schönen Männer und Frauen, von denen da oben so viel Redens war, Merkur? Sei doch so gut und führe mich zu ihnen, da ich hier noch so neu bin und mich noch nirgends zu finden weiß.

MERKUR: Ich habe keine Zeit dazu, lieber Menippus; aber schaue nur dort hin – *er zeigt mit dem Finger hin* – mehr rechter Hand, dort sind Hyazinth und Narzissus und Nireus und Achilles und Tyro und Helena und Leda, kurz, alle berühmten Schönheiten des Altertums auf einem Haufen beisammen.

MENIPPUS: Ich sehe nichts als Knochen und kahle Schädel, an denen nichts zu unterscheiden ist.

MERKUR: Gleichwohl werden diese Knochen, die du so verächtlich anzusehen scheinst, von den Dichtern bis auf diesen Tag besungen.

MENIPPUS: Zeige mir wenigstens nur Helenen; denn ich selbst wüßte sie nicht herauszufinden.

MERKUR: Dieser Schädel da ist die schöne Helena.

MENIPPUS: Das war es also, warum sich ganz Griechenland in tausend Schiffe zusammenpacken lassen mußte, warum so viele Griechen und Barbaren fielen und so viele Städte dem Erdboden gleichgemacht wurden?

MERKUR: Mein guter Menipp, du hättest sie in ihrem Leben sehen sollen! Du hättest gewißlich (ebensowohl wie die alten Räte des Priamus in der Iliade) gestehen müssen, daß es Nemesis selbst nicht übelnehmen könne, wenn Trojaner und Griechen

> jahrelang um so ein Weib den Jammer des Krieges
> erdulden.

Wer verdorrte Blumen sieht, kann es ihnen freilich nicht ansehen, wie schön sie waren, da sie in voller Blüte standen und mit ihren natürlichen Farben prangten.

MENIPPUS: Was mich wundert, Merkur, ist nur, wie die Griechen nicht merkten, daß sie sich um eines so vergänglichen und so bald verblühenden Dinges willen alle diese Mühe gaben.

MERKUR: Ich habe keine Zeit, mit dir zu philosophieren, Menipp; suche dir also nach Belieben einen Ort aus, wo du dich hinlagern willst; ich muß gehen und die übrigen Toten auch herbeiholen.

XIX.

Äakus, Protesilaus, Menelaus und Paris.

ÄAKUS: Was ist das, Protesilaus? Warum fällst du so über Helenen her, als ob du sie erdrosseln wolltest?

PROTESILAUS: Weil sie schuld an meinem Tode ist und ich um ihretwillen mein Haus zur Hälfte unausgebaut und meine junge Frau, wenige Tage nach der Hochzeit, als Witwe zurücklassen mußte.

ÄAKUS: So halte dich an den Menelaus, der euch um eines solchen Weibes willen nach Troja schleppte!

PROTESILAUS: Das ist wahr, der soll mir dafür bezahlen!

MENELAUS: Nicht ich, mein guter Mann, sondern von Rechts wegen Paris, der mir, seinem Wirte, gegen alles, was Recht in der Welt ist, meine Frau entführte. ER verdient nicht nur von dir, sondern von allen Griechen und

Barbaren erdrosselt zu werden, da er dadurch an so vieler braven Männer Tode schuldig worden ist.

PROTESILAUS: Das ist auch wahr! An dich also will ich mich halten, du unseliger Paris, und nie wieder von dir ablassen, solang ich meine Hände brauchen kann.

PARIS: Daran würdest du sehr unrecht tun, Protesilaus! und um so mehr, da wir beide vom Lieben Profession gemacht haben und also Kunstverwandte sind, die von ebendemselben Gotte getrieben wurden. Denn du mußt doch wissen, daß die Liebe etwas Unfreiwilliges oder vielmehr, daß die eine Gottheit ist, die uns hinführt, wohin sie will, und gegen die kein Widerstand helfen kann.

PROTESILAUS: Du hast recht! Könnt ich doch nur gleich den Liebesgott zu packen kriegen!

ÄAKUS: Ich will dir in seinem Namen sagen, was er mit gutem Grunde zu seiner Rechtfertigung vorbringen kann. Er kann sagen: daß Paris sich in Helenen verliebt habe, daran könnte er allenfalls wohl schuld sein; aber an deinem Tode, Protesilaus, sei kein andrer schuld als du selbst. Wer hieß dich deine junge Frau sitzenlassen und nach Troja ziehen und so tollkühn allen andern zuvorspringen, daß du gleich bei der Landung das Opfer deiner unmäßigen Ruhmbegierde wurdest?

PROTESILAUS: Nun, Äakus, so will ich mit noch besserem Grunde zu meiner eigenen Rechtfertigung sagen, daß nicht ich daran schuld bin, sondern das Verhängnis und das, was Klotho von Anfang unsers Lebens über uns verordnet hat.

ÄAKUS: Wohl gesprochen! Was klagst du also diese unschuldigen Leute an?

XX.

Menippus und Äakus.

MENIPPUS: Um Plutos willen, sei so gut, Äakus, und zeige mir alles, was im Totenreiche zu sehen ist.

ÄAKUS: Alles, mein guter Menipp, würde so leicht nicht sein:

aber das Hauptsächlichste will ich dir gerne weisen. Den Zerberus dort kennst du schon und den Fährmann, der dich übergeführt hat, auch; den stygischen See und den Feuerstrom hast du bei deiner Hieherkunft ebenfalls gesehen.

MENIPPUS: Ich kenne das alles und weiß auch schon, daß du Torwärter bist; auch den König hab ich schon gesehen und die Furien. Wenn du mir einen Gefallen tun willst, so zeige mir die Männer der alten Zeiten, besonders diejenigen, von denen in der Oberwelt am meisten gesprochen wird.

ÄAKUS: Dieser hier ist Agamemnon, jener dort Achilles; dieser, etwas näher gegen uns, Idomeneus, der neben ihm Ulysses; dann folgen Ajax, Diomedes und die übrigen Häupter der Griechen dieser Zeit.

MENIPPUS: Ei, ei, Meister Homer! Was ist aus den Helden deiner Rhapsodien geworden? Wie armselig sie da untereinander auf der Erde liegen, unkennbar, aller Schönheit und Stärke beraubt, in Wahrheit „schwache Köpfe", wie du sie nennst! so schwach, daß man sie mit einem Hauch zu Asche verblasen könnte! Aber wer ist DER da, Äakus?

ÄAKUS: Das ist Cyrus, und dieser hier Krösus; der neben ihm Sardanapalus, der über beiden Midas und jener dort Xerxes.

MENIPPUS: Wie? so ein Tropf wie du setzte ganz Griechenland in Furcht und Schrecken, durch den Einfall, eine Brücke über den Hellespont zu schlagen und über Berge wegzuschiffen? Was der Krösus da für eine klägliche Figur macht! Und vollends der Sardanapalus! Ich hätte große Lust, ihm eine tüchtige Ohrfeige zu geben, wenn du mir's erlauben wolltest.

ÄAKUS: Beileibe nicht! Du würdest ihm den Schädel zermürsen, so weibisch ist er.

MENIPPUS: Aber anspeien darf ich das Mannweib doch?

ÄAKUS: Möchtest du nicht auch die Weisen sehen?

MENIPPUS: O gewiß, sehr gerne.

ÄAKUS: Der erste hier ist Pythagoras.

MENIPPUS: Sei mir gegrüßt, Euphorbus oder Apollo oder mit welchem Namen du dich lieber nennen hörst!

PYTHAGORAS: Großen Dank, Menippus, ebenmäßig!

MENIPPUS: Du hast wohl deinen goldnen Schenkel nicht mehr?

PYTHAGORAS: Nein wahrhaftig! Aber hast du was zu essen in deinem Schnappsack? Laß doch sehen!

MENIPPUS: Nichts, mein Bester, als Bohnen, die du nicht essen darfst.

PYTHAGORAS: Gib immer her! Seit ich unter den Toten bin, sind einige Veränderungen in meinem Lehrbegriffe vorgegangen: ich habe hier gelernt, daß die Bohnen und die Häupter unsrer Eltern nichts miteinander gemein haben.

ÄAKUS: Dieser hier ist Solon, jener dort der berühmte Thales und neben ihm Pittakus und die übrigen; es sind ihrer sieben, wie du siehest –

MENIPPUS: Und unter allen Toten, die ich noch gesehen, die einzigen, die ein heiteres und fröhliches Ansehen haben. Aber der dort, der so voller Asche und Brandblasen ist wie ein in der Asche gebackener Kuchen, wer ist der?

ÄAKUS: Das ist Empedokles, der halbgekocht aus dem Schlunde des Ätna bei uns anlangte.

MENIPPUS: Hei da, mein schöner Herr mit den ehernen Füßen, was war die Ursache, warum du dich in den Krater des Ätna stürztest?

EMPEDOKLES: Ein Anfall von schwarzer Galle, Menippus.

MENIPPUS: Ganz und gar nicht, ich weiß es besser: Eitelkeit und Ruhmsucht und eine Art von Narrheit, die du mit Niesewurz hättest vertreiben sollen, haben dich mitsamt deinen Pantoffeln, verdientermaßen, so zur Kohle ausgebrannt. Dein Kunstgriff half dir indessen nichts; denn es kam doch an den Tag, daß du gestorben warst wie andere. – Aber, guter Äakus, wo ist denn Sokrates?

ÄAKUS: Er plaudert gewöhnlich mit Nestor und Palamedes und treibt noch immer seine alten Possen.

MENIPPUS: Ich möchte ihn doch gerne sehen, wenn er irgend in der Nähe wäre.

ÄAKUS: Siehst du den Glatzkopf dort?

MENIPPUS: Ich sehe nichts als Glatzköpfe; das ist ein Kennzeichen für alle Toten.

ÄAKUS: Ich meine DEN mit der aufgestülpten Affennase.
MENIPPUS: Damit ist's ebenso. Alle haben solche Nasen.
SOKRATES: Suchst du MICH, Menippus?
MENIPPUS: Jawohl, Sokrates.
SOKRATES: Wie geht es zu Athen?
MENIPPUS: Es gibt eine Menge junge Leute, die, ihrem Vorgeben nach, philosophieren; und wer nur auf ihren Anzug und ihren Gang sähe, müßte sie wirklich für große Philosophen halten.
SOKRATES: Ich habe sehr viele dergleichen gesehen.
MENIPPUS: So mußt du, denke ich, auch gesehen haben, wie Aristipp und Plato selbst konditioniert waren, als sie hieher kamen? Jener roch schon von weitem nach Pomade, und dieser hatte bei den Tyrannen in Sizilien den Höfling machen gelernt.
SOKRATES: Aber was halten die Leute von MIR?
MENIPPUS: Du bist ein glückseliger Sterblicher, Sokrates, was das betrifft! Alle Welt glaubt, du seiest ein bewundernswürdiger Mann gewesen und habest alles gewußt, wiewohl du (weil man doch, denke ich, die Wahrheit sagen muß) nichts wußtest.
SOKRATES: Das hab ich ihnen immer selbst gesagt: aber sie hielten es nur für Ironie.
MENIPPUS: Wer sind denn die da, die sich so an dich andrängen?
SOKRATES: Charmides, Phädrus und der Sohn des Klinias.
MENIPPUS: Ei, ei, Sokrates, ich sehe, du treibst noch immer dein altes Handwerk; die schönen Leute gelten noch immer viel bei dir.
SOKRATES: Womit könnte ich mich besser amüsieren? Ich dächte, du legtest dich auch zu uns her, Menipp.
MENIPPUS: Das nicht! Ich werde meine Residenz beim Krösus und Sardanapalus aufschlagen: denn ich denke, es soll mir großen Spaß machen, wenn ich sie jammern und wehklagen höre.
ÄAKUS: Und ich kehre zu meinem Posten zurück, damit uns nicht etwa, wenn ich mich zu weit entferne, irgendein To-

ter heimlich davongehe. Ein andermal sollst du mehr sehen, Menipp.

MENIPPUS: Gehe nur, Äakus, es ist auch an diesem genug!

XXI.

Menippus und Zerberus.

MENIPPUS: Vetter Zerberus, weil ich doch auch zum Hundegeschlecht gehöre, so sage mir, um der Verwandtschaft willen, sage mir, ich beschwöre dich beim Styx! wie betrug sich Sokrates, da er zu euch herabkam? Denn, da du ein Gott bist, mußt du natürlicherweise mehr als bellen und, sobald es dir beliebt, auch in menschlicher Sprache dich vernehmen lassen können.

ZERBERUS: Von ferne, lieber Menippus, schien er allerdings mit unverändertem Gesichte heranzukommen und denen, die außerhalb der Mündung des Tartarus standen, zeigen zu wollen, daß er sich ganz und gar nicht vor dem Tode fürchte. Sobald er aber würklich in den Schlund herabsank und sah, wie finster es da ist, und wie ich ihn, da er mir's des Schierlings wegen zu lange machte, in den Fuß biß und vollends hereinzog: da wimmerte er wie ein kleines Kind, fing eine große Wehklage um seine eigene Kinder an und schnitt die seltsamsten Gesichter von der Welt.

MENIPPUS: Der Mann war also doch wohl am Ende nur ein Sophist und seine Verachtung des Todes eine bloße Grimasse?

ZERBERUS: Nichts weiter! Wie er sah, daß es nun einmal gestorben sein mußte, machte er den Großherzigen und tat, als ob er sich freiwillig gefallen ließe, was er zu leiden schlechterdings genötigt war, und das – um von den Zuschauern bewundert zu werden. Überhaupt kann ich das von allen diesen Leuten, die mehr als andere sein wollen, sagen: bis zur Mündung sind sie tapfer und voller Mut; aber ihr Betragen, wenn sie drinnen sind, überweiset sie augenscheinlich des Gegenteils.

MENIPPUS: Wie findest du denn, daß ich bei meiner Hieherkunft mich benommen habe?

ZERBERUS: Du allein hast der Familie durch dein Betragen Ehre gemacht und vor dir Diogenes; weil ihr nicht gezwungen und gestoßen herabgekommen seid, sondern freiwillig, lachend und aller andern spottend, die sich so tragisch bei der Sache gebärden.

XXII.

Charon, Menippus und Merkur.

CHARON: Bezahle das Fährgeld, Schurke!

MENIPPUS: Schreie, solange es dir angenehm ist, Charon.

CHARON: Bezahle, sag ich; meinst du, daß ich dich umsonst herübergefahren haben wolle?

MENIPPUS: Wer nichts hat, kann nichts geben.

CHARON: Wer in der Welt ist so arm, daß er nicht zwei Kreuzer im Vermögen hätte?

MENIPPUS: Ob es noch so einen gibt, weiß ich nicht; aber von mir weiß ich, daß ich sie nicht habe.

CHARON: Zum Pluto, ich schnüre dir die Kehle zu, wenn du mich nicht bezahlst!

MENIPPUS: So schlag ich dir mit meinem Stecken den Schädel ein.

CHARON: Du solltest also eine so lange Überfahrt unentgeltlich gemacht haben?

MENIPPUS: Merkur, der mich dir gebracht hat, mag auch für mich bezahlen.

MERKUR: Zum Jupiter, da würde ich mich gut bei meinem Ämtchen stehen, wenn ich für die Toten auch noch bezahlen müßte!

CHARON *zu Menippus*: Ich lasse nicht von dir ab.

MENIPPUS: Was das betrifft, so kannst du meinetwegen deinen Kahn in den Ankerplatz ziehen und warten, solange dir's beliebt; aber wie willst du, daß ich dir gebe, was ich nicht habe?

CHARON: Wußtest du denn nicht, was du mitbringen müssest?

MENIPPUS: Ich wußte es wohl, aber ich hatte nichts. Wie? hätte ich etwa deswegen nicht sterben sollen?

CHARON: Du allein solltest dich groß damit machen können, daß du umsonst übergefahren seiest!

MENIPPUS: Nicht so umsonst, mein schöner Herr: half ich nicht pumpen und rudern und war der einzige unter allen Passagieren, der nicht heulte?

CHARON: Das alles hat nichts mit dem Fährgelde zu tun: Du mußt deinen halben Batzen bezahlen, es geht nun einmal nicht anders an.

MENIPPUS: Ich weiß dir keinen andern Rat, als du führst mich ins Leben zurück.

CHARON: Das wäre noch schöner! Daß ich noch obendrein Schläge vom Äakus dafür bekäme!

MENIPPUS: So laß mich ungeschoren.

CHARON: Weis einmal her, was du im Schnappsack hast.

MENIPPUS: Wolfsbohnen und ein Hekatesmahl.

CHARON: Wo in aller Welt hast du dieses unverschämte Hundegesicht aufgelesen, Merkur. So lange die Überfahrt dauerte, blieb ihm das Maul keinen Augenblick stehen, er belachte und verspottete alle andern Passagier und sang lustige Liedchen, während die übrigen jammerten.

MERKUR: Du weißt also nicht, Charon, was für einen großen Mann du übergeführt hast? Er ist ein Freiherr im eigentlichen Verstande und fragt nach niemand was; mit EINEM Wort, es ist Menippus.

CHARON *zu Menippus*: Wenn ich dich je wieder kriege –

MENIPPUS: Ja, WENN! Du sollst mich gewiß nicht zweimal kriegen!

XXIII.

Pluto, Proserpina und Protesilaus.

PROTESILAUS: O unbeschränkter Herr und König des Totenreiches, unser Jupiter, und du, erhabene Tochter der

Ceres, laßt das Flehen eines Verliebten Gnade vor euern Augen finden!

PLUTO: Was verlangst du von uns? Wer bist du?

PROTESILAUS: Ich bin Protesilaus, des Iphikles Sohn, aus Phylace, einer von denen, die mit den übrigen Griechen vor Troja zogen, und der erste, der dabei umkam. Ich bitte nur auf kurze Zeit um Urlaub, ins Leben zurückzukehren.

PLUTO: Du bist also ins Leben verliebt, mein guter Protesilaus? Solche Liebhaber haben wir hier in Menge: aber sie lieben einen Gegenstand, der keinem von ihnen zuteil werden kann.

PROTESILAUS: Ich, o Pluto, bin nicht in das Leben verliebt, sondern in meine junge Frau, die ich unmittelbar nach unsrer Vermählung in der hochzeitlichen Kammer zurückließ, als ich mich nach Troja einschiffte. Unglücklicherweise fiel ich, gleich beim Aussteigen, von Hektors Hand; und nun läßt mir die Sehnsucht nach meinem Weibchen keine Ruhe, gnädiger Herr, und wenn ich ihr nur auf eine sehr kurze Zeit sichtbar werden könnte, wollte ich gerne wieder zurückkommen.

PLUTO: Du hast also nicht aus dem Lethe getrunken, Protesilaus?

PROTESILAUS: O gewiß, gnädiger Herr, aber meine Liebe ist stärker als die Kraft seines Wassers.

PLUTO: Gedulde dich also; sie wird über kurz oder lang hier sein, ohne daß du zu ihr hinaufzureisen brauchst.

PROTESILAUS: Ich kann unmöglich so lange warten, Pluto! Du hast selbst geliebt und weißt also, wie einem Verliebten zumute ist.

PLUTO: Was könnt es dir aber helfen, auf einen einzigen Tag wieder lebendig zu werden? In kurzem würde der Jammer wieder von vorn angehen.

PROTESILAUS: Ich schmeichle mir, sie überreden zu können, daß sie mich zu euch begleite: und so würdest du für EINEN Untertanen in so kurzer Zeit zwei bekommen.

PLUTO: Du verlangst etwas, das gegen alle Ordnung ist; es ist noch nie geschehen.

PROTESILAUS: Erlaube, o Pluto, daß ich deinem Gedächtnis nachhelfe. Habt ihr nicht um der nämlichen Ursache willen dem Orpheus seine Eurydice wiedergegeben? Und ist nicht meine Base Alceste, dem Herkules zu Gefallen, ins Leben zurückgeschickt worden?

PLUTO: Du wolltest dich also mit diesem häßlichen nackten Schädel vor deiner schönen Braut sehen lassen? Wie kannst du hoffen, von ihr aufgenommen zu werden, da sie dich nicht einmal erkennen würde? Ganz gewiß würde sie vor dir erschrecken und davonlaufen, und so hättest du einen so großen Weg vergebens gemacht.

PROSERPINA: Könntest du diesem Übel nicht abhelfen, lieber Mann, wenn du dem Merkur befehlen wolltest, daß er den Protesilaus, sobald er ihn an das Tageslicht hinaufgebracht hätte, mit seinem Stabe berühren und wieder zu ebendem schönen Jüngling machen sollte, der er war, als er aus dem Brautgemach hervorging?

PLUTO: Nun dann, weil Proserpina auch dieser Meinung ist, so führe ihn wieder hinauf, Merkur, und mach ihn zum Bräutigam. Aber du, vergiß nicht, daß du nur auf einen Tag Urlaub hast!

XXIV.

Diogenes und Mausolus.

DIOGENES: Höre du, Karier, worauf bildest du dir soviel ein, daß du vor uns allen den Rang haben willst?

MAUSOLUS: Fürs erste, Herr Sinopenser, war ich König von ganz Karien und Herr über verschiedene Distrikte von Lydien; ich erweiterte mein Reich durch Unterwerfung verschiedener Inseln, erstreckte meine Eroberungen bis Milet und überwältigte den größten Teil von Ionien. Außerdem hatte ich persönliche Vorzüge; ich war schön, groß von Statur und von einer Leibesbeschaffenheit, die alle Beschwerden des Krieges aushalten konnte. Endlich, und was das vornehmste ist, habe ich zu Halikarnaß ein ungeheures Grabmal auf mir liegen, das an Größe und Schönheit seinesgleichen in der ganzen Welt nicht hat und mit den herrlichsten Bildern von Menschen und Pferden ausgeziert ist, alles aus einem so schönen Marmor, wie man nicht leicht an einem Tempel finden wird. Und auf das alles sollte ich nicht mit Recht stolz sein, meinst du?

DIOGENES: Also auf deine Krone, auf deine Gestalt und auf die Schwere deines Grabmals?

MAUSOLUS: Das sollt ich denken, beim Jupiter!

Diogenes: Aber, schönster Mausolus, von deiner Schönheit und Stärke ist nichts mehr zu sehen; und wenn ich dir den Vorzug der Gestalt streitig machen wollte, würdest du dem Richter keinen Grund angeben können, warum dein Schädel schöner als der meinige sein sollte. Beide sind kahl und abgeschält; unsre Zähne grinsen beiderseits auf gleiche Art, und wir haben beide statt der Augen leere Löcher und aufgestülpte Affennasen. Was aber dein Grabmal betrifft und die kostbaren Steine, woraus es verfertigt ist, so mögen die Einwohner von Halikarnaß allerdings Ursache haben, sie den Fremden zu zeigen und sich groß damit zu machen, daß sie ein so großes Werk der Kunst in ihren Mauern besitzen; was aber du, mein schöner Herr, für einen Genuß davon hättest, sehe ich nicht; du müßtest denn nur sagen, daß du doch eine größere Last tragest als wir andern, da du einen so ungeheuern Steinhaufen auf dir liegen hast.

MAUSOLUS: Das alles sollte mir also zu nichts helfen, und Mausolus sollte nicht mehr und nicht weniger sein als Diogenes?

DIOGENES: Was den letztern Punkt betrifft, mein edler Herr, nein; diese Gleichheit muß ich verbitten. Denn Mausolus wird wimmern und wehklagen, sooft er sich der Dinge erinnert, die im Leben seine Vorzüge und sein Glück ausmachten: Diogenes hingegen wird ihn auslachen. Mausolus spricht von dem Grabmale, das ihm Artemisie, seine Gemahlin und Schwester, zu Halikarnaß errichten ließ: Diogenes weiß nicht einmal, ob sein Leichnam irgendwo ein Grab bekommen hat, und bekümmert sich auch nicht darum. Dafür hat er hingegen den Besten der Menschen das Andenken hinterlassen, das Leben eines MANNES gelebt zu haben; und dies Denkmal, o du erster unter allen deinen sklavischen Kariern, ist höher und ruht auf einem festern Grunde als das deinige.

XXV.

Nireus, Thersites und Menippus.

NIREUS: Da ist ja Menippus! Der kann gleich den Ausspruch tun, wer von uns beiden der Schönste ist. Aufrichtig, Menippus, deucht dir nicht, daß ich schöner bin als er?

MENIPPUS: Wer seid ihr denn? Das ist, denke ich, was ich vor allen Dingen wissen muß.

NIREUS: Nireus und Thersites.

MENIPPUS: Wer von beiden ist denn Nireus und wer Thersites? Denn bis itzt fällt es nicht in die Augen.

THERSITES: Ich habe also schon so viel gewonnen, daß ich dir ähnlich bin und dein Vorzug also so groß nicht sein kann, wie ihn der blinde Homer macht, da er dich den Schönsten aller Griechen nennt; braucht es einen stärkern Beweis, als daß ich, meines spitzigen Kopfes und meiner einzelnen Haare ungeachtet, dem Richter nicht schlechter vorgekommen bin als du? Aber betrachte uns recht, Menipp, und sage dann, welchen du für den schönern hältst.

NIREUS: Natürlicherweise mich, den Sohn des Charops und der Aglaja,

mich, den schönsten der Männer, die gegen Ilion zogen.

MENIPPUS: Wenigstens bist du nicht als der Schönste unter die Erde gekommen, deucht mich: die Knochen sind gleich, und zwischen deinem Schädel und des Thersites seinem dürfte wohl kein andrer Unterschied sein, als daß der deinige leichter zu zermürsen ist; denn er sieht so schwach und unmännlich aus, daß man ihn eher für einen Weiberschädel halten sollte.

NIREUS: Frage nur den Homer, was für ein Mann ich war, da ich unter den Griechen vor Troja Dienste tat.

MENIPPUS: Träume, mein guter Nireus! Ich weiß nur das, was ich sehe und was du jetzt bist; was du damals warst, mögen die wissen, die mit dir lebten.

NIREUS: Ich wäre also hier nicht schöner als andere, Menipp?

MENIPPUS: Hier ist niemand schön, weder du noch ein anderer: im Lande der Toten sind alle gleich.

THERSITES: Ich, für meinen Teil, verlange nicht mehr.

XXVI.

Menippus und Chiron.

MENIPPUS: Wie ich höre, Chiron, sollst du, wiewohl du von Geburt ein Gott bist, zu sterben verlangt haben.

CHIRON: Du hast die Wahrheit gehört, Menipp.

MENIPPUS: Was kam dich für eine Liebe zum Tode an, den doch die meisten so unliebenswürdig finden?

CHIRON: Einem so verständigen Manne wie du kann ich es schon sagen. Die Unsterblichkeit hatte nichts Angenehmes mehr für mich.

MENIPPUS: Wie? Es war dir nicht angenehm, das Sonnenlicht zu sehen?

CHIRON: Nein, Menipp! Für mich ist nichts Angenehmes ohne Mannigfaltigkeit; immer einerlei Vergnügen ist meiner Meinung nach kein Vergnügen. Also immer zu leben, wie mein Fall war, und immer dieselbe Sonne zu sehen und mich immer auf dieselbe Weise zu nähren und zu sehen, wie die Jahreszeiten und alles, was sie mit sich bringen, immer sich selbst ähnlich in derselben Ordnung, eines hinter dem andern, in einer ewigen Reihe folgt, und immer heute voraus zu wissen, daß es morgen ebenso sein wird – das machte mir endlich Langeweile, und ich wurd es schlechterdings überdrüssig; denn, noch einmal, das Vergnügen liegt nicht im Genusse der nämlichen Sache, wie angenehm sie auch sein mag, sondern entspringt aus der steten Abwechslung neuer Gegenstände.

MENIPPUS: Wohl gesprochen, Chiron! Aber wie findest du denn deine Lage hier im Orkus, seitdem du aus eigener Wahl hiehergekommen bist?

CHIRON: Nicht unangenehm, Menipp; die allgemeine Gleichheit, die hier herrscht, hat etwas Populares, das mir gefällt, und übrigens ist mir's ganz einerlei, ob es hell oder dunkel um mich herum ist. Außerdem bin ich hier, wo man weder hungert noch dürstet, des Essens und Trinkens überhoben, das da oben unentbehrlich war.

MENIPPUS: Gib acht, Chiron, daß du nicht gegen dich selbst anrennest und am Ende wieder auf ebendem Punkte bist, von dem du dich entfernen wolltest.

CHIRON: Wieso?

MENIPPUS: Wenn du des Lebens da oben überdrüssig wurdest, weil alles immer das nämliche war, so wirst du es hier, wo auch alles immer das nämliche ist, bald satt werden und, um dich zu verändern, wieder in ein andres Leben ziehen müssen, welches, wie ich besorge, unmöglich ist.

CHIRON: Wie könnte sich einer denn also helfen, Menipp?

MENIPPUS: Ich sehe nur EIN Mittel und das, meines Wissens, nichts Neues ist: ein Verständiger nimmt alles, wie es ist, behilft sich damit, wie er kann, und hält nichts Unvermeidliches für unerträglich.

XXVII.

Diogenes, Antisthenes, Krates und ein Bettler.

DIOGENES: Antisthenes und Krates, wie wär es, da wir doch nichts zu tun haben, wenn wir zusammen einen Spaziergang nach dem Eingang machten, um zu sehen, was es für neue Ankömmlinge gibt und wie sich ein jeder von ihnen aufführt?

ANTISTHENES: Recht gerne, Diogenes; es wird ein angenehmes Schauspiel für uns sein, wie die einen in Tränen zerfließen, andere fußfällig bitten, daß man sie gehen lassen möchte, wieder andere gar nicht fort wollen, sondern unvernünftigerweise mit Merkur, der sie vorwärtsstößt, ringen oder sich auf den Rücken legen und in Güte gar nicht von der Stelle zu bringen sind.

KRATES: Und ich will euch unterwegs erzählen, was bei meiner eigenen Herabkunft passierte.

DIOGENES: Laß hören, Krates; ich sehe dir's an, daß du uns sehr lächerliche Dinge zu erzählen hast.

KRATES: Unter einer Menge anderer, die mit mir herabsteigen, zeichneten sich Ismenodorus, einer von unsern reichsten Thebanern, und Arsazes, Satrap von Medien, und Orötes, der Armenier, besonders aus. Ismenodorus, der auf einer Reise nach Eleusine, denke ich, in einem Hohlweg am Cithäron von Räubern ermordet worden war, ächzte ganz erbärmlich und hielt seine Wunde mit beiden Händen zu; dann rief er die kleinen Kinder, die er zurückließ, mit Namen und klagte sich selbst der Tollkühnheit an, daß er auf einer Reise über den Cithäron, wo er durch die im letzten Kriege verwüstete Gegenden von Eleutherä mußte, nur zwei Bediente mitgenommen, da er doch fünf goldene Schalen und vier große goldene Becher bei sich gehabt hätte. Der Satrap Arsazes, ein schon bejahrter Mann mit einer vornehmen und ziemlich ehrwürdigen Miene, zeigte seinen Unmut nach seiner Landesart. Er ärgerte sich sehr darüber, daß er zu Fuß gehen sollte, und verlangte, man sollte ihm sein Pferd bringen; denn dies war zugleich mit ihm gefallen, indem sie beide mit einem Stoß von einem thrazischen Peltasten in einem Treffen mit den Kappadoziern am Araxes durchstochen worden waren. Arsazes nämlich hatte sich, wie er selbst erzählte, in einer zu großen Entfernung mitten unter die Feinde hineingestürzt, der Thrazier aber, der gegen ihn standhielt, hatte mit seinem halbrunden Schilde den Stoß seiner Lanze auspariert und in ebendem Augenblick ihn und sein

Pferd mit seinem langen mazedonischen Spieße durchstochen.

ANTISTHENES: Wie konnte das auf EINEN Stoß geschehen, Krates?

KRATES: Sehr leicht. Der Satrap kam mit eingelegter zwanzig Ellen langer Lanze angerennt: der Thrazier hingegen, sobald er den Stoß mit seinem Schilde auspariert hatte, so daß die Lanze neben ihm vorbeifuhr, stemmte sich auf das eine Knie, hielt dem in vollem Sprung gegen ihn anrennenden Reuter seinen Spieß vor und traf das Pferd unter der Brust; und da dieses durch die Wut und Heftigkeit, womit es daherstürzte, sich selbst durchbohrte, so konnte es nicht fehlen, daß auch Arsazes zu gleicher Zeit durchs Gemächte gestochen und also beide auf einen Stoß ins Gras gestreckt wurden. Du siehst, daß es ganz natürlich zuging und mehr des Pferdes als des Thraziers Werk war. Indessen ärgerte sich der Satrap, daß er mit den übrigen auf gleichen Fuß gesetzt sein sollte, und wollte schlechterdings zu Pferd ins Reich der Toten reisen. – Was den Orötes betrifft, der hätte in der Tat wohl ein Pferd nötig gehabt, wiewohl er kein so vornehmer Herr war wie jener: denn er war so schwach auf seinen Füßen, daß er kaum auf dem Boden stehen, geschweige gehen konnte. Dies ist der Fall bei allen Mediern; sobald sie vom Pferde herab sind, wackeln sie mit Mühe auf den Fußspitzen daher, als ob sie auf Dornen gingen. Wie er also auf der Nase lag und alle Mittel, ihn wieder auf die Beine zu bringen, vergeblich waren, lud ihn der allerliebste Merkur endlich auf seine Schultern und trug ihn bis in Charons Nachen. Ich mußte lachen, sooft ich ihn ansah.

ANTISTHENES: Wie ICH diese Reise machte, mengte ich mich nicht unter die übrigen; ich ließ sie heulen, soviel sie wollten, lief ihnen allen zuvor, war der erste im Nachen und suchte mir den besten Platz aus. Während der Überfahrt weinten die andern und bekamen die Seekrankheit: mir hingegen machte das alles großen Spaß.

DIOGENES: Auch ich hatte auf meiner Herreise eine hübsche Gesellschaft; der Wechsler Blepsias aus dem Piräus, Lampis aus Akarnanien, Oberster über die fremden Miettruppen seiner Republik, und Damis, der reiche alte Geizhals von Korinth, waren meine Reisegefährten. Der letztere war von seinem eigenen Sohne vergiftet worden; Lampis hatte sich aus Liebe zu der schönen Myrtion die Kehle abgeschnitten, und vom Blepsias hieß es, der arme Teufel sei Hungers gestorben; und würklich sah er ganz grüngelb aus und war nichts als Haut und Knochen. Wiewohl mir alle diese Umstände schon vorhin bekannt waren, erkundigte ich mich doch, aus Ursache, bei einem jeden von ihnen nach der Art seines Todes. Damis klagte seinen gottlosen Sohn an. »Es ist dir recht geschehen«, sagte ich; »ein Mann von neunzig Jahren, der mehr als eine Million im Vermögen hat und seinem achtzehnjährigen Sohn täglich acht Kreuzer zu verzehren gibt, während er selbst in Üppigkeit und Überfluß schwimmt, was kann ein solcher Mann von seinem Sohne Besseres erwarten. Und du, Herr Akarnanier« (denn auch DER seufzte und stöhnte und fluchte seiner Geliebten alle Übel auf den Hals), »warum klagst du die Liebe an und nicht vielmehr dich selbst? Warum ließ der tapfre Mann, der vor den Feinden nie gezittert hatte und in einem Treffen immer der vorderste war und sich den größten Gefahren aussetzte, warum ließ er sich von den falschen Tränen und erdichteten Liebesseufzern der ersten kleinen Metze, die ihm in den Wurf kam, überwältigen?« Was den Blepsias betrifft, der machte sich seiner Torheit wegen selbst so große Vorwürfe, daß ich ihm nichts zu sagen hatte. »Was für ein Narr und Dummkopf ich war«, rief er aus, »mir einzubilden, ich würde ewig leben, und mein Vermögen für Erben, die mich nichts angingen, zu hüten und aufzusparen!« Ihr könnt euch vorstellen, daß mir diese Narren mit ihrem Gewimmer die Zeit und den Weg auf eine sehr angenehme Art verkürzten. – Aber wir sind nun ganz nahe an der Mündung. Bleiben wir hier stehen, um die Ankommenden schon von weitem her beobachten zu können. Es sind ihrer eine große Menge, von alle Gattungen, und alle weinen, die neugebornen und unmündigen Kinder ausgenommen; sogar die ältesten Greise jammern, daß sie so frühzeitig weggerafft worden! Unbegreiflich! Sollte man nicht glauben, diese rasende Liebe zum Leben wäre ihnen in einem Zaubertränkchen beigebracht worden? – Ich will doch den steinalten Greis dort ein wenig ausfragen. – Warum weinst du so, mein Bester? Man dächte, du wärest doch alt genug zu uns gekommen. Du bist vermutlich ein König gewesen?

DER BETTLER: O nein!

DIOGENES: Aber ein Satrap?

BETTLER: Auch das nicht.

DIOGENES: Du warst also sehr reich, und nun schmerzt es dich, daß du all den Überfluß und das Wohlleben im Tode zurücklassen mußtest?

BETTLER: Nichts dergleichen! Ich bin nahezu neunzig Jahre alt worden; ich erhielt mein Leben kümmerlich mit meiner Angelrute, war immer bettelarm und litt Mangel an allem, war kinderlos und zu allem dem noch lahm und beinahe blind.

DIOGENES: Und in einer solchen Lage konntest du noch länger zu leben wünschen?

BETTLER: Jawohl! Das Sonnenlicht zu sehen ist was gar zu Angenehmes, und hingegen nichts Ärgers und Abscheulichers, als tot sein!

DIOGENES: Du faselst, alter Mann; unser Fährmann Charon ist kaum älter als du, und du haderst mit dem Schicksal wie ein Bursche von sechzehn Jahren! Was kann man nun den jungen Leuten übelnehmen, wenn Greise von neunzig noch so verliebt ins Leben sind? Sie, die den Tod, als das einzige Mittel gegen alle Beschwerden des Alters, begierig aufsuchen sollten! – Aber wir wollen wieder umkehren; man könnte uns sonst im Verdacht haben, daß wir durchgehen wollten, wenn man uns so um die Mündung des Orkus herumschwärmen sähe.

XXVIII.

Menippus und Tiresias.

MENIPPUS: Tiresias, auf ein paar Worte! Du sollst blind gewesen sein, sagt man; das ist ein Umstand, der sich dermalen nicht mehr untersuchen läßt, da wir alle leere Augen oder vielmehr bloße Löcher statt der Augen im Kopfe haben und es einem also nicht wohl anzusehen ist, ob er so blind wie Phineus oder so luchsaugig wie Lynkeus war. Aber daß du ein Wahrsager warest und vor allen andern Menschen den Vorzug hattest, zu verschiednen Zeiten Mann und Weib gewesen zu sein, erinnre ich mich sehr gut, von den Dichtern gehört zu haben. Ich bitte dich also um aller Götter willen, sage mir, bei welchem Geschlechte befandest du dich besser, beim männlichen oder beim weiblichen?

TIRESIAS: Als Weib hatte ich es um sehr vieles besser, Menipp; denn die Weiber haben weit weniger zu tun und zu sorgen als die Männer. Überdies herrschen sie unumschränkt über das männliche Geschlecht, ohne daß sie in den Krieg zu ziehen oder auf den Stadtmauern Wache zu stehen, noch in den Volksversammlungen sich heiser zu schreien oder vor Gericht zu erscheinen brauchen.

MENIPPUS: Ich sehe wohl, Tiresias, daß du nie gehört hast, wie bitterlich die Euripidische Medea sich über das unglückliche Los der Weiber beklagt und wie unerträglich sie die Schmerzen findet, die sie beim Kindergebären auszustehen haben. Aber weil mich doch die Jamben der Medea darauf gebracht haben, sage mir, hast du jemals ein Kind gehabt, wie du Weib warest, oder bist du unfruchtbar gewesen?

TIRESIAS: Warum willst du das wissen, Menipp?

MENIPPUS: Es hat ja nichts auf sich, Tiresias; antworte mir nur, wenn du anders kannst.

TIRESIAS: Ich war nicht unfruchtbar und habe gleichwohl nie geboren.

MENIPPUS: Das ist mir schon genug; ich wollte nur wissen, ob du alles gehabt habest, was dazu gehört, um Mutter werden zu können.

TIRESIAS: Allerdings hatte ich das.

MENIPPUS: Wie kam es nun aber, daß du zum Manne wurdest; ging die Verwandlung allmählich und gleichsam unvermerkt oder plötzlich und auf einmal vor sich?

TIRESIAS: Ich sehe nicht, was du mit dieser Frage willst? Es scheint, du glaubst mir nicht, daß mir das alles würklich begegnet sei.

MENIPPUS: Es wäre freilich eine große Ungebühr, solche Dinge nicht zu glauben, Tiresias, man muß sie, wie ein gutes frommes Schaf, ohne alles naseweise Nachforschen, ob sie auch möglich sind, auf- und annehmen, das versteht sich!

TIRESIAS: Du glaubst also wohl ebensowenig, daß Aedon in eine Nachtigall, Daphne in einen Lorbeerbaum und Kallisto in eine Bärin verwandelt worden sind?

MENIPPUS: Wenn ich jemals mit diesen Damen zusammenkommen sollte, werde ich hören, was sie sagen. Aber du, mein trefflicher Herr, weissagtest du, als du ein Frauenzimmer warst, auch schon wie nachher? Oder hast du die Rolle eines Mannes und eines Propheten miteinander spielen gelernt?

TIRESIAS: Wie ich sehe, weißt du auch gar nichts von meiner Geschichte; weißt kein Wort davon, daß ich einst einen Streit zwischen Jupiter und Juno entscheiden mußte; daß mich Juno (weil ihr mein Ausspruch mißfiel) des Gesichts beraubte, Jupiter hingegen mich wegen dieses Unglücks durch die Gabe der Weissagung zu trösten suchte?

MENIPPUS: Wie, Tiresias? hängst du auch HIER noch an diesen Lügen? Doch darin machst du es wie andere Weissager auch; es ist ein allgemeiner Brauch bei euch, nichts Gesundes zu sagen.

XXIX.

Ajax und Agamemnon.

AGAMEMNON: Höre, Ajax, wenn du aus Raserei dich selbst umgebracht hast und uns allen ein Gleiches zugedacht hattest, was klagst du den Ulysses an? Neulich wie er herabkam, um sich weissagen zu lassen, schautest du ihn nicht einmal an, geschweige, daß du ihn eines Wortes gewürdiget hättest, da er doch dein Kamerad und guter Freund gewesen war, sondern gingest, stolz über ihn wegsehend, und mit großen Schritten neben ihm vorbei.

AJAX: Und das wie billig, Agamemnon; denn er war an meiner Raserei schuld, da er allein sich herausnahm, mir die Waffen streitig zu machen.

AGAMEMNON: Wie konntest du dir denn einbilden, ohne Gegner zu bleiben und ohne Kampf den Sieg über uns alle davonzutragen?

AJAX: Das konnte ich allerdings bei dieser Gelegenheit; denn die ganze Rüstung des Achilles gehörte von Rechts wegen mein, da er meines Vaters Brudersssohn war. Auch habt ihr übrigen, die ihr doch viel besser waret als Ulysses, keinen Anspruch daran gemacht und mir den wohlverdienten Kampfpreis nicht streitig zu machen begehrt. Nur der Sohn des Laertes, den ich so oft rettete, wenn er in Gefahr war, von den Phrygiern zusammengehauen zu werden, maßte sich an, besser als ich und der Waffen des Achilles würdiger zu sein.

AGAMEMNON: Eigentlich, mein edler Herr, müßtest du dich über die Thetis beklagen, die, anstatt diese Waffen als ein von deinem Vetter auf dich gefallenes Erbstück DIR einzuhändigen, sie demjenigen zum Preise aussetzte, dem die Griechen sie zuerkennen würden.

AJAX: Keineswegs, ich halte mich bloß an Ulyssen, den einzigen, der sie mir streitig machte.

AGAMEMNON: Es ist ihm doch als etwas sehr Menschliches zu verzeihen, Ajax, wenn er sich von der Liebe zum Ruhme hinreißen ließ; einer so angenehmen Sache, daß keiner unter uns war, der um ihrentwillen nicht alles gewagt hätte: zudem wurde ihm ja von den Trojanern selbst der Vorzug vor dir zuerkannt.

AJAX: Ich weiß sehr wohl, wer DIE war, die mich verurteilte; es ist nur nicht erlaubt, alles von den Göttern zu sagen, was man könnte. Aber daß ich den Ulysses nicht hassen sollte, das kann ich nicht, Agamemnon, und wenn es mir Minerva selbst gebieten wollte!

XXX.

Minos und Sostratus.

MINOS: Der Straßenräuber Sostratus hier soll in den Feuerstrom geworfen werden! Jenen Tempelschänder soll die Chimäre zerreißen! Diesen Tyrannen, Merkur, streckt neben den Tityus aufs Rad, und die Geier sollen auch ihm die Leber abfressen! Ihr Guten aber eilet dem elysischen Gefilde zu und bewohnet die Inseln der Seligen zur Belohnung der Rechtschaffenheit, die ihr in euerm Leben bewiesen habt!

SOSTRATUS: Höre, Minos, ob gegen die Richtigkeit dessen, was ich sagen will, etwas einzuwenden ist!

MINOS: Ich soll schon wieder hören? Bist du nicht überwiesen worden, Sostratus, daß du ein Bösewicht bist und so viele Menschen ermordet hast?

SOSTRATUS: ÜBERWIESEN bin ich; aber ob ich auch mit Recht GESTRAFT werde, das ist noch auszumachen.

MINOS: Das ist längst ausgemacht, oder es müßte nicht Recht sein, daß jeder empfange, was er verdient hat.

SOSTRATUS: Wenigstens, Minos, antworte mir nur auf ein paar kleine Fragen.

MINOS: So laß hören; aber mach es kurz, denn ich habe noch mehr Urteile zu expedieren.

SOSTRATUS: Alles, was ich in meinem Leben getan, hab ich es aus eigenmächtiger Bewegung getan oder kraft eines unwiderruflichen Schlusses der Schicksalsgöttin?

MINOS: Kraft des letztern, das versteht sich.

SOSTRATUS: Also handeln die Guten sowohl als wir Bösewichter, wie man uns nennt, in allem, was wir tun, als Diener dieser Göttin?

MINOS: Der Klotho nämlich, die bei eines jeden Geburt alle Taten seines Lebens anordnet, allerdings!

SOSTRATUS: Gesetzt nun, es töte einer jemanden, weil er von einem andern dazu genötigt wird, wie dies z.B. beim Scharfrichter oder bei einem Trabanten der Fall ist, wenn jener vom Kriminalrichter, dieser vom Tyrannen den Befehl dazu bekommt: wen wirst du für den Mord verantwortlich machen?

MINOS: Unstreitig den Richter oder den Tyrannen; das Schwert selbst gewiß nicht; denn das ist ein bloßes Werkzeug, dessen sich derjenige nach seinem Belieben bedient, der eigentlich an der Tat schuld ist.

SOSTRATUS: Vortrefflich, Minos, ich bedanke mich für die Zugabe zu meinem Gleichnis. Wenn mir also ein Bedienter eine Summe Geldes bringt, womit ihn sein Herr an mich abgeschickt hat, wen von beiden muß ich als meinen Wohltäter in mein Gedächtnisbuch schreiben?

MINOS: Natürlich den, der dir das Geld geschickt hat; denn der andere, der es überbrachte, tat es nur als Diener.

SOSTRATUS: Siehst du nun nicht, wie ungerecht du verfährst, da du uns dafür bestrafst, daß wir als Diener der Klotho getan haben, was sie uns befahl, und jene für das Gute belohnest, das sie in ihrem Namen ausgeteilt haben? Denn daß es möglich sein könnte, sich demjenigen zu entziehen, was uns eine unbedingte Notwendigkeit auferlegt, wird doch wohl niemand behaupten.

MINOS: Mein guter Sostratus, wenn du es so genau nehmen willst, so möchte sich leicht finden, daß noch viel anderes in der Welt geschieht, das sich mit der Vernunft nicht recht zusammenreimen läßt. Indessen hast du mich mit deiner Frage wenigstens davon überzeugt, daß du ein ebenso großer Räsoneur als Straßenräuber bist; und das soll dein Schade nicht sein. Binde ihn los, Merkur, und laß ihn ungestraft. – Aber du, nimm dich in acht, daß du mir nicht auch die andern Toten solche Fragen tun lehrest!

DER ÜBERWIESENE JUPITER

Cyniskus und Jupiter.

CYNISKUS: Ich meines Orts, Jupiter, werde dir nicht mit Bitten um großes Vermögen, um einen Haufen Gold oder um ein Diadem beschwerlich fallen, Dinge, die zwar in den Augen der meisten die begehrenswürdigsten, die aber wohl nicht so leicht wegzuschenken sind, als sie sich einbilden: denn wie ich sehe, tust du gemeiniglich bei solchen Gebeten, als ob du sie nicht gehört hättest. Nur um ein einziges möchte ich dich gerne bitten, das du mir leicht bewilligen könntest.

JUPITER: Und was wäre denn das, Cyniskus? Du sollst keine Fehlbitte tun, zumal wenn du so bescheiden, wie du sagst, in deinen Wünschen bist.

CYNISKUS: Antworte mir nur auf eine einzige, gar nicht schwere Frage.

JUPITER: Das ist in der Tat eine kleine Bitte, die ich dir leicht gewähren kann. Frage also, was du willst.

CYNISKUS: Es ist weiter nichts als dies: Du hast vermutlich auch die Gedichte des Homer und Hesiodus gelesen: sage mir denn, ist es wahr, was diese Dichter von der Schicksalsgöttin und von den Parzen gesungen haben – daß wir nämlich demjenigen, was sie einem jeden von seiner Geburt an spinnen, auf keine Weise entgehen können?

JUPITER: Sehr wahr! Es begegnet nichts, was die Parzen nicht angeordnet hätten; alles, was in der Welt geschieht, windet sich nach und nach von ihrer Spindel ab und hat gleich beim Anfang seinen bestimmten Ausgang, ohne daß das Geringste daran geändert werden kann.

CYNISKUS: Wenn also Homer an einem andern Orte sagt:

> Daß du nicht, ehe die Parze den Lebensfaden dir kürzte,
> Plutos Wohnung beträtest

und dergleichen mehr, so müssen wir glauben, er habe nicht gewußt, was er sage?

JUPITER: Nicht anders, denn es kann nichts gegen das Gesetz der Parzen geschehen, und niemand geht weder früher noch später aus dem Leben, als es sein Faden mit sich bringt. Alles, was die Dichter aus Begeisterung der Musen singen, ist wahr: aber sobald sie von diesen Göttinnen wieder verlassen werden, sind sie dem Irrtum unterworfen und sagen oft das Gegenteil dessen, was sie in ihrem begeisterten Zustande gesungen hatten. Auch ist es ihnen zu verzeihen, wenn sie als bloße Menschen des Wahren unkundig sind, sobald die Gottheit von ihnen gewichen ist, die aus ihrem Munde sprach.

CYNISKUS: Das wollen wir also für ausgemacht annehmen. Nun erlaube mir noch zu fragen, sind nicht drei Parzen, Klotho, Lachesis und, wenn ich nicht irre, Atropos?

JUPITER: Allerdings.

CYNISKUS: Aber die Heimarmene und die Glücksgöttin, deren Namen man so oft zu hören bekommt, wer sind denn diese und was für eine Gewalt haben sie? Ist sie der Macht der Parzen gleich, oder geht sie noch ÜBER dieselbe? Denn ich höre von jedermann sagen, es sei nichts Mächtigeres als das Schicksal und das Glück.

JUPITER: Du verlangst mehr zu wissen, als erlaubt ist, Cyniskus. Aber zu was Ende legtest du mir die Frage wegen der Parzen vor?

CYNISKUS: Sehr gerne, wenn du mir zuvor sagen willst, ob sie auch über EUCH herrschen und ob ihr Götter eben wohl wie wir Menschen an ihrem Faden hangen müsset?

JUPITER: Das müssen wir, mein lieber Cyniskus. – Nun, was lachst du!

CYNISKUS: Über die Stelle im Homer, wo er dich eine Rede an die versammelten Götter halten läßt und wo du ihnen drohest, daß du die ganze Welt an ich weiß nicht welcher goldnen Kette hinaufziehen wollest. Du wolltest diese Kette vom Himmel herunterlassen, sagtest du, und wenn sich alle Götter statt des Gewichtes daran hängen und dich herabzuziehen versuchen wollten, würden sie nichts ausrichten: du hingegen, wenn du wolltest, würdest ohne Mühe

samt der Erd und dem Meere sie alle zusammen
hinaufziehn.

Ehmals kam mich ein Schauder bei diesen Versen an und bei dem Bilde, so sie mir von deiner Macht und Größe gaben: und nun sehe ich dich selber, zusamt deiner Kette und deinen Drohungen, an einem dünnen Faden, wie du selbst gestehest, aufgehangen. Mich deucht also, Klotho könnte sich mit besserm Rechte groß damit machen, daß sie DICH an ihrer Spindel, wie ein Fischer die kleinen Fische an der Angelrute, schweben lasse.

JUPITER: Ich weiß nicht, was du mit diesen verfänglichen Fragen sagen willst?

CYNISKUS: Dies, Jupiter, will ich damit sagen – aber ich bitte und beschwöre dich bei den Parzen und bei der Heimarmene, die Wahrheit, die ich dir sagen will, gelassen und ohne Zorn anzuhören! – Wenn sich das alles so verhält, wenn alles den Parzen unterworfen ist und nichts, was sie einmal beliebt haben, geändert werden kann, wofür bringen wir euch Hekatomben und bitten euch, daß ihr uns Gutes tun wollet? Denn ich sehe nicht, was uns die Beobachtung dieser Zeremonien nützen sollte, da wir durch unsre Gebete weder die Abwendung irgendeines Übels bewürken noch irgend etwas Gutes aus euern Händen erlangen können.

JUPITER: Ich weiß recht gut, wo du diese saubern Spützfündigkeiten her hast; von den verdammten Sophisten, die so unverschämt und gottlos sind, unsre Vorsehung zu leugnen und durch dergleichen Verfänglichkeiten andere wackere Leute vom Opfern und Beten, als vergeblichen Dingen, abzuhalten, indem sie behaupten, wir bekümmerten uns um nichts, was bei euch vorgehe, und hätten auch nicht die mindeste Gewalt über die Dinge auf Erden. Aber sie sollen schlechte Freude davon haben, die Leute, die solche gottlose Reden führen!

CYNISKUS: Nein, Jupiter, beim Spinnrocken der Klotho! ich habe die Frage nicht auf Anstiften dieser Leute getan: was ich sagte, folgt, deucht mich, ganz natürlich aus unserm Diskurse, und ich weiß selbst nicht, wie es kam, daß wir uns so weit verstiegen haben; es folgt, sage ich, aus unserm Diskurse von sich selbst, daß die Opfer eine ganz überflüssige Sache sind. Wenn du indessen erlauben wolltest, möcht ich noch eine kleine Frage an dich tun: aber antworte mir ohne alle Zurückhaltung und ein wenig gründlicher, wenn ich bitten darf.

JUPITER: Nun, so frage dann, weil du doch so viel Zeit zu solchen Possen hast!

CYNISKUS: Du sagst, alles gehe durch die Hände der Parzen?

JUPITER: Das sag ich.

CYNISKUS: Und ihr Götter, könnt ihr daran was ändern oder nicht?

JUPITER: Wir können nichts daran ändern.

CYNISKUS: Soll ich nun den Schluß aus diesen Vordersätzen ziehen? Oder fällt er ohnehin schon deutlich genug in die Augen?

JUPITER: Oh, sehr deutlich! Aber man opfert uns nicht um Vorteils willen, als ob man uns für einen Dienst einen Gegendienst erweisen oder das Gute, so man von uns erwartet, erkaufen wolle: sondern weil man uns als höhere und vollkommenere Wesen dadurch ehren will.

CYNISKUS: Ich bin zufrieden, von dir selbst zu hören, daß die Menschen nicht opfern, weil es ihnen etwas nützt, sondern daß es bloße Gutherzigkeit und ein Zeichen ihrer Hochachtung für vollkommnere Naturen ist. Wäre nun einer von den Sophisten hier, deren du vorhin erwähntest, so würde er dich vermutlich fragen, worin dann die Götter vollkommner seien als wir, da sie doch bloße Mitknechte der Menschen und ebendenselben Gebieterinnen, den Parzen, unterworfen sind. Denn aus ihrer Unsterblichkeit folgt eben nicht, daß sie vortrefflicher sind als die Menschen; im Gegenteil, es ist nur desto schlimmer für sie. Denn uns, wenn wir auch unser Leben lang Sklaven sind, setzt doch wenigstens der Tod in Freiheit: bei euch hingegen geht es ins Unendliche fort, und euere Knechtschaft ist ewig, weil sie sich um einen Faden dreht, der kein Ende hat.

JUPITER: Aber, mein guter Cyniskus, ebendiese ewige endlose Dauer ist für uns Glückseligkeit, weil wir im Genuß alles nur ersinnlichen Guten leben.

CYNISKUS: Nicht alle, Jupiter; auch bei euch waltet hierin ein großer Unterschied und viele Verwirrung vor. DU bist freilich glücklich, weil du König bist und die Erde und das Meer wie mit einem Zugseile zu dir heraufziehen kannst: hingegen Vulkan ist lahm und am Ende ein bloßer Handwerker und Feuerarbeiter; Prometheus wurde einst sogar gekreuziget; nichts von deinem Vater zu sagen, der bis auf diesen Tag an Fesseln im Tartarus liegt. Auch spricht man viel von euern verliebten Torheiten, und daß ihr verwundet worden und sogar als Knechte bei den Menschen gedient hättet, wie zum Exempel dein Bruder bei dem Laomedon und dein Sohn Apollo beim Admet: und das alles scheint mir eben nichts sehr Glückliches zu sein. Daraus ergibt sich dann, daß zwar einige von euch vom Glück und vom Schicksal begünstiget werden: bei andern hingegen ist's gerade umgekehrt. Ich übergehe, daß ihr, ebenso wie wir, von Räubern angefallen, ausgeplündert und oft in einem Augenblick aus dem größten Reichtum in die bitterste Armut versetzt werdet. Viele von euch, die von Gold oder Silber waren, sind sogar eingeschmolzen worden – weil es nun einmal ihr Schicksal war.

JUPITER: Du fängst an, unverschämt zu werden, Cyniskus; aber nimm dich in acht! Es könnte dich leicht gereuen, mich gereizt zu haben.

CYNISKUS: Erspare dir diese Drohung, Jupiter, da mir doch, wie du weißt, nichts begegnen kann, als was mir die Parzen lange vor dir schon zuerkannt haben. Woher blieben sonst so viele Tempelräuber ungestraft? Die meisten entgehen euch glücklich; denn es war ohne Zweifel nicht in ihrem Schicksal, erwischt zu werden, denke ich.

JUPITER: Sagte ich nicht, daß du einer aus der saubern Rotte seiest, die unsere Pronöa aus der Welt wegräsoniert?

CYNISKUS: Man sollte denken, Jupiter, es müßte dir, ich weiß nicht warum, schrecklich bang vor diesen Leuten sein, daß du dir einbildest, alles, was ich sage, komme aus ihrer Schule. Aber von wem könnte ich die Wahrheit zuverlässiger erkundigen wollen als von dir selbst? Du würdest mir daher eine große Gnade erweisen, wenn du mich noch belehren wolltest, wer denn eure besagte Pronöa eigentlich ist. Ob etwa auch eine von den Parzen oder irgendeine noch größere Göttin, unter deren Oberherrschaft auch sogar die Parzen stehen?

JUPITER: Ich habe dir schon einmal gesagt, daß es dir nicht erlaubt sei, alles zu wissen. Aber, Herr Naseweis, du, der anfangs nur eine einzige kleine Frage tun wollte, hörst nun nicht auf, mir mit deinen spinnefüßigen Sophismen den Kopf warm zu machen, und am Ende läuft doch alles darauf hinaus, daß du gerne beweisen möchtest, wir sorgten nicht für die menschlichen Dinge.

CYNISKUS: Das ist nicht auf MEINEM Boden gewachsen. Sagtest du nicht selbst vor wenig Augenblicken, die Parzen seien es, die alles ausrichteten? Es müßte dich denn nur gereuen, dich so weit heraus gelassen zu haben, und du müßtest deine eigene Worte wieder zurücknehmen wollen; oder ihr Götter müßtet der Vorsehung halben mit dem Schicksal im Streite liegen und es aus dem Besitze seines Vorrechts werfen wollen.

JUPITER: Keinesweges; das Schicksal tut alles, aber alles durch uns.

CYNISKUS: Wenn ich dich recht verstehe, so seid ihr also eigentlich eine Art von Dienern und Handlangern der Parzen; und so wären also doch immer sie die Vorseherinnen und ihr nur, sozusagen, ihre Werkzeuge?

JUPITER: Wie meinst du das?

CYNISKUS: Ich meine, so wie die Axt und der Bohrer dem Zimmermann arbeiten hilft, ohne daß sich darum jemand einfallen läßt, diese Werkzeuge mit dem Meister selbst zu vermengen, und ein Schiff nicht der Axt und des Bohrers, sondern des Zimmermanns Werk ist: ebenso ist es eigentlich die Heimarmene, die in diesem großen Weltschiffe alles zimmert, und ihr seid weiter nichts als die Äxte und Bohrer der Parzen. Billig sollten also die Menschen ihre Opfer und Gelübde an die besagte Heimarmene richten, anstatt daß sie zu euch gehen und euch mit unverdienten Gebeten und Opfern beehren. Aber auch ihr selbst würde diese Ehre mit Unrecht erwiesen werden: denn soviel ich merke, ist es sogar den Parzen nicht möglich, das geringste von dem, was von Anfang her über einen jeden beschlossen wurde, abzuändern. Atropos würde es gewiß nicht zulassen, wenn jemand die Spindel zurückdrehen und Klothos Arbeit vergeblich machen wollte.

JUPITER: Du hältst also nicht einmal die Parzen für würdig, von den Menschen verehrt zu werden, und du möchtest wohl lieber alle Religion aufgehoben sehen. Indessen verdienen wir, wäre es auch aus keinem andern Grunde, die Ehre, die uns erwiesen wird, schon dadurch allein, weil wir den Menschen durch unsere Orakel vorhersagen, was die Parze über sie beschlossen hat.

CYNISKUS: Überhaupt, Jupiter, kann es uns zu gar nichts helfen, das Zukünftige vorauszuwissen, da es uns schlechterdings unmöglich ist, einem künftigen Übel auszuweichen; du wolltest denn sagen, daß einer, dem geweissagt worden ist, er werde durch ein spitziges Eisen sterben, sich einsperren könne, um die Erfüllung der Weissagung unmöglich zu machen. Aber auch dies ist nicht möglich: denn die Schicksalsgöttin wird ihn der Klinge schon zu überliefern wissen. Sie wird ihn zu einer Jagd verleiten, und Adrast, indem er seinen Wurfspieß nach dem wilden Schweine schießt, wird es verfehlen und den Sohn des Krösus töten, weil der Wurfspieß durch das allmächtige Gebot der Parze auf den jungen Prinzen getrieben wird. Das berühmte Orakel, welches König Lajus erhielt, ist sogar LÄCHERLICH:

> Besäe nicht die Kinderfurche, dir verbieten es
> die Götter! tust du es, so tötet dich dein Sohn.

Die Warnung war sehr überflüssig, deucht mich, da es bereits eine ausgemachte Sache war, daß alles so geschehen würde; und so zeigte sich's im Erfolge: Lajus säete, und ihn tötete sein Sohn. Ich kann also nicht sehen, warum ihr für eure Wahrsagerei noch bare Bezahlung fodern könnt. Nichts davon zu sagen, wie schief und auf beiden Seiten hinkend eure meisten Orakel sind, so daß Krösus z. E. unmöglich gewiß sein konnte, ob er durch den Übergang über den Halys sein eigenes Reich oder des Cyrus seines stürzen würde: denn das Orakel sagte beides.

JUPITER: Apollo, mein guter Cyniskus, hatte Ursache, wegen der Probe, worauf ihn Krösus mit dem Lamm- und Schildkrötenfleisch gestellt hatte, mit ihm zu zürnen.

CYNISKUS: Ein Gott sollte billig nicht zürnen! Aber freilich war auch das, denke ich, über diesen unglücklichen lydischen Fürsten verhängt, daß er vom Orakel betrogen werden sollte, und die Schicksalsgöttin hatte es ihm nun einmal so gesponnen, daß er die Weissagung unrecht verstehen mußte! Und so käme denn zuletzt heraus, daß auch eure Wahrsagerkunst auf IHRE Rechnung kommt.

JUPITER: Uns also lässest du gar nichts übrig, und wir sind bloß für die Langeweile Götter! Wir tragen keine Obsorge über die Dinge in der Welt und sind der Opfer, die man uns bringt, im Grunde nicht mehr würdig als Bohrer und Zimmeräxte. In der Tat magst du glauben, mich mit Recht verachten zu können, da ich mit dem geschwungenen Donnerkeil in der Hand dastehe und dich so unverschämt über uns räsonieren lasse.

CYNISKUS: Wirf immer zu, Jupiter, wenn es mein Schicksal ist, vom Blitze getroffen zu werden! Ich werde nicht dir, sondern der Klotho allein die Schuld geben, der du bloß deinen Arm dazu zu leihen genötigt bist; ich werde sogar den Donnerkeil selbst für unschuldig an der Verletzung erklären. Nur noch ein einziges wünschte ich indessen dich und die Schicksalsgöttin fragen zu dürfen, wenn du mir auch in IHREM Namen antworten wolltest. Es ist etwas, woran du mich durch deine Drohungen erinnert hast.

Wie kommt es, daß ihr die Meineidigen, die Tempel- und Straßenräuber und andere ruchlose und gewalttätige Leute dieses Gelichters in Ruhe laßt und dagegen so oft auf eine arme Eiche oder auf einen Stein oder Mastbaum, die nichts Böses getan haben, ja, mitunter, auch wohl auf einen guten und unsträflichen Menschen losblitzet? – Warum antwortest du mir nicht, Jupiter? DARF ICH DAS ETWA AUCH NICHT WISSEN?

JUPITER: Nein, Cyniskus. Aber du bist mir ein naseweiser Bursche, und ich weiß nicht, woher du alle das Zeug zusammengerafft hast, womit du mir hier die Zeit so schön vertreibst.

CYNISKUS: So darf ich mich wohl nicht unterstehen, dich und die Pronöa und die Schicksalsgöttin noch zu fragen, warum doch wohl der tugendhafte Phocion, so wie Aristides vor ihm, in so großer Dürftigkeit und Armut gestorben ist: Kallias und Alcibiades hingegen, die zwei liederlichsten Buben von der Welt, und der übermütige Meidias und Chorops von Ägina, der seine leibliche Mutter verhungern ließ, im Überfluß schwammen? Warum Sokrates den Eilfern überantwortet wurde, Melitus hingegen frank und frei herumging? Warum Sardanapalus König war und so viele brave rechtschaffene Perser sich von ihm ans Kreuz schlagen lassen mußten, weil sie an seiner heillosen Regierung kein Wohlgefallen haben konnten? Ich will es bei diesen wenigen bewenden lassen, wiewohl ich die Beispiele ins Unendliche anhäufen könnte, daß es bösen und lasterhaften Menschen wohl in der Welt geht, die Guten hingegen wie Fußbälle hin und her gestoßen werden, Mangel leiden, sich mit einem siechen Körper schleppen müssen und von allen Arten Not und Elend zu Boden gedrückt werden.

JUPITER: Du weißt also nicht, was für schreckliche Strafen NACH DEM TODE auf die Bösen warten und in welcher Glückseligkeit alsdann die Guten leben?

CYNISKUS: Du sprichst mir vom Totenreich und von den Tityussen und Tantalussen? Gut, OB und WIE das alles ist, werde ich ganz genau erfahren, wenn ich gestorben bin: Für jetzt aber möchte ich lieber das bißchen Leben, so lang oder kurz es dauert, glücklich zubringen, wenn mir auch sechzehn Geier die Leber abfressen sollten, wenn ich tot bin, und ich wollte mich gar sehr dafür bedanken, in DIESEM Leben wie Tantalus zu dürsten, um in den Inseln der Seligen auf der elysischen Wiese mit den Heroen zu Tische zu sitzen.

JUPITER: Was hör ich? Du glaubst keine Belohnungen und Bestrafungen und kein Gericht, wo eines jeden Leben untersucht wird?

CYNISKUS: Ich höre ja wohl, daß ein gewisser Minos von Kreta da unten über das alles Richter sei: und da er dein Sohn ist, wie es heißt, darf ich dir wohl seinetwegen noch eine Frage vorlegen?

JUPITER: Und was hast du denn seinetwegen zu fragen, Cyniskus?

CYNISKUS: Wer sind denn eigentlich die, die er straft?

JUPITER: Das versteht sich doch wohl von selbst, die Bösen, z. E. die Mörder und Tempelräuber.

CYNISKUS: Und wer sind die, die er zu den Heroen schickt?

JUPITER: Die Guten, die ein tugendhaftes und unsträfliches Leben geführt haben.

CYNISKUS: Und warum das, Jupiter?

JUPITER: Weil DIESE Belohnung, JENE Bestrafung verdient haben.

CYNISKUS: Wenn aber jemand wider seinen Willen etwas Unrechtes getan hätte, würdest du es billig finden, auch diesen zu strafen?

JUPITER: Auf keine Weise.

CYNISKUS: Und wenn jemand unfreiwillig Gutes getan hätte, würdest du ihn nicht aus ebendiesem Grunde auch keiner Belohnung würdig finden?

JUPITER: Ganz gewiß.

CYNISKUS: Also, bester Jupiter, wird niemand mit Recht weder bestraft noch belohnt werden können.

JUPITER: Wieso?

CYNISKUS: Weil wir Menschen nichts freiwillig tun, sondern unter den Befehlen einer unveränderlichen Notwendigkeit stehen; wenn das anders Wahrheit ist, worüber wir anfangs übereingekommen sind, daß die Parze die erste Ursache von allem ist. Denn wenn jemand mordet, so ist SIE die Mörderin, und wenn er einen Tempel ausraubt, so tut er nichts als vollziehen, was SIE ihm befohlen hat. Wenn Minos also recht richten will, so wird er die Schicksalsgöttin an den Platz des Sisyphus und die Parze an die Stelle des Tantalus verurteilen: denn was haben diese verbrochen, da sie ja bloß die Befehle ihrer Obern vollzogen?

JUPITER: Wer solche Fragen tut, verdient keine weitere Antwort. Du bist ein unverschämter, sophistischer Bursche, und ich werde dich nicht länger anhören.

CYNISKUS: Ich hätte freilich noch ein paar Fragen auf dem Herzen, nämlich: WO sich denn die Parzen eigentlich aufhalten? und WIE sie der Besorgung einer so unendlichen Menge von Dingen bis auf die geringsten Kleinigkeiten gewachsen sein können, da ihrer nur drei sind? Wenigstens müssen sie bei so entsetzlich vieler Arbeit ein sehr gespanntes und mühseliges Leben führen und selbst nicht unter dem glücklichsten Sterne geboren sein. Wahrlich, ich wollte, wenn mir die Wahl gelassen würde, meine Existenz nicht gegen die ihrige vertauschen, sondern lieber wie der ärmste aller armen Teufel leben, als ewig dasitzen und eine Spindel drehen, die mit so vielen Dingen beladen ist, und auf jedes derselben noch besonders achtgeben müssen! – Weil dir aber, wie es scheint, das Antworten schwerfällt, lieber Jupiter, so wollen wir uns an deinen bisherigen Antworten genügen lassen, da sie völlig hinreichend sind, die Materie vom Schicksal und von der Pronöa in ihr wahres Licht zu setzen. VERMUTLICH IST ES NICHT IN MEINEM SCHICKSAL, MEHR ZU WISSEN.

HETÄRENGESPRÄCHE

I.

Glycera und Thais.

GLYCERA: Liebe Thais, erinnerst du dich des akarnanischen Hauptmanns noch, der die Abrotonon unterhielt und sich hernach in MICH verliebte, des schönen Offiziers, der immer in der scharlachnen Uniform ging? Oder hast du ihn schon vergessen?

THAIS: Ich erinnere mich seiner sehr wohl, Glycerion; er hat ja erst in verwichnem Jahre am Ceresfeste mit uns geschmaust. Aber warum fragst du mich? Solltest du seinethalben was auf dem Herzen haben?

GLYCERA: Kannst du dir's vorstellen, Thais? Die schändliche Kreatur, die Gorgona, die sich stellte, als ob sie meine Freundin wäre, hat nicht nachgelassen, bis sie mir ihn heimlich weggeschnappt hat.

THAIS: Er hat dich also aufgegeben und Gorgonen zu seiner Gesellschafterin gewählt.

GLYCERA: Leider, liebe Thais! Es hat mir nicht wenig weh getan, das kannst du mir glauben.

THAIS: Es ist verdrießlich, aber nichts Befremdliches. So was begegnet ja bei unsersgleichen alle Tage, und du solltest dich weder so sehr darüber grämen noch auf Gorgonen so ungehalten sein. War doch Abrotonon mit dir im nämlichen Falle: sie war deine Freundin, und du nahmst ihr nichtsdestoweniger ihren Liebhaber weg, ohne daß sie dir gram wurde. Aber das wundert mich, was dem Hauptmann denn so sehr an ihr gefallen haben kann? Er muß, seitdem ich ihn gesehen habe, stockblind worden sein, oder er hätte doch sehen sollen, daß sie beinahe kahl ist und daß die paar Haare, die sie noch hat, eine halbe Elle weit von der Stirne abstehen; daß sie ganz bleifarbige, leichenblasse Lippen und eine lange Nase hat und daß man alle Adern an ihrem dürren Halse zählen kann. Das einzige muß man ihr lassen, sie ist wohlgewachsen, trägt sich schön gerade und hat in der Tat etwas Zauberisches in ihrem Lächeln.

GLYCERA: Du bildest dir also ein, Thais, der Hauptmann sei in ihre Schönheit verliebt? Kennst du denn ihre Mutter Chrysarion nicht? Weißt du nicht, daß sie eine Hexe ist? daß sie thessalische Zaubersprüche gelernt hat und den Mond herabbeten kann? Man sagt sogar, sie fliege bei Nacht. Die Alte hat's dem Menschen angetan, sie hat's ihm zu trinken gegeben, das kannst du mir glauben; und nun beeren sie ihn bis auf den Kamm ab!

THAIS: Dafür wirst d u einen andern abbeeren, Glycerion; diesen laß seiner Wege gehen!

II.

Myrto, Pamphilus, Doris.

MYRTO: Du heuratest also des Schiffers Philo Tochter, Pamphilus, oder hast sie vielmehr schon geheuratet, wie ich höre? Alle die Schwüre, die du mir geschworen, und die Tränen, die du dabei geweint hast, sind also in EINEM Augenblick verflogen? Dein armes Myrtchen ist vergessen, und dies, da ich schon im achten Monat schwanger von dir gehe? Das ist also alles, was ich von deiner Liebe habe, daß ich einen großen Bauch vor mir hertragen muß und nächstens ein Kind zu stillen habe, was einer Person meines Standes so äußerst lästig ist! Denn daß ich das arme Würmchen aussetzen sollte, dazu kann ich mich nicht entschließen, am wenigsten, wenn es ein Junge ist; ich will ihn Pamphilus nennen, und er soll der einzige Trost meiner unglücklichen Liebe sein. Er wird dereinst zu dir gehen und dir Vorwürfe machen, daß du so treulos an seiner armen Mutter gehandelt hast! – Übrigens beneide ich deine Jungfer Braut nicht um ihre Schönheit. Ich sah sie neulich mit ihrer Mutter an den Thesmophorien und ließ mir damals wenig davon träumen, daß ich um ihrentwillen meinen Pamphilus nicht wiedersehen würde. Indessen tätest du nicht übel, wenn du ihr noch vorher genauer ins Gesicht schautest, eh der Knoten gemacht ist, wär es auch nur, um zu sehen, was sie für Augen hat, damit es dich nicht hintendrein verdrieße, daß sie von der schönsten Wasserfarbe sind und gegeneinanderschauen. Doch du hast ja den Philo, den Vater deiner Braut, gesehen; da du SEINE Larve kennst, so wär es überflüssig, die Tochter erst in Augenschein zu nehmen.

PAMPHILUS: Wie lange, liebstes Myrtchen, muß ich dich so irre reden und was weiß ich von welchen Schifferstöchtern und eingebildeten Hochzeiten faseln hören? Weiß ich etwa, ob die Braut, mit der du mich beschenkst, schielt oder schön ist? oder ob Philo von Alopözien (denn der wird wohl gemeint sein?) eine Tochter zu verheuraten hat oder nicht? Er steht nicht einmal gut mit meinem Vater, und es ist noch nicht lange, daß er vor Gerichte mit ihm gelegen ist. Er war, wo mir recht ist, meinem Vater tausend Taler schuldig und wollte nicht bezahlen: mein Vater machte die Sache anhängig und hatte viele Mühe, bis er das Geld endlich von ihm herauspreßte; wiewohl nicht alles, wie mein Vater sagt. Wenn ich also ja heuraten wollte, so würde ich wohl meine Base, die Tochter des Demnas, der in verwichnem Jahre Feldherr war, vorbeigehen und des Schiffers Philo Tochter nehmen? Ich möchte doch wissen, wer dir so einfältiges Zeug in den Kopf gesetzt hat! Oder hast du dir diese Hirngespenster selber erdacht, damit deine Eifersucht etwas habe, womit sie sich zum Zeitvertreib herumbeißen könne?

MYRTO: Du heuratest also nicht, Pamphilus?

PAMPHILUS: Bist du toll, Myrtchen? Oder hast du zu tief ins Glas geguckt? Gestern ging's doch ziemlich nüchtern her?

MYRTO: Mein Mädchen Doris hier hat mir dieses Herzleid zubereitet. Ich hatte sie ausgeschickt, um mir einige Bedürfnisse auf meine Niederkunft einzukaufen und der Lucina ein Gelübde für mich zu tun. Da wäre ihr, sagte sie, die Lesbia begegnet und hätte ihr – doch du kannst es ihm selbst erzählen, Doris, was sie dir sagte, wenn du es anders nicht selbst erdichtet hast.

DORIS: Ich will des Todes sein, Frau, wenn ich das geringste dazugelogen habe. Wie ich nicht mehr weit vom Rathause bin, treffe ich auf Lesbien, die mir mit einem höhnischen Lächeln sagt: »Euer Liebhaber Pamphilus heuratet Philons Tochter.« Weil ich es nun nicht glauben wollte, hieß sie mich nur in euere Gasse hineinschauen; ich würde, sagte sie, alles mit Blumenkränzen behangen sehen und Pfeiferinnen und ein Gedräng von Menschen und einen Chor, der den Brautgesang singe.

PAMPHILUS: Und da hast du hineingeguckt, Doris?

DORIS: Das hab ich und hab alles gesehen, wie sie mir's sagte.

PAMPHILUS: Nun merke ich, was euch irregemacht hat. Die Lesbierin hat dir nicht ganz die Unwahrheit gesagt, DU hast deiner Gebieterin die Wahrheit erzählt, und gleichwohl habt ihr euch vergeblichen Kummer gemacht; denn die Hochzeit ist nicht bei uns. Ich erinnere mich aber nun, was mir meine Mutter gestern sagte, da ich von euch nach Hause kam. »Pamphilus«, sagte sie, »Charmides, ein Jüngling ungefähr von deinem Alter, ist im Begriff, unsers Nachbars Aristänets Tochter zu heuraten. Das nenn ich einen wackern und gesetzten jungen Menschen! Wie lange wird dich dein freies Leben noch abhalten, deiner Mutter auch eine solche Freude zu machen?« – Ich hörte dies, ohne acht darauf zu geben, und schlief darüber ein. Morgens früh ging ich wieder aus und sah noch nichts von dem allen, was Doris hernach gesehen hat. Wenn du mir aber nicht glauben willst, so kann Doris noch einmal gehen und, anstatt in die Gasse zu gucken, die beiden Haustüren anschauen; sie wird bald sehen, daß die mit Blumenkränzen behangene des Nachbars Tür ist.

MYRTO: Du hast mir das Leben gerettet, Pamphilus; denn ich würde mich erhängen, wenn ich so was erleben müßte.

PAMPHILUS: Noch geht alles gut; ich müßte ja nicht bei meinen Sinnen sein, um meiner guten Myrto zu vergessen, zumal da sie mich bald zum Vater machen wird.

III.

Philinna und ihre Mutter.

DIE MUTTER: Hast du den Verstand verloren, Philinna, oder was fehlte dir, daß du dich bei dem gestrigen Schmause so albern aufführtest. Diphilus kam diesen Morgen zu mir und erzählte mir mit Tränen, wie übel du ihm begegnet seiest. Du hättest dich so betrunken, daß du, was er auch getan, um dich zurückzuhalten, aufgestanden seiest und vor der ganzen Gesellschaft herumgetanzt habest; hernach hättest du dem Lamprias einen Kuß gegeben, und da er (Diphilus) darüber böse geworden, seiest du von ihm weg und zum Lamprias gelaufen und habest ihn sogar umarmt, so daß der arme Diphilus vor Ärger beinahe den Tod davon gehabt hätte. Ja du habest nicht einmal bei ihm schlafen wollen, sondern dich allein auf das nächste Ruhebettchen gelegt und die ganze Nacht nichts getan, als Liedchen singen, bloß um ihm Verdruß anzutun. Ist das eine Aufführung?

PHILINNA: Aber wie ER sich aufgeführt hat, Mutter, das hat er dir nicht erzählt, sonst würdest du gewiß nicht die Partei des unartigen Menschen gegen mich nehmen, der mich sitzenließ und sich mit der Thais, des Lamprias Freundin, der noch nicht zugegen war, so vertraulich unterhielt, als ob sie allein in der Welt wären. Da ich ihm durch Winke zu verstehen gab, daß es mich verdroß, was hatte er zu tun? Nahm er nicht die Thais beim Ohrläppchen, drückte sie mit zurückgebogenem Nacken an sich und küßte sie so inbrünstig, daß sie die Lippen kaum wieder voneinanderbringen konnten? Ich weinte vor Ärger; aber meine Tränen machten ihn nur lustig, und er hatte der Thais beständig was ins Ohr zu zischeln – vermutlich über mich – denn Thais sah mich immer dabei an und lächelte. Wie sie endlich den Lamprias kommen hörten und sich sattgeküßt hatten, war ich gleichwohl eine so gute Närrin und setzte mich bei Tische dem Diphilus zur Seite, um ihm keinen Vorwand zu geben, mich noch mehr zu mißhandeln.

Während der Tafel stand Thais auf und tanzte zuerst, indem sie sich ziemlich weit über die Knöchel aufschürzte, als ob sie allein schöne Füße hätte. Wie sie endlich aufhörte, sagte Lamprias kein Wort: Diphilus hingegen konnte nicht Ausdrücke genug finden, ihre zierliche Art zu tanzen zu loben, und wie genau sie die Mensur halte und wie harmonisch alle ihre Bewegungen zur Musik stimmten und was sie für einen schönen Fuß habe und tausend solche Dinge. Kurz, man hätte denken sollen, die Rede sei von der Sosandra des Kalamis und nicht von dieser Thais, die du so gut kennen mußt als ich, da wir ja oft genug zusammen im Bade gewesen sind. Aber auch Thais selbst konnte das Sticheln nicht lassen. »Nun mag mich eine andere ablösen«, sagte sie, »wenn sie nicht etwa Bedenken trägt, ihre dünnen Beine sehen zu lassen.« Was konnt ich da sagen, Mutter? Da war nichts zu tun, als daß ich auch aufstund und tanzte. Oder hätt ich geduldig dasitzen und leiden sollen, daß Thais die Königin des Festes machte?

DIE MUTTER: Du nimmst es gar zu genau, Mädchen; das klügste wäre immer gewesen, dir nichts daraus zu machen. Aber wie ging's dann weiter?

PHILINNA: Ich tanzte mit allgemeinem Beifall; nur Diphilus allein lag, wie vor Langerweile, auf sein Polster zurückgelehnt und guckte die Decke an, bis ich endlich müde war und aufhörte.

DIE MUTTER: Aber daß du den Lamprias geküßt und umarmt haben sollst, ist das wahr? – du schweigst? – das ist doch wenigstens nicht zu verzeihen!

PHILINNA: Es geschah bloß, um ihm auch was zum Verdruß zu tun.

DIE MUTTER: Und dann noch vollends nicht bei ihm liegen zu wollen und, während der arme Mensch vor Reue und Liebe in Tränen zerfloß, sogar Liedchen zu singen! Weißt du denn nicht, Mädchen, daß wir arm sind; oder hast du vergessen, wieviel wir schon von ihm gezogen haben und wovon wir in verwichnem Winter hätten leben wollen, wenn uns Venus diesen Freund nicht zugeschickt hätte?

PHILINNA: Und deswegen soll ich mir so schnöde begegnen lassen und alles von ihm leiden?

DIE MUTTER: Zürne immerhin, nur treibe die Empfindlichkeit nicht zu weit. Du solltest doch wissen, daß Verliebte, wenn sie sich vergangen haben, gar bald wieder zurückkommen und sich's dann selbst kaum verzeihen können. Du bist offenbar zu streng gegen den Menschen gewesen, und magst du dich in acht nehmen, die Saiten nicht so hoch zu spannen, daß sie endlich springen müssen!

IV.

Melissa, Bacchis.

MELISSA: Liebe Bacchis, wenn du irgendeine von den alten Weibern kennst, dergleichen es in Thessalien viele geben soll, die sich darauf verstehen, durch Zaubermittel eine verhaßte Person liebenswürdig zu machen, so beschwöre ich dich, führe sie mir zu. Und sollt es mich meine ganze Garderobe, und meine Juwelen dazu, kosten, wenn ich nur die Freude hätte, den Charinus wieder zu mir zurückkehren und diese verwünschte Simmiche, in die er so vernarrt ist, ebenso herzlich hassen zu sehen, wie er jetzt MICH haßt!

BACCHIS: Wie, meine Melisse? Er lebt nicht mehr mit DIR, sondern mit der Simmiche? dieser Charinus, der sich deinetwegen mit seiner ganzen Familie überwarf, als er die reiche Person nicht heuraten wollte, die ihm, wie es hieß, fünf Talente zur Mitgift zubringen sollte? Denn ich erinnere mich noch recht gut, diese Umstände von dir selbst gehört zu haben.

MELISSA: Diese Zeiten sind vorbei, Bacchis; es ist heute schon der fünfte Tag, seitdem ich ihn mit keinem Auge mehr gesehen habe, während er und Simmiche sich alle Abende bei seinem Freunde Pammenes wohlsein lassen.

BACCHIS: Das ist abscheulich! Aber was hat euch denn

entzweien können? Es muß doch wahrlich keine Kleinigkeit gewesen sein!

MELISSA: Alles kann ich dir selbst nicht recht sagen. Genug, er kam neulich aus dem Piräus, wo er, denk ich, eine Schuld für seinen Vater einkassieren mußte, hieher; ich eile ihm, wie gewöhnlich, mit offnen Armen entgegen; aber er stößt mich zurück und sagt, ohne mich nur ansehen zu wollen: »Packe dich zu dem Schiffsherrn Hermotimus, oder lies, was im Ceramikus an allen Wänden angeschrieben ist, wo euere Namen sogar auf einem öffentlichen Denkmale Parade zusammen machen.« Ich konnte gar nicht begreifen, was er damit wollte, und sagte es ihm; aber ich brachte kein Wort mehr aus ihm heraus; er wollte nicht zu Nacht essen, und auf dem Sofa kehrte er mir den Rücken zu. Du kannst dir vorstellen, daß ich nichts unversucht ließ, um ihn zu gewinnen und in eine bessere Stimmung zu setzen: aber ohne sich im geringsten erweichen zu lassen, drohte er mir, wenn ich ihn nicht ungeplagt ließe, so gehe er mir, wiewohl es schon um Mitternacht war, auf der Stelle aus dem Hause.

BACCHIS: Du kennest also doch wohl diesen Hermotimus?

MELISSA: Möchtest du mich noch unglücklicher sehen, als ich es schon bin, wenn ich einen Schiffsherrn kenne, der Hermotimus heißt! Daß ich's kurz mache: sobald der Hahn krähte, stand mein Charinus auf und ging davon. Da mir's noch im Sinne lag, daß mein Name, wie er sagte, im Ceramikus an einer Mauer geschrieben stehen sollte, schickte ich sogleich mein Mädchen hin, um zu sehen, was an der Sache sei. Sie fand aber nichts, als daß an der Doppelpforte, rechter Hand im Hineingehen, geschrieben war: Melissa liebt den Hermotimus, und besser unten: Hermotimus, der Schiffsherr, liebt Melissen.

BACCHIS: Nun versteh ich den ganzen Handel! Es ist ein loser Streich von einem unsrer jungen Herren, die nichts Bessers zu tun haben. Ganz gewiß hat es einer geschrieben, der den Charinus necken wollte, weil er wußte, wie eifersüchtig er ist, und der Kindskopf hat es ohne weitere

Untersuchung geglaubt. Sobald ich ihn sehe, will ich ihm ein Wort darüber ins Ohr sagen. Er ist noch unerfahren und milchbärtig.

MELISSA: Aber wie willst du ihn zu sprechen bekommen, da er sich wer weiß wohin mit der Simmiche eingeschlossen hat, wiewohl ihn seine Eltern noch immer bei MIR suchen. Das beste wäre, liebste Bacchis, wenn du mir so eine alte Frau, wie ich dir sagte, schaffen könntest. Die würde mir in einem Augenblick geholfen haben!

BACCHIS: Ich kenne eine geschickte Zauberin aus dem Syrerlande, ein noch ziemlich derbes, rüstiges Weib, die mir den Phanias, der aus ebenso schlechten Ursachen mit mir zürnte wie jetzt Charinus mit dir, nach vier ganzen Monaten, da ich schon alle Hoffnung aufgab, durch ihre Beschwörungen wieder zurückgebracht hat.

MELISSA: Erinnerst du dich noch, wie sie es machte?

BACCHIS: Sie fodert keinen großen Lohn, liebe Melissa; sie ist mit vier Groschen und einem Laib Brot zufrieden: Außerdem muß eine Portion Salz, sieben Obolen, etwas Weihrauch und eine Fackel hingelegt werden. Das alles nimmt die Frau zu ihren Handen, und es muß auch ein Becher mit Honigwein bereitstehen, den sie rein austrinken muß. Von der Mannsperson müssen einige Kleidungsstücke oder Schuhe oder wenigstens einige Haare oder so etwas bei der Hand sein.

MELISSA: Ich habe Pantoffeln von ihm.

BACCHIS: Diese hängt sie an einen Nagel, beräuchert sie mit dem Weihrauch, wirft auch etwas Salz in die Glut und spricht euern Namen, den deinigen und den seinigen, dazu aus. Hernach zieht sie eine Garnwinde aus dem Busen hervor und dreht sie herum, indem sie mit entsetzlicher Geschwindigkeit allerlei fürchterliche Worte in einer unbekannten Sprache herausmurmelt. Nicht lange nachdem sie das gemacht hatte, kam Phanias wieder zu mir, ungeachtet seine Kameraden und Phöbis, mit der er inzwischen lebte, alles anwandten, um ihn zurückzuhalten; so unwiderstehlich zog ihn der Zauberspruch zu mir.

Daneben empfahl sie mir auch, besonders als ein treffliches Mittel, ihm die Phöbis zu verleiden, ich sollte auf ihre Fußstapfen achtgeben, und sowie Phöbis den Fuß zurückgezogen hätte, sollte ich den Stapfen mit dem meinigen auslöschen, so daß mein rechter Fuß auf den Stapfen ihres linken und umgekehrt mein linker auf ihren rechten zu stehen käme, und dazu sagen:

Nun bin ich über dir,
und du bist unter mir!

Und ich tat, wie sie mir befohlen hatte.

MELISSA: Keinen Augenblick versäumt, liebste Bacchis! Hole mir die Syrerin auf der Stelle! Und du, Acis, schaffe gleich das Brot, den Weihrauch und alles andere herbei, was zu dem Zauberwerke nötig ist!

VI.

Krobyle und Korinna.

KROBYLE: Nun, Korinnchen, so hast du denn gelernt, daß es nichts so Erschreckliches darum ist, aus einer Jungfer eine Frau zu werden, wie du dir eingebildet hast? Der schöne junge Herr, der dich's gelehrt hat, hat dir auch, zum Einstand, nicht weniger als eine Mine dagelassen, wofür ich dir auf der Stelle ein schönes Halsband kaufen will.

KORINNA: Tut das, liebes Mütterchen! – und daß nur auch etliche Rubinen dran sind wie an der Philänis ihrem!

KROBYLE: Es soll so schön sein, als du es nur verlangen kannst. Aber nun will ich dir auch sagen, mein liebes Kind, was du nun weiter zu beobachten hast und wie die Männer behandelt sein wollen. Denn wir haben nun einmal kein anderes Mittel, uns durch die Welt zu bringen, als dies. Weißt du nicht, wie kümmerlich wir uns diese zwei Jahre her, seit deines seligen Vaters Tode, haben behelfen müssen? Solang er lebte, fehlte es uns freilich an nichts; er war ein Kupferschmied und hatte einen großen Namen im Piräus; noch auf diesen heutigen Tag kann man dort alle Augenblicke schwören hören, so ein Arbeiter wie Philinus werde nicht wieder kommen! Aber nach seinem seligen Ende fand ich mich gar bald gezwungen, die Zangen, den Amboß und den Hammer um zwei Minen zu verkaufen. Wir lebten davon, solang es reichen wollte, und seitdem sie aufgezehrt sind, hab ich Mühe genug gehabt, mit Weben, Zetteln und Spinnen kaum den notdürftigsten Unterhalt für dich und mich zu verdienen; alles in Hoffnung –

KORINNA: Der Mine, die ich soeben verdient habe?

KROBYLE: Warum nicht gar! Ich rechnete darauf, wenn du nur erst in dieses Alter gekommen wärest, würdest du imstande sein, mich wieder zu ernähren und dich selbst in hübsche Umstände zu setzen und Geld zu verdienen und dir schöne Kleider und Mägde zu deiner Bedienung anzuschaffen.

KORINNA: Ich, Mutter? Was meinst du damit? Wie soll das zugehen?

KROBYLE: Dazu, Kind, brauchst du weiter nichts, als mit jungen Herren umzugehen, mit ihnen zu schmausen und für ihr bares Geld bei ihnen auf dem Sofa zu liegen.

KORINNA: Wie die Tochter der Daphnis, die Lyra?

KROBYLE: So ungefähr.

KORINNA: Aber die ist ja eine Hetäre?

KROBYLE: Dächte man nicht, was es wäre! Mach es wie sie, so wirst du auch so reich werden wie sie und viele Liebhaber bekommen. Was weinst du, Korinna? Siehst du nicht, wie groß die Anzahl der Hetären ist, und wie man ihnen die Aufwartung macht, und was sie für ein Einkommen haben? Hab ich nicht diese nämliche Tochter der Daphnis gekannt, ehe sie noch mannbar war? Heilige Adrastea! wenn sie was anders als Lumpen auf dem Leibe hatte! – Nun siehst du, wie sie dahergeht, über und über in Gold und buntgestickten Kleidern, und vier Mägde hinter ihr drein.

KORINNA: Und wie kam denn Lyra zu dem allem?

KROBYLE: Das will ich dir sagen, Kind. Vor allem hielt sie

sich immer nett und reinlich in Kleidung und an ihrer ganzen Person; sie war gegen jedermann freundlich, aber brach darum nicht alle Augenblicke in ein lautes Kichern und Lachen aus, wie DU zu tun pflegst, sondern es war immer etwas Anmutiges und Anziehendes in ihrem Lächeln. Im Umgang mit den Mannsleuten, die zu ihr kamen oder sie zu sich rufen ließen, hielt sie zwischen schüchterner Zurückhaltung und unanständiger Frechheit den Mittelweg; sie betrog keinen in seiner Erwartung, aber warf sich auch keinem in die Arme. Verdingt sie sich zu einem Gastmahl, so betrinkt sie sich niemals (denn dadurch macht man sich zum Gespötte und den Mannsleuten ekelhaft), noch überfüllt sie sich mit Essen wie Leute, die keine Lebensart haben, sondern rührt alles nur mit den Fingerspitzen an, nimmt schweigend einen Bissen nach dem andern, ohne sich beide Backen vollzustopfen, und trinkt langsam, nicht auf EINEN Zug, sondern mit öfterem Absetzen.

KORINNA: Auch wenn sie Durst hat, Mutter?

KROBYLE: Dann am meisten, Korinna. Auch hat sie nicht immer den Mund zum Reden offen, sondern spricht nicht mehr, als sich schickt, übt ihren Witz nie auf Unkosten eines Anwesenden und sieht keinen an als den, der sie gedungen hat. Das ist es, wodurch sie sich so beliebt bei ihnen macht. Und wenn man sich endlich zu Bette legt, wird sie nie die geringste Leichtfertigkeit oder Unanständigkeit begehen, sondern alles ist bei ihr bloß darauf angelegt und das ist ihr einziges Bestreben, wie sie das Herz des Mannes, bei dem sie ist, gewinnen und einen wahren Liebhaber aus ihm machen wolle. Siehe, Korinna, das ist's, warum jedermann so gut von ihr spricht. Also brauchst du sie nur in diesem allem zum Muster zu nehmen, so werden auch wir glücklich werden. Denn was das übrige betrifft, da ist ein großer – vergib mir, liebste Adrastea! ich sage kein Wort mehr – Wenn du nur LEBST, so wünsch ich mir nichts weiter!

KORINNA: Aber, liebe Mutter, sind die Herren, die uns mieten, alle so wie der Eukritus, bei dem ich gestern schlief?

KROBYLE: Nicht alle; es gibt noch bessere; manche darunter sind schon älter und mannhafter; es melden sich aber auch manche an, die nichts weniger als so hübsch und wohlgemacht sind.

KORINNA: Und bei denen muß man auch schlafen?

KROBYLE: Jawohl, meine Tochter! denn die geben auch am meisten; die schönen Herren sind in sich selbst verliebt und rechnen uns ihre Schönheit gar hoch an. DU hingegen mußt immer nur darauf sehen, wer am meisten gibt, wenn du die Zeit recht bald erleben willst, wo alle Leute mit Fingern auf dich weisen und sagen werden: »Sieh einmal Korinnen, der Krobyle Tochter! wie reich sie ist und wie dreimal glücklich sie ihre Mutter gemacht hat!« – Was sagst du? Willst du meinem Rate folgen? Ja, das willst du, ich weiß es, und so wirst du in kurzem die Erste unter allen sein. – Nun, geh und bade dich; vielleicht kommt der junge Eukritus heute wieder; wenigstens hat er mir's versprochen.

VII.

Musarion und ihre Mutter.

DIE MUTTER *spöttisch*: Wenn wir noch so einen Liebhaber finden, Musarion, wie dieser Chäreas ist, so können wir weniger nicht tun, als daß wir der Venus Pandemos eine weiße Ziege, der Urania und der in den Gärten jeder eine junge Kuh opfern und die Plutodoteira über und über mit Blumenkränzen umhängen; wir wären auf immer die glücklichsten Leute in der ganzen Welt. Das mußt du mir doch selbst gestehen, daß es ein freigebiger junger Herr ist! Wenn er, seitdem du ihn kennst, auch nur mit einem armen Doppelbatzen hervorgerückt wäre! Nur ein Halstuch oder ein Paar Schuhe oder ein Pomadetöpfchen wenigstens! Aber nichts! Nichts als Entschuldigungen und Versprechungen und weit hinausgeschobene Hoffnungen und das ewige: »Wenn mein Vater – Wenn ich Herr von meinen Erbgütern sein werde – dann ist alles dein.« – Sagst du nicht, er habe dir mit einem Eide versprochen, daß er dich sogar heuraten wolle?

MUSARION: Ja, Mutter, das hat er mir bei den beiden Göttinnen und bei der Polias geschworen!

DIE MUTTER: Und du bist eine Närrin und glaubst ihm? Und drum gabst du ihm neulich, da er keinen Heller hatte, um das Kränzchen, das er geben mußte, zu bezahlen, ohne mein Vorwissen deinen Ring vom Finger? Der ist nun verkauft und durch die Gurgel gejagt! Und wo sind die zwei ionischen Halsketten hingekommen, deren jede zwei Dariken wog, womit dich der Schiffsherr Praxias beschenkt hatte und die er expreß für dich zu Ephesus hatte machen lassen? Die sind auch fort! Denn freilich brauchte der holde Chäreas Geld, um sein Kontingent zu einem großen Schmause den jungen Herren seines Alters zu erlegen. Um wie viele Schleier und Unterröcke er dich schon gebracht hat, daran mag ich gar nicht denken. Wahrhaftig, der Mensch ist ein rechter Schatz, den wir gefunden haben!

MUSARION: Aber dafür ist er schön und hat noch ein glattes Kinn und sagt mir mit heißen Tränen, daß er mich liebe, und ist der Dinomache und des Areopagiten Laches einziger Sohn und verspricht mich zu heuraten, und wir haben die größten Hoffnungen von ihm, sobald der Alte die Augen zumacht.

DIE MUTTER: Wenn wir also ein Paar Pantoffeln nötig haben und der Schuster acht Groschen verlangt, so wollen wir ihm sagen: »Geld haben zwar wir nicht, aber Hoffnungen in Menge; nimm dir etliche davon an Zahlungs Statt!« Den Bäcker fertigen wir künftig auf die nämliche Art ab; und will der Hausherr seinen Mietzins haben, so sagen wir ihm: »Gedulde dich nur, bis der alte Laches tot ist, nach der Hochzeit wollen wir dich richtig bezahlen.« Schämst du dich nicht in dein Herz hinein, daß du die einzige unter allen Hetären bist, die keine Ohrenringe, kein Halsband, nicht einmal eine tarentinische Schemise hat?

MUSARION: Sind sie darum etwa glücklicher und schöner als ich?

DIE MUTTER: So sind sie wenigstens klüger und verstehen ihr Handwerk. Sie lassen sich nicht mit glatten Wörtchen abspeisen und glauben nicht an die Schwüre, die solchen jungen Windbeuteln scharenweis auf den Lippen sitzen. Aber du bist eine treue zärtliche Seele und lebst einzig für deinen lieben Chäreas! Wie traktiertest du neulich den jungen akarnanischen Weinbauer, den sein Vater mit einem Fuder Wein in die Stadt zu Markte geschickt hatte? Der hatte doch auch noch keinen Bart, aber einen desto gespicktern Beutel; und so einen Kundsmann, der dir von seinem gelösten Gelde zwei bare Minen anbot, weisest du verächtlich ab und letzest dich dafür mit deinem Adonis Chäreas!

MUSARION: Ich hätte ihn also sitzenlassen und dem bocksenden Bauerlümmel die Zeit vertreiben sollen? Das wäre ein feiner Tausch!

DIE MUTTER: Nu, nu! Er ist freilich nur ein Bauerjunge und riecht nicht zum besten. Das möchte dir noch hingehen. Aber was hattest du gegen den Antipho, des Menekrates Sohn, einzuwenden, der eine Mine geben wollte? DER ist doch ein so feiner junger Herr aus der Stadt als Chäreas immer? Warum wurde auch DER abgewiesen?

MUSARION: Chäreas drohte, uns alle beide umzubringen, wenn er mich jemals bei ihm antreffen würde.

DIE MUTTER: So? Sind dergleichen Drohungen etwa was Ungewöhnliches? Um deswillen sollst du also ohne Liebhaber bleiben und so keusch leben wie eine Priesterin der Ceres? Wofür wärst du denn eine Hetäre? Doch nichts weiter davon! Die Haloa fangen heute an; was hat er dir zum Fest für ein Präsent gemacht?

MUSARION: Der arme Schelm hat nichts, Mutter; was sollt er mir geben können?

DIE MUTTER: Er ist also der einzige, der kein Mittel ausfindig machen kann, Geld von seinem Vater zu erwischen? Hat er keinen Sklaven, der dem Alten was vorlügen konnte? Oder warum begehrt er nicht was von seiner Mutter? Konnt er ihr nicht drohen, er wolle auf und davon gehen und Soldat werden, wenn sie ihm nichts gebe? Aber da sitzt er mit den Händen im Schoß und zehrt uns auf, gibt selbst nichts und will doch nicht leiden, daß wir von andern, die so gerne gäben, etwas annehmen! Aber DU solltest klüger sein, Musarion! Meinst du denn, du werdest immer achtzehn Jahre alt bleiben? Oder bildest du dir ein, Chäreas, wenn er einst selber reich ist und seine Mutter ihm eine Braut mit vielen Tausenden aufgefunden hat, werde gesinnt bleiben wie jetzt? Denkst du, er werde sich seiner Tränen und Küsse und Eidschwüre erinnern, wenn er eine Mitgift von fünf baren Talenten auf dem Tische liegen sieht?

MUSARION: Das wird er ganz gewiß! Und ein Beweis davon ist, daß er nicht bereits eine Frau genommen, sondern es seiner Familie, die ihn beinahe mit Gewalt dazu nötigen wollte, rein abgeschlagen hat.

DIE MUTTER: Ich wünsche, daß er dich nicht hintergehe! Aber du wirst noch an mich denken, Musarion!

VIII.

Ampelis, Chrysis.

AMPELIS: Wie? den Mann, der weder eifersüchtig ist noch böse über dich wird, der dir nie keine Ohrfeige gegeben oder die Haare glatt vom Kopfe weggeschoren oder die Kleider vom Leibe gerissen hat, den wolltest du für einen Liebhaber gelten lassen?

CHRYSIS: Das werden doch hoffentlich nicht die einzigen Kennzeichen eines Liebhabers sein sollen?

AMPELIS: Wenigstens DIE eines warmen Liebhabers. Alles andre, Küsse, Tränen, Schwüre ewiger Treue, häufiges Wiederkommen und dergleichen, das findet sich bei jeder noch neuen Liebe: aber das wahre Feuer zündet allein die Eifersucht an. Wenn dich also Gorgias, wie du sagst, tüchtig abgerbt und so eifersüchtig wie ein Drache ist, so laß dich's freuen und wünsche, daß er's dir nie anders mache!

CHRYSIS: Wie? was? daß er mich immer prügeln soll?

AMPELIS: Das nun eben nicht; aber daß er nicht leiden könne, wenn du einen andern als ihn ansiehst. Wenn er dich nicht liebte, würde er wohl so wütig darüber werden, dich in den Armen eines andern Liebhabers zu wissen?

CHRYSIS: Ich habe aber keinen andern. Er hingegen hat sich ohne allen Grund in den Kopf gesetzt, daß ein gewisser reicher Herr mir die Cour mache, bloß weil ich zufälligerweise seinen Namen nannte.

AMPELIS: Auch das ist ein guter Umstand, wenn er glaubt, daß dir reiche Leute die Cour machen. Das wird ihm desto ärger wurmen, und er wird sich einen Ehrenpunkt daraus machen, von seinen Nebenbuhlern nicht an Freigebigkeit übertroffen zu werden.

CHRYSIS: Er ist der rechte dazu! Er zankt und tobt und prügelt, aber Geben ist seine Sache nicht.

AMPELIS: Das wird noch kommen! Die Eifersüchtigen sind immer am leichtesten zu plündern.

CHRYSIS: Aber ich begreife gar nicht, liebe Ampelis, wie du so darauf versessen bist, daß ich Schläge bekommen soll.

AMPELIS: Das bin ich nicht. Ich meine nur, daß du mit etwas mehr Kunst deinen Eifersüchtigen zum verliebtesten Menschen von der Welt machen könntest. Ich spreche als eine Person, die unsre Profession schon zwanzig Jahre treibt; du bist kaum achtzehn auf der Welt. Du hast deinen Liebhaber durch deine allzugroße Anhänglichkeit und die Furcht vor seiner Eifersucht verwöhnt. Du solltest ihm vielmehr Ursache dazu geben und ihm die Möglichkeit zeigen, daß er dich verlieren könnte. Denn solang er so gewiß ist, daß er dich allein hat, so ermattet die Begierde, und du wirst seine Sklavin, da du seine Gebieterin sein könntest. Wenn du willst, so will ich dir erzählen, was mir vor nicht gar vielen Jahren begegnet ist. Demophantus, der Wechsler, der hinter der Pöcile wohnt, war damals mein Liebhaber. Er hatte mir nie mehr als fünf Drachmen auf einmal gegeben und maßte sich doch an, den Herren über mich zu spielen. Der Pfeil der Liebe war nicht tief in das Herz des Geldmäklers eingedrungen; es war nicht viel mehr als ein Nadelritz; er seufzte und weinte nicht, kam nicht in später Nacht bei Wind und Wetter vor meine Tür; kurz, das Ganze war, daß er zuweilen bei mir schlief, und auch das selten genug. Nun kam er einsmals angezogen, da eben der Maler Kalliades bei mir war, der sich meine Tür mit zehn Drachmen geöffnet hatte. Er wurde abgewiesen, schimpfte gewaltig, mußte sich aber doch endlich seiner Wege trollen. Er mochte sich eingebildet haben, daß ich nach ihm schicken würde: aber wie er sich immer darin betrogen fand, kam er nach vielen Tagen wieder. Kalliades war ihm abermals zuvorgekommen. Nun wurde mein Demophantus auf einmal warm und fing bald so lichterloh zu brennen an, daß er so lange lauerte, bis er die Tür einmal offen fand; und nun stürzte der Mensch herein und heulte und tobte, drohte, sich vor meinen Augen zu erstechen, schlug auf mich zu, riß mir die Kleider vom Leibe, kurz, führte sich auf wie ein toller Mensch, und das Ende von der Komödie war, daß er mir bare tausend Taler hinzählte, um mich acht Monate allein zu haben. Seine Frau sagte allen Leuten, ich hätte ihn durch einen Liebestrank wahnsinnig gemacht: aber der Liebestrank war weiter nichts als die Eifersucht. Das ist also das Zaubermittel, liebe Chrysis, das ich dir empfohlen haben will, dem Gorgias einzugeben. Es verlohnt sich schon der Mühe; denn der junge Mensch wird ein großes Vermögen bekommen, wenn seinem Vater was Menschliches begegnen sollte.

IX.

Dorkas, Pannychis, Philostratus und Polemon.

DORKAS: Wir sind verloren, Frau, wir sind verloren! Polemon ist aus dem Kriege wiedergekommen und bringt großes Geld mit sich, wie es heißt; ich selbst hab ihn gesehen; er trug ein mit Purpur besetztes und mit einer prächtigen Agraffe zusammengeschnalltes Kriegskleid und hatte eine Menge Bediente hinter sich her. Während nun seine Freunde, sobald sie ihn erblickten, herbeieilten und ihn begrüßten, machte ich mich an einen von seinen Nachtretern, der mit ihm außer Landes gewesen war, grüßte ihn bei seinem Namen und fragte, wie es ihnen ergangen sei und ob sie auch etwas, das sich der Mühe, seinen Hals zu wagen, verlohne, aus dem Kriege mitgebracht hätten.

PANNYCHIS: Du hättest nicht gleich so herausplatzen sollen. »Oh! allen Göttern und vor allen dem Jupiter Xenius und der Minerva Strateia sei Dank, daß sie euch wieder glücklich zu uns zurückgebracht haben! Meine Frau war immer in großer Unruhe euertwegen; wie mag es ihnen jetzt gehen? fragte sie alle Augenblicke, wo mögen sie sein?« – So was solltest du gesagt haben, und hättest du noch hinzugesetzt: »Die arme Frau weinte so viel um euch! hatte immer den Namen ihres Polemon im Munde!« – so wär es noch desto besser gewesen.

DORKAS: Das hab ich alles vorangeschickt; ich wollte es nur bei dir nicht wiederholen, um desto geschwinder auf das zu kommen, was er MIR sagte. Eigentlich fing ich so an: »Nun, Parmeno, haben euch die Ohren nicht recht oft geklungen? Meine Gebieterin konnte an nichts anders denken als an euch; sie hat was Ehrliches um euch geweint, sonderlich wenn jemand aus einem Treffen zurückkam, wo viele Menschen geblieben sein sollten. Wie raufte sie sich nicht die Haare aus dem Kopf! wie zerschlug sie nicht ihren Busen, sooft eine Botschaft ankam, ohne ihr von ihrem lieben Polemo Nachricht zu bringen!«

PANNYCHIS: Bravo! So war's recht!

DORKAS: Und erst nachdem ich das alles gesagt hatte, tat ich die besagte Frage an ihn. »Wir kommen in sehr glänzenden Umständen zurück«, war seine Antwort.

PANNYCHIS: Also AUCH ohne Eingang? ohne etwas davon zu erwähnen, wie fleißig Polemon an mich gedacht, wie er sich nach mir gesehnt und wie viele Gelübde er getan habe, mich gesund wiederzusehen?

DORKAS: O gewiß sagte er viel dergleichen, das versteht sich. Aber die Hauptsache war doch immer, was er mir von dem großen Reichtum, dem vielen Golde und Elfenbein und den kostbaren Kleidern und der Menge von Sklaven, so sie mitgebracht hätten, erzählte; das Silber betreffend, dessen habe er so viel, daß es nicht gezählt, sondern mit dem Scheffel gemessen werde, und es mache deren eine große Zahl aus. Parmeno selbst hatte am kleinen Finger einen sehr großen vieleckichten Ring mit einem Rubin von der Sorte, die in dreierlei Farben spielt. Der Mensch hatte eine so große Lust, mir von ihren Taten zu erzählen, daß ich ihm eine gute Weile zuhören mußte, wie sie, nach ihrem Übergang über den Halys, einen gewissen Teridates ins Gras gestreckt und wie tapfer Polemon sich in einem Treffen gegen die Pisidier gehalten: aber endlich macht ich mich doch von ihm los und lief, was ich konnte, um dir von dem allen Nachricht zu bringen, damit du deine Maßregeln darnach nehmen könnest. Denn wenn Polemon käme (und er kommt ganz gewiß, sobald er sich von seinen Freunden losreißen kann) und er fände den Philostratus, von dem er vielleicht schon was erfahren hat, bei uns: was meinst du wohl, was er dazu sagen würde?

PANNYCHIS: Hilf mir auf ein Mittel denken, Dorkas, uns aus dieser Verlegenheit zu retten! Denn daß wir diesen fortschicken sollten, der ein reicher Kaufmann ist und mir kaum tausend Taler ausgezahlt hat und noch viel mehr verspricht, das wäre nicht schön; hingegen wär es ebensowenig nützlich, den wiedergekommenen Polemo nicht anzunehmen; zumal da er sehr eifersüchtig ist. Er war es schon auf eine ganz unerträgliche Art, da er noch arm war: was würde er sich nicht erst in seinen jetzigen Umständen erlauben?

DORKAS: Alles Überlegen hat ein Ende; ich seh ihn schon kommen!

PANNYCHIS: Ach Dorkas, die Sinne vergehen mir vor Angst, ich zittre an allen Gliedern.

DORKAS: Zu allem Unglück kommt auch Philostratus.

PANNYCHIS: Was soll ich anfangen? O daß die Erde sich unter mir auftäte!

PHILOSTRATUS: Nun, Pannychis, wir trinken doch eins miteinander?

PANNYCHIS *heimlich zu Philostratus*: Du stürzest mich ins Verderben! *Laut zu Polemon.* Sei mir gegrüßt, Polemon! Du hast uns lange auf dich warten lassen.

POLEMON: Aber wer ist denn der da, der hier so bekannt tut? – Du schweigst? – Vortrefflich! – Aus meinen Augen, Pannychis! – Und um eines solchen Weibsstücks willen fliege ich in fünf Tagen von Pylä hieher! Aber mir geschieht recht, und ich danke dir noch dafür; nun bin ich doch sicher, daß du mich nicht plündern sollst!

PHILOSTRATUS: Und wer bist denn du, mein schöner Herr?

POLEMON: So wisse denn, weil du es nicht weißt, ich bin Polemon von Stiria aus dem pandionischen Stamme, ehmals Oberster über tausend, dermalen über ein Corps von fünftausend Mann und der Liebhaber dieser Pannychis, wie ich noch eine bessere Meinung von ihrem Verstande hatte.

PHILOSTRATUS: Aber so, wie sie jetzt ist, Herr Oberster, ist sie mein und hat tausend Taler dafür von mir empfangen und soll noch tausend bekommen, wenn ich meine Schiffsladung abgesetzt haben werde. Für jetzt folge du mir, Pannychis, und schicke diesen Herren zu den Odrysiern, wo er so viele Tausende kommandieren mag, als er Lust hat.

DORKAS: Meine Gebieterin ist eine freie Person, sie wird folgen, wenn es ihr beliebt.

PANNYCHIS *leise zu Dorkas*: Rate mir, was soll ich tun?

DORKAS: Das beste wird immer sein, hineinzugehen. Es schickt sich nicht, daß du dem Polemon, so aufgebracht als er ist, länger vor den Augen bleibest; seine Eifersucht würde dadurch nur immer höher gespannt werden.

PANNYCHIS *zu Philostratus*: Wenn du willst, so gehen wir hinein.

POLEMON: Ihr sollt heute euer Letztes trinken, das versichre ich euch, oder ich müßte mich vergebens bei so vielen

Mordgelegenheiten in der Kunst geübt haben. He, Parmeno! die Thrazier!

PARMENO: Sie sind schon alle unterm Gewehr; sie haben in einem Phalanx das ganze Gäßchen besetzt. Die schwere Infanterie macht die Fronte, die Schleuderer und Bogenschützen sind auf beiden Flügeln verteilt, und die übrigen stehn im Hintertreffen.

PHILOSTRATUS *zu Polemon*: Solches Zeug muß er Kindern vorsagen, Herr Kriegsknecht. Meint er etwa, daß er den Popanz mit uns spielen könne? Du Großprahler! DU hättest in deinem ganzen Leben nur einen Gockelhahn totgemacht? DU hättest dem Krieg ins Gesicht gesehen, du? Höchstens bist du auf irgendeiner alten Burg mit sieben Mann in Garnison gelegen, und vermutlich erwies ich dir schon zuviel Ehre, da ich dir SO viel einräume.

POLEMON: Das wirst du bald erfahren, wenn du uns mit vorgestreckten Speeren in blinkender Rüstung anrücken sehen wirst.

PHILOSTRATUS: Kommt nur alle in Schlachtordnung herbei; ich und dieser Tibys hier, der einzige Bediente, den ich bei mir habe, wollen euch mit Steinen und zerbrochnen Töpfen dermaßen auseinanderstöbern, daß ihr nicht wissen sollt, wohin ihr euch verkriechen wollet.

X.

Chelidonion, Drose.

CHELIDONION: Kommt denn der junge Klinias nicht mehr zu dir, liebe Drose? Es ist schon so lange, daß ich ihn nicht mehr bei euch gesehen habe.

DROSE: Nicht mehr, liebe Chelidonion. Sein Lehrer hat es ihm verboten.

CHELIDONION: Und wer ist denn der? doch nicht der Fechtmeister Diotimus? denn der ist einer meiner guten Freunde.

DROSE: Nein, der verdammte Philosoph Aristänetus ist's.

CHELIDONION: Wie? der finstre übelgekämmte bockbärtige Kerl, der immer mit den jungen Herren in der Pöcile auf und ab spaziert?

DROSE: Dieser nämliche Windmacher. O daß ich ihn doch an seinem eignen langen Bart aufgehangen am Galgen verdorren sehen möchte!

CHELIDONION: Aber was ficht den Menschen an, daß er dem Klinias solche Dinge in den Kopf setzt?

DROSE: Das weiß ich nicht; aber dies weiß ich, daß Klinias, dessen erste Liebe ich war und der vom ersten Tage an, da er sich zu mir hielt, nicht eine einzige Nacht ausgeblieben ist, in diesen verwichnen drei ganzen Tagen sogar unsre Gasse ausgewichen hat. Ich weiß selbst nicht, wie mir dabei zumute wurde; genug, es machte mich unruhig, und da schickte ich meine Nebris, daß sie sich auf dem großen Platze oder in der Stoa nach ihm umsehen sollte. Diese sagt, sie habe ihn mit dem Aristänetus auf und ab gehen sehen; sie habe ihm von ferne zugewinkt; er sei darüber rot worden und habe auf den Boden gesehen, aber von dem an die Augen nicht wieder aufgeschlagen. Da er sie nun, wiewohl sie ihm bis an die doppelte Pforte nachging, nicht wieder ansehen wollte, kam sie zurück, ohne mir etwas Zuverlässiges berichten zu können. Du kannst leicht denken, wie übel ich seitdem meine Zeit zugebracht, da ich unmöglich erraten konnte, was dem jungen Menschen fehle. Hab ich ihm denn irgend was zuleide getan, sagte ich; oder liebt er eine andere? Oder hat ihm sein Vater mein Haus verboten? Indem mir eine Menge solcher Gedanken durch den Kopf liefen, kam sein Dromo abends spät und brachte mir diesen Brief von ihm. Lies ihn selbst, Chelidonion! Du hast doch wohl lesen gelernt.

CHELIDONION: Laß sehen! die Handschrift ist nicht sehr leserlich; die Buchstaben schlingen sich ineinander und verraten die Eilfertigkeit des Schreibers. *Sie liest.* »Wie sehr ich dich geliebt habe, meine Drose, darüber rufe ich die Götter zu Zeugen an –«

DROSE *weint*: Hi! Hi! Der Unglückliche schreibt mir nicht einmal einen Gruß!

CHELIDONION *fortlesend*: »– und auch jetzt laß ich nicht aus Haß, sondern aus Notwendigkeit von dir. Mein Vater hat mich dem Aristänet übergeben, um der Philosophie mit ihm obzuliegen. Dieser hat alles, was zwischen uns vorgegangen, ausgekundschaftet und mich sehr stark deswegen ausgescholten. Er sagt, es sei meiner, als eines Sohnes des Architeles und der Erasiklea, unwürdig, mit einem Mädchen von deiner Profession Umgang zu haben, und es sei viel besser, die Tugend der Wollust vorzuziehen –«

DROSE: Mög er nie des Lebens froh werden, der alte Narr, der einem jungen Menschen solche Dinge lehrt!

Chelidonion *liest fort*: »Ich bin also genötiget, ihm Folge zu leisten. Denn er geht mir auf allen Tritten und Schritten nach und hütet mich aufs schärfste, so daß ich außer ihm selbst keinen Menschen nur ansehen darf. Wenn ich mich recht vernünftig aufführe, sagt er, und ihm in allem folge, so verspricht er mir, ich werde höchst glücklich sein und ein tugendhafter Mann werden; nur müsse ich mich schlechterdings durch Arbeit und Enthaltsamkeit dazu geschickt machen. Dies ist alles, was ich dir schreiben kann, da ich es nur verstohlnerweise tun muß. Und so lebe dann wohl und sei glücklich und denke zuweilen an Klinias!«

DROSE: Was sagst du zu dieser saubern Epistel, Chelidonion?

CHELIDONION: Alles übrige klingt wie skythisch: aber das »denke zuweilen an Klinias« führt ein wenig Hoffnung bei sich.

DROSE: So kam es mir auch vor; aber indessen sterbe ich vor Liebe. Nun sagt mir Dromo, der Aristänet sei ein Päderast und brauche die Wissenschaften nur zum Vorwand, um die schönsten jungen Leute an sich zu ziehen; er rede viel und oft ingeheim mit Klinias und mache ihm große Versprechungen, als ob er ihn den Göttern gleichmachen wolle; auch lese er ihm gewisse erotische Dialogen der alten Philosophen mit ihren Schülern vor und sei, mit EINEM Wort, immer um den jungen Menschen herum. Er drohte auch, der Dromo, daß er es dem Vater seines jungen Herren sagen wolle.

CHELIDONION: Du hättest dem Kerl die Kehle tüchtig schmieren sollen!

DROSE: Das hab ich auch getan; er ist aber ohnehin mein, denn der Mund wässert ihm gewaltig nach meiner Nebris.

CHELIDONION: Wenn das ist, so sei gutes Mutes, es wird alles nach Wunsche gehen. Ich denke, ich will auch an eine Mauer im Ceramikus, wo Architeles zu spazieren pflegt, mit großen Buchstaben schreiben: Aristänet verführt den Klinias – damit ich dadurch die Anklage des Dromo unterstützen helfe.

DROSE: Aber wie willst du das schreiben, daß dich niemand gewahr wird?

CHELIDONION: Bei Nacht, Drose, und mit einer Kohle.

DROSE: Glück zu! Wenn DU mir kämpfen hilfst, so hoffe ich noch wohl über den windichten Aristänet Meister zu werden.

XI.

Tryphäna, Charmides.

TRYPHÄNA: Wo hat aber auch jemals ein Mann einer Hetäre fünf Drachmen gegeben, um ihr die ganze Nacht durch den Rücken zuzukehren und zu weinen und zu seufzen, als ob ihm das Herz zerspringen wolle? Der Wein wollte dir diesen Abend nicht recht schmecken, und doch mochtest du auch nicht allein soupieren. Von Zeit zu Zeit liefen dir die Tränen über die Backen, ich bemerkte es sehr wohl; und nun kannst du vollends gar nicht aufhören, wie ein kleines Kind zu wimmern. Ich bitte dich, Charmides, was soll das heißen? Verhehle mir die Ursache nicht, damit ich doch wenigstens diesen Vorteil von der schlaflosen Nacht habe, die du mich zubringen machst.

CHARMIDES: Ich sterbe vor Liebe, Tryphäna! Ich halte es nicht länger aus.

TRYPHÄNA: Daß ich DIE nicht bin, die du liebst, ist klar genug; vermutlich würdest du dich dann nicht so zurückziehen und deinen Mantel zu einer Mauer zwischen uns machen, aus Furcht, daß ich dich etwa berühren möchte. Sage mir also, wer ist die Glückliche? Vielleicht kann ich dir in deiner Liebe behülflich sein; ich verstehe mich so ziemlich darauf, wie dergleichen Angelegenheiten behandelt sein wollen.

CHARMIDES: Du kennst sie sehr wohl, und SIE dich; sie ist kein unbekanntes Frauenzimmer.

TRYPHÄNA: Wie heißt sie denn?

CHARMIDES: Philemation, gute Tryphäna!

TRYPHÄNA: Welche meinst du? denn es sind ihrer zwei; DIE aus dem Piräus, die erst kürzlich in unsern Orden getreten ist und jetzt von Damyllus, des dermaligen Oberfeldherrn Sohn, unterhalten wird? oder die andere, die man nur die »Schlinge« zu nennen pflegt?

CHARMIDES: Die letztere. Ich Unglücklicher habe mich in dieser Schlinge gefangen und bin so darin verwickelt, daß ich unmöglich wieder loskommen kann.

TRYPHÄNA: Um derentwillen also weintest du so bitterlich?

CHARMIDES: Jawohl!

TRYPHÄNA: Und ist es schon lange, daß du in sie verliebt bist?

CHARMIDES: Es sind ungefähr sieben Monate seit dem letzten Bacchusfeste, wo ich sie zum ersten Male sah.

TRYPHÄNA: Wahrscheinlich mußt du keine Gelegenheit gehabt haben, mehr von ihr zu sehen als ihr Gesicht, und was eine Person von fünfundvierzig Jahren, wie Philemation ist, vernünftigerweise zeigen kann?

CHARMIDES: Von fünfundvierzig, sagst du? SIE schwört, daß sie in künftigem Februar erst zweiundzwanzig sein werde.

TRYPHÄNA: Wem willst du nun glauben, ihren Schwüren oder deinen eignen Augen? Du brauchst weiter nichts als ihre Schläfe ein wenig genauer anzusehen, wo sie noch ihre eigene Haare hat; denn alles übrige ist falsch. Aber daß sie um die Schläfe schon grau wird, das zeigt sich, sobald die Farbe, womit sie sich die Haare schwärzt, hier und da abgegangen ist. Doch das ist das wenigste. Nötige sie einmal, sich nackend sehen zu lassen!

CHARMIDES: Dazu hab ich sie noch nie bringen können.

TRYPHÄNA: Das glaub ich! Sie hofft wohl nicht, daß du ihre Schwindflecken sehr reizend finden würdest; denn sie ist vom Halse bis zum Knie so scheckicht als ein Pardel. Und du weintest dir die Augen aus, einer so lieblichen Kreatur entbehren zu müssen? Hat sie dir nicht etwa noch obendrein übel begegnet?

CHARMIDES: Ja leider! gute Tryphäna, wiewohl sie mich schon soviel Geld kostet: und nun, da sie auf einmal tausend Drachmen von mir verlangt, die ich ihr, weil mich mein Vater sehr kurz hält, nicht geben kann, hat sie den Moschion angenommen und mir ihr Haus verschlossen. Deswegen habe ich dich eben holen lassen; es geschah bloß, um ihr einen Gegenverdruß dafür anzutun.

TRYPHÄNA: So wahr mir Venus hold sei, ich würde nicht gekommen sein, wenn mir jemand gesagt hätte, man hole mich bloß, um einer andern Verdruß anzutun, und das noch gar so einem Aschenkruge wie Philemation! Also lebe wohl! der Hahn kräht jetzt ohnedem schon zum drittenmal.

CHARMIDES: Warum so eilig, liebe Tryphäna? Wenn das alles wahr ist, was du von Philemation und ihren falschen Haaren und ihrer Färberei und ihren Leberflecken sagtest, so wär ich nicht imstande, sie nur wieder anzusehen.

TRYPHÄNA: Frage deine Mutter, die sich vielleicht einmal mit ihr gebadet hat; denn was ihr Alter betrifft, davon kann dir dein Großvater, wenn er noch am Leben ist, die beste Nachricht geben.

CHARMIDES: Da es so mit ihr beschaffen ist, so würfen wir, dächte ich, die Mauer ein, Tryphäna, und – würden gute Freunde? Wie viel Dank bin ich dir schuldig, daß du mir aus dieser Schlinge herausgeholfen hast!

XII.

Joëssa, Pythias, Lysias.

JOËSSA: Du bist also meiner überdrüssig worden, Lysias, weil ich dich zu zärtlich liebte? Nur zu wahr! Ich verdiene keine bessere Begegnung, da ich dir niemals Geld abgefodert, dir niemals mit der angenehmen Formel, der Platz ist schon besetzt, meine Tür verschlossen noch, wie andere, dich genötigt habe, deinen Vater zu hintergehen oder deine Mutter zu bestehlen, um es MIR zuzutragen, sondern dich, vom Anfang unsrer Bekanntschaft an, aus Neigung und ohne die geringste Absicht auf Gewinn glücklich gemacht habe. Du weißt, wie viele Liebhaber ich um deinetwillen fortgeschickt habe, den Ethokles, der jetzt im Rate ist, den Schiffsherrn Passion, deinen Kameraden Melissus, ungeachtet er neulich durch den Tod seines Vaters Herr über sein Vermögen geworden ist. Ich habe mich dir allein ergeben, dich zu meinem Phaon gemacht, bin so ganz dein gewesen, daß ich keinen andern als dich angesehen, geschweige vorgelassen habe. Ich Törin glaubte deinen Schwüren, hing mit der Treue einer Penelope an dir, was mir auch meine Mutter die Ohren vollschrie und wie oft sie mich bei allen meinen Freundinnen verklagte. Und du, sobald du die arme liebeskranke Närrin in deiner Gewalt sahst, machtest dir so wenig aus mir, daß du bald vor meinen sehenden Augen mit Lycänen schäkertest, bloß um mir weh zu tun, bald, an meiner Seite liegend, kein Ende finden konntest, mir die Sängerin Magidion vorzuloben, ohne dich meinen Schmerz über so empfindliche Kränkungen und meine Tränen im geringsten anfechten zu lassen. Du hast doch wohl noch nicht vergessen, wie du dich neulich, bei dem Schmause, den du deinen Freunden Thraso und Diphilus gabst, aufführtest, wo Cymbalion, die Flötenspielerin, und Pyrallis, die als meine Feindin bekannt ist, zugegen waren. Daß du eine Kreatur wie Cymbalion fünfmal küßtest, kümmerte mich ganz und gar nicht; du beschimpftest bloß dich selbst dadurch; aber der Pyrallis, da du doch wußtest, wie ich mit ihr stehe, immer zuzuwinken, ihr den Becher, aus dem du trankst, zu zeigen, ihn dann dem Bedienten zu geben und ihm ins Ohr zu raunen, daß er, wenn Pyrallis zu trinken verlange, ihr und ja keiner andern in diesen nämlichen Becher einschenken sollte – das war zu arg! Und nun vollends einen Apfel anzubeißen und in einem Augenblick, wo Diphilus, weil er eben mit Thraso sprach, nicht darauf achtgab, dich zurückzulehnen und (ohne dich im geringsten zu bekümmern, ob ich es sehe oder nicht) den Apfel mit einem wohlgezielten Wurfe der Pyrallis in den Schoß zu werfen, die ihn sogleich küßte und unter ihrem Halstuch mitten in ihren Busen steckte! – Was für Ursachen habe ich dir gegeben, mich SO zu behandeln? Hab ich mich in irgend etwas, es sei Großes oder Kleines, gegen dich versündigt? dir jemals etwas zum Verdruß getan? jemals einen andern angesehen? Lebt ich nicht für dich ganz allein? Wahrlich, Lysias, es ist eine schlechte Heldentat, ein armes Mädchen, das dich bis zum Wahnsinn liebt, zu peinigen! Aber es ist eine Adrastea im Himmel, die das sieht und dir's vergelten wird. Denn du wirst bald genug hören, daß ich mich erdrosselt oder in einen Brunnen gestürzt habe: ich werde doch wohl ein Mittel finden, aus der Welt zu kommen und dich von meinem Anblick zu befreien! Triumphiere dann immerhin, als ob du eine große herrliche Tat verrichtet hättest! – Was siehst du so stier an mich hin und knirschest mit den Zähnen? Wenn du was über mich zu klagen hast, so rede! Pythias hier soll Richterin zwischen uns sein. – Wie? Er geht fort und würdigt mich nicht einmal einer Antwort? – *Sie weint.* Du siehst, Pythias, wie ich von ihm mißhandelt werde!

PYTHIAS: Welche Gefühllosigkeit! Nicht einmal von ihren Tränen gerührt zu werden! Er ist ein Stein und kein Mensch. – Aber, wenn ich die Wahrheit sagen soll, du hast ihn selbst dadurch verderbt, daß du ihn zu übermäßig liebtest und es ihm sehen ließest. Du hättest ihm nicht zeigen sollen, daß dir so außerordentlich viel an ihm gelegen ist. Das macht sie eben übermütig! – Weine nicht so, armes Kind! Wenn du dir raten lassen willst, so schließ ihm ein- oder ein paarmal die Tür vor der Nase zu: du wirst sehen, wie bald er wieder in Flamme geraten wird, und dann laß die Reihe an ihn kommen, vor Liebe unsinnig zu werden.

JOËSSA: Geh mit deinem Rat! Ich dem Lysias die Tür verschließen? Wollte Gott, daß er mir nicht zuvorkomme und mich auf ewig sitzenlasse!

PYTHIAS: Da kommt er ja schon wieder!

JOËSSA: Du hast mich zugrunde gerichtet, Pythias! Er wird gehört haben, daß du mir rietest, ihm die Tür zu verschließen?

LYSIAS: Nicht dieser Kreatur zu Gefallen, die nicht einmal meines Anblicks wert ist, sondern deinetwegen, Pythias, komm ich zurück, damit du mich nicht ungehört verdammest noch sagen könnest, Lysias sei ein hartherziger Mensch.

PYTHIAS: Das sagte ich eben jetzt, Lysias.

LYSIAS: Du verlangst also, daß ich diese Joëssa dulden soll, die jetzt in Tränen zerfließt und die ich doch vor kurzem mit diesen meinen Augen über der Untreue erwischt und bei einem jungen Menschen schlafend angetroffen habe?

PYTHIAS: Darauf, mein guter Lysias, könnte ich kurz und gut antworten, sie ist eine Hetäre. Aber wie lange ist es denn, daß du sie in einer solchen Lage angetroffen hast?

LYSIAS: Es wird heute der sechste Tag sein. Mein Vater, der in Erfahrung gebracht hatte, daß ich seit langer Zeit in dieses tugendhafte Frauenzimmer hier vernarrt sei, hatte mir die Haustür verschließen lassen und dem Türhüter verboten, mir aufzumachen. Aber ich, dem es unerträglich war, nicht bei ihr zu sein, befahl meinem Sklaven Dromo, an der Hofmauer, wo sie am niedrigsten ist, unterzustehen, so daß es mir nicht schwer war, von seinem Rücken über die Mauer hinüberzukommen. Daß ich's kurz mache, ich stieg hinüber und langte glücklich an Ort und Stelle an.

Ich fand die Haustür sorgfältig verschlossen. Da es schon um Mitternacht war, wollte ich nicht anklopfen, sondern hob die Tür, wie ich schon mehrmals getan hatte, ganz sachte aus den Angeln und kam also ohne Geräusch hinein. Alles schlief. Ich tappte so lange herum, bis ich endlich ihr Bette fand.

JOËSSA: Heilige Ceres! was wird noch herauskommen? Ich stehe Todesangst aus.

LYSIAS: Wie ich nun merkte, daß hier zwei Personen atmeten, glaubte ich anfangs, ihr Mädchen Lydia schlafe bei ihr. Aber das war es nicht, Pythias. Denn indem ich so herumtastete, fand ich, daß es ein glattes, unbärtiges, bis auf die Haut abgeschornes, parfümiertes Bürschchen war. Hätte ich einen Degen bei mir gehabt – so könnt ihr leicht denken, daß ich mich nicht lange bedacht haben würde – Nun, was soll das? Was lacht ihr? Kommt dir die Sache so belachenswürdig vor, Pythias?

JOËSSA: Das war es also, was dich so böse gemacht hat, Lysias? Es war diese nämliche –

PYTHIAS *ihr die Hand auf den Mund legend*: Ich bitte dich, Joëssa, sag es ihm nicht.

JOËSSA: Und warum sollt ich's nicht sagen dürfen? Pythias, mein Liebster, diese nämlich hier gegenwärtige Pythias war es, die ich hatte bitten lassen, bei mir zu schlafen; denn es war mir so traurig, daß ich dich nicht bei mir hatte.

LYSIAS: Pythias wäre der Bursche gewesen, dem die Haare bis auf den Kopf abgeschoren waren? Wie ist ihr denn binnen sechs Tagen wieder so mächtig viel Haar gewachsen?

JOËSSA: Die Haare waren ihr in einer Krankheit so stark ausgefallen, daß sie sich vollends abscheren lassen mußte; und nun trägt sie eine Perücke. Zeig es ihm doch, Pythias, damit er den Glauben in die Hand bekommt. *Sie nimmt ihr die falschen Haare ab.* Hier präsentiere ich dir den zarten unbärtigen jungen Buhler, auf den du so eifersüchtig wurdest!

LYSIAS: Aber sage selbst, Joëssa, mußt ich's nicht werden, da ich ihn mit meinen eignen Händen zu betasten glaubte? Ich müßte dich nicht geliebt haben, wenn ich es weniger geworden wäre.

JOËSSA: DU bist also zufriedengestellt? Wäre nun die Reihe nicht an MIR, dich wieder zurückzuquälen, und hätte ich nicht bessere Ursache als du, mit dir zu schmollen und die Eifersüchtige zu machen?

LYSIAS: Tu es nicht, liebe Joëssa! Laß uns jetzt zusammen trinken und fröhlich sein, und Pythias soll uns unser neues Bündnis feiern helfen! *Zu Pythias.* Wie viel hab ich deinetwegen ausgestanden, edelster der Jünglinge, Pythias!

PYTHIAS: Dafür hab ich euch aber auch wieder ausgesöhnt, und eure Liebe gewinnt so viel dabei, daß du unmöglich auf mich zürnen kannst. Aber noch EINS, Lysias – laß die Perücke ein Geheimnis unter uns bleiben!

XIII.

Leontichus, Chenidas und Hymnis.

LEONTICHUS: Aber nun vollends in dem Treffen gegen die Galater – das soll euch Chenidas erzählen, wie ich da vor allen unsern Reutern auf meinem weißen Rosse angesprengt kam und die Galater, wiewohl es ihnen sonst an Mut nicht fehlt, sobald sie mich erblickten, zu zittern anfingen und kein einziger Mann mehr in Reihe und Gliede stehenblieb. Nun schleuderte ich meinen Wurfspieß und schoß den Anführer ihrer Kavallerie und sein Pferd durch und durch; auf den Rest aber, der noch Miene machte, standhalten zu wollen (denn wiewohl der ganze Phalanx gesprengt war, so blieben doch noch einige und versuchten, sich in eine Kolonne zu formieren), stürme ich mit gezücktem Schwert und so wütend los, daß ich durch den bloßen Stoß meines Pferdes die sieben vordersten von ihnen übern Haufen werfe, während ich mit meinem Degen einem Rittmeister den Schädel auf EINEN Hieb entzweispalte – Bald darauf rücktet ihr andern auch an, Chenidas, fandet aber nichts mehr zu tun, als den Fliehenden nachzusetzen.

CHENIDAS: Und was für Wunder, Leontichus, tatest du nicht erst in dem Zweikampf mit dem Satrapen an der Grenze von Paphlagonien?

LEONTICHUS: Gut, daß du mich daran erinnerst! Ich muß selbst gestehen, es war keine von meinen schlechtesten Taten. Der Satrap, ein Mann von gigantischer Statur und der für den besten Fechter in der ganzen feindlichen Armee passierte, dabei ein großer Verächter von allem, was griechisch heißt, war trotzig vor die Fronte geritten und hatte einen jeden von uns, der das Herz hätte, sich mit ihm zu messen, herausgefodert. Alles erschrak über diese Ausforderung, Obersten, Generale und der Oberfeldherr selbst – ein Ätolier, namens Aristächmus, ein Mann, dem es nicht an Bravour fehlte, und der beste Lanzenwerfer in der ganzen Armee – Ich kommandierte damals nur tausend Mann; aber das Herz schwoll mir empor, ich stieß meine Kameraden, die mich zurückhalten wollten, auf die Seite – denn es wurde ihnen bange für mich beim Anblick des riesenmäßigen Barbaren, der in seiner vergoldeten Rüstung dastand, als ob er Strahlen von sich würfe, und mit seinem vom Helm herabwehenden Federbusch und der trotzigen Miene, womit er seine Lanze schwenkte, in der Tat ein fürchterliches Ansehn hatte.

CHENIDAS: Ich muß gestehen, auch mir wurde damals angst für dich, Leontichus; du wirst dich erinnern, wie viele Gewalt ich anwandte, dich zurückzuhalten, wie ich dich bat, dich nicht für andere in Gefahr zu begeben! Denn was hätte mir das Leben helfen können, wenn DU gestorben wärest?

LEONTICHUS: Aber, wie gesagt, das Herz schwoll mir hoch empor, und ich trat mitten zwischen beide Heere hervor, nicht schlechter bewaffnet als der Paphlagonier, sondern ebenfalls von Kopf zu Fuß in Gold. Sogleich erhob sich ein großes Geschrei von seiten der Unsrigen sowohl als der Barbaren; denn auch diese erkannten mich stracks an meinem runden Schild, an meinem Waffenschmuck und an meinem Helmbusche. Wem, sagte man, daß ich da gleichgesehen hätte, Chenidas?

CHENIDAS: Wem anders, beim Jupiter, als jenem berühmten Sohne der Thetis und des Peleus, dem großen Achilles? Man hätte sich verschworen, du wärest es selbst, so ein heldenmäßiges Ansehen hattest du in deinem Helm, in deinem purpurnen Kriegsrock und dem blitzenden Schild am Arme!

LEONTICHUS: Nun gingen wir aufeinander los, und es glückte dem Barbaren, mir zuerst eine kleine Wunde beizubringen, indem er mich ein wenig überm Knie, wiewohl nur ganz leicht, mit seinem Wurfspieß streifte: ich aber stoße ihn mit meinem langen mazedonischen Speer durch seinen Schild mitten in die Brust; er fällt, ich laufe hinzu, haue ihm mit meinem breiten Schwert den Kopf ab und kehre im Triumph, mit seinen Waffen und mit dem Kopfe des Prahlers auf der Spitze meines Speers, über und über von seinem Blute triefend, zu den Meinigen zurück.

HYMNIS *zusammenfahrend*: Gott bewahre! Was für schreckliche und abscheuliche Dinge erzählst du von dir selbst, Leontichus? Wer wollte einen Mann, der solche Freude an Blut hat, nur ansehen, geschweige mit ihm essen und trinken und bei ihm schlafen können?

LEONTICHUS: Ich bezahle dich doppelt.

HYMNIS: Ich kann unmöglich bei einem solchen Mörder schlafen!

LEONTICHUS: Fürchte dich nicht, Hymnis! das alles ist in Paphlagonien geschehen; jetzt bin ich der friedfertigste Mann von der Welt.

HYMNIS: Aber du bist mit einem Mord verunreinigt! Das Blut von dem Kopfe des Barbaren, den du auf deinem Speer trugst, hat auf dich herabgetropft, und ich sollte einen solchen Mann umarmen und küssen? Das wollen die Grazien verhüten! Er ist ja um nichts besser als der Scharfrichter!

LEONTICHUS: Ich würde dir gewiß gefallen, wenn du mich in meiner Rüstung sehen würdest!

HYMNIS: Wenn ich nur davon reden höre, kehrt sich mir alles im Leibe um, die Haut schaudert mir und mich deucht, ich sehe die blutigen Gespenster der Ermordeten, besonders des armen unglücklichen Rittmeisters, dem du den Kopf gespaltet hast. Wie wär es erst, wenn ich die Sache selbst und das viele Blut und die herumliegenden Toten sähe! Ich hätte den Tod davon, ich, die nicht einmal einen Hahn abwürgen sehen kann.

LEONTICHUS: Ei, ei, Hymnis! bist du denn so gar feigherzig und von so kleiner Seele? Ich dachte, dir mit meiner Erzählung noch viel Vergnügen zu machen.

HYMNIS: Da mußt du dir Lemnierinnen oder Danaiden suchen, wenn es anders noch dergleichen gibt: ich eile zu meiner Mutter zurück, weil es noch Tag ist – Komm du mit, Gramme! und du, tapferster aller Chiliarchen, lebe wohl, und schlage so viel Köpfe ab, als dir beliebt; ich will den meinigen in Sicherheit bringen. *Sie läuft davon.*

LEONTICHUS: Holla! wohin, Hymnis? So bleibe doch! – Wahrhaftig, sie ist fortgelaufen.

CHENIDAS: Du hast aber auch dem guten Mädchen mit deinem wehenden Federbusch und den unglaublichen Mordgeschichten gar zu angst gemacht! Ich sah gleich, wie sie blaß wurde, da du noch an dem Rittmeister warst, und wie sie zusammenfuhr und sich schüttelte, da du ihm den Schädel entzweispaltetest.

LEONTICHUS: Ich bildete mir für gewiß ein, das würde mich desto liebenswürdiger in ihren Augen machen. Aber du bist allein an meinem Unglück schuld, Chenidas. Warum mußtest du mir auch den verwünschten Zweikampf in den Weg werfen?

CHENIDAS: Ich mußte dir ja doch wohl lügen helfen, da ich sah, was du mit deinen Aufschneidereien wolltest. Aber du hättest es nicht so gar arg machen sollen! Wenn dem armen Paphlagonier doch ja der Kopf abgehauen werden mußte, so hättest du ihn wenigstens nicht auf den Spieß stecken und das Blut auf dich heruntertriefen lassen sollen.

LEONTICHUS: Das war in der Tat zu arg, du hast recht, Chenidas; aber das übrige klang doch so übel nicht. Lauf also, und wende alles bei ihr an, daß sie diese Nacht mit mir passiert.

CHENIDAS: Soll ich sagen, es sei an allem kein wahres Wort? Du habest bloß deine Tapferkeit in Kredit bei ihr setzen wollen?

LEONTICHUS: Davon hätt ich wenig Ehre, Chenidas; das geht nicht an.

CHENIDAS: Anders kommt sie dir gewiß nicht. Wähle also, was du lieber willst: entweder ihren Abscheu mit der Meinung, daß du eine große Kriegsgurgel seiest, oder zu bekennen, daß du gelogen hast, und Hymnis zur Schlafgesellin zu haben?

LEONTICHUS: Die Wahl ist schwer – aber Hymnis schlägt doch vor! Geh also, und sag ihr – was du willst, nur nicht, daß alles erlogen sei!

XIV.

Dorion, Myrtale.

DORION: Jetzt also werd ich ausgeschlossen, Myrtale, jetzt, da du mich zum Bettler gemacht hast! Ehmals, wie ich dir immer so viel zu bringen hatte, da war ich dein Liebster, dein Mann, dein Herr, da war ich alles; aber nun, nachdem du mich bis auf den letzten Tropfen ausgedrückt und dafür den bithynischen Kaufmann aufgetrieben hast, nun kann ich vor der Tür stehen und heulen, solang ich will; jener hingegen wird glücklich gemacht und ist Herr im Hause und durchwacht ganze Nächte mit dir, und du gibst sogar vor, schwanger von ihm zu sein!

MYRTALE: Höre, Dorion, ich bin es herzlich überdrüssig, dich solche Reden führen zu hören, und am meisten verdrießt es mich, wenn du sagst, ich koste dich soviel und habe dich zum Bettler gemacht. So komm dann her und rechne alles zusammen, was du mir gegeben hast, seitdem wir bekannt miteinander sind!

DORION: Gut, Myrtale, wir wollen zusammenrechnen. Primo ein Paar sikyonische Schuhe für zwei Drachmen; schreibe zwei Drachmen!

MYRTALE: Aber dafür hast du auch zwei Nächte bei mir gelegen.

DORION: Ferner, wie ich aus Syrien zurückkam, einen Topf voll weicher phönizischer Pomade, die mich, beim Neptunus! ebenfalls zwei bare Drachmen kostete.

MYRTALE: Und ich, gab ich dir nicht die Schifferjacke mit auf die Reise, die der Untersteuermann Epiurus bei mir liegenließ?

DORION: Die hat nicht lange bei mir ausgehalten; da wir neulich in Samos zusammentrafen, erkannte er sie für die seinige, und ich mußte sie, nachdem wir uns tüchtig darum gezankt hatten, am Ende doch wieder hergeben. Item hab ich dir aus Zypern Zwiebeln und fünf Heringe und als ich aus dem Bosporus wiederkam, vier Bärse mitgebracht. Item acht Stück Schiffszwieback, einen großen Topf voll karische Feigen und neulich aus Patarä vergoldete Sandalien, du undankbares Ding du! – Und eben jetzt fällt mir auch der Käse ein, den ich dir aus Gythium mitbrachte.

MYRTALE: Und das alles zusammen, Dorion, wird summa summarum etwa soviel als fünf Drachmen wert sein.

DORION: Das ist auch alles, was ein armer Matrose wie ich, der von seinem Solde leben muß, geben kann. Indessen solltest du mich jetzt weniger verachten als jemals, seit ich es so weit gebracht habe, daß die ganze rechte Ruderbank unter meinem Befehle steht. Und hab ich nicht neulich an den Aphrodisien eine silberne Drachme deinetwegen zu den Füßen der Göttin gelegt? – hab ich nicht deiner Mutter zwei Drachmen zu einem Paar Schuhen gegeben und deiner Lyde hier viel und oft bald zwei, bald drei Obolen in die Hand gedrückt? Das alles zusammengerechnet macht eines armen Bootsmanns Hab und Gut aus.

MYRTALE: Die Zwiebel und Heringe meinst du?

DORION: Allerdings! Unsereiner kann nicht mehr geben, als er hat; wenn ich reich wäre, so wär ich kein Matrose. Meiner leiblichen Mutter hab ich in meinem Leben nicht eine Knoblauchsbolle gebracht. Aber nun möcht ich doch auch wissen, was dir denn der Bithynier für Präsente gemacht hat.

MYRTALE: Primo sieh einmal diese Schemise an; sie ist von ihm, und dies Halsband dazu, das, wie du ihm ansehen kannst, ein hübsches Gewicht hat.

DORION: Geh, das hab ich schon lange an dir gesehen!

MYRTALE: Was du gesehen hast, das war viel dünner und hatte keine Smaragden. Diese Ohrenringe und der Teppich sind ebenfalls von ihm; auch ist es noch nicht lange, daß er mir zwei Minen an barem Gelde gegeben und unsre Hausmiete bezahlt hat. Das tönt anders als patarische Pantoffeln und gythischer Käse und solche Lumpereien.

DORION: Aber davon sagst du nichts, was für ein Mann es ist, den du in dein Bette aufnimmst? Ein verheurateter Mann, über funfzig Jahre alt, kahl am ganzen Vorderkopfe und eine Farbe wie ein Taschenkrebs. Seine Zähne hast du wohl auch nicht recht betrachtet? Bei den Dioskuren, ein anmutsvoller Liebhaber! sonderlich wenn er singt und den Artigen machen will! das steht ihm geradeso an wie dem Esel das Lautenschlagen. Aber wie er ist, wünsch ich dir Prosit zu ihm! Du bist seiner würdig, und möchtet ihr einen Sohn bekommen, der dem Vater gleiche! Mir ist nicht leid darum, daß ich nicht eine Delphis oder eine Cymbalion, Mädchen meiner Gattung, finden sollte, oder meine Nachbarin, die Sackpfeiferin, oder irgendeine andere, wie ich sie brauche. Nicht jedermann hat Teppiche und goldne Halsbänder und Hände voll Geld zu verschenken.

MYRTALE: Glückliches Mädchen, das dich zum Anbeter haben wird, Dorion! Sie kann sichere Rechnung auf zyprische Zwiebel machen und auf einen Laib Käse, wenn du von Gythium zurückkommst!

XV.

Kochlis und Parthenis.

KOCHLIS: Was weinst du, Parthenis? Und wo kommst du mit deinen zerbrochnen Flöten her?

PARTHENIS: Der große ätolische Soldat, der Liebhaber der Krokale, hat mich geschlagen, weil er mich bei seinem Mädchen fand, wohin mich sein Nebenbuhler Gorgus bestellt hatte, und hat mir meine Flöten in Stücken zerbrochen und den Tisch, woran sie eben saßen und zu Nacht essen wollten, übern Haufen geworfen und die Kanne umgeschmissen, daß aller Wein auf den Boden floß; und den armen Tropf Gorgus haben sie bei den Haaren vom Tische weggeschleppt, der Soldat (Dinomachus, denk ich, heißt er) und sein Kamerad, und haben ihn so erschrecklich durchgeprügelt, daß ich nicht weiß, ob der arme Mensch mit dem Leben davonkommen wird: denn das Blut stürzte ihm stromweise aus der Nase, und das ganze Gesicht ist aufgeschwollen und braun und blau.

KOCHLIS: Ist der Kerl rasend? Oder war er so betrunken, daß er nicht mehr wußte, was er tat?

PARTHENIS: Eifersucht, liebe Kochlis, und unsinnige Liebe war an allem schuld. Krokale hatte, glaub ich, zweitausend Taler von ihm verlangt, wenn er sie für sich allein haben wollte. Weil ihr nun Dinomachus nicht soviel geben wollte, so schloß sie ihm, das nächste Mal, da er kam, die Türe vor der Nase zu und wurde dagegen mit diesem Gorgus, einem reichen Landmann aus Önoe, einig, daß sie den Abend miteinander passieren und mich dazunehmen wollten, um ihnen was auf meiner Flöte vorzuspielen. Sie hatten schon eine gute Weile getrunken, ich fing ein lydisches Stückchen zu blasen an, die Musik kam dem guten Gorgus in die Füße, er stand auf und tanzte dazu, Krokale klatschte ihm Beifall, kurz, wir waren fröhlich und guter Dinge. Auf einmal hören wir ein entsetzliches Getöse und Geschrei, die Hoftür wird aufgestoßen, und gleich darauf stürzen gegen acht baumstarke junge Bursche herein und der Ätolier unter ihnen. In einem Augenblick war alles unter über sich geworfen, der arme Gorgus wurde, wie gesagt, zu Boden geschlagen und unter die Füße getreten; aber Krokale hatte sich, ich weiß nicht wie, noch in Zeiten aus dem Staube gemacht und zu ihrer Nachbarin Thespias geflüchtet. Dafür ging es desto ärger über mich: Dinomachus gab mir tüchtige Maulschellen, zerbrach mir die Flöten, warf mir die Stücke an den Kopf und fluchte mir alles Unheil auf den Hals: und so bin ich denn endlich entronnen und gehe, meinem Herrn von dem Vorfall Nachricht zu geben. Der Bauer ist indessen auch zu einigen Freunden gegangen, um mit ihrer Hülfe die Sache bei der Obrigkeit anhängig zu machen.

KOCHLIS: So geht es, wenn man sich mit solchen Eisenfressern einläßt! Alles, was man davon hat, sind Schläge und böse Händel. Wenn man SIE hört, so sind sie lauter Generale und Obersten; wenn sie aber was geben sollen, da verweisen sie uns immer zur Geduld, bis die Kriegssteuer eingetrieben sei; wenn ich meinen Sold eingenommen habe, heißt es, will ich alles tun. Der Henker hole die großsprecherischen Kerls! Bei mir darf sich keiner von ihnen melden. Dafür lobe ich mir einen ehrlichen Fischer oder Schiffer oder Bauer, der wenig von Komplimentieren und Schöntun versteht, aber desto besser bezahlt. Alle Pflastertreter, die ihre Federbüsche schütteln und Relationen von den Schlachten machen, die sie geliefert haben, sind Windbeutel, das kannst du mir glauben, liebe Parthenis!

DER WAHREN GESCHICHTE

Erstes Buch

So wie diejenigen, die von der athletischen Kunst Profession machen, und überhaupt alle, die ihrem Körper die möglichste Gesundheit und Stärke zu verschaffen suchen, neben den gymnastischen Übungen auch für gehörige Erholungsstunden besorgt sind und dieses Ausruhen nach der Anstrengung für einen wesentlichen Teil der zu ihrem Zweck erfoderlichen Lebensordnung halten: ebenso, glaube ich, ist es den Studierenden zuträglich, ihren Geist, nachdem sie ihn mit ernsthaften und anstrengenden Studien anhaltend beschäftigt haben, ausruhen zu lassen und durch eine schickliche Erholung zu künftigen Arbeiten desto kräftiger und munterer zu machen.

Zu dieser Absicht ist wohl nichts tauglicher als eine Lektüre, die unter dem Schein, die Seele bloß mit freien Ergießungen der Laune und des Witzes belustigen zu wollen, irgendeinen nützlichen Unterricht verbirgt und die Musen gleichsam mit den Grazien spielen läßt. Etwas von dieser Art, hoffe ich, wird man in den gegenwärtigen Aufsätzen finden. Das Anziehende, das sie (wie ich mir schmeichle) für die Leser haben werden, liegt nicht bloß in der Abenteuerlichkeit des Inhalts oder in den drollichten Einfällen und in dem traulichen Ton der Wahrheit, womit ich eine so große Mannigfaltigkeit von Lügen vorbringe, sondern auch darin, daß jede der unglaublichen Begebenheiten, die ich als Tatsachen erzähle, eine komische Anspielung auf diesen oder jenen unserer alten Dichter, Geschichtschreiber und Philosophen enthält, die uns eine Menge ähnlicher Märchen und Wunderdinge vorgelogen haben und die ich bloß deswegen zu nennen unterlasse, weil sie dir unterm Lesen von selbst einfallen werden.

Um aber doch wenigstens ein paar von ihnen zu nennen, so schrieb Ktesias, des Ktesiochus Sohn, von Knidos, in seinem Werk über Indien, Dinge, die er weder selbst gesehen noch von irgendeinem Menschen auf der Welt gehört hatte. Ebenso hat ein gewisser Jambulus viel Unglaubliches von dem großen Ozean geschrieben, das zu handgreiflich nicht wahr ist, um nicht von jedermann für seine eigene Erfindung erkannt zu werden, wiewohl es sich ganz angenehm lesen läßt. Viele andere haben, in ebendiesem Geiste, ihre angeblichen Reisen und zufälligen Verirrungen in unbekannte Länder geschrieben, worin sie von ungeheuer großen Tieren, wilden Menschen und seltsamen Sitten und Lebensweisen unglaubliche Dinge erzählen. Ihr Obermeister und Anführer, in dieser kurzweiligen Art die Leute zum besten zu haben, ist der berühmte Homerische Ulysses, der dem Alcinous und seinen einfältigen Phäaziern eine lange Erzählung vom König Äolus und den Winden, die seine Sklaven sind, von einäugigen Menschenfressern und andern dergleichen Wilden, von vielköpfigen Tieren, von Verwandlung seiner Gefährten in Tiergestalten und eine Menge andrer Albernheiten dieses Schlages aufheftet. Ich meines Ortes habe allen diesen wackern Leuten, so viele ihrer mir vorgekommen sind, das Lügen um so weniger übelgenommen, da ich sahe, daß sogar Männer, welche bloß philosophieren zu wollen vorgeben, es um kein Haar besser machen: aber das hat mich immer wundergenommen, wie sie sich einbilden konnten, ihre Leser würden nicht merken, daß kein wahres Wort an ihren Erzählungen sei. Da ich nun der Eitelkeit nicht widerstehen kann, der Nachwelt auch ein Werkchen von meiner Fasson zu hinterlassen, und wiewohl ich nichts Wahres zu erzählen habe (denn mir ist in meinem Leben nichts Denkwürdiges begegnet), nicht sehe, warum ich nicht ebensoviel Recht zum Fabeln haben sollte als ein andrer: so habe ich mich wenigstens zu einer ehrenfestern Art zu lügen entschlossen, als DIE meiner Herren Mitbrüder ist; denn ich sage doch wenigstens EINE Wahrheit, indem ich sage, daß ich lüge: und hoffe also um so getroster, wegen alles übrigen unangefochten zu bleiben, da mein eignes freiwilliges Geständnis ein hinlänglicher Beweis ist, daß ich niemanden zu hintergehen verlange. Ich urkunde also hiemit, daß ich mich hinsetze, um Dinge zu erzählen, die mir nicht begegnet sind; Dinge, die ich weder selbst gesehen noch von andern gehört habe, ja, was noch mehr ist, die nicht nur nicht SIND, sondern auch NIE sein WERDEN, weil sie – mit EINEM Worte – gar nicht möglich sind, und denen also meine Leser (wenn ich anders welche bekommen sollte) nicht den geringsten Glauben beizumessen haben.

Ich schiffte mich also einsmals zu Cadix ein und steuerte bei gutem Winde in den hesperischen Ozean. Die Veranlassung und der Zweck meiner Reise war (aufrichtig zu reden), daß ich nichts Gescheiteres zu denken noch zu tun hatte und gerne was Neues hätte sehen und dahinterkommen mögen, wo der abendländische Ozean aufhöre und was wohl für Menschen jenseits desselben wohnten. In dieser Absicht hatte ich dann die zu einer so großen Seefahrt erfoderliche Vorräte an Lebensmitteln und süßem Wasser an Bord genommen, hatte mir funfzig Kameraden, die gleicher Gesinnung mit mir waren, beigesellt, mich überdies mit einer großen Menge Waffen versehen und einen der geschicktesten Piloten unter einem ansehnlichen Gehalt in meine Dienste genommen. Mein Schiff war eine Art von Jacht, aber doch so groß und stark gebaut, als zu einer langen und gefahrvollen Seereise vonnöten war.

Wir segelten einen Tag und eine Nacht mit günstigem Winde und wurden, solange wir noch Land im Gesichte hatten, nicht sehr heftig fortgetrieben: am folgenden Tag aber, mit Sonnenaufgang, wurde der Wind stärker, die See ging hoch, die Luft verfinsterte sich, und es war uns nicht einmal möglich, das Segel einzuziehen. Wir mußten uns also dem Winde überlassen und wurden neunundsiebzig Tage lang vom Sturm herumgetrieben: am achtzigsten aber erblickten wir, mit Anbruch des Morgens, nicht ferne von uns eine hohe und waldichte Insel, an welcher, da der Sturm sich meistens schon gelegt hatte, die Brandung nicht sonderlich heftig war. Wir ländeten also an, stiegen aus und legten uns als

Leute, die nach so viel ausgestandenem Ungemach froh waren, wieder festen Boden unter sich zu fühlen, der Länge nach auf der Erde herum. Endlich, nachdem wir eine ziemliche Zeit ausgerastet hatten, standen wir auf und wählten dreißig aus unserm Mittel, die beim Schiffe bleiben mußten; die andern zwanzig aber sollten mich tiefer ins Land hinein begleiten, um die Beschaffenheit der Insel zu erkundigen.

Wie wir nun ungefähr zweitausend Schritte vom Ufer durch den Wald fortgegangen waren, wurden wir eine eherne Säule gewahr, auf welcher in halberloschnen und vom Rost ausgefreßnen griechischen Buchstaben diese Aufschrift zu lesen war: »Bis hieher sind Bacchus und Herkules gekommen.« Auch entdeckten wir nicht weit davon zwei Fußstapfen in dem Felsen, wovon mir der eine einen ganzen Morgen Landes groß, der andere aber etwas kleiner zu sein schien. Ich vermutete, daß der kleinere vom Bacchus und der andere vom Herkules sei. Wir beugten unsre Knie und gingen weiter, waren aber noch nicht lange gegangen, als wir an einen Fluß kamen, der statt Wassers einen Wein führte, den wir an Farbe und Geschmack unserm Chierwein sehr ähnlich fanden. Der Fluß war so breit und tief, daß er an manchen Orten sogar schiffbar war. Ein so augenscheinliches Zeichen, daß Bacchus einst hier gewesen, diente nicht wenig, unsern Glauben an die vorbesagte Aufschrift zu befestigen. Weil ich aber begierig war, zu wissen, wo dieser Fluß entspringe, gingen wir an ihm hinauf, fanden aber keine Quelle, sondern bloß eine Menge großer Weinstöcke, die voller Trauben hingen, und unten an jedem Stocke rann der Wein in hellen durchsichtigen Tropfen herab, aus deren Zusammenfluß der Strom entstand. Wir sahen auch eine Menge Fische in demselben, deren Fleisch die Farbe und den Geschmack des Weins, worin sie lebten, hatte. Wir fingen einige und schlangen sie so gierig hinunter, daß wir uns einen derben Rausch daran aßen; auch fand ich, wie wir sie aufschnitten, daß sie voller Hefen waren. Doch kamen wir in der Folge auf den Einfall, diese Weinfische mit Wasserfischen zu vermischen, wodurch sie dann den allzustarken Weingeschmack verloren und ein ganz gutes Gerichte abgaben.

Nachdem wir hierauf den Fluß, an einer Stelle, wo er sehr seicht war, durchwatet hatten, stießen wir auf eine wunderbare Art von Reben; von unten auf nämlich war jeder Stock grünes und knotiges Rebholz; von oben hingegen waren es Frauenzimmer, die bis zum Gürtel herab alles, was sich gebührt, in der größten Vollkommenheit hatten; ungefähr so, wie man bei uns die Daphne malt, wenn sie in Apollos Umarmung zum Baume wird. Ihre Finger liefen in Schößlinge aus, die voller Trauben hingen; auch waren ihre Köpfe statt der Haare mit Ranken, Blättern und Trauben bewachsen. Diese Damen kamen auf uns zu, gaben uns freundlich die Hände und grüßten uns, einige in lydischer, andere in indianischer, die meisten aber in griechischer Sprache; sie küßten uns auch auf den Mund; aber wer geküßt wurde, war auf der Stelle berauscht und taumelte. Nur ihre Früchte zu lesen wollten sie uns nicht gestatten und schrien vor Schmerz laut auf, wenn wir ihnen etwa eine Traube abbrachen. Einige von ihnen kam sogar die Lust an, sich mit uns zu begatten; aber ein Paar von meinen Gefährten, die ihnen zu Willen waren, mußten ihre Lüsternheit teuer bezahlen. Denn sie konnten sich nicht wieder losmachen, sondern wuchsen dergestalt mit ihnen zusammen, daß sie zu einem einzigen Stocke mit gemeinschaftlichen Wurzeln wurden; ihre Finger verwandelten sich in Rebschosse, voll durcheinandergeschlungner Ranken, und fingen bereits an, Augen zu gewinnen und Früchte zu versprechen.

Wir überließen sie ihrem Schicksal und eilten, was wir konnten, unserm Schiffe zu, wo wir unsern zurückgelaßnen Kameraden alles erzählten, was wir gesehen hatten, besonders auch das Abenteuer der beiden, denen die Umarmung der Rebweiber so übel bekommen war. Hierauf füllten wir unsre leeren Fässer teils mit gemeinem Wasser, teils aus dem Weinflusse; und nachdem wir die Nacht nicht weit von dem letztern zugebracht, stachen wir am folgenden Morgen mit einem mäßig frischen Landwinde wieder in die See. Aber um die Mittagszeit, da wir die Insel schon aus den Augen verloren hatten, faßte ein plötzlicher Wirbelwind unser Schiff, drehte es etlichemal mit entsetzlicher Geschwindigkeit im Kreis herum und führte es wohl dreitausend Stadien hoch in die Lüfte, setzte es aber nicht wieder auf dem Meere ab, sondern es blieb in der Höhe schweben und segelte mit vollem Winde über den Wolken daher.

Wir waren bereits sieben Tage und ebensoviel Nächte in dieser Luftfahrt begriffen gewesen, als wir am achten Tage eine Art von Erde in der Luft erblickten, gleich einer großen, glänzenden, kugelförmigen Insel, die ein sehr helles Licht um sich her verbreitete. Wir fuhren auf sie zu, legten unser Schiff an und stiegen ans Land; und als wir uns darin umsahen, fanden wir, daß es bewohnt und angebaut sei. Zwar bei Tage konnten wir nichts unterscheiden: aber sobald die Nacht einbrach, zeigten sich uns noch andere Inseln in der Nähe, einige größer, andere kleiner, und alle feuerfarb; auch wurden wir tief unter uns eine andere Erde gewahr, welche Städte und Flüsse und Meere und Wälder und Berge in sich hatte; woraus wir denn schlossen, daß es vermutlich die unsrige sei.

Da wir nun weiter fortgehen wollten, stießen wir auf eine Anzahl Pferdegeier oder Hippogypen, wie sie hierzulande heißen, die sich sogleich unsrer Personen bemächtigten. Diese Hippogypen sind Männer, die auf großen Geiern reiten und sie so gut wie wir die Pferde zu regieren wissen: die Geier aber sind meistens dreiköpfig, und wie groß sie sein müssen, kann man daraus abnehmen, daß jede ihrer Schwingfedern länger und dicker ist als der Mast eines großen Kornschiffes. Die Hippogypen haben den Auftrag, überall auf der ganzen Insel herumzureiten und, wofern sie einen Fremden antreffen, ihn vor den König zu führen; welches dann auch wir uns gefallen lassen mußten. Sobald uns der König erblickte, schloß er vermutlich aus unsrer Kleidung, was für Landesleute wir wären; denn das erste Wort, das er uns sagte, war: »Die Herren sind also Griechen?« Da wir dies nicht in Abrede waren, fuhr er fort: »Wie habt ihr es denn gemacht, um die große Strecke Luft zurückzulegen, die zwischen euerer und dieser Erde liegt?« Wir erzählten ihm, wie es damit zugegangen war, und dies setzte ihn in die Laune, uns auch von seiner Geschichte etwas mitzuteilen. Er sagte uns, er sei ebenfalls ein Mensch und der nämliche Endymion, der einst im Schlafe aus unsrer Erde entführt und in diese hier versetzt worden, wo er nun den König vorstelle und welche ebendie sei, die uns da unten als Mond erscheine. Übrigens hieß er uns gutes Mutes sein und keine Gefahr besorgen; wir sollten mit allem, was wir nötig hätten, versehen werden. »Und wenn ich«, setzte er hinzu, »den Krieg, womit ich die Einwohner der Sonne zu überziehen im Begriff bin, glücklich geendigt haben werde, sollt ihr das glücklichste Leben, das sich nur immer denken läßt, bei mir haben.« Auf unsere Frage, wer denn eigentlich seine Feinde wären und was die Ursache ihrer Mißhelligkeit sei, erwiderte er: »Es ist schon eine geraume Zeit, daß Phaethon, der König der Sonnenbewohner (denn die Sonne ist nicht weniger bewohnt als der Mond), Krieg mit uns führt, und die Veranlassung dazu war diese: Ich hatte den Entschluß gefaßt, die ärmsten Leute in meinem Reiche als eine Kolonie in den Morgenstern zu schicken, der damals noch öde und unbewohnt war. Dieses wollte nun Phaethon aus Mißgunst nicht zugeben und stellte sich meinen Kolonisten mit einem Haufen Pferdameisen in den Weg. Da wir uns dieses Angriffs nicht versehen hatten und also zur Gegenwehre nicht gefaßt waren, so zogen wir damals den kürzern. Nun aber bin ich entschlossen, noch einen Gang mit ihnen zu tun und die Kolonie an Ort und Stelle zu bringen, es koste, was es wolle. Wofern ihr also Lust habt, an dieser Unternehmung teilzunehmen, so will ich euch mit Geiern aus meinen Marställen und mit den benötigten Waffen versehen lassen; und morgen treten wir den Marsch an.« – »Ich bin dabei«, versetzte ich, »weil du es für gut befindest.«

Der König behielt uns diesen Abend bei der Tafel; am folgenden Morgen aber machten wir uns in aller Frühe auf und zogen in Schlachtordnung aus, weil unsre Vorposten berichtet hatten, daß der Feind schon nahe sei. Unser Kriegsheer bestand (ohne das leichte Fußvolk, die fremden Hülfstruppen, die Artilleristen und den Troß) aus hunderttausend Mann: nämlich achtzigtausend Pferdegeier und zwanzigtausend, die auf Kohlvögeln ritten. Dies ist eine überaus große Gattung von Vögeln, die statt der Federn dicht mit Kohl bewachsen sind und eine Art von großen Salatblättern statt der Flügel haben. Unsre Flanken waren mit Hirsenschießern und Knoblauchwerfern besetzt. Überdies waren aus dem Großen Bären dreißigtausend Flohschützen und funfzigtausend Windlaufer zu uns gestoßen. Die erstern sind Bogenschützen, die auf einer Art von Flöhen reiten, die zwölfmal so groß sind als ein Elefant; die Windlaufer hingegen fechten zwar zu Fuß, laufen aber ohne Flügel in der Luft. Dies bewerkstelligen sie folgendermaßen: Sie tragen weite Röcke, die bis auf die Knöchel reichen; diese schürzen sie so auf, daß sie den Wind gleich einem Segel auffassen, und so fahren sie wie Schiffe in der Luft daher. Im Treffen werden sie meistens wie unsre Peltasten gebraucht. Die Rede ging auch, es würden aus den Sternen über Kappadozien siebzigtausend Sperlingseicheln und fünftausend Pferdekraniche kommen: ich muß aber gestehen, daß ich sie nicht gesehen habe, und zwar aus der ganz simpeln Ursache, weil sie nicht kamen. Ich habe mich also auch nicht erkühnen wollen, sie zu beschreiben; denn man sagte ganz abenteuerliche und unglaubliche Dinge von ihnen.

So war die Kriegsmacht Endymions beschaffen. Rüstung und Waffen waren übrigens bei allen gleich. Statt der Helme trugen sie ausgehöhlte Bohnen, die bei ihnen außerordentlich groß und dickhäutig sind; ihre Harnische waren aus Häuten von Wickbohnen schuppenförmig zusammengenäht; denn in diesem Lande ist die Hülse der Wickbohne so hart und undurchdringlich wie Horn. Ihre Schilde und Schwerter waren wie die griechischen.

Als es nun Zeit war, wurden sie folgendermaßen in Schlachtordnung gestellt: Die Pferdegeier machten den rechten Flügel aus und wurden von dem Könige selbst angeführt, der von einer Anzahl der Auserlesensten umgeben war, unter welchen auch wir uns befanden; auf dem linken Flügel standen die Kohlvögel und im Zentrum die Hülfstruppen, jede Gattung besonders. Das Fußvolk betrug gegen sechzig Millionen. – Es gibt eine Gattung Spinnen im Monde, von denen die kleinste größer ist als eine der Zykladischen Inseln. Diese bekamen Befehl, den ganzen Luftraum zwischen dem Mond und dem Morgensterne mit einem Gewebe auszufüllen. Das Werk war in wenig Augenblicken fertig und diente zum Boden, worauf sich die Fußvölker in Schlachtordnung stellten, die von Nachtvogel, Schönwetters Sohn, und noch zwei andern Feldherren kommandiert wurden.

Auf dem linken Flügel der Feinde standen die Pferdameisen, vom Phaethon angeführt. Diese Tiere sind eine Art geflügelter Ameisen, die sich von den unsrigen bloß durch die Größe unterscheiden; denn die größten unter ihnen nahmen nicht weniger als zwei Morgen Landes ein. Auch haben sie das Besondere, daß sie ihren Reitern fechten helfen, hauptsächlich mit ihren Hörnern. Ihre Anzahl wurde auf ungefähr funfzigtausend angegeben. Auf den rechten Flügel wurden im ersten Treffen ungefähr funfzigtausend Mückenritter gestellt, lauter Bogenschützen, die auf ungeheuren Mücken reiten. Hinter ihnen standen die Rettichschleuderer, eine Art leichter Fußsoldaten, die aber dem Feinde großen Schaden zufügten. Denn sie waren mit Schleudern bewaffnet, aus welchen sie von weitem Rettiche von entsetzlicher Größe warfen; wer davon getroffen wurde, starb auf der Stelle, und die Wunde gab sogleich einen unleidlichen Gestank von sich; denn man sagte, sie tauchten die Rettiche in Malvengift. Hinter diesen waren die Stengelschwämme gestellt, schwerbewaffnete Infanteristen, zehentausend an der Zahl, die ihren Namen daher haben, daß sie sich einer Art Pilzen statt der Schilde und großer Spargeln statt der Spieße bedienen. Nicht weit von ihnen standen die Hundeichler, die dem Phaethon von den Bewohnern des Sirius zu Hülfe geschickt worden waren, an der Zahl fünftausend; es waren Menschen mit Hundeköpfen, die auf geflügelten Eicheln (wie auf Wagen) stritten. Übrigens ging die Rede, es fehlten noch verschiedene Hülfsvölker, auf welche Phaethon gerechnet hätte, besonders die Schleuderer, die aus der Milchstraße erwartet wurden, und die Wolkenzentauren. Die letztern langten gleichwohl noch an, da das Treffen schon entschieden war, und hätten unsertwegen wohl wegbleiben mögen; die Schleuderer aber kamen gar nicht, worüber Phaethon so aufgebracht worden sein soll, daß er in der Folge ihr Land mit Feuer verwüstete. Dies war also die Macht, womit er gegen uns anrückte.

Das Zeichen zum Angriff wurde nun, auf beiden Teilen, durch Esel gegeben, deren man sich hierzulande statt der Trompeter bedient, und das Treffen hatte kaum angefangen, als der linke Flügel der Helioten, ohne das Einhauen der Pferdegeier zu erwarten, die Flucht ergriff: wir setzten ihnen also nach und richteten ein großes Blutbad unter ihnen an. Hingegen gewann ihr rechter Flügel anfangs den Vorteil über unsern linken, und die Mückenreiter warfen unsre Kohlvögel mit solcher Gewalt übern Haufen und verfolgten sie so hitzig, daß sie bis zu unserm Fußvolk vordrangen: dieses aber tat eine so tapfre Gegenwehre, daß die Feinde hinwieder in Unordnung und zum Weichen gebracht wurden, zumal wie sie merkten, daß ihr linker Flügel geschlagen sei. Ihre Niederlage war nun entschieden; wir machten eine große Menge Gefangener, und der Erschlagenen waren so viele, daß die Wolken von ihrem Blute so rot gefärbt wurden, wie sie uns bei Sonnenuntergang zu erscheinen pflegen: ja es träufelte sogar häufig auf die Erde herab, so daß ich auf die Vermutung kam, eine ehemals in den obern Gegenden vorgefallene ähnliche Begebenheit möchte wohl den Blutregen veranlaßt haben, den Homer seinen Jupiter wegen Sarpedons Tod auf die Erde regnen läßt.

Als wir endlich vom Nachsetzen der Feinde abließen, richteten wir zwei Trophäen auf, eines für die Infanterie auf der Spinnenwebe, das andere auf den Wolken für diejenige, die in der Luft gestritten hatten: aber während wir damit beschäftiget waren, benachrichtigten uns unsre Vorposten, die Wolkenzentauren seien im Anzuge, die schon vor der Schlacht zum Phaethon hätten stoßen sollen. Ich muß gestehen, der Aufmarsch einer Armee von Reitern, die halb Menschen und halb geflügelte Pferde waren und wovon die menschliche Hälfte so groß als das obere halbe Teil des Koloß von Rhodus, die Pferdehälfte aber wie ein großes Lastschiff war, machte ein ganz außerordentliches Schauspiel. Ihre Anzahl habe ich lieber nicht beisetzen wollen, denn sie war so ungeheuer groß, daß man mir nicht glauben würde. Sie wurden vom Schützen im Tierkreise angeführt. Wie sie nun sahen, daß ihre Freunde geschlagen waren, schickten sie sogleich einen Eilboten an den Phaethon ab, um ihn ins Treffen zurückzurufen; sie selbst aber drangen in guter Ordnung auf die erschrocknen Seleniten ein (die, über Verfolgung der Feinde und Teilung der Beute, in größte Unordnung gekommen waren), jagten sie alle in die Flucht, verfolgten den König selbst bis vor die Mauern seiner Hauptstadt, machten den größten Teil seiner Vögel nieder, rissen die Trophäen um, bemächtigten sich des ganzen Schlachtfeldes der Spinnenweben und machten (unter andern) auch mich und zwei meiner Gefährten zu Kriegsgefangnen. Jetzt erschien auch Phaethon wieder, und nachdem sie andere Trophäen errichtet hatten, wurden wir noch an ebendemselben Tage, die Hände mit Stricken von der Spinnewebe auf den Rücken gebunden, nach der Sonne abgeführt.

Da die Feinde nicht für gut befanden, die Hauptstadt Endymions zu belagern, so begnügten sie sich, eine doppelte Mauer von Wolken zwischen dem Mond und der Sonne aufzuführen, wodurch alle Kommunikation zwischen beiden abgeschnitten und der Mond alles Sonnenlichts beraubt wurde. Der arme Mond erlitt also von diesem Augenblick an eine totale Finsternis und war gänzlich in eine ununterbrochne Nacht eingehüllt. In dieser Not wußte sich Endymion nicht anders zu retten, als daß er Deputierte nach der Sonne abschickte, welche fußfällig bitten mußten, daß man die Mauer wieder einreißen und sie nicht so unbarmherzig in der Finsternis zu leben nötigen möchte: er machte sich dagegen anheischig, der Sonne Tribut zu entrichten, ihr, wenn sie Krieg hätte, mit Hülfstruppen zuzuziehen, nichts Feindliches mehr gegen sie zu unternehmen und zur Sicherheit dieser Versprechungen Geiseln zu geben. Phaethon hielt dieses Antrags halben zwei Ratsversammlungen: in der ersten war die Erbitterung noch zu groß, um Vorschlägen zur Güte

Gehör zu geben; in der zweiten aber kamen sie auf andere Gedanken, und der Friede wurde vermittelst eines Traktats geschlossen, der also lautete:

»Zwischen den Helioten und ihren Bundesgenossen am einen und den Seleniten und ihren Verbündeten am andern Teile ist folgender Vergleich errichtet worden: Die Helioten machen sich anheischig, die aufgeführte Mauer niederzureißen, nicht wieder feindlich in den Mond einzufallen und die Gefangenen gegen ein zwischen beiden Teilen ausgemachtes Lösegeld freizugeben. Die Seleniten hingegen versprechen, die übrigen Sterne bei ihrer Unabhängigkeit zu belassen, die Helioten nie wieder mit Kriege zu überziehen, sondern einander, wofern sie von jemand angegriffen würden, wechselseitige Hülfe zu leisten; nicht weniger macht sich der König der Seleniten verbindlich, dem Könige der Helioten als einen Tribut jährlich zehentausend Eimer Tau zu entrichten und zur Sicherheit desselben zehentausend Geiseln zu geben. Die Kolonie in den Morgenstern aber betreffend, soll solche von beiden Teilen gemeinschaftlich bewerkstelliget werden und auch aus andern Völkerschaften, wer dazu Lust haben mag, teil daran nehmen dürfen. Dieses Bündnis soll auf eine Denksäule von Bernstein gegraben und zwischen der Grenze beider Reiche in freier Luft aufgestellt werden; und haben dasselbe beschworen

von seiten der Helioten:	von seiten der Seleniten:
Feuermann.	Nachtlieb.
Sommerglut.	Monder.
Flammstädt.	Wechselschein.«

Sobald dieser Friedensschluß unterzeichnet war, wurde die Mauer eingerissen und wir Gefangenen ausgeliefert. Bei unserer Zurückkunft in den Mond kamen uns unsere Kameraden und Endymion selbst entgegen und umarmten uns mit tränenden Augen. Dieser Fürst hätte uns überaus gerne bei sich behalten; er schlug uns vor, an der neuen Kolonie teilzunehmen, und erbot sich, mir seinen Sohn zur Ehe zu geben (denn es gibt bei ihnen keine Weiber), aber ich ließ mich auf keine Weise überreden, sondern bestand darauf, daß er uns wieder ins Meer herabschicken sollte. Wie er nun sahe, daß es unmöglich war, uns auf andere Gedanken zu bringen, so willigte er in unsre Entlassung ein, nachdem er uns eine ganze Woche durch aufs herrlichste bewirtet hatte.

Aber ehe ich den Mond wieder verlasse, muß ich euch doch auch erzählen, was ich während meines dortigen Aufenthaltes Neues und Außerordentliches bemerkt habe. Das erste ist, daß die Seleniten nicht von Weibern, sondern von Männern geboren werden; denn hier heuraten die Männer einander, und das weibliche Geschlecht ist ihnen etwas so Unbekanntes, daß sie nicht einmal einen Namen in ihrer Sprache dafür haben. Ihre Einrichtung ist diese: Jeder Selenit wird geheuratet, bis er fünfundzwanzig Jahre alt ist, von dieser Zeit an aber heuratet er selbst. Ihre Leibesfrucht tragen sie nicht wie die Weiber bei uns, sondern in der Wade. Sobald ein junger Selenit empfangen hat, fängt ihm die Wade an dicker zu werden; einige Zeit darauf wird die Geschwulst aufgeschnitten, und man zieht die Kinder tot heraus: sobald sie aber mit offnem Munde an die freie Luft gebracht werden, fangen sie an zu leben. Ich vermute, daß das griechische Wort *γαστροκνημια* (Beinbauch) sich von diesem Volke herschreibt und sich auf diese sonderbare Eigenschaft bezieht, ihre Kinder, anstatt im Leibe, in der Wade zu tragen.

Was aber noch viel sonderbarer ist, es gibt eine Art Menschen bei ihnen, Dendriten genannt, die auf folgende Weise entstehen. Man schneidet einem Manne den rechten Hoden aus und pflanzt ihn in die Erde; nach und nach wächst hieraus ein sehr großer fleischerner Baum, der die Gestalt eines Phallus, aber dabei Zweige und Blätter hat und eine ellenlange eichelförmige Frucht trägt. Diese werden, wenn sie zeitig sind, abgebrochen und die Menschen herausgeknackt. Diese Dendriten aber sind von Natur ohne Geschlechtsteile und also genötigt, sich künstliche anzusetzen, die ihnen ebendie Dienste tun, als ob sie natürlich wären. Die Reichern lassen sich solche von Elfenbein machen, die Armen aber begnügen sich mit hölzernen.

Wenn ein Selenit alt worden ist, so stirbt er nicht wie wir, sondern zerfließt wie Rauch in der Luft.

Die ganze Nation hat nur einerlei Art, sich zu nähren: sie braten nämlich Frösche (die bei ihnen haufenweis in der Luft herumfliegen) auf Kohlen, setzen sich um den Herd, wie sie gebraten werden, wie um einen Tisch her, schlürfen den aufsteigenden Dampf ein, und darin besteht ihre ganze Mahlzeit. Wenn sie trinken wollen, so drücken sie Luft in einen Becher aus, der auf diese Weise mit einer dem Tau ähnlichen Feuchtigkeit angefüllt wird.

Bei einer so feinen Nahrung wissen sie nichts von den Exkretionen, denen die Erdebewohner unterworfen sind; sie sind auch nicht an ebendem Orte gebohrt wie wir, sondern haben bloß (zu dem oben angedeuteten Gebrauch) eine Öffnung in der Kniekehle.

Wer bei ihnen für schön gelten will, muß kahl und ohne Haare sein; lockichte und starkbehaarte Köpfe sind ihnen ein Greuel. In den Kometen hingegen ist's just umgekehrt: denn da gelten nur die lockichten für schön, wie uns einige Reisende, die in diesen Sternen zu Hause waren, erzählten. Jedoch haben sie über den Knien etwas Bart. An den Füßen haben sie weder Nägel noch Zehen, sondern der ganze Fuß ist aus EINEM Stücke: aber über dem Hintern ist jedem ein großer Kohlkopf, statt eines Schwanzes, gewachsen, der immer grün bleibt und nie abbricht, wenn man auch darauf fällt.

Sie schneuzen eine sehr saure Art von Honig aus, und wenn sie sich, es sei durch Arbeit oder gymnastische Übungen, eine starke Bewegung machen, schwitzen sie am ganzen Leibe Milch, so daß sie, um Käse daraus zu machen, nur ein wenig von dem besagten Honig hineinzuträufeln brauchen.

Sie wissen aus Zwiebeln ein Öl zu machen, das sehr weiß und von so angenehmem Geruch ist, daß sie es zum Parfümieren brauchen. Überdies bringt ihr Land eine große Menge Reben hervor, die, statt Wein, Wassertrauben tragen, deren Beeren Kerne von der Größe unsrer Schloßen haben. Ich weiß mir daher den Hagel bei uns nicht besser zu erklären, als daß es auf der Erde hagelt, sooft ein Sturmwind im Mond diese Reben so stark schüttelt, daß die Wassertrauben davon zerplatzen.

Die Seleniten tragen keine Taschen, sondern stecken alles, was sie bei sich tragen wollen, in ihren Bauch, den sie, nach Gefallen, auf- und zuschließen können. Denn von Natur ist er ganz leer und bloß ringsum mit langen und dichten Zotteln bewachsen, so daß auch ihre neugebornen Kinder, wenn sie frieren, ihnen in den Bauch hineinkriechen.

Was ihre Kleidung betrifft, so tragen die Reichen weiche Kleider aus Glas, der Armen ihre hingegen sind aus Erzt gewebt; denn diese Gegenden sind sehr erzthaltig, und sie verarbeiten es, wenn sie etwas Wasser dazugießen, wie wir die Wolle.

Aber was sie für Augen haben, getraue ich mir kaum zu sagen, es ist so unglaublich, daß ich besorgen muß, man werde denken, ich gebe die Unwahrheit vor. Doch da ich schon so viel Wunderbares erzählt habe, mag das immer auch noch mitgehen. Sie haben nämlich Augen, die sich herausnehmen lassen; wer also die seinigen schonen will, nimmt sie heraus und hebt sie auf; kommt ihm dann etwas vor, das er sehen will, so setzt er sein Auge wieder ein und sieht. Viele, die die ihrigen verloren haben, sehen mit geborgten; denn was reiche Leute sind, haben deren immer viele vorrätig.

Ihre Ohren sind aus Platanenblättern gemacht, und nur die Dendriten allein haben hölzerne.

Auch sah ich im Palaste des Königs noch ein anderes Wunder, und das ist ein Spiegel von ungeheurer Größe, der auf einem nicht allzutiefen Brunnen liegt. Wer in diesen Brunnen hinabsteigt, hört alles, was auf unsrer Erde gesprochen wird; und wer in den Spiegel schaut, sieht darin alle Städte und Völker der Erde so genau, als ob sie vor ihm stünden. Ich sah bei dieser Gelegenheit meine Familie und mein ganzes Vaterland: ob sie aber auch MICH gesehen haben, kann ich nicht für gewiß sagen. Wer mir nicht glauben sollte, was ich von der Tugend dieses Spiegels gemeldet habe, wird sich, wenn er einmal selbst hieherkommen wird, mit eigenen Augen überzeugen können, daß ich die Wahrheit sage.

Wir beurlaubten uns nunmehr von dem Könige und seinem

Hofe, begaben uns wieder an Bord unsers Schiffes und stießen ab. Endymion beschenkte mich beim Abschied mit zwei gläsernen und fünf ehernen Kleidungen nebst einer ganzen Rüstung von Wickbohnen: ich mußte aber alles im Walfisch zurücklassen. Er gab uns auch tausend Hippogypen mit, die uns fünfhundert Stadien weit begleiten mußten.

Nachdem wir bei verschiedenen andern Ländern vorbeigefahren, landeten wir am Morgenstern, der seit kurzem angebaut worden war, an, um frisches Wasser einzunehmen. Von da fuhren wir in den Tierkreis ein, indem wir linker Hand hart an der Sonne vorbeisegelten: aber wir stiegen nicht aus, wiewohl meine Gefährten es sehr gewünscht hätten, weil uns der Wind entgegen war. Doch kamen wir ihr nahe, um zu sehen, daß die Landschaft mit dem schönsten Grün bedeckt, wohl bewässert und mit allen Arten von Naturgütern reichlich gesegnet war. Wie uns die Nephelozentauren, die in Phaethons Solde stehen, gewahr wurden, flogen sie auf unsre Barke zu, zogen sich aber wieder zurück, sobald sie vernahmen, daß wir in den Friedenstraktat mit eingeschlossen wären.

Nunmehr hatten auch die Hippogypen Abschied von uns genommen, und wir hatten die nächste Nacht und den folgenden Tag unsern Lauf fortgesetzt und immer niederwärts gesteuert, als wir gegen Abend bei der sogenannten Lampenstadt anlangten. Diese Stadt liegt zwischen den Plejaden und Hyaden, aber etwas niedriger als der Zodiakus. Hier stiegen wir ans Land, erblickten aber keinen Menschen; hingegen sahen wir eine große Menge Lampen, die auf den Straßen hin und wider liefen und auf dem Markt und am Hafen beschäftigt waren; die meisten waren klein und hatten ein ärmliches Ansehen; einigen wenigen hingegen sahe man's gleich an ihrem Glanz und lebhaften Lichte an, daß sie hier die Großen und Vielvermögenden vorstellten. Jede hatte ihren eigenen Lampenstock, der ihr zur Wohnung diente, und ihren eigenen Namen, wie die Menschen. Wir hörten auch, daß sie eine Art von Sprache hatten. Ungeachtet sie uns nun nichts zuleide taten und uns vielmehr nach ihrer Weise gastfreundlich zu empfangen schienen, so war uns doch nicht wohl bei ihnen zumute, und keiner von uns getraute sich weder zu essen noch zu schlafen. Mitten in der Stadt haben sie eine Art von Rathaus, wo ihr Stadtschultheiß die ganze Nacht durch sitzt und einen nach dem andern bei seinem Namen zu sich ruft: wer nicht gehorcht, wird als ein Deserteur behandelt und mit der Todesstrafe belegt, das heißt, er wird ausgelöscht. Wir hörten auch, während wir herumstanden und sahen, was passierte, verschiedene von ihnen, die allerlei Ursachen, warum sie so späte gekommen, zur Entschuldigung anführten. Bei dieser Gelegenheit erkannte ich unsre eigene Hauslampe; ich erkundigte mich bei ihr, wie es zu Hause stünde, und sie sagte mir alles, was sie wußte.

Da wir nicht länger als diese einzige Nacht zu Lychnopolis bleiben wollten, lichteten wir des folgenden Tages den Anker und fuhren neben den Wolken vorbei, wo wir, unter andern, mit großer Verwunderung auch die berühmte Stadt Nephelokokkygia sahen, aber wegen widrigen Windes nicht in ihren Hafen einlaufen konnten. Doch erfuhren wir, daß Koronos, Kottyphions Sohn, dermalen daselbst regiere; und ich, meines Orts, bestärkte mich in der Meinung, die ich immer von der Weisheit und Wahrhaftigkeit des Dichters Aristophanes gehegt hatte, dessen Nachrichten von dieser Stadt man mit Unrecht den gebührenden Glauben versagt. Drei Tage darauf bekamen wir den Ozean wieder zu Gesicht; aber die Erde zeigte sich nirgends, die in der Luft schwebenden Inseln ausgenommen, die uns überaus feurig und funkelnd vorkamen. Am vierten gegen Mittag setzte uns ein sanft nachgebender Wind allmählich wieder auf dem Meere ab.

Es ist unmöglich, das Entzücken zu beschreiben, das uns ergriff, als wir uns wieder auf dem Wasser fühlten. Wir gaben der ganzen Schiffsmannschaft einen Schmaus, so gut als es unser Vorrat erlauben wollte, und sprangen dann ins Wasser und badeten uns nach Herzenslust; denn es herrschte eben eine große Windstille, und das Meer war so glatt wie ein Spiegel.

Aber in kurzem erfuhren wir, daß eine plötzliche glückliche Veränderung nicht selten der Anfang größerer Unglücksfälle ist. Denn kaum waren wir zwei Tage auf dem Meere gefahren, als sich gegen Sonnenaufgang eine Menge Walfische und andere Seeungeheuer sehen ließen. Unter den erstern zeichnete sich besonders einer durch seine Größe aus, denn er war nicht weniger als funfzehnhundert Stadien lang. Dieser kam mit offnem Rachen und mit einem Ungestüm, der das Meer auf allen Seiten aufbrausen und schäumen machte, auf uns los und zeigte uns Zähne, die noch viel größer als unsere kolossalischen Phallusbilder, spitzig wie Zaunpfähle und so weiß wie Elfenbein waren. Wir nahmen also den letzten Abschied voneinander, und indem wir ihn einer in des andern Armen erwarteten, war er da und schlang uns zusamt unserm Schiffe auf einen Atemzug hinunter; denn er fand nicht für nötig, uns erst mit seinen Zähnen zu zermalmen, sondern das Schiff glitschte auf EINEN Druck durch die Zwischenräume in seinen Schlund hinab.

Wie wir nun drin waren, war es anfangs so dunkel, daß wir nicht einen Stich sehen konnten: als er aber, nach einer Weile, den Rachen wieder aufsperrte, sahen wir uns in einer Höhle von so ungeheurer Höhe und Weite, daß sie uns für eine Stadt von zehentausend Einwohnern Raum genug zu haben schien. Überall lagen eine Menge kleiner Fische, zermalmter Tiere, Segel, Anker, Menschengebeinen und ganze Schiffsladungen umher. Weiter hin war, vermutlich aus dem vielen Schlamm, den dieser Walfisch schon verschluckt hatte, eine Erde mit Bergen und Tälern entstanden, wovon jene mit allen Arten von Bäumen, diese mit allerlei Kräutern und Gemüsen dergestalt bepflanzt waren, daß man es für angebautes Land halten mußte. Diese Insel, wenn ich es so nennen kann, mochte wohl zweihundertundvierzig Stadien im Umkreise haben. Wir sahen auch verschiedene Arten von Seevögeln, Meerschwalben und Eisvögeln, die auf den Bäumen umher ihre Nester hatten.

Unser erstes war, daß wir uns hinsetzten und uns recht sattweinten; endlich aber, nachdem ich meinen Reisegefährten Mut zugesprochen hatte, machten wir vor allen Dingen unser Schiff fest, schlugen sodann Feuer und machten uns aus den Fischen, die in großer Menge und Mannigfaltigkeit umherlagen, eine Mahlzeit zurecht; Wasser hatten wir noch aus dem Morgenstern am Bord.

Wie wir des folgenden Morgens aufstanden, sahen wir, sooft der Walfisch Atem holte, bald Berge, bald nichts als Himmel, bald auch Inseln, woraus wir dann schlossen, daß er sich mit großer Geschwindigkeit in allen Teilen des Ozeans herumbewege.

Als wir nun dieses neuen Aufenthaltes in etwas gewohnt waren, nahm ich sieben meiner Gefährten mit mir und ging in den Wald auf weitere Entdeckungen aus. Ich hatte noch nicht fünf volle Stadien zurückgelegt, als ich auf einen Tempel stieß, der laut der Inschrift dem Neptun gewidmet war; bald darauf fanden wir eine große Anzahl Gräber mit Säulen und nicht weit davon eine Quelle klares Wasser. Überdies hörten wir Hunde bellen und sahen in einiger Entfernung Rauch aufsteigen; so daß wir, allem Vermuten nach, nicht weit von einer Wohnung sein konnten. Wir verdoppelten nun unsre Aufmerksamkeit und waren nicht weit fortgegangen, als wir einen alten Mann und einen Jüngling antrafen, die sehr emsig in einem Küchengarten arbeiteten und eben beschäftigt waren, Wasser aus der Quelle in denselben zu leiten. Erfreut und erschrocken zugleich blieben wir stehen, und man kann sich leicht einbilden, daß ihnen ebenso wie uns zumute war. Sie hielten mitten in ihrer Arbeit ein und betrachteten uns, ohne einen Laut von sich zu geben. Endlich ermannte sich doch der Alte nach einer kleinen Weile und redete uns an. »Wer seid ihr«, sagte er, »Dämonen des Meeres? oder verunglückte Menschen unsersgleichens? Denn was uns betrifft, wir sind Menschen und aus Erdesöhnen, die wir waren, zu Meerbewohnern worden und treiben mit diesem Ungeheuer, in welchem wir eingeschlossen sind, herum, ohne recht zu wissen, wie es mit uns steht; denn wir haben alle Ursache zu denken, daß wir gestorben seien, wiewohl wir noch zu leben glauben.« – »Auch wir, alter Vater (antwortete ich ihm), sind Menschen, die sich seit kurzem hier befinden; denn es ist heute erst der dritte Tag, daß wir samt unserm Schiffe verschlungen worden sind; und bloß das Verlangen, zu wissen, wie es in diesem Walde aussehe, der uns sehr groß und dicht vorkam, hat uns hieher gebracht. Aber ohne Zweifel leitete uns irgendein guter Genius, daß wir dich fanden und nun wissen, daß wir nicht allein in diesen Walfisch eingeschlossen sind. Sage uns denn, wenn ich bitten darf, wer du bist und wie du hieher gekommen?« Aber der gute Alte versicherte uns, daß er unsre Neugier nicht eher befriedigen würde, bis er uns, so gut er's vermöchte, bewirtet hätte; und hiemit führte er uns in seine Wohnung, die er sich gemacht hatte. Sie war für seine Bedürfnisse bequem genug und mit Sitzen und andern Notwendigkeiten versehen. Nachdem er uns hier Gemüse, Früchte, Fische und Wein vorgesetzt hatte und wir satt waren, erkundigte er sich nach den Zufällen, die uns begegnet wären, und da erzählte ich ihm alles der Ordnung nach, den Sturm und was uns auf der Insel begegnet und unsre Reise in der Luft und den Krieg und alles übrige bis zu dem Augenblick unsrer Untertauchung in den Walfisch.

Nachdem er mir sein Erstaunen über so wundervolle Begebenheiten aufs lebhafteste ausgedrückt hatte, erzählte er uns nun auch die seinigen. »Meine Freunde«, sagte er, »ich bin ein Kaufmann aus Zypern. Meine Geschäfte bewogen mich, mein Vaterland zu verlassen und mit meinem Sohne, den ihr hier sehet, und einer großen Anzahl Bedienten auf einem mit vielerlei Waren befrachteten Schiffe, dessen Trümmer ihr vielleicht im Schlunde des Walfisches gesehen habt, eine Reise nach Italien zu unternehmen. Bis auf die Höhe von Sizilien ging unsre Fahrt glücklich vonstatten: aber hier bekamen wir einen widrigen Wind, der uns am dritten Tage in den Ozean trieb, wo wir das Unglück hatten, diesem Walfische zu begegnen und mit Mann und Schiff verschlungen zu werden. Alle meine Leute kamen dabei ums Leben, und wir beide blieben allein übrig. Nachdem wir sie nun zur Erde bestattet und dem Neptun einen Tempel errichtet hatten, bringen wir seitdem unser Leben hin, Gemüse in unserm Garten zu bauen, die nebst Fischen und Baumfrüchten unsere Nahrung ausmachen. Der Wald, der von großem Umfang ist, wie ihr seht, hat auch eine große Menge Weinstöcke, die einen vortrefflichen Wein geben; auch werdet ihr vermutlich gesehen haben, daß wir eine Quelle des schönsten und frischesten Wassers besitzen. Unser Lager bereiten wir aus Baumblättern; Holz zum Feueranmachen haben wir in Überfluß; wir fangen Vögel in Netzen und sogar lebendige Fische, wenn wir auf die Kiemen des Ungeheuers hinausgehen, wo wir uns auch baden, sooft wir Lust dazu haben. Überdies befindet sich nicht sehr weit von hier ein See mit salzichtem Wasser, der zwanzig Stadien im Umkreis hat und einen Überfluß an Fischen aller Arten enthält; in diesem See vergnügen wir uns zuweilen mit Schwimmen oder fahren auf ihm in einem kleinen Nachen, den ich gezimmert habe. Auf diese Weise haben wir, seit uns der Walfisch verschlungen hat, bereits siebenundzwanzig Jahre zugebracht. Wir würden uns auch in dieser Lage ganz leidlich befinden, wenn nur unsre Nachbarn, die sehr ungesellige und wilde Leute sind, uns nicht gar zu überlästig fielen –«

»Wie?« rief ich, »hat denn dieser Walfisch noch mehr Einwohner?«

»Sehr viele«, erwiderte der alte Mann, »aber, wie gesagt, unverträgliche Geschöpfe und von sehr abenteuerlichen Gestalten. Den westlichen Teil des Waldes, gegen den Schwanz des Walfisches zu, bewohnen die Tarichanen, welche Aalaugen und ein Krebsgesicht haben, ein streitbares, trotziges und rohes Fleisch fressendes Volk. Auf der andern Seite, rechter Hand, halten sich die Tritonomendeten auf, die von oben bis an den Gürtel wie Menschen und von unten wie Wiesel gestaltet, jedoch ihrer Sinnesart nach nicht so boshaft und gewalttätig sind wie die übrigen. Linker Hand wohnen die Karkinocheiren und Thynnokephalen, wovon jene statt der Hände Krebsscheren, diese einen Thunfischkopf haben; diese beiden Völkerschaften stehen im Bunde miteinander und machen im Kriege gemeinschaftliche Sache. Die Mitte haben die Paguraden und Psettapoden, ein paar streitbare Rassen, die besonders schnell im Laufen sind. Die morgenländische, dem Rachen zunächst liegende Gegend ist, weil sie vom Meer angespült wird, größtenteils unbewohnt: ich habe mich also mit ihr behelfen müssen und bezahle den Psettapoden einen jährlichen Tribut von fünfhundert Stück Austern dafür. So ist das Innere dieses Landes beschaffen, und du kannst dir leicht vorstellen, daß es für uns keine kleine Sorge ist, wie wir uns gegen so viele Völker wehren und wenigstens das Leben davonbringen wollen.«

»Wie viele mögen ihrer wohl in allem sein?« fragte ich.

»Über tausend.«

»Was führen sie für Waffen?«

»Keine als Fischgräten.«

»Das beste ist also«, sagte ich, »wir nehmen es mit ihnen auf, da wir bewaffnet sind und sie nicht. Haben wir sie ein für allemal überwunden, so können wir dann ohne Sorgen leben.«

Dieser Antrag gefiel unserm Wirte. Wir begaben uns also zu unserm Schiff zurück und machten Anstalten. Eine Veranlassung zum Kriege konnte uns nicht fehlen; unser Wirt durfte sich nur weigern, den Tribut zu bezahlen, dessen Verfallzeit ganz nahe war: und so erfolgte es auch. Jene schickten und ließen den Tribut einfodern: Er wies sie mit einer stolzen Antwort ab. Hierüber wurden dann die Psettapoden und Paguraden so aufgebracht, daß sie mit großem Geschrei in die Pflanzung des Skintharus (so hieß unser neuer Freund) einfielen. Da wir uns dessen versehen hatten, so fanden sie uns in guter Verfassung. Ich hatte die Hälfte meiner Mannschaft, fünfundzwanzig an der Zahl, vorausgeschickt, mit dem Befehl, sich in einen Hinterhalt zu legen und den Feinden, wenn sie vorbeigezogen sein würden, in den Rücken zu fallen, welches sie denn auch mit gutem Erfolge bewerkstelligten. Ich aber mit den übrigen, ebenfalls fünfundzwanzig Mann stark (denn Skintharus und sein Sohn fochten mit), ging ihnen entgegen, und da wir sie solchergestalt in die Mitte bekamen, wurden sie, nach einem hartnäckigen Gefecht, das nicht ohne Gefahr auf unsrer Seite war, endlich aus dem Felde geschlagen und bis in ihre Höhlen verfolgt. Von den Feinden fielen ihrer hundertundsiebenzig, von den Unsrigen nur ein einziger, mein Steuermann, der mit der Rippe einer Meerbarbe durch die Schulter geschossen wurde.

Wir brachten die Nacht auf dem Walfelde zu, nachdem wir den getrockneten Rückgrat eines Delphins als ein Siegeszeichen aufgerichtet hatten. Da sich aber das Gerücht dieses Vorgangs inzwischen verbreitet hatte, fanden wir am folgenden Morgen andere Feinde vor uns: und zwar nahmen die Tarichanen unter Anführung eines gewissen Pelamus den linken Flügel ein, die Thynnokephalen den rechten, die Karkinocheiren das Zentrum. Denn die Tritonomendeten, die es mit keinem Teile verderben wollten, hielten sich ruhig. Wir unsrerseits gingen dem Feinde bis zum Tempel Neptuns entgegen, wo wir unter einem so großen Feldgeschrei, daß der ganze Walfisch wie ein unermeßliches Gewölbe davon widerhallte, aufeinanderstießen. Wir wurden aber, da unsre Gegner nicht viel besser als nackend und unbewaffnet waren, bald mit ihnen fertig, verfolgten sie bis in den Wald hinein und behaupteten das Schlachtfeld.

Nicht lange darauf schickten sie Herolde an uns ab, um ihre Toten abzuholen und Friedensvorschläge zu tun: aber wir fanden nicht für gut, uns darauf einzulassen, sondern zogen des folgenden Tages abermals gegen sie aus und vertilgten sie alle insgesamt, nur die Tritonomendeten ausgenommen, die, wie sie merkten, worauf es abgesehen war, so eilfertig sie konnten, zu den Kiemen hinauswischten und ins Meer sprangen.

Wir aber durchsuchten das ganze Land, und da wir es von Feinden gänzlich gereinigt fanden, wohnten wir nun ganz angenehm beisammen, brachten unsre Zeit mit Leibesübungen und Jagen zu, bauten unsern Wein, sammelten die Früchte von den Bäumen und lebten, mit EINEM Wort, wie Leute, die sich in einem großen Kerker, aus dem sie nicht heraus konnten, recht wohlsein ließen. Auf diese Art brachten wir ein Jahr und acht Monate hin.

Aber am funfzehnten Tage des neunten Monats, beim zweiten Maulaufreißen des Walfisches (denn dies tat er alle Stunden einmal, so daß wir nach diesen periodischen Eröffnungen die Tagesstunden zählten), hörten wir ein großes Geschrei und ein Getöse, wie von Schiffsleuten und Rudern. Da wir darüber in Unruhe gerieten, so krochen wir bis in den Rachen des Ungeheuers hervor, wo wir, zwischen den Zähnen stehend, alles sehen konnten – und, in der Tat, ein Schauspiel zu sehen bekamen, das über alles ging, was mir in meinem ganzen Leben Außerordentliches vorgekommen ist – Menschen nämlich, die ein halbes Stadium hoch waren und auf Inseln, wie auf Galeeren, angefahren kamen. – Ich weiß, man wird meine Erzählung unglaublich finden, aber ich kann mir nicht helfen – es muß nun schon heraus. Diese Inseln waren zwar von einer ansehnlichen Länge, eine in die andere ungefähr hundert Stadien im Umfang, aber verhältnismäßig nicht sehr hoch. Auf einer jeden befanden sich gegen achtundzwanzig Bootsleute, die, in zwei Reihen zu beiden Seiten sitzend, mit großen Zypressen, die noch alle Äste und alles Laub hatten, ruderten. Im Hinterteil des Schiffes (wenn ich es so nennen kann) stand der Steuermann auf einem hohen Hügel an einem ehernen Steuerruder, das wohl sechshundert Fuß lang war. Auf dem Vorderteil aber standen ihrer ungefähr vierzig, die zum Streit bewaffnet waren und in allem wie Menschen aussahen, außer daß sie statt des Haupthaars Feuerflammen auf den Köpfen hatten und also keine Helme brauchten. Die Stelle der Segel vertrat auf jeder dieser Inseln ein dichter Wald, in welchen der Wind einfiel und die Insel trieb und drehte, wie und wohin der Steuermann wollte. Neben den Ruderern stand einer, der die Aufsicht über sie hatte, und so bewegten sich diese Inseln, mit Hülfe der Ruder, wie ebenso viele Galeeren, mit großer Geschwindigkeit daher.

Anfangs sahen wir nur zwei bis drei, nach und nach aber kamen ihrer wohl gegen sechshundert zum Vorschein; und nachdem sie sich in Ordnung gestellt, fingen sie an, einander eine ordentliche Seeschlacht zu liefern. Viele stießen mit den Hinterteilen so gewaltig aufeinander, daß nicht wenige von der Heftigkeit des Stoßes umgeworfen wurden und versanken. Andere verwickelten sich ineinander, und dann wurde hitzig und tapfer gefochten, und sie ließen nicht leicht wieder voneinander ab. Die Krieger auf dem Vorderteile bewiesen allen nur möglichen Mut, sprangen in die feindlichen Schiffe und machten alles nieder, was ihnen in den Wurf kam; denn es wurde kein Quartier gegeben. Statt der eisernen Haken warfen sie einander an großen Tauen ungeheure Polypen zu, die den Wald mit ihren vielen Armen umschlangen und so die Insel festhielten. Die Geschosse, deren sie sich bedienten und womit sie einander schwer verwundeten, waren Austern, deren jede einen ganzen Wagen ausgefüllt hätte, und Meerschwämme, wovon einer einen Morgen Landes bedeckte.

Soviel wir aus dem, was sie einander zuriefen, abnehmen konnten, hieß der Anführer der einen Flotte Äolozentaurus und der andern Thalassopotes, und den Anlaß zu ihrem Kriege hatte, wie es schien, Thalassopotes gegeben, der dem Äolozentaur viele Herden Delphine geraubt zu haben beschuldigt wurde. Gewiß ist, daß die äolozentaurische Partei zuletzt Meister blieb und ihren Feinden gegen hundertundfunfzig Inseln versenkte, drei andere aber mit aller ihrer Mannschaft eroberte: die übrigen drückten sich auf die Seite und entflohen. Die Sieger, nachdem sie ihnen eine Zeitlang nachgesetzt, kehrten gegen Abend wieder zu den versunkenen Schiffen zurück, bekamen die meisten davon in ihre Gewalt und kriegten auch die ihrigen wieder; denn es waren ihrer im Gefechte nicht weniger als achtzig untergegangen. Sie nagelten hierauf eine der eroberten Inseln zum Siegesdenkmal an den Kopf des Walfisches an und brachten die Nacht auf der Reede des Ungeheuers zu, nachdem sie ihre Schiffe mit Tauen und Haken daran befestigt und hart dabei vor Anker gelegt hatten; denn sie führten auch sehr große und starke gläserne Anker bei sich. Des folgenden Tages stiegen sie auf dem Rücken des Walfisches aus, opferten ihren Göttern, begruben ihre Toten auf demselben und fuhren hierauf mit großem Jubel wieder ab. Dies ist alles, was ich von der Inselschlacht zu berichten habe.

Zweites Buch

Da ich von dieser Zeit an des langen Aufenthalts im Walfisch und des Lebens, so wir darin führten, äußerst überdrüssig wurde, fing ich an, auf Mittel und Wege zu denken, wie wir wieder herauskommen könnten. Das erste, worauf wir verfielen, war, uns durch die rechte Seite des Ungeheuers durchzuhauen, und wir legten unverzüglich die Hand ans Werk. Wie wir aber gegen fünfhundert Klafter tief gearbeitet hatten, ohne zu merken, daß wir dem Ende viel näher gekommen wären, ließen wir von diesem Vorhaben ab und beschlossen, den Wald anzuzünden: denn daran (dachten wir) müßte die Bestie unfehlbar krepieren, und dann würde es uns ein leichtes sein, einen Ausgang zu finden. Wir fingen also bei dem Teile an, der dem Schwanz am nächsten lag, und steckten ihn in Brand. Der Wald brannte sieben Tage und ebensoviel Nächte, ohne daß das Untier die Hitze zu spüren schien; aber am achten und neunten Tage merkten wir, daß es krank zu werden anfing: denn es öffnete den Rachen seltner als gewöhnlich, und wenn es ihn auftat, so klappte er gleich wieder zu. Am zehnten und eilften ging es immer näher mit ihm zu Ende, und es roch schon sehr übel. Am zwölften fiel uns endlich zu allem Glück ein, wenn wir ihm nicht, sobald es den Rachen wieder auftäte, die Kinnbacken auseinanderkeilten, würden wir Gefahr laufen, in seinem Körper eingeschlossen zu werden und mit ihm zu Grunde zu gehen. Wir sperrten ihm also den Rachen mit großen Balken auseinander, rüsteten hierauf unser Schiff aus, befrachteten es mit einem so großen Vorrat an Wasser und andern Notwendigkeiten, als es nur immer fassen konnte, und Skintharus übernahm das Amt des Steuermanns.

Am zwölften Tage hörte der Walfisch auf, ein Lebenszeichen von sich zu geben. Wir zogen also unser Fahrzeug herauf, schoben es zwischen seinen Zähnen durch, befestigten es mit Tauen daran und ließen es so ganz sachte ins Wasser herab. Hierauf bestiegen wir den Rücken des Ungeheuers, brachten dem Neptun ein Opfer, und nachdem wir, einer Windstille wegen, drei Tage darauf hatten zubringen müssen, segelten wir endlich am vierten ab. Wir stießen auf eine Menge im Meere herumtreibender Leichname von denen, die in dem Seetreffen umgekommen; wir maßen einige davon und erstaunten über ihre entsetzliche Größe.

Wir hatten nun einige Tage das günstigste Wetter: hernach aber blies der Wind sehr heftig aus Norden, und wir bekamen eine solche Kälte, daß die See auf einmal zugefror, und nicht etwa nur auf der Oberfläche, sondern bis auf eine Tiefe von vierhundert Klaftern, so daß wir auf dem Eise wie auf festem Lande herumlaufen konnten. Da aber der kalte Wind anhielt und uns ganz unerträglich wurde, kam der alte Skintharus auf den Einfall, daß wir uns eine große Höhle in das gefrorne Wasser graben und uns da so lange aufhalten sollten, bis sich der Wind umsetzte. Dies wurde unverzüglich ins Werk gestellt. Wir brachten bei einem guten Feuer, das wir unterhielten, dreißig Tage in dieser Eishöhle zu und nährten uns während dieser Zeit von den Fischen, die wir unterm Graben gefunden hatten. Da es uns aber endlich an Lebensmitteln gebrach, machten wir unser eingefrornes Schiff wieder flott und glitschten mit vollen Segeln, als ob wir auf dem Wasser daherführen, sanft und unmerklich auf dem glatten Eise dahin. Am fünften Tage fällt ein Tauwetter ein, das Eis schmilzt, und alles wird wieder zu Wasser.

Wir hatten ungefähr dreihundert Stadien zurückgelegt, als wir an eine kleine unbewohnte Insel kamen, wo wir frisches Wasser einnahmen, woran es uns bereits zu gebrechen anfing. Ehe wir uns wieder einschifften, schossen wir ein paar wilde Ochsen, die ihre Hörner nicht, wie andere Ochsen, vor der Stirne, sondern unter den Augen trugen, wie es Momus haben wollte. Bald darauf kamen wir in eine neue See, die nicht mehr von Wasser, sondern von Milch war. In dieser Milchsee erhob sich eine mit Weinreben bewachsene Insel, die nichts anders als ein großer Käse war (wie wir in der Folge befanden, da wir davon aßen), der nicht weniger als fünfundzwanzig Stadien im Umkreis hatte. Die Reben hingen voller Trauben; wie wir sie aber ausdruckten, gaben sie uns keinen Wein, sondern Milch. Mitten auf der Insel stand ein Tempel, der, laut der Inschrift, der Nereide Galatea gewidmet war. Solange wir uns also auf dieser Insel aufhielten, gab uns die Erde die Mahlzeit und den Nachtisch, und die Traubenmilch war unser Trank. Dem Vernehmen nach soll die Tochter des Salmoneus, Tyro, seitdem sie die Welt verlassen, vom Neptun zur Königin dieser Insel gemacht worden sein.

Nachdem wir uns fünf Tage hier aufgehalten, gingen wir am sechsten wieder mit einem mäßig frischen Winde unter Segel. Am achten Tage, da wir aus dem Milchmeer wieder heraus und wieder in eines von gesalznem blaugrünem Wasser gekommen waren, sahen wir eine große Menge Menschen auf dem Meere herumlaufen, die uns andern an Bildung und Größe völlig ähnlich waren, ausgenommen, daß ihre Füße von Kork sind, daher sie auch (wie ich glaube) den Namen Korkfüßler, den sie führen, bekommen haben. Wir unsers Ortes machten große Augen, wie wir sie so ebnen Fußes und ohne alle Furcht vorm Untersinken auf den Wellen daherspazieren sahen. Sie kamen gerade auf uns zu, grüßten uns in griechischer Sprache und sagten uns, sie wären im Begriff, nach der Insel Phello (Korkland), wo sie zu Hause seien, zurückzukehren. Sie liefen eine Zeitlang neben unserm Schiffe her; hernach aber wünschten sie uns eine glückliche Reise und nahmen einen andern Weg. Einige Zeit darauf erblickten wir verschiedene Inseln, unter welchen die erste linker Hand die Phello war, wohin jene eilten, eine Stadt, die auf einem großen runden Korke gebaut ist. In der Ferne, mehr rechter Hand, sahen wir fünf sehr große und hohe Inseln, wo viele Feuer brannten.

Uns gerade gegenüber lag eine breite und niedrige, die wenigstens noch fünfhundert Stadien von uns entfernt war. Wie wir ihr endlich nahe kamen, wehte uns eine wunderliebliche und mit Wohlgerüchen durchwürzte Luft entgegen, gleich jener, die, nach Herodots Versicherung, den Reisenden aus dem glücklichen Arabien entgegenduftet. Es war uns, als ob wir den Geruch der Rose und Narzisse, der Hyazinthe, Lilie und Viole, der Myrte, des Lorbeers und der Weinblüte auf einmal einschlürften. Unter dem Entzücken, worein uns dieser liebliche Geruch versetzte, und unter den frohesten Ahnungen, die Belohnung für so viel ausgestandenes Ungemach in dieser Insel zu finden, waren wir ihr nun so nahe gekommen, daß wir ringsum eine Menge sichrer und geräumiger Buchten und verschiedene kristallhelle Flüsse unterscheiden konnten, die sich sanft in die See verloren, und Auen und Wälder und unzählige Singvögel, die sich teils am Ufer, teils aus den Zweigen hören ließen. Eine weiche süßatmende Luft war über dieses schöne Land ausgegossen, wollüstige Zephyretten schienen umherzuflattern und den Hain zu durchsäuseln, und aus den sanftbewegten Zweigen tönte ein immerwährendes melodisches Flüstern, gleich dem Getöne, das an einem einsamen Orte aufgehangene Rohrpfeifen von sich geben. Mitunter hörte man auch ein lauteres Getön vermischter Stimmen, aber nicht lärmend, sondern demjenigen ähnlich, das fernher von einem Gastmahle kommt, wenn die einen Musik machen und die andern den Flöten und Zitherspielern, teils mit Worten, teils mit Händeklatschen, ihren Beifall bezeugen.

Von diesem allem wie bezaubert, landeten wir am Ufer an und stiegen aus, nachdem wir unser Schiff vor Anker gelegt und den alten Skintharus nebst zwei andern aus unserm Mittel darin zurückgelassen hatten. Wir waren noch nicht weit durch eine blumenvolle Wiese fortgegangen, als wir der Wache, die das Ufer zu hüten bestellt ist, in die Hände liefen, die uns sogleich mit Rosenketten (den stärksten Banden, die bei ihnen im Gebrauch sind) fesselte und zu ihrem Oberbefehlshaber abführte. Unterwegs erfuhren wir von ihnen, wir befänden uns in der sogenannten Insel der Seligen, und Rhadamanthus der Kretenser sei ihr Regent.

Als wir ihm vorgestellt wurden, waren wir, der Ordnung nach, die vierte Partei, die er damals zu verhören hatte. Die erste Sache, welche abzutun war, betraf den Ajax, Telamons Sohn, nämlich die Frage, ob er in die Klasse der Heroen gehöre oder nicht. Die Haupteinwendung, die man gegen ihn machte, war, daß er rasend geworden sei und sich selbst umgebracht habe. Nachdem auf beiden Seiten vieles für und wider ihn vorgebracht worden, tat Rhadamanth den Ausspruch: Würde Beklagter vor allen Dingen dem Arzt Hippokrates zu übergeben und von demselben mit Niesewurz tüchtig auszureinigen, sodann aber, wenn er seinen Verstand wieder erhalten hätte, von den Heroen zu ihren Festen zuzulassen sein.

Der zweite Handel war eine erotische Frage; Theseus nämlich und Menelaus stritten sich um die schöne Helena, welchem von beiden sie beiwohnen sollte, und Rhadamanth entschied zugunsten des Menelaus, als der so viel Arbeiten und Gefahren um dieser seiner Gemahlin willen ausgestanden; Theseus habe schon andere Frauen, die Amazone Hippolyta und die Töchter des Minos, an denen ihm genügen könne.

Die dritte Sache betraf den Vorsitz, der zwischen Alexandern, Philipps Sohn, und dem Karthaginenser Hannibal streitig war. Das Urteil erging dahin, der Rang gebühre Alexandern, und diesem zufolge wurde ihm ein Lehnstuhl neben dem ältern Cyrus gesetzt. Nun kam die Reihe an uns. Rhadamanth fragte uns, durch was für einen Zufall wir diesen heiligen Boden bei lebendigem Leibe betreten hätten. Wir erzählten ihm alles von Anfang an. Er hieß uns hierauf abtreten und ging eine geraume Zeit mit seinen Beisitzern, unter welchen auch Aristides war, zu Rate, was mit uns anzufangen wäre. Endlich fiel das Urteil dahin aus: Die verdiente Bestrafung unsrer Reise und unseres Vorwitzes sollte, wenn wir gestorben sein würden, erfolgen; dermalen sollten wir uns längstens sieben Monate auf der Insel aufhalten und mit den Heroen Umgang pflegen dürfen, nach Verfluß dieser Zeit aber wieder abzuziehen gehalten sein.

Sowie dieses Urteil ausgesprochen war, fielen unsre Rosenketten von selbst ab, und wir wurden in die Stadt geführt und zur Tafel der Seligen gezogen. Diese ganze Stadt ist von gediegenem Golde und ihre Ringmauren von Smaragden. Jede ihrer sieben Tore ist aus einem einzigen Zimtbaum gearbeitet; der ganze Boden der Stadt, und das Pflaster aller

Plätze und Gassen in derselben, ist von Elfenbein; die Tempel aller Götter sind aus Quaderstücken von Beryll erbaut und die Hochaltäre, worauf die Hekatomben geopfert werden, aus einem einzigen Amethyst. Rings um die Stadt fließt ein Strom des schönsten Rosenöls, hundert königliche Ellen breit und tief genug, um bequem darin schwimmen zu können. Ihre Bäder sind herrliche Gebäude von Kristallglase; sie werden mit Zimt geheizt, und statt gemeinen Wassers werden die Badewannen mit warmem Tau gefüllt.

Ihre gewöhnliche Kleider sind sehr feine purpurfarbe Spinneweben. Sie selbst aber haben keine eigentliche Körper (denn sie sind untastbar und ohne Fleisch und Bein), sondern nur die Gestalt und Idee davon; und demungeachtet gehen und stehen sie, haben alle ihre Sinnen und reden wie andre Menschen. Kurz, ihre Seele scheint eigentlich nackend einherzugehen und bloß den Schein eines Leibes um sich geworfen zu haben; man könnte sie mit aufgerichteten Schatten vergleichen, die, anstatt schwarz zu sein, die natürliche Farbe ihres Körpers hätten; und man muß sie betasten wollen, um sich zu überzeugen, daß das, was man sieht, kein Körper sei.

Niemand wird hier älter, sondern er bleibt unveränderlich, wie er hieher gekommen. Überdies gibt es hier weder, was wir Nacht, noch was wir eigentlich Tag nennen; sondern es wird nie heller noch dunkler, als unsre Dämmerung vor Sonnenaufgang ist. Auch kennen sie nur EINE Jahreszeit; denn es ist bei ihnen immer Frühling und Zephyr der einzige Wind, der hier weht.

Das Land ist daher immer grün und mit allen Arten von Blumen sowohl als von zahmen und schattichten Bäumen besetzt. Ihre Weinreben tragen zwölfmal des Jahres; ja die Pfersich- und Apfelbäume und alle Obstbäume überhaupt sollen sogar dreizehnmal, nämlich in dem Monat, den sie nach dem Minos benennen, zweimal, Früchte bringen. Anstatt des Weizens treiben ihre Ähren kleine Brötchen wie Schwämme aus ihren Spitzen hervor. Rings um die Stadt sind dreihundertundfünfundsechzig Quellen mit Wasser, ebenso viele mit Honig, funfzig etwas kleinere mit wohlriechenden

Essenzen und Ölen und überdies sieben Flüsse mit Milch und achte mit Wein.

Der Ort, wo sie beisammen speisen, liegt außerhalb der Stadt in dem sogenannten elysischen Gefilde: es ist eine wunderschöne Wiese, ringsum mit einem dichten Wald von allerlei hohen Bäumen umgeben, die ihren Schatten auf die zu Tische Liegenden werfen. Sie liegen statt der Decken auf Blumen und werden von Zephyren bedient, die ihnen alles bringen, was sie verlangen, außer daß sie ihnen keinen Wein einschenken. Die Ursache hievon ist, weil dicht an dem Platze, wo sie speisen, große gläserne Bäume vom reinsten durchsichtigsten Glase stehen, die, statt der Früchte, Trinkgefäße von allen Formen und Größen tragen. Wenn nun einer zum Essen kommt, so bricht er sich ein oder zwei Trinkgläser ab und stellt sie vor sich hin; sogleich füllen sie sich mit Wein, und er trinkt nach Belieben. Sie tragen keine Kränze, sondern ganze Scharen von Nachtigallen und andern Singvögeln holen Blumen aus den benachbarten Wiesen und lassen sie auf sie herabschneien, indem sie singend über ihren Häuptern herumfliegen. Sie haben auch eine ganz eigene Art, sich zu parfümieren, gewisse schwammartige Wolken nämlich saugen die wohlriechenden Essenzen aus den Flüssen ein; wenn sie voll sind, treibt sie ein leichter Wind dem offnen Speisesaal zu und drückt sie sanft zusammen, da sie dann ihren Balsam wie einen zarten Tau oder Staubregen herabträufeln. Während der Tafel erlustigen sie sich mit Musik und Gesang. Am liebsten singen sie Homers Gedichte, und er ist selbst da und hat seinen Platz über dem Ulysses. Sie haben Chöre von Knaben und Mädchen, denen Eunomus von Lokri, Arion von Lesbos, Anakreon und Stesichorus vorsingen; denn auch den letztern fand ich hier, weil er sich mit Helenen wieder ausgesöhnt hatte. Wenn diese zu singen aufhören, folgt ein zweiter Chor von Schwänen, Schwalben und Nachtigallen; und wenn auch diese fertig sind, fängt der ganze Hain, von Abendlüften angeblasen, zu flöten an. Aber was am meisten zu der Fröhlichkeit, die an ihrer Tafel herrschet, beiträgt, sind die zwei Quellen der Wollust und des Lachens, die neben derselben springen. Jeder trinkt zu Anfang der Mahlzeit aus einer von beiden, und so bringen sie dann die ganze Zeit derselben fröhlich und lachend hin.

Nun will ich auch sagen, welche von den berühmtesten Männern ich hier gesehen habe. Fürs erste die Halbgötter alle und die sämtlichen Helden, die vor Troja fochten, den lokrischen Ajax allein ausgenommen, der, wie man sagte, (sein an Cassandra verübtes Verbrechen) am Orte der Gottlosen büßen mußte. Von den Barbaren den ältern und jüngern Cyrus, den Skythen Anacharsis, den Thrazier Zamolxis und den Italiener Numa. Ferner den Lykurg von Sparta, die Athenienser Tellos und Phocion und die Sieben Weisen, den Periander ausgenommen. Auch sahe ich den Sokrates, Sophroniskus' Sohn, da er eben mit Nestor und Palamedes im Gespräche begriffen war. Er hatte den Hyazinthus, den Narzissus und Hylas und verschiedene andere wegen ihrer Schönheit berühmte Jünglinge um sich; auch schien er mir in den ersten verliebt zu sein: wenigstens machten ihn verschiedene Zeichen verdächtig. Es hieß auch, Rhadamanth sei nicht wohl auf ihn zu sprechen und habe ihm schon öfters gedroht, ihn aus der Insel hinauszujagen, wofern er das Schäckern und seine liebe Ironie bei Tafel nicht aufgebe. Von den übrigen Philosophen war Plato allein nicht da: er wohne, sagte man, in seiner von ihm selbst erfundenen Republik und lebe unter der Verfassung und den Gesetzen, die er ihr selbst gegeben.

Diejenigen aus ihnen, die hier am meisten galten, waren Aristipp und Epikur, ein Paar angenehme aufgeweckte Männer und die besten Tischgesellschafter von der Welt. Auch Äsop, der Phrygier, ist da und macht den Pickelhering unter ihnen. Aber Diogenes von Sinope hat seine Sitten so sehr geändert, daß er die Hetäre Lais zur Frau genommen hat, auch sich nicht selten im Trunk übernimmt und dann zu tanzen anfängt und andere Unfüglichkeiten in der Trunkenheit begeht. Von den Stoikern war keiner da; es hieß, sie stiegen noch immer ihren steilen Tugendhügel herauf: vom Chrysippus aber hörten wir sagen, er dürfe die Insel nicht eher betreten, bis er eine vierfache Niesewurzkur ausgehalten habe. Die Akademiker, sagte man mir, wollten zwar kommen, hielten aber noch an sich und untersuchten: denn sie könnten sich noch nicht davon überzeugen, daß überall so eine Insel wie diese in der Welt sei. Vermutlich mag ihnen auch vor Rhadamanths Urteile bang sein, der es schwerlich wohl aufnehmen würde, daß sie ihm sogar das Werkzeug, ohne welches kein Urteil möglich ist, aus den Händen winden wollen. Auch hieß es, viele Anhänger von denen, die in die Insel gekommen, nähmen zwar einen Anlauf, hinter ihren Meistern dreinzukommen, hätten aber nicht Mut und Atem genug, auszuhalten, und kehrten auf halbem Wege wieder um.

Dies sind also ungefähr die merkwürdigsten Leute, die man hier zu sehen bekommt. Übrigens wird vorzüglich Achilles und zunächst nach ihm Theseus in großen Ehren bei ihnen gehalten.

Was die Mysterien der Venus betrifft, so will ich nichts mehr davon sagen, als daß sie auf dieser Insel so öffentlich als möglich und mit der ungebundensten Freiheit begangen werden. In der Tat war Sokrates der einzige, der sich verschwur, daß zwischen ihm und den schönen Jünglingen, mit denen er so vertraulich lebte, nichts Besonderes vorgehe: aber alle übrigen glaubten, er schwöre falsch. Hyazinth und Narziß waren offenherziger, aber er leugnete alles frischweg. Die Weiber sind alle gemein; die Männer sind ihrentwegen ohne alle Eifersucht und in diesem Stücke lauter ausgemachte Platoniker.

Ich hatte kaum zwei oder drei Tage hier zugebracht, als ich mich an den Dichter Homer machte und ihm, da wir eben beide nichts anders zu tun hatten, alle die gewöhnlichen Fragen, die seinetwegen aufgeworfen werden, vorlegte, unter andern, was er für ein Landsmann sei. Er antwortete, alle die wackern Männer, die sich so viele Mühe gäben, ihn zu einem Chier oder zu einem Smyrnäer oder Kolophonier zu machen, wären übel berichtet: denn er sei – ein Babylonier und heiße unter seinen Mitbürgern nicht Homer, sondern Tigranes; den Namen Homerus habe er erst bei den Griechen bekommen, da er als Geisel unter ihnen gelebt habe. Ich fragte ihn sodann auch wegen der Verse, die von den Kunstrichtern für unecht erklärt werden, ob sie von ihm seien, und er versicherte mich, sie wären alle sein. Ich sah also, daß die Grammatiker Zenodotus und Aristarchus mit ihren frostigen Kritiken immer hätten zu Hause bleiben können. Nachdem er mich über diesen Punkt völlig befriediget hatte, fragte ich wieder, was er für eine Ursache gehabt habe, sein Gedicht gerade mit dem Worte Zorn (*μηνισ*) anzufangen. Seine Antwort war, es sei ihm eben just auf die Zunge gekommen, ohne daß er sich lange darüber bedacht habe. Ich wollte auch wissen, ob er die Odyssee vor der Ilias geschrieben habe, wie viele behaupten. Er sagte nein. Daß er nicht blind gewesen sei, wie sie ebenfalls von ihm sagen, wußte ich auf den ersten Blick; denn er sah so gut als einer, und ich brauchte also nicht erst zu fragen. Ich nahm mir die Freiheit noch öfters, wenn ich sahe, daß er eben Muße hatte, zu ihm hinzugehen und ihn bald dies, bald jenes zu fragen, und er antwortete mir immer mit der größten Gefälligkeit, zumal nachdem er seinen Prozeß gewonnen hatte. Thersites hatte nämlich wegen der spöttlichen Figur, die er ihn in seinem Gedichte machen lasse, eine Injurienklage gegen ihn angebracht: aber Homer, der in seiner Verteidigung vom Ulysses unterstützt wurde, erhielt den Sieg, und Kläger wurde zur Ruhe verwiesen.

Um diese Zeit langte auch Pythagoras in der Insel an, nachdem seine Seele ihre vielen Wanderungen endlich vollendet hatte: denn sie hatte siebenmal, immer in Gestalt eines andern Tieres, ins Leben zurückkehren müssen. Er war an der ganzen rechten Seite von Golde. Gegen seine Aufnahme war keine Einwendung; nur wußte man nicht, ob man ihn Pythagoras oder Euphorbus nennen müsse. Bald darauf erschien auch Empedokles, am ganzen Leibe gebraten und mit Brandblasen bedeckt: er wurde aber, alles seines Bittens ungeachtet, abgewiesen.

Nach einiger Zeit fielen die öffentlichen Spiele ein, die bei ihnen Thanatusia genennt werden. Die Kampfrichter waren Achilles und Theseus zum siebenten Male. Alles, was dabei vorging, zu beschreiben würde zu weitläufig sein: ich will also nur die Hauptumstände berühren. Den Preis im Ringen gewann Karus, ein Abkömmling vom Herkules, dem Ulysses ab, der dazu die größte Hoffnung hatte. Im Faustkampfe blieb der Sieg zwischen dem Ägyptier Areius, der zu Korinth begraben liegt, und dem Epeius unentschieden, indem sich beide gleich gut gehalten hatten. Für die Pankratiasten wird hier gar kein Preis ausgesetzt. Wer im Laufen obgesiegt, erinnere ich mich nicht mehr. Unter den Dichtern behauptete Homer, in der Tat, den Vorzug bei weitem, und doch erhielt Hesiodus den Preis. Dieser war für alle Sieger eine aus Pfauenfedern geflochtne Krone.

Die Kampfspiele waren kaum geendigt, als die Nachricht kam, die Verdammten, die in der Hölle bestraft werden, hätten sich losgebrochen, ihre Wache über den Haufen geworfen und wären, unter Anführung des Phalaris von Agrigent, des Königs Busiris, des Diomedes aus Thrazien und der berüchtigten Räuber Sciron und Pityokamptes, in vollem Anzug gegen die Insel. Auf diese Nachricht schickte Rhadamanth sogleich die Heroen, unter den Befehlen des Theseus, des Achilles und des Ajax Telamonius, der indessen seinen Verstand wiedergefunden hatte, an die Küste ab. Hier kam es zu einem Treffen, wo die Heroen einen vollständigen Sieg erhielten, den man großenteils den herrlichen Taten des Achilles zu danken hatte. Auch Sokrates, der auf dem rechten Flügel focht, hielt sich jetzt viel besser als bei seinen Lebzeiten in dem Treffen bei Delium. Denn diesmal zeigte er den Feinden den Rücken nicht. Auch wurde ihm zur Belohnung seiner bewiesenen vorzüglichen Tapferkeit ein schöner und großer Lustgarten in der Vorstadt zuerkannt. Hier pflegte er in der Folge gelehrte Zusammenkünfte mit seinen Freunden zu halten und nennte diesen Garten die Nekrakademie. Die Überwundenen wurden alle ergriffen und gebunden an ihren Ort zurückgeschickt, um noch härter bestraft zu werden. Homer besang auch diese Schlacht und gab mir bei meiner Abreise ein Exemplar davon für die Leute in unsrer Welt mit: aber unglücklicherweise bin ich in der Folge darum gekommen, wie um so viele andere Dinge, die ich mitzubringen gedachte. Es fing sich mit diesem Verse an:

Singe mir, Muse, nun auch den Streit der toten Heroen.

Sobald die Ruhe glücklich wiederhergestellt war, wurden Anstalten zum allgemeinen Siegesmahl gemacht, wobei, nach einem bei ihnen eingeführten Gebrauch, nichts als gekochte Bohnen aufgetragen werden. Es war ein großes Fest, woran jedermann teilnahm, den einzigen Pythagoras ausgenommen, der, aus Abscheu vor den Bohnen, sich, so weit er konnte, von den übrigen wegsetzte und lieber fasten wollte.

Sechs Monate von dem mir vergönnten Aufenthalt auf dieser Insel waren nun bereits verflossen, als gegen die Mitte des siebenten sich etwas Neues zutrug. Ein gewisser Cinyrus, Scinthars Sohn, ein großer schöner junger Bursche, hatte sich seit geraumer Zeit in die Helena verliebt, und es fiel nur zu sehr in die Augen, daß sie den jungen Menschen nicht weniger rasend liebhatte; denn über der Tafel war ein ewiges Winken und Zunicken und Zutrinken zwischen ihnen, und wenn alles noch sitzen blieb, standen sie auf und schlenderten Arm in Arm im Walde herum. Endlich stieg die Leidenschaft beim Cinyrus auf einen so hohen Grad, daß er sich nicht anders mehr zu helfen wußte, als indem er auf den Einfall kam, seine Schöne zu entführen und mit ihr in einer der nahe gelegenen Inseln, nach Phello oder Tyroessa, zu entfliehen. Die Dame war hierüber mit ihm einverstanden, und sie hatten schon seit geraumer Zeit drei von meinen Gefährten, Leute, die alles zu unternehmen fähig waren, in ihr Komplott gezogen. Nur seinem Vater hatte Cinyrus nichts davon merken lassen, weil er wohl wußte, daß er ihn von seinem Vorhaben abhalten würde. Endlich glaubten sie den günstigen Augenblick zur Ausführung ihres Anschlags gefunden zu haben, und in einer schönen Nacht, da ich nicht um den Weg war (denn ich war nach der gewöhnlichen Abendmahlzeit eingeschlafen), fuhren sie, ohne daß es jemand gewahr wurde, mit der Dame auf und davon.

Um Mitternacht wachte Menelaus auf, und wie er den Platz seiner Gemahlin in seinem Bette ledig fand, erhub er ein großes Geschrei und lief in Begleitung seines Bruders Agamemnon wie brennend nach dem Palast des Rhadamanthus. Mit Anbruch des Tages berichteten die Kundschafter, sie sähen ein Schiff, das schon ziemlich weit entfernt sei. Sogleich bemannte Rhadamanth eine Barke, die aus einem einzigen Stück Asphodil gezimmert war, mit funfzig Heroen, die den Flüchtlingen nachsetzen mußten; und diese ruderten so scharf, daß sie ihnen gegen Mittag auf den Leib kamen, da sie eben im Begriff waren, unweit der Käseinsel in die Milchsee einzulaufen, so wenig fehlte, daß sie ihnen entwischt wären. Sie machten also das Schiff der Flüchtlinge mit einer Rosenkette an dem ihrigen fest und kehrten nach dem Hafen zurück. Die arme Helena weinte und schämte sich und versteckte ihr Gesicht in ihrem Schleier: aber Cinyrus und seine Helfershelfer, nachdem sie von Rhadamanth gefragt worden, ob noch sonst jemand um ihr Vorhaben gewußt habe (welches sie mit Nein beantworteten), wurden erst mit Malven gegeißelt und sodann, an den Schamgliedern gebunden, nach dem Ort der Gottlosen abgeschickt.

Zu gleicher Zeit wurde beschlossen, daß wir die Insel unverzüglich verlassen sollten, wiewohl die bestimmte Zeit noch nicht verstrichen war, und es wurde uns nur noch der nächste Tag (zu den nötigsten Zurüstungen) bewilligt. Dies schmerzte mich nicht wenig, und ich konnte mich nicht enthalten, bitterlich zu weinen, wenn ich an das gute Leben dachte, das ich hier gehabt hatte, und an die Gefahren und widrigen Zufälle, denen ich mich nun wieder aussetzen sollte. Indessen taten sie ihr möglichstes, mich zu trösten, und versicherten mich, es würde nicht sehr viele Jahre anstehen, so würde ich wieder zu ihnen kommen; ja sie zeigten mir sogar den Lehnstuhl und den Platz an der Tafel, der mir dann neben den Besten unter ihnen würde eingeräumt werden. Ich verfügte mich hierauf zum Rhadamanth und bat ihn fußfällig, mir zu sagen, was mir begegnen würde und wie ich meine Fahrt anzuordnen hätte. Seine Antwort war, ich würde, nach langem Herumirren und nach mancherlei überstandenen Gefahren, mein Vaterland endlich wiedersehen: die Zeit aber meiner Heimkunft wollte er mir nicht entdecken, sondern zeigte mir nur die nächsten Inseln (es waren ihrer fünf, ganz nahe beisammen, und in einer ziemlichen Entfernung weiter hinaus eine sechste) und sagte: »Diese fünf, in denen du die großen Feuermassen brennen siehst, sind der Aufenthalt der Gottlosen. Die sechste ist das Land der Träume; und zunächst an dieser liegt die Insel der Kalypso, die du aber von hier aus nicht mehr sehen kannst. Wenn du bei diesen Inseln vorbeigefahren sein wirst, dann wirst du ein großes festes Land antreffen, das dem eurigen gegenüberliegt; und erst nachdem du in demselben viel Ungemach erlitten, vielerlei Völker durchwandert und unter wilden Menschen dich aufgehalten, wirst du endlich wieder in den andern Kontinent zurückkommen.«

Mit diesen Worten zog er eine Malvenwurzel aus der Erde, reichte sie mir hin und befahl mir, in den größten Gefahren, in die ich geraten könnte, mein Gebet an sie zu richten; auch ermahnte er mich, wenn ich dereinst in das besagte Land kommen würde, weder mit einem Degen in Feuer zu stechen noch Wolfsbohnen zu essen, noch mit einem Knaben, der über achtzehn Jahre alt sei, Umgang zu pflegen. Würde ich dieser Regeln immer eingedenk bleiben, so könne ich mir Hoffnung machen, dereinst in diese Insel zurückzukommen.

Ich beschäftigte mich nun den Rest des Tages mit den Zurüstungen zu meiner vorhabenden Reise, und zur gewöhnlichen Zeit schmausete ich noch mit den Heroen. Am folgenden Morgen bat ich Homeren, mir ein paar Verse zu machen, um sie als Aufschrift auf eine kleine Denksäule zu graben, die ich zum Andenken am Hafen aufrichten wollte. Diese Verse lauteten wie folget:

> Lukian kehrt, ein Liebling der seligen Götter, nachdem er
> alles, was hier ist, sah, in sein liebes Vaterland wieder.

Nachdem ich noch diesen Tag hier zugebracht, fuhr ich am folgenden, von allen Heroen begleitet, aus ihrer Insel ab. Beim Abschied nahm mich Ulysses auf die Seite und steckte mir, ohne daß es Penelope gewahr wurde, einen Brief an die Kalypso zu, den ich bestellen sollte, wenn ich nach Ogygia käme. Rhadamanth hatte die Vorsicht gebraucht, mir den Fährmann Nauplius mitzugeben, damit er, wenn wir etwa an eine der benachbarten Inseln getrieben würden, verhinderte, daß wir nicht in Verhaft genommen würden, und uns Zeugnis geben könnte, daß wir in andern Geschäften dieses Weges reiseten.

Sobald wir aus der wohlriechenden Luft der glückseligen Insel heraus waren, kam uns ein stinkender Dunst wie von zusammenbrennendem Asphalt, Schwefel und Pech und ein noch schlimmerer, ganz unleidlicher Geruch wie von gebratnen Menschen entgegen; die Luft war finster und dumpficht und ließ beständig einen pechartigen Tau herabfallen; auch hörten wir das Klatschen der Geißeln und das Geheul einer Menge Menschen, die hier gepeinigt wurden.

Wir stiegen nur auf einer dieser Inseln aus, und ich kann also auch nur von dieser einige Nachricht geben. Die ganze Insel ist ringsum ein einziger schroffer, ausgewitterter, von Steinen und Klippen starrender Felsen, auf dem kein Baum und keine Quelle zu sehen ist. Mit äußerster Mühe krochen wir an dem steilen Ufer hinauf und kamen, nachdem wir eine Zeitlang auf einem mit Wegdornen und Stacheln übersäten schmalen Fußweg fortgegangen, durch eine Gegend, die mit jedem Schritte scheußlicher wurde, endlich zu den Gefängnissen und dem Platze, wo die Verdammten gepeinigt wurden. Hier fingen wir erst an, die Natur dieses Ortes zu bewundern; denn wir sahen überall statt der Blumen Schwerter und Dolche aus dem Boden hervorwachsen. Ringsum ist er von drei Flüssen umgeben, wovon der äußerste Kot, der zweite Blut und der dritte Feuer führt. Dieser letzte ist sehr breit, und das Feuer strömt darin wie Wasser und strudelt und treibt so große Wellen wie ein Meer; er hat auch eine Menge Fische, wovon einige wie große Feuerbrände, andere kleinere aber wie glühende Kohlen aussehen.

Es geht nur ein einziger sehr schmaler Weg über alle diese Flüsse, an dessen Eingang Timon der Türhüter ist. Da wir aber den Nauplius zum Führer hatten, so durften wir uns schon weiter wagen und sahen eine große Menge Könige und gemeine Leute, die hier ihre Strafe empfingen und von denen wir verschiedene erkannten. Unter andern sahen wir auch den armen Cinyrus, der, am Geschlechtsgliede über einem Feuer aufgehangen, geräuchert wurde. Diejenigen, die uns herumführten, erzählten uns die Geschichte dieser Unglückseligen und die Verbrechen, um derentwillen sie gestraft wurden. Am schärfsten unter allen werden die Lügner gezüchtiget, besonders die Geschichtschreiber, die nicht die Wahrheit geschrieben haben, unter denen ich den Ktesias und Herodot und noch viele andere bemerkte. Der Anblick dieser Leute machte mir gute Hoffnung für mein eignes künftiges Schicksal, da ich mir, gottlob! nicht bewußt bin, eine einzige Lüge gesagt zu haben.

Weil ich dieses jammervolle Schauspiel nicht länger aushalten konnte, eilte ich nach meinem Schiffe zurück, nachdem ich vom Nauplius Abschied genommen hatte. Wir waren noch nicht lange weitergefahren, als wir die Insel der Träume erblickten, die aber so dunkel war, daß wir sie kaum unterscheiden konnten, ungeachtet sie uns schon ganz nahe lag. Diese Insel hatte eine Eigenschaft, wodurch sie selbst beinahe zum Traum wurde; sie wich nämlich immer von uns zurück und schien immer weiter von uns entfernt zu werden, je näher wir ihr kamen. Endlich aber waren wir doch so glücklich, sie zu erreichen, und liefen in den Hafen, Hypnos genannt, ein. Es war bereits um die letzte Abenddämmerung, als wir nicht weit vom Tempel Alektryons ausstiegen. Als wir zum Tor hineingingen, sahen wir eine Menge Träume aller Arten in den Straßen herumschwärmen. – Doch vor allen Dingen muß ich etwas von der Stadt sagen, da sie noch von keinem andern beschrieben worden ist und Homer, der einzige, der ihrer Meldung tut, nur sehr obenhin von ihr spricht.

Rings um die ganze Insel zieht sich ein Wald, dessen Bäume Mohnblumen und Alraunen von außerordentlicher Höhe sind, unter welchen sich eine ungeheure Menge Fledermäuse aufhalten, als der einzige Vogel, der hier zu sehen ist. Nahe an der Stadt fließt ein Fluß, den sie Nyktiporos nennen, und nicht weit von den Toren zwei Brunnen, wovon der eine Negretos und der andere Pannychia heißt. Die Stadt ist mit einem hohen Wall umgeben, der mit allen Farben des Regenbogens prangt. Sie hat nicht, wie Homer sagt, zwei, sondern vier Tore, wovon zwei die Aussicht gegen das Gefilde der Fühllosigkeit haben, das eine von Eisen, das andere von Ziegeln; aus diesen, sagt man, gehen alle schrecklichen, blutigen und grausamen Träume; die anderen beiden sehen gegen den Hafen und das Meer, und zwar ist das eine von Horn und das andere, durch welches wir herkamen, von Elfenbein. Dem, der in die Stadt hineingeht, rechter Hand steht der Tempel der Nacht; denn unter allen Göttern wird hier der Nacht und dem Alektryon die meiste Ehre erwiesen. Der letztere hat seinen Tempel nahe am Hafen. Linker Hand steht der Palast des Schlafs, der hier König ist und zwei Satrapen oder Statthalter unter sich hat, den Taraxion, Matäogenes' Sohn, und den Plutokles Phantasions. Mitten auf dem Markt ist ein Brunnen, den sie Schlaftrunk nennen, und nahe dabei zwei Tempel, wovon der eine der Täuschung und der andere der Wahrheit gewidmet ist. Auch haben sie hier ein Orakel, dessen Vorsteher und Prophet, namens Antiphon, bestellt ist, die Träume zu deuten; eine Würde, die er unmittelbar vom Schlaf erhalten hat.

Was die Träume selbst betrifft, so sind sie von sehr verschiedener Natur und Gestalt; einige groß, schön und lieblich anzusehen, andere klein und ungestalt; einige, dem Anschein nach, lauter Gold, andre von geringem oder gar keinem Werte. Verschiedene unter ihnen hatten Flügel und allerlei abenteuerliche Formen; andere waren, wie zu einem festlichen Aufzug, als Götter, Könige und dergleichen angezogen und herausgeputzt. Viele von ihnen erinnerten wir uns ehmals zu Hause schon gesehen zu haben. Diese kamen auf uns zu, grüßten uns als alte Bekannte, bewirteten uns, nachdem sie sich unsrer bemächtigt hatten, aufs prächtigste und versprachen uns sogar, Könige und große Herren aus uns zu machen. Einige führten uns jeden in sein eigenes Vaterland, zeigten uns unsre Angehörigen und guten Freunde und brachten uns am nämlichen Tage wieder zurück. So verschliefen wir in geträumtem Wohlleben dreißig Tage und Nächte auf dieser Insel. Endlich weckte uns plötzlich ein starker Donnerschlag, wir sprangen auf, versahen unser Schiff mit Lebensmitteln und segelten davon.

Am dritten Tage stiegen wir an der Insel Ogygia aus. Aber

ehe ich den Brief, den ich für die Kalypso bei mir hatte, übergab, wollte ich doch wissen, was darin stünde, und brach ihn auf. Er lautete folgendermaßen:

»Ulysses an Kalypso. Meinen Gruß zuvor! Ich bediene mich dieser guten Gelegenheit, dir zu melden, daß ich mit dem von mir zusammengeflickten Schiffchen, worin ich von dir abfuhr, gar bald verunglückte und nur durch Leukotheas Beistand mit dem Leben davonkam und an die Küste der Phäazier gerettet wurde. Diese beförderten mich in meine Heimat, wo ich meine Hausfrau von einer Menge Freiern belagert fand, die in meinen Gütern schwelgten. Ich tötete sie alle, wurde aber in der Folge selbst von Telegonus, einem Sohne, den ich von der Circe hatte, ums Leben gebracht und halte mich nun in der Insel der Seligen auf, wo ich gute Muße habe, mich's gereuen zu lassen, das angenehme Leben, das ich bei dir hatte, verlassen und die Unsterblichkeit, die du mir anbotest, ausgeschlagen zu haben. Sobald ich also Gelegenheit finden kann, werde ich von hier zu entwischen suchen und zu dir zurückkehren.«

Dies war der Inhalt des Briefes, und zum Schlusse kam noch eine Bitte, daß sie uns freundlich aufnehmen möchte.

Ich hatte vom Ufer aus nicht weit zu gehen, so fand ich die Grotte geradeso, wie sie Homer beschreibt, und die Göttin darin mit ihrer Wolleweberei beschäftigt. Sie nahm den Brief an, steckte ihn in ihren Busen und ließ ihren Tränen freien Lauf; als sie sich aber wieder gefaßt hatte, lud sie uns zur Tafel ein, wo sie uns prächtig bewirtete und viel von Ulysses mit uns sprach, auch über seine Penelope allerlei Fragen an uns tat, z. E. wie sie aussähe und ob sie denn wirklich ein solches Tugendbild sei, wie Ulysses von ihr gerühmt habe. Wir antworteten ihr, was wir vermuteten, das sie am liebsten hören würde, und kehrten dann nach unserm Schiffe zurück, wo wir nah am Strande die Nacht zubrachten.

Des folgenden Morgens fuhren wir mit einem ziemlich frischen Winde ab, wurden ein paar Tage von Stürmen herumgeworfen und gerieten am dritten unter die Kolokynthopiraten, eine Art von Wilden, die, von den benachbarten Inseln aus, auf

Beute ausgehen und die Vorüberfahrenden berauben. Ihre Schiffe sind große ausgehöhlte Kürbisse, gegen sechs Ellen lang, ihre Mastbäume von Rohr und ihre Segel von Kürbisblättern. Diese Seeräuber fielen uns mit zwei wohlbemannten Schiffen an und überdeckten uns statt der Steine mit einem Hagel von Kürbiskernen, wodurch viele von uns verwundet wurden. Wir hatten uns indessen doch eine gute Weile gewehrt, ohne daß sich der Sieg auf die eine oder andere Seite entscheiden wollte, als wir gegen Mittag einige Karyonauten den Kolokynthopiraten in den Rücken kommen sahen, die, wie sich's bald zeigte, ihre Feinde waren. Denn sobald die letztern ihre Ankunft gewahr wurden, ließen sie von uns ab, drehten sich gegen die Karyonauten und fingen ein hitziges Gefecht mit ihnen aus den Schiffen an. Wir zogen indes unser Segel wieder auf und machten uns davon, ohne uns weiter um den Erfolg zu bekümmern; indessen sahe man doch wohl, daß die Karyonauten, welche ihnen an Zahl der Schiffe überlegen waren, Sieger werden würden, zumal da ihre Fahrzeuge auch von stärkerm Bau waren; denn es waren lauter halbe Nußschalen, deren jede funfzehn Schritte in die Länge maß. Sobald wir ihnen aus den Augen gekommen waren, verbanden wir unsre Verwundeten und blieben von dieser Zeit an immer bewaffnet, weil wir uns nie vor diesen oder jenen Nachstellungen sicher hielten; und es zeigte sich bald, daß wir wohl daran taten. Denn die Sonne war noch nicht völlig untergegangen, als aus einer wüsten Insel, bei der wir vorbeifuhren, ungefähr zwanzig Mann auf großen Delphinen gegen uns angeritten kamen. Auch diese waren Räuber. Ihre Delphine trugen sie so sicher, als sie es verlangen konnten, und wieherten und bäumten sich wie die mutigsten Pferde. Wie diese Wilden nahe genug an uns gekommen waren, stellten sie sich zu beiden Seiten um unser Schiff und warfen mit trocknen Tintenfischen und Krabbenaugen nach uns. Da wir ihnen aber mit Pfeilen und Wurfspießen unser Gegenkompliment machten, hielten sie nicht lange stand und flohen größtenteils verwundet ihrer Insel zu.

Um Mitternacht und bei sehr ruhiger See fuhren wir unwissenderweise gegen ein ungeheures Eisvogelnest an, das ungefähr sechzig Stadien im Umkreis haben mochte. Der Eisvogel, der eben über den Eiern saß und brütete, gab seinem Nest an Größe nicht viel nach; und da er aufflog, fehlte wenig, daß er unser Schiff mit dem Winde, den seine Flügel machten, nicht umgeworfen hätte. Indem er davonflog, ließ er eine sonderbare klägliche Stimme von sich hören. Als es Tag wurde, stiegen wir aus, um das Nest zu besehen, das aus lauter Bäumen zusammengefügt war und einem ungeheuern Floße ähnlich sah. Es lagen funfzig Eier darin, jedes größer als eine chiische Tonne, und die Jungen darin waren bereits sichtbar und piepten. Wir hieben eines von diesen Eiern mit einer Zimmeraxt auf und zogen ein unbefiedertes Küchelchen heraus, das stärker war als zwanzig Geier.

Kaum hatten wir uns wieder auf zweihundert Stadien vom Nest entfernt, als uns verschiedene höchst erstaunliche Wunderdinge begegneten. Die Gans auf dem Vorderteile unsers Schiffes fing auf einmal an mit den Flügeln zu schlagen und laut zu schnattern; unser Steuermann Skintharus, der so kahl war wie die flache Hand, bekam plötzlich seine Haare wieder; und, was noch das wunderbarste war, unser Mastbaum fing an zu sprossen, Äste zu treiben und oben im Wipfel Feigen und Weintrauben zu tragen, wiewohl noch nicht völlig zeitige. Man kann sich vorstellen, wie bestürzt wir über alle diese Wunderzeichen wurden und wie eifrig wir die Götter baten, die Übel von uns abzuwenden, die etwa dadurch bedeutet werden könnten.

Wir hatten noch nicht fünfhundert Stadien zurückgelegt, so erblickten wir einen sehr großen und dichten Wald von Fichten und Zypressen. Anfangs hielten wir es für festes Land; aber es war ein tiefes Meer, das mit Bäumen ohne Wurzeln bepflanzt war. Demungeachtet standen die Bäume gerade und unbeweglich oder schienen uns vielmehr so entgegenzuschwimmen. Wie wir ihnen nun nahe genug waren, um alles genau zu erkundigen, gerieten wir in großen Zweifel, was wir anfangen sollten. Durch die Bäume durchzukommen war keine Möglichkeit, denn sie standen in geschloßnen Reihen dicht aneinander; und wieder umzukehren schien uns auch nicht ratsam. Ich erstieg also den größten dieser Bäume, um mich auf allen Seiten umzusehen, was es eigentlich für eine Bewandtnis mit der Sache hätte; und da sah ich, daß der Wald sich gegen funfzig Stadien und drüber erstrecke und dann wieder ein neues Meer angehe. Ich kam also auf den Einfall, unser Schiff auf die Wipfel der Bäume, die ungemein dicht waren, zu versetzen und es, wo möglich, über sie weg in das jenseitige Meer zu ziehen. Wie gedacht, so getan. Wir machten unser Schiff an ein großes Tau fest, stiegen auf die Bäume und zogen es, wiewohl mit unendlicher Mühe, zu uns herauf, setzten es dann auf die obersten Äste, spannten alle Segel auf und segelten, mit einem guten frischen Winde hinter uns, so leicht darüber weg, als ob wir noch auf dem Wasser wären. Wie wir endlich diesen Wald zurückgelegt hatten, kamen wir wieder an die See, ließen unser Schiff wieder herab und fuhren durch ein kristallhelles durchsichtiges Wasser so lange fort, bis wir bei einer großen Wasserkluft stillzuhalten genötigt waren, die dadurch entstanden war, daß das Wasser sich voneinander gespalten und in seiner Art etwas dem, was man zu Lande einen Erdfall nennt, Ähnliches hervorgebracht hatte. Es hätte wenig gefehlt, daß unser Schiff in diesen Abgrund hinabgezogen worden wäre, wenn wir nicht noch zu rechter Zeit alle Segel eingerafft hätten. Wie wir nun die Köpfe hervorstreckten und hinunterguckten, sahen wir eine Tiefe von tausend Stadien wenigstens, von der uns Sinne und Verstand stillstunden. Wie wir uns aber besser umsahen, wurden wir in der Ferne einer wässernen Brücke gewahr, die über diesen Abgrund geworfen war und die Oberfläche des dies- und jenseitigen Meeres miteinander vereinigte. Wir ruderten nun mit solcher Macht, bis wir unser Schiff auf diese Brücke brachten, und kamen solchergestalt, was wir nicht hatten hoffen dürfen, glücklich, wiewohl mit unsäglicher Arbeit, hinüber.

Nun befanden wir uns in einem stillen Meere und kamen an eine kleine, leicht zugangbare und bewohnte Insel; aber ihre Einwohner waren Wilde mit Ochsenköpfen und Hörnern, wie man bei uns den Minotaurus zu bilden pflegt; daher sie denn auch vermutlich den Namen Ochsenköpfler führen. Sobald wir am Lande waren, gingen wir aus, unsre Wasserfässer zu füllen und wo möglich auch etwas zu essen zu bekommen, denn wir hatten nichts mehr. Wasser fanden wir ziemlich bald, sahen aber sonst nichts, das uns Hoffnung gemacht hätte, auch Lebensmittel zu finden, außer daß wir nicht sehr weit von uns ein Gebrüll hörten, das von einer zahlreichen Herde Hornvieh zu kommen schien. Wie wir aber, in dieser Hoffnung, ein wenig weiter fortgingen, fanden wir eine Art von Menschen vor uns. Sobald sie uns gewahr wurden, fielen sie über uns her und ergriffen drei der Unsrigen; wir übrigen flohen dem Meere zu. Weil wir aber nicht gesonnen waren, unsere Kameraden ungerochen im Stich zu lassen, griffen wir sämtlich zu den Waffen und gingen auf die Bucephalen los, die wir eben im Begriff fanden, das Fleisch unsrer erschlagenen Gefährten zu teilen. Wir setzten sie aber in einen so großen Schrecken, daß sie alle die Flucht ergriffen. Wir setzten ihnen nach, töteten ihrer gegen funfzig, ergriffen zwei lebendig und kehrten sogleich mit unsern Gefangenen zurück. Nahrungsmittel aber hatten wir nicht gefunden. Die übrigen trugen nun drauf an, daß wir die Gefangenen abschlachten sollten; ich aber war nicht dieser Meinung, sondern entschlossen, sie so lange in gefänglicher Verwahrung zu halten, bis die Ältesten der Bucephalen kommen und sich erbieten würden, sie loszukaufen. Es zeigte sich bald, daß ich recht hatte; denn wir wurden gewahr, daß sie uns zuwinkten und in einem traurigen und flehenden Tone zu uns herüberbrüllten. Wir traten also in eine Art von Unterhaltung mit ihnen; sie gaben uns als Lösegeld eine Menge Käse, Zwiebeln und gedörrter Fische nebst vier dreibeinichten Hirschen, bei welchen nämlich die zwei Hinterfüße wie bei andern, die vordern aber in einen zusammengewachsen waren. Hiefür gaben wir ihnen die Gefangenen zurück, und nachdem wir uns noch einen einzigen Tag aufgehalten, schifften wir uns wieder ein und fuhren ab.

Nun fingen uns an Fische von allerlei Arten zu Gesichte zu kommen, wir sahen Vögel fliegen, kurz, es stellten sich alle Zeichen ein, woraus man auf die Nähe eines festen Landes schließt. Bald darauf sahen wir Männer, die sich einer ganz neuen Art zu schiffen bedienten; denn sie waren Schiff und Schiffer zugleich. Ihre Manier ist diese: Sie legen sich auf den Rücken ins Wasser, richten dann, was ihr wißt (womit sie ungewöhnlich stark versehen sind), in die Höhe, hängen ein Segel daran, dessen untere Taue sie in den Händen halten, und segeln so vor dem Winde daher. Nach ihnen kamen andere, die auf großen Stücken Kork saßen und sich von zwei vorgespannten Delphinen fortziehen ließen, die sie mit Zügeln und Leitseilen regierten. Diese Leute taten uns weder Leides, noch flohen sie vor uns; sie fuhren ruhig und ohne Scheu um uns herum, bewunderten die Gestalt unsers Fahrzeuges und betrachteten es von allen Seiten.

Da es Abend wurde, landeten wir an einer kleinen Insel an, die von Weibern bewohnt wird, welche, wie es uns dünkte, griechisch redeten. Auch kamen sie uns entgegen, nahmen uns bei der Hand und hießen uns gar freundlich willkommen. Sie waren alle schön, jung und in hetärischem Geschmacke herausgeputzt und trugen lange Röcke, die auf dem Boden nachschleppten. Wir vernahmen von ihnen, daß ihre Insel Kabalusa und ihre Stadt Hydamardia heiße. Diese Frauenzimmer wurden bald so bekannt mit uns, daß jede einen von uns mit sich in ihr Haus nahm und verlangte, daß er ihr Gast sein sollte. Ich meines Orts blieb ein wenig zurück, weil mir bei allen diesen Anscheinungen nichts Gutes schwante; und indem ich mich genauer umschaue, sehe ich eine Menge Menschenknochen und Schädel herumliegen. Darüber ein Geschrei zu erheben, meine Gefährten zusammenzurufen und zu den Waffen zu greifen, fand ich nicht für gut: sondern ich zog meine Malve hervor und bat sie sehr eifrig, mir aus dieser Not glücklich herauszuhelfen. Wie mir nun, nicht lange hernach, meine Wirtin aufwartete, sah ich, daß sie, anstatt Beine wie ein Weib zu haben, Eselsfüße und Eselshufe hatte. Sogleich geh ich mit gezognem Degen auf sie los, bemächtige mich ihrer, binde sie und nötige sie, mir alle meine Fragen zu beantworten. Sie gesteht also, wiewohl ungern genug, sie seien eine Art Meerweiber,

Eselsfüßlerinnen genannt, und nährten sich von den Fremden, die ihnen in die Hände fielen. »Denn«, sagte sie, »wenn wir sie nur erst trunken gemacht und in unsern Armen eingeschläfert haben, so sind wir bald mit ihnen fertig.« Auf diesen Bescheid hin ließ ich sie gebunden liegen, stieg auf das Dach, rief meine Gefährten zusammen, entdeckte ihnen alles, zeigte ihnen die Menschengebeine und führte sie zu meiner Gefangenen hinein. Aber ehe wir's uns versahen, zerfloß sie in Wasser und schwand aus unsern Augen. Indessen stieß ich doch, um einen Versuch zu machen, mit dem Degen ins Wasser, und sogleich wurde es zu Blut.

Wir hatten nun nichts Eiligeres, als unserm Schiffe zuzulaufen und davonzufahren. Wie der Tag wieder anbrach, erblickten wir die Küste eines festen Landes und vermuteten sogleich, es werde dasjenige sein, das dem, worauf wir wohnen, gegenüberliegt. Unser erstes war, auf unsre Knie zu fallen und unser Gebet zu verrichten. Hierauf gingen wir miteinander zu Rate, wozu wir uns nun entschließen sollten; da denn einige der Meinung waren, daß wir, nach einer kurzen Landung, gerades Weges wieder zurückkehren sollten, wo wir hergekommen, andere hingegen trugen darauf an, das Schiff zu verlassen, uns mitten ins Land hinein zu wagen und zu versuchen, was mit den Einwohnern zu machen sei. Während wir aber so hin und her räsonierten, überfiel uns ein entsetzlicher Sturm und warf unser Fahrzeug mit solcher Gewalt gegen die Küste, daß es in Stücken ging und wir große Not hatten, jeder mit seinen Waffen und dem, was er etwa sonst noch retten konnte, ans Land zu schwimmen.

Und dies ist es also, was mir bis zu meiner Ankunft in besagtem andern Weltteile, auf dem Ozean und während meiner Fahrt durch die Inseln und in der Luft, hernach im Walfische und, nachdem wir wieder herausgekommen, bei den Heroen und unter den Träumen und endlich bei den Ochsenköpflern und Eselsfüßlerinnen begegnet ist. Was nun weiter auf dem festen Lande erfolgte, davon werde ich in den folgenden Büchern ausführlichen Bericht erstatten.

LOBREDE AUF DIE FLIEGE

Die Fliege ist keiner von den kleinsten Vögeln, wenn man sie mit den Mücken, Schnaken und andern noch kleinern Insekten vergleicht: denn sie übertrifft sie gerade um so viel an Größe, als sie selbst hinter der Biene zurückbleibt. Wiewohl sie sich nicht, wie andere Vögel, rühmen kann, am ganzen Leibe befiedert zu sein und Schwungfedern in den Flügeln zu haben, so ist sie dafür, gleich den Heuschrecken, Grillen und Bienen, zum Fliegen mit einer Art von Membranen begabt, die an Feinheit und Weichheit andere Flügel so weit übertreffen als die indianischen Musseline unsre griechischen Zeuge; und wer sie genau betrachtet, wenn sie, um sich in die Luft zu erheben, ihre Flügel gegen die Sonne entfaltet, wird gestehen müssen, daß der Schweif des Pfaues nicht von schönern Farben schimmert.

Wenn sie fliegt, so rudert sie nicht in einem weg mit den Flügeln wie die Fledermaus, noch hüpft sie dazu wie die Heuschrecke, noch kommt sie mit dem pfeilartigen Gezische der Wespe dahergeschossen: sondern sie gaukelt mit der leichtesten Gewandtheit und Behendigkeit allenthalben in der Luft umher. Auch ist an ihr zu rühmen, daß sie nicht stillschweigend fliegt, sondern singend; nicht mit dem unangenehmen Gedröhne der Schnaken noch mit dem dumpfen Gesumse der Bienen oder mit dem furchtbarn und drohenden der Wespen, sondern mit einem anmutigen Geflüster, das sich zu jenem verhält wie das sanfte Getön der Flöten zum Lärm der Trompeten und Zinken. Ihre übrige Bildung betreffend, so ist ihr Kopf nicht an den Rumpf angewachsen wie bei der Heuschrecke, sondern hängt durch einen sehr dünnen Kanal mit ihm zusammen; die Augen stehen weit hervor und sind hornartig; aus der breiten und dichten Brust erwachsen die Füße, die nicht so kurz und viel gelenksamer als der Wespen ihre sind. Der Hinterleib ist, gleich einem Panzer, mit breiten Ringen und Schuppen versehen. Zu ihrer Verteidigung ist sie nicht am Ende des Unterleibes mit einem Stachel bewaffnet, wie die Bienen und Wespen, sondern mit einem Rüssel, dessen sie sich, gleich dem Elefanten, sowohl zur Wehre, als um ihre Nahrung und alles, was sie will, zu erfassen, bedient, indem aus seiner Spitze, wie aus einer Scheide, eine Art von Zahn hervorgeht, womit sie sticht und Blut saugt. Sie trinkt zwar auch Milch, aber Blut ist ihr angenehmer; auch ist die Beschwerde, die ihr Stich verursacht, sehr unbedeutend.

Sie hat zwar sechs Füße, geht aber nur auf vieren und gebraucht die beiden vordern als Hände; und man sieht sie öfters, auf den Hinterfüßen stehend, etwas zu essen in den Händen halten, gerade wie wir Menschen es zu machen pflegen.

Sie wird nicht gleich als Fliege geboren, sondern ist zuerst ein Wurm, der aus menschlichen oder andern tierischen in Verwesung gehenden Körpern entsteht. Dieser Wurm bekommt nach und nach zuerst Füße, dann Flügel, und in diesem Stande eines fliegenden Insekts zeugt er wieder andere Würmer, die sich in Fliegen verwandeln.

Da die Fliege eine Haus- und Tischgenossin des Menschen ist, so nährt sie sich auch wie er von allem Eßbaren, das Öl ausgenommen, welches ein tödliches Gift für sie ist. Je kürzer der kleine Zeitraum ist, worein die Natur ihr Leben eingeschlossen hat, desto größer ist ihre Freude am Tageslichte. Von ihr kann man eigentlich sagen, daß sie ihres Daseins bloß im Lichte froh wird; denn sobald die Nacht eingebrochen ist, begibt sie sich zur Ruhe, fliegt nicht mehr, singt nicht mehr, sondern zieht sich zusammen und rührt sich nicht.

Was ihren Verstand betrifft, so behaupte ich, daß sie dessen nicht wenig in der Vorsichtigkeit beweise, womit sie ihrem Feinde und Nachsteller, der Spinne, zu entgehen sucht. Denn sie merkt sehr gut, daß er ihr aufpaßt, und weicht, sobald sie ihn gewahr wird, mitten im Fluge aus, um sich nicht in seinem Jagdnetze zu fangen und in die Scheren eines so gefährlichen Ungeheuers zu geraten.

Von ihrer Tapferkeit und Stärke sage ich nichts; davon wollen wir den erhabensten und beredtesten aller Dichter sprechen lassen! Wenn Homer einen seiner trefflichsten Helden loben will, so vergleicht er seinen Mut nicht mit dem Mut eines Löwen oder Pardels oder wilden Schweins, sondern mit der Dreistigkeit und unabtreiblichen Beharrlichkeit einer Fliege. Das Wort, das er von ihr gebraucht, bezeichnet nicht die affektierte Dreistigkeit eines Poltrons, sondern die Verwegenheit eines beherzten Menschen. Wie oft man sie auch wegscheucht, sagt er, sie läßt doch nicht ab, sondern beißt immer wieder an. Überhaupt gilt die Fliege so viel bei ihm, daß er ihrer nicht nur einmal gedenkt, sondern öfters zu ihr zurückkommt und sie als eine besondere Zierde seiner Gesänge zu betrachten scheint. Jetzt läßt er sie zu ganzen Schwärmen um die Milchgefäße herumfliegen; ein andermal, wenn er uns Minerven zeigt, wie sie einen tödlichen Pfeil von Menelaus abwendet, und die Göttin mit einer Mutter vergleicht, die ihr schlummerndes Kind auf ihrem Schoße wiegt, beehrt er auch die Fliege mit einer Stelle in diesem schönen Gleichnisse. Auch sucht er an einem andern Orte eines der edelsten Wörter und der schönsten Beiwörter aus, um auf eine ehrenvolle Art von den Fliegen zu sprechen.

Die Fliege ist so stark, daß sie mit ihrem Stich nicht nur die Haut eines Menschen, sondern eines Ochsen oder Pferdes durchbohren kann; ja sie ist imstande, sogar einen Elefanten zu beunruhigen, wenn sie sich zwischen seinen Runzeln hineinschleicht und ihm mit ihrem Rüssel eine Wunde beibringt, die nach dem Verhältnis ihrer Kleinheit zu seiner ungeheuern Größe freilich nicht viel zu bedeuten haben kann.

In ihren Liebeshändeln und Vermählungen genießen sie einer großen Freiheit; und außer dem, daß ihre hochzeitlichen Vergnügungen länger dauern als bei andern Vögeln, haben sie sogar das besondere Vorrecht, sich in der Luft begatten zu können und selbst durch den Flug nicht in diesem angenehmen Geschäfte unterbrochen zu werden.

Wenn einer Fliege der Kopf abgerissen wird, ist sie an allen übrigen Teilen noch lange voller Leben. Aber das Alleraußerordentlichste in ihrer Natur ist dies, was ich sogleich sagen will, und das einzige, was Plato in seinem Dialog von der Unsterblichkeit der Seele übersehen zu haben scheint. Wenn nämlich eine tote Fliege mit Asche bedeckt wird, steht sie wieder auf, ist wie neugeboren und fängt wieder von vorn zu leben an: zum klaren Beweise, daß auch die Fliege eine unsterbliche Seele hat, da sie in ihren verlassenen Körper wiederkehrt, ihn für den ihrigen erkennt und erweckt, kurz, die Fliege wieder davonfliegen macht und also das Märchen von jenem Hermotimus von Klazomenä beglaubigt, von welchem erzählt wird, seine Seele habe ihn öfters verlassen, und nachdem sie eine Zeitlang für sich allein in der Welt herumgewandert, sei sie wieder in ihren Leib zurückgekommen, und so sei Hermotimus mehrmals für tot gehalten worden und immer wieder auferstanden.

In ewiger Muße und gänzlicher Unabhängigkeit nährt sich die Fliege von fremdem Fleiße und findet überall eine besetzte Tafel. Für sie werden die Ziegen gemolken, und die Biene arbeitet nicht weniger für die Fliege als für den Menschen. Für sie bereiten die Köche die niedlichsten Leckerbissen zu; sie bittet sich sogar bei den Königen zu Gaste, kredenzt alle ihre Speisen und läßt, auf der Tafel hin und her spazierend, nicht eine einzige Schüssel unbeschnuppert.

Sie baut sich kein eigentliches Nest und hat keinen festen Wohnsitz, sondern schweift, nach skythischer Weise, hin und her, und wo sie von der Nacht überfallen wird, da findet sie auch eine Lagerstelle. Denn im Dunkeln, wie ich schon gesagt habe, tut sie nichts; auch treibt sie nichts, das im Verborgnen getan werden müßte, und glaubt nichts zu tun, dessen sie sich, wenn sie es bei hellem Tage tut, zu schämen hätte.

Die Fabel sagt, es sei einmal ein Mädchen, namens Myja, gewesen, ein wunderschönes, allerliebstes Mädchen, voller

Lebhaftigkeit und angenehmem Mutwillen und eine mächtige Liebhaberin vom Singen. Diese Myja, heißt es, war eine Nebenbuhlerin der Selene, denn sie waren beide in den schönen Endymion verliebt; und weil sie ihn mit ihren kleinen Neckereien und mit ihrem ewigen Singen und Schwärmen immer aus seinem Schlafe weckte, wurde er zuletzt ungehalten auf sie, und die Göttin, die es nicht weniger war, verwandelte sie in dieses nämliche Tierchen, das noch jetzt ihren Namen trägt; und dies ist die Ursache, sagt das Märchen, warum die Fliege niemand ruhig schlafen läßt, sonderlich Kinder und junge Leute, weil ihr der schöne Schläfer Endymion noch immer im Köpfchen steckt. Auch sind ihre Bisse und ihre Neigung, an den Menschen zu saugen, nichts weniger als Zeichen von bösem Willen, sondern im Gegenteil Beweise ihrer Liebe und Anmutung zu den Menschen; sie sucht, wenigstens soviel sie kann, von ihnen zu genießen und von der Blume der Schönheit, sozusagen, abzuweiden.

Auch lebte vor alten Zeiten eine Dichterin dieses Namens, die ihrer Schönheit und ihres Talentes wegen in großem Ruf stand; ingleichen eine berühmte Hetäre zu Athen, von welcher der komische Dichter sagt,

die Myja hat ihn bis ins Herz gestochen.

Die komische Muse hat also ihrer Eleganz nichts zu vergeben geglaubt, indem sie eine Fliege auf die Szene brachte, und Eltern haben kein Bedenken getragen, ihren Töchtern diesen Namen zu geben. Ja, die Tragödie selbst erwähnt der Fliege in sehr ehrenvollen Ausdrücken, wie z. B. in folgender Stelle:

O Schande! eine Fliege fällt mit tapferm Mut
die stärksten Männer an, nach ihrem Blute dürstend;
und Männer, ganz mit Stahl bedeckt, entsetzen sich
vor einer Lanze! –

Wieviel könnte ich noch von der pythagorischen Myja sagen, wenn ihre Geschichte nicht ohnehin schon jedermann bekannt wäre!

Es gibt auch eine Art von Fliegen, die sich von den gewöhnlichen durch ihre Größe, durch ihr sehr lautes und unangenehmes Brummen und durch die Schnelligkeit ihres Fluges unterscheiden. Sie leben auch weit länger als die andern und dauern den ganzen Winter ohne Nahrung aus, indem sie in einer Art von starrer Betäubung an den Decken der Zimmer kleben. An diesen ist besonders dies wunderbar, daß sie, gleich dem Sohne der Venus und des Merkurs, dem schönen Hermaphrodit, Mann und Weib zugleich sind und sowohl die Vorzüge als das Geschäfte beider Geschlechter beim Begatten in sich vereinigen.

Ich hätte noch vieles über einen so reichen Gegenstand zu sagen; aber es ist Zeit aufzuhören, damit ich nicht, wie das Sprüchwort sagt, aus einer Fliege einen Elefanten zu machen scheine.

DER EUNUCH
ODER
DER PHILOSOPH OHNE GESCHLECHT

Pamphilus, Lycinus.

PAMPHILUS: Wo kannst du wohl herkommen, Lycinus, daß du so lustig bist? Du pflegst zwar immer aufgeräumt zu sein: aber dich überlaut lachen zu sehen, ist etwas, das man an dir gar nicht gewohnt ist.

LYCINUS: Ich komme vom Markte, Pamphilus, und was das Lachen betrifft, so wirst du mir bald darin Gesellschaft leisten, wenn du hörst, was für einem possierlichen Rechtshandel zwischen zwei Philosophen ich beigewohnt habe.

PAMPHILUS: Das allein ist schon lächerlich genug, daß Philosophen miteinander vor Gerichte liegen, da sie, wenn es auch was noch so Großes beträfe, ihre Händel billig im Frieden miteinander ausmachen sollten.

LYCINUS: Die wären mir die rechten Leute dazu! Sie haben sich so erhitzt, daß sie ganze Karren voll Schimpfwörter übereinander ausgegossen haben. Du hättest hören sollen, wie sie sich aus dem Atem schrien!

PAMPHILUS: Traf es, da sie vermutlich von verschiedenen Sekten waren, ihre gewöhnlichen Streitigkeiten über ihre Lehrsätze an?

LYCINUS: Nichts weniger; es war ganz was anders. Sie sind beide ebenderselben Sekte zugetan und also in ihren Lehrmeinungen einstimmig; aber das hinderte nicht, daß sie einander nicht förmlich belangten und sich nicht schämten, die angesehensten, ältesten und weisesten Männer der Stadt zu Richtern ihres lächerlichen Handels zu haben; Männer, vor denen jeder andere erröten würde, wenn ihm nur ein unschickliches Wort in ihrer Gegenwart entfahren wäre, geschweige die Unverschämtheit bis zu solchen Exzessen zu treiben.

PAMPHILUS: Du hast meine Erwartung hoch genug gespannt,

lieber Lycinus, um mir endlich zu sagen, warum es denn bei diesem Prozeß zu tun war, daß du so übermäßig lustig darüber werden konntest.

LYCINUS: Wie du weißt, so hat der Kaiser eine gewisse Anzahl besoldeter Lehrstühle für alle philosophischen Sekten, d. h. für die Stoiker, Platoniker, Epikureer und Peripatetiker, gestiftet; die Besoldungen sind bei allen gleich und in der Tat nicht zu verachten. Nun ist einer von diesen Professoren mit Tod abgegangen, und es soll ein anderer, den die Kommissarien dazu am tauglichsten finden werden, an seine Stelle kommen. Der Preis, um welchen hier gestritten wird, ist also nicht etwa eine Ochsenhaut, wie der Dichter sagt, sondern nichts Geringers als ein Jahrgehalt von zehntausend Drachmen, um jungen Leuten Unterricht in der Philosophie zu geben.

PAMPHILUS: Das weiß ich und daß es hieß, einer von diesen Professoren sei neulich gestorben, wenn ich nicht irre, einer von den beiden Peripatetikern.

LYCINUS: Diese Pension also, lieber Pamphilus, war die Helena, um welche meine beiden Helden kämpften; und insofern ist nichts Lächerliches an der Sache, als daß Leute, die sich rühmen, Philosophen zu sein und Geld und Gut für nichts zu achten, gleichwohl bei der ersten Gelegenheit nicht anders darum hadern, als ob das Vaterland, die Religion und die Gräber der Vorfahren in Gefahr wären und auf dem Spiele lägen.

PAMPHILUS: Peripatetikern mag dies noch immer hingehen; denn es ist ja einer ihrer eigenen Lehrsätze, das Geld nicht so gar gering zu achten wie andere Sekten, sondern es unter die Güter vom dritten Rang zu zählen.

LYCINUS: Da hast du recht; so lehren sie, und insoferne wäre also gegen die Veranlassung des Krieges nichts einzuwenden; sie stritten um angestammte Gerechtsame. Aber höre nun, wie es weiterging. Unter vielen andern Kandidaten, die einander die Sukzession des Verstorbenen streitig machten, waren vornehmlich zwei, die beinahe gleiche Ansprüche an den Sieg machen konnten, der alte Diokles

– du kennst ihn ja, den ewigen Disputierer? – und der Bagoas, der für einen Eunuchen passiert. Über den Punkt der Gelehrsamkeit waren beide bereits geprüft worden; beide hatten gezeigt, daß sie mit den Lehrsätzen ihres Systems wohl bekannt waren und treulich an ihrem Aristoteles und seinen Meinungen hingen; und in der Tat weiß der liebe Himmel, daß der eine auf ein Haar soviel wert ist als der andere! Gegen das Ende also nahm ihr Streit folgende Wendung: Diokles, nachdem er vorher von seinen eigenen Verdiensten gesprochen, kam nun auf den Bagoas und bemühte sich hauptsächlich, vieles gegen seine SITTEN einzuwenden; aber dieser blieb ihm über diesen Punkt nichts schuldig und anatomierte hinwieder den Lebenswandel seines Gegners ohne alle Schonung.

PAMPHILUS: Und das wie billig; denn das ist der Punkt, worauf es eigentlich ankommt und worauf beide von Rechts wegen den größten Teil ihrer Rede zu verwenden hatten. Wäre ICH Richter, so würde ich mich hauptsächlich hiebei aufhalten, und es käme bei mir weit mehr darauf an, wer von beiden am besten gelebt habe, als wer am fertigsten räsonieren könne.

LYCINUS: Auch hierin bin ich gänzlich deiner Meinung. Wie sie also, auf beiden Seiten, alle Rubriken der Verleumdung und der Vorwürfe, die man einander machen kann, erschöpft hatten, sagte Diokles endlich: es sei überall nicht einmal erlaubt, daß Bagoas Philosophie treibe und an die mit derselben verknüpfte Vorteile Anspruch mache, da er ohne Geschlecht sei. Er behauptete, solche Halbmenschen sollten billig nicht nur von dergleichen Stellen, sondern sogar von der Teilnehmung an den heiligen Dingen und von allen öffentlichen Versammlungen und Gesellschaften ausgeschlossen sein; es sei ein Zeichen von schlimmer Vorbedeutung, wenn einem, der morgens früh aus seinem Hause gehe, so ein Ding in den Weg komme; kurz, man könne solche Mißgeschöpfe nicht einmal für Menschen gelten lassen, da sie weder Mann noch Weib, sondern eine Art von Ungeheuer und auf eine unnatürliche Art aus beiden zusammengesetzt seien, und was dergleichen mehr war.

PAMPHILUS: Das ist auch das erstemal in meinem Leben, daß ich einem, der das Unglück hat, sich in dem Falle des armen Bagoas zu befinden, ein Verbrechen daraus machen höre. Ich muß bekennen, auf eine solche Anklage hätte ich nie geraten; man könnte sich's nicht närrischer träumen lassen! Ha, ha, ha! Aber wie benahm sich denn der andere dabei? Schwieg er still dazu? oder konnte er soviel Mut aufbringen, etwas darauf zu antworten?

LYCINUS: Anfangs hatte er wirklich das beschämte und verblüffte Ansehen, das seinesgleichen eigen ist; er wurde feuerrot und schwitzte und konnte eine gute Weile nichts herausbringen; endlich aber sagte er doch mit einem zarten Weiberstimmchen, es sei etwas höchst Ungerechtes, daß Diokles die Eunuchen von der Philosophie ausschließen wolle, an welche doch sogar das Frauenzimmer Anspruch machen dürfte. Er berief sich, zum Behuf seiner Sache, auf die Aspasien, Diotimen und Thargelien; auch vergaß er nicht, das Beispiel eines Akademikers aus Gallien, der kurz vor unsern Zeiten in Griechenland berühmt gewesen sei, geltend zu machen: aber Diokles ließ sich damit nicht abfertigen. Wenn dieser angebliche Akademiker das gewesen sei, wessen ihn Bagoas beschuldige, sagte er, könne er ihn, ohne sich von seinem Ruhm bei dem großen Haufen täuschen [zu] lassen, für keinen Philosophen erkennen; und zum Beweis, daß die damaligen Philosophen ebenso gedacht, führte er verschiedene Bonmots an, womit die Stoiker und besonders die Kyniker sich über die Unvollständigkeit seiner Person lustig gemacht hätten. Der große Punkt also, worauf jetzt alles ankam und worüber die Richter vor allen Dingen entscheiden mußten, war: ob ein Eunuch für tauglich zu halten sei, von der Philosophie Profession zu machen und unter diesem Titel sich um einen öffentlichen Lehrstuhl zu bewerben? Diokles behauptete, zu einem Philosophen werde schlechterdings auch das Äußerliche und ein mit allem seinem

Zugehör begabter Körper erfodert, hauptsächlich ein großer langer Bart, der dem Lehrer bei den Schülern den gehörigen Respekt verschaffe und wert sei, vom Kaiser mit zehntausend Drachmen jährlich bezahlt zu werden: ein Mensch ohne Geschlecht aber sei noch schlechter als ein Verschnittener; denn dieser habe sich doch wenigstens eine Zeitlang der Mannheit zu erfreuen gehabt, jener hingegen sei gleich von der Geburt an ein isoliertes und zweideutiges Tier, ungefähr wie die Krähen, die man weder zu den Tauben noch zu den Raben zählen könne. Bagoas wandte hingegen ein, die Rede sei hier nicht von körperlichen Eigenschaften, sondern von Geisteskraft, und es frage sich bloß, wer von ihnen beiden an Verstand und Wissenschaft den Vorzug habe. Zum Beweis, daß der Geschlechtsmangel in Absicht dieser letztern nichts entscheide, führte er den Fürsten Hermeias von Atarneus an, dessen Verehrer der große Aristoteles in einem so hohen Grade gewesen, daß er ihm sogar wie einem Gott geopfert habe. Ja er ging so weit, daß er behauptete, ein Mann in SEINEN Umständen sei um so tauglicher zum Amt eines Lehrers der Jugend, weil es keine Möglichkeit sei, daß der Verdacht, schöne Jünglinge zu verführen, wovon Sokrates selbst nicht frei geblieben sei, jemals auf ihn fallen könnte. Und da ihm auch hauptsächlich der Mangel des Bartes vorgeworfen worden, so glaubte er diesem Vorwurf durch einen sehr witzigen Einfall zu begegnen, indem er sagte: »Wenn die Philosophen nach der Länge ihres Bartes gewürdiget werden wollten, so würde ein Ziegenbock den stärksten Anspruch an die vakante Stelle zu machen haben.« Das Lustigste bei der Sache war, daß, indessen diese beiden würdigen Nebenbuhler in diesem saubern Streit begriffen waren, ein dritter dazwischenkam, dessen Name hier verschwiegen bleiben soll, der die Richter mit der größten Zuversichtlichkeit versicherte, falls man diesen unbärtigen Herrn mit der zarten Stimme und dem ganzen äußerlichen Ansehen eines Eunuchen – ausziehen wollte, so würde sich befinden, daß er nur zuviel

Mannes sei. »Wenn es ihm«, setzte er hinzu, »nicht von bösen Leuten nachgesagt wird, soll er sogar einmal im Ehebruch, und zwar in der präzisen Lage, die der Buchstabe des Gesetzes erfodert, ergriffen worden sein. Von dieser Gelegenheit, sagt man, schreibe sich eben sein vorgeblicher Eunuchenstand her: denn da er sich nicht anders zu helfen gewußt, habe er zu diesem Vorgeben seine Zuflucht genommen und auch wirklich soviel damit gewonnen, daß ihn die Richter von einer Anklage, die, ihrer Meinung nach, schon durch den Augenschein widerlegt wurde, ohne weitere Untersuchung losgesprochen hätten. Jetzt aber, da er mit seiner Mannheit eine Besoldung von zehntausend Drachmen gewinnen kann, sehe ich nicht, warum er Bedenken tragen sollte, aus einem andern Ton zu singen.« Du kannst dir leicht vorstellen, daß über diesen Vortrag ein allgemeines Gelächter entstand. Bagoas geriet dadurch in die äußerste Verlegenheit; er änderte die Farbe alle Augenblicke, schnitt die seltsamsten Gesichter, und der kalte Schweiß lief ihm von der Stirne. Denn natürlicherweise foderte die Ehrbarkeit von ihm, die Bezüchtigung des Ehebruchs nicht unbeantwortet auf sich ersitzen zu lassen; und doch konnte sie ihm auf der andern Seite in seinem gegenwärtigen Handel gute Dienste tun.

PAMPHILUS: Wahrhaftig, Lycinus, eine possierliche Geschichte, die euch Anwesenden großen Spaß gemacht haben muß! Und wie ging denn endlich die Sache aus? Was erkannten die Richter?

LYCINUS: Die Stimmen waren geteilt. Einige trugen darauf an, er sollte sich ausziehen, wie es gewöhnlich ist, wenn man einen Sklaven kaufen will, damit man sich überzeugen könne, ob er mit den Requisiten zu einem Philosophen hinlänglich versehen sei; andere waren der Meinung, man sollte etliche Weibsbilder aus einem B… holen lassen, um in Gegenwart des ältesten und ehrwürdigsten unter den Richtern durch den Kongreß zu erfahren, ob er ein Philosoph sei; da aber das Gelächter gar zu sehr überhand nahm und keiner da war, dem von der übermäßigen Erschütterung nicht alle Rippen am Leibe wehgetan hätten, so beschlossen sie endlich, den ganzen Handel in Italien entscheiden zu lassen. Und nun heißt es, der eine von den Kämpfern arbeite aus allen Leibeskräften, sich zu den Beweisen, die er in Rom von seiner Wissenschaft und Disputierkunst ablegen soll, zu rüsten und vorzuüben; besonders schmiede er mit großem Fleiß an seiner Anklage und gebe sich alle Mühe, den Ehebruch ins reine zu bringen, wiewohl er durch diese Beschuldigung seinen Gegner für einen Mann erklärt und also, nach Art ungeschickter Advokaten, seinen Gegner mit Waffen bestreitet, die dieser gegen ihn selbst kehren kann. Bagoas hingegen, sagt man, hat ganz andere Sorgen; dem liegt nun nichts so sehr am Herzen, als recht viele Proben seiner Mannheit abzulegen, und er zweifelt keinen Augenblick, daß ihm der Sieg nicht entgehen könne, wenn er nur imstande sei, zu zeigen, daß er sich, über diesen Punkt, vor keinem Hengstesel zu fürchten habe. Denn dies, Freund Pamphilus, scheint dermalen das große Kennzeichen eines Philosophen und eine Demonstration, gegen die gar nichts mehr einzuwenden ist, zu sein; so daß ich meinem Sohn, der zwar noch ein sehr kleiner Junge ist, weder einen guten Kopf noch eine geläufige Zunge, sondern bloß ein reiches Maß von der besagten Naturgabe wünschen muß, wenn ich die Freude haben will, einen großen Philosophen aus ihm werden zu sehen.

ANHANG

Vorliegende Edition folgt der Ausgabe in der Bibliothek der Antike: Lukian, Werke in drei Bänden, herausgegeben von Jürgen Werner und Herbert Greiner-Mai, Berlin und Weimar [2]1981.

Anmerkungen

Mit einem → versehene Namen werden im »Verzeichnis antiker Namen und Begriffe« erläutert. Einzelanmerkungen in bloßen Anführungszeichen geben gegenüber der freieren bzw. irrtümlichen Wielandschen eine wörtliche Übersetzung des Originals. Zitate und parodistische Anspielungen Lukians auf die altgriechischen Klassiker sind im Text durch deutsche Anführungszeichen gekennzeichnet.

Timon

Die Gestalt des Menschenhassers Timon begegnet in der griechischen Literatur seit dem 5. Jahrhundert v. u. Z., vor allem in Komödien, die aber meist nicht erhalten sind. Eine stark sozialkritische Tendenz zeigt erst Lukians Dialog. Sein »Timon« lebt in zahlreichen Werken der Weltliteratur weiter, so im »Timone« des Matteo Bojardo (1440–1494) – der Prolog dieses Stückes wird von Lukian gesprochen – und vor allem in Shakespeares »Timon of Athens«.

6 *der Hochbrausende* – Der in der Höhe Donnernde; eine Bezeichnung, die Homer mehrfach für Zeus (→ Jupiter) verwendet.

7 *Wie oft ... die Welt verbrennen ...* – Im Original: »Wie viele → Phaëthons und → Deukalions sind nötig«.

9 *schwarzes Blut machen* – sich ärgern. Timon tritt die Galle ins Blut.

10 *unkörperliche Wesen* – → Platons Ideen.

14 *stigmatisieren* – Einem Sklaven ein Zeichen (als Besitzvermerk) einbrennen.

16 *werfen sie mich in eine Wachstafel* – Verfügen sie über mich in einem Testament, das auf einer Wachstafel fixiert wird.
sein nunmehr eigentümliches Haus – Das Haus, das nunmehr sein Eigentum ist.
Pyrrhius oder Dromo oder Tibius – Typische Sklavennamen.

16 *Mahlgewölbe* – Im Mahlgewölbe stand die Handmühle. An ihr arbeiteten zumeist Sklaven zur Strafe.
18 *schwarzgelb* – blaß.
von luftigen Felsen ... – Anspielung auf Theognis, Elegie I 173ff.
22 *Fuchsschwänzer* – Schmeichler, Schmarotzer.
25 *O Gold* ... – Euripides, Fragment 324,1.
Gleich dem lodernden Feuer ... – Anspielung auf Pindars 1. Olympisches Gedicht.
Altar der Barmherzigkeit – Der Altar, Symbol der Menschlichkeit, stand in Athen.
26 *Zunft* ... *Mitzünfter* – Angehörige desselben Stammes und Clans und derselben Gemeinde.
27 *hat es auch bestätiget* – Als Bürger und Mitglied der Volksversammlung hat Timon das Gesetz eingebracht; als Vorsitzender hat er es in die Tagesordnung aufgenommen und zur Abstimmung gebracht (»bestätiget«); als einziges Mitglied der Volksversammlung beschließt er es danach.
29 *geschlossen* – in Ketten geschlossen, gefesselt.
auf EINEM *Brette* – auf einmal. (Im Original: »innerhalb EINES Tages«.)
Schauspielgeld – Das Theorikon, das der athenische Staat seit dem 5. Jahrhundert v.u.Z. zunächst nur an die Ärmeren zahlte, damit es ihnen möglich war, an den Festen einschließlich der Theateraufführungen teilzunehmen.
30 *gestalten* – dergestalt daß; so, daß.
... *nie gesehen* – Timon war nie als Vertreter seines Staates in Olympia.
als – so, deshalb.
Strahlen ums Haupt – Eine Bildsäule mit Strahlen ums Haupt besaß der Sonnengott Helios. Die Kolossalstatue Kaiser Neros hatte ebenfalls solche Strahlen.
32 *aufgebüft* – gesträubt, struppig.

Der Lügenfreund oder Der Unglaubige

Tychiades, etwa mit »Herr X« wiederzugeben (nach griech. tychón: »der erste beste«), ist hier und in anderen Dialogen mit Lukian identisch. Die Namen der übrigen Gesprächsteilnehmer, einschließlich des »berühmten Eukrates«, sind wohl ebenfalls fingiert. Wieland schreibt 1788: »Vor etwa 25 Jahren brauchte man sich nur in das Zimmer irgendeines alten schwachköpfigen Grafen oder Herrn in Schwaben, Bayern oder Österreich zu denken, statt der sogenannten Philosophen ... einen bocksbärtigen Kapuziner, einen wohlbeleibten Prämonstratenser oder starkkolorierten Bernhardiner, einen hagern habichtsnasigen Jesuiten und allenfalls noch einen derbglaubigen Karmeliter um ihn herumzusetzen und sie aus Veranlassung einiger Millionen Teufel, die unlängst von irgendeiner mondsüchtigen Bauerndirne abgetrieben worden, in ein Gespräch über dergleichen erbauliche Dinge geraten zu lassen, um ein herrliches Gegenstück zu diesem Lukianischen Gemälde zu haben ...« Das Motiv der Verwandlung eines Besens in einen Wasserträger benutzt Goethe, der Wielands Lukian-Übersetzung kannte, 1797/98 im »Zauberlehrling«.

35 *seine eigene Seele* – »sein eigenes Leben« (Odyssee I 5).
36 *Flügelpferd* – Der Pegasus.
37 *Nordwind* – → Boreas.
40 *in Zeiten* – rechtzeitig.
41 *barbarisch* – Nichtgriechisch; für Beschwörungen bediente man sich gern nichtgriechischer Ausdrücke.
43 *Zerast* – Hornschlange.
was wir für Augen machten – »Man wird den Spinnstubenton, womit Ion das alles erzählt, bemerkt haben ... Wer wie eine Kindermuhme denkt und glaubt, muß billig auch wie eine solche sprechen« (Wieland).
48 *von einem dritten Rezidiv eines alltägigen Fiebers* – »von einem Fieber, das mich aller zwei Tage heimsuchte«.
49 *radotieren* – faseln.
50 *mit einem schwarzen Hahn* – Mit einem Totenopfer.
Zünfte – Phratrien.
52 *die lautre Wahrheit* – »Wieder ein Zug, der zum Beweise dient, daß Lukian seinen Eukrates nach dem Leben schilderte. Diese Gewissenhaftigkeit im Lügen bezeichnet einen großen Meister. Wie glaubwürdig wird in den Augen solcher Zuhörer, wie Eukrates hatte, ein Mann, der einer so schönen Gelegenheit und so starken Versuchung, NOCH MEHR ZU LÜGEN, widerstehen kann, weil er seinen Freunden nicht mehr sagen will, als die lautere Wahrheit ist!« (Wieland)
53 *sein Faden ist noch nicht abgesponnen* – Die → Parze Klotho (»Spinnerin«) spinnt den Lebensfaden, den Atropos (»die Unabwendbare«) beim Tod durchschneidet.
54 *Buch von der Seele* – Platons »Phaidon«.
57 *Zeitung* – Nachricht.
bestatteten es auf die gehörige Weise wieder – Das Wort »wieder« ist irreführend. Der Tote spukte ja angeblich eben deshalb, weil er nur verscharrt, aber noch nicht ordnungsgemäß »bestattet« worden war.
61 *Augurien* – Deutung von Vorzeichen.
einer prophetischen Jungfrau – Die Priesterin in → Delphi, die Pythia, beispielsweise war jungfräulich und verkündete ihre Orakel in Versen.

Ikaromenippus oder Die Luftreise

Der Kyniker → Menippus berichtet, wohl in Athen, einem Freund von seiner Luftreise, die er als ein zweiter → Ikarus (deshalb »Ikaromenippus«) unternommen hat, um Jupiter einige unangenehme Fragen zu stellen. Das Motiv der »Himmelsreise« ist in der griechischen Literatur häufig, zum Beispiel in den Äsopischen Fabeln (6./5. Jh. v. u. Z.) und bei

Aristophanes: Im »Frieden« (421 v. u. Z.) fliegt Trygaios zum Olymp, um dem Krieg ein Ende zu bereiten. Lukians Dialog karikiert zeitgenössische Himmelsvorstellungen, insbesondere philosophisch-kosmologische Spekulationen.

68 *die Sonne sei eine glühende Masse* – Anaxagoras von Klazomenai (5. Jh. v. u. Z.) hielt die Sonne für eine glühende Steinmasse.
der Mond habe Einwohner – Dies lehrten zum Beispiel die Pythagoreer.
sie habe nie angefangen – Dies nahmen die Eleaten (6./5. Jh. v. u. Z.) an, die die Unveränderlichkeit allen Seins behaupteten.
... werde nie aufhören – Aristoteles hielt die Welt für unvergänglich.
... ihren Baumeister zu nennen – Dies tat Platon, besonders im »Timaios«.
69 *Luftspringer* – Gaukler.
daß es der Welten eine große Menge gebe – Dies lehrte etwa Epikur.
Krieg ... Urheber aller Dinge – Diese These Heraklits von Ephesos (6./5. Jh. v. u. Z.) bezieht sich nicht auf militärische Auseinandersetzungen, sondern auf den Kampf der Gegensätze.
eine gewisse Zahl Gott – Die Zahl als Gottheit spielt bei den Pythagoreern eine Rolle.
bei Hunden, Gänsen und Platanen schwören – Dies tat Sokrates, um die Namen der Götter nicht zu entweihen.
... die Regierung einem einzigen zuzuwenden – Den Monotheismus lehrten verschiedene antike Philosophien.
einer der Erste – Hierarchien der Götter postulierten einige Philosophenschulen der nachklassischen Zeit.
die Gottheit sei ohne Körper – Dies lehrten unter anderem Platon und Aristoteles; »als etwas Körperliches« dachte sich die Götter zum Beispiel Parmenides von Elea (6./5. Jh. v. u. Z.).
Vorsorge für unsre Angelegenheiten – Die Theorie einer göttlichen Vorsehung wurde besonders von der Stoa ausgebildet.
sie gleichsam zur Ruhe setzten – Diese Vorstellung hatten zum Beispiel die Epikureer.
gar keine Götter – Atheist war beispielsweise Diagoras von Melos, »der Gottlose« genannt (5. Jh. v. u. Z.).
70 *aus ihrem eigenen Mittel ... umgeworfen* – in das Gegenteil verkehrt.
aber mich zog ... – Odyssee IX 302.
71 *auf das Land ...* – Ilias XIII 4 f.
72 *alles, was lebt ...* – Anspielung auf die bei Homer häufige Wendung von der »alles ernährenden Erde«.
73 *wahrlich, ich bin kein Gott ...* – Odyssee XVI 187.
jappen – japsen; den Mund aufsperren.
wenn du den Nebel ... – Anspielung auf die Ilias (V 127).
74 *sich als einen echtgebornen Adler ... legitimiert* – Antike Autoren berichten, daß junge Adler, die diesen Test nicht bestanden, von ihren Eltern aus dem Nest geworfen wurden.

74 *auf der schlechten Seite* – Auf der linken Seite; nach altem Aberglauben galt es zum Beispiel als unglückverheißend, wenn prophetische Vögel nach links flogen.

75 *Privatleute* – Die Namen der hier von Lukian genannten Philosophen sind uns sämtlich unbekannt; vermutlich sind sie fingiert.
schon komischer – noch komischer.

76 *Homers Schild* – Anspielung auf die Beschreibung des Achilleus-Schildes in der Ilias (XVIII 483 ff.).

78 *in die Paläste* ... – Ilias I 222.
Bruder – Der Sonnengott → Helios.

79 *wo man nirgends* ... – Odyssee X 98.

80 *Sage, wer bist du* ... – Bei Homer mehrfach vorkommende Wendung.

81 *ob sie denn ihren olympischen Tempel nicht auszubauen gedächten* – Der Tempel des olympischen Zeus in Athen war schon unter Peisistratos (6. Jh. v. u. Z) begonnen worden, wurde aber erst 129 u. Z. unter Kaiser Hadrian fertiggestellt; zu Menippus' Zeit war er also noch unvollendet.
da waren alle Straßen ... – Anspielung auf den Anfang der »Phainomena« (Himmelserscheinungen), eines astronomischen Lehrgedichts von Aratos (3. Jh. v. u. Z.).
in fünf ganzen Jahren – Aller vier Jahre, nämlich zu den Olympiaden; die Griechen rechneten das Ausgangsjahr mit.

82 *erben* – beerben.
gekrönt – Die olympischen Sieger wurden mit einem Kranz geehrt.
sprach er zu einigen ja ... – Ilias XVI 250.

83 *essen kein Brot* ... – Ilias V 341.

84 *Ruhig schliefen* ... – Ilias II 1 f.; statt »Zeus« ist hier »ich« eingesetzt.
die Sonne – Der Sonnengott → Helios.
eine unnütze Last der Erde – Ilias XVIII 104.

85 *Talar* – Kostüm.
für nichts in der Schlacht – Ilias II 202; statt »im Felde« heißt es dort »im Rate«.

86 *bade mich kalt* – In der Antike pflegte man warm zu baden.
wie die Riesen – Lukian denkt wohl an die → Giganten.
die nächsten vier Monate über Ferien – »... in diesen vier Monaten ist die Zeit heiliger Feste«; während der Saturnalien zum Beispiel herrschten Gerichtsferien.

87 *das heilige Donnerwetter* – Der schreckliche Blitz, die Waffe des Gewittergottes Zeus (→ Jupiter).
Also sprach Kronion ... – Ilias I 528. Daß »Kronos-Sohn« Zeus mit den Augenbrauen »nickt«, ist eine besonders verbindliche Form der Zusage.

Prometheus

Bei Lukian trägt Prometheus Züge, die aus verschiedenen, zum Teil stark voneinander abweichenden Fassungen des Mythos stammen, den Hesiod,

Aischylos und andere gestaltet haben. Der Titan Prometheus hat einst dem obersten Gott im Kampf gegen die anderen Titanen geholfen, sich später jedoch mit ihm entzweit. Bei einer Opferverteilung läßt er ihn zwischen zwei Stücken wählen: dem unansehnlichen Rindermagen, in dem die besten Fleischstücke verborgen sind, und der ansehnlichen Fetthaut, in der sich die Knochen befinden. Zeus (→ Jupiter) entscheidet sich für den äußerlich eindrucksvolleren Teil – sei es, weil er die List nicht durchschaut, sei es, weil er einen Vorwand sucht, eine alte Rechnung mit Prometheus zu begleichen. (Hier wie in anderen Punkten divergieren die antiken Quellen.) Ferner bringt Prometheus den von ihm begünstigten oder, wie auch Lukian sagt, von ihm geschaffenen Menschen nicht nur das Feuer, das Zeus ihnen vorenthält, sondern die ganze Kultur. Daraufhin läßt Zeus die mit vielen Übeln behaftete Pandora schaffen – in gewisser Beziehung ein Gegenstück zur Eva der Bibel –, die über die »Geschöpfe des Prometheus« und über Epimetheus (»Nachbedacht«), den unintelligenten Bruder des Prometheus (»Vorbedacht«), großes Unglück bringt. Schließlich läßt Zeus den Prometheus an den Kaukasus schlagen; ein Adler (oder Geier) frißt Tag für Tag an seiner nachts nachwachsenden Leber. Prometheus erhofft seine Begnadigung davon, daß er Zeus mit einer Vorhersage einen »nicht geringen Dienst« erweisen könnte (vgl. das 1. Göttergespräch). Prometheus wird jedoch erst durch Herakles befreit, der den Adler (oder Geier) tötet.

Dramatisch wird der Prometheus-Stoff zuerst von Aischylos im 5. Jahrhundert v.u.Z. gestaltet (Bearbeitung durch Heiner Müller: Bühnenmanuskript Berlin 1968). Von hier aus nimmt er seinen Weg durch die Weltliteratur und Weltkunst. Dabei ist Prometheus vor allem Symbol des Sichaufbäumens gegen ungerechte Gewaltherrschaft und Symbol des Menschen als Schöpfer seiner selbst.

89 *O Saturn …* – »Prometheus richtet seine Anrufung an drei Götter vom alten Hofe: an den Saturn, um dadurch zu zeigen, daß er nur ihn, nicht seinen Sohn Jupiter für den rechtmäßigen Götterkönig erkenne; an den Japetus, seinen eigenen Vater und Saturns Bruder, und an die Erde als die allgemeine Mutter der Götter und seine Großmutter« (Wieland). → Kronos.

Ich erinnere mich … recht gut – »Ein burlesker Anachronismus, dergleichen Lukian seine Götter öfters machen läßt, weil sie in dem Munde von Wesen, die aus Inkonsequenz und Widersprüchen gleichsam zusammengesetzt sind, eine eigene Grazie haben. Hier wird der Effekt noch komischer, weil es so herauskommt, als ob Merkur diese schöne Geschichte nur aus seinem Hesiodus und gleichsam von der Schule her wisse; denn Homer und Hesiodus wurden den Kindern in der Schule erklärt« (Wieland). Hesiod, Theogonie 535ff.

wie sich der Dichter ausdrückt – Ilias XIII 775.

93 *Leimen* – Lehm.

Lehde – Ödland.

94 *mit dem Dichter zu reden* – Hesiod, Werke und Tage 61 ff. (dort ist Hephaistos menschenbildend tätig).
auch sie – Aufstände gegen die Götter machten die → Giganten und die → Titanen.
alle Straßen und Märkte voll von Jupiter – Vgl. die zweite Anm. zu S. 81.
95 *Himmel und ... Erde* – Gemeint sind die alten Götter → Uranos und die Erdgöttin Gaia, die Eltern der Titanen.
als Stiere ... – Als Stier nähert sich Zeus (→ Jupiter) der → Europa, als Satyr der → Antiope, als Schwan der → Leda.
96 *über den Ozean* – Richtig muß es heißen: bis zum Ozean.
Geber alles Guten – Eine häufig bei Homer begegnende Wendung.
97 *ein guter Freund von dir* – Herakles, ein Stiefbruder des Hermes (→ Merkur).
98 *Ich muß mein Geheimnis ... aufsparen* – Vgl. das 1. Göttergespräch.

Göttergespräche

Über die burlesken Szenen aus dem Götterhimmel, die Lukian in den »Göttergesprächen« und den »Meergöttergesprächen« gestaltet, sagt Wieland: »Das Vergnügen, das alle Arten von Lesern – die einzigen, die keinen Scherz vertragen können, ausgenommen – noch heutzutage an den Lukianischen Göttergesprächen finden ..., läßt uns auf den ungemeinen Reiz schließen, den sie für den feinern Teil von Lukians Zeitgenossen, wo der große noch an diese Götter glaubte, haben mußten. Es war ein ebenso glücklicher als neuer und kühner Gedanke, die Götter sozusagen in ihrem Hauswesen und im Negligé, in Augenblicken von Schwäche, Verlegenheit und Zusammenstoß ihrer einander so oft entgegenstehenden Forderungen und Leidenschaften, kurz, in solchen Lagen und Gemütsstellungen miteinander reden zu lassen, wo sie (unwissend, daß sie Menschen zu heimlichen Zuhörern hätten) sich selbst gleichsam entgöttern und ihren betörten Anbetern in ihrer ganzen Blöße darstellen mußten. Lukian hätte dem Aberglauben seiner Zeit keinen schlimmern Streich spielen können ... Da in allen diesen dramatischen Szenen das Dasein der darin auftretenden Götter und die historische Wahrheit ihrer abenteuerlichen Legenden treuherzig *vorausgesetzt* wurde, so sind es immer die Götter, die sich selbst lächerlich machen und, wider Wissen und Willen, mit dem besten Erfolge von der Welt an der Zerstörung ihres eigenen Ansehens arbeiten ... Die griechische Göttergeschichte versah unsern Autor hiezu mit einem unerschöpflichen Vorrate von Ungereimtheiten, Widersprüchen und albernen Märchen; er hatte bloß die Mühe des Auslesens; aber er schränkte sich weislich auf die bekanntesten Züge der Götterlegende ein, die entweder durch die Werke der berühmtesten Dichter und Künstler oder den allgemeinen Volksglauben oder durch besondere religiose Denkmäler, Feste oder Gebräuche einzelner Orte und Gegenden eine gewisse Sanktion erhalten hatten ... Er hängt ihnen keine Ungereimtheiten an, die nicht unmittelbar aus dem Kontrast ihres persönlichen Charakters mit dem Dekorum ihrer Würde oder ihrer Abenteuer und Taten mit Natur, Vernunft und Sittlichkeit entspringen und also auf ihre eigene, nicht auf ihres Malers Rechnung kommen … Seine Götter reden immer so ganz in ihrer eigenen Laune und Manier, so unbefangen, naiv und ihrer Lage oder ihren Leidenschaften so gemäß, daß es nirgends Lukians Schuld scheint, wenn man über sie lachen muß … Lukian tat also etwas einem weisen Mann sehr Anständiges, wenn er der Göttermärchen seiner Nation spottete. Daß er es ungestraft tun durfte, beweiset freilich, daß ihr Ansehen damals schon sehr gesunken war; aber wenn nicht noch immer viel Glauben an diese Dinge unter dem unaufgeklärtern Teile aller Stände geherrschet hätte, würde er sich gewiß nicht ein so angelegenes Geschäfte daraus gemacht haben, der gesunden Vernunft einen völligen und entschiednen Sieg über diesen Aberglauben zu verschaffen.«

Die Götterburleske ist alt; es sei an das Rendezvous von Aphrodite und Ares in der »Odyssee« erinnert oder an den unter Homers Namen überlieferten »Hermeshymnus« über den Gott der Diebe, der schon als Säugling ein Meister dieses Metiers ist (beide Stoffe greift Lukian in Göttergesprächen auf), auch an die recht bedenklichen Situationen, in die der Wein- und Theatergott Dionysos in den »Fröschen« des Aristophanes (405 v.u.Z.) gerät. Ähnlich wird mit den Göttern in der dorischen Komödie, der unteritalisch-griechischen Phlyakenposse, dem Satyrspiel und in anderen Literaturgattungen umgesprungen. Zu den anmutigsten Schöpfungen dieser Art gehören Lukians »Göttergespräche«. Sie sind oft nachgebildet worden, so in den »Göttergesprächen«, die Wieland 1790 bis 1793, »voll von Lukian«, schreibt.

101 *Satyr … Stier … Adler … goldener Regen* – In Gestalt eines Satyrs nähert sich Zeus (→ Jupiter) der Antiope, als Stier der Europa, als Adler entführt er den Ganymed (vgl. das 4. Göttergespräch), zum goldenen Regen wird er bei Danae (vgl. das 12. Meergöttergespräch). »Er hätte das Register noch ansehnlich vermehren können: denn außer den genannten Schönen betrog er … die Kallisto als Diana, die Ägina als Feuer, die Mnemosyne als Schäfer und die Alkmene in Gestalt ihres eigenen Mannes« (Wieland).
Ägide – Der furchterregende Schild des Zeus (→ Jupiter).
102 *nach Ägypten führen* – Vgl. das 7. Meergöttergespräch.
104 *Keulchen* – (griech.: astrágaloi) Knöchel von Schafen oder Ziegen bzw. Nachbildungen davon; eines der beliebtesten antiken Spielzeuge.
105 *Trank der Unsterblichkeit* – Nektar.
106 *in Gestalt eines Schwans* – Als Schwan nähert sich Zeus (→ Jupiter) der Leda.
Donnerkeil – Blitz.
110 *undelikat* – indiskret.
111 *nur noch* – erst.
116 *ein sehr großer und kampflustiger Gott* – → Herkules.

116 *zu Saturns Zeiten* – »Helios gehörte eigentlich zu dem alten Götterhofe, nämlich dem unter Saturn, Jupiters Vater ... Diese Beschwerung über Jupiters Ungebundenheit hat also im Munde eines alten Hofmanns, der bessere Zeiten gesehen hatte, etwas sehr Schickliches; zumal da er im Grunde von so guter Herkunft als Jupiter war und sogar noch ein näheres Recht zum Throne hatte als dieser« (Wieland). Freilich hatte auch Saturn (Kronos) eine »Affäre«, und zwar mit Philyra; aus ihr ging → Chiron hervor.

117 *Schlaf* – Hypnos, der Gott des Schlafes.

der bekannte assyrische Jüngling – Adonis. Er wird von einem Eber getötet und darf jedes Jahr sechs Monate die Unterwelt verlassen.

120 *donnerschlächtig* – vom Donner erschlagen.

Wetterstrahl – Blitz.

122 *Buchstaben der Totenklage* – Auf den Blättern dieser Blume, die wohl nicht mit unserer Hyazinthe identisch ist, glaubte man den Wehlaut der Totenklage »Ai, ai« lesen zu können.

123 *zu fangen hofft* – Vgl. das 17. Göttergespräch.

124 *seinen Liebling mit einem Diskus töten* – Hyakinthos; vgl. das 14. Göttergespräch.

128 *für ein Hirschkalb angesehen* – So erging es Pentheus, einem mythischen König von Theben, der den Bacchus-Kult unterbinden wollte.

133 *Turban* – Im Original: Tiara.

135 *ich will indes anderswohin sehen* – »Merkur macht im Original etwas weniger Fasson mit seinen Göttinnen ... Wir haben im Lukian sehr oft Gelegenheit zu sehen, daß zwischen der griechischen Urbanität und unsrer heutigen Höflichkeit ein ziemlicher Unterschied vorwaltete.« Diese Anmerkung Wielands wirft ein bezeichnendes Licht auf die Übersetzungspraxis, der er an vielen Stellen huldigt.

weiße Ellenbogen ... ein paar große Augen – »Weißarmig« und »kuhäugig« sind traditionelle Epitheta der Hera (→ Juno) bei Homer.

laß sie ihren Gürtel ablegen – Der Gürtel der Aphrodite besaß Zauberkräfte und nahm für die Trägerin ein.

wasserblaue Augen – Stehendes Beiwort der Athene (→ Minerva), das von Wieland an anderer Stelle mit »grauaugig« übersetzt wird, aber wohl eher »mit glänzenden Augen« heißt, übrigens auch als »eulenäugig« oder »eulenantlitzig« gedeutet worden ist.

138 *Barbar* – Nichtgrieche; auch griech. bárbaros wird nicht immer in abwertendem Sinn gebraucht.

139 *so lasse ich eine Kette vom Himmel herunter* – Ilias VIII 18 ff.

144 *die Matratzen in der Ratsstube* – Wieland, der als Kanzleidirektor von Biberach wohl an die Ratsstube dieser Stadt denkt, übersetzt nach einer unsinnigen Lesart. Richtig muß es heißen: »die Polster auf die Sitze [des bereits erwähnten Speisesaals] zu legen«.

145 *verkaufen lassen* – Richtig muß es heißen: »... würde ich gern verlangen, an einen anderen Herrn verkauft zu werden, wie dies auf der Erde bei den Sklaven der Fall ist, die es schlecht mit ihren Herren getroffen haben.« In Athen gab es eine solche Regelung.

147 *seine Schwestern … Bernstein … weinen* – Die Tränen von → Phaëthons Schwestern werden in Bernstein, die Heliaden (»Heliostöchter«) selbst in Pappeln verwandelt.

Meergöttergespräche

Vgl. die einleitende Anmerkung zu den »Göttergesprächen«.

153 *Reiger* – Reiher.
154 *vorhin* – ohnehin.
158 *eine Quelle deines Namens* – Die Quelle hat in dieser Gegend tatsächlich existiert; der hier erzählte Mythos gibt, wie so oft, das Aition dafür.
159 *aus Menschen Fische geworden* – Dionysos hatte tyrrhenische Seeräuber, in deren Hände er gefallen war, in Delphine verwandelt.
163 *meinen Enkel* – → Achilles.

Totengespräche

Daß ein Lebender in den Hades hinabsteigt und sich mit Bewohnern des Totenreiches unterhält, gibt es in der griechischen Literatur zum Beispiel bei Aristophanes in den »Fröschen« (405 v.u.Z.): Der Theatergott Dionysos begibt sich in die Unterwelt, um dem gegenwärtigen Mangel an Tragödiendichtern abzuhelfen, indem er einen bereits verstorbenen zurückholt. Bei Lukian finden wir eine Reise in den Hades in der »Höllenfahrt des Menippus«. Auch in der entgegengesetzten Richtung wird bei den griechischen Schriftstellern gereist, bei Lukian etwa im »Charon«: Hier tauscht sich der Unterweltsfährmann mit dem Gott Hermes (→ Merkur) über das Treiben der Menschen auf der Erde aus. Daneben gibt es die ausschließlich in der Unterwelt angesiedelten Dialoge: »Die Überfahrt oder Der Tyrann« und die »Totengespräche«. Lukian karikiert in ihnen verbreitete Vorstellungen von der Unterwelt in buntem Durcheinander: Gerade dadurch, daß die Toten in diesen Dialogen bald ätherische Leiber, bald wandelnde Skelette, bald übereinandergeschichtete schimmelnde Gebeine sind, gibt er zu verstehen, wie skurril ihm jede einzelne dieser Vorstellungen erscheint. Mit den »Totengesprächen« hat Lukian in der Weltliteratur wahrhaft Epoche gemacht. Besonders in der Renaissance und in der Aufklärung riefen diese Dialoge Hochfluten von »Totengesprächen« hervor. Günther Rücker gestaltete eine Würdigung von Peter Hacks in Form eines Totengesprächs zwischen Horaz und Fontanelle (Le plus nouveau Dialogue des Morts, in: Liebes- und andere Erklärungen, Berlin und Weimar 1972).

171 *Wolfsbohnen* – Der Same der Wolfsbohne (Lupine) wurde wegen seiner Billigkeit von den Armen als Nahrungsmittel verwendet.

171 *Reinigungsei* – Ei von einem Reinigungsopfer.

172 *Hörner aufzupflanzen* – Ein vielzitierter antiker Trugschluß besagt: Was man nicht verloren hat, hat man; Hörner hat man nicht verloren, also hat man Hörner.

Krokodile zu machen – Anspielung auf eine der beliebtesten antiken Fangfragen: Ein Krokodil raubt einen Jungen und will ihn nur dann zurückgeben, wenn der Vater richtig rät, ob es den Geraubten herausgeben wolle oder nicht. Wie der Vater nun auch antwortet, das Krokodil kann es als falsch erkennen und den Jungen behalten.

174 *Gnothi seauton* – (griech.) Erkenne dich selbst. Spruch eines der Sieben Weisen; er war mit goldenen Buchstaben in den Apollon-Tempel in Delphi eingraviert.

176 *item* – (lat.) ferner.

177 *auf seine Erbschaft Jagd machen* – Die Erbschleicherei, schon von Horaz (65–8 v.u.Z.) karikiert, war zu Lukians Zeit offenbar noch so verbreitet, daß Lukian ihr gleich fünf Totengespräche widmete.

179 *als wenn die Ströme rückwärts ... liefen* – Ein in der antiken Literatur häufig begegnendes Exemplum für etwas Unmögliches oder etwas Unsinniges.

181 *Schleifweg* – Schleichweg. Im Original: »Abkürzungsweg«.

182 *müßig* – Hier: nicht.

188 *Praß* – Plunder, Gerümpel.

191 *entweder schaffe du mich fort ...* – Parodie der Ilias (XXIII 724).

192 *Equipage* – Schiffsbesatzung.

Wolfsbohnen – Vgl. die erste Anm. zu S. 171.

193 *daß ich hier Griechisch reden gelernt habe* – Für den gräzisierten Syrer Lukian ist die Verkehrssprache in der Unterwelt natürlich Griechisch; Hannibal hat diese Sprache – die damalige Diplomatensprache des Mittelmeerraumes – aber bereits zu Lebzeiten gelernt.

die westlichen Gallier – Die Bewohner von Südfrankreich.

die großen Gebürge – Die Alpen. Im folgenden muß es heißen: »und warf alles zu Boden, was sich mir in den vom Po durchströmten Gebieten entgegenstellte«.

194 *ihre Fingerringe mit Scheffeln gemessen* – In der Schlacht bei Cannae 216 v.u.Z. fielen so viele Römer, daß ihre Fingerringe viereinhalb Scheffel gefüllt haben sollen (über 40 Liter!); so berichtet es jedenfalls der römische Historiker Titus Livius (59 v.u.Z.–17 u.Z.).

für einen Gott – Seit hellenistischer Zeit war es üblich, zum Teil wohl unter orientalischem Einfluß, daß sich Herrscher göttliche Ehren erweisen ließen.

Träume auf meiner Mutter Unkosten zu erzählen – Vgl. das 13. Totengespräch.

mit dem Blute seiner Freunde – Vgl. das 14. Totengespräch.

196 *abendländische Eroberungen* – Eroberungen in den Ländern westlich von Makedonien.

Morgen – Osten.

197 *Alexander der erste ...* – »Für den griechischen Chauvinismus war Alexander der Große der größte Feldherr aller Zeiten ... In den ›Wahren Geschichten‹ (II 9) spricht Lukian dem Alexander den ersten, dem Hannibal den zweiten Rang zu, ohne Erwähnung Scipios. Daß er an unserer Stelle Scipio dem Älteren den zweiten Rang zuerkennt, tut er ohne Zweifel mit Rücksicht auf römische Zuhörer, auf die er bei der Verlesung dieser Gespräche rechnete; man beachte aber, daß er ihn mit wenigen Zeilen abtut und ihm keine Rede in den Mund legt« (Mras).

198 *auf der Parade* – aufgebahrt.
einen Platz unter den ägyptischen Göttern – → Ammon.

199 *Niesewurz* – Nieswurz, ein Hahnenfußgewächs, war nach antiker Ansicht ein Mittel zur Normalisierung des Geisteszustands.

201 *... eine Treulosigkeit begangen habe* – »›Wie du‹, will er sagen, wiewohl er aus Ehrerbietung es dem Gewissen des Philippus überläßt, die Anwendung zu machen« (Wieland).
der hohe Turban – Die Tiara, Kopfbedeckung der persischen Könige.

202 *jener den Vögeln selbst unerreichbare Felsen* – Aornos, eine Bergfestung am Indus. Der Name ist vielfach griechisch als »ohne Vögel«, »den Vögeln nicht zugänglich« gedeutet worden; in Wirklichkeit geht er auf sanskr. âvárana (Schutzwehr) zurück.

203 *was du ... über den Tod sagtest* – Odyssee XI 489 ff.
rhapsodieren – rezitieren; dichten.
der bravste und der schlechteste Mann – Anspielung auf die Ilias (IX 319).

204 *lebt bei den Göttern ...* – Anspielung auf die Odyssee (XI 601 ff.).

205 *so sollst du auf der Stelle fühlen* – »Das große Argument der Herren, die keinen Scherz ertragen können, wenn sie sich bis auf den Knochen getroffen fühlen und nichts Vernünftiges zu erwidern haben, ist die Herkuleskeule ...« (Wieland)

207 *Menippus und Tantalus* – »Auch hier muß Homer schon wieder die Geiger bezahlen« (Wieland); vgl. Odyssee XI 582 ff.

208 *Helleborus* – Nieswurz; vgl. Anm. zu S. 199.

209 *jahrelang um so ein Weib ...* – Ilias III 157.
mein Haus zur Hälfte unausgebaut ... – Anspielung auf die Ilias (II 701).

211 *Feuerstrom* – → Phlegeton.
König – → Pluton, der Herrscher der Unterwelt.
schwache Köpfe – Von »kraftlosen Köpfen« der Toten ist in der Odyssee (X 521 u. ö.) die Rede.
ebenmäßig – ebenfalls. Im Original bedankt sich Pythagoras nicht, sondern er begrüßt Menippus.

212 *es sind ihrer sieben* – Die Sieben Weisen.
Anfall von schwarzer Galle – Melancholie; mélas: (griech.) schwarz; chólos: (griech.) Galle.
Niesewurz – Vgl. Anm. zu S. 199.

215 *Familie* – Gemeint sind die Kyniker.

216 *Wolfsbohnen* – Vgl. die erste Anm. zu S. 171.

220 *meines spitzigen Kopfes ... ungeachtet* – Ilias II 219.
mich, den schönsten ... – Ilias II 673.
227 *wie bitterlich ...* – Euripides, Medea 230ff.
229 *Ich weiß sehr wohl, wer die war* – Es handelt sich um die dem Odysseus besonders gewogene Göttin Athene.

Der überwiesene Jupiter

In diesem Dialog muß sich der oberste Gott »von einem ebenso naiven als unerschrockenen Kyniker ... die Wahrheit auf eine so derbe und überweisende Art sagen lassen ..., wie er sie vermutlich noch von keinem Erdensohne gehört hatte. Der schlimmste Streich, welcher Dogmen, die sich nicht auf Vernunft gründen, gespielt werden kann, ist, wenn man sie gegeneinander hält. Man erspart sich dadurch die Mühe, sie zu widerlegen ...« (Wieland)

232 *überwiesen* – überführt, widerlegt.
was diese Dichter – Ilias XX 127f.; Hesiod, Theogonie 217ff.
Schicksalsgöttin – Die Göttin des Verhängnisses, → Heimarmene.
Daß du nicht ... – Ilias XX 336.
233 *die Dichter ... dem Irrtum unterworfen* – »Man sieht, daß Jupiter seinem Dichter gern aus der Schlinge helfen möchte, ohne sich's anfechten zu lassen, daß er eben dadurch den Zuhörern oder Lesern desselben eine unvermeidliche Falle stellt. Denn wie können diese sich gewiß machen, welche von den beiden einander widersprechenden Stellen die inspirierte ist? Zumal da Homer beide einem Gotte ... in den Mund legt« (Wieland).
die Glücksgöttin – Tyche (»Zufall«), eine Schicksalsgottheit, die namentlich seit dem 4. Jahrhundert v. u. Z. eine Rolle spielt.
mehr zu wissen, als erlaubt ist – »Da Jupiter nicht mehr von der Sache weiß als andere Leute, so hilft er sich mit der in solchen Fällen gewöhnlichen Ausrede: es sei nicht erlaubt, in diesen Dingen klar zu sehen« (Wieland).
Sehr gerne ... – Zu ergänzen wäre: ... werde ich darauf antworten.
234 *samt der Erd ...* – Ilias VIII 24. Vgl. das 21. Göttergespräch.
236 *dein Vater* – → Kronos.
dein Bruder – → Neptun.
von Räubern angefallen – Dionysos beispielsweise war von Seeräubern überfallen worden; vgl. Anm. zu S. 159. Lukian mag aber auch an die Beraubung von Kultstätten gedacht haben.
238 *Besäe nicht ...* – Euripides, Phoinikerinnen 18f.
239 *Donnerkeil* – Blitz.
240 *Eilfer* – Die Elfmänner, ein Gremium in Athen, dem unter anderem die Vollstreckung von Todesurteilen oblag.
241 *sechzehn Geier* – Tityus.
z. E. – zum Exempel, zum Beispiel.

Hetärengespräche

Das 5. Gespräch hat Wieland aus Dezenzgründen nicht übersetzt. Es lautet in der Übersetzung von Hanns Floerke (1911) wie folgt:

Klonarion und Leaina

KLONARION: Man hört ja merkwürdige Dinge von dir, Leaina. Die reiche Megilla aus Lesbos soll dich wie ein Mann lieben, und ihr sollt, ich weiß nicht was, miteinander treiben, wenn ihr zusammen seid. Wie steht's damit? Du errötest? Sprich, verhält sich's so?

LEAINA: Ja, es ist so, Klonarion; ich schäme mich aber; denn es ist etwas Widernatürliches.

KLONARION: Bei der Aphrodite, heraus mit der Sprache! Was ist's oder was will das Weib? Was macht ihr, wenn ihr beisammen seid? Siehst du, du hast mich nicht lieb, sonst würdest du es mir nicht verbergen.

LEAINA: Wenn irgendeine, so liebe ich dich. Diese Frau hat etwas außerordentlich Mannsmäßiges.

KLONARION: Ich verstehe nicht, was du meinst, wenn du nicht etwa sagen willst, daß sie eine Buhlerin ist, wie es deren auf Lesbos geben soll, so Mannweiber, die sich von den Männern nicht beikommen lassen, sondern mit Weibern nach Männerart Umgang pflegen.

LEAINA: Ja, so was ist es.

KLONARION: Nun also! das eben sollst du mir erzählen, Leaina, wie sie die Sache einfädelte, wie du dich überreden ließest und so weiter.

LEAINA: Sie und die Korintherin Demonassa, die ebenfalls reich ist und denselben Sport treibt wie Megilla, hielten ein Trinkgelage; mich zogen sie zu, damit ich ihnen auf der Zither vorspielte. Nachdem ich gespielt hatte und es schon spät und Schlafenszeit war, hatten sie einen in der Krone, und Megilla sagte zu mir: »Komm, Leaina, es ist bereits Zeit, sich zur Ruhe zu begeben; bleib also hier und schlafe zwischen uns beiden.«

KLONARION: Und du tatest es? Und dann, was geschah dann weiter?

Leaina: Zuerst gaben sie mir Küsse wie Männer, berührten nicht nur meine Lippen wie Männer, sondern steckten mir sogar die Zunge in den Mund, umarmten mich und drückten meine Brüste. Demonassa biß mich sogar beim Küssen mitten dazwischen. Ich konnte mir noch immer nicht denken, wo das hinaussollte. Endlich nahm Megilla, der es schon etwas heiß war, ihre Koiffüre ab, die gar nicht zu erkennen war und wie angewachsen aussah: da sah man, daß sie sich das Haar kurz geschoren hatte, wie es die mannhaftesten Athleten zu tun pflegen. Als ich das sah, bekam ich's mit der Angst. Sie aber sagte: »Hast du schon einen so schönen Jüngling gesehen?« – »Ich sehe hier ja gar keinen Jüngling«, gab ich zur Antwort, »o Megilla.« – »Mache mich nicht zu einem Weibe«, erwiderte sie hierauf, »denn ich heiße Megillos und habe vor langer Zeit diese Demonassa hier geheiratet, und sie ist meine Frau.« Da mußte ich lachen, Klonarion, und sagte: »So war es uns also verborgen geblieben, Megillos, daß du ein Mann bist, just wie der Sage nach Achill unter dem Purpurgewand inmitten der Mädchen verborgen war. Hast du auch das, was den Mann ausmacht, und tust du damit der Demonassa, was die Männer zu tun pflegen?« – »Das habe ich nun zwar nicht, Leaina«, entgegnete sie, »ich bedarf seiner aber auch keineswegs: du wirst sehen, daß ich mich auf eine besondere und weit wollüstigere Art mit dir vergnüge.« – »Du bist doch nicht etwa ein Hermaphrodit«, fragte ich, »wie es deren viele geben soll, die mit den Merkmalen beider Geschlechter versehen sind?« Denn noch immer wußte ich nicht, was los war, Klonarion. »O nein«, erwiderte sie, »ich bin ganz und gar Mann.« – »Ich hörte«, fuhr ich fort, »die böotische Flötenspielerin Ismenodora erzählen, was sich in ihrer Heimat begeben haben soll, daß nämlich in Theben aus einem Weibe ein Mann geworden sei, der zugleich der beste Seher war – Tiresias, glaub ich, hieß er. Ist es dir vielleicht auch so gegangen?« – »O nein, Leaina«, entgegnete sie, »geschaffen bin ich ebenso wie ihr andern; mein Herz, meine Begierden und alles andere ist aber männlich.« – »Genügt dir denn die bloße Begierde?« fragte ich. »Sei mir zu Willen, Leaina«, antwortete sie, »wenn du ungläubig bist, und du wirst erkennen, daß ich den Männern nichts nachgebe. Anstatt ihrer Waffe habe ich etwas anderes. Ergib dich mir also, und du wirst es sehen.« Ich tat es, Klonarion, weil sie mich inständig darum bat und mir eine kostbare Halskette und einige von den leichten Schleiern schenkte. Hierauf umschlang sie mich wie ein Mann, sie küßte mich und machte, was du weißt, und atmete schwer und schien mir eine übergroße Wollust zu empfinden.

KLONARION: Was oder wie machte sie es denn aber, Leaina, das mußt du mir vor allen Dingen sagen.

LEAINA: Frage nicht so genau, es ist unanständig; deshalb schwöre ich dir bei der himmlischen Aphrodite, daß ich es nicht sagen werde. –

Durch Lukian beeinflußt sind die »Hetärenbriefe« des Alkiphron (2. Jh. u. Z.) und des Aristainetos (wohl 5. Jh. u. Z.) sowie die »Ragionamenti« (1534/36), die (Kurtisanen-)Gespräche, des Pietro Aretino (1492–1556).

243 *Glycerion* – Koseform von Glycera.

245 *Thesmophorien* – Fest zu Ehren der Göttin der Fruchtbarkeit Demeter Thesmophoros.

Wasserfarbe – Wasserblaue Augen, der Göttin Athene (→ Minerva) nachgerühmt, gelten hier als unschön.

gegeneinanderschauen – Das Mädchen schielt.

248 *Mensur* – Takt.

250 *Doppelpforte* – Dipylon, das Heilige Tor der athenischen Stadtmauer, durch das die Prozession nach Eleusis ging.

253 *Aber die ist ja eine Hetäre* – »Eine Hetäre zu werden war etwas, wodurch ein ehrliches Mädchen, wie arm sie auch war, sich sehr zu

degradieren glaubte, und die junge naive Korinna erschrak vor dem Namen, wiewohl ihr die Sache nicht so übel gefiel« (Wieland).

255 *wo alle Leute mit Fingern auf dich weisen* – Das war damals nichts Negatives, sondern galt als untrügliches Zeichen der Bekanntheit des Betreffenden.

die in den Gärten – Beiname der → Aphrodite.

256 *bei den beiden Göttinnen* – Demeter (→ Ceres) und ihre Tochter Persephone (→ Proserpina). Beide erscheinen in enger Verbindung zum Beispiel bei den Eleusinischen Mysterien.

Darike – Dareike; hier auf das Gewicht bezogen, das für die gleichnamige persische Goldmünze festgelegt war.

Areopagit – Mitglied des altehrwürdigen Athener Gerichtshofes, des → Areopag.

tarentinische Schemise – Tarent, eine Gründung der Griechen in Unteritalien, war berühmt für seine feinen durchsichtigen Gewebe, die hier als Berufsbekleidung dienen.

257 *bocksen* – nach Bock riechen.

262 *kaum* – eben erst.

263 *pandionischer Stamm* – Die Phyle Pandionis, ein Bezirk Attikas.

264 *die Schleuderer* – Die Steinschleuder ist ein uraltes Kampfmittel.

den Popanz ... spielen – Angst einjagen.

265 *die doppelte Pforte* – Vgl. Anm. zu S. 250.

Du hast doch wohl lesen gelernt – Wenn Wieland dazu sagt: »Allem Ansehen nach hatte es die gute Drose selbst nicht gelernt, wiewohl sie ihre blinde Seite so ziemlich zu verbergen weiß«, so übersieht er den sozialen Hintergrund dieses Analphabetismus.

266 *schreibt mir nicht einmal einen Gruß* – In der Regel begann ein griechischer Brief mit einer Grußformel.

skythisch – Hier: grausam, gefühllos; → Skythen.

268 *Februar* – Im Original: Elaphebolion, der neunte Monat des attischen Kalenders, von Mitte März bis Mitte April reichend.

275 *Barbar* – Nichtgrieche.

277 *Chiliarch* – Kommandeur einer Tausendschaft.

279 *item* – (lat.) ferner.

Bärse – Barsche.

Aphrodisien – Fest zu Ehren der Liebesgöttin Aphrodite.

280 *Schemise* – Vgl. die vierte Anm. zu S. 256.

Sackpfeiferin – Dudelsackspielerin. Im Original steht: »Flötenspielerin«.

282 *Relation* – Bericht.

Wahre Geschichte

Abenteuerreiche Reiseberichte, fingiert oder nicht fingiert, sind in der griechischen Literatur seit der Odyssee eine vertraute Erscheinung. Lukian parodiert in der »Wahren Geschichte« älteres und zeitgenössisches Schrifttum dieser Art. Da es durchweg nicht erhalten ist, läßt sich in den meisten Fällen nicht feststellen, wieweit die von Lukian geschilderten Abenteuer Parodie, wieweit sie freie Erfindung sind.

Albert Ehrenstein schrieb über diese Satire, der zum Beispiel Bürgers »Münchhausen« so manches verdankt: »Das erste Buch seiner ›Wahren Geschichte‹ hier ist zwei Jahrtausende fast, ehe die nachgeboren wurden – Rabelais, Swift, Voltaire, Diderot, Wieland ... Wells! Und allesamt schon persifliert in den tollsten Münchhauseniaden, die diese besten Jules-Verne-Gehirne hätten ersinnen können ... Das zweite Buch ... nimmt immerhin Offenbach vorweg! Dieser Mann aus Syrerland gibt Hölle und elysische Schlaraffia: erzählt das erste und beste milesische Märchen von tausend und keiner Nacht ...«

284 *einäugige Menschenfresser* – → Polyphem. Auch die Laistrygonen, mit denen Odysseus (→ Ulysses) ebenfalls ein gefährliches Abenteuer zu bestehen hat, sind menschenfressende Riesen.
vielköpfige Tiere – Das sechsköpfige Meerungeheuer Scylla holt sechs von Odysseus' Gefährten vom Schiff und frißt sie auf.
Verwandlung seiner Gefährten in Tiergestalten – → Circe verwandelt fast alle Gefährten des Odysseus in Schweine.

285 *hesperischer Ozean* – Der hesperische (westliche), im folgenden auch »abendländische«, Ozean ist der Atlantik.

286 *aus unserm Mittel* – aus unserer Mitte.

287 *indianisch* – indisch.
Augen – Knospen.
gemein – gewöhnlich.

290 *Wickbohne* – Saubohne.

292 *Heliot* – Bewohner der Sonne (griech. hélios).
Blutregen – In der Ilias (XVI 459) läßt Zeus (→ Jupiter) Blut regnen, als sein Sohn Sarpedon im Trojanischen Krieg fällt.
Trophäe – Siegesdenkmal (griech. trópaion).

293 *Selenit* – Bewohner des Mondes (griech. seléne).

294 *Feuermann* – »Da Lukian es für schicklich hielt, den Herren Bevollmächtigten sonnen- und mondmäßige Namen zu geben, so schien es aus gleichem Grunde nötig, sie, so gut es gehen wollte, zu verdeutschen. Im Original heißen jene: Pyronides, Therites, Phlogius; diese: Nyktor, Menius, Polylampus« (Wieland).
γαστροκνημια – (griech.) Beinbauch; Bezeichnung der Wade, die leicht bauchige Form der Muskulatur des Schienbeins ausdrückend. Das griechische Wort »gastér« bedeutet zugleich »(Mutter-)Leib«; das Ganze ist wohl eine Karikatur des Mythos von der Geburt des Dionysos (Bacchus), vgl. das 9. Göttergespräch.

295 *Dendrit* – »Baummensch« (griech. déndron: Baum).

296 *Kometen* – Wörtlich »(Lang-)Haarsterne«.

298 *Lampenstadt* – Übersetzung des im folgenden genannten griechischen Namens Lychnopolis.

299 *Nephelokokkygia* – »Wolkenkuckucksheim«, die aus Aristophanes' »Vögeln« bekannte Hauptstadt des Vogelstaates.

299 *Koronos, Kottyphions Sohn* – »Krähmann, Sohn des Herrn von Drosselheim« (Mras).
dermalen – gegenwärtig.
300 *Phallusbilder* – Der Phallus genoß als Symbol der Zeugungskraft religiöse Verehrung.
303 *Tarichanen* – »Pökelleute«.
Tritonomendeten – Der erste Bestandteil dieses Phantasienamens weist auf den Meeresgott Triton, der zweite ist unklar.
wie Wiesel – Im Original: »wie Schwertfische« (galeôtai).
Karkinocheiren – »Krebshänder«.
Thynnokephalen – »Thunfisch-Schädler«.
Paguraden – »Meerkrebsler«.
Psettapoden – »Schollenfüßler«.
305 *Walfeld* – Schlachtfeld, Walstatt.
307 *Quartier geben* – Pardon geben.
Meerschwämme – »Dusoul meint, das Wort ›spongois‹ könne hier nicht richtig sein ... und auf diesen Zweifel hin hat Massieu diese Schwämme eigenmächtig in Muscheln verwandelt. Aber vermutlich liegt eben das Possierlich-Wunderbare der Sache darin, daß unser Abenteurer Schwämme gesehen hat, womit man einander Löcher in den Kopf werfen kann« (Wieland).
Äolozentaurus – »Windkentaur«, nach → Äolus benannt.
Thalassopotes – »Meerschlucker«.
310 *nach Herodots Versicherung* – Herodot III 113.
311 *Viole* – Veilchen.
Zephyrette – Lüftchen; → Zephyr.
Rohrpfeifen – Gemeint sind offenbar als Weihgeschenke für Hirtengötter wie Pan aufgehängte Querflöten, in die der Wind bläst.
aus unserm Mittel – aus unserer Mitte.
312 *Niesewurz* – Nach antiker Ansicht ein Mittel zur Normalisierung des Geisteszustands.
313 *Rosenöl* – »Das Wort ›mýron‹ ... kann auf keine Weise durch das deutsche Wort ›Salbe‹ ausgedrückt werden ... Auch die fremden Wörter ›Essenz‹ und ›Parfüm‹ sind keine schickliche Notwörter ... Lukian sagt nichts von ›Rosenöl‹; aber vermutlich hätte er's hier gebraucht, wenn er deutsch geschrieben hätte« (Wieland).
königliche Elle – Sie war drei Finger breiter als die gewöhnliche Elle, etwa 50 cm.
zahme ... Bäume – Veredelte, fruchttragende Bäume.
314 *die zu Tische Liegenden* – In der Antike lag man beim Essen am Tisch.
Sie tragen keine Kränze – Gewöhnlich ging man bekränzt zum Symposion.
Chor von Schwänen, Schwalben und Nachtigallen – Die Stimme der Schwäne wurde vielfach gerühmt und mit dem Gesang der Dichter verglichen. Der Gesang der Schwalben wurde unterschiedlich bewertet. Die Nachtigall galt verschiedentlich als »Erfinderin« des Gesanges bzw. der Musik überhaupt.

315 *Barbaren* – Nichtgriechen.
316 *überall* – überhaupt.
das Werkzeug, ohne welches kein Urteil möglich ist – »Lukian spielt mit den Worten ›krisis‹ [Urteil] und ›kritérion‹ [Entscheidungsmöglichkeit]. Die Akademiker [Skeptiker] leugneten, daß es ein gewisses Kennzeichen gebe, wodurch man sich überzeugen könne, ob man wahr oder falsch urteile« (Wieland).
merkwürdig – bemerkenswert.
Was die Mysterien der Venus betrifft ... – Im Original steht: »Über den Geschlechtsverkehr denken sie so: Sie vereinigen sich vor aller Augen, mit Frauen und Männern, und das kommt ihnen keineswegs schändlich vor.«
Die Weiber sind alle gemein – Frauengemeinschaft spielt in Platons »Staat« eine Rolle; insofern sind die Männer in bezug auf die Frauen »ausgemachte Platoniker«.
als Geisel – Der Name Homeros wird hier wie auch sonst oft von dem Appellativum hómeros (Geisel) abgeleitet.
317 *Grammatiker* – Sprach- und Literaturwissenschaftler.
sein Gedicht – Die Ilias beginnt mit den Worten: »Den Zorn besinge, Göttin [Muse], des Peliden Achilleus.«
Thanatusia – »Leichenspiele«.
318 *Pankratiast* – Sportler, der das Pankration betreibt, eine Kombination von Ring- und Faustkampf.
Hölle – → Tartarus.
Nekrakademie – »Toten-Akademie«.
Singe mir, Muse – Vgl. die zweite Anm. zu S. 317.
319 *nichts als gekochte Bohnen* – Beim athenischen Pyanepsien-Fest wurde Bohnenbrei gekocht und dem Apollon dargebracht. Lukian macht sich darüber lustig, daß die Pythagoreer keine Bohnen essen dürfen.
erhub er ein großes Geschrei – Wieland weist darauf hin, daß Menelaos' Verhalten nicht in Widerspruch zu der Frauengemeinschaft und dem Fehlen jeglicher Eifersucht steht: »Das Verbrechen des Cynirus und der schönen Helena bestand nicht darin, daß sie zuweilen Arm in Arm im Hain verirrten usw., sondern in der Heftigkeit ihrer Leidenschaft und darin, daß Cynirus die Gemahlin des Menelaus allein und ausschließlich besitzen wollte, welches ... gegen das oben erwähnte Gesetz dieser Insel lief und eine desto härtere Strafe verdiente, je größer die Freiheit war, die das Gesetz und die Denkart der Einwohner den beiden Geschlechtern gestattete« (Wieland).
320 *Asphodil* – Asphodelos, eine Lilienart, die Unterweltsgöttern heilig war; sie wird häufig bei Unterweltsschilderungen erwähnt.
321 *ein großes festes Land* – In der Antike hoffte man, westlich von Gibraltar einstmals einen neuen Kontinent zu entdecken (vgl. etwa Seneca, Medea 375 ff.).
eine Malvenwurzel – Hier wie im folgenden karikiert Lukian Vorstellungen der Pythagoreer; laut Iamblichos von Chalkis (3./4. Jh.)

verbot Pythagoras unter anderem, Malvengemüse zu sich zu nehmen, mit einem Degen in Feuer zu stechen (das bedeutete wohl nur: einen Zornigen zu reizen) und Wolfsbohnen zu essen. Wieland gibt zu bedenken, ob man nicht das nächste von Lukian erwähnte Verbot – »mit einem Knaben, der über achtzehn Jahre alt sei, Umgang zu pflegen« – »für den Schlüssel zu den beiden Pythagorischen Sprüchen« halten müsse.

323 *Hypnos* – »Schlaf«.
Homer ... von ihr spricht – Von Träumen (nicht von einer »Insel« der Träume) ist in der Odyssee (XIX 560 ff.) die Rede.
Nyktiporos – »Nachtwandler«.
Negretos – »Der Schlaftrunkene«.
Pannychia – »Die Nächtliche«.

324 *Nacht ... Schlaf* – Die Gottheiten Nyx und Hypnos.
Taraxion, Matäogenes' Sohn – »Schrecker, Eitelmanns Sohn«.
Plutokles, Phantasions (Sohn) – »Reichmann, Faslers Sohn«.

325 *wie sie Homer beschreibt* – Odyssee V 63 ff.
ein solches Tugendbild – In der Odyssee (V 216) erwähnt Odysseus Penelopes Klugheit. Auch das von Lukian gewählte Wort sophroneîn bezeichnet eher den intellektuellen als den charakterlichen Aspekt.
Kolokynthopiraten – »Kürbispiraten«.

326 *Karyonauten* – »Nußschiffer«.

327 *die Gans auf dem Vorderteile unsers Schiffes* – Die hölzerne Galionsfigur.

328 *Ochsenköpfler* – Übersetzung der im folgenden genannten Bezeichnung »Bucephalen«.

330 *richten ... was ihr wißt* – Im Original: »ihren Phallus«.
Kabalusa – »Koboldinsel«.
Hydamardia – Vielleicht muß es Hydramargia heißen: »Wasser-Geilstadt«. Schon Wieland konnte diese »barbarisch griechischen Wörter« nicht deuten.

331 *in den folgenden Büchern* – »Es gebührte sich, eine Geschichte, worin alles Lüge ist, mit einem Versprechen, das der Verfasser nie zu halten dachte, zu beschließen« (Wieland).

Lobrede auf die Fliege

Schon Wieland rühmte die Grazie dieses Enkomions. Die »Lobrede« – die ausführlichste Beschreibung der Fliege in der antiken Literatur – zeigt Lukian in seinen Kenntnissen und in seinen Irrtümern (Entstehung der Fliegen aus Aas) als Sohn des 2. Jahrhunderts u. Z. Lukian war ein großer Parodist; deshalb sehen manche Forscher in diesem kleinen Werk eine Parodie der damals beliebten Enkomien auf Unwichtiges.

332 *indianisch* – indisch.
Musseline ... Zeuge – Im Original steht: »Kleidung«.

332 *Zinke* – Ältere Bezeichnung des Kornetts, eines kleinen, hohen Blechblasinstruments.

334 *Wenn Homer ... Helden loben will* – Athene verleiht dem Menelaos »die unerschrockene Kühnheit der Fliege« (Ilias XVII 570).

Poltron – Maulheld.

Wie oft man sie auch wegscheucht ... – Ilias XVII 571 f.

zu ganzen Schwärmen ... – Ilias II 469 f.; XVI 639 f.

beehrt er auch die Fliege – Ilias IV 130 f. »In der Tat erscheint die Fliege, wiewohl sie nur da ist, um verscheucht zu werden, in diesem Gleichnisse mit vieler Ehre. Homer konnte schwerlich ein erhabneres Bild von der Leichtigkeit, womit die Göttin das tödliche Geschoß vom Menelaus abwendet, finden als eine Mutter, die eine Fliege von dem schlummernden Kinde auf ihrem Schoß mit der Hand wegscheucht« (Wieland).

... von den Fliegen zu sprechen – »Zahlreiche Völker [Schwärme] dichtgedrängter Fliegen« heißt es in der Ilias (II 469). Das »edle Wort« ist offenbar »Völker«, das »schöne Beiwort« demnach »dichtgedrängt«.

335 *Dialog von der Unsterblichkeit der Seele* – Platons »Phaidros«.

mehrmals für tot gehalten worden und immer wieder auferstanden – »Man hat ... nicht wenige [Beispiele] von Personen, die für tot gehalten worden und wieder auflebten, aus der ganz simpeln Ursache, weil sie ... nicht wirklich gestorben waren ...« (Wieland)

glaubt nichts zu tun, dessen sie sich ... zu schämen hätte – »Das hieß für Lukians griechische Leser: Sie ist eine echte Anhängerin der kynischen Philosophie, deren großer Grundsatz war, alles, was ein ehrlicher Mann im Verborgenen oder Dunkeln tun darf, darf er auch bei hellem Tage auf öffentlichem Markte tun« (Wieland).

ein Mädchen, namens Myja – Mýia ist der griechische Name der Fliege; es handelt sich um eine jener zahlreichen Geschichten, die eigens zu dem Zweck erfunden sind, eine Bezeichnung zu erklären.

336 *die Myja hat ...* – Der Komödiendichter, von dem dieser Vers stammt, ist nicht bekannt.

O Schande ... – Die Tragödie, der diese Verse entstammen sollen, ist nicht erhalten.

337 *Mann und Weib zugleich* – »Nur schade, daß es nicht wahr ist« (Wieland).

aus einer Fliege einen Elefanten machen – Darauf dürfte die deutsche Redensart »aus einer Mücke einen Elefanten machen« zurückgehen.

Der Eunuch oder Der Philosoph ohne Geschlecht

»Lukian scheint den Anlaß zu dieser satirischen Posse durch eine wirkliche Begebenheit erhalten zu haben« (Wieland): Lycinus (mit Lukian identisch) berichtet einem gewissen Pamphilus von einem Streit, der sich erhob, als einer der von Kaiser Mark Aurel 176 u. Z. in Athen eingerichteten Philosophie-Lehrstühle neu besetzt werden sollte.

338 *Sekte* – Philosophische Schule.

339 *die Kommissarien* – Offenbar die Mitglieder einer Kommission, die die Lehrstühle besetzte.

nicht etwa eine Ochsenhaut – Ilias XXII 159.

Unter vielen andern Kandidaten ... vornehmlich zwei – Die Namen beider Kandidaten dürften fingiert sein. Bagoas hießen zahlreiche Eunuchen.

341 *Akademiker* – Favorinus aus Arelate (heute: Arles) in Gallien (1./2. Jh. u.Z.).

342 *ein großer langer Bart* – Der Bart war Charakteristikum des Philosophen in hellenistischer Zeit, in der die Bartlosigkeit aufkam.

dessen Name hier verschwiegen bleiben soll – Vielleicht handelt es sich um Lukian selbst.

343 *in der präzisen Lage* – »Arthra en árthrois échon [mit dem Glied in der Scheide]« (Wieland).

mit den Requisiten zu einem Philosophen – Wieland ließ aus: »... nämlich mit den Hoden.«

344 *in Italien* – Die Angelegenheit sollte in Rom, bei der Regierung des römischen Reiches, entschieden werden.

ins reine zu bringen – Hier: nachzuweisen.

Verzeichnis antiker Namen und Begriffe

Namensformen, die ohne weitere Erklärung in Klammern auf das Stichwort folgen, sind die Transkriptionen des griechischen Originals. Die Erläuterungen beschränken sich auf die zum unmittelbaren Verständnis der betreffenden Stellen nötigen Angaben.

Äakus (Aiakos): Sohn des Zeus (→ Jupiter) und dadurch »Neffe des Königs (der Unterwelt)« → Pluto; nach seinem Tod einer der Totenrichter der Unterwelt. Zuweilen dachte man ihn sich auch als Hades-Pförtner.

Acharnä (Acharnai): Ort nördlich von Athen, in einer fruchtbaren Ebene gelegen.

Achill, Achilles (Achilleus): Sohn des → Peleus und der → Thetis; er ist der Schönste und Tapferste unter den Griechen des Trojanischen Krieges.

Admet (Admetos): Gatte der → Alceste.

Adrast (Adrastos): Gastfreund des → Krösus, der unfreiwillig dessen Sohn tötet.

Adrastea (Adrasteia): Kleinasiatische Göttin, mit → Nemesis gleichgesetzt, die alle Überhebung bestraft.

Aëdon: König Tereus von Thrakien tut Philomele, der Schwester seiner Gattin Aëdon (auch Prokne genannt), Gewalt an. Damit seine Tat geheim bleibt, reißt er Philomele die Zunge heraus; diese deutet

Aëdon aber durch eine Webarbeit an, was geschehen ist. Die Schwestern schlachten daraufhin den Prinzen Itys und setzen ihn seinem Vater Tereus zum Mahl vor. Tereus entdeckt den Frevel. Er verfolgt die flüchtigen Schwestern; bevor er sie erreicht, verwandelt Zeus die ganze Familie in Vögel: Philomele in eine Schwalbe, Aëdon in eine Nachtigall (griech. aedón) oder umgekehrt (deshalb steht »Philomele« gelegentlich für »Nachtigall«), Tereus in einen Wiedehopf.

Agamemnon: Mythischer König von Mykene, Sohn des Atreus, Bruder des Menelaos, Vater der Iphigenie. Führer der Griechen im Trojanischen Krieg. Nach der Rückkehr wird er von seiner Gattin Klytaimnestra und ihrem Liebhaber Aigisthos ermordet.

Agenor: Vater der → Europa.

Ägina (Aigina): Insel südwestlich von Attika.

Aglaja: Mutter des → Nireus.

Agrigent (Akragas): Griechische Stadt an der Südwestküste Siziliens (heute: Agrigento).

Ägyptus (Aigyptos): Bruder des → Danaos.

Ajax (Aias): Name zweier griechischer Helden des Trojanischen Krieges: 1. Der »große Ajax«, Sohn des → Telamon. Als Aias mit Odysseus wegen der Waffen des toten Achill in Streit gerät, werden die Waffen von gefangengenommenen Trojanern dem Odysseus zugesprochen. Daraufhin will Aias in seinem Zorn alle griechischen Heerführer töten. Athene umnachtet seinen Geist, so daß er statt dessen einen Widder oder sogar eine ganze Herde Vieh niedermetzelt. Als er wieder bei Sinnen ist und sieht, was er getan hat, begeht er Selbstmord. Vgl. das 29. Totengespräch. – 2. Der »kleine Ajax«, Sohn des Königs Oileus von Lokroi. Während der Plünderung Trojas durch die siegreichen Griechen vergewaltigt er → Cassandra, die an einem Kultbild der Athene Schutz gesucht hat. Athene läßt ihn deshalb auf der Heimfahrt schiffbrüchig werden. Mit Poseidons Hilfe rettet er sich auf einen Felsen. Der Gefahr entronnen, prahlt er, er habe sich gegen den Willen der Götter gerettet. Daraufhin zerstört Poseidon den Felsen und läßt Aias ertrinken.

Akademie: Der Sitz der Platonischen Philosophenschule im Hain des Heros Akademos in Athen. Mit den *Akademikern* sind gewöhnlich die Vertreter des stark skeptizistischen Mittleren Platonismus (3./2. Jh. v.u.Z.) gemeint.

Akarnanien: Landschaft Mittelgriechenlands am Ionischen Meer.

Akarnenser: Die Einwohner von → Akarnanien. Im »Timon« muß es »Acharner« heißen (Wielands Lukian-Text bot eine falsche Lesart), ebenso im 7. Hetärengespräch »acharnensisch« statt »akarnanisch«.

Akontist: Speerwerfer.

Akrisius (Akrisios): Vater der → Danaë.

Akropolis: Die Burg von Athen.

Aktäon (Aktaion): Mythischer Jäger, der heimlich Artemis (→ Diana) und ihre Nymphen beim Baden beobachtet; die Göttin verwandelt ihn zur Strafe in eine Hirschkuh, und seine eigenen Hunde zerreißen ihn.

Alceste, Alcestis (Alkestis): Gattin des Königs Admetos von Pherai (Thessalien), die freiwillig für ihren Mann in den Tod geht. Herakles, der zu gleicher Zeit Admets Gast ist, entreißt sie der Unterwelt wieder.

Alcibiades (Alkibiades): Athenischer Politiker (um 450–404 v.u.Z.); er war für seine Schönheit bekannt und wegen sexueller Abenteuer berüchtigt. Zeitweilig gehörte er zu Sokrates' Schülern.

Alcinous (Alkinoos): König der → Phäazier.

Alektryon: Begleiter des Ares (→ Mars), wird wegen mangelnder Wachsamkeit in einen Hahn verwandelt (griech. aléktor, alektryón: Hahn).

Alexander: 1. Alexander der Große (356–323 v.u.Z.), König von Makedonien, Sohn und Nachfolger → Philipps II. Führte zahlreiche Kriege im Orient und in Ägypten. Er starb in Babylon. Zu seiner gottähnlichen Verehrung und zum Rangstreit mit Hannibal vgl. das 12., zur Legende von seiner göttlichen Herkunft das 13. Totengespräch. – 2. Tyrann von Pherai (Thessalien), 358 v.u.Z. von seiner Gattin ermordet.

Alkmena, Alkmene: Gattin des Amphitryon, von Zeus Mutter des Herakles.

Alopözien: Der attische Bezirk Alopeke.

Alpheius, Alpheus (Alpheios): Größter Fluß der Peloponnes. Zur Liebe des Flußgottes Alpheios zu → Arethusa vgl. das 3. Meergöttergespräch.

Ammon: Ägyptischer Gott, u.a. als Widder dargestellt. Als Alexander der Große Ägypten besetzt hatte, wurde er nach ägyptischem Brauch von dem Orakel des Ammon, den die Griechen mit Zeus gleichsetzten, als Sohn des Gottes begrüßt.

Amor: Römischer Gott der Liebe, entspricht dem griechischen Gott Eros; dieser ist bei Wieland stets gemeint. Sohn der Liebesgöttin → Aphrodite (vgl. das 2. Göttergespräch). Nach Hesiods »Theogonie« ist Eros, dort nicht als Kind betrachtet, so alt wie die Mutter des → Japetus. Gewöhnlich mit Pfeil und Bogen, oft auch mit einer Fackel dargestellt.

Amphilochus (Amphilochos): Seher, Gründer des Orakels in Mallos (Kilikien); vgl. das 3. Totengespräch.

Amphitrite: Griechische Meeresgöttin, Gattin Poseidons (→ Neptun).

Amphitryon: Mythischer König von Theben, Gatte der Alkmene, die dem Zeus den *Amphitryonaden* (»Amphitryonsohn«) Herakles gebiert.

Amykus (Amykos): Sohn Poseidons (→ Neptun), Fürst der → Bebryzier.

Amyntas: Amyntas III., König von Makedonien 393–370 v.u.Z., Großvater von → Alexander dem Großen.

Amymone: Eine der → Danaiden, Mutter des → Nauplius. Zu ihrem Geschick vgl. das 6. Meergöttergespräch.

Anacharsis: Ein aus einem Fürstengeschlecht stammender Skythe (6. Jh. v.u.Z.). Er studierte in Griechenland die griechische Kultur und setzte sich mit ihr auseinander. Im Zuge der Idealisierung der Nordvölker wurde er seit dem 4. Jahrhundert v.u.Z. besonders von den Kynikern als unverdorbener Naturmensch verherrlicht und später auch zu den Sieben Weisen gezählt.

Anakreon: Griechischer Lyriker (6. Jh. v.u.Z.), dichtete besonders Liebes- und Trinklieder.

Anaxagoras: Griechischer materialistischer Philosoph aus → Klazomenä (500–428 v.u.Z.). Lebte lange in Athen, mußte um 430 trotz der Protektion durch Perikles, zu dessen Freundeskreis er gehörte, wegen »Gottlosigkeit« Athen verlassen; u.a. lehrte er, daß die Sonne eine glühende Steinmasse, keine Gottheit sei.

Anchises: Trojanischer Königssohn; hütet auf dem → Ida Kühe. Mit der Liebesgöttin Aphrodite zeugte er den Helden Äneas.

Andromeda: Tochter des mythischen Königs Kepheus von Aithiopien, Gattin des → Perseus.

Antigonus: Antigonos I., »der Einäugige« (um 380–301 v.u.Z.), König von Makedonien. Die von Lukian berichtete Skandalgeschichte ist sonst nicht belegt.

Antilochus (Antilochos): Sohn → Nestors.

Antiochus: Antiochos I. Soter (281–261 v.u.Z.), syrischer König, Sohn und Nachfolger → Seleukus' I., kämpfte u. a. gegen die → Galater. Als er sich in seine Stiefmutter Stratonike verliebte, soll sein Vater zugunsten des Sohnes auf die Gattin verzichtet haben.

Antiope: Tochter des Königs Nykteus von Theben (Böotien), Geliebte des Zeus (→ Jupiter).

Antiphon: Athenischer Philosoph der (ersten) Sophistik (5. Jh. v.u.Z.); schrieb ein Werk über Traumdeutung.

Antisthenes: Griechischer Philosoph aus Athen (etwa 444–366 v.u.Z.), Schüler des Sokrates, Gründer der kynischen Philosophenschule.

Anubis: Ägyptischer Gott, zum Gefolge von Isis und Osiris gehörig; sein Kult verbreitete sich in der Kaiserzeit im ganzen Mittelmeergebiet. Dem Anubis ist der Schakal heilig; deshalb wird er oft mit Schakalkopf dargestellt. Zu Diogenes' ironischer Vermutung, Alexander der Große habe ein Anubis werden wollen, → Ammon.

Äolus (Aiolos): Gott der Winde. Als Odysseus auf seiner Irrfahrt zu ihm kommt, gibt ihm Aiolos die für Odysseus ungünstigen Winde in einem Schlauch mit. Die Schiffe nähern sich bereits Ithaka, da schläft Odysseus ein, und seine Gefährten öffnen aus Neugier den Schlauch. Die ungünstigen Winde fahren heraus und treiben die Schiffe zur Insel des Windgottes zurück, der nunmehr jede Hilfe verweigert. Dies erzählt Odysseus bei den → Phäaziern (Odyssee X 1 ff.).

Aphrodite: Griechische Göttin der Liebe. Ihr Name wurde als »die aus dem Schaum Aufgetauchte« gedeutet: Aphrodite soll aus dem Schaum entstanden sein, der sich bildet, als → Kronos das Geschlechtsteil des → Uranos ins Meer wirft. Dem Anchises gebiert sie den Äneas, dem Ares den Eros, dem Hermes den Hermaphroditos, dem Dionysos den Priapos. Die Unterscheidung einer

»himmlischen Aphrodite« *(Aphrodite Urania)* als Göttin der edlen Liebe von einer »dem ganzen Volk gehörenden« *Aphrodite Pandemos* als Hetärengöttin erfolgte relativ spät. → Venus.

Apollo(n): Griechischer Gott, Sohn des Zeus und der → Latona, die ihn auf → Delos zur Welt bringt. Gott der Orakel in Delphi (= Pytho, deshalb oft »pythischer Apollo« genannt; die »Kampfspiele des Apollo« sind die Pythien), → Klaros, → Didymi und andernorts. Seinen Orakeln wurde oft Undeutlichkeit oder Zweideutigkeit vorgeworfen: → Krösus. Gott der Musik (er spielt auf der Kithara) und überhaupt der Künste; »Vorsteher der Musen« *(Musagetes)*; Schutzherr jeder höheren Bildung. Zur Strafe für die Tötung der Kyklopen muß er ein Jahr bei → Admet als Hirt dienen. Seine Liebe zu → Hyazinthus ist Gegenstand des 14. Göttergesprächs.

Araxes: Name mehrerer Flüsse in Asien.

Arbela: Ort in der Nähe von Gaugamela (Assyrien), wo 331 v.u.Z. Alexander der Große → Darius III. besiegte; Darius hatte dort sein Hauptquartier.

Areopag, Areopagus: Gericht in Athen, insbesondere für Mordfälle zuständig.

Arethusa: Quelle bzw. Quellnymphe; die Liebe des Alpheios zu Arethusa behandelt das 3. Meergöttergespräch.

Argos: Hauptstadt der griechischen Landschaft Argolis, die durch ihre Pferdezucht bekannt war. Zu den mythischen Königen von Argos gehören → Danaos (6. Meergöttergespräch) und → Perseus (14. Meergöttergespräch).

Argus (Argos): Hundertäugiger Wächter, mythisches Symbol der Wachsamkeit.

Arion: Griechischer Dichter, Sänger, Kithara-Spieler (»Zitharöde«) aus → Methymna (um 600 v.u.Z.). Die Legende von seiner Rettung durch einen Delphin wird im 8. Meergöttergespräch erzählt. In der geläufigeren Version der Sage bei Herodot fährt Arion nicht nach Methymna, sondern von Unteritalien nach Korinth.

Aristarchus (Aristarchos): Griechischer Sprach- und Literaturwissenschaftler in Alexandria (um 216–144 v.u.Z.); schuf u.a. eine textkritische Homer-Ausgabe.

Aristides (Aristeides): Athenischer aristokratischer Politiker (um 540–468 v.u.Z.). In den uns erhaltenen Quellen wird er als Beispiel der Gerechtigkeit und Unbestechlichkeit gerühmt; daher die Vorstellung, daß er nach seinem Tod als Beisitzer des → Rhadamanth fungiere.

Aristipp, Aristippus (Aristippos): Philosoph aus Kyrene (um 435–355 v.u.Z.); zunächst Schüler des Sokrates, später Gründer der kyrenaischen (hedonistischen) Philosophenschule, für die Sinnengenuß und Befriedigung der Lust des Augenblicks höchster Lebenszweck war. Lebte zeitweilig am Hof des Dionysius von Syrakus und anderer Fürsten.

Aristophanes: Der bedeutendste Dichter der Alten Komödie (um 445–388 v.u.Z.).

Aristoteles: Der bedeutendste antike Philosoph (384–322 v. u. Z.), Gründer der Peripatetischen Schule. In Athen lehrte der aus Stageira stammende Philosoph im → Lyceon. Von seinem ehemaligen Schüler Alexander dem Großen ließ er sich umfangreiche Mittel für Forschungen geben; Alexander betrachtet Aristoteles im 13. Totengespräch zu sehr mit den Augen des Kynikers Diogenes, der alle materiellen Güter verachtete.

Arkadien: Gebirgslandschaft auf der Peloponnes. Die Arkadier hielten sich für autochthon (nichteingewandert) und für die ältesten Menschen.

Armenien: Hochland am Oberlauf von Euphrat und Tigris sowie weiter östlich am Araxes (heute: Aras).

Arsazes (Arsakes): 1. Name mehrerer armenischer Könige. Was im »Ikaromenippus« über Arsakes berichtet wird, läßt sich nicht mit Sicherheit auf einen bestimmten König beziehen. – 2. Satrap von Medien (27. Totengespräch).

Artemisie (Artemisia): Schwester und Gattin von König → Mausolus.

Äskulap: Römischer Gott der Medizin, entspricht dem griechischen Asklepios; dieser ist bei Wieland stets gemeint. Bei Homer noch kein Gott (vgl. das 13. Göttergespräch), von Herakles respektlos als »Giftmischer« bezeichnet. Als Asklepios nicht nur Kranke gesund, sondern auch Tote wieder lebendig macht und damit die Interessen des → Pluto schädigt, tötet ihn Zeus mit seinem Blitz. Er nimmt ihn dann aber in den Olymp auf, weniger aus »Barmherzigkeit« (13. Göttergespräch), sondern eher aus Rücksicht auf dessen Vater Apollon.

Äsop (Aisopos): Griechischer Fabeldichter (6. Jh. v. u. Z.), vielleicht aus Phrygien stammend. Bei Lukian macht er »den Pickelhering« (Spaßmacher) auf den Inseln der Seligen.

Aspasia: Lebensgefährtin des Perikles (5. Jh. v. u. Z.), geistvolle Frau, von den Sokratikern geschätzt, im »Eunuchen« als »Philosophin« bezeichnet.

Athamas: → Ino.

Atlas: Sohn des Titanen Iapetos, Bruder des Prometheus, als Vater der Maja Großvater des Hermes (→ Merkur).

Ätolien: Landschaft in Mittelgriechenland.

Atropos: Eine der → Parzen.

Attalus (Attalos): Name mehrerer Könige von Pergamon. Attalus II. Philadelphos regierte 159–138 v. u. Z. Auf keinen von ihnen trifft zu, was im »Ikaromenippus« berichtet wird.

Attika: Landschaft im Südosten Griechenlands mit der Hauptstadt Athen.

Attis: Phrygischer (nicht: lydischer) Gott, Geliebter (Kultpartner) der → Kybele (vgl. das 12. Göttergespräch); von ihr oder, nach einer anderen Version, unabsichtlich durch sich selbst entmannt, trägt er Frauenkleidung.

Atys: → Attis.

Babylon: Hauptstadt von Babylonien, am Euphrat gelegen; 539 v. u. Z. von den Persern, 331 v. u. Z. durch Alexander den Großen erobert.

Bacchus (Bakchos, Dionysos): Gott des Weines (deshalb in der »Wahren Geschichte« in einer Gegend, in der es Wein gibt, die fingierte Inschrift: »Bis hierher ist Bacchus gekommen«) und der Fruchtbarkeit. Sohn des Zeus (→ Jupiter) und der Semele; zu seiner »doppelten Geburt« vgl. das 9. Göttergespräch. Durch seine Mutter ist er ein Enkel des → Kadmos. Nach der Geburt wird er zu den Nymphen nach → Nyssa gebracht, einer anderen Version des Mythos zufolge von Semeles Schwester → Ino aufgezogen. Der aus Thrakien oder Kleinasien (Lydien oder Phrygien) stammende Gott wird erst spät unter die zwölf olympischen Götter aufgenommen. Seine Anhänger sind die Bacchant(inn)en bzw. Mänaden, die, efeubekränzt und in Rehfelle gehüllt, mit Satyrn und Nymphen über die Berge und durch die Wälder ziehen, junge Rehe zerreißen und deren Fleisch roh verzehren.

Baktra: Hauptstadt von Baktrien, dem heutigen nördlichen Afghanistan.

Bebryzier: Volk in → Bithynien.

Bendis: Thrakische Göttin. Ihr Kult wurde im 5. Jahrhundert v. u. Z. in Athen eingeführt.

Bithynien: Landschaft in Nordwest-Kleinasien. Das Königreich Bithynien war zeitweilig mit Karthago verbündet. Als Hannibal vor den Römern nach Bithynien flüchtete und → Prusias ihn ausliefern wollte, beging er Selbstmord.

Böotien: Landschaft in Mittelgriechenland mit der Hauptstadt Theben. Im Kampf gegen Philipp von Makedonien gewann Demosthenes die Böotier als Bundesgenossen.

Boreas: Der griechische Gott »Nordwind«, in der Regel mit Flügeln und struppigem Haar dargestellt. → Zeuxis.

Branchus (Branchos): Liebling Apollons, von ihm mit der Sehergabe ausgestattet.

Briareus (Briareos): Einer der Hekatoncheiren, der »hundertarmigen« Riesen.

Busiris: Mythischer König von Ägypten, läßt bei einer Hungersnot auf Grund eines Orakels alle Fremden den Göttern opfern, bis Herakles ihn tötet.

Cadix: Ort in der Nähe des heutigen Gibraltar (heute: Cádiz).

Capua: Stadt in Kampanien, fiel im 2. Punischen Krieg 216 v. u. Z. von Rom ab.

Cassandra (Kassandra): Tochter des Königs Priamos von Troja, Seherin. Bei der Eroberung der Stadt von Ajax 2 vergewaltigt.

Cepheus (Kepheus): Vater der Andromeda.

Ceramikus (Kerameikos): Das »Töpferviertel« in Athen. In seiner Nähe befand sich die Platonische Akademie, wo sich stets viele Philosophen aufhielten; vermutlich deshalb wird Menippos im »Ikaromenippus« von Merkur dort abgesetzt.

Ceres: Die römische Göttin des Ackerbaus, entspricht weithin der griechischen Göttin Demeter; diese ist bei Wieland stets gemeint. Ihre

Priesterinnen mußten für die Dauer ihrer Amtszeit von ihren Männern getrennt leben.

Cetus (Ketos): Ein Meerungeheuer; → Perseus.

Chaldäer: Ursprünglich ein Volksstamm in Südbabylonien, daher im 14. Totengespräch Synonym für Babylonier. Sonst: babylonische Priesterkaste; Kenner der Astronomie und Astrologie.

Charis: Die griechische Göttin »Anmut«, Gattin des kunstsinnigen Schmiedegotts Hephästos (→ Vulkan). Später nahm man eine Dreizahl von Charitinnen (Grazien) an.

Charmides: Onkel des Philosophen Platon, wie dieser ein Schüler und Freund des Sokrates; in Platons gleichnamigem Dialog als schöner junger Mann geschildert.

Charon: Fährmann, der die Toten über die Hades-Gewässer in die Unterwelt übersetzt.

Charops: Vater des → Nireus.

Chier: Einwohner von → Chios.

Chimära, Chimäre (Chimaira): Mythisches Ungeheuer: vorn ein Löwe, in der Mitte eine Ziege, hinten ein Drachen.

Chios: Insel an der Westküste Kleinasiens, u.a. durch ihren Wein berühmt; galt wie zahlreiche andere Inseln und Städte als mögliche Heimat Homers.

Chiron (Cheiron): Sohn des Kronos, weiser Zentaur, erzieht viele berühmte Heroen: Achill, Theseus, Iason, die Dioskuren. Als die übrigen Zentauren vor Herakles zu Cheiron flüchten, wird dieser von einem Giftpfeil des Herakles getroffen. Cheiron ist zwar unsterblich, aber seine Wunde heilt nicht. Darum verzichtet er, um von seinen Leiden befreit zu werden, zugunsten des Prometheus auf seine Unsterblichkeit. So die gängige Fassung; im 26. Totengespräch wird ein anderer Grund angegeben.

Chrysipp, Chrysippus: Chrysippos aus Soloi in Kilikien (um 281–208 v.u.Z.); einer der bedeutendsten Vertreter der älteren Stoa, machte sich u. a. um die Entwicklung der Logik verdient.

Circe (Kirke): Zauberin. Auf seiner Irrfahrt gelangt Odysseus zu ihr. Sie verzaubert einen Teil seiner Begleiter in Schweine. Odysseus selbst schützt sich mit einem Gegenzauber und zwingt Circe, seine Begleiter zurückzuverwandeln. Die Griechen bleiben ein Jahr bei Circe; Odysseus zeugt mit ihr den Telegonos.

Cirrha (Kirrha): Ort südlich von Delphi, an der Nordküste des Golfs von Korinth.

Cithäron (Kithairon): Gebirge in Böotien am Golf von Korinth.

Cupido: Oft mit → Amor gleichgesetzt, zuweilen, als römische Entsprechung zum griechischen Himeros, Personifikation der »Sehnsucht« (griech. hímeros) oder des Charmes.

Cybele: → Kybele.

Cyllene (Kyllene): Berg in Arkadien, »wo Maja den verstohlnen Besuch vom Jupiter erhielt, der sie zu Merkurs Mutter machte« (Wieland).

Cyllenius: Merkur; → Cyllene.

Cynuria: Landschaft auf der Peloponnes. Sie kam durch einen sagenumwobenen Kampf – je 300 Argiver und Spartaner kämpften gegeneinander; es überlebten nur zwei Argiver und ein Spartaner – in spartanischen Besitz.

Cyrus (Kyros): 1. Kyros II. von Persien, »der ältere Cyrus«, »Cyrus der Große«, regierte 559–529 v. u. Z., gründete das persische Großreich. – 2. Kyros der Jüngere, persischer Königssohn.

Dädalus (Daidalos): Mythischer Baumeister, baut auf Kreta das berühmte Labyrinth und konstruiert Statuen, die sich bewegen. Er fertigt für sich und seinen Sohn Ikaros Flügel aus Federn und Wachs, um aus Kreta zu fliehen. Daidalos gelingt die Flucht, da er nicht so hoch wie Ikaros fliegt, bei dem das Wachs der Flügel schmilzt.

Danaë: Tochter des Königs Akrisios von Argos. Als ein Orakel Akrisios den Tod durch einen Enkel prophezeit, schließt er Danaë hermetisch von der Außenwelt ab. Zeus (→ Jupiter) dringt in Gestalt eines Goldregens zu ihr. Sie wird Mutter des Perseus. Akrisios sperrt Danaë und Perseus in einen hölzernen Kasten und setzt sie auf dem Meer aus (vgl. das 12. Meergöttergespräch).

Danaïden: Die fünfzig Töchter des → Danaos. Als die fünfzig Söhne des Aigyptos mit ihrem Vater nach Argos kommen, um ihre fünfzig Cousinen zu heiraten, geht Danaos zum Schein zunächst darauf ein. Dann bewaffnet er seine Töchter und läßt sie in der Hochzeitsnacht die Freier ermorden. Zur Strafe müssen die Danaïden in der Unterwelt mit einem Sieb Wasser in ein löchriges Faß schöpfen. Im 6. Meergöttergespräch verspricht der Meeresgott der Amymone, sie werde als einzige Danaïde »nicht nach ihrem Tode noch Wasser schöpfen« müssen. »Was diesen Artikel betrifft, scheint ihr Neptun nicht Wort gehalten und überhaupt, nachdem sie ihm den → Nauplius geboren, sich wenig mehr um sie bekümmert zu haben« (Wieland).

Danaos, Danaus: Mythischer König. Ein Streit mit seinem Bruder Aigyptos um die Herrschaft über Ägypten veranlaßt ihn, mit den → Danaïden nach → Argos zu fliehen. Hier regiert er als König.

Daphne: Eine schöne Nymphe. Apollon liebt sie. Als er sie verfolgt und fast eingeholt hat, wird Daphne auf ihr Gebet hin in einen Lorbeerbaum (griech. dáphne) verwandelt. Die Verwandlungssage sollte wohl die Verwendung des Lorbeers im Apollon-Kult erklären.

Darius: Dareios III., König von Persien 336–330 v. u. Z., verlor sein Reich an Alexander den Großen.

Dejanira (Deianeira): Tochter des mythischen Königs Oineus von Kalydon (Ätolien); Gattin des → Herkules.

Delium (Delion): Ort in Böotien. Hier besiegten 424 v. u. Z. die Böotier die Athener; an dieser Schlacht nahm Sokrates teil.

Delos: Insel in der Ägäis. Als → Latona, von Zeus mit Apollon und Artemis schwanger, gebären will, verweigert ihr auf Veranlassung der eifersüchtigen Hera die ganze Erde die Möglichkeit dazu. Daraufhin läßt Zeus die Insel Delos unter der Meeresoberfläche auftauchen, so daß sie sichtbar (griech. dêlos) wird. Wichtigster Kultort (mit Orakel) Apollons nach Delphi.

Delphi (Delphoi): Ort in Mittelgriechenland mit Heiligtum, insbesondere mit Orakel des »delphischen« Gottes Apollon.

Demetrius (Demetrios): Bildhauer aus → Alopözien (um 400 v.u.Z.), schuf naturgetreue Porträtstatuen.

Demokritus (Demokritos): Griechischer materialistischer Philosoph aus Abdera (460–371 v.u.Z.), Begründer der antiken Atomistik, universaler Forscher.

Deukalion: Sohn des Prometheus, Stammvater der Hellenen. Als Zeus die Menschen durch eine Sintflut vernichtet, rettet er sich mit seiner Frau Pyrrha in einer Arche. Auf Deukalions Wunsch läßt Zeus aus Steinen neue Menschen entstehen. Im »Timon« spricht Lukian nicht von Deukalions »Regierung«, sondern von seiner »Zeit« (epi Deukalíonos heißt beides).

Diana: Die römische Göttin der Jagd, entspricht der griechischen Artemis; diese ist bei Wieland stets gemeint. Tochter des Zeus und der → Latona, Zwillingsschwester Apollons. Die Jagdgöttin zieht bis in das unwirtliche Gebiet der → Skythen. Als – jungfräuliche – Vegetations- und Fruchtbarkeitsgöttin hilft Artemis auch bei Entbindungen. Ein berühmter Artemis-Tempel stand in → Ephesus.

Diasia: Ein Zeusfest (→ Jupiter).

Didymi (Didyma): Orakelstätte Apollons in der Nähe von Milet.

Diogenes: Diogenes aus Sinope (5./4. Jh. v.u.Z.), einer der bekanntesten Kyniker. Er führte ein anspruchsloses, zivilisationsfeindliches Leben in einem Faß (einer Tonne). Er verachtete alle Konventionen, so die der Ehe (in der »Wahren Geschichte« verheiratet ihn Lukian zum Scherz mit einer Hetäre) und die des Staates: er fühlte sich als »Kosmopolit«, »Weltbürger«. Seine Skepsis gegenüber der Möglichkeit menschlicher Vollkommenheit ließ ihn am hellichten Tag mit der Laterne nach einem wahrhaft menschlichen Menschen suchen. Die meisten auch bei Lukian mitgeteilten Züge des Diogenes sind rein anekdotisch.

Diomedes: 1. Griechischer Held im Trojanischen Krieg; kämpft gegen Ares (→ Mars) und Aphrodite, die er verwundet. – 2. Mythischer König von Thrakien, besitzt menschenfressende Pferde.

Dionysien: Athenisches Fest zu Ehren des → Dionysos; an den Dionysien fanden Dramen-Aufführungen statt.

Dionysos: → Bacchus.

Dioskuren: Die »Zeus-Söhne« (Diós kûroi) Kastor und Polydeukes (lat. → Pollux), Söhne des Zeus (→ Jupiter) und der Leda, der Gattin des Tyndareos. Nach einer Fassung des Mythos gilt Kastor als sterblicher Sohn des Tyndareos, Polydeukes als unsterblicher Sohn des Zeus. Nach dem Tod wird Polydeukes in den Olymp aufgenommen, Kastor nicht. Polydeukes erhält die Erlaubnis, mit seinem sterblichen Bruder zusammenzubleiben, und so verbringen die Zwillingsbrüder abwechselnd je einen Tag auf dem Olymp und in der Unterwelt. Ihre weißen Pferde deuten wohl auf ursprüngliche Pferdegestalt der Dioskuren. Der Wurfspieß weist auf ihre Funktion als ritterliche Schirmherren im Kampfe. »Das halbe Ei auf dem Kopf« ist ein Hut, dessen Form man bei den aus einem Ei geborenen Söhnen der Leda als zwei Eihälften deutete; diese Kopfbedeckung war häufig mit Sternen verziert. Die Dioskuren waren Schutzgötter der Seefahrt; deshalb werden sie von Matrosen angerufen. Vgl. das 26. Götter- und das 1. Totengespräch.

Diotima: Fiktive Priesterin aus Mantineia. In Platons »Gastmahl« trägt Sokrates die Gedanken von der Liebe als der Sehnsucht nach dem Schönen als Lehre der Diotima vor. Zusammen mit anderen klugen Frauen wird sie im »Eunuchen« als Philosophin bezeichnet.

Dodona: Ort in Epirus (westlich von Thessalien) mit sehr altem Zeusorakel; hier wurde aus dem Rauschen der heiligen Eiche geweissagt.

Doris: → Nereide, Schwester der → Galatea.

Drachme: Griechische Münzeinheit; eine Drachme waren sechs Obolen.

Echo: Die griechische Nymphe »Widerhall«; Geliebte des Pan.

Eleusine, Eleusis: Ort in Attika. Dort fanden die *Eleusinischen Mysterien* statt, ein Geheimkult der Demeter und der Persephone, von dem Nichtgriechen in der Regel ausgeschlossen waren.

Eleutherä: Ortschaft am Fuße des → Cithäron.

eleisch: Aus Elis, einer peloponnesischen Landschaft, stammend.

Empedokles: Philosoph aus Akragas (um 495–435 v.u.Z.), soll durch einen Sprung in den Krater des Ätna sein Leben geendigt haben, um keine Zeugen seines Todes zu hinterlassen und so für einen Gott gehalten zu werden; doch wollte er wohl nur den Ätnakrater untersuchen, wozu »eherne Schuhe« gedient haben mögen.

Endymion: Geliebter der Mondgöttin (vgl. das 11. Göttergespräch), allegorisch als Mondspezialist aufgefaßt.

Enipeus: Fluß in der peloponnesischen Landschaft Elis. Als Gott Geliebter der → Tyro.

Epeius (Epeios): Griechischer Teilnehmer am Trojanischen Krieg, als Faustkämpfer erfolgreich.

Ephesus (Ephesos): Stadt an der Westküste Kleinasiens mit berühmtem Artemis-Tempel.

Epikur, Epikuros: Griechischer materialistischer Philosoph (342/41 bis 271/70 v.u.Z.), Schüler des Demokrit-Anhängers Nausiphanes, lehrte ab 306 v.u.Z. in Athen in einem berühmten Garten, nach dem später seine Schule ihren Namen erhielt. Für Epikur war das Ziel menschlichen Lebens die Lust, d.h. Freiheit von körperlichem Schmerz, von seelischer Unruhe, von Todesangst. Epikur lehnte den traditionellen Götterglauben einschließlich der Vorstellung einer göttlichen »Vorsehung« ab; für ihn existierten die Götter nur als glückliche Wesen, die sich nicht um die Welt kümmern.

Epimenides: Legendenumwobener Kreter, soll fünfzig Jahre in einer Höhle geschlafen haben.

Erechthiden: Die Einwohner des athenischen Stadtteils Erechtheïs.
Erichthonius (Erichthonios): Mythischer König von Athen. Als Hephaistos um Athene wirbt, die sich gegen ihn zur Wehr setzt, fließt sein Samen auf die Erde. Daraus entsteht Erichthonios; insofern ist er »aus der Erde hervorgekrochen«.
Eridanus (Eridanos): Strom in dem westlich von Griechenland gelegenen Teil der Erde, gewöhnlich als der Po (Italien) aufgefaßt.
Eris: Die griechische Göttin »Zank«; sie wirft den Paris-Apfel (vgl. das 5. Meergöttergespräch).
Erymanthus (Erymanthos): Gebirge auf der Peloponnes.
Eukrates: Antimakedonischer Politiker aus Piräus (4. Jh. v. u. Z.).
Euphorbus (Euphorbos): Ein Trojaner. Warum Pythagoras einst Euphorbos gewesen sein soll, ist umstritten.
Europa: Tochter des Königs Agenor von Sidon oder Tyros (Phönikien), Schwester des → Kadmos, Geliebte des Zeus (→ Jupiter), der sie nach Kreta entführt; vgl. dazu das 15. Meergöttergespräch.
Eurydice (Eurydike): → Orpheus.

Furien: Der lateinische Name der Erinyen, der griechischen Rachegöttinnen.

Galatea (Galateia): → Nereide. Ihr Name wurde u. a. mit der Farbe der Milch (griech. gála) in Verbindung gebracht. Deshalb ist sie in der »Wahren Geschichte« Herrin der Milchregion. Vgl. das 1. Meergöttergespräch.
Galater: Bewohner der Landschaft Galatien im zentralen Hochland Kleinasiens; dort liegt die heutige türkische Hauptstadt Ankara.
Galene: Die → Nereide »Windstille«.
Ganymed (Ganymedes): Trojanischer Königssohn, Verwandter des Paris. Zeus (→ Jupiter), der sich in den Jüngling verliebt, entführt ihn mit Hilfe eines Adlers, bzw. nachdem er sich selbst in einen Adler verwandelt hat, und macht ihn zum Mundschenken im Olymp (vgl. das 4. und 5. Göttergespräch).
Gargarus (Gargaron): Teil des → Ida.
Gela: Griechische Stadt auf Sizilien.
Gerania (Geraneia): Gebirge bei Megara östlich von Korinth.
Giganten: Riesen, Söhne der Erdgöttin Gaia. Als sie den Versuch unternehmen, die unter Zeus' Führung stehenden olympischen Götter zu entmachten, werden sie besiegt und unter Inseln (oder Vulkanen) eingekerkert.
Gnathonides: »Kinnback«, wohl im Sinn von: Vielfraß; Schmarotzertyp der Komödie.
Gorgonen (Singular: Gorgo, Gorgone): Drei griechische Dämonen mit Schlangenhaaren, mächtigen Zähnen und Flügeln. Ihr Blick läßt jeden, der sie ansieht, zu Stein werden → Perseus.
Granikus (Granikos): Fluß im Nordwesten Kleinasiens; hier errang Alexander der Große 334 v. u. Z. einen Sieg über die Perser.

Grazien: Die römischen Göttinnen »Anmut«, sie entsprechen den griechischen Charitinnen (→ Charis); diese sind bei Wieland stets gemeint.
Gythium (Gythion): Hafen im Süden der Peloponnes.

Halikarnaß (Halikarnassos): Hauptstadt von → Karien.
Haloa: Das »Tennenfest« zu Ehren der → Ceres.
Halys: Fluß zwischen Lydien und Persien. → Krösus.
Hannibal: Karthagischer Feldherr (247–183 v.u.Z.), diente zunächst unter seinem Schwager Hasdrubal, nicht unter seinem gleichnamigen Bruder. Vgl. das 12. Totengespräch.
Harpyen: Sturmdämonen, halb Vögel, halb Mädchen. → Phineus.
Hebe: Die griechische Göttin »Jugend«. Sie reicht den Göttern den Nektar, bis → Ganymed dieses Amt übernimmt. Herakles erhält sie nach seiner Aufnahme unter die Götter zur Gattin.
Heimarmene: »Das zugeteilte Los«, griechische Schicksalsgöttin, die insbesondere in der Lehre der Stoa eine wichtige Rolle spielte; sie ist mit der im »Überwiesenen Jupiter« genannten »Schicksalsgöttin« identisch.
Hekate: Griechische Göttin der Zauberei, insbesondere nächtlichen Spuks. »Hekatesmahl«: Opfer aus billigen Speisen, das der Göttin u.a. an Weggabelungen dargebracht wurde; die Armen nahmen es oft weg und aßen es auf.
Hektor: Sohn des Königs Priamos von Troja; zeichnet sich im Trojanischen Krieg durch Tapferkeit aus. Er fällt im Zweikampf mit Achill.
Helena: Tochter des Zeus (→ Jupiter, in Schwanengestalt) und der Leda. Die schöne Helena wird, noch sehr jung, von Theseus entführt. Ihre Brüder, die Dioskuren, bringen sie nach Sparta zurück. Helenas zahlreiche Freier beschließen, demjenigen, der sie zur Frau bekommt, beizustehen. Als der trojanische Königssohn Paris sie dem Menelaos entführt, unternehmen die griechischen Könige einen Feldzug, um sie zurückzuholen.
Helios: Der griechische Gott »Sonne«, einer der → Titanen.
Helle: Als → Ino ihre Stiefkinder Phrixos und Helle umzubringen versucht, sendet ihnen ihre Mutter Nephele einen flugtüchtigen Widder (mit dem Goldenen Vlies). Mit ihm fliegen sie in Richtung Kolchis. Über den Dardanellen stürzt Helle in die Meerenge, die seither »Meer der Helle« (Hellespontos) heißt.
Hephästion (Hephaistion): Freund Alexanders des Großen; sein Tod wurde von Alexander in übertriebenem Maße betrauert.
Herkules (Herakles): Sohn von Zeus (→ Jupiter) und Alkmene, in Theben in drei Nächten gezeugt (vgl. das 10. Göttergespräch); das trägt ihm zeitlebens die Feindschaft der eifersüchtigen Hera (→ Juno) ein. Der starke und tapfere Herakles, gewöhnlich mit Löwenfell und Keule, dient lange Zeit seinem Onkel Eurystheus, auf dessen Weisung er in den verschiedensten Teilen der Welt (deshalb wohl in der »Wahren Geschichte« die fiktive Inschrift: »Bis hierher ist Herkules gekommen«) die berühmten zwölf Arbeiten bzw. Taten vollbringt. Dabei tötet er allerlei Ungeheuer; er wird deshalb gern als »Nothelfer« an-

gerufen. »Wolle in Lydien« kämmt er, als er zur Strafe für ein Vergehen gegen das delphische Orakel bei Königin Omphale von Lydien Sklavendienste leisten muß. Von Hera mit Wahnsinn geschlagen (»aus Milzsucht«), tötet er seine erste Gattin Megara und die aus dieser Ehe stammenden Kinder. Seine spätere Gattin → Dejanira, auf eine schöne Sklavin ihres Mannes eifersüchtig, schickt ihm ein Hemd, das mit einer Salbe bestrichen ist, die aus dem Blut des von ihm selbst getöteten Kentauren Nessos hergestellt ist. Es wirkt aber nicht als Liebeszauber, wie Nessos arglistig behauptet, sondern bereitet Herakles unausstehliche Schmerzen, so daß er sich schließlich auf dem → Öta selbst verbrennt. Mit seiner Feindin Hera versöhnt, wird er in den Olymp aufgenommen und erhält → Hebe zur Gattin.

Hermaphroditus (Hermaphroditos): Zwitter, Sohn des Hermes (→ Merkur) und der Aphrodite.

Hermeias: Fürst von Atarneus im Nordwesten Kleinasiens (4. Jh. v. u. Z.), Verwandter des → Aristoteles.

Hermodorus (Hermodoros): Epikureer (3. Jh. v. u. Z.).

Hermotimus (Hermotimos): Legendenumrankter Philosoph der Frühzeit aus → Klazomenä (Datierung unbestimmt), galt als eines der Beispiele dafür, daß die Seele den Körper verlassen kann, um später in ihn zurückzukehren.

Herodot: Griechischer Geschichtsschreiber aus → Halikarnaß (um 484 bis 425 v. u. Z.), schrieb eine Geschichte der Perserkriege, wurde viel bewundert und nachgeahmt. Die Vorwürfe wegen seiner »Lügen« beziehen sich wohl vor allem auf geographische und ethnographische Mitteilungen, die jedoch vielfach durchaus zutreffend sind.

Hesiodus (Hesiodos): Hirt, Bauer, Epiker aus Böotien, lebte etwa gleichzeitig mit → Homer, verfaßte die »Theogonie« (»Götterentstehung«) und die »Werke und Tage« (Wieland: »Die Arbeiten«), ein Lehrgedicht u. a. über landwirtschaftliche Fragen; zugeschrieben wurde ihm ferner der »Frauenkatalog«.

Himeros, Himerus: → Cupido.

Hippokrates: Einer der berühmtesten antiken Ärzte (um 460–370 v. u. Z.); auf ihn geht der »Eid des Hippokrates« zurück.

Hippolyta (Hippolyte): Königin der Amazonen.

Hipponikus (Hipponikos): Athener (5. Jh. v. u. Z.), Vater des → Kallias.

Homer: Berühmtester griechischer Epiker, dessen Lebenszeit (8. Jh. v. u. Z.?) ebenso umstritten ist wie seine Herkunft. Nach den antiken Homer-Spezialisten stammte er aus den verschiedensten griechisch besiedelten Gebieten, sogar aus Ägypten. Auch Smyrna galt als sein Heimatort. Man dachte sich Homer, wie die ältesten Sänger bei vielen Völkern, als blinden Greis, auch als Bettler. Der Name wurde mit griech. hómeros (Geisel) in Verbindung gebracht. Der »Vater der Dichter« verfaßte die Ilias und die Odyssee, gestaltete »mit großem Sinn … besingenswürdige Großtaten«, wurde allerdings auch auf Grund seiner Unterweltsschilderungen und Reiseabenteuer als »Märchenmacher« und »Fabelhans« abgelehnt. Homers Epen waren die wichtigste Schullektüre. Daß er beim Wettbewerb auf den Inseln der Seligen keinen Preis erhält, ist eine Reminiszenz an die Legende vom Wettstreit Homers mit → Hesiod.

Horen: Die (meist drei) griechischen Göttinnen »Jahreszeiten«. Sie kümmern sich u.a. um Wagen und Pferde des → Helios und stehen an den Pforten des Olymp.

Hyazinthus (Hyakinthos): Schöner junger Mann, Liebling des Apollon, der ihn versehentlich mit einem Diskus (»Spielscheibe«) tötet und nicht aufhört, um ihn zu klagen (vgl. das 14. Göttergespräch). Aus dem Blut des Hyazinthus entsteht »die schönste aller Blumen«, die unserer Hyazinthe den Namen gegeben hat, aber wohl nicht mit ihr identisch ist.

Hylas: Junger Freund des Herakles.

Hymenäus (Hymenaios): Der griechische Gott »Hochzeit«, gehört zur Begleitung der Liebesgöttin.

Hymettus (Hymettos): Gebirge im Südosten Attikas.

Hyperbolus (Hyperbolos): Athenischer Politiker während des Peloponnesischen Krieges (5. Jh. v.u.Z.), Gewerbetreibender, von → Aristophanes als habsüchtig verspottet.

Hyperboreer: Mythisches, im äußersten Norden lebendes glückliches Volk. Gelegentlich wird die Bezeichnung auch im Sinne von »Hinterwäldler« gebraucht.

Ida, Idäisches Gebirge: Gebirge in Nordwestkleinasien.

Idomeneus: Herrscher von Kreta, zeichnet sich im Trojanischen Krieg aus.

Ikarius (Ikarios): 1. Vater der → Penelope. – 2. Mythischer Athener. Er nimmt Dionysos freundlich auf und führt den Weinbau in Attika ein. Als er Hirten von dem Wein zu trinken gibt, glauben diese – betrunken – von ihm vergiftet zu sein und töten ihn.

Ikarus (Ikaros): Sohn des → Dädalus. Bei der Flucht aus dem Labyrinth auf Kreta nähert er sich zu sehr der Sonne, so daß das Wachs seiner Flügel schmilzt. Er stürzt in das Meer, das nach ihm das Ikarische heißt (Teil der Ägäis).

Ilion: Troja.

Illyrien: Der nordwestliche Teil der Balkanhalbinsel mit der Adriaküste.

Inachus (Inachos): Flußgott und ältester mythischer König in Argos, Vater der → Io.

Ino: Gattin des Königs Athamas von Theben. Als sie ihre Stiefkinder Phrixos und → Helle umzubringen versucht, tötet Athamas ihren Sohn Learchos. Um sich und ihren anderen Sohn Melikertes vor Athamas zu retten, springt Ino mit Melikertes vom Skironischen Felsen ins Meer. Ein Delphin rettet sie und bringt sie zu den Nereiden. Ino und Melikertes werden in Meergötter verwandelt. Ino (als Seegottheit Leukothea genannt) rettet u.a. den schiffbrüchigen Odysseus.

Io: Geliebte des Zeus (→ Jupiter; vgl. das 3. Götter- und das 7. Meergöttergespräch).

Ionien: Griechisch besiedelte Landschaft in Westkleinasien.

Iphianassa: Eine der → Nereiden.
Iphikles: Vater des → Protesilaus.
Iris: Griechische Götterbotin.
Isis: Ägyptische Göttin. Daß Hermes (→ Merkur) die → Io »zur Isis machen« soll, bezieht sich darauf, daß namentlich seit hellenistischer Zeit griechische Gottheiten gern mit ägyptischen identifiziert wurden. Die Gleichsetzung von Io und Isis beruht vor allem darauf, daß Isis ebenfalls kuhgestaltig dargestellt wurde.
Issus (Issos): Stadt nahe der heutigen türkisch-syrischen Grenze. Hier besiegte 333 v. u. Z. Alexander der Große → Darius III. Die Stadt ist auch gemeint, wenn Wieland übersetzt, als ob es sich um einen Fluß handelte.
Isthmus: Die Landenge von Korinth.
Ixion: König der Lapithen, eines mythischen thessalischen Volkes. Von Zeus (→ Jupiter) zur Tafel der Götter geladen, nähert er sich Hera (→ Juno) in ungebührlicher Weise. Zeus täuscht ihn mit einer Wolke, die Hera ähnlich sieht. Als Ixion sich rühmt, mit Hera geschlafen zu haben, stößt ihn Zeus in die Unterwelt (vgl. das 6. Göttergespräch). Dort wird er auf ein sich unablässig drehendes Feuerrad geflochten und muß ewig büßen.

Jambulus (Iambulos): Griechischer Schriftsteller arabischer Herkunft (3. Jh. v. u. Z.), schrieb einen phantasievollen Reiseroman mit sozialutopischen Zügen.
Japetus (Iapetos): Vater des Prometheus, gehört als einer der Titanen zu den ältesten Göttern.
Jason (Iason): Sohn des Königs Aison von Iolkos (Thessalien). Aison wird von seinem Stiefbruder Pelias vertrieben. Iason, herangewachsen, fordert von Pelias das Erbe des Vaters. Um ihn unschädlich zu machen, schickt Pelias den Iason aus, das Goldene Vlies zu holen. Nach vielen Abenteuern gelingt ihm dies mit Hilfe → Medeas.
Jolaus, Joleos: Iolaos, Neffe des Herakles, hilft diesem bei der Tötung der Lernäischen Schlange. Gealtert, wird er auf Herakles' Bitten durch → Hebe wieder verjüngt.
Juno: Die oberste römische Göttin, entspricht der griechischen Göttin Hera; diese ist bei Wieland stets gemeint. Schwester und immer eifersüchtige Gattin des Zeus (→ Jupiter), Mutter → Vulkans.
Jupiter: Der oberste römische Gott, entspricht dem griechischen Gott Zeus; dieser ist bei Wieland stets gemeint. Sein Vater → Kronos fürchtet, durch seine Söhne entmachtet zu werden. So verschlingt er alle bis auf den Jüngsten: Zeus. Ihn versteckt seine Mutter → Rhea unmittelbar nach der Geburt in einer Grotte auf Kreta. Herangewachsen, zwingt er Kronos, die einst verschlungenen Kinder wieder herauszugeben, und entmachtet ihn. Seine Gattin ist Hera (→ Juno). Zu seinen zahlreichen irdischen Liebschaften und den damit verbundenen Verwandlungen vgl. die erste Anm. zu S. 101 und zu S. 106. Zeus ist Wetter-, insbesondere Gewittergott (Symbol: der »Donner-

keil«, der Blitz), Gott des Schwurs, der Freundschaft, des Gastrechts (Jupiter *Xenius*, zu griech. xénos: Gast), der Schutzflehenden, der Freiheit und »Reichtumspender«.

Kadmos, Kadmus: Mythischer König von Theben. Nach der Entführung seiner Schwester → Europa durch Zeus (→ Jupiter) begibt sich Kadmos auf die Suche nach ihr. Auf Weisung des delphischen Orakels gründet er Theben. Er erlegt einen Drachen. Die Zähne dieses Ungeheuers sät er aus. Aus ihnen gehen die Sparten (die »Gesäten«) hervor. Auf fünf von ihnen führten die thebanischen Adelsgeschlechter ihre Abstammung zurück.

Kalaïs: Geflügelter Sohn der → Orithyia.

Kalamis: Berühmter griechischer Bildhauer (5. Jh. v.u.Z.). Seine von Lukian mehrfach erwähnte »Sosandra« ist nicht erhalten.

Kallias: Reicher athenischer Politiker (um 450–370 v.u.Z.), Sohn des Hipponikos, Verschwender und Lebemann.

Kallisthenes: Griechischer Historiker (um 370–327 v.u.Z.), Verwandter des Aristoteles. Er wurde hingerichtet, weil er sich weigerte, Alexander den Großen in der unterwürfigen Form zu begrüßen, die der am makedonischen Hof neueingeführte orientalische Ritus vorsah.

Kallisto: Gefährtin der Artemis (→ Diana); von Zeus (in der Gestalt Apollons oder der Artemis) verführt, von Artemis oder Hera zur Strafe in eine Bärin verwandelt.

Kalypso: Eine Nymphe.

Kappadozien: Landschaft in Kleinasien. Aus ihr stammten viele Sklaven und Lasttiere.

Karien: Landschaft in Südwestkleinasien, Herrschaftsbereich des → Mausolus.

Karus: Karanos, Nachkomme des Herakles.

Kassiopeia: → Perseus.

Kastor: → Dioskuren.

Kekrops: Mythischer König von Athen, galt als Autochthone und Gründer Athens.

Keltiberien: Das zentralspanische Tafelland.

Klaros: Apollon-Kultstätte mit Orakel bei → Kolophon.

Klazomenä (Klazomenai): Stadt an der Westküste Kleinasiens.

Klearchus (Klearchos): Befehlshaber der 10000 Griechen, mit deren Hilfe → Cyrus d. J. 401 v.u.Z. den persischen König Artaxerxes II. zu stürzen versuchte.

Kleon: Einflußreichster athenischer Politiker nach Perikles' Tod.

Klinias (Kleinias): Vater des → Alcibiades.

Klitus (Kleitos): Feldherr und Freund Alexanders des Großen, rettete diesem in der Schlacht das Leben. Er wurde im Jähzorn von Alexander getötet.

Klotho: Eine der drei → Parzen.

Klymene: Geliebte des → Helios, Mutter des → Phaëthon.

Knidos: Hafenstadt in Südwestkleinasien.

Kodrus (Kodros): Letzter mythischer König Athens.

Kolchis: Landschaft im Südosten der Schwarzmeerküste, etwa mit dem heutigen Westgeorgien identisch.

Kolophon: Stadt in Ionien mit einem berühmten Apollon-Orakel; einer der angeblichen Heimatorte Homers.

Kolyttos: Kollytos, Bezirk in Attika.

Kordax: Exzentrischer, weithin als unanständig geltender Tanz.

Korybanten: Begleiter bzw. Diener der phrygischen Göttin → Kybele/ → Rhea. Die Korybanten führen orgiastische Tänze auf, stoßen wilde Schreie aus, verrenken sich die Glieder und fügen sich Verwundungen zu.

Kraneion, Kraneon: Hain mit einem Gymnasion in Korinth; hier hielt sich der Kyniker → Diogenes oft auf.

Krates: Kyniker aus Theben (4. Jh. v.u.Z.), Schüler des → Diogenes.

Kritias: → Kritios.

Kritios: Athenischer Bildhauer (5. Jh. v.u.Z.), schuf zusammen mit Nesiotes die Statue des Freundespaars Harmodius und Aristogeiton, die 514 v.u.Z. den athenischen Tyrannen Hipparchos töteten.

Kronion: Der »Kronos-Sohn« Zeus (→ Jupiter).

Kronos, Kronus: Titan, Vater des Zeus, Gatte der → Rhea. Er entmannt seinen Vater → Uranus. Um selbst einem solchen Schicksal zu entgehen, verschlingt er alle seine Kinder außer Zeus (→ Jupiter). Später wird er zusammen mit seinen Geschwistern, den Titanen, von Zeus in den → Tartarus gestürzt. Begnadigt, wird er Herrscher über die Inseln der Seligen.

Krösus (Kroisos): Letzter König Lydiens (560–546 v.u.Z.), durch seinen Reichtum berühmt. Auf seine Anfrage ließ ihn das delphische Orakel wissen, wenn er den → Halys überschreite, werde er ein großes Reich zerstören. Kroisos überschritt den Halys in der Annahme, er werde das Perserreich vernichten; er zerstörte bzw. verlor aber 546 v.u.Z. sein eigenes an → Cyrus II. Vor dieser Anfrage in Delphi testete Kroisos die berühmtesten Orakel: Lydische Gesandte fragten hundert Tage nach ihrer Abreise aus der Hauptstadt Sardes die Priester in → Dodona, Delphi und an anderen Orten, was der König gerade tue. Nur die Pythia in Delphi traf das Richtige; deshalb hatte Kroisos großes Vertrauen zum delphischen Orakel. »Der Sohn des Krösus« ist Atys, der auf der Eberjagd durch Adrastos ums Leben kam.

Ktesias: Leibarzt Artaxerxes' II. aus Knidos (um 400 v.u.Z.), schrieb eine romanhafte »Persische Geschichte« und eine mirakulose »Indische Geschichte«.

Kybele: Phrygische Göttin, »Große Mutter« (der Götter), mit → Rhea identifiziert, Geliebte des → Attis. Ihr Wagen wird von Löwen gezogen.

Kyniker: Griechische Philosophenschule, von → Antisthenes gegründet. Die Kyniker hatten ihren Namen von dem athenischen Gymnasion Kynosarges, in dem Antisthenes lehrte; später wurde er meist auf ihre Lebensweise bezogen: »wie die Hunde« (griech. kýon). Eines der Hauptziele menschlichen Strebens war für die Kyniker Unabhängigkeit; diese erreichten sie durch Bedürfnislosigkeit und durch Ablehnung z.B. der Familie und des Staates, was gelegentlich als Menschenhaß gewertet wurde.

Lachesis: Eine der → Parzen.

Laërtes: Vater des Odysseus (→ Ulysses).

Laïs: Berühmte Hetäre aus Korinth. Zu ihren Liebhabern gehörte der Kyniker → Diogenes, dem sie kein Honorar abverlangte; auf den Inseln der Seligen ist er – so erzählt Lukian – mit Laïs verheiratet.

Lajus (Laios): Mythischer König von Theben. Trotz der Warnung durch das delphische Orakel zeugt er seinen Sohn Ödipus, der ihn tötet, ohne zu wissen, daß er seinen Vater vor sich hat.

Lakonien: Landschaft auf der Peloponnes; Hauptort: Sparta.

Lampsakus (Lampsakos): Stadt am Hellespont.

Laomedon: König von Troja (»Phrygien«), Vater des Priamos. Apollon und Poseidon (→ Neptun) bauen für ihn die Mauern von Troja.

Latmos: Gebirge in Kleinasien.

Latona: Leto, griechische Göttin, gebiert ihrem Cousin Zeus (→ Jupiter) die Zwillinge Apollon und Artemis: → Delos.

Lazedämonier: Die Spartaner. Der → Dioskur Pollux ist als Sohn der Leda und des spartanischen Königs Tyndareus (richtiger: des Zeus) selbst ein Lazedämonier und lehnt deshalb die Kritik des Diogenes an den Lazedämoniern ab.

Leda: Mythische Königstochter von Ätolien. Sie gebiert Zeus (→ Jupiter), der sie in der Gestalt eines Schwans besucht, → Helena und die → Dioskuren.

Lemnos: Insel in der Ägäis. Sie galt wegen ihres Erdfeuers als eine der Werkstätten des Schmiedegottes Hephästos (→ Vulkan), der nach seiner gewaltsamen Entfernung aus dem Olymp von Lemniern gerettet wurde. – Als die Lemnier von einem Feldzug zurückkommen, werden sie wegen Untreue von ihren Frauen (bis auf einen) getötet.

Lerna: See in der Argolis.

Lesbos: Insel westlich von Kleinasien.

Lethe: Der Strom »Vergessen« in der Unterwelt. Aus ihm trinken die neuankommenden Toten, damit sie keine Erinnerung an ihr früheres Dasein mehr haben.

Leukothea: → Ino.

Libanus (Libanon): Gebirge in Vorderasien; dort entspringt der Fluß Adonis.

Libyen: Meist wurde mit diesem Begriff Nordafrika (oder auch Afrika allgemein) bezeichnet.

Lokri: Stadt an der Südwestspitze Italiens.

Lucina: Die römische Geburtsgöttin, der griechischen Göttin Eileithyia entsprechend; diese ist bei Wieland stets gemeint.

Luna: Die römische Göttin »Mond«, der griechischen Göttin → Selene entsprechend; diese ist bei Wieland stets gemeint. Schwester des Sonnengottes.

Lyceon, Lyceum (Lykeion): Bezirk (Sportstätte) in Athen; hier hielt u.a. Aristoteles Vorlesungen.

Lydien: Landschaft in Kleinasien, Herrschaftsbereich des → Krösus.

Lykurg, Lykurgus (Lykurgos): Mythischer Gesetzgeber in Sparta, soll zwischen dem 9. und dem 7. Jahrhundert v.u Z. die spartanische Verfassung geschaffen und eine harte Erziehung der Jugend eingeführt haben.

Lynkeus: »Luchsauge«, scharfäugiger griechischer Heros.

Lysimachus (Lysimachos): Leibgardist, später Schiffskommandant Alexanders des Großen, seit 305 v.u.Z. König von Thrakien, später auch von Makedonien. Auf Grund von Intrigen seiner Gattin Arsinoë ließ er seinen Sohn Agathokles hinrichten.

Maja (Maia): Tochter des → Atlas, Mutter des Hermes (→ Merkur).

Mallus (Mallos): Stadt in der kleinasiatischen Landschaft Zilizien.

Mänaden: → Bacchus.

Mantinea (Mantineia): Hauptstadt von Ostarkadien.

Marathon: Ort in Attika. Hier besiegten die Griechen 490 v.u.Z. die Perser. Der Sage nach half den Griechen dabei der Gott → Pan. Die Schlacht war auf einem Wandgemälde in der Stoa Poikile dargestellt.

Mars: Der römische Gott des Krieges, entspricht dem griechischen Gott Ares; dieser ist bei Wieland fast stets gemeint.

Marsyas: Ein → Silen, der gut Flöte spielen kann. Er fordert Apollon, der Kithara spielt, zu einem musikalischen Wettstreit heraus, »wobei die Musen Richter waren und, wie natürlich, den Ausspruch für ihren Präsidenten taten« (Wieland). Apollon läßt dem unterlegenen Marsyas die Haut abziehen.

Mausolus (Mausolos): Persischer Satrap, 377–353 v.u.Z. König von → Karien. Nach seinem Tod errichtete seine Gattin Artemisia für ihn ein prächtiges Grabmal, das Mausoleion, eines der antiken »Sieben Weltwunder«.

Medea (Medeia): Tochter des Königs Aietes von Kolchis. Sie verhilft den Argonauten unter → Jason, in den sie sich verliebt, zu dem Goldenen Vlies. Dann flieht sie mit Jason. Aus ihrer Ehe gehen zwei Söhne hervor. Später trennt sich Jason von seiner Gattin und heiratet die korinthische Königstochter Krëusa. Medea tötet Krëusa durch ein vergiftetes Gewand, ermordet ihre Söhne und flieht nach Athen. Das Schicksal der Zauberin Medea wurde in Literatur und Kunst wiederholt dargestellt (Tragödie von Euripides).

Medier: Volk im Westen des Hochlandes von Iran.

Medusa, Meduse: Eine der drei → Gorgonen. Zum »Medusenkopf« vgl. das 19. Göttergespräch.

Megara, Megarä: Stadt(-staat) in Mittelgriechenland.

Meidias: Reicher Athener (4. Jh. v.u.Z.).

Meleager (Meleagros): Sohn des Oineus von Kalydon (Ätolien). Bei seiner Geburt prophezeien die Moiren (→ Parzen), er werde so lange leben, bis das Holzscheit im Herd völlig verbrannt sei. Seine Mutter

Althaia nimmt es sofort aus dem Feuer. Meleager erlegt den Kalydonischen Eber. Kopf und Haut schenkt er Atalanta, in die er sich verliebt hat. Als die Brüder seiner Mutter ihr diese Trophäen wegnehmen, werden sie von Meleager getötet. Daraufhin wirft Althaia das schicksalsträchtige Scheit ins Feuer, und Meleager stirbt.

Melitus (Meletos): Einer der Ankläger des Sokrates im Jahre 399 v.u.Z.

Memnon: Die zwei Memnon-Kolosse, Sitzfiguren bei Theben (nicht: Koptos) in Ägypten, die den Pharao Amenophis III. darstellten, dessen Namen die Griechen auf ihren mythischen Helden Memnon bezogen. Einer der Kolosse, von einem Erdbeben beschädigt, gab durch das Abspringen kleiner Steinteile bei der Erhitzung der Bruchfläche durch die aufgehende Sonne Laute von sich.

Menelaus (Menelaos): König von Argos, Bruder Agamemnons, Gatte der → Helena; einer der Führer der Griechen im Trojanischen Krieg.

Menippus (Menippos): Schriftsteller aus Gadara (3. Jh. v.u.Z.), Kyniker. Lukian läßt ihn im »Ikaromenippus« und in einigen Totengesprächen auftreten. Der Selbstmord des Menippos wurde in den antiken Quellen verschieden motiviert.

Merkur: Römischer Gott, entspricht dem griechischen Gott Hermes; dieser ist bei Wieland stets gemeint. Sohn der → Maja, kommt auf dem Berg → Cyllene zur Welt, deshalb oft »Cyllenius« genannt. Gott der Rhetorik, des Handels, des unerwarteten Gewinns (z.B. durch einen Fund), des Diebstahls (vgl. das 7. Göttergespräch) und der Ringer, Götterbote, Ausrufer (»Herold«), Türhüter, »Hofmarschall«, überhaupt Faktotum im Olymp, vgl. das 24. Göttergespräch; Geleiter der Toten in die Unterwelt. Im Zuge der Identifizierung griechischer und ägyptischer Gottheiten (→ Isis) als Totengeleiter mit → Anubis, dem Schützer der Friedhöfe, gleichgesetzt, dessen Schakalkopf von den Griechen als Hundekopf gedeutet wurde, wird er zum »Hundegesicht«. Er ist Erfinder der Lyra (»Leier«) und der Syrinx (Hirtenflöte), spielt aber auch die Kithara (»Zither«). Er führt den Reigen der Nymphen bzw. der Chariten an. Zu seinen Attributen gehört ein Zauberstab.

Methymna: Ort auf Lesbos; aus Methymna stammte → Arion.

Midas: Mythischer König von → Phrygien. Dem reichen, aber unersättlichen Midas erfüllt Dionysos den Wunsch, daß sich alles, was er berührt, in Gold verwandelt; bei der ersten Mahlzeit bereut er es.

Mine: 1. Münze im Wert von 100 Drachmen. – 2. Gewichtseinheit; in Athen etwa 435 g.

Minerva: Römische Göttin, entspricht der griechischen Göttin Athene; diese ist bei Wieland stets gemeint. Tochter des Zeus (→ Jupiter) und der Weisheitsgöttin Metis. Als Zeus erfährt, daß Metis ihm eine Göttin und den künftigen Herrn des Himmels gebären soll, verschlingt er Metis und trägt dann Athene selbst aus. Zu deren Geburt aus Zeus' Kopf vgl. das 8. Göttergespräch. Schutzgöttin Athens. Göttin der Weisheit. Göttin des Krieges (Minerva *Strateia*: »die Kriegerische«); deshalb gewöhnlich in Rüstung, mit Federbusch usw. dargestellt. Bleibt unverheiratet (griech. parthénos); ihr ist der

Parthenon geweiht. Hephaistos gelingt es nicht, sich mit ihr zu verbinden: → Erichthonius. Sie hilft Prometheus bei der »Menschenbildnerei« (bei Hesiod tut dies Hephaistos).

Minos: Mythischer König von Kreta, Sohn des Zeus (→ Jupiter). Galt als bedeutender Gesetzgeber; wegen seiner Gerechtigkeitsliebe als Totenrichter im Hades eingesetzt.

Minotaurus: Ungeheuer, halb Stier, halb Mensch.

Momus (Momos): Der griechische Gott »Tadel«, Nachkomme der Nacht, tadelt nahezu alle Götter.

Musen: Die neun Schutzgöttinnen der Künste, später auch der Wissenschaften.

Myja: Angebliche Tochter des Pythagoras, Philosophin, Verfasserin oder Herausgeberin von »Pythagoreia«. Über die übrigen bei Lukian erwähnten Personen gleichen Namens ist nichts bekannt.

Myrmidonen: Von Achill regiertes Volk in Thessalien; von Zeus (→ Jupiter) aus Ameisen (griech. mýrmekes) geschaffen.

Myron: Griechischer Bildhauer und Erzgießer (5. Jh. v. u. Z.), schuf u. a. den »Diskobolos« (Diskuswerfer), von dem Kopien erhalten sind.

Narzissus (Narkissos): Schöner junger Mann, weist die Liebe der → Echo zurück und wird dafür mit unheilbarer Liebe zu sich selbst gestraft (Narzißmus). Sich in Sehnsucht verzehrend, wird er schließlich in die nach ihm benannte Narzisse verwandelt.

Nauplius (Nauplios): Sohn Poseidons (→ Neptun); erfahrener Seemann.

Nemea: Ort in der griechischen Landschaft Argolis.

Nemesis: Die griechische Göttin »Vergeltung«, die alle Überheblichkeit bestraft; auch Schicksalsgöttin schlechthin.

Nephele: Mutter von Phrixos und → Helle.

Neptun, Neptunus: Römischer Gott, entspricht dem griechischen Gott Poseidon; dieser ist bei Wieland stets gemeint. Gott des Meeres; sein Attribut ist der Dreizack.

Nereiden: Die Töchter des griechischen Meeresgottes Nereus.

Nesiotes: Griechischer Bildhauer: → Kritios.

Nestor: Herrscher von Pylos in der griechischen Landschaft Messenien, einer der Führer der Griechen im Trojanischen Krieg, wegen seiner aus langjähriger Lebenserfahrung stammenden Klugheit und seiner Beredsamkeit berühmt.

Niobe: Mythische Königin von Theben, Mutter von vierzehn Kindern, verhöhnt → Latona, die nur zwei Kinder hat: Apollon und Artemis (→ Diana). Diese töten daraufhin Niobes Kinder. Niobe wird in einen Felsen verwandelt, der dauernd Tränen vergießt.

Nireus: Sohn Aglajas, nach Achill einer der schönsten Griechen vor Troja.

Notus (Notos): Der griechische Gott »Südwind«.

Numa: Der zweite der mythischen Könige von Rom; er soll u. a. Boden verteilt, den Marktverkehr und die Spiele geregelt haben und galt allgemein als beispielhafter Sakralgesetzgeber und Friedensherrscher; deshalb erhielt er wohl einen Platz auf den Inseln der Seligen.

Nyssa (Nysa): Ort, an dem → Bacchus seine Kindheit verbringt; u. a. in Indien, Arabien, Nordafrika lokalisiert.

Obole, Obolus (Obolos): Kleinste griechische Münze. Ein Obolus war der übliche Tarif für eine Fahrt über den Unterweltsstrom; man steckte den Toten das Geld in den Mund.
Öbalus: Vater des → Hyazinthus.
Odrysier: Kriegerisches Volk in Thrakien.
Ogygia: Insel der → Kalypso.
Oinoë: Bezirk in der Gegend von Marathon.
Olympia: Tempelbezirk auf der Peloponnes, eine der wichtigsten Zeus-Kultstätten; hier befand sich die berühmte Zeus-Statue des Pheidias. Ort der Olympischen Spiele mindestens seit 776 v. u. Z.
Olympias: Makedonische Königin, Mutter Alexanders des Großen; vgl. das 13. Totengespräch.
Olympus (Olympos): Höchster Berg Nordgriechenlands, als Sitz der olympischen Götter vorgestellt.
Omphale: Mythische Königin von Lydien. → Herkules im Dienst der Omphale war ein in der antiken Kunst beliebtes Motiv.
Önoë: Oinoë.
Orithyia (Oreithyia): Athenische Königstochter, von → Boreas nach Thrakien entführt.
Orpheus: Mythischer Sänger, Sohn des thrakischen Flußgotts Oiagros und der Muse Kalliope. Er bezaubert mit seinem Gesang sogar Tiere und leblose Dinge, z. B. Steine. Als seine Gattin Eurydike stirbt, bewirkt er von → Pluto, daß sie zurückkehren darf. Da Orpheus dessen Bedingung nicht erfüllt – er darf sich während des Rückwegs nicht nach ihr umsehen –, kehrt Eurydike für immer in die Unterwelt zurück.
Osiris: Ägyptischer Gott. Zur Vermutung des Diogenes, Alexander der Große wolle ein Osiris werden: → Ammon.
Öta (Oite): Berg in Thessalien an der Grenze nach Ätolien; → Herkules.
Otus (Otos): Otus und Ephialtes, zwei Riesen, türmen die Gebirge Ossa und Pelion aufeinander, um den Olymp zu erstürmen. Als Artemis in der Gestalt einer Hirschkuh zwischen sie springt, töten sie sich in blindem Jagdeifer gegenseitig.
Oxydrazier: Indischer Stamm, von Alexander dem Großen besiegt.

Päan (Paian, Paion): Griechischer Heilgott.
Päeon: → Päan.
Palamedes: Ratgeber der Griechen im Trojanischen Krieg. Als Odysseus (→ Ulysses) sich wahnsinnig stellt, um nicht mitziehen zu müssen – er spannt ein Pferd und einen Ochsen vor den Pflug und sät Salz in die Furchen –, entlarvt ihn Palamedes, indem er Odysseus' Sohn Telemachos vor den Pflug legt; Odysseus muß in den Krieg ziehen. Aus Rache spielt er den Griechen einen von ihm fingierten Brief des → Priamus an Palamedes in die Hände, in dem es um Bestechung geht, und läßt in des Palamedes Zelt Gold vergraben. Palamedes

wird wegen Hochverrats getötet, also auf Grund falscher Beschuldigungen; insofern ist er ein Leidensgefährte des Sokrates, der sich in der Unterwelt bzw. auf den Inseln der Seligen mit ihm unterhält.

Pallas: Beiname der Athene (→ Minerva).

Pan: Griechischer Gott der Hirten und der Herden, aus Arkadien; Sohn des Hermes und der → Penelope; vgl. das 22. Göttergespräch. Pan gehört zum Gefolge des → Bacchus. Als »Tonkünstler« erfindet er die Hirtenflöte. 490 v. u Z. hilft er den Griechen den Sieg bei → Marathon zu erringen; die Athener weihen ihm daraufhin die Pansgrotte am Fuß der Akropolis. Er wurde u. a. als tanzender Bock dargestellt. Auf den Feldern standen zuweilen seine Statuen.

Pangäus (Pangaios): Gebirge in Nordgriechenland; in seinen Bergwerken wurde u. a. Gold gewonnen.

Panope: Eine der → Nereiden.

Päonier: Gruppen von Stämmen auf dem Gebiet des heutigen Nordgriechenland.

Paphlagonien: Landschaft an der Nordküste Kleinasiens.

Parasange: Persisches Längenmaß, etwa 5,5 km.

Paris: Sohn des Königs Priamos von Troja. Zum Urteil des Paris vgl. das 20. Göttergespräch, zu seiner Vorgeschichte das 5. Meergöttergespräch. Paris entführt → Helena aus Sparta.

Parthenius (Parthenios): Gebirge zwischen Arkadien und der Argolis; hier traf vor der Schlacht bei Marathon ein Gesandter der Athener den → Pan.

Parzen: Die römischen Schicksalsgöttinnen, sie entsprechen den griechischen Moiren; diese sind bei Wieland stets gemeint. Klotho (»Spinnerin«) spinnt den Lebensfaden, Lachesis (»Anteil«) teilt das Lebenslos zu, Atropos (»die Unabwendbare«) durchschneidet den Lebensfaden beim Tod. Zur Rolle der Moiren vgl. besonders den »Überwiesenen Jupiter«.

Patarä (Patarai): Stadt in der kleinasiatischen Landschaft Lyzien mit Apollon-Orakel.

Peirithous (Peirithoos): Fürst des mythischen Volkes der Lapithen. Sohn des → Ixion und der Dia.

Peleus: Mythischer König von Phthia in Thessalien, Vater → Achills, »Rossebändiger« wie zahlreiche andere mythische Helden. Bei der Hochzeit von Peleus und Thetis sind alle Götter eingeladen; nur → Eris wird vergessen. Sie rächt sich, indem sie einen Apfel mit der Aufschrift »Der Schönsten« unter die Gäste wirft; vgl. das 5. Meergöttergespräch. Es entsteht ein Streit zwischen Hera (→ Juno), Athene (→ Minerva) und Aphrodite, der durch das Urteil des → Paris entschieden werden muß; vgl. das 20. Göttergespräch.

Peltast: Leichtbewaffneter (und darum sehr beweglicher) Fußsoldat.

Penelope: Tochter des Spartaners Ikarios, Gattin des Odysseus (→ Ulysses); Symbol ehelicher Treue: zwanzig Jahre lang wartet sie auf Odysseus; inzwischen hält sie die zahlreichen Freier hin, indem sie verspricht, sich für einen von ihnen zu entscheiden, sobald sie das

Leichentuch für ihren Schwiegervater fertiggewebt habe; dabei trennt sie nachts wieder auf, was sie am Tage gewebt hat. Von Penelope als Geliebte des Hermes (→ Merkur) und Mutter Pans berichtet Homer nichts, wohl aber Herodot.

Penia: Die griechische Göttin »Armut«, Gegenspielerin des → Plutus.

Perdiccas (Perdikkas): Feldherr Alexanders des Großen, nach dessen Tod Reichsverweser, 321 v.u.Z. nach dem Scheitern eines Feldzugs gegen → Ptolemäus I. ermordet.

Pergamus (Pergamos, Pergamon): Hauptstadt des gleichnamigen Königreichs in Kleinasien; hier gab es ein Heiligtum des → Äskulap.

Periander: Um 627–586 v.u.Z. Herrscher von Korinth; einer der Sieben Weisen, galt als harter Tyrann; ist vielleicht deshalb als einziger der Sieben Weisen nicht auf den Inseln der Seligen.

Perikles: Der bedeutendste athenische Staatsmann (um 495–429 v.u.Z.); nach ihm ist das Perikleische Zeitalter benannt. Er förderte → Anaxagoras.

Peripatus (Peripatos): Die von Aristoteles gegründete Philosophenschule der *Peripatetiker*, benannt nach den Wandelhallen (griech. peripatoi), in denen der Unterricht stattfand. Die Peripatetiker waren u.a. stark naturwissenschaftlich interessiert. Eine wichtige Rolle in ihrer Lehre spielte die These von der Mitte bzw. von dem rechten Maß (»nie zu viel noch zu wenig«).

Perseus: Als Sohn des Zeus (→ Jupiter) und der → Danaë ein »Halbgott«. König Polydektes von Seriphos, der sich in Danaë verliebt hat, will Perseus beseitigen: Er beauftragt ihn, den Kopf der → Medusa zu holen. Da ihr unmittelbarer Anblick jeden zu Stein verwandelt, nähert sich Perseus ihr, indem er in seinem Schild ihr Spiegelbild beobachtet; dann schlägt er ihr mit einem sichelförmigen Schwert den Kopf ab. Der Verfolgung durch die beiden anderen Gorgonen entzieht sich der »Zauberer« Perseus durch eine Tarnkappe. Auf dem Rückweg nach Seriphos besteht er sein zweites berühmtes Abenteuer: Kassiopeia, die Gattin des Königs Kepheus von Äthiopien, rühmt sich, schöner zu sein als die Nereiden. Auf deren Bitte schickt Poseidon das Meerungeheuer Ketos, das Menschen und Tiere verschlingt. Ein Orakel verheißt Rettung vor ihm, wenn ihm die Königstochter Andromeda zum Fraß vorgeworfen wird. Perseus tötet das Ungeheuer und befreit die an einen Felsen gefesselte Andromeda. Vgl. das 14. Meergöttergespräch.

Phäazier: Die Phäaken, die Bewohner der Insel Scheria. Zu ihnen rettet sich der schiffbrüchige Odysseus; ihnen erzählt er seine Irrfahrten.

Phädrus (Phaidros): Zeitgenosse des Sokrates und sein Gesprächspartner in Platons gleichnamigem Dialog.

Phaëthon: Sohn des → Helios und der Klymene. Phaëthon, der bei seiner Mutter aufwächst, wird verspottet, er habe keinen Vater. Schließlich macht er ihn ausfindig und erhält von ihm die Erlaubnis, einen Tag lang den Sonnenwagen zu lenken. Er verliert die Gewalt über ihn und verursacht einen großen Brand. Zeus erschlägt ihn mit einem Blitz. Phaëthon stürzt in den → Eridanus. Die Tränen, die seine Schwestern, die Heliaden (»Heliostöchter«), darüber weinen, werden in Bernstein, die Schwestern selbst in Pappeln verwandelt. Vgl. das 25. Göttergespräch. Eine allegorische Deutung sah in Phaëthon, dem »König der Sonnenbewohner« (so in der »Wahren Geschichte«), einen Sonnen-Erforscher.

Phalaris: Tyrann von → Agrigent (6. Jh. v. u. Z.); er röstete seine Feinde in einem ehernen Stier.

Phaon: Mythischer Steuermann. Als Aphrodite sich inkognito – als alte Frau – von Lesbos zum Festland übersetzen läßt, nimmt er keinen Fährlohn von ihr. Dafür schenkt sie ihm eine Salbenbüchse. Er salbt sich mit dem Öl und wird dadurch zum schönsten Menschen. Im 12. Hetärengespräch ist Phaon Synonym für Geliebter.

Pharos: Insel bei Alexandria. Dort befand sich der etwa 110 m hohe Leuchtturm, eines der antiken »Sieben Weltwunder«.

Phidias (Pheidias): Griechischer Bildhauer (5. Jh. v. u. Z.); arbeitete möglicherweise am Bildschmuck des Parthenon mit, schuf u. a. eine 12 m hohe Zeusstatue aus Gold und Elfenbein für den Zeustempel in Olympia, eines der antiken »Sieben Weltwunder«. Seine Nachkommen hatten die Funktion, für die Reinhaltung und Konservierung der Zeusstatue zu sorgen.

Philippus (Philippos): Philipp II., 359–336 v. u. Z. König von Makedonien, Vater Alexanders des Großen; besiegte 338 die Thebaner und die Athener bei Chaironeia und machte Athens Selbständigkeit ein Ende.

Phineus: Mythischer König von Salmydessos (Thrakien) bzw. Seher. Er läßt zu, daß seine zweite Frau seine Söhne aus erster Ehe blendet. Dafür blenden ihn die Brüder seiner ersten Frau, und die → Harpyen rauben ihm stets einen Teil seines Essens und besudeln den Rest, so daß er hungern muß.

Phlegeton: Pyriphlegeton, der »Feuerstrom«, umschließt den Teil der Unterwelt, in dem sich die Frevler befinden.

Phocion (Phokion): Promakedonischer athenischer Politiker (402–318 v. u. Z.); »tugendhaft« war er z. B. insofern, als er 335 v. u. Z. darauf hinwirkte, daß die antimakedonischen Politiker nicht ausgeliefert werden mußten; auch lehnte er finanzielle Zuwendungen Alexanders des Großen ab.

Phokäer, Phokenser: Die Phoker, Bewohner der Landschaft Phocäa (Phokis) in Mittelgriechenland.

Pholoë: Gebirge an der Grenze zwischen Elis und Arkadien.

Phönix (Phoinix): Griechischer Teilnehmer am Trojanischen Krieg; ihm gelingt es, den zürnenden Achill umzustimmen.

Phönizier: Volk an der syrischen Küste, das vor allem vom Handel und Gewerbe lebte; kühne Seefahrer.

Phrygien: Landschaft in Kleinasien. Von hier stammte der orgiastische Kult der »Großen Mutter« bzw. »Göttermutter« → Kybele. Der »phrygische Knabe« im 12. Göttergespräch ist ihr Geliebter → Attis. Oft wird »Phrygier« mit »Trojaner« gleichgesetzt, so im 11. Meergötter- und im 15. Totengespräch. Der »phrygische Knabe« im 5. Göttergespräch ist → Ganymed, der »phrygische Jüngling« im 20. → Paris.

Phryxos: Phrixus → Ino.
Phthiot: Einwohner von Phthia (Thessalien), dem Reich Achills.
Phylace (Phylake): Ort in Thessalien.
Pindarus (Pindaros): Der berühmteste griechische Chorlyriker (um 520–446 v.u.Z.), schrieb u.a. Olympische Hymnen (Oden).
Piräus: Haupthafen von Athen.
Pirithous: → Peirithous.
Pisa: Ort in der Nähe von Olympia, verschiedentlich mit Olympia gleichgesetzt.
Pisidien: Landschaft in Kleinasien, nördlich von Pamphylien.
Pitho (Peitho): Die griechische Göttin »Überredung«.
Pittakus (Pittakos): Herrscher von Mytilene auf Lesbos (7./6. Jh. v.u.Z.), einer der Sieben Weisen.
Pityokamptes: Der »Fichtenbeuger« Pityokamptes bindet seine Opfer an die Wipfel zweier von ihm zur Erde gebogener Fichten und läßt diese hochschnellen, so daß die Opfer zerrissen werden.
Plato(n): Athenischer Philosoph (427–347 v.u.Z.), Schüler des Sokrates, Schöpfer der Ideenlehre, in der die Begriffe den Vorrang vor den materiellen Daseinsformen haben, Gründer der »Akademie«. Er schrieb zahlreiche Dialoge, z.B. »Phaidon« (über die Unsterblichkeit der Seele), »Die Gesetze«, »Der Staat« (hier proklamierte er u.a. die Frauengemeinschaft). Etwa 390 begab er sich nach Sizilien an den Hof Dionysius' I., später zu Dionysios II. von Syrakus, von dem er die Verwirklichung seiner Staatsutopie erhoffte. Auf den »Staat« wird angespielt, wenn Platon in der »Wahren Geschichte« nicht auf den Inseln der Seligen, sondern in einer von ihm erfundenen Republik lebt.
Pluto(n): Identisch mit Hades, dem griechischen Gott der Unterwelt; er bekommt das Totenreich »durchs Los«, als sich die Brüder Zeus, Poseidon und Pluton nach der Entmachtung des → Kronos die Herrschaft teilen. Sein Name ist mit dem des Plutos (»Reichtum« oder »Reichtumspender«, so heißt der Gott des Reichtums) verwandt, und beide Götter werden vielfach identifiziert, zumal man spätestens seit dem 5. Jahrhundert v.u.Z. in Pluton nicht mehr nur den finsteren Gott der Toten, sondern auch den unterirdischen Wohltäter sah (Ackerbau, Metallgewinnung); deshalb wird der Name einerseits als »(an Toten) Reicher«, andererseits als »Reichtumspender« gedeutet.
Plutodoteira: »Reichtumgeberin«, Beiname der Ackerbau-Göttin Demeter.
Plutus (Plutos): Der griechische Gott »Reichtum« (Pluto); schon im »Plutos« des Aristophanes (388 v. u. Z.) als blind dargestellt.
Pöcile: → Stoa.
Polias: Athene Polias als Schutzgöttin der Stadt (griech. pólis) Athen.
Pollux (Polydeukes): Einer der → Dioskuren, als Faustkämpfer berühmt.
Polykletus (Polykletos): Griechischer Bildhauer (5. Jh. v.u.Z.), schuf u.a. eine goldelfenbeinerne Hera-Statue und die Statue eines jungen Mannes, der die Siegerbinde um den Kopf legt (»Diadumenos«).

Polyphemus (Polyphemos): Sohn des Poseidon (→ Neptun), einäugiger Zyklop, Menschenfresser. Zu Odysseus' Abenteuern mit Polyphem vgl. das 2. Meergöttergespräch.

Ponos: Personifikation der »Arbeit«; Sohn der → Penia.

Porus (Poros): Indischer Fürst im Pandschabgebiet, 326 v.u.Z. von Alexander dem Großen besiegt.

Pothos: Personifikation des »Verlangens«; gehört zu Aphrodites Begleitung.

Pözila: → Stoa.

Priamus (Priamos): König von Troja. Vater des → Paris.

Priap (Priapos): Sohn des Dionysos und der Aphrodite, Fruchtbarkeitsgott, Hüter der Gärten.

Prometheus: Sohn des Titanen → Japetus, wendet sich im Unterschied zu den anderen Titanen mit *geistigen* Waffen gegen Zeus, wird auf Zeus' Befehl »nach Skythien« abgeführt, d.h. an den Kaukasus geschmiedet, erlangt durch → Chiron Unsterblichkeit. Vgl. den Dialog »Prometheus« und das 1. Göttergespräch.

Pronöa (Pronoia): »Vorausdenken«, Personifikation der göttlichen Vorsehung.

Proserpina: Römische Göttin der Unterwelt, entspricht der griechischen Persephone (Persephoneia); diese ist bei Wieland stets gemeint. Tochter der Demeter (→ Ceres). → Pluto raubt sie. Ihre Mutter läßt vor Kummer keine Saat mehr wachsen, bis Hermes Persephone aus der Unterwelt zurückholt. Doch hat ihr Pluton beim Abschied einen Granatapfel zu essen gegeben; dadurch fesselt er sie für immer an die Unterwelt. Schließlich vermittelt Zeus: Persephone verbringt ein Drittel des Jahres in der Unterwelt, zwei Drittel bei Demeter.

Protesilaus (Protesilaos): Thessalischer Teilnehmer am Trojanischen Krieg; vgl. das 19. und 23. Totengespräch.

Proteus: Weissagender Meeresgott von großer Verwandlungsfähigkeit. Sohn des Poseidon (→ Neptun). → Menelaus wendet sich auf der Heimkehr von Troja an Proteus, um sein künftiges Schicksal zu erfahren. Proteus entzieht sich ihm zunächst durch immer neue Metamorphosen, gibt aber schließlich die gewünschte Auskunft. In Feuer verwandelt er sich bei Homer nicht, aber seine Tochter sagt, Proteus könne sich in alle Dinge verwandeln: »Was auf Erden kriecht, auch in Wasser und loderndes Feuer«. Vgl. das 4. Meergöttergespräch.

Prusias: Prusias I., König von → Bithynien (um 230–182 v.u.Z.).

Ptolemäus, Ptolomäus (Ptolemaios): Name mehrerer ägyptischer Könige: 1. Ptolemaios I. Soter, Sohn des Lagos, seit 323 v.u.Z. makedonischer Statthalter, seit 305 König von Ägypten, vorher Feldherr Alexanders des Großen. – 2. Ptolemaios II. Philadelphos (»Liebhaber der Schwester«; er war nach ägyptischer Sitte mit seiner Schwester Arsinoë verheiratet), regierte 285–246 v.u.Z.

Pylä (Pylai): Name zahlreicher Orte innerhalb und außerhalb Griechenlands.

Pyrrhon: Philosoph aus Elis (4./3. Jh. v.u.Z.), Gründer der skeptizistischen (»pyrrhonischen«) Schule.

Pythagoras: Mathematiker, Musiktheoretiker und Philosoph von der Insel Samos (um 540–500 v.u.Z.). Pythagoras lehrte u. a. die Seelenwanderung; dementsprechend läßt ihn Lukian früher → Euphorbus und Apollon gewesen sein. Aus der Seelenwanderungslehre ergaben sich Speiseverbote, u.a. fielen Bohnen darunter. Auch ein Schweigegebot spielte eine große Rolle: es sollte vor allem verhindern, daß Außenstehende einen Einblick in Denken und Tun der Pythagoreer erhielten. (Vermutlich deshalb hat Pythagoras nie etwas publiziert.) Seinen Schülern erschien der schwärmerisch verehrte Philosoph als »weiser und heiliger Mann«, ja als »göttlich«. Um ihn bildeten sich zahlreiche Legenden, etwa die, daß ein Teil seines Körpers aus Gold sei.

Rhadamanth, Rhadamanthus (Rhadamanthys): Sohn des Zeus (→ Jupiter) und der Europa, mythischer Gesetzgeber auf Kreta, nach seinem Tod Herrscher auf den Inseln der Seligen bzw. einer der Totenrichter in der Unterwelt.

Rhea (Rheia): Gattin des → Kronos, Mutter des Zeus (→ Jupiter), auf Grund gewisser Gemeinsamkeiten (vor allem der Stellung als Göttermutter) mit → Kybele identifiziert.

Rhodus (Rhodos): Insel an der Südwestküste Kleinasiens. An der Hafeneinfahrt stand der Koloß von Rhodos, eine etwa dreißig Meter hohe Bronzestatue des → Helios, eines der antiken »Sieben Weltwunder«.

Sabazius (Sabazios): Phrygischer Gott, seit dem 5. Jahrhundert v.u.Z. auch in Griechenland verehrt; mit Dionysos identifiziert.

Salmoneus: Mythischer König von Elis, Vater der → Tyro; läßt sich als Zeus Opfer bringen und ahmt mit Fackeln und Kesseln Blitz und Donner nach, bis Zeus (→ Jupiter) ihn tötet.

Samos: Insel in der Ägäis.

Sardanapal, Sardanapalus: Legendenumwobener reicher König von Assyrien, führte ein luxuriöses Leben, kleidete sich wie eine Frau.

Sarpedon: Sohn des Zeus (→ Jupiter), Bundesgenosse der Trojaner, fällt im Trojanischen Krieg; Zeus läßt daraufhin Blut auf die Erde regnen.

Satrap: (Persischer) Statthalter.

Saturn, Saturnus: Römischer Gott, Vater Jupiters, entspricht dem griechischen Gott → Kronos; dieser ist bei Wieland stets gemeint. Kronos, Gatte der → Rhea, frißt seine eigenen Kinder, wird von seinem Sohn entmachtet, verstümmelt und in die Unterwelt geworfen.

Scipio: 1. Scipio d.Ä., römischer Feldherr (etwa 235–183 v.u.Z.), Gegner Hannibals, von Lukian mit → Scipio 2 verwechselt. – 2. Scipio d.J. (185–129 v.u.Z.), zerstörte 146 v.u.Z. Karthago.

Sciron: Ein Riese. Er zwingt die Wanderer, ihm die Füße zu waschen, und stürzt sie dabei ins Meer, wo sie von einer Riesenschildkröte gefressen werden. Schließlich bereitet ihm Theseus dasselbe Schicksal.

Selene: Die griechische Göttin »Mond«.

Seleukus (Seleukos): Feldherr Alexanders des Großen, 305–281 v.u.Z. als Seleukos I. Nikator (»Sieger«) König von Syrien, Gatte der Stratonice.

Semele: Tochter des Königs Kadmos von Theben, von Zeus (→ Jupiter) Mutter des → Bacchus; vgl. das 9. Göttergespräch.

Seriphos: Insel in der Ägäis; hier treibt die Arche an Land, in der sich → Danaë und → Perseus befinden.

Sicyon (Sikyon): Stadt nordwestlich von Korinth. Der Boden in der Gegend von Sikyon war sehr ertragreich.

Sidon: Hafen- und Handelsstadt südlich von Berytos (Beirut) in Phönikien; Heimat der → Europa.

Silene: Zweibeinige, halbmenschliche, bärtige Pferdewesen aus der Begleitung des → Bacchus, deshalb wohl als aus Kleinasien stammend vorgestellt (»Lyder«).

Sinope: Stadt an der Nordküste der heutigen Türkei, Heimat des → Diogenes.

Sisyphos, Sisyphus: Mythischer König. Er muß zur Strafe für seine Vergehen (es werden verschiedene genannt) in der Unterwelt »Sisyphusarbeit« leisten: einen schweren Marmorblock bergan wälzen, der ihm kurz vor dem Ziel wieder entgleitet, so daß er seine Arbeit stets von neuem beginnen muß. Einer der berühmten »Büßer« in der Unterwelt.

Skythen: Sammelname für verschiedene Stämme östlich des Kaspischen Meeres, am Schwarzen Meer (u.a. in → Taurien), an Don, Dnjepr und Donau. Die Skythen waren z.T. seßhaft, z.T. Nomaden. Sie waren als Reiter und Bogenschützen berühmt, galten bei den Griechen aber als roh und ungebildet.

Smyrna: Hafenstadt in → Ionien, eine der bedeutendsten Städte Kleinasiens (heute: Izmir); galt neben anderen Orten als Heimatort Homers.

Sokrates: Griechischer Philosoph aus Athen (469–399 v.u.Z.). Er war Lehrer → Platons und anderer Philosophen. Sokrates soll gesagt haben, er wisse, daß er (noch) nichts wisse; dies ist nicht agnostizistisch, sondern als Ausdruck ständigen Ringens um Erkenntnis zu verstehen. Im Lehrgespräch, auch in der Auseinandersetzung mit Gegnern stellte er sich oft unwissend (Ironie: »so tun als ob«). Sokrates nahm an mehreren Schlachten, u.a. bei → Delium, teil; Platon rühmte seine militärische Tapferkeit. 399 v.u.Z. wurde er wegen Nichtachtung der offiziellen Götter zum Tode verurteilt. Platons »Apologie« ist eine freie literarische Gestaltung der Verteidigungsrede, die Sokrates vor Gericht hielt. Platon charakterisierte seinen Lehrer als einen Mann ohne Todesfurcht, der den von den »Elfmännern« gereichten Schierlingsbecher in äußerster Gelassenheit trank und es ablehnte, das Gericht unter Hinweis auf seine z.T. noch kleinen Kinder um ein mildes Urteil zu bitten, wie dies vor den athenischen Gerichten üblich war. Selbst häßlich, suchte er die Gesellschaft schöner junger Männer.

Solon: Athenischer Staatsmann und Dichter (um 640–560 v.u.Z.), aus einem Adelsgeschlecht stammend; arbeitete eine neue Verfassung und neue Gesetze aus. Er gehörte zu den Sieben Weisen.

Sophia: Personifikation der »Weisheit«, Tochter der → Penia.

Sophroniskus (Sophroniskos): Vater des Sokrates.

Sosandra: Werk des → Kalamis, nicht erhalten.
Sostratus (Sostratos): Räuber aus Böotien (2. Jh. u.Z.), wegen seiner Körperstärke Herakles genannt.
Sparten: → Kadmos.
Stadium (Stadion): Griechisches Längenmaß, etwa 180 m.
Stesichorus (Stesichoros): Griechischer Chorlyriker (um 640–555 v.u.Z.). Angeblich nach einer Schmähung der → Helena erblindet, genas er nach einem Widerruf, der »Palinodie«.
Stiria (Steiria): Bezirk in Attika.
Stoa: Die Stoa Poikile, die »Bunte Halle« in Athen, so genannt wegen ihrer Gemälde, war seit etwa 300 v.u.Z. Sitz der Stoiker.
Stratonice (Stratonike): Gattin → Seleukus' I. von Syrien.
Stygischer See: → Styx.
Styx: Gewässer in der Unterwelt.
Sykophant: Denunziant.
Syrakus: Griechische Stadt auf Sizilien.
Syrien: Assyrien, ein Großreich, etwa auf dem Gebiet des heutigen Irak.

Talent: Größte griechische Geldeinheit; ein Talent waren 6000 Drachmen.
Talus (Talos): Riese mit ehernem Körper, Wächter des → Minos.
Tanaïs: Der Don.
Tänarisches Vorgebirge, Tänarus: Kap Tainaros (Tainaron) im Süden der Peloponnes, als Eingang zur Unterwelt vorgestellt.
Tantalus (Tantalos): Mythischer König in Kleinasien. Die olympischen Götter laden ihn an ihre Tafel ein. Er entwendet Ambrosia und läßt andere Menschen davon kosten, er plaudert Geheimnisse der Götter aus, er schlachtet seinen Sohn Pelops und setzt ihn den Göttern vor. Zur Strafe für diese Frevel wird er in die Unterwelt verstoßen. Hier muß er ewig Hunger und Durst leiden: sooft er nach den über ihm hängenden Früchten greift, entschwinden sie vor ihm, sooft er sich zum Wasser bückt, um zu trinken, senkt sich der Wasserspiegel. Vgl. das 17. Totengespräch.
Tartarus (Tartaros): Die Unterwelt.
Taurien: Die heutige Krim, in der Antike von Skythen besiedelt.
Taÿgetus (Taÿgetos): Gebirge zwischen Lakonien und Messenien (Peloponnes).
Tegea: Ort in Südostarkadien.
Telamon: König von Salamis, Vater von → Ajax 1.
Telegonus (Telegonos): Sohn des Odysseus (→ Ulysses) und der verführerischen Zauberin → Circe. Auf der Suche nach seinem Vater kommt er nach Ithaka und tötet Odysseus dort, ohne ihn zu erkennen, mit einem Rochenstachel.
Tellos: Ein historisch nicht faßbarer Athener; schon nach Herodot hielt Solon ihn für glücklicher als den reichen → Krösus.
Thalassa: Personifikation des »Meeres«.
Thales: Mathematiker, Astronom und Philosoph aus Milet (um 624–546 v.u.Z.), einer der Sieben Weisen.

Thargelia: Hetäre aus Milet (6. Jh. v. u. Z.), Freundin des Königs Antiochos von Thessalien, galt als sehr klug.

Theben: Hauptstadt Böotiens. Im 4. Jahrhundert v. u. Z. auf der Höhe der politischen Macht, verlor Theben bald darauf unter → Philipp von Makedonien seine Selbständigkeit. Nach einem Aufstand wurde es 335 v. u. Z. von Alexander dem Großen zerstört.

Thersites: Griechischer Teilnehmer am Trojanischen Krieg, von Homer als häßlich und geschwätzig dargestellt, opponiert gegen Agamemnon, wird von Achill erschlagen – ein »Reflex der Verachtung und Brutalität der griechischen Herrenschicht gegenüber der Masse des Volkes« (Hunger). Vgl. das 25. Totengespräch.

Thesaurus (Thesauros): Der personifizierte »Schatz«.

Theseus: Mythischer König von Athen, Sohn des Aigeus oder des Poseidon (→ Neptun). Er entführt Minos' Tochter Ariadne, die ihm bei der Rückkehr aus dem Labyrinth hilft, heiratet → Antiope bzw. → Hippolyta und nach ihrem Tod Minos' zweite Tochter Phädra.

Thessalien: Landschaft südlich von Makedonien. Thessalien galt als Hochburg der Zauberei.

Thetis: Tochter des Nereus (»Nereide«). Zeus (→ Jupiter) und Poseidon (→ Neptun) werben um sie. Als aber prophezeit wird, Thetis' Sohn werde stärker sein als der Vater, überlassen die Götter sie dem sterblichen → Peleus. Von ihm wird sie Mutter des Achill. Als einige Götter versuchen, Zeus zu fesseln, rettet ihn Thetis mit Hilfe des → Briareus.

Thrazien: Die im Altertum nicht zu Griechenland gehörende Landschaft Thrakien.

Thyrsus (Thyrsos): Stab mit Efeubüscheln oder Pinienzapfen an der Spitze, oft mit Weinlaub umwunden; Zeichen des → Bacchus und seines Gefolges.

Timon: Türhüter auf der Insel der Verdammten, wohl identisch mit dem bekannten Misanthropen, der der Gegenstand von Lukians gleichnamiger Schrift ist.

Tiresias (Teiresias): Mythischer Thebaner (»Böotier«). Als er zwei sich paarende Schlangen stört und dabei das weibliche Tier tötet, wird er in eine Frau verwandelt. Einige Jahre später tut er dasselbe; jetzt wird er zurückverwandelt. Nach den beiden Metamorphosen soll er Zeus (→ Jupiter) und Hera (→ Juno) berichten, ob der Mann oder die Frau größeren Genuß beim Geschlechtsakt habe. Durch die Auskunft, daß die Frau weit mehr Genuß empfinde, fühlt sich Hera beleidigt. Sie nimmt ihm das Augenlicht; Zeus entschädigt ihn dafür durch die Sehergabe und ein hohes Alter. Vgl. das 28. Totengespräch.

Titanen: Die Söhne und Töchter des → Uranos und der Erdgöttin Gaia. Unter Führung des jüngsten von ihnen, → Kronos, stürzen sie ihren Vater. Kronos, zur Macht gelangt, stößt die übrigen Titanen in die Unterwelt hinab. Nach dem Sturz des Kronos durch Zeus (→ Jupiter) kämpfen die Titanen (außer Prometheus und Themis) zusammen mit Kronos gegen die Kroniden Zeus, Poseidon usw. Schließlich werden sie besiegt und in die Unterwelt geworfen, wo → Briareus sie bewacht.

Tithon (Tithonos): Trojanischer Königssohn, der schöne Gatte der Eos, der Göttin der Morgenröte. Sie erfleht für ihn von den Göttern Unsterblichkeit, vergißt aber, auch ewige Jugend für ihn zu erbitten, so daß er bald altert.

Tityus (Tityos): Riese, Sohn des Zeus (→ Jupiter) und der Elare. Er will sich an → Latona vergreifen. »Das Verbrechen war um so strafwürdiger, da Tityus ... in horizontaler Lage nicht weniger als neun Morgen des Landes bedeckte« (Wieland). Apollon und Artemis töten ihn. Er liegt in der Unterwelt an den Boden gefesselt; Geier zerhacken ihm die stets nachwachsende Leber.

Tmolus (Tmolos): Gebirge in Kleinasien.

Triptolemos, Triptolemus: Sohn des Königs Celeus. Demeter (→ Ceres) lehrt ihn den Ackerbau. In ihrem Auftrag fährt er auf einem von Drachen gezogenen Wagen über die Erde und verbreitet den Ackerbau und den Demeterkult auf der ganzen Erde.

Triton: Griechischer Meeresgott, mit dem Oberkörper eines Menschen und dem Unterleib eines Fisches.

Troas: Landschaft, in der Troja liegt.

Troja: Berühmte alte Stadt im Nordwesten Kleinasiens. Ilion.

Trophonius (Trophonios): Orakelgott in Lebadeia (Böotien). Wenn man seine Höhle aufsuchte, nahm man Opferkuchen mit, um die dort hausenden Schlangen zu beruhigen. Vgl. das 3. Totengespräch.

Tyro: Tochter des → Salmoneus. Sie »verliebte sich als ein noch sehr grünes Mädchen in den Fluß Enipeus, der sich aber ... wenig um sie bekümmerte und dadurch dem Neptun Gelegenheit gab, seine Gestalt anzunehmen und sich den guten Willen der jungen Prinzessin zunutze zu machen. Dies geschah mit so gutem Erfolge, daß die schöne Tyro zu rechter Zeit von Zwillingen entbunden wurde« (Wieland). Vgl. das 13. Meergöttergespräch. Tyro als Herrscherin der Käse-Insel ist eine Ety-mogelei Lukians: Der Name Tyro hat nichts mit griech. tyrós (Käse) zu tun.

Tyroessa: »Käse-Insel«.

Tyrus (Tyros): Syrische Hafenstadt, 322 v.u. Z. durch Alexander den Großen erobert.

Ulysses, Ulyß (Odysseus): König von Ithaka, wegen seiner Klugheit berühmt. Er will nicht in den Trojanischen Krieg ziehen: → Palamedes. Auf der Heimkehr aus dem Trojanischen Krieg erlebt er zahlreiche Abenteuer, die er in der Odyssee z.T. selbst berichtet; so wird er zum Prototyp aller Fabulierer bzw. »Lügner«. Das Abenteuer mit → Polyphem wird im 2. Meergöttergespräch erzählt. In der Odyssee XI beschwört er am Eingang zur Unterwelt den Schatten des → Tiresias, um etwas über sein weiteres Schicksal zu erfahren. Nach Ithaka zurückgekehrt, tötet er die Freier, die → Penelope bedrängen. Er wird von → Telegonus getötet.

Urania: Die »Himmlische«. Beiname der → Aphrodite.

Uranos, Uranus: Der griechische Gott »Himmel«, Ahnherr der olympischen Götter. Er verbannt einen Teil seiner Kinder in die Unterwelt. Seine Gattin Gaia ermuntert daraufhin den jüngsten Sohn → Kronos zum Kampf gegen ihn; er wird schließlich entmannt und entmachtet. Als Vater des → Japetus ist er Prometheus' Großvater.

Venus: Die römische Göttin der Liebe und der Schönheit, entspricht der griechischen Göttin → Aphrodite; diese ist bei Wieland stets gemeint. Gattin des Hephästos (→ Vulkan), Geliebte des → Mars (vgl. dazu das 17. Göttergespräch), des → Anchises usw.; zu anderen »Affären« vgl. das 23. Göttergespräch. Von Ares (→ Mars) ist sie Mutter des Eros.

Vulkan(us): Römischer Gott des Feuers, entspricht dem griechischen Gott Hephästos; dieser ist bei Wieland stets gemeint. Sohn des Zeus (→ Jupiter) und der Hera (→ Juno), nach anderer Version der Hera und des Windes. Als er lahm zur Welt kommt, wird er aus dem Olymp geworfen. Die Einwohner von → Lemnos retten ihn. Athene lehnt es ab, sich mit ihm zu verbinden: → Erichthonius. Gatte der Aphrodite, die ihn mit Ares (→ Mars) betrügt (17. Göttergespräch), bzw. der → Charis. Verfertige als geschickter »Handwerker« kunstvolle Schmiedearbeiten, z.B. den Schild des Achill. Im Olymp ist er als Mundschenk tätig.

Xanthus (Xanthos): Fluß in der Gegend von Troja (»Phrygien«).

Xerxes: König von Persien 486–465 v.u.Z., Sohn und Nachfolger Darius' I., setzte ohne Erfolg dessen »Perserkriege« gegen Griechenland fort. 480 v.u.Z. ließ er den Berg Athos durchstechen.

Zamolxis: Gott der Geten (der Skythen?); nach griechischer Auffassung ein ehemaliger Sklave des Pythagoras, der die Vertrauensseligkeit der Geten benutzt habe, um wie ein Gott verehrt zu werden.

Zenodotus (Zenodotos): Alexandrinischer Philologe aus Ephesos (3. Jh. v.u.Z.), schuf die erste textkritische Homer-Ausgabe, aus der er zahlreiche nach seiner Auffassung unechte Verse eliminierte.

Zephyr, Zephyrus (Zephyros): Der griechische Gott »Westwind«. Im übertragenen Sinn: Milder Wind.

Zerberus (Kerberos): Dreiköpfiger Hund in der Unterwelt; verhindert, daß die Toten die Unterwelt verlassen.

Zetes: Geflügelter Sohn der → Orithyia.

Zeuxis: Griechischer Maler (5./4. Jh. v.u.Z.), malte u.a. → Boreas und die »Kentaurin«.

Zyklopen: Einäugige Riesen.

INHALT